历代
肥东诗文
选注

主　编　张业建
执行主编　萧　寒
编　　委（以姓氏笔画排序）
　　　　　王业芬　刘永祥
　　　　　张业建　萧　寒

中国科学技术大学出版社

内 容 简 介

本书梳理了自三国至民国时期200余位文人墨客歌咏肥东的经典诗词文赋共1100余篇,并加以注解。全书既突出了地域特色和文化本体,又能从不同角度以不同焦距,展示肥东历史文脉和地域文化的全景清晰影像,给人以诗中有画、文中有景的特殊美感。

图书在版编目(CIP)数据

历代肥东诗文选注/张业建主编.—合肥:中国科学技术大学出版社,2022.4
ISBN 978-7-312-05341-2

Ⅰ.历⋯　Ⅱ.张⋯　Ⅲ.文学—作品综合集—中国　Ⅳ.I221

中国版本图书馆CIP数据核字(2021)第238554号

历代肥东诗文选注
LIDAI FEIDONG SHIWEN XUAN ZHU

出版	中国科学技术大学出版社 安徽省合肥市金寨路96号,230026 http://press.ustc.edu.cn https://zgkxjsdxcbs.tmall.com
印刷	合肥华苑印刷包装有限公司
发行	中国科学技术大学出版社
开本	787 mm×1092 mm　1/16
印张	44.25
字数	1021千
版次	2022年4月第1版
印次	2022年4月第1次印刷
定价	118.00元

序

我国的古典诗歌是中华优秀文化遗产之一,也是世界文学宝库中一颗灿烂的明珠。历代吟客骚人,璀璨如满天星斗,诗仙、诗圣光耀千古。古代诗词浩瀚如海,传世佳作俯拾即是。其中的名篇佳句代代相传,既传承着我们的优秀传统文化,又参与着我们新时代的文化建设。祖国各地人杰地灵,诗人辈出,为各地的地方文化建设提供了充分的文学资源。肥东历代人文昌盛,文学资源丰富,在弘扬优秀传统文化如火如荼的新时代,理应挖掘和发扬这份宝贵资源。

肥东县,汉魏晋时期称浚遒县,县治在今石塘镇龙城;南朝至北宋时期改称慎县,县治在今梁园镇;南宋初期,为避宋孝宗赵昚(慎)的讳,改名梁县;明朝初年梁县并入合肥县。新中国成立后,析合肥县为合肥市和肥东县、肥西县三部分。肥东素有"吴楚要冲、包公故里"之誉。域内襟山带湖,风光瑰丽,物产丰富,人文鼎盛。这片土地从来不乏文人雅士的题咏颂唱,或歌咏名人风物,或赞叹湖光山色。盛唐萧颖士描写巢湖波澜壮阔,晚唐罗隐赞美四顶山、姥山留下佳篇,北宋一代文宗欧阳修笔下的浮槎山泉水甘洌清甜,明代淮西大儒蔡悉赞叹中庙风光巍峨壮丽,清代大学士李天馥对四顶山朝霞风光流连不已等,诸多曼妙诗歌,如珍珠般串构成延续千年的肥东文学历史链条,镌铭着历代人事记忆、社会形态和文化印痕,清晰地呈现出肥东文化的源流脉络。这些古老的吟咏为肥东带来了丰厚的文化资源,成为肥东取得今日成就的坚实基础,并将为肥东未来的发展提供雄厚的文化支撑。

《历代肥东诗文选注》选录自三国至民国(220—1949)时期200余位文人歌咏肥东的经典诗词文赋,共1100余篇,规模不小。作家收录范围主要为历代肥东籍本土作家、长期流寓肥东的作家,以及部分合肥县、巢县作家。所选诗文范围,主要是肥东人所写,或者与肥东有关的诗文。少数作家如曹植、鲍照,现在学术界不认为是肥东人,但他们在肥东有读书遗迹甚至坟墓,肥东人历来认定他们是肥东的一分子。

书中还挖掘、采集了一些稀见的诗人作品和诗集,如明末清初合肥知县熊文举《雪堂诗》,清代肥东籍诗人史台懋《浮槎山馆诗集》、吴毓芬《也是园诗钞》、蒯光典《金粟斋遗集》、张丙《延青堂诗存》,民国肥东人李国杰《蠖楼吟草》、李经达《滋树室诗集》、李经钰《友古堂诗集》、李家孚和杨开森《合肥名胜杂咏》,等等。将这些稀见诗集中关于肥东的内容整理出来,可以丰富肥东文化档案,作为进一步研究的基础,也可以为肥东文化增光添彩,丰富肥东的人文底蕴。

该书对每一篇诗词文赋都标注出处,对于佶屈聱牙的词汇都给予注解,涉及的地方风物、人名、地名都予以诠释,从而使读者能够顺畅理解所选诗词,看到一个更具诗情画意、更有文化气质的肥东,展现东部新城别样的诗韵之美。

值得称道的是,本书在编纂过程中参考利用了大量不易获得的方志资料,如明《(万历)合肥县志》、清《(康熙)合肥县志》、清《(雍正)合肥县志》、清《(乾隆)庐州卫志》、清《(嘉庆)庐州府志》、清《(嘉庆)合肥县志》、清《(光绪)庐州府志》以及巢湖等地的历代志书等。

本书既突出了地域特色和文化本体,又从不同角度以不同焦距展示肥东历史文脉和地域文化的全景清晰影像,给人以诗中有画、文中有景的特殊美感。这不仅是对肥东地域文化的一种历史传承,也是其面向未来创新发展的一次自我沉淀。

希望本书的出版能够发挥梳理、弘扬诗词文化和地域文化的社会功能,增强肥东的文化自信,让肥东地域文化和诗词文化为弘扬中华优秀传统文化、增强国家文化软实力、培养国民文化自信、建设社会主义文化强国贡献力量。

是为序。

李定广

2021年12月

李定广,安徽肥东人,知名文史学者。上海师范大学人文学院教授、博士生导师,主要研究方向为中国古代诗词。任中央电视台《中国诗词大会》学术总负责人、命题专家组组长,央视《经典咏流传》首席文学顾问。

目录

序 / i

诗　词

曹　植 /3
　　七哀诗 /3
　　白马篇 /4

鲍　照 /6
　　扶风歌 /6
　　咏秋诗 /7
　　登黄鹤矶诗 /8
　　拟古诗 /9

萧颖士 /11
　　□□□赵载同游焦湖夜归作 /11

罗　珦 /13
　　行县至浮查山寺 /13

罗　让 /14
　　闰月定四时 /14
　　梢云 /15

张彦修 /17
　　游四顶山 /17

罗　隐 /18
　　游四顶山 /18
　　姥山 /19

杜荀鹤 /20
　　过巢湖 /20
　　送人归肥上 /21

春日巢湖书事 /21

谭用之 /23
　　春日期巢湖旧事 /23

包　拯 /24
　　书端州郡斋壁 /24

王安石 /25
　　慎县修路者 /25

刘　攽 /27
　　巢湖 /27
　　巢湖阻风二首 /28

朱　服 /30
　　庐州三首·其一 /30
　　巢湖 /31

黄绍蠋 /32
　　巢湖燕子鱼 /32

释用逊 /33
　　题浮槎山 /33

王之道 /35
　　归自合肥于四顶山绝湖呈孙仁叔抑之 /35
　　题许公塞驿 /36
　　避寇姥山 /37

陈　炳/38
　　巢湖神母庙诗/38
姜　夔/39
　　满江红/39
王　遂/41
　　送浩翁赴梁县/41
吴　潜/42
　　焦湖夜月/42
萨都剌/43
　　宿龙潭寺/43
　　投宿龙潭道林寺/44
于　钦/45
　　巢湖圣妃庙迎送神歌/45
余　阙/47
　　南归偶书二首/47
舒　頔/48
　　代喻景初送王仲才秩满升庐州府史/48
陶　安/51
　　湖乡二首/51
　　登龙泉山得海字韵/52
宋　瑄/53
　　过护城/53
林宗哲/54
　　钓鱼台/54
熊　敬/55
　　巢湖夜月/55
　　四顶朝霞/55
王守仁/56
　　包城寺/56
　　立春日合肥道中短述/57
吴　潜/58
　　焦湖秋月/58

李　瀚/59
　　巢湖渔父曲/59
　　巢湖舟中晚眺/60
刘　节/61
　　经护城/61
高　诲/62
　　浮槎山泉/62
刘志远/64
　　夜过中庙/64
袁　兆/65
　　登湖楼远眺/65
储良材/66
　　中庙/66
叶　广/67
　　巢湖秋月/67
蔡　悉/68
　　登中庙凤凰楼二首/68
沈明臣/70
　　过巢湖/70
黄道年/71
　　登四顶山/71
　　无题/72
黄道月/73
　　登浮槎山/73
　　游鲍明远读书处/73
　　王乔洞题壁/74
黄道日/75
　　镇淮楼晚眺/75
　　游蜀山/75
　　无题/76
马如麟/78
　　中庙/78
何　白/79
　　焦湖/79

赠黄荆卿/80
东城晚眺/81

许如兰/82
登四顶山望湖作/82

严尔珪/84
无题/84

曾如椿/86
无题/86

吴大朴/87
登中庙楼/87

赵宏璧/88
湖上晓行/88

熊文举/89
包城寺夜坐观书有感/89
小岘山诗/90
八斗岭/90
忠庙远眺/91
护城驿/92
店埠迎黄泰察吴参军讶予瘦生感赋/92
西山驿偶题/93
隅题包城寺版/94

潘　江/96
店埠/96
梁县/97
护城驿/98
八都岭/100

程汝璞/101
姥山夜泊/101
焦山晚眺/102
读书湖心草堂/102

王　纲/104
忠庙/104
重游朝霞/105
朝霞山雨望/105

朝霞旧有魏伯阳丹池，荡矣，址犹存焉。偕道瞿星玉诸子，议祠其上有作/106

曹祖庆/108
冒雪游中庙/108

曹同统/109
初夏爇香中庙因和先君冒雪咏四首之一/109

许裔蘅/110
登镇淮楼/110
乙亥元旦试笔次李西莲韵/111
和王燕友归里晤同社诸子韵/111

许裔馨/113
登思惠楼旧址有感/113

许孙荃/114
访孝肃公读书处/114
黄山象隐庵/115

许孙蕾/117
春日过朝霞山/117

许孙蕗/118
望湖中姥山/118

李天馥/119
四顶山/119
道林寺故址/120
孤山/121
偶忆巢湖/122
游姥山诗/123

李孚青/124
八斗岭/124
东郊秋兴/125
伏羲山/126
枣巷行/127
却望湖中诸山/129
两宜亭/130
湖口守风杂题三首/130

许梦麒/132
 秋泛/132
 湖村访友/132
 次西口水牛引船/133
 巢湖篇/134

秦 咸/137
 中庙/137

赵 献/138
 月夜泛湖/138

潘尔侯/139
 秋月泛湖/139

吴 丝/140
 过莺脰湖/140

崔 冕/141
 舟行自花塘河涉红黑二石嘴二首/141
 白龙厂/142
 晚泊西口/142

张 坦/143
 无题/143

钱陈群/144
 浮槎山/144

田实发/145
 湖上望中庙/145

华修黉/146
 蜀山雪霁/146
 巢湖夜月/146
 四顶朝霞/147

何五云/148
 同中庙羽士游姥山/148

项 樟/149
 虞姬墓/149
 过庐阳喜赵虚斋同年重来守郡/149

沈宏祚/151
 咏四顶山朝霞/151

德 保/152
 八斗岭村外荷花一池途中仅见也/152
 家大人自太平学署渡江三百里,就视保于庐州之店埠,敬呈二律/152

翁方纲/154
 八斗岭/154
 护城驿/155
 鲍明远读书台/155
 合肥道中/156

许燕珍/157
 元夜竹枝词/157
 题浔阳送客图/157
 春草/158
 念奴娇·新柳/158
 古镜/159

陈 毅/160
 风泊姥山/160

袁六顺/161
 登楼远眺/161
 登中庙楼/161
 次蔡文毅公韵/162

李调元/163
 谒包孝肃祠合肥县城南/163
 梁县鲍明远读书台见题诗甚伙戏题一绝/164

陈佩珩/165
 春日过巢湖登中庙楼/165

王美銮/166
 舟过四顶山/166

汤长吉/167
 望巢湖/167

孙 朗/168
 巢湖作/168

缪 珊/169
 无题/169

缪昌屿/170
 登楼远眺/170

贾　芳/171
 巢湖晓渡/171
 西口即事/171
 中秋夕巢湖舟中坐雨/172

邹炳泰/174
 次合肥/174

张祥云/175
 浮槎山诗/175

黄　钺/179
 书补刻姜白石巢湖神姥祠有叙/179

左　辅/181
 亦吾庐试浮槎山泉/181

杨惕龙/182
 四顶山/182

王祖怡/183
 四顶山/183

石　钧/184
 巢湖烈女诗/184

姚文田/186
 过废梁县是日立秋/186
 立秋前一日次护城驿作/186

史台懋/188
 拟古/188
 山中作/188
 题友人南游诗后次韵/189
 春阴/190
 秋夕书怀/190
 冬日早起/191
 万寿寺后禅院看花/191
 庐州杂咏/192
 包公祠荷花/192
 秣陵赠卖画王叟/193
 宿福岩寺/193
 杨将军庙题壁/194
 赠山叟/194
 半楼题壁/195

赵应诏/196
 赠羽士谢鹤驭/196
 次蔡文毅公韵/196
 次黄道年先生韵/197

蔡家琬/198
 巢湖捕鱼歌/198
 庐阳竹枝词/199
 过赵雨村内兄别业/200
 游浮槎山/201
 春日田家/202
 野望/203
 过废寺/203
 巢湖夜渡/204
 寄子壻王二石/204
 由撮城镇至文家集道上口占/205
 送陈藻香之合肥/205
 桐城道中喜遇家石瓢兄/206
 思归引/207

蔡家瑜/209
 村中晓起二首/209

谢裔宗/210
 维舟西口，适值风利，解缆半日，直渡巢湖，晚抵黄雉河作/210

查　揆/211
 避雨宿八斗岭口占示村农/211
 勘灾至浮槎山，憩白龙王庙，汲水煮茶。欧阳文忠公为郡守，李公谨作记，即此泉也。即用公尝新茶，呈圣俞诗韵寄合肥陈白云明府/212

陈文述/214
 道林寺访梁公主墓/214

陆继辂/215
 题巢湖送别图为周大令/215
 除日简刘大令/216
 题徐秀才诗卷/218

赠史山人台懋/218
选诗行简赵孝廉、夏秀才、李明经、
　徐征士、卢明经并寄李严州、黄秀
　才、赵秀才/219
为卢明经点定诗集因题卷端/221
赠李征士宗白/222
题及门蔡征士诗/223
赠张秀才/224
卢生采兰图/226
黄秀才为作《冷宦闲情图》十二帧，笔
　意清妙。时从张四学画，甫三月，咄
　咄逼人有冰寒于水之意。诗以张
　之/226
赵孝廉诗集题后/227
张秀才渔村图/227
湖心晚泊待月未果/228
于役皖江湖舟杂感/228
自题冷宦闲情画册(选五)/230

陶　澍/233
　自店埠至合肥途中望大蜀山/233

刘　开/234
　十万松园歌为少伯山人作/234
　渡巢湖/236
　庐州怀古/237

徐汉苍/240
　浣溪沙·龙泉山居有感/240
　甲寅早春避乱龙泉山中朱松亭过访赋
　　赠/241
　巢湖棹歌/241
　杂咏/242
　玲珑四犯·藏舟浦/243
　渡江云·筝笛浦/244
　怀陆祈孙/245

徐嵩之/246
　恭和家大人早春咏怀/246

郭道生/248
　初夏偶成/248

徐启山/249
　题征君萧然自得斋集/249

赵景淑/252
　新霁/252
　雨后山行/252
　偶成/253
　早春/253
　晚泊平望/254
　西湖泛月/254
　江上/255
　瓯江/255
　延秋阁杂诗/255
　舟过露筋祠/256
　随家大人乞归留别东瓯官舍/257
　湖上吊韩蕲王/257

李文安/259
　白衣草庐/259
　村居杂景/260
　长至日自述/273

李文猷/274
　和张煦涵藤花次韵/274

沈绩熙/275
　教弩松荫/275
　题金山图/275

冯志沂/277
　谒包孝肃祠答王谦斋/277
　秋日谦斋及寮友招集包公祠即事有
　　作/278
　戏赠谦斋/279
　次韵答谦斋留别之作/281
　谦斋赠桂花并系以诗次韵奉答/282
　寄毅甫/283

方濬颐/284
　大树街夜雨/284
　坫步偶作/284
　石塘桥望浮槎山/285
　宿梁园感赋/286

沈若湘/288
　听雨/288
　春日题黄怡亭斋壁/288
　游筝笛浦留赠张守静/289
　踏莎行·春旅步少游韵/289
　黄莺儿/290

蒯德模/291
　送李少荃入都/291
　吊江忠烈公/294
　庐城再复/296
　送王紫垣归里/297

郭道清/298
　秋日述怀/298
　秋日杂兴/299
　无题/300
　大水行/301

戴钧衡/303
　答徐懿甫/303

彭玉麟/304
　纪梦/304
　感事/305

阚凤楼/306
　和恩竹樵方伯用渔洋秋柳韵秋兰诗/306
　金缕曲·阅亡女德娴遗草悼吟/308

陈云章/310
　避乱龙泉山麓雪中口占/310
　龙泉山寺题壁/310

张 丙/312
　泊巢县/312
　早行望梅亭/313
　茶饮望梅亭/313
　柘皋/314
　尉桥阻雨/314
　慎县道中书所见/315
　题蔡氏亦园/315
　客有丑陋吾乡山水者赋此答之/316
　湖中望孤姥二山/317

　偕诸季展先墓因宿山家/318
　登四顶山朝霞寺/318
　慎县废城/319
　雨后杂兴/319
　减字木兰花/320
　卖花声·人日/321

余 榜/322
　山居/322

赵席珍/323
　施口/323
　赠金庭洞何道士用韦苏州寄全椒道士韵/323
　梓山西崦盘石/324
　宿荒村/324
　题友人横琴图/325
　访夏奇峰栖云山房小坐/326

释啸颠/327
　巢湖/327

徐子苓/328
　怀高隐居姥山/328
　五月六日抵浮槎山馆/329
　西山驿/329
　梁园/330
　东山田家二首/330
　施口阻风/331
　高塘集翻车让郑甲方乙/332
　护城驿早发/333
　石塘秋雨遣闷二首/334
　店埠赠郭处士绍涪/334
　撮镇送易明府谒选入都二首/336
　移家自贺/337
　十三日归自店埠途中口占/339
　葛家嘴饮酒即事短述奉贻相公兼别山中旧游二首/340
　清明日，泊舟中庙，遂登姥山，访高隐君故居不得。是夕大雨，有赵生名锡恩者饭余，遂宿山中。得诗三首，因赠赵生/342
　巢湖营次赠无锡汪大带庭三首/343

狮子井寻阎隐居/345
自姥山放舟巢县，晚宿东关，奉怀曾相公因寄其令弟江宁行营/346
后苦雨五首/348
白鹤观谒老子像/350
肃公自冶父来旋去赋赠三首/351
雪中坐闲闲园时将赴湖上新居率题壁间/352
将赴皖，守风湖干。伯昭书来道，其同新宵公有四川之行，亟图面。遂舍舟而陆，涂间寄怀伯昭兼陈新宵公。时同治元年冬十一月，是夕宿集贤关（五首录一）/353
会城叹赠汪果/354
戴学博过宿山居，惠示新诗，因道孙太史勤西来守皖，留滞定远，数辱问。勤西既假归，君避地山中。即事书赠寄怀勤西/357
汉腊/359
同见老坐月有怀龙泉故居/359
夜归怀啸长老/360
居巢军次赠毕凡/360
巢湖阻风小咏古六首/361
姥山歌/362
巢湖舟中听客谈金庭之胜诗以纪之/364
画松歌送吴引之还巢湖/365
浮槎画障歌送宋山人归浮槎/366
庐阳夜捷行赠江使君达川/368

徐元叔/370
梦姥山/370
自闲闲园移居湖干/371
雨窗即事/371
偶成/372
枕上作/373
晚霁/373
重过教弩台/374
欣闻庐郡收复/374
三月中旬闻警有感/375

忆昔/376

蔡邦甸/379
蜃母池/379
梁园塔/380
慎县怀古/381
樊公坝/381
八斗岭陈思王墓在其下/382
过龙城/382
过明远台有怀家璞斋封翁/383
游梁园北庵/383
净果庵/384
城隍庙/385
追忆亡友朱默存明经/387

卢先骆/389
晓行北山口/389
湖干晚眺/389
斋中晓起/390
家书/391

靳理纯/392
春雪和某君韵三律/392

吴毓芬/393
食蟹戏作/393
四顶山/393
姥山歌/394
食鱼有感/396
刘省三周海舲两军门招游姥山/397
姥山/401
登姥山浮屠/402
过巢湖/403
巢湖舟中偶成/403
姥山怀古/404
巢县道中闻笛/404
花塘河阻风/405
蝗/405
湖上杂感/406

朱景昭/409
岁暮还家/409
蛟斗篇/410

周元辅/414
 十月二十日泊巢湖西口有忆徐毅甫隐处/414
 廿四日早发姥山抵巢县城下/415

李鸿章/416
 二十自述/416
 夜听四弟吹笛/418
 入都/418
 丙辰夏明光镇旅店题壁/421
 舟夜苦雨/422
 庐垣再陷,重过明光,次韵示吴仲仙/423
 再叠前韵赠仲仙/424
 万年道中恭值先中宪公忌辰感赋二首寄诸兄弟/425
 湖上遇雪卧病作/426
 笑比河清/426

李鹤章/428
 过桐城大关旅邸题壁/428
 平吴归皖叠前韵/429

周世宜/430
 和夫子常昭告捷/430

谭　献/432
 姥山/432
 施水秋泛/432
 夜宿中庙/433
 瑞鹤仙影/434
 壶中天慢·夏夜访遗园主人不遇/435

王先谦/436
 自店埠至庐州/436

赵彦伦/437
 晚泊施口/437
 浮槎寺/437
 三月望日,王谦斋尚辰招同吴菊坡克俊、方子箴濬颐、唐星斋增炳泛月逍遥津联句/439
 舟中与蔡静远邦霖联句/441

赵彦荃/443
 自题书斋/443

李昭庆/444
 南阳湖中/444
 九日敖阳道中/444
 汉南舟中即景/445

李玉娥/446
 夏日初霁/446

李经世/447
 题高枕石头眠图/447
 偶访黄柳溪山水小幅玉山舅见而索之并嘱题句/447
 浪淘沙·夏夜/448

吴翠云/449
 忆王孙·秋夜独坐/449

李经邦/450
 九华山地藏殿题壁/450

阚濬鼎/452
 题德妹遗稿/452

周桂清/454
 光绪乙亥,铎儿始生。时寓盘门,开窗正对瑞光寺塔,诗以勖之/454

阚寿坤/455
 看海棠/455
 采莲曲/455
 采香径/456
 登小楼西面远眺/456
 摸鱼儿·秋夜/457

李可权/458
 甲午初春,郑苏戡约同出游西京,夜宿浪花楼。大雪。晨起,张盖出门买书偕访日人江马天钦、小野湖山两君而归因纪以诗/458
 游有马/460

方　澍/461
 巢湖舟中/461

金缕曲·舟过中庙/462
水龙吟·巢湖阻风/463
应天长·泊姥山/463
水龙吟·湖干阻雨/464

蒯光典/465
答朝鲜贡使尹悝斋即以志别兼柬沈兰沼/465
为李新吾题陈伯阳《四玉清芬》手卷二首/467
青玉案三阕/468
南浦/469

江云龙/471
由皖回里毛耀南赠美人画轴戏占二十八字道谢/471
渡巢湖书内子所作梅花便面/471
二女篇赠李仲仙布政/472
喜张子开至京赋赠/475
梦湘过我以淮北面制饼啖之三迭前韵/475
送吴彦复归里/476
题李树人栖竹图/477

李经羲/478
将去香港留别陈君省三/478
五十三岁生日感怀四首之一/479
次韵答刘逊甫/480
庚戌孟秋僚友出城行水登大观楼感赋四首之一/480

李经述/482
光绪十五年正月举行归政典礼,懿旨赏家大人用紫缰,异数也。献诗恭贺,即用篑斋先生原韵/482
夏日即事/483
昆虫十咏/486
淝水怀古/491
题张楚宝江南第一峰图/494
九九消寒图/495
帘外花开二月风/496
明月梅花共一窗/497
榆青缀古钱/498

李经璹/499
兰斋联句用昌黎会合韵/499

黄昌炜/503
残菊/503

黄家彝/504
暮春客感/504
南巢晚泊/504

周家颐/506
赋得四顶朝霞/506
巢湖棹歌截句十二首/507

吴鼎云/510
辛卯秋与李亚白岁贡、赵啸湖进士、刘兰谷观察、余德香副贡、童润轩上舍,赵颂周、刘沅芗、李润之三茂才同赴金陵,巢湖舟中和啸湖口占原韵/510
余忠宣故宅/511
中庙远眺/511
龙泉山凭眺/512
施口阻风/512
湖行/513
环翠山吊葛征君/513
青阳山吊余忠宣/514
渡巢湖/515
夜坐舟中/516
散兵湾怀古/516
巢湖舟中步周子昂观察韵/517
和周子昂观察四月二日游紫蓬山感怀原韵/517

吴兆荣/518
庚申元日书闷/518
闭关/519
冬夜独坐/519
山庄晚眺/520
巢湖舟中作/520

周行原/522
　赋得雨后焦湖春水高/522
　晚渡巢湖/523
　巢湖打鱼诗/523

周行藻/525
　同友人赴省试晚泊姥山/525
　舟泊中庙/525

李丙荣/527
　戊戌就馆寿春顺风过巢湖写望/527
　己亥仲春渡湖晚泊中庙作/527
　登姥山塔/528
　水调歌头·巢湖月夜闻邻舟歌声/530

李经钰/531
　题课农别墅/531
　留别皖中诸友/531
　口占赠子恒/532
　寄吴子恒庐江即用其翠微亭韵/532
　拟边城秋夜/533

李经达/535
　题洞溪别墅/535
　赠张次卿/536
　花朝沪上偕三兄送家相使节出洋夜游
　　申浦/536
　踏莎行·深夜踏雪/537
　离亭燕·喜雪/538
　满庭芳·春雨/538

李经筵/539
　春阴/539
　风入松/539

张宗瀛/540
　挽郊云公/540

李道清/541
　浣溪沙/541
　浣溪沙/541
　少年游/542
　临江仙·丁酉之秋云史赴金陵填临江
　　仙一阕寄示率和之/542

临江仙/543

张彦修/544
　四顶山/544

张培楪/545
　四鼎山/545

程玉山/546
　无题/546

程之鹪/547
　望浮槎山/547

释达修/548
　夏日送友人陈竣峰赴鸠江/548
　送别友人感怀自述/549

沈德芬/550
　红叶/550

蒯寿枢/551
　次勋老韵游大佛寺诗/551

李国松/552
　赋得雪销巢县青山出/552

李国筠/554
　清明扫墓过临河集题壁/554
　庚戌元日口号/555
　为刘访渠题沈石翁临禊序书谱合
　　册/555

李国栋/558
　莫愁湖/558

李国棣/559
　题《问淞诗存》/559
　和问淞《秋日偕晓耘兄游先农坛》/560
　题画寿伯琦四十生寿辰/560

李淑琴/562
　浪淘沙·新秋乍凉/562

李国杰/563
　秋燕/563
　秋雁/564
　秋鹰/564

秋草/565

杨慧卿/566
　乙亥春日感怀/566

李国模/568
　清平乐·咏砚/568
　城头月·长江咏古/568
　南乡子·大雪概括唐人诗意/569
　醉太平·秋宵不寐/569
　点绛唇·咏梅/569
　点绛唇·听雨不寐/570

李正学/571
　顺风渡巢湖,因登中庙览胜,得五古二首/571

完义煌/573
　秋阴感怀/573
　雨后早由店埠返里/573
　乙卯重游京兆适值洪宪醖酿阴雨有感/574

李国楷/575
　秋日杂诗/575
　浣溪沙·题渔樵耕读山水册页四首/575

陈秉淑/577
　鹧鸪天·广陵怀古吊隋炀帝/577

翠　风/579
　见怀/579
　和国楷《携内游芝城西门刘氏园》/580

黄　裳/581
　庚午长至有感时寓秣陵二十八年矣/581

杨德炯/582
　《合肥诗话》题词/582
　东山口阻雨/583

李国璟/584
　题《问淞诗存》/584
　重过白门有感/585
　题《吟梅馆诗集》/586

吴壬卿/587
　乙卯春送夫子入都/587
　江村岁暮/588
　式微歌/588
　长相思·送舜如回肥/589

李靖国/590
　大观亭/590
　题《餐霞仙馆诗集》/590
　绿意·应京著浔吟社第十课征题分咏绿杨/591

李国焘/593
　伦敦杂咏/593

李国玲/594
　乱后野眺/594
　秋夜/594

李从衍/595
　春声/595
　春尽/595
　送国枢兄之析津/596
　正月二日雨中二绝/596

陈秀珠/597
　浣溪沙·宫词/597

李敬婉/598
　眼儿媚·三题咏秋小草/598

虚生和尚/599
　和佛师述怀/599

李国柱/600
　题《滋树室诗》/600
　题《问淞诗存》/601
　奉答鹤柴先生次赠韵/602
　夏夜读韦苏州集示荶季弟/605

李国檀/606
　题滋树室诗/606
　哭璿弟/607

吴克明/608
　田家/608

李国枢/609
 赠杨韵芝/609
 腊八日简熙载巢湖舟中/609
 雪夜怀熙载庐州途中/610

杨开森/611
 金缕曲·过史半楼太学浮槎山馆故址/611
 小岘山/612
 姥山秋望/612
 过江忠烈公殉难处/613
 过蔡月樵太学依绿园故址/613
 秋日游浮槎山/614

王政谦/615
 浮槎山乳泉歌/615

李国福/617
 秋海棠/617

李国华/618
 春日杂咏步琼花从嫂韵/618

李家煌/619
 立夏日，侍家大人携酒过周梅泉丈巢园，邀陈散原、朱疆村、郑海藏、吴鉴泉、徐随庵、夏吷厂、袁伯夔、李拔可、江孝潜诸老及梅丈看杜鹃。海藏明日将北行，因次梅丈赏樱原韵，赠别兼呈诸老/619
 五古·渡巢湖/621

李家炜/624
 忆秦娥·听杜鹃/624
 蝶恋花/624

李家蕃/625
 九日南郭寺登高步沈推官其杰韵/625

李家骤/626
 偶成/626

谭韵卿/627
 春夜寄外/627

宋静吾/628
 夜坐感作/628
 落花/628

李家恒/629
 咏菊/629
 春闺杂咏/630
 题龙眠吴婉君女士遗诗/630
 点绛唇·对月闻歌有感而作/631
 踏莎行·月夜书怀/631

李家孚/633
 寄王季和/633
 秣陵杂咏/633
 登天平山/634
 游寒山寺/635

李家颐/636
 题杨觉渔柳堤垂钓图/636
 题亡妹嘉莳哀挽录/636

李家复/638
 题杨觉渔明府柳堤垂钓图/638

李家懿/639
 如梦令·吴门春望/639
 清平乐·七夕/639
 北一半儿·海上公园/640
 清平乐·赠月娥女史/640

王泽慧/641
 过巢县/641

王泽敏/642
 泥津即景/642
 送春/642

吴　溥/643
 登姥山塔有怀从弟诚斋/643

李国凤/644
 过武胜关/644

郭道鑫/645
 和韵芝师运知轩题壁诗/645

文 赋

鲍 照/650
　芜城赋/650
　舞鹤赋/651

曹 植/652
　赠白马王彪·并序/652
　洛神赋/653

卢思道/655
　祭巢湖文/655

殷文圭/656
　后唐张崇修庐州外罗城记/656

李 从/659
　天圣梁县新建常平仓记/659

欧阳修/661
　浮槎山水记/661

余 阙/663
　送归彦温赴河西防使序/663
　合淝修城记/664

程 文/666
　青阳山房记/666

宋 濂/668
　元史·余阙传/668

蔡 悉/671
　重建梁县社学碑记/671

黄道日/673
　范增断/673

胡时化/674
　浮槎山灵雨记/674

熊文举/675
　姥山记/675

李天馥/676
　募修中庙疏/676

许裔蘅/678
　募修中庙完工疏/678

汪应遽/680
　募修巢湖中庙疏/680

王 襄/681
　朝霞山赋/681

无名氏/683
　黄生存义捐置秋试田碑记/683

朱 弦/684
　四顶朝霞记/684
　巢湖夜月记/684

徐子苓/686
　遁泉井铭/686

李鸿章/687
　姥山塔碑记/687

徐 乾/689
　朝霞山赋/689

陈 潜/690
　鹦鹉石赋/690

诗　词

曹 植

曹植(192—232),字子建,沛国谯(今安徽省亳州市)人。三国曹魏著名文学家,建安文学代表人物。魏武帝曹操之子,魏文帝曹丕之弟,生前曾为陈王,去世后谥号"思",因此又称陈思王。后人因他文学上的造诣而将他与曹操、曹丕合称为"三曹",南朝宋文学家谢灵运更有"天下才有一石,曹子建独占八斗"的评价。王士禛尝论汉魏以来两千年间诗家堪称"仙才"者,曹植、李白、苏轼三人耳。

肥东民间传说,曹植渴死于八斗岭,民感其德将其安葬。现八斗镇有曹植衣冠冢、砚台田、笔架山和一步二眼井等相关遗迹。

七哀诗[1]

明月照高楼,流光正徘徊。

上有愁思妇,悲叹有余哀。

借问叹者谁,言是宕子妻。[2]

君行逾十年,孤妾常独栖。

君若清路尘,妾若浊水泥。

浮沉各异势,会合何时谐?

愿为西南风,长逝入君怀。

君怀良不开,贱妾当何依?

注 释

[1]《七哀诗》见魏·曹植《曹子建集》,民国八年(1919)上海商务印书馆四部丛刊景明活字本。

[2] 宕子:荡子。指离乡外游,久而不归之人。

白马篇[1]

白马饰金羁,连翩西北驰。[2]

借问谁家子,幽并游侠儿。[3]

少小去乡邑,扬声沙漠垂。

宿昔秉良弓,楛矢何参差。[4]

控弦破左的,右发摧月支。[5]

仰手接飞猱,俯身散马蹄。[6]

狡捷过猴猿,勇剽若豹螭。[7]

边城多警急,虏骑数迁移。

羽檄从北来,厉马登高堤。

长驱蹈匈奴,左顾凌鲜卑。

弃身锋刃端,性命安可怀?

父母且不顾,何言子与妻!

名编壮士籍,不得中顾私。[8]

捐躯赴国难,视死忽如归!

注 释

[1]《白马篇》见魏·曹植《曹子建集》,民国八年(1919)上海商务印书馆四部丛刊景明活字本。

[2] 金羁：① 金饰的马络头。② 借指马。 ▶唐·李白《秋日鲁郡尧祠宴别》:"鲁酒白玉壶,送行驻金羁。"

[3] 谁家子：① 谁,何人。② 犹言甚等样人,甚么东西。带有轻蔑义。 ▶唐·李白《金陵歌送别范宣》:"白马小儿谁家子,泰清之岁来关囚。"

幽并：幽州和并州的并称。约当今河北、山西北部和内蒙古、辽宁一部分地方。其俗尚气任侠。因借指豪侠之气。 ▶南朝·宋·鲍照《拟古》诗之三:"幽并重骑射,少年好驰逐。"

[4] 楛矢：以楛木做杆的箭。 ▶《国语·鲁语下》:"有隼集于陈侯之庭而死,楛矢贯之。"

[5] 月支：即月氏。古族名,曾于西域建月氏国。其族先游牧于敦煌、祁连间。汉文帝前元三至四年时,遭匈奴攻击,西迁塞种故地(今新疆西部伊犁河流域及其迤西一带)。 西迁的

月氏人称大月氏,少数没有西迁的人入南山(今祁连山),与羌人杂居,称小月氏。

[6]飞猱:善于攀援腾跃的猿。

[7]勇剽:勇敢剽悍。

[8]顾私:顾念私情。

鲍 照

鲍照(约415—466),字明远,祖籍东海(治所在今山东郯城西南,辖区包括今江苏涟水),久居建康(今南京)。南朝宋文学家,与颜延之、谢灵运合称"元嘉三大家"。家世贫贱,临海王刘子顼镇荆州时,鲍照任前军参军。刘子顼作乱,鲍照为乱兵所杀。他长于乐府诗,其七言诗对唐代诗歌的发展起了很重要的作用。著有《鲍参军集》。

鲍照曾侨居慎县(今肥东梁园镇)读书,遗有读书台,后世称之为"鲍照读书台"或"明远台"。《(乾隆)江南通志》记载:"明远台,回环皆水,中有一洲。"明远台为古代肥东著名文化遗迹。梁园镇鲍氏尊鲍照为本支始祖。

扶风歌[1]

昨辞金华殿。[2]

今次雁门县。[3]

寝卧握秦戈。

栖息抱越箭。

忍悲别亲知。

行泣随征传。

寒烟空徘徊。

朝日乍舒卷。

注 释

[1]《扶风歌》见六朝·刘宋·鲍照《鲍氏集》,民国八年(1919)上海商务印书馆四部丛刊景毛斧季校宋刻本。

[2]金华殿:① 古殿名。殿在未央宫内。西汉中常侍班伯曾于此受业。▶《汉书·叙传上》:"大将军王凤荐伯(班伯)宜劝学,召见宴昵殿,容貌甚丽,诵说有法,拜为中常侍。时上方乡学,郑宽中、张禹朝夕入说《尚书》《论语》于金华殿中,诏伯受焉。" ② 借指内庭。▶唐·李白《送杨燕之东鲁》:"一辞金华殿,蹭蹬长江边。"亦省称"金华"。

[3]次:指出外远行时停留的处所。

咏秋诗[1]

秋兰徒晚绿。

流风渐不亲。

飙我垂思幕。

惊此梁上尘。

沈阴安可久。[2]

丰景将遂沦。

何由忽灵化。[3]

暂见别离人。

注　释

[1]《咏秋诗》见六朝·刘宋·鲍照《鲍氏集》，民国八年(1919)上海商务印书馆四部丛刊景毛斧季校宋刻本。

[2] 沈阴：亦作"沉阴"。① 谓积云久阴。▶《礼记·月令》："(季春之月)行秋令，则天多沈阴，淫雨蚤降，兵革并起。"② 阴暗，阴沉。▶ 三国·魏·阮籍《元父赋》："地下沉阴兮受气匪和，太阳不周兮殖物匪嘉。"③ 指地下。▶《汉书·外戚传上·孝武李夫人》："托沈阴以圹久兮，惜蕃华之未央。"颜师古注："沈阴，言在地下也。"④ 借指黑暗统治。▶ 郭沫若《蜩螗集·北上纪行》诗："两番罹浩劫，一旦扫沉阴。"

[3] 灵化：①《楚辞·离骚》："余既不难夫离别兮，伤灵修之数化。"王逸注："伤念君信用谗言，志数变易，无常操也。"后因以"灵化"谓君心转变。② 神异的变化。▶ 晋·陶潜《读〈山海经〉》诗之二："灵化无穷已，馆宇非一山。"逯钦立校注："灵化，神灵变化。"③ 谓死。▶《宋书·袁淑传论》："徒以灵化悠远，生不再来，虽天行路岭，而未之斯遇，谓七尺可存，百年可保也。"④ 对教化的美称。▶《宋书·乐志二》："王道四达，流仁布德……灵化侔四时，幽诚通玄默。"

登黄鹤矶诗[1]

木落江渡寒。

雁还风送秋。

临流断商弦。[2]

瞰川悲棹讴。[3]

适郢无东辕。[4]

还夏有西浮。

三崖隐丹磴。

九派引沧流。[5]

泪竹感湘别。[6]

弄珠怀汉游。[7]

岂伊药饵泰。[8]

得夺旅人忧。

注　释

[1]《登黄鹤矶诗》见六朝·刘宋·鲍照《鲍氏集》，民国八年(1919)上海商务印书馆四部丛刊景毛斧季校宋刻本。

[2]商弦：弹奏商调的丝弦。即七弦琴的第二弦。《初学记》卷十六引《三礼图》曰："琴第一弦为宫，次弦为商，次为角，次为羽，次为征，次为少宫，次为少商。"▶《淮南子·览冥训》："故东风至而酒湛溢，蚕呡丝而商弦绝，或感之也。"

[3]棹讴：亦作"櫂讴"。摇桨行船所唱之歌。▶晋·左思《蜀都赋》："吹洞箫，发櫂讴。"

[4]东辕：谓领兵东出或驻守东境。辕，军营的辕门。▶《北齐书·李元忠等传论》："及高祖东辕，事与心会，一遇雄姿，遂沥肝胆，以石投水，岂徒然哉？"

[5]九派：① 长江在湖北、江西一带，分为很多支流，因以九派称这一带的长江。▶汉·刘向《说苑·君道》："禹凿江以通于九派，洒五湖而定东海。" ② 浔阳的别称。即今江西九江。▶《北齐书·文宣帝纪》："诏梁王萧庄为梁主，进居九派。"

[6]泪竹：即斑竹。▶唐·郎士元《送李敖湖南书记》："入楚岂忘看泪竹，泊舟应自爱江枫。"

[7]弄珠：① 玩珠。指汉皋二女事。▶《文选·张衡〈南都赋〉》："耕父扬光于清泠之渊，

游女弄珠于汉皋之曲。"李善注引《韩诗外传》："郑交甫将南适楚,遵彼汉皋台下,乃遇二女,佩两珠,大如荆鸡之卵。"②指鲛人泣珠故事。▶南朝·梁·陶弘景《水仙赋》："弄珠于渊客之庭,卷绡乎鲛人之室。"③古时百济杂戏的一种。▶《北史·百济传》："有鼓角、箜篌、筝竽、篪笛之乐,投壶、摴蒲、弄珠、握槊等杂戏。"

[8]岂伊:犹言岂,难道。伊,语中助词,无意。▶《诗·小雅·頍弁》："岂伊异人,兄弟匪他。"

拟古诗[1]

束薪幽篁里,刈黍寒涧阴。[2]

朔风伤我肌,号鸟惊思心。[3]

岁暮井赋讫,程课相追寻。[4]

田租送函谷,兽藁输上林。[5]

河渭冰未开,关陇雪正深。[6]

笞击官有罚,呵辱吏见侵。[7]

不谓乘轩意,伏枥还至今。[8]

注　释

[1]《拟古诗》见六朝·刘宋·鲍照《鲍氏集》,民国八年(1919)上海商务印书馆四部丛刊景毛斧季校宋刻本。

[2]幽篁:指幽深的竹林。▶《楚辞·九歌·山鬼》："余处幽篁兮终不见天。"王逸注："幽篁,竹林也。"

[3]思心:①忧思,思虑。▶《楚辞·九章·悲回风》："纠思心以为纕兮,编愁苦以为膺。"②思念之情。汉·无名氏《苏武诗》之二："胡马失其群,思心常依依。"③思恋爱慕之心。▶《四游记·华光来千田国显灵》："公主卷起神幔,看见华光宝像,便有思心。"

[4]井赋:古代行井田而纳贡赋,因用以称田赋。语本▶《周礼·地官·小司徒》："九夫为井……以任地事,而令其贡赋。"

程课:①指征发赋税徭役。▶《逸周书·大匡》："程课物征,躬竞比藏。"②定额,定限。▶《隋书·天文志上》："此后百工作役,并加程课,以日长故也。"③考核检查。▶《亢仓子·臣道》："用中等之人,则当程课其功,示以赏罚。"④犹言课程。规定的学业内容和进程。▶宋·苏辙《上皇帝书一封》："今世之取人,诵文书习程课,未有不可为吏者也。"

[5]函谷:函谷关。▶唐·李白《古风》诗之三："收兵铸金人,函谷正东关。"

上林:① 古宫苑名。秦旧苑,汉初荒废,至汉武帝时重新扩建。故址在今西安市西及周至、户县界。 ▶《三辅黄图·苑囿》:"汉上林苑,即秦之旧苑也。" ② 古宫苑名。东汉光武帝时建造。故址在今河南洛阳市东,汉魏洛阳故城西。东汉永平十五年(72)冬,车骑校猎上林苑,即此。③ 古宫苑名。南朝宋大明三年(459)建造。故址在今江苏南京市玄武湖北。见《宋书·孝武帝纪》。④ 泛指帝王的园囿。 ▶宋·岳飞《从驾游内苑应制》:"勒报游西内,春光霭上林。" ⑤ 指司马相如《上林赋》。 ▶南朝·梁·刘勰《文心雕龙·诠赋》:"相如《上林》,繁类以成艳。"

[6] 河渭:黄河与渭水的并称。亦指河渭两水之间的地区。 ▶《史记·留侯世家》:"诸侯安定,河渭漕挽天下,西给京师。"

关陇:指关中和甘肃东部一带地区。 ▶《后汉书·公孙述传》:"令汉帝释关陇之忧,专精东伐,四分天下而有其三。"

[7] 笞击:拷打。 ▶《史记·范雎蔡泽列传》:"魏齐大怒,使舍人笞击雎,折胁折齿。"

呵辱:犹言辱骂。 ▶南朝·宋·鲍照《拟古》:"笞击官有罚,呵辱吏见侵。"

[8] 乘轩:乘坐大夫的车子。 ▶《左传·闵公二年》:"卫懿公好鹤,鹤有乘轩者。"杜预注:"轩,大夫车。"后用以指做官。

伏枥:亦作"伏历"。① 马伏在槽上。指受人驯养。 ▶《汉书·李寻传》:"马不伏枥,不可以趋道;士不素养,不可以重国。" ② 喻指养育。 ▶清·纳兰性德《拟古》诗之二六:"但受伏枥恩,何以异驽骀!" ③ 指蓄养在厩中的马匹。 ▶《汉书·梅福传》:"虽有景公之位,伏历千驷,臣不贪也。" ④ 三国·魏·曹操《龟虽寿》:"老骥伏枥,志在千里;烈士暮年,壮心不已。"后用为壮志未酬,蛰居待时的典故。

萧颖士

萧颖士(717—768),字茂挺,唐颍州汝阴(今安徽省阜阳市)人。萧颖士高才博学,工书法,长于古籀文体,时人论其"殷、颜、柳、陆、李、萧、邵、赵,以能全其交也"。工古文辞,语言朴实;诗多清凄之言。家富藏书,玄宗时,家居洛阳,已有书数千卷。安禄山谋反后,他把藏书转移到石洞坚壁,独身走山南。身没后,门人共谥"文元先生"。

萧颖士其文多已散佚,有《萧梁史话》《游梁新集》及文集十余卷,明人辑有《萧茂挺文集》一卷,《全唐诗》收其诗二十首、收其文二卷。

□□□赵载同游焦湖夜归作[1]

□□将泽国,溯腾迎淮甸。[2]

东江输大江,别流从此县。

仙尉俯胜境,轻桡恣游衍。[3]

自公暇有余,微尚得所愿。[4]

拈引间翰墨,风流尽欢宴。

稍移井邑闲,始悦登眺便。

遥岫逢应接,连塘乍回转。

划然气象分,万顷行可见。[5]

波中峰一点,云际帆千片。

浩叹无端涯,孰知蕴虚变。[6]

往游信不厌,毕景方未还。[7]

兰□烟霭里,延缘蒲稗间。[8]

势随风潮远,心与□□闲。

回见出浦月,雄光射东关。

悠然蓬壶事,□□□衰颜。

安得傲吏隐,弥年寓兹山。[9]

注 释

[1]《□□□赵载同游焦湖夜归作》诗见清·曹寅《全唐诗》卷八百八十二《补遗一》,本诗标题有缺。

[2]淮甸:淮河流域。▶南朝·宋鲍照《浔阳还都道中》:"登舻眺淮甸,掩泣望荆流。"

[3]仙尉:亦作"僊尉"。是对汉朝人梅福的美称。梅福字子真,为郡文学,补南昌尉。后归里。王莽专政时,弃妻子去,传以为仙,故称。见《汉书·梅福传》。

轻桡:小桨。借指小船。▶《文选·谢惠连〈泛湖出楼中玩月〉诗》:"日落泛澄瀛,星罗游轻桡。"

游衍:①恣意游逛。▶《诗·大雅·板》:"昊天曰旦,及尔游衍。"②谓从容自如,不受拘束。▶明·陆时雍《诗镜总论》:"太白力有余闲,故游衍自得。"③滋蔓。▶清·恽敬《光孝寺碑铭》:"宋元明之言,往复变动,往复变动则生疑,而浮图之教乘得以游衍附托。"④犹言推演。衍,通"演"。▶清·王耕心《〈白雨斋词话〉序》:"故词之为体,诗以为祢,曲以为子,识者为之,莫不沿溯汉魏,游衍屈宋,以蕲上窥三百篇之旨。"

[4]微尚:微小的志趣、意愿。常用作谦词。▶南朝·宋·谢灵运《初去郡》:"伊余秉微尚,拙讷谢浮名。"

[5]划然:①象声形容词。▶唐·谷神子《博异志·阴隐客》:"至一大门……门有数人俯伏而候。门人示金印、读玉简,划然开门。"②忽然,突然。▶唐·韩愈《听颖师弹琴》:"划然变轩昂,勇士赴敌场。"③界限分明貌。▶清·王夫之《尚书引义·说命中》:"宋诸先儒欲拆陆、杨'知行合一'、'知不先,行不后'之说,而曰'知先行后',立一划然之次序。"④犹言豁然,开朗貌。▶明·王思任《徐霞客传》:"与之论山经、辨水脉,搜讨形胜,则划然心开。"

[6]浩叹:长叹,大声叹息。▶唐·王勃《益州夫子庙碑》:"命归齐去鲁,发浩叹于衰周。"

端涯:亦作"端崖"。边际。▶《庄子·天下》:"荒唐之言,无端崖之辞。"

[7]毕景:①日影已尽。指入暮。▶晋·王嘉《拾遗记·前汉下》:"(昭帝)乃命以文梓为船……随风轻漾,毕景忘归,乃至通夜。"齐治平注:"毕景,日影已尽,谓日暮也。"②比喻人之暮年。▶唐·杜甫《寄司马山人十二韵》:"发少何劳白,颜衰肯更红,望云悲辘轳,毕景羡冲融。"③竟日,整天。▶《南史·殷臻传》:"(臻)幼有名行,袁粲、储彦回并赏异之,每造二公之席,辄清言毕景。"

[8]延缘:①缓慢移行。▶《庄子·渔父》:"(客)乃刺船而去,延缘苇间。"②与他物相连。▶宋·范成大《桂海岩洞志》:"桂之千峰皆旁无延缘,悉自平地崛然特立,玉笋瑶簪,森列无际。"

蒲稗:蒲草与稗草,亦用以指相近相依的事物。▶《文选·谢灵运〈石壁精舍还湖中〉诗》:"芰荷迭映蔚,蒲稗相因依。"▶刘良注:"芰荷蒲稗皆水草迭递也。"

[9]傲吏:不为礼法所屈的官吏。▶晋·郭璞《游仙》:"漆园有傲吏,莱氏有逸妻。"

弥年:①高年。▶《逸周书·谥法》:"弥年寿考曰胡。"②经年,终年。▶《后汉书·李固传》:"永和中,荆州盗贼起,弥年不定,乃以固为荆州刺史。"

罗 珦

罗珦(736—808),先世唐越州会稽(今浙江省绍兴市)人,家庐州(今安徽省合肥市)。家贫,不事生产,依浮槎山福泉寺为生。唐代宗宝应年间(762—763)赴京上书言事,授太常寺太祝。累迁监察御史、殿中侍御史、祠部员外郎、奉天令,再任庐州、寿州刺史。加御史中丞,再入京先后担任司农卿、京兆尹。因年老而告退,改太子宾客,累封襄阳县男。宪宗元和四年(808)十一月卒,谥"夷"。

罗珦担任庐州刺史长达七年,期间"性情严厉而不残暴,温和而不随流,宽仁教化"。庐人深受其惠,为其立德政碑。碑文由唐代著名文人杨凭撰写,《唐庐州刺史本州团练使罗珦德政碑》曾立于合肥城内,惜今已湮没。

行县至浮查山寺[1]

三十年前此布衣,鹿鸣西上虎符归。[2]

行时宾从过前寺,到处松杉长旧围。

野老竞遮官道拜,沙鸥遥避隼旟飞。[3]

春风一宿琉璃地,自有泉声惬素机。[4]

注 释

[1]《行县至浮查山寺》诗见清·曹寅《全唐诗》卷三百一十三,清文渊阁四库全书本。本诗题又作《福泉寺僧房题壁》。

福泉寺:寺在浮槎山,在今肥东县石塘镇境内。

[2]鹿鸣:《诗·小雅》篇名,后指科举中第。▶《诗·小雅·鹿鸣》:"呦呦鹿鸣,食野之苹。"

虎符:古代帝王授予臣下兵权和调发军队的信物,为虎形。初时以玉为之,后改用铜。背有铭文,剖为两半,右半留中央,左半给予地方官吏或统兵的将帅。调发军队时,朝廷使臣须持符验对,符合,始能发兵。此制盛行于战国、秦、汉,直至隋代。到了唐代始改用鱼符。

[3]隼旟[sǔn yú]:画着鸟隼的旌旗,多借指地方长官。▶唐·白居易《得甲为郡守部下渔色御史将责之辞云未授官已前纳采》:"宜听隼旟之诉,难科渔色之辜。"

[4]惬素:快心。▶唐·韦应物《晚出府舍与独孤兵曹令狐士曹南寻朱雀街归里第》诗:"分曹幸同简,联骑方惬素。"

罗 让

罗让(767—837),字景宣,原籍会稽(今浙江省绍兴市),生于庐州(今安徽省合肥市),罗珦之子。少以文学知名,举进士、宏辞、贤良方正,皆高第。历官尚书郎、散骑常侍、江西观察使。卒年七十一岁,赠礼部尚书。

工行书,贞元五年(789)卢群所撰《唐襄州新学记》为其所书。此外,《湖北金石志》记载《新修刘景升庙记碑》也是罗让所书。

闰月定四时[1]

月闰随寒暑,畴人定职司。[2]

余分将考日,积算自成时。[3]

律候行宜表,阴阳运不欺。[4]

气薰灰琯验,数扐卦辞推。[5]

六律文明序,三年理暗移。[6]

当知岁功立,唯是奉无私。[7]

注 释

[1]《闰月定四时》诗见清·曹寅《全唐诗》卷三百一十三,清文渊阁四库全书本。

[2] 畴人:古称专门研究天文、历法、数学的人。

[3] 余分:① 指地球环绕太阳运行一周的实际时间与纪年时间相比所余的零头数。▶《汉书·律历志下》:"后九十五岁,商十二月甲申朔旦冬至,亡余分,是为孟统。" ② 谓非正统。▶宋·岳珂《奉诏移伪齐檄》:"率华夏礼义之俗,甘事腥膻,紫色余分,拟乱正统。"参见"余分闰位"。③ 余留部分。▶宋·陈师道《中秋夜东刹赠仁公》诗:"盈盈秋月不余分,叶露悬光可数尘。"此指月亮亏蚀部分。

[4] 律候:谓律管候气。

[5] 灰琯:亦作"灰管"。① 古代候验节气变化的器具。以葭莩之灰置于律管,故名。▶《晋书·律历志上》:"又叶时日于晷度,效地气于灰管,故阴阳和则景至,律气应则灰飞。" ② 指时序,节候。 ▶北周·庾信《周大将军陇东郡公侯莫陈君夫人窦氏墓志铭》:"风霜所

及,灰琯遂侵。"

扐[lè]:① 古代数蓍草占卜,将零数夹在手指中间称"扐"。② 手指之间。▶《周易·系辞上》"归奇于扐以象闰。"③ 余数。

[6] 六律:古代乐音标准名。相传黄帝时伶伦截竹为管,以管之长短分别声音的高低清浊,乐器的音调皆以此为准。乐律有十二,阴阳各六,阳为律,阴为吕。六律即黄钟、太蔟、姑洗、蕤宾、夷则、无射。▶《书·益稷》:"予欲闻六律、五声、八音,在治忽,以出纳五言,汝听。"

[7] 岁功:① 一年的时序。▶《汉书·律历志上》:"权者,铢、两、斤、钧、石也……四万六千八十铢者,万一千五百二十物历四时之象也。而岁功成就,五权谨矣。"② 一年农事的收获。▶《汉书·礼乐志》:"阳出布施于上而主岁功,阴入伏藏于下而时出佐阳。阳不得阴之助,亦不能独成岁功。"

梢云[1]

殊质资灵贶,凌空发瑞云。[2]

梢梢含树彩,郁郁动霞文。[3]

不比因风起,全非触石分。[4]

叶光闲泛滟,枝杪静氛氲。[5]

隐见心无宰,裴回庆自君。[6]

翻飞如可托,长愿在横汾。[7]

注释

[1]《梢云》诗见清·曹寅《全唐诗》卷三百一十三,清文渊阁四库全书本。

[2] 灵贶:神灵赐福。▶《文选·范晔〈后汉书·光武纪赞〉》:"世祖诞命,灵贶自甄。"

[3] 霞文:绚烂的云彩。▶南朝·梁·简文帝《明月山铭》:"缋色斜临,霞文横竖。"

[4] 触石:① 谓山中云气与峰峦相碰击,吐出云来。典出▶《公羊传·僖公三十一年》:"触石而出,肤寸而合,不崇朝而遍雨乎天下者,唯泰山尔。"▶《文选·左思〈蜀都赋〉》:"冈峦纠纷,触石吐云。"② 指险峰。▶晋·陆云《喜霁赋》:"靖屏翳之洪隧兮,戢太山之触石。"

[5] 泛滟:① 浮光闪耀貌。▶《艺文类聚》卷一引南朝·宋·谢灵运《怨晓月赋》:"浮云褰兮收泛滟,明舒照兮殊皎洁。"② 谓歌曲中宛转引长其声。▶宋·程大昌《演繁露·嘌》:"凡今世歌曲……近又即旧声而加泛滟者,名曰嘌唱。"

枝杪:树木枝条的梢头。▶唐·段成式《酉阳杂俎续集·支植上》:"塔侧生一大树,萦绕至塔顶,枝干交横,上平,容十余人坐,枝杪四向下垂,如百子帐。"

氤氲：① 阴阳二气会合之状。▶《魏书·孝文帝纪上》："天地氤氲，和气充塞。" ② 盛貌。▶《文选·谢惠连〈雪赋〉》："霰淅沥而先集，雪纷糅而遂多，其为状也，散漫交错，氤氲萧索。" ③ 云雾朦胧貌。▶南朝·宋·鲍照《冬日》诗："烟霾有氤氲，精光无明异。" ④ 指浓郁的烟气或香气。▶南朝·梁·沈约《咏竹火笼》："覆持鸳鸯被，白鹤吐氤氲。" ⑤ 比喻心绪缭乱。▶唐·陈子昂《入东阳峡》诗："仙舟不可见，遥思坐氤氲。"

[6] 隐见：① 或隐或现。▶南朝·梁·简文帝《咏栀子花》："日斜光隐见，风还影合离。" ② 隐退或出仕。▶金·王若虚《扬子法言微旨序》："今公于子云之书，辨明是正，厥功多矣，至于进退隐见之际，尤为反覆而致意。"

无宰：没有主宰。▶唐·曹松《梢云》诗："隐见心无宰，徘徊庆自君。"

裴回：① 亦作"裵回"。彷徨，徘徊不进的样子。② 徐行的样子。▶《史记·司马相如列传》："于是楚王乃弭节裴回，翱翔容与。"参见"徘徊"。③ 留恋。▶唐·贾至《送夏侯子之江夏》诗："留欢一杯酒，欲别复裴回。"参见"徘徊"。

[7] 横汾：据《汉武故事》，汉武帝尝巡幸河东郡，在汾水楼船上与群臣宴饮，自作《秋风辞》，中有"泛楼舡兮济汾河，横中流兮扬素波"句。后因以"横汾"为典，用以称颂皇帝或其作品。▶唐·张说《奉和圣制暇日与兄弟同游兴庆宫作应制》："汉武横汾日，周王宴镐年。"

张彦修

张彦修,生卒年、生平不详,唐朝蒲州猗氏人(今山西省运城市临猗县)。《新唐书》卷七十二下《宰相世系表》载河东张氏有彦修,为唐宪宗朝宰相张弘靖之孙,河南少尹张嗣庆之子。

游四顶山[1]

翠峦齐耸压平湖,晚绿朝红画不如。

寄诗商山贤四皓,好来各占一峰居。[2]

注 释

[1]《游四顶山》诗见宋·王象之《舆地纪胜》卷四十五,清影宋钞本。

[2] 商山四皓:指秦朝末年四位信奉黄老之学的隐士:东园公唐秉、夏黄公崔广、绮里季吴实、甪里先生周术。他们隐居于商山,曾经向汉高祖刘邦讽谏不可废去太子刘盈(即后来的汉惠帝)。后人用"商山四皓"来泛指有名望的隐士。

罗 隐

罗隐(833—909),本名横,字昭谏,自号江东生,大中、咸通中屡举进士不第,遂改名隐。罗隐与宗人罗邺、罗虬齐名,时号"三罗"。唐末五代新城(今属浙江省杭州市富阳区)人,诗人、文学家、思想家。

咸通末,为湖南观察使于瓌掌书记,官衡阳主簿。又为淮南李蔚从事。广明中,避乱归乡里。唐僖宗光启三年(887),为钱塘令,迁著作郎、节度掌书记,转司勋郎中,充节度判官。后梁开平二年(908),授给事中。次年(909),迁盐铁发运使,卒。

罗隐著述甚丰,但散佚严重,今存诗歌约五百首,有诗集《甲乙集》传世,散文名著《谗书》五卷六十篇(残缺二篇),哲学名著《两同书》二卷,小说《广陵妖乱志》《中元传》等,另有书《启碑记》等杂著约四十篇。

游四顶山[1]

胜景天然别,精神入画图。[2]

一山分四顶,三面瞰平湖。

过夏僧无热,凌冬草不枯。[3]

游人来至此,愿舍发和须。

注 释

[1]《游四顶山》诗见清·曹寅《全唐诗》卷六百六十五,清文渊阁四库全书本。

四顶山:又名四鼎山、朝霞山。在安徽合肥市肥东县南25千米。传为汉末魏伯阳铸鼎炼丹处。四顶朝霞为古庐阳八景之一。

[2]精神:此处指风采神韵。▶宋·周美成《烛影摇红》词:"风流天付与精神,全在娇波眼。"

[3]过夏:①度过夏天,避暑。▶唐·杜牧《大梦上人自庐峰回》诗:"开门满院空秋色,新向庐峰过夏归。"②唐时举子下第后在京重新攻读以待再试。▶唐·李肇《唐国史补》卷下:"进士籍而入选,谓之春闱。不捷而醉饱,谓之打毷氉。匿名造谤,谓之无名子。退而肄业,谓之过夏。"

姥山[1]

临塘古庙一神仙,绣幌花容色俨然。[2]

为逐朝云来此地,因随暮雨不归天。

眉分初月湖中鉴,香散余风竹上烟。[3]

借问邑人沉水事,已经秦汉几千年。[4]

注释

[1]《姥山》诗见清·曹寅《全唐诗》卷六百六十五,清文渊阁四库全书本。本诗标题又作《登巢湖圣姥庙》,见清·陆龙腾《(康熙)巢县志》卷十九,清康熙十二年(1673)刊本。

巢湖:一称焦湖。在安徽中部巢湖、肥东、肥西、庐江等县市间,湖呈鸟巢状,故名,面积769平方千米。

圣姥庙:又称仙姥庙、神姥庙。《方舆胜览》卷四十六云:"姥山在巢湖中,湖陷,姥化此山。"

[2]花容:比喻女子美丽的容貌,亦借指女子面容。▶元·方回《虚谷闲抄》:"见少女如张等辈十许人,皆花容绰约,钗钿照辉。"

俨然:① 严肃庄重的样子。▶《论语·尧曰》:"君子正其衣冠,尊其瞻视,俨然人望而畏之。"② 引申为一本正经、煞有介事的样子。③ 齐整有序的样子。▶晋·陶潜《桃花源记》:"土地平旷,屋舍俨然。"④ 真切、明显的样子。▶南朝·梁·萧统《十二月启》:"涵蚌胎于学海,卓尔超群;蕴鹊抵于文山,俨然孤秀。"⑤ 宛然,仿佛。▶北魏·杨衒之《洛阳伽蓝记·永宁寺》:"有人从象郡来云:'见浮图于海中,光明照耀,俨然如新。'"

[3]余风:① 过去传留下来的风教、风习。▶《书·毕命》:"商俗靡靡,利口惟贤,余风未殄,公其念哉。"② 指前人的风范。▶《南史·羊玄保传》:"欲令卿二子有林下正始余风。"

[4]邑人:① 封地上的人。▶《易·比》:"邑人不诫,上使中也。"② 同邑的人,同乡的人。▶《左传·定公九年》:"尽借邑人之车。"

杜荀鹤

杜荀鹤(846—904或907),字彦之,号九华山人,唐池州石埭(今安徽省石台县)人。初贫寒,读书九华山,与顾云、殷文圭等为友。累举进士不第,后归隐山中十五年。唐昭宗大顺二年(891),登进士第,时危世乱,复还旧山。宣州节度使田頵辟为从事。昭宗天复三年(903),出使大梁(今河南省开封市)。值田頵兵败,遂留大梁。昭宗天祐元年(904),朱温奏其为翰林学士、主客员外郎、知制诰。遇疾,旬日而卒。一说,唐哀帝天祐四年(907),朱温代唐后,五日而卒。

杜荀鹤工近体诗,于晚唐自成一体。其诗语言通俗、风格清新,后人称"杜荀鹤体"。初及第时,自编其诗为《唐风集》三卷。今存《杜荀鹤文集》三卷。《全唐诗》编诗三卷。

过巢湖[1]

世人贪利复贪荣,来向湖边始至诚。[2]
男子登舟与登陆,把心何不一般行。[3]

注释

[1]《过巢湖》诗见唐·杜荀鹤《杜荀鹤文集》卷一,宋刻本。

[2]贪利:① 贪求利益。▶《管子·重令》:"取与贪利之人,将以此收货聚财。"② 贪图。▶《韩非子·十过》:"乃使荀息以垂棘之璧与屈产之乘,赂虞公而求假道焉。"

贪荣:贪图名声。▶《周书·柳带韦传》:"夫顾亲戚,惧诛夷,贪荣慕利,此生人常也。"

至诚:① 极忠诚,极真诚。▶《管子·幼官》:"用利至诚,则敌不校。"② 古代儒家指道德修养的最高境界。▶《礼记·中庸》:"唯天下至诚,为能经纶天下之大经,立天下之大本,知天地之化育。"③ 极其真挚诚恳的心意。▶《汉书·刘向传》:"其言多痛切,发于至诚。"

[3]何不:犹言为什么不,表示反问。▶《诗·唐风·山有枢》:"子有酒食,何不日鼓瑟?且以喜乐,且以永日。"

送人归淝上[1]

巢湖春涨喻溪深,才过东关见故林。[2]

莫道南来总无利,水亭山寺二年吟。

注 释

[1]《送人归淝上》诗见唐·杜荀鹤《杜荀鹤文集》卷三,宋刻本。

[2] 东关:地名。古称濡须口,位于今安徽省马鞍山市含山县县城西南38千米处。东汉建安十七年(212),孙权为拒曹操在此修关寨,卡住濡须河门,当时又名濡须城;又因其寨似"偃月",又称偃月城或偃月坞,俗称东关。

故林:① 从前栖息的树林。▶南朝·宋·谢灵运《晚出西射堂》诗:"羁雌恋旧侣,迷鸟怀故林。"② 故乡的树林,比喻故乡或家园。▶唐·杜甫《江亭》诗:"故林归未得,排闷强裁诗。"③ 指桃林,在华山之东。相传武王克商后,纵马于华山之阳,放牛于桃林之墟,示天下不复用兵。▶晋·潘岳《西征赋》:"问休牛之故林,感征名于桃园。"

春日巢湖书事[1]

暖掠红香燕燕飞,五云仙佩晓相携。[2]

花开鹦鹉韦郎曲,竹亚虬龙白帝溪。[3]

富贵万场照絮酒,是非千载逐芳泥。[4]

不知多少开元事,露泣春丛向日低。[5]

注 释

[1]《春日巢湖书事》诗见清·左辅纂修《(嘉庆)合肥县志》卷三十一,黄山书社2006年版。本诗又作《春日期巢湖旧事》,《唐诗鼓吹》[金·元好问《唐诗鼓吹》卷九,清顺治十六年(1659)陆贻典、钱朝鼒等刻本]、《全唐诗》(清·曹寅《全唐诗》卷七百六十四,清文渊阁四库全书本)、《全五代诗》(清·李调元《全五代诗》卷一百,清函海本)皆将其归于唐末五代时人谭用之名下。

[2] 五云:① 指青、白、赤、黑、黄五种云色。古人视云色占吉凶丰歉。▶《周礼·春官·保章氏》:"以五云之物,辨吉凶、水旱降、丰荒之祲象。"② 五色瑞云。多作吉祥的征兆。▶《南

齐书·乐志》:"圣祖降,五云集。"③ 指皇帝所在地。▶唐·王建《赠郭将军》诗:"承恩新拜上将军,当值巡更近五云。"④ 指云英、云珠、云母、云液、云沙五种云母。据称按五季服用,能寿考乃至成仙。▶晋·葛洪《抱朴子·勤求》:"或闻有晓消五云,飞八石,转九丹,治黄白。"⑤ "五云体"的省写。指唐人韦陟用草书署名的字体。亦称"五朵云"。

[3] 韦郎:《云溪友议》载,韦皋游江夏,与姜使君馆侍女玉箫相恋,离别时,相约七年后相见,留玉指环为信物。八年,韦未至,玉箫绝食而殒。后韦得一歌姬,酷似玉箫。

[4] 絮酒:谓祭奠用酒。▶唐·杨炯《为薛令祭刘少监文》:"苍烟漫兮紫苔深,陈絮酒兮涕沾襟。"

[5] 春丛:春日丛生的花木。▶南朝·梁·刘孝标《广绝交论》:"叙温郁则寒谷成暄,论严苦则春丛零叶。"

谭用之

谭用之,生卒年、籍贯不详,字藏用,唐末五代人。仕途不达,长年流离他乡。善诗,尤擅七律。著有诗集一卷,收录于《新唐书·艺文志》,传于世。

春日期巢湖旧事[1]

暖掠红香燕燕飞,五云仙佩晓相携。

花开鹦鹉韦郎曲,竹亚虬龙白帝溪。

富贵万场照絮酒,是非千载逐芳泥。

不知多少开元事,露泣春丛白日低。

注 释

[1]《春日期巢湖旧事》诗见《全唐诗》卷七百六十四,清文渊阁四库全书本。本诗一说为杜荀鹤作。

包 拯

　　包拯(999—1062),初字兼济,后字希仁,北宋庐州合肥(今安徽省合肥市)人。宋仁宗天圣五年(1027)进士,累迁监察御史,曾建议练兵选将、充实边备。奉使契丹还,历任三司户部判官,京东、陕西、河北路转运使。后入朝担任三司户部副使,请求朝廷准许解盐通商买卖。改知谏院,多次论劾权幸大臣。授龙图阁直学士、河北都转运使,移知瀛、扬诸州,再召入朝,历权知开封府、权御史中丞、三司使等职。嘉祐六年(1061),任枢密副使。因曾任天章阁待制、龙图阁直学士,故世称"包待制""包龙图"。嘉祐七年(1062)病逝,年六十四,追赠礼部尚书,谥"孝肃"。后世称其为"包孝肃"。有《包孝肃公奏议》传世。

　　包拯廉洁公正、立朝刚毅、不附权贵、铁面无私、英明决断、敢于替百姓申不平,故有"包青天"及"包公"之名,北宋京师即有"关节不到,有阎罗包老"之语。包拯形象在后世被大幅神化,"包拯崇拜"成为中国古代出现的一种具有广泛社会群众基础的文化现象。

　　目前流传下来的包拯诗作仅此一首,可谓吉光片羽,却成为包拯一生为官做人的光辉写照。

书端州郡斋壁[1]

清心为治本,直道是身谋。[2]

秀干终成栋,精钢不作钩。[3]

仓充鼠雀喜,草尽兔狐愁。

史册有遗训,毋贻来者羞。[4]

注 释

[1]《书端州郡斋壁》诗见清·厉鹗《宋诗纪事》卷十一,清文渊阁四库全书本。

[2]清心:指居心清正。

身谋:修身的原则。 ▶《新唐书·许季同传》:"且忠臣事君,不以私害公,设有才,虽亲旧当自用。避嫌不用,乃臣下身谋,非天子用人意。"

[3]秀干:优质的树木,指优秀的人才。

[4]遗训:前人留下或死者生前所说的有教育意义的话。 ▶《国语·周语上》:"赋事行刑,必问于遗训,而咨于故实。"韦昭注:"遗训,先王之教也。"

王安石

王安石(1021—1086),字介甫,晚号半山,北宋抚州临川(今江西省抚州市)人。宋仁宗庆历二年(1042)进士。历任扬州签判、鄞县知县、舒州通判等职,政绩显著。熙宁二年(1069),任参知政事,次年拜相,主持变法。因守旧派反对,熙宁七年(1074)罢相。一年后,宋神宗再次起用,旋又罢相,退居江宁。哲宗元祐元年(1086),保守派得势,新法皆废,郁然病逝于钟山,追赠太傅。绍圣元年(1094),谥"文",封荆国公,故世称王荆公。其事见《名臣碑传琬琰集》下集卷一四《王荆公安石传》。《宋史》卷三二七有传。

王安石潜心研究经学,著书立说,创"荆公新学",促进宋代疑经变古学风的形成。在哲学上,他用"五行说"阐述宇宙生成,丰富和发展了中国古代朴素唯物主义思想;其哲学命题"新故相除",把中国古代辩证法推到一个新的高度。

在文学上,王安石具有突出成就。其散文简洁峻切,短小精悍,论点鲜明,逻辑严密,有很强的说服力,充分发挥了古文的实际功用,名列"唐宋八大家";其诗"学杜得其瘦硬",擅长于说理与修辞,晚年诗风含蓄深沉、深婉不迫,以丰神远韵的风格在北宋诗坛自成一家,世称"王荆公体";其词写物咏怀吊古,意境空阔苍茫,形象淡远纯朴,营造出一个士大夫文人特有的情致世界。有《王临川集》《临川集拾遗》等存世。

慎县修路者[1]

畚筑今三岁,康庄始一修。[2]

何言野人意,能助令君忧。[3]

勠力非无补,论心岂有求。

十年空志食,因汝起予羞。[4]

注　释

[1]《慎县修路者》诗见宋·王安石《临川先生文集》卷十六,四部丛刊景明嘉靖本。

[2] 畚筑:盛土和捣土的工具。▶《左传·宣公十一年》:"令尹芳艾猎城沂,使封人虑事,以授司徒。量功命日,分财用,平板干,称畚筑……事三旬而成,不愆于素。"

康庄:① 意为四通八达的大道。▶唐·白居易《和松树》诗:"漠漠尘中槐,两两夹康庄。"② 谓宽阔平坦。▶《史记·孟子荀卿列传》："自如淳于髡以下,皆命曰列大夫,为开第康庄之衢。"③ 喻指心胸宽广。▶唐·权德舆《送别沅泛》诗："徇吾刺促心,婉尔康庄姿。"

[3] 野人:① 上古谓居国城之郊野的人,与"国人"相对。② 泛指村野之人,农夫。③ 庶人、平民。④ 士人自谦之称。⑤ 借指隐逸者。⑥ 粗野之人。指缺乏教养、没有礼貌、蛮不讲理的人。⑦ 旧指未开化的民族。⑧ 指传说中的类人生物,多数时可能是猩猩等动物被误认。

[4] 起予:① 为启发自己之意。典出▶《论语·八佾》："子曰:'起予者,商也,始可与言《诗》已矣。'"▶唐·韩愈《量移袁州张韶州端公以诗相贺因酬之》诗："将经贵郡烦留客,先惠高文谢起予。"② 指启发他人。

刘 攽

刘攽(1023—1089),字贡夫,一作贡父、赣父,号公非,北宋江西新喻(今江西省新余市)人,一说江西樟树(今江西省樟树市)人。与兄敞同举宋仁宗庆历六年(1046)进士,历仕州县二十年,始为国子监直讲。神宗熙宁中(1072),判尚书考功,同知太常礼院。因考试开封举人时与同院官争执,为御史所劾;又因致书王安石,论新法不便,贬泰州通判迁知曹州。曹州为盗区,重法不能止;攽为治尚宽平,盗亦衰息。迁京东转运使,知兖、亳二州。吴居厚代京东转运使,奉行新法,追咎攽在职废弛,贬监衡州盐仓。哲宗即位,起居襄州,入为秘书少监,以疾求知蔡州。在蔡数月,召拜中书舍人。元祐四年(1087)卒。攽为人疏隽,不修威仪,喜谐谑,数招怨悔,终不能改。

刘攽博览群书,精邃经学、史学,助司马光修《资治通鉴》。另有史学著作《东汉刊误》四卷、《汉官仪》三卷、《经史新义》七卷、《五代春秋》十五卷、《内传国语》二十卷等多种。其诗文由后人结集汇编成《彭城集》四十卷。又著有《公非集》六十卷、《文献通考》、《文选类林》、《中山诗话》等,并行于世。

刘攽、刘敞与敞之子刘世奉尝合著《汉书标注》,世称三人为"墨庄三刘"。"墨庄刘氏"被奉为古代家庭教育典范。刘氏卒后,家中除藏书千卷外别无财产。其妻指藏书对子女曰:此乃"墨庄",将诗书作为家产教子女传承。

巢湖[1]

天与水相通,舟行去不穷。

何人能缩地,有术可分风。[2]

宿露含深墨,朝曦浴嫩红。[3]

四山千里远,晴晦已难同。

注 释

[1]《巢湖》诗见宋·刘攽《彭城集》卷九"五言律诗",清武英殿聚珍版丛书本。
[2] 分风:① 谓神仙把风分为两个方向。▶ 晋·葛洪《神仙传·栾巴》:"庐山庙有神……人往祈福,能使江湖之中分风举帆,船行相逢。" ② 借指分离。▶ 宋·黄庭坚《寄余干徐隐甫》诗:"东江始分风,苕网馈百纸。" ③ 谓无定向的风。▶ 北魏·郦道元《水经注·渐江水》:

"勾践都琅邪,欲移允常冢。冢中生分风,飞沙射人,人不得近。"

[3]宿露:夜里的露水。▶唐太宗《咏雨》:"新流添旧涧,宿露足朝烟。"

朝曦:① 早晨的阳光。▶唐·韩愈《东都遇春》诗:"朝曦入篽来,鸟唤昏不醒。"② 指朝阳、早晨的太阳。▶唐·赵彦昭《奉和幸安乐公主山庄应制》:"六龙齐轸御朝曦,双鹢维舟下绿池。"

巢湖阻风二首[1]

重云迷日月,异县失西东。[2]

苦畏连天水,何须竟夕风。[3]

微明分白鸟,摇落望青枫。[4]

久客嗟留滞,吾生事事同。[5]

四月风犹北,湖边气似秋。

天时如反置,吾道信淹留。[6]

望远还吹帽,憎寒更拥裘。[7]

无由开白日,晦暝使人愁。[8]

注 释

[1]《巢湖阻风二首》诗见宋·刘攽《彭城集》卷九"五言律诗",清武英殿聚珍版丛书本。

阻风:被风所阻。▶唐·韩偓《阻风》诗:"肥鳜香粳小艓艓,断肠滋味阻风时。"

[2]异县:异地,外地。▶汉·陈琳《饮马长城窟行》:"他乡各异县,辗转不相见。"

[3]竟夕:终夜,通宵。《后汉书·第五伦传》:"吾子有疾,虽不省视而竟夕不眠。若是者,岂可谓无私乎?"

[4]摇落:凋残,零落。▶《楚辞·九辩》:"悲哉秋之为气也! 萧瑟兮草木摇落而变衰。"

[5]久客:① 久居于外。▶汉·焦赣《易林·屯之巽》:"久客无依,思归我乡。"② 指久居外乡的人。▶宋·陆游《宴西楼》诗:"万里因循成久客,一年容易又秋风。"③ 指腊梅。▶明·程荣《三柳轩杂识》:"姚氏《丛语》以蜡梅为寒客,今改为久客。"

[6]淹留:① 羁留,逗留。▶《楚辞·离骚》:"时缤纷其变易兮,又何可以淹留?"② 隐退,屈居下位。▶《楚辞·九辩》:"时亹亹而过中兮,蹇淹留而无成。"③ 挽留,留住。▶唐·杜甫《宾至》诗:"竟日淹留佳客坐,百年粗粝腐儒餐。"④ 犹言相聚。▶唐·赵嘏《自遣》诗:"久客转谙时态薄,多情只共酒淹留。"⑤ 犹言缠绵,羁绊。▶《全元散曲·新水令·思情》套曲:

"鬼病淹留,白发相如岂耐愁。"⑥犹言留存。▶元·沙正卿《斗鹌鹑·闺情》套曲:"浑身上四肢沉困,迅指间一命淹留。"⑦迟缓。▶《魏书·郭祚传》:"虽决断淹留,号为烦缓,然士女怀其德泽,于今思之。"⑧谓虚度光阴。▶宋·欧阳修《哭圣俞》诗:"欢犹可强闲屡偷,不觉岁月成淹留。"

[7]吹帽:《晋书·孟嘉传》:"九月九日,(桓)温燕龙山,僚佐毕集,时佐吏并着戎服,有风至,吹嘉帽堕落,嘉不之觉。"后以"吹帽"为重九登高雅集的典故。▶唐·杜甫《九日蓝田崔氏庄》诗:"羞将短发还吹帽,笑倩旁人为正冠。"

[8]无由:没有门径,没有办法。▶《仪礼·士相见礼》:"某也愿见,无由达。"

晦暝:同"晦冥"。指昏暗,阴沉。▶《汉书·五行志》:"震者雷也,晦暝,雷击其庙,明当绝去僭差之类也。"

朱 服

朱服(1048—?),字行中,北宋湖州乌程(今浙江湖州)人。宋神宗熙宁六年(1073)进士,为淮南节度推官,充国子监修撰、经义所检讨。元丰三年(1080),擢监察御史里行,俄知谏院。章惇遣人道欲荐引之意,以期市恩,服举劾之。哲宗绍圣初,累官礼部侍郎。以居丧违礼,谪知莱州。徽宗即位,再知庐州,徙广州,黜知袁州。坐与苏轼游,贬海州团练副使,蕲州安置,改兴国军以卒。《宋史》卷三四七有传。《宋史·艺文志》载其有集十三卷,已佚。今录诗十三首。

庐州三首·其一[1]

晴湖列远岫,万叠来骏奔。[2]

横入小蜀冈,金友依玉昆。[3]

注 释

[1]《庐州三首》诗见宋·王象之《舆地纪胜》卷四十五《淮南西路·庐州府》,清影宋钞本。

[2]骏奔:急速奔走。▶《后汉书·章帝纪》:"骏奔郊畤,咸来助祭。"

[3]小蜀冈:指小蜀山,系大别山余脉,为死火山。位于安徽省合肥市蜀山区小蜀山村。据《嘉庆·合肥县志》:"大蜀山在城西二十里,山形屹然孤峙……远见二百余里,为一城之镇……小蜀山,当大蜀山西二十里,为大蜀支山。"

金友:益友,良友。▶唐·李端《酬丘拱外甥览余旧文见寄》诗:"礼将金友等,情向玉人偏。"

巢湖[1]

平湖压郡境,血食等灵媪。[2]

岂无升斗水,活此车中鲵。[3]

注 释

[1]《巢湖》诗见宋·王象之《舆地纪胜》卷四十五《淮南西路·庐州府》,清影宋钞本。

[2]灵媪:① 指汉刘邦所斩蛇(白帝子)的母亲。▶南朝·宋·郑鲜之《行经张子房庙》诗:"长风晦崑溟,潜龙动泗滨。紫烟翼丹虬,灵媪悲素鳞。"② 媪神,地神。▶王闿运《愁霖赋》:"于是元昊改仪,灵媪湻渊。"③ 此处指巢湖神姥,焦姥。

[3]斗水:少量之水,亦喻指少量的资助。语出▶《庄子·外物》:"(鲋鱼)对曰:'我,东海之波臣也。君岂有斗升之水而活我哉?'"▶唐·孟郊《赠主人》诗:"斗水泻大海,不如泻枯池。"

黄绍躅

黄绍躅,生卒年、籍贯与生平不详,宋代人。

巢湖燕子鱼[1]

桃花浪里若翻飞,紫燕生雏尔正肥。

腻过青郎脂似玉,年年虚待季鹰归。[2]

注　释

[1]《巢湖燕子鱼》诗见巢湖志编纂委员会《巢湖志·艺文》,黄山书社1989年版。

[2]季鹰:晋吴郡名士张翰,字季鹰。张翰在洛阳做官,见秋风起,乃思吴中菰菜、莼羹、鲈鱼,遂命驾而归。见《晋书·张翰传》。

释用逊

释用逊,生卒年、籍贯与生平不详,宋代僧人。

题浮槎山[1]

山为浮来海莫沈,萧梁曾此布黄金。[2]

梵僧亲指耆阇路,帝女归传达摩心。[3]

地控好峰排万仞,涧余流水落千寻。[4]

灵踪断处人何在,日夕云霞望转深。[5]

注　释

[1]《题浮槎山》诗见清·左辅纂修《(嘉庆)合肥县志》卷三十一,清嘉庆八年(1803)修,民国九年(1920)重印本。

浮槎山:又名浮阇山、浮巢山,在今肥东县石塘镇,与巢湖市接界。传山从海上浮来,有梵僧过而指曰:此耆阇一峰也。梁天监年间,帝女总持大师于此建道林寺。

[2]萧梁:即南朝的梁朝。因梁朝皇室姓萧,故史称萧梁。▶明·道衍《京口览古》诗:"萧梁事业今何在?北固青青客倦看。"

[3]耆阇:为耆阇崛山之略。译为鹫头、鹫峰、灵鹫等,即灵鹫山,位于古代中印度、摩诃陀国首都王舍城东北方。因山顶似鹫头,故有此名。据称是释迦牟尼开说《法华经》等经文的说法之处。

帝女:总持大师。总持为梵语陀罗尼之译,谓持善不失,持恶不生,无有漏遗。相传为梁武帝第五女。

达摩:菩提达摩的简称。中国佛教禅宗创始人。相传为西天(印度)禅宗二十八祖和东土(中国)禅宗初祖。

[4]千寻:古以八尺(一尺约0.33米)为一寻。"千寻",形容极高或极长。▶晋·左思《吴都赋》:"擢本千寻,垂荫万亩。"

[5]灵踪:①指佛的庄严妙相。▶唐·王勃《梓州通泉县惠普寺碑》:"由是鹿园层敞,象教旁流,宣妙奖于希夷,范灵踪于显晦。"②指神灵。▶刘师培《文说·宗骚》:"荆楚之

俗,敬天明鬼,故《神女》作赋,《山鬼》名篇,仰古贤于彭咸,吊灵踪于河伯。"③ 指僧道的足迹。 ▶唐·孟郊《送萧炼师入四明山》诗:"静言不语俗,灵踪时步天。"④ 借指僧道足迹所履之处。 ▶唐·陆龟蒙《寄茅山何威仪》诗之一:"大小三峰次九华,灵踪今尽属何家。"⑤ 犹言墨宝,宝贵的墨迹。 ▶唐·李商隐《李肱所遗画松诗书两纸得四十韵》:"伊人秉兹图,顾眄择所从,而我何为者,开颜捧灵踪。"⑥ 敬称道士的手迹。 ▶清·厉鹗《次韵顾丈月田以罗浮竹叶符见赠》:"淋漓太平符,纠缪龙蛇绕,至今留灵踪,叶叶出意表。"

王之道

王之道(1093—1169),字彦猷,两宋时庐州濡须(今属安徽省芜湖市无为县)人。善文,明白晓畅,诗亦真朴有致。为人慷慨有气节。徽宗宣和六年(1124),与兄之义弟之深同登进士第,因对策极言联金伐辽之非,抑置下列。钦宗靖康初调和州历阳县丞,摄乌江令,以奉亲罢。金兵南侵,率乡人退保胡避山。镇抚使赵霖命摄无为军,朝命为镇抚司参谋官。高宗绍兴间通判滁州,因上疏反对和议忤秦桧,责监南雄州溪堂镇盐税,会赦不果行,居相山近二十年。秦桧死后,起知信阳军,历提举湖北常平茶盐、湖南转运判官,以朝奉大夫致仕。孝宗乾道五年(1169)卒,年七十七。著有《相山集》三十卷。

归自合肥于四顶山绝湖呈孙仁叔抑之[1]

达岸三时顷,瞻山四顶赊。

乔林知马尾,乱石见獐牙。[2]

水脚浮青靛,湖脣滉白沙。[3]

渔人收矮网,归去日西斜。

注释

[1]《归自合肥于四顶山绝湖呈孙仁叔抑之》诗见宋·王之道《相山集》卷七,清文渊阁四库全书补配清文津阁四库全书本。

[2]乔林:树木高大的丛林。▶三国·魏·曹植《赠白马王彪》诗之四:"归鸟赴乔林,翩翩厉羽翼。"

[3]水脚:① 水路运输费用。▶《宋史·食货志下二》:"尽取木炭铜铅本钱及官吏阙额衣粮水脚之属,凑为年计。"② 水底。▶前蜀·花蕊夫人《宫词》之一○三:"丹霞亭浸池心冷,曲沼门含水脚清。"③ 水痕。▶宋·苏轼《和蒋夔寄茶》:"沙溪北苑强分别,水脚一线争谁先。"

青靛:① 即靛青,深蓝色染料。▶《说郛》卷一○八引唐·邵谔《望气经》:"东齐之云如青靛,淮水之间气如瀑布。"② 喻绿水。▶元·邓文原《赵干春山曲坞图》诗:"衡门草绿深于染,回塘潋滟流青靛。"

湖脣:湖边。脣,同"唇"。▶张素《题亚子分湖归隐图》诗:"我家在湖脣,绕屋千垂杨。"

白沙：① 白色的沙砾。▶《荀子·劝学》："蓬生麻中，不扶而直；白沙在涅，与之俱黑。" ② 即白鲨。▶明·李时珍《本草纲目·鳞四·鲛鱼》："古曰鲛，今曰沙，是一类而有数种也……其背有珠文，如鹿而坚强者，曰鹿沙，亦曰白沙。"

题许公塞驿[1]

遐想清游意欲飞，巢湖西畔碧山围。[2]

高城别后骚人到，小驿春回燕子归。[3]

壁上新诗留醉墨，庭前飞絮点征衣。[4]

穷愁忽用频惆怅，来岁而今在北扉。[5]

注释

[1]《题许公塞驿》诗见宋·王之道《相山集》卷九，清文渊阁四库全书补配清文津阁四库全书本。

[2] 碧山：青山。▶南朝·梁·江淹《悼室人》诗之十："掩映金渊侧，游豫碧山隅。"

[3] 骚人：① 屈原作《离骚》，因称屈原或《楚辞》作者为骚人。▶唐·李白《古风》："正声何微茫，哀怨起骚人。" ② 诗人，文人。▶南朝·梁·萧统《〈文选〉序》："骚人之文，自兹而作。"

[4] 醉墨：谓醉中所作的诗画。▶唐·陆龟蒙《奉和袭美醉中偶作见寄次韵》："怜君醉墨风流甚，几度题诗小谢斋。"

飞絮：飘飞的柳絮。▶北周·庾信《杨柳歌》："独忆飞絮鹅毛下，非复青丝马尾垂。"

[5] 穷愁：穷困愁苦。▶《史记·平原君虞卿列传论》："然虞卿非穷愁，亦不能著书以自见于后世云。"

北扉：① 谓监狱，北寺的代称。▶唐·杜牧《华清宫三十韵》："北扉闲木索，南面富循良。" ② 北向的门。▶宋·沈括《梦溪笔谈·故事一》："唐制……又学士院北扉者，为其在浴堂之南，便于应召。"因以"北扉"为学士院的代称。③ 借指学士。▶明·沈德符《野获编·外国·朝鲜国诗文》："我之衔命者，才或反逊之，前辈一二北扉，遭其姗侮非一，大为皇华之辱。"

避寇姥山[1]

山前湖水抱烟村,湖外山光隐若存。[2]

泛宅浮家聊自托,荫松藉草欲谁论。[3]

物情鱼沫真堪笑,世事槐安不在言。[4]

回首故园煨烬里,归欤犹胜傍人门。[5]

注　释

[1]《避寇姥山》诗见宋·王之道《相山集》卷十,清文渊阁四库全书补配清文津阁四库全书本。

[2]烟村:烟雾缭绕的村落。▶唐·白居易《东南行一百韵》:"水市通阛阓,烟村混轴轳。"

山光:山的景色。▶南朝·梁·沈约《泛永康江》诗:"山光浮水至,春色犯寒来。"

[3]泛宅浮家:以船为家。▶宋·胡仔《满江红》词:"泛宅浮家,何处好,苕溪清境。"

[4]物情:①物理人情,世情。▶三国·魏·嵇康《释私论》:"情不系于所欲,故能审贵贱而通物情。"②物的情状。▶唐·刘威《游东湖黄处士园林》诗:"物情多与闲相称,所恨求安计不同。"③众情,民心。▶《后汉书·爰延传》:"事多放滥,物情生怨。"

槐安:槐安国或槐安梦的省称。▶宋·范成大《次韵宗伟阅香乐》:"尽遣余钱付桑落,莫随短梦到槐安。"

[5]煨烬:①灰烬,燃烧后的残余物。▶晋·左思《魏都赋》:"翼翼京室,眈眈帝宇。巢焚原燎,变为煨烬。"②经焚烧而化为灰烬。▶唐·陆龟蒙《奉和袭美二游诗》:"洛阳且煨烬,载籍宜为烟。"③指烧尽。▶唐·裴铏《传奇·陶尹二君》:"(始皇)煨烬典坟,坑杀儒士。"④指火灾。▶《法苑珠林》卷二十一:"国城寺塔,终非久固;古来帝宫,终逢煨烬。"

人门:①用人环列护卫以为门。▶《周礼·天官·掌舍》:"无宫则共人门。"郑玄注:"谓王行有所逢偶,若住游观,陈列周卫,则立长大之人以表门。"②人品与门第。▶《陈书·文学传·蔡凝》:"黄散之职,固须人门兼美。"③他人门下。▶宋·苏轼《赠仲勉子文》诗:"闲看书册应多味,老傍人门想更慵。"④黄河中的峡名。在河南陕县东北的三门山北侧,与神门、鬼门并列。▶贺敬之《三门峡歌》:"神门险,鬼门窄,人门以上百丈崖。"

陈 炳

陈炳,生卒年不详,字德先,南宋义乌(今浙江省义乌市)人。宋孝宗乾道二年(1166)进士。才气卓荦,态度严冷,与人寡合。好古文,务为奇语。为"乌伤四君子"(喻良能、何恪、喻良弼、陈炳)之一。曾任太平县主簿,后弃官学道。著有《易解》五卷、《进卷》五卷、《岩堂杂稿》二十卷。

巢湖神母庙诗[1]

舟之来兮风高,荡泪潏兮帆招。[2]

燎薰在堂兮洁涓牲牢,望神俨然兮敛衽,愿速济我兮不崇朝。[3]

舟之去兮风微,波渺弥兮迅于,飞帆拂兮茫无涯。

眼眩胆栗兮将安之,我有愿兮惟神焉依。

秋深兮木落,葭苇萧骚兮清日薄。[4]

神兮今焉在,吞吐月星兮独处廓。

神甚仁兮宁以为祸,愚有弗虔兮幸贳过。

天地一叶兮相继,神无波涛兮骇我。

注 释

[1]《巢湖神母庙诗》诗见元·吴师道《敬乡录》卷十《巢湖神母庙碑》,清文渊阁四库全书本。

[2]荡泪:迅疾流动。▶唐·杜甫《三川观水涨二十韵》:"浮生有荡泪,吾道正羁束。"

[3]崇朝:终朝。从天亮到早饭时。有时喻时间短暂,犹言一个早晨。亦指整天。崇,通"终"。▶《诗·鄘风·蝃蝀》:"朝隮于西,崇朝其雨。"

[4]萧骚:① 形容风吹树木的声音。 ▶五代·齐己《小松》诗:"后夜萧骚动,空阶蟋蟀听。" ② 萧条,凄凉。 ▶唐·祖咏《晚泊金陵水亭》诗:"江亭当废国,秋景倍萧骚。" ③ 稀疏。 ▶宋·陆游《初秋书怀》诗:"二十年前已二毛,即今何恨鬓萧骚。"

姜　夔

姜夔(约1155—约1221),字尧章,号白石道人,南宋鄱阳(今江西省鄱阳县)人。一生未仕,往来鄂、赣、皖、浙间,与当时的词客诗人交游。卒于杭州。工诗词,擅书法,精通音律,能自度曲。其词清虚骚雅,对后世影响较大。著有《白石道人歌曲》《白石道人诗集》《诗说》《绛帖平》《续书谱》等。

满江红[1]

满江红旧调用仄韵,多不协律。如末句云"无心扑"三字,歌者将"心"字融入去声,方协音律。予欲以平韵为之,久不能成。因泛巢湖,闻远岸箫鼓声,问之舟师,云"居人为此湖神姥寿也"。予因祝曰:"得一席风径至居巢,当以平韵满江红为迎送神曲。"言讫,风与笔俱驶,顷刻而成。末句云"闻佩环",则协律矣。书于绿笺,沉于白浪,辛亥正月晦也。是年六月,复过祠下,因刻之柱间。有客来自居巢云:"土人祠姥,辄能歌此词。"按曹操至濡须口,孙权遗操书曰:"春水方生,公宜速去。"操曰:"孙权不欺孤。"乃撤军还。濡须口与东关相近,江湖水之所出入。予意春水方生,必有司之者,故归其功于姥云。

仙姥来时,正一望、千顷翠澜。旌旗共、乱云俱下,依约前山。[2]命驾群龙金作辂,相从诸娣玉为冠。[3]向夜深、风定悄无人,闻佩环。[4]

神奇处,君试看。奠淮右,阻江南。[5]遣六丁雷电,别守东关。[6]却笑英雄无好手,一篙春水走曹瞒。[7]又怎知、人在小红楼,帘影间。

注　释

[1]《满江红》词见宋·姜夔《白石道人歌曲》卷三,四部丛刊景清乾隆江都陆氏本。

[2]依约:① 依据,沿袭。▶《隋书·工劢传》:"采民间歌谣,引图书谶纬,依约符命,捃摭佛经,撰为《皇隋灵感志》,合三十卷,奏之。"② 仿佛,隐约。▶唐·刘兼《登郡楼书怀》诗:"天际寂寥无雁下,云端依约有僧行。"③ 大约,大概。▶唐·元稹《和乐天示杨琼》诗:"腰身

瘦小歌圆紧,依约年应十六七。"④形容情意缠绵。▶元·舒逊《感皇恩》词:"谁道小窗萧索?青灯相伴我,情依约。"

[3]命驾:命人驾车马,谓立即动身。此处指驾驭神龙。▶《左传·哀公十一年》:"退,命驾而行。"

诸娣:众妾。此处指诸神姬。▶《诗·大雅·韩奕》:"诸娣从之,祁祁如云。"

[4]佩环:①指玉质佩饰物。后多指妇女所佩的饰物。▶唐·柳宗元《小石潭记》:"隔篁竹闻水声,如鸣佩环,心乐之。"②借指女子。▶宋·姜夔《疏影》词:"想佩环月夜归来,化作此花幽独。"

[5]奠淮右:镇守在淮南西路一带。

阻江南:屏蔽江南。

[6]六丁:道教认为六丁(丁卯、丁巳、丁未、丁酉、丁亥、丁丑)为阴神,为天帝所役使;道士则可用符箓召请,以供驱使。▶《后汉书·梁节王畅传》:"从官卞忌自言能使六丁。"

[7]一篙春水走曹瞒:典出▶三国·陈寿《三国志》:"[建安十八年(213)]曹公出濡须,作油船,夜渡洲上。权以水军围取,得三千余人,其没溺者亦数千人。权数挑战,公坚守不出……权为笺与曹公,说:'春水方生,公宜速去。'别纸言:'足下不死,孤不得安。'曹公语诸将曰:'孙权不欺孤。'乃彻军还。"

王 遂

王遂(约1182—约1252),字去非,一字颖叔,号实斋,南宋金坛(今属江苏省常州市金坛区)人。北宋时枢密副使王韶的玄孙。宋宁宗嘉泰二年(1202)进士。调富阳簿,知当涂、溧水、山阴县。理宗绍定三年(1230),知邵武军,改知安丰军。迁国子主簿,累迁右正言。端平三年(1236),除户部侍郎兼同修国史及实录院同修撰。出为四川制置使兼知成都府。历知庆元府、太平州、泉州、温州、隆兴府、平江府、宁国府、建宁府,后授权工部尚书。《宋史》卷四一五有传。

史称王遂"为文雅健,无世俗浮靡之气,足以名世。"著有《诸经讲义》六十卷、《奏议》二十卷、《实斋文集》数卷。

送浩翁赴梁县[1]

当年受气便神明,未必冰壶有此清。[2]

自是胸中少凡近,犹须境外立功名。[3]

谪居岁月能闻道,多病工夫近养生。[4]

尚记漫塘曾有语,弟才无用不如兄。

注 释

[1]《送浩翁赴梁县》诗见《诗渊》,书目文献出版社1993年影印版。

[2]冰壶:① 盛冰的玉壶。常用以比喻品德清白廉洁。语本 ▶《文选·鲍照〈白头吟〉》:"直如朱丝绳,清如玉壶冰。" ② 借指月亮或月光。 ▶唐·元稹《献荥阳公》诗:"冰壶通皓雪,绮树眇晴烟。"

[3]凡近:平庸,浅薄。 ▶《晋书·王敦传》:"天下事大,尽理实难,导虽凡近,未有秽浊之累。"

[4]闻道:① 领会某种道理。 ▶《论语·里仁》:"朝闻道,夕死可矣。"②听说。 ▶唐·杜甫《秋兴》诗之四:"闻道长安似弈棋,百年世事不胜悲。"

吴 潜

吴潜(1195—1262),字毅夫,号履斋。南宋宣州宁国(今安徽省宁国市)人。宋宁宗嘉定十年(1217)举进士第一。历官江东安抚留守、淮东总领、兵部尚书、浙东安抚使。宋理宗淳祐十一年(1251)任签书枢密院事兼权参知政事,又于淳祐十一年(1251)、开庆元年(1259)两度入相。元兵渡江攻鄂州、广西及湖南等地,上疏论丁大全等误国,被劾贬建昌军,屡徙循州,病卒。

吴潜与姜夔、吴文英等多有交往,但词风却更近于辛弃疾。其词多抒发济时忧国的抱负与报国无门的悲愤。格调沉郁,感慨特深。著有《履斋遗集》,词集有《履斋诗余》。

焦湖夜月[1]

万顷茫茫一镜平,老蟾飞影出沧溟。[2]

光照玉宇冰壶净,冷侵金波雪练明。[3]

一笛秋横龟背隐,双瓶夜醉蜃楼清。[4]

移帆更向鞋峰去,似有仙娥学弄笙。

注 释

[1] 本诗一作《焦湖秋月》,见清·陆龙腾《(康熙)巢县志》卷十九,清康熙十二年(1673)刊本。"焦湖秋月"为古巢十景之一。

[2] 飞影:移动的影子。 ▶明·沈周《经尚湖望虞山》诗:"高云仰见出翠壁,飞影下接沧波流。"

[3] 雪练:① 洁白的绢帛。 ▶宋·史达祖《风入松·茉莉花》词:"人卧碧纱幮净,香吹雪练衣轻。"② 比喻明洁的水流。语本 ▶南朝·齐·谢朓《晚登三山还望京邑》诗:"余霞散成绮,澄江静如练。"

[4] 一笛:① 指一支笛的声音。 ▶唐·沈彬《金陵》诗之二:"一笛月明何处酒?满城秋色几家砧。"② 喻轻微的风声。 ▶唐·赵嘏《华清宫和杜舍人》诗:"月锁千门静,天吹一笛凉。"

萨都剌

萨都剌(约1272—1355),字天锡,号直斋。其先世为西域人,出生于雁门(今山西省代县)。元泰定四年(1327)进士。授应奉翰林文字,擢南台御史,以弹劾权贵,左迁镇江录事司达鲁花赤,累迁江南行台侍御史,左迁淮西北道经历,晚年居杭州。萨都剌善绘画,精书法,尤善楷书。有虎卧龙跳之才,人称雁门才子。

萨都剌自称"名在儒籍",深受儒家思想影响。为官清廉,宦绩亦可称道,他生性好游,善写楷书,主要成就在诗词创作。由于官职低微,元人将他与贯云石、马祖常、余阙等并列,但后人备极推崇,列为有元一代词人之冠。因宦游南北,故胸中包纳万里名胜风情,又以北人气质,涵融前代各家之长而不蹈袭前人。诗作诸体皆备,文词雄健,音律锵然,具有一种清朗寥廓之气。诗词编有《雁门集》(有三卷、六卷、八卷、二十卷本)、《萨天锡诗集》十卷、《集外诗》一卷(毛晋刻)、《萨天锡逸诗》(日本刻本)及《西湖十景词》。

宿龙潭寺[1]

客路青山下,僧庵绿水边。

撞钟惊鸟宿,洗钵动龙吟。[2]

未有林泉趣,先寻饭粥缘。

上人喜留客,夜雨佛灯前。

注　释

[1]《宿龙潭寺》诗见元·萨都剌《雁门集》卷四,清文渊阁四库全书本。

龙潭寺:又名浮槎寺,始建于梁代,初名道林,又曰福岩,今在肥东县境内。此说见何峰《历代文人雅士与合肥关系研究》之《雁门才子萨都剌的淮西之迁》(潇潇),安徽人民出版社2015年版。编者按,查明万历、清康熙、清雍正、清乾隆、清嘉庆等诸《合肥县志》,皆并未见此说,存疑暂录。

[2]龙吟:①龙鸣。亦借指大声吟啸。▶《文选·张衡〈归田赋〉》:"尔乃龙吟方泽,虎啸山丘。"②形容箫笛类管乐器声音响亮。▶《初学记》卷二十八引南朝·梁·刘孝先《咏竹诗》:"谁能制长笛,当为作龙吟。"③形容声音深沉或细碎。▶宋·陆游《题庵壁》诗:"风来松度龙吟曲,雨过庭余鸟迹书。"④形容语声洪亮。▶唐·吕岩《勉牛生夏侯生》诗:"鹤形兮

龟骨,龙吟分虎颜。"⑤喻指君主的号令。▶前蜀·杜光庭《虬髯客传》:"起陆之贵,际会如期,虎啸风生,龙吟云萃,固非偶然也。"

投宿龙潭道林寺[1]

倦游借僧榻,客意稍从容。[2]

落日江船鼓,孤灯野寺钟。[3]

竹鸡啼雨过,山臼带云舂。[4]

半夜波涛作,长潭起卧龙。

注　释

[1]龙潭寺:又名浮槎寺,始建于梁代,初名道林,又曰福岩,今在肥东县境内。此说见何峰《历代文人雅士与合肥关系研究》之《雁门才子萨都剌的淮西之迁》(潇潇),安徽人民出版社2015年版。编者按,查明万历、清康熙、清雍正、清乾隆、清嘉庆等诸《合肥县志》,皆并未见此说,存疑暂录。

[2]僧榻:僧床,禅床。▶明·王思任《游五台山自普门精舍历涧道至竹林寺》诗:"钟鸣定僧榻,良久又岑寂。"

[3]野寺:野外庙宇。▶唐·韦应物《酬令狐司录善福精舍见赠》诗:"野寺望山雪,空斋对竹床。"

[4]竹鸡:鸟名。形似鹧鸪而小,上体橄榄褐色,胸部棕色多斑,多生活在竹林里。▶唐·章碣《寄友人》诗:"竹里竹鸡眠藓石,溪头潋鹅踏金沙。"

于 钦

> 于钦(1283—1333),字思容,祖籍文登,后定居山东益都(今山东省青州市)。器资宏达,以文雅擅名于当时。官至中书省兵部侍郎,奉命山东,为益都田赋总管。在任"周览原隰,询诸乡老,考之水经、地记、历代沿革,分门别类,为书凡六卷,名之曰《齐乘》"。
>
> 于钦所著《齐乘》,历代"推挹备至"。擅诗文,多散佚。

巢湖圣妃庙迎送神歌[1]

广开兮龙宫,御仙姥兮下鸡笼。[2]神灵雨兮先以风,云溶溶兮渐来东。扬朱幢兮建翠旗,骖青虬兮从文螭。[3]锵鸾音兮下来,若有人兮开罗帷。[4]罗帷淡兮春风,俨仙灵兮在其中。集千艘兮鸣鼓,疏节歌兮缓舞。奠桂酒兮藉兰肴,折芳馨兮遗远渚。神忻忻兮既妥留,泽斯民兮受其嘏。

驾两龙兮倚衡,卷珠帘兮暮云平。[5]平西江兮极浦,数峰兮青青。青青兮远极,君不少留兮起予太息。[6]吹差池兮水湄,送仙姥兮西归。蛾眉飒兮秋霜,淡白云兮为衣。神之来兮何委蛇,欻远举兮莫知所之,自今兮世世,俾来者兮原无违。[7]

按:《御选元诗》一作"淡白云兮莫知所之"。于钦自淮西掾历仕至兵部侍郎,泰定二年二月刻二歌上石,有合肥达鲁花赤兼劝农使契玉立碑跋。惜文太劣,不复录,附志于此。[8]

注 释

[1]《巢湖圣妃庙迎送神歌》见清·陆龙腾等《康熙·巢县志·艺文志下》,康熙十二年(1673)刊本。

圣妃庙:①《康熙·巢县志》载:"明隆庆《庐州府志》:'巢湖圣妃庙在姥山。庙,晋时敕建。'"②圣妃庙,即中庙,一名太姥庙,唐龙纪元年,邢湛夷有《庐州重建太姥庙记》。又,南唐保大二年德胜军节度使、都督庐州诸军事、庐州刺史周邺重修,立碑在庙中。《庐州府志》云:巢湖庙所在非一,惟银屏高据众峰之巅,俯视州境。又,庐州城左厢明教台上有圣妃庙。《舆地纪胜》载圣妃加封诰词云:"受命富媪,为吾川后,平居则安流而济舟楫,遇难则扬波而杜寇戎。"

[2] 兮:据《御选元诗》卷六《乐府歌行》补。

[3] 翠旗:饰以翠羽的旗帜。▶晋·夏侯湛《禊赋》:"擢翠旗,垂繁缨,微云乘轩,清风卷旌。"

文螭:有文采的螭龙。▶晋·王鉴《七夕观织女》诗:"六龙奋瑶辔,文螭负琼车。"

[4] 下来:《御选元诗》卷六《乐府歌行四》作"以下"。

鸾音:①鸾鸟鸣声。▶唐·李商隐《寄华岳孙逸人》诗:"惟应逢阮籍,长啸作鸾音。"②鸾铃的鸣声。▶明·何景明《述归赋》:"张孔雀之翠盖兮,谐鸾音于下辀。"③比喻佳音,好消息。▶明·许三阶《节侠记·密报》:"惊看烽火关情紧,全凭这书信。雁帛莫浮沈,鸾音要详审。"

[5] 倚衡:①靠在车前横木上。▶《论语·卫灵公》:"立则见其参于前也,在舆则见其倚于衡也。"②靠在栏杆上。▶《史记·袁盎晁错列传》:"盎曰:'臣闻千金之子坐不垂堂,百金之子不骑衡。'"

[6] 远:《御选元诗》卷六《乐府歌行四》作"未"。

[7] 远举:①谓列举往古之事。▶《荀子·非相》:"远举则病缪,近世则病佣。"②犹高飞,远扬。▶《楚辞·九歌·云中君》:"灵皇皇兮既降,猋远举兮云中。"③谓走避远方。▶明·冯梦龙《酒家佣·文姬托孤》:"来朝去,把衣装须换取,变姓名远举深栖。"

无违:①没有违背,不要违背。▶《书·多士》:"非我一人奉德不康宁,时惟天命,无违。"②特指不要违反礼法、天道。▶《论语·为政》:"孟懿子问孝,子曰:'无违。'"

[8] 泰定二年:公元1235年。

达鲁花赤:蒙语的音译。元代职官名。指镇压者、制裁者、盖印者。有监临官、总辖官之意。元代汉人不能任正职,朝廷各部及各路、府州县均设达鲁花赤,由蒙古或色目人充任,以掌实权。▶《元史·世祖纪三》:"以蒙古人充各路达鲁花赤,汉人充总管,回回人充同知,永为定制。"

余　阙

余阙(1303—1358),字廷心,一字天心,生于庐州(今安徽省合肥市)。元末官吏,先世为唐兀人。元惠宗元统元年(1333)进士及第,授同知泗州(安徽泗县)事。元顺帝至正十二年(1352),余阙代理淮西宣慰副使、都元帅府金事,分兵守安庆。此后五六年间,余阙率兵与红巾军激战百余次。至正十八年(1358)春,红巾军再攻安庆,城破,余阙拔刀自刎,自沉于安庆西门外清水塘中,时年五十六。元廷赠官河南平章,追封豳国公,谥"忠宣"。

余阙留意经术,五经皆有传注,文章气魄深厚,篆隶亦古雅。著有《青阳集》(《青阳先生集》)传于世。

余阙与北宋包拯、明代周玺,并称"庐阳三贤"。今肥东县青阳山上遗有余阙早年读书处——青阳山房遗址以及牯牛石一块。

南归偶书二首[1]

帝城南下望江城,此去乡关半月程。

同向春风折杨柳,一般别离两般情。

二月不归三月归,已将行箧捲征衣。[2]

殷勤未报家园树,缓缓开花缓缓飞。

注　释

[1]《南归偶书二首》诗见元·余阙《青阳先生文集》卷九,明正统十年(1445)高诚刻本。

[2]行箧:旅行用的箱子。▶《宋史·忠义传十·马伸》:"故在广陵,行箧一担,图书半之。"

征衣:① 旅人之衣。▶唐·岑参《南楼送卫凭》:"应须乘月去,且为解征衣。" ② 出征将士之衣。▶唐·赵嘏《送李裴评事》:"塞垣从事识兵机,只拟平戎不拟归。入夜笳声含白发,报秋榆叶落征衣。" ③ 泛指军服。▶续范亭《寿徐老》诗之三:"粗布征衣常补绽,自煮瓜果充粮食。"

舒頔

> 舒頔（1304—1377），字道原，元徽州绩溪（今安徽省绩溪县）人。年十五六与同郡朱允升等人讲明经史之学，后受业姑苏李青山之门。为马祖常、韩伯高所器重。后至元三年（1337），辟为贵池教谕，秩满，调丹徒校官。至正十年（1350），转台州学正，因道阻不赴，奉亲携书，归卧山中，隐居教授，以陶渊明自比。朱元璋定徽州后，交章礼聘，高卧北山之阳，以疾辞不出。结庐为读书所，名"贞素斋"，以明自守之志，学者称贞素先生，自作《贞素先生传》，言其隐居之趣。洪武十年（1377）终老于家。著有《贞素斋集》《北庄遗稿》等。《新元史》有传。

代喻景初送王仲才秩满升庐州府史[1]

亭亭九华山，烨烨青芙蓉。[2]

郁郁钟间气，挺挺生材雄。[3]

王君为时彦，置身簿书丛。[4]

分禄来淮西，逢人说江东。

无为富鱼米，频年屡兴戎。[5]

奸贪互杀伐，来往青与红。

想当官府初，十室九已空。

税赋且缺略，况乃军需供。[6]

庞然杂群处，愦愦如盲聋。

承王奉王命，御下悲下穷。[7]

乱离慎所处，襟怀自春容。[8]

一朝书上考，行李何匆匆。[9]

櫂发秀溪月，帆挂巢湖风。

庐州古名郡，地衍当要冲。[10]

似闻太守贤，才美皆升庸。

况复薇垣临,恐是夔与龙。[11]

会当腾踏去,仰羡孤飞鸿。[12]

注释

[1]《代喻景初送王仲才秩满升庐州府史》诗见元·舒頔《贞素斋集》卷五,清文渊阁四库全书本。

[2] 烨烨:① 明亮,灿烂,鲜明。▶唐·卢纶《割飞二刀子歌》:"刀乎刀乎何烨烨,魑魅须藏怪须慑。"② 灼热貌,显赫貌。▶汉·王粲《初征赋》:"薰风温温以增热,体烨烨其若焚。"

[3] 挺挺:① 正直貌。▶《左传·襄公五年》:"《诗》曰:'周道挺挺,我心扃扃。'"杜预注:"挺挺,正直也。"② 僵直。▶清·蒲松龄《墙头记》第四回:"可是呢! 已经挺挺了,怎么处?"

[4] 时彦:当代的贤俊,名流。▶晋·陶潜《晋故征西大将军长史孟府君传》:"(褚裒)时为豫章太守,出朝宗亮,正旦大会州府人士,率多时彦,君坐次甚远。"

簿书:① 记录财物出纳的簿册。▶《周礼·天官·小宰》:"八曰听出入以要会。"汉·郑玄注:"要会,谓计最之簿书。"② 官署中的文书簿册。▶《汉书·贾谊传》:"而大臣特以簿书不报,期会之间,以为大故。"

[5] 兴戎:发动战争,引起争端。▶《书·大禹谟》:"惟口出好兴戎,朕言不再。"

[6] 缺略:欠缺,不完整。▶南朝·梁·萧绮《〈拾遗记〉序》:"世德陵夷,文颇缺略。"

况乃:① 恍若,好像。▶南朝·宋·谢灵运《游赤石进帆海》诗:"周览倦瀛壖,况乃陵穷发。"② 何况,况且,而且。▶《后汉书·王符传》:"以罪犯人,必加诛罚,况乃犯天,得无咎乎?"

[7] 王命:① 帝王的命令、诏谕。▶《书·康诰》:"惟威惟虐,大放王命。"② 指东汉·班彪《王命论》。▶南朝·梁·刘勰《文心雕龙·才略》:"《王命》清辩,《新序》该练。"

[8] 舂容:① 用力撞击。▶《礼记·学记》:"善待问者如撞钟,叩之以小者则小鸣,叩之以大者则大鸣;待其从容,然后尽其声。"汉·郑玄注:"从,读如富父舂戈之舂。舂容,谓撞击也。"② 声音悠扬洪亮。▶唐·张说《山夜闻钟》诗:"前声既舂容,后声复晃荡。"③ 指香气飘扬。▶宋·范成大《望海亭赋》:"燕香舂容,俗客莫陪。"④ 犹言溶溶,形容月光荡漾。▶宋·范成大《次韵知郡安抚元夕赏倅厅红梅》之二:"晴日暖云春照耀,温风霁月夜舂容。"⑤ 舒缓,从容。▶元·祖铭《径山五峰·大人峰》诗:"五髻生云雨,镇踞何舂容。具此大人相,题为大人峰。"⑥ 闲雅。▶清·《浣溪沙·秋闺》词:"西风依约到帘栊,晚妆情态尽舂容。"

[9] 上考:谓官吏考绩列为上等。▶《旧唐书·卢迈传》:"转给事中,属校定考课,迈固让,以授官日近,未有政绩,不敢当上考,时人重之。"

[10] 要冲:处在交通要道的形胜之地。▶《后汉书·傅燮传》:"今凉州天下要冲,国家藩卫。"

[11] 薇垣:① 唐朝开元元年(713)改称中书省为紫微省,简称微垣。元朝称行中书省为薇垣。明朝洪武九年(1376)改元朝行中书省为承宣布政司,亦沿称为薇省或薇垣。清初也

称布政司曰薇垣或薇署。故明清时常以薇垣称相当于中书省的中枢机构或布政司。② 三垣中紫微垣的省称。 ▶明·王猷定《军山看日出》诗:"长鲸鼓浪吼天门,北斗薇垣辨不得。"

[12]仰羡:仰慕,钦羡。 ▶南朝·宋·谢惠连《祭古冢文》:"仰羡古风,为君改卜。"

飞鸿:① 指画有鸿雁的旗。▶《礼记·曲礼上》:"前有车骑,则载飞鸿。"② 虫名。▶《逸周书·度邑》:"发之未生,至于今六十年,夷羊在牧,飞鸿过野。"③ 飞行着的鸿雁。 ▶汉·马融《长笛赋》:"尔乃听声类形,状似流水,又象飞鸿。"④ 指音信、音讯。 ▶唐·韩愈《祭窦司业文》:"自视雏鷇鸟,望君飞鸿,四十余年,事如梦中。"

陶 安

陶安(1315—1368),字主敬。元末太平府当涂(今安徽省当涂县)人。元顺帝至正四年(1344)举人,授明道书院山长,避乱家居。朱元璋取太平,陶安出迎,留参幕府,任左司员外郎。明太祖洪武元年(1368)任知制诰兼修国史,后出任江西行省参知政事,卒官。著有《陶学士集》。

湖乡二首[1]

淝水新无警,湖乡颇有年。[2]
稻田驱夜豕,莲荡捕秋鳊。
逻卒黄茅屋,归人白板船。[3]
数家依绿树,斜日照炊烟。

熟处人还聚,生涯日渐忙。
洗鱼腌作鲊,切藕曝为粮。
野纻栽临屋,家凫浴满塘。
掩门儿女坐,灯下补衣裳。

注 释

[1]《湖乡二首》诗见明·陶安《陶学士集》卷四,清文渊阁四库全书补配清文津阁四库全书本。

[2]有年:① 丰年。▶《书·多士》:"今尔惟时宅尔邑,继尔居,尔厥有干有年于兹洛。" ② 多年。▶晋·陶潜《移居》诗之一:"怀此颇有年,今日从兹役。" ③ 享有高寿。▶唐·韩愈《祭十二兄文》:"其不有年,以补我愆。"

[3]逻卒:巡逻的士兵。▶《新唐书·温庭筠传》:"丐钱扬子院,夜醉为逻卒击折其齿。"

登龙泉山得海字韵[1]

苍峰倚重霄,万古色不改。[2]

神龙去已远,踪迹隐然在。

石面常出泉,土脉本通海。

宝坊起楼阁,气清地爽恺。[3]

佳菊金葳蕤,古木青晻霭。[4]

攀磴行复坐,瑶草鲜可采。

宾朋觞咏间,气味似兰茝。[5]

谈笑有雅趣,岩壑被光彩。

嘉会有几何,不醉复何待。

注释

[1]《登龙泉山得海字韵》诗见明·陶安《陶学士集》卷一,清文渊阁四库全书补配清文津阁四库全书本。

[2]重霄:犹九霄。指天空高处。▶晋·左思《吴都赋》:"思假道于丰隆,披重霄而高狩。"

[3]爽恺:豪爽而随和。▶明·高攀龙《三时记》:"午后至自麓家,刘鸿阳大参往访,其人甚爽恺。"

[4]晻霭:① 昏暗的云气。▶宋·王安石《定林示道源》诗:"迢迢晻霭中,疑有白玉台。" ② 荫蔽貌,重叠貌。▶南朝·陈·徐陵《与李那书》:"山泽晻霭,松竹参差。"

葳蕤:① 草木茂盛枝叶下垂貌。▶汉·东方朔《七谏·初放》:"便娟之修竹兮,寄生乎江潭。上葳蕤而防露兮,下泠泠而来风。" ② 羽毛饰物貌。▶《汉书·司马相如传上》:"下摩兰蕙,上拂羽盖;错翡翠之葳蕤,缪绕玉绥。" ③ 华美貌,艳丽貌。▶《玉台新咏·古诗〈为焦仲卿妻作〉》:"妾有绣腰襦,葳蕤自生光。" ④ 柔弱貌。▶清·蒲松龄《聊斋志异·胭脂》:"葳蕤自守,幸白璧之无瑕;缧绁苦争,喜锦衾之可覆。" ⑤ 萎顿貌。▶《史记·司马相如列传》:"纷纶葳蕤,堙灭而不称者,不可胜数也。" ⑥《太平广记》载有"葳蕤锁"故事,后借指锁。▶唐·韩翃《江南曲》:"春楼不闭葳蕤锁,绿水回通宛转桥。" ⑦ 草名。即葳蕤。▶南朝·梁·任昉《述异记》卷下:"葳蕤草,一名丽草,又呼为女草,江浙中呼娃草。"

[5]兰茝[chǎi]:兰花和白芷,泛指香草。茝,即白芷。▶《楚辞·九歌·湘夫人》:"沅有茝兮澧有兰。"

宋 瑄

宋瑄(？—1402)，明初定远(一说为合肥)人。明西宁侯宋晟长子。建文中为府军右卫指挥使，数从诸将抵御燕军有功。建文四年(1402)，灵璧之战，披甲跃马，率先登城，斩首数级。诸营兵败，力斗死。

过护城[1]

古道当长坂，肩舆入暮天。[2]

苍茫闻驿鼓，冷落见炊烟。[3]

冻烛寒无焰，泥炉湿未然。[4]

正思江槛外，闲却钓鱼船。[5]

注 释

[1]《过护城》诗见清·左辅纂修《(嘉庆)合肥县志》卷三十一，清嘉庆八年(1803)修，民国九年(1920)重印本。

[2]肩舆：亦作"肩轝"。亦作"肩舁"。①轿子。▶《晋书·王导传》："会三月上巳，帝亲观禊，乘肩轝，具威仪。"②抬着轿子。谓乘坐轿子。▶南朝·宋·刘义庆《世说新语·简傲》："谢中郎是王蓝田女婿，尝著白纶布，肩舆径至扬州听事。"

[3]冷落：①冷清，不热闹。▶唐·钱起《山路见梅感而有作》诗："行客凄凉过，村篱冷落开。"②冷淡，冷淡地对待。▶唐·卢仝《萧二十三赴歙州婚期》诗："淮上客情殊冷落，蛮方春早客何如。"

[4]未然：①还没有成为事实。▶《韩非子·难四》："未知齐之巧臣，而废明乱之罚；责以未然，而不诛昭昭之罪。此则妄矣。"②不是这样，并非如此。▶汉·阮瑀《为曹公作书与孙权》："以君之明，观孤术数，量君所据，相计土地，岂势少力乏，不能远举，割江之表，宴安而已哉？甚未然也。"③指不正确，不对。▶宋·陆游《老学庵笔记》卷九："衣冠近古，正儒者事，讥者固非，辨者亦未然也。"

[5]江槛：临江的栏杆。▶唐·杜甫《将赴成都草堂途中有作先寄严郑公》诗之四："常苦沙崩损药栏，也从江槛落风湍。"

林宗哲

　　林宗哲,生卒年不详,字执中,明广东琼山(今海南省海口市琼山区)人。明英宗天顺六年壬午(1462)举人,明孝宗弘治元年(1488)任巢县知县。《(康熙)巢县志》载其:"善政多端,废坠悉举,莅任五载,而巢邑大为改观。"

　　《(康熙)巢县志》集文志录其所文《重修城隍庙记》《重修县治碑记》。

钓鱼台[1]

几度乘舟访钓台,浮丘是否钓鱼来?[2]

矶头坐迹依然在,数片飞花点翠台。

注　释

[1]《钓鱼台》诗见清·陆龙腾《(康熙)巢县志》卷十九,清康熙十二年(1673)刊本。钓鱼台:指巢湖中庙凤凰矶。

[2]浮丘:浮丘公,传说黄帝是仙人。

熊 敬

熊敬,生卒年不详,据《(隆庆)永州府志》载:"明宪宗成化间任永州府宁远县教谕",其余生平事迹不详。

巢湖夜月[1]

万籁无声海宇秋,青天漠漠夜悠悠。

冰轮飞上琼瑶阙,散作金秋水上游。[2]

注 释

[1]《巢湖夜月》诗见清·张祥云《(嘉庆)庐州府志》卷五十二,清嘉庆八年(1803)刻本。"巢湖夜月"为古"庐阳八景"之一。

[2]瑶阙:① 传说中的仙宫。 ▶五代·齐己《升天行》:"瑶阙参差阿母家,楼台戏闭凝彤霞。"② 指皇宫,朝廷。 ▶唐·刘禹锡《武陵书怀》诗:"独立当瑶阙,传诃步紫垣。"

四顶朝霞[1]

绝顶云林景最佳,奇峰盘叠绕仙家。

芙蓉伏火丹砂老,宝气千年结彩霞。

注 释

[1]《四顶朝霞》诗见清·张祥云《(嘉庆)庐州府志》卷五十二,清嘉庆八年(1803)刻本。"四顶朝霞"为古"庐阳八景"之一。

四顶:即四顶山。

王守仁

王守仁(1472—1528),初名云,字伯安。因筑室于故乡阳明洞中,自号阳明子,世称阳明先生。明绍兴府余姚县(今浙江省余姚市)人。明孝宗弘治十二年(1499)己未科进士,授刑部主事。武宗正德元年(1506),上书救言官戴铣等,遭刘瑾陷害,谪贵州龙场驿丞,始悟心性之学。五年(1510)刘瑾伏诛,起为庐陵知县。后迁考功郎中,擢南京太仆寺少卿,进鸿胪寺卿。十一年(1516),擢右佥都御史,授南(安)、赣、汀、漳诸州巡抚,行十家牌法,选民兵,镇压大庾、乐昌、郴州农民起义。十四年(1519),平定宁王朱宸濠之乱。世宗嘉靖初,拜南京兵部尚书。论功,封特进光禄大夫、柱国、新建伯。以父丧守制,日与门人讲说良知之学,嘉靖六年(1527),诏以原官兼左都御史,两广总督兼巡抚,镇压大藤峡起义。七年(1528)十月以疾剧请归,十一月廿九日卒。隆庆初,赠新建侯,谥"文成"。神宗万历十二年(1584)从祀于孔庙。

王守仁提倡"心学",认为"心是天地万物之主","心即理,心外无理,心外无物",其说比程朱理学宣扬的天理性命更为简单易学,故一度风靡各地,学者翕然信从,成为明代中晚期的主流哲学思想之一。后传至海外,对日本以及东南亚都有较大影响。王守仁文章博大昌达,行墨间有俊爽之气。著有《大学问》《传习录》《王阳明全集》等。

包城寺[1]

行台衣独寺,僧屋自成邻。[2]

殿古凝残雪,墙低入早春。

巷泥晴淖马,日檐暖烘人。

云散小岩碧,松梢极目新。[3]

注 释

[1]《包城寺》诗见清·左辅纂修《(嘉庆)合肥县志》卷三十一,黄山书社2006年版。

包城寺:在店埠镇,始建于明洪武初年。今不存。

[2]行台:① 台省在外者称行台。魏、晋始有之,为出征时随其所驻之地设立的代表中央的政务机构,北朝后期,称尚书大行台,设置官属无异于中央,自成行政系统。唐贞观以后渐废。金、元时,因辖境辽阔,又按中央制度分设于各地区,有行中书省(行省),行枢密院(行

院),行御史台(行台),分别执掌行政、军事及监察权。行省实即继承前代的行台制度。② 旧时地方大吏的官署与居住之所。 ▶宋·黄庭坚《送顾子敦赴河东》诗之三:"揽辔都城风露秋,行台无妾护衣篝。" ③ 客寓,旅馆。 ④ 临时设立的戏台。

[3]极目:① 满目,充满视野。 ▶汉·王褒《四子讲德论》:"含淳咏德之声盈耳,登降揖让之礼极目。" ② 纵目,用尽目力远望。 ▶汉·王粲《登楼赋》:"平原远而极目兮,蔽荆山之高岑。"

立春日合肥道中短述[1]

腊意中霄尽,春容傍晚生。

野塘水青绿,江寺雪初晴。

农事沾泥犊,羁怀出旅莺。

故山梅正发,难寄欲归情。[2]

注 释

[1]《立春日合肥道中短述》诗见清·左辅纂修《(嘉庆)合肥县志》卷三十一,黄山书社2006年版。

[2]故山:旧山。喻家乡。 ▶汉·应玚《别诗》之一:"朝云浮四海,日暮归故山。"

吴 潜

吴潜,生卒年不详,字显之,明江西临川(今属江西省抚州市)人,庐州府推官。明武宗正德四年(1509)任夔州知府,在任修纂《(正德)夔州府志》。

焦湖秋月[1]

万顷弥漫一镜平,老蟾飞影出沧溟。

光涵玉宇冰壶净,冷浸金波雪练明。

一笛秋横鳌背稳,双瓶夜醉蜃楼清。

布帆移向鞋峰去,疑有仙童学弄笙。

注　释

[1]《焦湖秋月》诗见清·陆龙腾《(康熙)巢县志》卷十九,清康熙十二年(1673)刊本。标题又作《巢湖夜月》,一说为南宋人吴潜所作(《(康熙)巢县志》明人说、宋人说两者皆录,李恩绶编《巢湖志》从宋人说)。

李 瀚

李瀚,生卒年不详,明广平府曲周(今河北省曲周县)人,明孝宗弘治八年(1495)任庐江县典史。

巢湖渔父曲[1]

前峰一轮山月吐,渔翁晚泊苹花渚。

卖鱼沽得酒盈樽,儿女满船闻笑语。

前湖今夜正潮长,稳系渔舟漫下篙。

老妻补网寒灯下,绿芦丛里风萧萧。

夜静浪声静,湖光一片秋。

老渔唤不醒,阑醉卧船头。

东方渐明天色曙,鸣桹撒网复如故。[2]

惊起沙头白鹭鹚,避人飞入烟中去。[3]

注 释

[1]《巢湖渔父曲》诗见清·黄云《(光绪)续修庐州府志》卷九十五,清光绪十一年(1885)刊本。

[2]鸣桹:亦作"鸣榔"。敲击船舷使作声,用以惊鱼,使入网中,或为歌声之节。▶《文选·潘岳〈西征赋〉》:"纤经连白,鸣桹厉响。"

[3]沙头:①沙滩边;沙洲边。▶北周·庾信《春赋》:"树下流杯客,沙头渡水人。"②方言。指沙田的总佃者。沙头向田主租入大量沙田,转手分租给他人,以收取地租为其主要生活来源。▶清·屈大均《广东新语·地语·沙田》:"沙头者何?总佃也。盖从田主揽出沙田,而分赁于诸佃者也。其以沙田为奇货,五分揽出,则取十分于诸佃,不俟力耕,而已收其利数倍矣。"③古沙头市的略称,即今湖北省沙市(今属荆州市)。▶唐·杜甫《送王十六判官》诗:"买薪犹白帝,鸣橹已沙头。"

巢湖舟中晚眺[1]

一群飞鸟下夕阳,柔橹声中逸兴长。[2]

雨过平湖生紫翠,天空望眼入苍茫。

鸣钟烟寺藏红塔,傍水人家种绿杨。

此日置身图画里,何年更羡白云乡。[3]

注　释

[1]《巢湖舟中晚眺》诗见清·黄云《(光绪)续修庐州府志》卷九十五,清光绪十一年(1885)刊本。

[2]逸兴:超逸豪放的意兴。▶《艺文类聚》卷一引晋·湛方生《风赋》:"轩濠梁之逸兴,畅方外之冥适。"

[3]白云乡:仙乡。典出▶《庄子·天地》:"乘彼白云,游于帝乡。"旧题汉·伶玄《飞燕外传》:"吾老是乡矣,不能效武皇帝(汉武帝)求白云乡也。"

刘 节

刘节(1476—1555),字介夫,明南安府大庾县(今江西省大余县)人。明孝宗弘治十八年(1505)进士,殿试以百首梅花诗入仕,世称梅国先生。因忤逆大宦官刘瑾,谪宿松知县。后历任广德知州、四川提学副使、广西提学副使、河南福建左参政、浙江右布政使、都察院右副都御史、山东巡抚、总督江淮漕运仍兼巡抚,世宗嘉靖十一年(1532)为刑部右侍郎,晚年回乡,创办"梅国书院"。

工书,书学颜真卿。著有《梅国集》《宝制堂录》《春秋列传》传世,并编有《广文选》《两汉七朝文薮》《周诗遗轨》《声律发蒙》等。

经护城[1]

村市三场辍,晨征又护城。[2]

敧桥盘径折,残寺下钟鸣。

草树兼天远,风烟接地轻。

自看头已白,车马若为情。[3]

注 释

[1]《经护城》诗见清·左辅纂修《(嘉庆)合肥县志》卷三十一,清嘉庆八年(1803)修,民国九年(1920)重印本。

护城:古称"护慎城"。明、清时在此设护城驿。位于今安徽省肥东县梁园镇护城社区。

[2]晨征:清晨远行。▶晋·赵至《与嵇茂齐书》:"鸣鸡戒旦,则飘尔晨征;日薄西山,则马首靡托。"

[3]若为:① 意为怎样,怎样的。▶《南齐书·高逸传·明僧绍》:"天子若来,居士若为相对?" ② 意为怎堪。▶唐·王维《送杨少府贬郴州》诗:"明到衡山与洞庭,若为秋月听猿声?" ③ 怎能。▶《乐府诗集·横吹曲辞五·隔谷歌一》:"食粮乏尽若为活?救我来!救我来!" ④ 倘若。▶唐·雍裕之《江边柳》诗:"若为丝不断,留取系郎船。"

高 海

高海,生卒年不详,字廷弼,明江南合肥(今安徽省合肥市)人。明武宗正德年间举人,历任青城知县、莱州府通判,擢升养利州知州,辞官不赴。好诗赋,有《泰山览胜》三卷。

高海于嘉靖二年(1523)登岱,泰山大观峰有其题名。又有《游泰山记》之文,收入《岱史》。

浮槎山泉[1]

湖上仙山嵯峨起,石虬穿破苍冥底。[2]

漫流绝壁乳花圆,枯槎细泻银河水。[3]

遥遥谁取寄神州？千载文章重欧子。[4]

我生四十余春秋,因循欲致还无由。

黄堂昨午俄分润,尘衿洗净何悠悠。[5]

新茸石鼎晴云洁,急雨澄江浪翻雪。[6]

绿烟飞入湘帘深,暖散浮花香不竭。[7]

笑呼满啜定州瓷,真有清风生两腋。

六一仙人去不还,继高清风淮河南。

莫言一酌浑成差,山水从今更增价。

注 释

[1]《浮槎山泉》诗见清·左辅纂修《(嘉庆)合肥县志》卷三十一,清嘉庆八年(1803)修,民国九年(1920)重印本。

[2] 苍冥:苍天。 ▶北周·庾信《贺平邺都表》:"然后命东后,诏苍冥。"

[3] 乳花:① 即石花。 ▶《政和证类本草·玉石中》:"石花……与殷孽同,一名乳花。"
② 烹茶时所起的乳白色泡沫。 ▶唐·李德裕《故人寄茶》诗:"碧流霞脚碎,香泛乳花轻。"

枯槎:① 老树的枝杈。 ▶《宣和画谱·山水三》:"(宋迪)又多喜画松,而枯槎老蘖,或高或偃,或孤或双,以至于千株万株,森森然殊可骇也。"② 指竹木筏或木船。 ▶宋·苏轼《和子由木山引水》之一:"蜀江久不见沧浪,江上枯槎远可将。"

[4]欧子:指欧阳修,字永叔,号醉翁,晚号六一居士,曾作《浮槎山水记》。

[5]黄堂:① 古代太守衙中的正堂。▶《后汉书·郭丹传》:"敕以丹事编署黄堂,以为后法。"② 借指太守。▶宋·黄朝英《靖康缃素杂记》卷上:"太守曰黄堂。"③ 墓地。▶宋·张淏《云谷杂记·太祖达生知命》:"即更衣服,弧矢登阙台,望西北鸣弦发矢,指矢委处,谓左右曰:'即此乃朕之黄堂也。'"

分润:分取钱财,分享利益。▶明·张煌言《答曹云林监军书》:"徐兄适会弟于阮途,勿克稍为分润。"

[6]新茸:初生的嫩草。▶唐·韩愈、孟郊《有所思联句》:"台镜晦旧晖,庭草滋新茸。"

[7]湘帘:用湘妃竹做的帘子。▶宋·范成大《夜宴曲》诗:"明琼翠带湘帘斑,风帏绣浪千飞鸾。"

刘志远

刘志远,生卒年、籍贯与生平不详,明时人。

夜过中庙[1]

突兀应千仞,神灵动万方。[2]

古今云雾里,衡岱弟兄行。

鸟作游人伴,芝充羽客粮。[3]

我来浑忘去,信宿卧山房。

注　释

[1]《夜过中庙》诗见清·陆龙腾《(康熙)巢县志》卷十九,清康熙十二年(1673)刊本。本诗作者刘志远,生平经历不详。据《(康熙)监利县志》(清康熙四十一年1702刻本)卷八载:"永乐庚子刘志远,盐井卫经历",未知孰是。

[2]千仞:形容极高或极深。古以八尺为一仞。▶《庄子·秋水》:"千里之远不足以举其大,千仞之高不足以极其深。"

[3]羽客:① 指神仙或方士。▶北周·庾信《邛竹杖赋》:"和轮人之不重,待羽客以相贻。"② 特指禽鸟、昆虫。▶唐·黄滔《狎鸥赋》:"斯则别号羽客,参为水仙。"③ 凤仙花的别名。▶明·李时珍《本草纲目·草六·凤仙》:"宋光宗李后讳凤,宫中呼为好女儿花,张宛丘呼为菊婢,韦君呼为羽客。"

袁 兆

袁兆,生卒年、籍贯与生平不详,明时人。

登湖楼远眺[1]

古庙横沙岸,凌空映碧涛。[2]

楼台承月近,宫殿压云高。

壁峭栖仙凤,潭深隐巨鳌。

断桥人迹少,溪水自周遭。[3]

注 释

[1]《登湖楼远眺》诗见清·陆龙腾《(康熙)巢县志》卷十九,清康熙十二年(1673)刊本。
[2]沙岸:① 用沙石等筑成的堤岸。▶《吴越备史》卷一:"初定其基,而江涛昼夜冲激,沙岸板筑不能就。"② 沙滩。▶南朝·宋·谢灵运《初去郡》诗:"野旷沙岸净,天高秋月明。"
[3]周遭:周围。▶唐·刘禹锡《石头城》诗:"山围故国周遭在,潮打空城寂寞回。"

储良材

储良材,生卒年不详,字邦抡,明广西柳州马平(今属广西壮族自治区柳州市)人。明武宗正德十二年(1517)进士。任江西道御史,任内曾上疏指斥吏部侍郎孟春等为奸党。世宗嘉靖三年(1524),巡按山西;六年(1527),以御史巡视京营;七年(1528),巡按江西。曾刻《释名》八卷。

中庙[1]

湖山高楼四面开,夕阳徒倚首重回。

气吞吴楚千帆落,影动星河五夜来。[2]

罗隐诗留仍水殿,伯阳仙去只山隈。[3]

长空送目云霞晚,两腋天风下凤台。[4]

注释

[1]《中庙》诗见清·左辅纂修《(嘉庆)合肥县志》卷三十一,清嘉庆八年(1803)修,民国九年(1920)重印本。

[2]星河:银河。▶南朝·齐·张融《海赋》:"湍转则日月似惊,浪动而星河如覆。"

[3]罗隐诗:指唐罗隐《登巢湖圣姥庙》诗。

伯阳:指魏伯阳。东汉著名的黄老道家、炼丹理论家,名翱,字伯阳,道号云牙子。传说魏伯阳曾在巢湖之滨四顶山之巅铸鼎炼丹,丹成仙去。今四顶山仍有炼丹池、仙人洞、伯阳井等遗迹。

[4]凤台:泛指华美的楼台。▶南朝·陈·张正见《门有车马客行》:"舞袖飘金谷,歌声绕凤台。"

叶 广

叶广,生卒年不详,字元博,号海渔,明江南巢县(今安徽省巢湖市)人。万历时布衣,善画米家山水,所写渔乐图远近珍之。尤耽诗,饶有高致。

巢湖秋月[1]

秋风凄以清,渔唱断还续。[2]

欸乃数声长,月明湖水绿。[3]

微风驱纤云,澄波浴华月。[4]

不见湖上人,但闻歌声发。

注 释

[1]《巢湖秋月》诗见清·陆龙腾《(康熙)巢县志》卷十九,清康熙十二年(1673)刊本。

[2]渔唱:渔人唱的歌。▶唐·郑谷《江行》:"殷勤听渔唱,渐次入吴音。"▶元·倪瓒《人月圆》:"惊回一枕当年梦。渔唱起南津。"

[3]欸乃:象声词。① 摇橹声。▶唐·元结《欸乃曲》:"谁能听欸乃,欸乃感人情。"题注:"棹舡之声。"② 棹歌,划船时歌唱之声。▶宋·陆游《南定楼遇急雨》:"人语朱离逢峒獠,櫂歌欸乃下吴舟。"③ 泛指歌声悠扬。▶唐·刘言史《潇湘游》:"野花满髻妆色新,闲歌欸乃深峡里。"

[4]华月:① 皎洁的月亮。▶南朝·梁·江淹《杂体诗·效刘桢〈感遇〉》:"华月照方池,列坐金殿侧。"② 喻盛时。▶《文选·刘铄〈拟古诗〉》:"芳年有华月,佳人无还期。"

蔡 悉

蔡悉(1536—1615),字士备,一字士皆,号肖谦,谥"文毅",明江南庐州合肥(今安徽省合肥市)人。理学家,淮西大儒。明世宗嘉靖三十八年(1559)己未科进士。神宗万历三年(1575),任泉州府通判。历世宗、穆宗、神宗三朝,为官五十年,累在湖广、直隶、河南、福建等地为官,官至南京尚宝司卿、国子监祭酒。蔡悉刚直坚毅,曾请早立太子,以安国本;不避权贵,极论矿税之害,时称"包老复出"。

蔡悉生平著书七十余种,有《孔子年谱》《大学注》《书畴彝训》等传世。

登中庙凤凰楼二首[1]

闲来湖上登仙阁,面面秋声撼碧涛。

斜天映光将翠台,横分幽色拂青高。

临风竹叶倾春笀,弄月梅花藩晚艘。

千古此中乘逸兴,襟期潇洒忆诗豪。[2]

凤凰仙阁依丹霄,阁下崆峒跨碧涛。[3]

湖涌金波双鉴渺,山开玉笋四峰高。[4]

虚疑幻化鼋鼍窟,恒见帆樯贾客艘。[5]

独有时难民疾苦,不堪回首五陵豪。

注 释

[1]《登中庙凤凰楼二首》诗见清·李恩绶编《巢湖志》卷二"诗",黄山书社2007年版。

[2] 襟期:① 襟怀,志趣。 ▶ 北齐·高澄《与侯景书》:"缱绻襟期,绸缪素分。"② 犹言心期。指人与人之间的相互期许。 ▶ 元·袁易《寄吴中诸友·冯景说》诗:"早托襟期合,能容礼法疏。"

[3]硿峒：此处指宽敞空阔。 ▶明·徐弘祖《徐霞客游记·粤西游日记二》："从门隙内窥，洞甚硿峒，而路无由入。"

[4]玉笋：喻秀丽耸立的山峰。 ▶宋·杨万里《真阳峡》诗："夹岸对排双玉笋，此峰外面万山青。"

[5]帆樯：挂帆的桅杆。借指帆船。▶《旧唐书·高骈传》："风伯雨师，终阻帆樯之利。"

沈明臣

沈明臣(1518—1596),字嘉则,明浙江鄞县(今浙江省宁波市)人。嘉靖年间同徐渭为胡宗宪幕僚。即兴作铙歌十章,援笔立就,为胡宗宪激赏。后宗宪以严嵩党羽下狱死,为之讼冤。后往来吴、楚、闽、粤间。有诗名,著有《丰对楼诗选》《越草》《荆溪唱和诗》《吴越游稿》等。

过巢湖[1]

腊月湖波稳,乾坤自混茫。[2]

烟霜弥四泽,水气隐三光。

尽日闻渔鼓,高云辨雁行。

孤舟兼晚岁,去路总他乡。[3]

注 释

[1]《过巢湖》诗见清·钱谦益《列朝诗集》丁集卷九,清顺治九年(1652)毛氏汲古阁刻本。

[2]混茫:① 意为混沌、矇昧,指上古人类未开化的状态,又作混芒。▶《庄子·缮性》:"古之人,在混芒之中。" ② 指混沌未分状。▶唐·李白《大鹏赋》:"当胸臆之掩画,若混茫之未判。" ③ 指广大无边的境界。▶唐·杜甫《滟滪堆》诗:"天意存倾覆,神功接混茫。" ④ 混杂不清,模糊。▶清·龚自珍《古史钩沉论二》:"列国小学不明,声音混茫,各操其方,微孔子之雅言,古韵其亡乎!"

[3]他乡:异乡,家乡以外的地方。▶《乐府诗集·相和歌辞十三·饮马长城窟行》:"梦见在我傍,忽觉在他乡。"

黄道年

黄道年,生卒年不详,字延卿,明江南庐州合肥(今安徽省合肥市)人。明穆宗隆庆元年(1567)丁卯科举人,隆庆五年(1571)辛未科三甲第二百零七名进士,授江西南城知县。丁艰,补调天台知县,旋擢汉州知州。所任之处均有惠政。

黄道年赋性耿直公正,历官数十年仅至五马。解职后,怡情山水,萧然高寄,不问家人产业。所得金钱随手散去。与贫苦百姓相交,待以举火者甚众。弟道月、道日,子克嘉,先后中试文、武进士。喜文史、经学,著有《中庸正解》《二十一史驳》《浮槎山房诗稿》。

登四顶山[1]

振衣高处听鸣榔,烟树苍茫隔水乡。[2]

苔蚀断碑丹灶冷,虹悬残壁白云长。[3]

濒湖鱼浪翻晴雪,归路樵斤下夕阳。

莫道停车留信宿,风流今始寄山房。

注　释

[1]《登四顶山》诗见清·左辅纂修《(嘉庆)合肥县志》卷三十一,黄山书社2006年版。

[2]振衣:抖衣去尘,整衣。▶《楚辞·渔父》:"新沐者必弹冠,新浴者必振衣。"

鸣榔:敲击船舷使作声,用以惊鱼,使入网中,或为歌声之节。▶《文选·潘岳〈西征赋〉》:"纤经连白,鸣榔厉响。"

[3]丹灶:炼丹用的炉灶。▶南朝·梁·江淹《别赋》:"守丹灶而不顾,炼金鼎而方坚。"

无题[1]

一望烟波半有无,纷纷车骑驻平芜。[2]

桃花野水逢人渡,竹叶村醪待月沽。[3]

揽胜帆樯依赤碛,祝厘香火壮玄都。[4]

喜予拔足风尘久,更向山中领鉴湖。[5]

注　释

[1]《无题》诗见清·陆龙腾《(康熙)巢县志》卷十九,清康熙十二年(1673)刊本。

[2]平芜:草木丛生的平旷原野。▶南朝·梁·江淹《去故乡赋》:"穷阴匝海,平芜带天。"

[3]村醪:醪,本指酒酿。村醪即是村酒,引申为浊酒。▶唐·司空图《柏东》诗:"免教世路人相忌,逢著村醪亦不憎。"

[4]祝厘:祈求福佑,祝福。▶《史记·孝文本纪》:"今吾闻祠官祝厘,皆归福朕躬,不为百姓,朕甚愧之。"

[5]拔足:① 快步、快走。表示急切之情。▶晋·陆云《盛德颂》:"拔足崇长揖之宾,吐飧纳献规之容。"② 犹出身,来路。▶《隋书·炀帝纪下》:"设官分职,罕以才授,班朝治人,乃由勋叙,莫非拔足行阵,出自勇夫,教学之道,既所不习,政事之方,故亦无取。"

黄道月

　　黄道月,生卒年不详,字德卿,明江南庐州合肥(今安徽省合肥市)人。黄道年之弟,神宗万历七年(1579)己卯科举人,万历十四年(1587)丙戌科三甲第二名进士,官至中书舍人。

　　美姿态,工文词,喜读相如书,与百家之言。五七言长句,绝似李青莲。少好击剑,江淮之侠无不从游。且不惜百金,购名马,挽强弓。年三十九卒。所著《黄德卿诗集》散佚,今多不存。

登浮槎山[1]

山云纷应接,驻盖聘雄观。[2]

树老青铜蚀,泉枯白练干。

风吹萝欲立,雾净石长寒。

一着登临屐,千峰色自阑。

注　释

[1]《登浮槎山》诗见清·左辅纂修《(嘉庆)合肥县志》卷三十一,黄山书社2006年版。

[2]驻盖:停车。▶唐·白居易《新昌新居书事四十韵因寄元郎中张博士》:"门闾堪驻盖,堂室可铺筵。"

游鲍明远读书处[1]

崩台开旷面,残叶集孤清。[2]

何事横洲上,而留鲍照名?

淡烟依宿莽,疏雨发长荆。[3]

槲叶吟风夜,还疑读书声。

注　释

[1]《游鲍明远读书处》诗见清·左辅纂修《(嘉庆)合肥县志》卷三十一,黄山书社2006年版。

鲍明远:鲍照(约414—466),南朝·宋文学家,字明远。《江南通志》:"在城东北七十里,梁县乡,四围皆水。"《方舆览胜》:"鲍照尝读书于此",有俊逸亭,清代已不存。

[2]孤清:孤高而清净。▶唐·张九龄《感遇》诗之二:"幽林归独卧,滞虑洗孤清。"

[3]宿莽:① 经冬不死的草。▶《楚辞·离骚》:"朝搴阰之木兰兮,夕揽洲之宿莽。"② 特指墓前野草。▶明·郑若庸《玉玦记·观潮》:"不见射弩英雄,玉匣又陈宿莽。"③ 借指死亡。▶明·屠隆《彩毫记·仙翁指教》:"今朝握手江湖上,劝蚤晚抛尘网,朱颜暗里销,白发愁中长,你看今古英雄俱宿莽。"④ 卷施草。▶《尔雅·释草》:"卷施草拔心不死。"晋·郭璞注:"宿莽也。"

王乔洞题壁[1]

四壁苍苔色,天风欲振衣。[2]

白云栖洞冷,青鸟傍崖飞。

煮石朝霞散,烧丹夜月微。[3]

吾来将酒讯,莫使鹤音违。[4]

注　释

[1]《王乔洞题壁》诗见清·陆龙腾《(康熙)巢县志》卷十九,清康熙十二年(1673)刊本。

[2]振衣:抖衣去尘,整衣。▶《楚辞·渔父》:"新沐者必弹冠,新浴者必振衣。"

[3]烧丹:炼丹,指道教徒用硃砂炼药。▶南朝·陈·徐陵《答周处士书》:"比夫煮石纷纭,终年不烂;烧丹辛苦,至老方成。"

[4]鹤音:鹤的鸣叫声。比喻修道者、隐逸者的声音。▶唐·孟郊《投赠张端公》诗:"鸾步独无侣,鹤音仍寡俦。"

黄道日

黄道日,生卒年不详,字荆卿,明江南庐州合肥(今安徽省合肥市)人。黄道年、黄道月之弟。明南直隶庐州府合肥县(今合肥市)人。举于乡,以诸生入国子监读书,为一时名流推赏。世宗嘉靖四十四年(1565)乙丑科武进士,任江西湖东守备。

黄道日工翰墨行草,俱为世所珍,时多赝笔,真迹端凝雅重,识者能辨之。精意独注于书,草法出入二王行书。笔法学黄山谷,得其神髓,片纸尺幅皆神品。

镇淮楼晚眺[1]

台临河势曲,楼敞夕阳偏。[2]

骋望推空阔,伤心屡变迁。

雨消青野岸,风断绿杨烟。

为惜湖山回,长歌思悄然。[3]

注 释

[1]《镇淮楼晚眺》诗见清·左辅纂修《(嘉庆)合肥县志》卷三十一,黄山书社2006年版。

[2] 河势:河水的流势,包括流量和流向。▶《宋史·河渠志二》:"河势未可全夺,故为二股之策。"

[3] 悄然:① 忧伤貌。▶ 隋·王通《中说·魏相》:"子悄然作色曰:'神之听之,介尔景福。'"② 寂静貌。▶ 唐·杜甫《奉先刘少府新画山水障歌》:"悄然坐我天姥下,耳边已似闻清猿。"③ 浑然,依然。▶ 唐·皮日休《鲁望读〈襄阳耆旧传〉见赠五百言次韵》:"兴替忽矣新,山川悄然旧。"

游蜀山[1]

春色坐来晚,山闲尽日青。[2]

无风云黛合,欲雨草烟腥。

泉涌留僧异,龙枯结冢灵。[3]

湖天遥在目,旷望若为醒。[4]

注 释

[1]《游蜀山》诗见清·左辅纂修《(嘉庆)合肥县志》卷三十一,黄山书社2006年版。

[2] 坐来:① 犹言本来,向来。 ▶唐·马戴《汧上劝旧友》诗:"坐来生白发,况复久从戎。" ② 犹适才,正当。 ▶唐·李白《单父东楼秋夜送族弟沈之秦》诗:"坐来黄叶落四五,北斗已挂西城楼。" ③ 移时,顷刻。 ▶唐·韩愈《春雪间早梅》诗:"玲珑开已遍,点缀坐来频。"

[3]"泉涌留僧异"句典出 ▶《(嘉庆)合肥县志》:"大蜀山东,有泉,唐慧满法师以锡杖卓地得之。"

"龙枯结冢灵"句典出 ▶《(嘉庆)合肥县志》:"慧满禅师贞观年间,结庵于大蜀山,常诵法华经。忽有白衣(者)造(登)门曰:'我,东海龙王少子也,闻梵音故来听。'时适逢苦旱,禅师令其降雨,龙王答应:'盗布(无令降雨)当殛(杀死)。'禅师曰:'汝舍身以救民,我诵经以度汝。'言毕不见。须臾,雨泽滂沱,越三日,有龙死于山隅。禅师收葬之,民为之立祠。"

[4] 旷望:极目眺望,远望。 ▶《文选·谢朓〈郡内高斋闲坐答吕法曹〉诗》:"结构何迢递,旷望极高深。"

无题[1]

灵宫东瞰俯长流,水泊湖天势欲浮。[2]

且向三山瞻丽阙,直从九点辨齐州。[3]

春留珠树玄栖鹤,岩落丹山白近鸥。[4]

为问风尘几劳碌,却疑何处觅千秋。

注 释

[1]《无题》诗见清·李恩绶编《巢湖志》卷二"诗",黄山书社2007年版。原诗本无标题,为编者添加。

[2] 灵宫:① 用以供奉神灵的宫阙楼观。 ▶《文选·班固〈西都赋〉》:"其阴则冠以九嵕,陪以甘泉,乃有灵宫,起乎其中。" ② 天帝或仙人住所。 ▶《汉武帝内传》:"夫真形宝文,灵宫所贵。" ③ 指寺庙。 ▶唐·韩愈《谒衡岳庙遂宿岳寺题门楼》诗:"森然魄动下马拜,松柏一迳趋灵宫。" ④ 对宫殿的美称。 ▶唐·王勃《九成宫颂》序:"仙都密迩,犹连上苑之局;灵宫岿然,直透崇冈之曲。" ⑤ 对住宅的美称。 ▶郑泽《夏夜作》诗:"烦暑不我蒸,灵宫自澄澈。"

⑥指供奉帝王遗像的宫室。▶宋·王珪《奉安真宗皇帝御容于寿星观永崇殿导引歌词》："灵宫旧是栖真处,还望玉舆归。"⑦引申指圹宫,墓穴。▶清·顾炎武《恭谒天寿山十三陵》诗："天祸降宗国,灭我圣哲王。渴葬池水南,灵宫迫妃殇。"⑧此处特指中庙。

[3]三山:①传说中的海上三神山。▶晋·王嘉《拾遗记·高辛》："三壶,则海中三山也。一曰方壶,则方丈也;二曰蓬壶,则蓬莱也;三曰瀛壶,则瀛洲也。"②福州的别称。据曾巩《道山亭记》载,福州城中西有闽山,东有九仙山,北有越王山,故福州又称三山。③冠名。▶唐·李群玉《寄友人鹿胎冠子》诗："数点疏星紫锦斑,仙家新样剪三山。"④指三山骨。▶唐·元稹《望云骓马歌》："蹄躈四骊脑颗方,胯耸三山尾株直。"⑤喻封建主义、官僚资本主义、帝国主义三重压迫。⑥本诗中特指巢湖中的姥山、孤山、鞋山。

齐州:犹中州。古时指中国。▶《尔雅·释地》："岠齐州以南,戴日为丹穴。"

[4]珠树:①神话、传说中的仙树。▶《山海经·海内西经》："开明北有视肉、珠树、文玉树、玗琪树。"②树的美称。▶唐·李白《送贺监归四明应制诗》："借问欲栖珠树鹤,何年却向帝城飞。"③喻积雪之树。▶唐·王初《望雪》诗："银花珠树晓来看,宿醉初醒一倍寒。"④喻俊才。▶宋·陈与义《次韵光化宋唐年主簿见寄》之一："梦中犹得攀珠树,别后能忘倒玉山。"

马如麟

马如麟,生卒年不详,字昭父,号禹山,明嘉兴秀水(今浙江嘉兴县北)乡魁。明神宗万历十七年(1589)任巢县县令。"以名魁,励精图治,百务更新,声名卓冠一时。"在巢县令任上,置学田,复社学,重修新察院、寅宾馆、钟楼、界石亭、文昌祠、城隍庙等建筑,并主持编纂了《(万历)巢县志》。著有《虞泽稿》。

中庙[1]

空中楼阁耸云霄,万丈波光拥碧涛。
睇望远山如嶂列,跻攀连栈接天高。[2]
当湖秋月悬明镜,傍晚残霞照短艘。
赤壁何如今夜乐,座中且喜有诗豪。

注释

[1]《中庙》诗见清·陆龙腾《(康熙)巢县志》卷十九,清康熙十二年(1673)刊本。

[2] 跻攀:亦作"跻扳"。犹言攀登。▶唐·杜甫《白水县崔少府十九翁高斋三十韵》:"清晨陪跻攀,傲睨俯峭壁。"

何 白

何白(1562—1642),字无咎,号丹丘、丹邱生,又号鹤溪老渔,明末浙江永嘉(今浙江省永嘉县)人。"龙君御(龙膺)为郡司理,异其才,为加冠,集诸名士赋诗而醮,为延誉于海内,遂有盛名。"中年归隐山中,自求闲适。

何白工画山水竹石,能诗。著有《山雨阁诗》《榆中草》《汲古堂集》《汲古堂续集》。

焦湖[1]

乱山青映郭,一水白吞城。

龟眼长防赤,龙鳞未可婴。[2]

客心争北渡,乡梦数南征。

日暮烟波思,渔郎自濯缨。[3]

注 释

[1]《焦湖》诗见明·何白《汲古堂集》卷十三,明万历刻本。

[2]龙鳞:① 龙的鳞甲。▶《韩非子·说难》:"夫龙之为虫也,柔可狎而骑也,然其喉下有逆鳞径尺,若人有婴之者,则必杀人。人主亦有逆鳞,说者能无婴人主之逆鳞,则几矣。"后因以"龙鳞"指人主。② 指皇帝的衮服,龙袍。▶唐·杜甫《秋兴》诗之五:"云移雉尾开宫扇,日绕龙鳞识圣颜。"③ 像龙鳞的样子。▶汉·扬雄《甘泉赋》:"金人仡仡其承钟虡兮,嵌岩岩其龙鳞。"④ 似龙鳞的事物。指水波,涟漪。▶唐·厉玄《从军行》:"战场收骥尾,清翰怯龙鳞。"⑤ 幼竹。幼竹有箨,如龙鳞状。▶唐·虞世南《赋得临池竹应制》:"龙鳞漾嶰谷,凤翅拂涟漪。"⑥ 松桧之属。松桧之皮如龙鳞,故称。▶宋·梅尧臣《桧咏》:"龙鳞已爱松身直,珠实还看柏华垂。"⑦ 累累垂垂的葡萄。▶唐·刘禹锡《葡萄歌》:"马乳带轻霜,龙鳞曜初旭。"⑧ 宝刀名。▶三国·魏·曹丕《剑铭》:"又造百辟露陌刀一,长三尺二寸,状如龙文,名曰龙鳞。"

婴:通"撄"。触犯。▶《荀子·强国》:"教诲之,调一之,则兵劲城固,敌国不敢婴也。"

[3]濯缨:洗濯冠缨。语本▶《孟子·离娄上》:"沧浪之水清兮,可以濯我缨。"后以"濯缨"比喻超脱世俗,操守高洁。▶南朝·宋·殷景仁《文殊师利赞》:"体绝尘俗,故濯缨者高其迹。"

赠黄荆卿[1]

突立天壤内,廓然无所依。[2]

奇思入县解,灵光吐清机。[3]

终夜破万卷,长年阖双扉。

高论骇流俗,往往来弹讥。[4]

视高行乃独,贵在知者希。

我来一相访,草阁当淮淝。

狂狷圣所臧,匪子谁同归。[5]

注　释

[1]《赠黄荆卿》诗见明·何白《汲古堂集》卷五,明万历刻本。

黄荆卿:即黄道日。黄道日,字荆卿。黄道月之弟,明代合肥人,武进士,曾任江西湖东守备。

[2]天壤:① 天地,天地之间。▶《管子·幼官》:"修春秋冬夏之常祭,食天壤山川之故祀。" ② 比喻相隔悬殊。▶晋·葛洪《抱朴子·论仙》:"趋舍所尚,耳目所欲,其为不同,已有天壤之觉,冰炭之乖矣。"

廓然:① 忧悼貌。▶《礼记·檀弓上》:"练而慨然,祥而廓然。" ② 远大貌。▶汉·刘向《说苑·君道》:"廓然远见,踔然独立。" ③ 空寂貌,孤独貌。▶《文子·精诚》:"静漠恬淡,悦穆胸中,廓然无形,寂然无声。" ④ 空旷貌。▶晋·陶潜《祭从弟敬远文》:"庭树如故,斋宇廓然。" ⑤ 阻滞尽除貌。▶《文选·扬雄〈长杨赋〉》:"乃今日发蒙,廓然已昭矣。"

[3]县解:① 天然的解脱。谓于生死忧乐无所动心。▶《庄子·养生主》:"适来,夫子时也;适去,夫子顺也。安时而处顺,哀乐不能入也,古者谓是帝之县解。" ② 高超、深入的理解。▶《新唐书·儒学传中·尹知章》:"于《易》《老》《庄》书尤县解。"

清机:清净的心机。▶晋·曹摅《思友人》:"精义测神奥,清机发妙理。"

[4]高论:① 纵谈,纵论。▶《庄子·刻意》:"刻意尚行,离世异俗,高论怨诽,为亢而已矣。" ② 高谈阔论,不切实际的议论。▶《资治通鉴·汉献帝初平元年》:"孔公绪清谈高论,嘘枯吹生,并无军旅之才,临锋决敌,非公之俦也。" ③ 见解高明的议论,常用以称对方的言论的敬辞。▶晋·葛洪《抱朴子·嘉遯》:"圣化之盛,诚如高论。"

[5]狂狷:亦作"狂獧"。① 指志向高远的人或拘谨自守的人。▶柳亚子《哭仲穆》:"相逢乍忆过江年,狂狷殊途笑我颠。" ② 狂妄褊急。书疏中常用作谦辞。▶宋·朱熹《与

陈丞相书》:"然熹之狂狷朴愚,不堪世用,明公知之,盖有素矣。"③ 洁身自好。▶清·姚鼐《赠侍潞川》:"忆昔少年时,志尚在狂狷。"④ 放纵,不遵礼法。▶北魏·郦道元《水经注·江水三》:"(祢衡)恃才倜傥,肆狂狷于无妄之世。"⑤ 指放纵而不遵礼法的人。▶唐·李绅《州中小饮便别牛相》:"从此别离长酩酊,洛阳狂狷任椎埋。"⑥ 指犯分,跋扈。▶汉·桓宽《盐铁论·讼贤》:"引之不来,推之不往,狂狷不逊,忮害不恭,刻轹公主,侵陵大臣。"

东城晚眺[1]

对花危堞晚,□上一悲辛。[2]

土壤吴畿接,风烟楚甸邻。[3]

世情殊卤莽,客路日荆榛。[4]

车马班班地,谁为失路人。

注 释

[1]《东城晚眺》诗见明·何白《汲古堂集》卷十三,明万历刻本。

[2] 原诗本句缺一字。

危堞:高城。亦指危城。▶唐·皇甫冉《奉和王相公早春登徐州城》:"落日凭危堞,春风归故乡。"

[3] 楚甸:犹言楚地。甸,古代指郊外的地方。▶唐·刘希夷《江南曲》:"潮平见楚甸,天际望维扬。"

[4] 卤莽:① 荒地上的野草。▶《文选·扬雄〈长杨赋〉》:"夷阬谷,拔卤莽。"② 粗疏,鲁莽。卤,通"鲁"。▶唐·杜甫《空囊》:"世人共卤莽,吾道属艰难。"③ 苟且,马虎。▶郑观应《盛世危言·海防下》:"不然,始失于因循,终失于卤莽。"④ 大略,隐约。▶唐·白居易《浔阳秋怀赠许明府》:"卤莽还乡梦,依稀望阙歌。"

荆榛:① 亦作"荆蓁"。泛指丛生灌木,多用以形容荒芜情景。▶三国·魏·曹植《归思赋》:"城邑寂以空虚,草木秽而荆榛。"② 谓没入荒野,指逝世。▶明·周履靖《锦笺记·闻讣》:"闺中何意,半道荆蓁,情隔云泥。"③ 比喻艰危,困难。▶《旧唐书·宦官传·杨复恭》:"吾于荆榛中援立寿王。"④ 比喻恶人。▶元·麻革《过陕》:"豺狼满地荆榛合,目断中条是故丘。"⑤ 芥蒂,不快。▶明·陈汝元《金莲记·射策》:"笑谭之顷,便起荆榛。"

许如兰

许如兰(1582—1628或1634),字湘畹,又字芳谷,明江南庐州合肥东乡(今属安徽省肥东县)人。明神宗万历四十四年(1616)丙辰科进士。历官工部郎中、光州知县、绍兴知府、浙江按察司按察使、河南按察使,管密云道、顺天巡抚佥都御史、广西巡抚、副都御史。著有《香雪庵集》十二卷、《天然砚谱》一卷、《抚广奏议》十卷、《游衢纪略》等。

四顶山朝霞寺遗址右侧,有石如鼓座。传说,许如兰少时就读于朝霞书院时,常坐此石之上诵读,故称"都御史座"。

登四顶山望湖作[1]

嵯峨直上极层椒,绝顶峰烟四望遥。[2]
山色西来连霍麓,涛声东去逐江潮。
天边贾舶千帆远,水底鱼龙万象骄。[3]
况是仙灵多窟宅,伯阳丹鼎霭晴霄。[4]

注　释

[1]《登四顶山望湖作》诗见清·左辅纂修《(嘉庆)合肥县志》卷三十一,清嘉庆八年(1803)修民国九年(1920)重印本。

[2] 嵯峨:① 指高耸的山。▶宋·陆游《老学庵笔记》卷七:"欧阳公谪夷陵时,诗云:江上孤峰蔽绿萝,县楼终日对嵯峨。"② 山高峻貌。▶唐·唐彦谦《送许户曹》:"将军楼船发浩歌,云樯高插天嵯峨。"③ 屹立。▶唐·姚合《送潘传秀才归宣州》:"李白坟三尺,嵯峨万古名。"④ 坎坷不平。▶明·钱士升《满庭芳》词:"往事千端,闲愁万斛,世情无数嵯峨。"⑤ 形容盛多。▶《文选·陆机〈前缓声歌〉》:"长风万里举,庆云郁嵯峨。"刘良注:"嵯峨,云盛貌。"

层椒:高山之巅。▶清·赵翼《高黎贡山歌》:"至今渐成康庄坦,早有结屋层椒青。"

[3] 贾舶:商船。▶宋·周邦彦《汴都赋》:"越舲吴艚,官艘贾舶。"

[4] 窟宅:① 动物栖止的洞穴。▶唐·刘恂《岭表录异》卷下:"但见鳄鱼极多,不敢辄近,乃是鳄鱼窟宅也。"② 指神怪的居处。▶宋·吴淑《江淮异人录·江处士》:"有人入山

伐木,因为鬼物所著,自言曰:'树乃我之所止,汝今见伐,吾将何依?当假汝身为我窟宅。'"③指坏人、匪类藏身盘踞的地方。▶《周书·文帝纪上》:"今便分命将帅,应机进讨,或趣其要害,或袭其窟宅。"④居住,盘踞。▶晋·孙绰《游天台山赋》:"皆玄圣之所游化,灵仙之所窟宅。"

伯阳:魏伯阳,名翱,号伯阳,东汉炼丹方士。传说曾在四顶山上炼丹,今山顶遗有魏伯阳炼丹池遗迹。

严尔珪

严尔珪(1590—1650),字伯玉(一说字琢如),号琢庵,晚号蘧庵居士,明浙江归安(今属浙江省湖州市)人。明熹宗天启元年(1621)举人,天启二年(1622)壬戌科进士,知海门县,晋南礼部,出守庐州,教养兼至,称循良第一。擢粤东参议,调广东副使,寇盗猖獗,剿抚多方,四境帖然。转江西布政,予告终养居家。《(同治)湖州府志》:"岁大饥,输锃赈粥,全活无算。"有《琢如诗文》行世。

思宗崇祯四年(1631),严尔珪于巢湖姥山倡建文峰塔,甫四层,值乱辍工。

无题[1]

拂袖孤峰度石屏,月明飞锡下仙灵。[2]

波涵练影浮烟白,山插莲花逼汉青。[3]

北望玉京开静室,东来真气接虚亭。[4]

为问风尘几劳碌,未许人间见岁星。[5]

注释

[1]《无题》诗见清·陆龙腾《(康熙)巢县志》卷十九,清康熙十二年(1673)刊本。原诗无标题,现有标题为编者所加。

[2]石屏:① 石制的屏风。② 壁立如屏的山石。▶唐·高适《宴韦司户山亭院》诗:"苔迳试窥践,石屏可攀倚。"

[3]练影:指日、月、水波等的白色光影。▶唐·无可《中秋台看月》:"水光笼草树,练影挂楼台。"

[4]玉京:① 道家称天帝所居之处。▶晋·葛洪《枕中书》引《真记》:"元都玉京,七宝山,周回九万里,在大罗之上。"② 泛指仙都。▶宋·陆游《七月一日夜坐舍北水涯戏作》诗:"斥仙岂复尘中恋,便拟骑鲸返玉京。"③ 指帝都。▶唐·孟郊《长安旅情》诗:"玉京十二楼,峨峨倚青翠。"

[5]岁星:① 即木星。古人认识到木星约十二年运行一周天,其轨道与黄道相近,因将周天分为十二分,称十二次。木星每年行经一次,即以其所在星次来纪年,故称岁星。▶《韩非子·饰邪》:"此非丰隆、五行、太一、王相、摄提、六神、五括、天河、殷抢、岁星数年在

西也。"②即太岁。用以喻灾祸。程善之《革命后感事和怀霜作即次其韵》之一:"廿载江湖负壮心,终看吴越岁星临。"③指东方朔。典出▶汉·郭宪《东方朔传》:"汉东方朔仕汉武帝为大中大夫。武帝暮年好仙术,与朔狎昵,从朔求不老之药及吉云、甘露等。朔尝谓同舍郎曰:'天下知朔者唯大王公耳'。及朔卒,武帝召大王公问之,对以不知。问何能,对以善星历。乃问诸星皆在否,曰:'诸星具在,独不见岁星十八年,今复见耳。'帝仰天叹曰:'东方朔生在朕傍十八年,而不知是岁星哉!'"▶清·王图炳《游仙》诗:"君王欲乞长生术,不道郎官是岁星。"

曾如椿

曾如椿,生卒年、籍贯与生平不详,明时人。

无题[1]

仙子依稀降此台,琳宫琅宇自崔巍。[2]

半空云气孤峰出,百道泉流一线来。

汇水湖边山屈曲,飞霞天外路迂回。[3]

凭高顿使心眸爽,晚霞微茫望欲开。[4]

注 释

[1]《无题》诗见清·李恩绶编《巢湖志》卷二"诗",黄山书社2007年版。原诗无标题,现有标题为编者所加。

[2]琳宫:仙宫。亦为道观、殿堂之美称。▶《初学记》卷二十三引《空洞灵章经》:"众圣集琳宫,金母命清歌。"

崔巍:① 高峻,高大雄伟。 ▶《楚辞·东方朔〈七谏·初放〉》:"高山崔巍兮,水流汤汤。" ② 指高峻的山。 ▶清·陈维崧《江城子·春雨新晴过吴城西禅寺次云臣南水赋》词:"千寻佛阁倚崔巍,眺胥台,漫生哀。"

[3]屈曲:① 弯曲,曲折。▶《文选·张衡〈东京赋〉》:"谲门曲榭,邪阻城洫。"② 指事物的原委本末。 ▶《三国志·蜀志·法正传》:"斯乃大略,其外较耳。其余屈曲,难以辞极也。" ③ 委曲,曲意迁就。 ▶《三国志·吴志·诸葛瑾传》:"其所以务崇小惠,必以其父新死,自度衰微,恐困苦之民一朝崩沮,故强屈曲以求民心,欲以自安住耳。"

[4]凭高:登临高处。 ▶唐·李白《天台晓望》诗:"凭高远登览,直下见溟渤。"

吴大朴

吴大朴,生卒年不详,字澹佽,明河南固始(今河南省固始县)人,明熹宗天启二年(1622)进士,历知当涂、无锡,擢刑部事。崇祯中,知庐州。崇祯八年(1635)乙亥春,张献忠攻庐州,吴率军民固守,昼夜拒战,张遂引去。

登中庙楼[1]

嵯峨楼阁倚天开,灵气飘飘护石台。[2]

山鬼恒从林外啸,湖仙常向月中来。[3]

疏钟晚渡孤村树,细雨春滋曲径苔。[4]

拜罢灵祠出门去,眼前何地不风雷。[5]

[1]《登中庙楼》诗见清·陆龙腾《(康熙)巢县志》卷十九,清康熙十二年(1673)刊本。

[2]嵯峨:① 山高峻貌。▶唐·唐彦谦《送许户曹》:"将军楼船发浩歌,云樯高插天嵯峨。"② 指高耸的山。▶宋·陆游《老学庵笔记》卷七:"欧阳公谪夷陵时,诗云:江上孤峰蔽绿萝,县楼终日对嵯峨。"③ 屹立。▶唐·姚合《送潘传秀才归宣州》:"李白坟三尺,嵯峨万古名。"④ 坎坷不平。▶明·钱士升《满庭芳》:"往事千端,闲愁万斛,世情无数嵯峨。"⑤ 形容盛多。▶《文选·陆机〈前缓声歌〉》:"长风万里举,庆云郁嵯峨。"

[3]山鬼:① 山神。▶《史记·秦始皇本纪》:"山鬼固不过知一岁事也。"② 山精。传说中的一种独脚怪物。▶南朝·宋·郑缉之《永嘉郡记》:"安固县有山鬼,形体如人而一脚,裁长一尺许,好啖盐,伐木人盐辄偷将去。不甚畏人,人亦不敢犯,犯之即不利也。喜于山涧中取食蟹。"③ 泛指山中鬼魅。▶唐·杜甫《奉酬薛十二丈判官见赠》诗:"卧病识山鬼,为农知地形。"

[4]疏钟:稀疏的钟声。▶清·陈廷敬《送少师卫公致政还曲沃》诗:"梦绕细斿闻夜雨,春回长乐远疏钟。"

[5]风雷:① 风和雷。▶《易·益》:"风雷,益。"② 形容响声巨大。▶唐·方干《因话天台胜异仍送罗道士》诗:"石上丛林碍星斗,窗前瀑布走风雷。"③ 比喻威猛的力量或急剧变化的形势。▶宋·苏轼《送将官梁左藏赴莫州》诗:"一朝鼓角鸣地中,帐下美人空掩面;岂如千骑平时来,笑谈謦欬生风雷。"

赵宏璧

赵宏璧(？—1635)，字元白。明庐州巢县(今安徽省巢湖市)人。南京兵部尚书赵远长子。廪生，少有才名。明思宗崇祯八年(1635)，张献忠攻破巢县，与知县严觉同时遇难。

湖上晓行[1]

百里望苍茫，平湖乱晓光。[2]

天低云作浪，山没石疑航。

野屋浮烟白，秋禾界树黄。

问津过小港，渔乐似濠梁。[3]

注 释

[1]《湖上晓行》诗见清·陆龙腾《(康熙)巢县志》卷十九，清康熙十二年(1673)刊本。

[2]晓光：清晨的日光。▶南朝·梁·简文帝《侍游新亭应令》："晓光浮野映，朝烟承日回。"

[3]濠梁：濠，水名；梁，桥梁。濠梁在今安徽凤阳。庄子和惠施游于濠梁之上，见白鲦鱼出游从容，因辩论是否知鱼之乐。后遂用"濠梁观鱼、濠上观鱼、观鱼、濠梁"等形容悠然自得，寄情物外，引申为悠闲的生活。▶北魏·郦道元《水经注·济水二》："目对鱼鸟，水木明瑟，可谓濠梁之性，物我无违矣。"

熊文举

熊文举(1595—1668),字公远,号雪堂,明南昌新建(今属江西省南昌市)人。明崇祯四年(1631)进士,授合肥县令,为政廉平。公余,喜与诸生谈诗论文,一时文风大振。抵御张献忠薄城有功,擢吏部主事。黄道周、李汝灿、傅朝佑等人因谏言得罪,即上疏力救之,一时称为直臣。明亡后降清,授右通政,两任吏部左右侍郎。因病致休,起补吏部左侍郎兼兵部右侍郎,卒于官,赐葬。

一生勤学,尤耽著述,工诗、文、词。清初驰名文坛,极享盛誉。著有《荀香剩》《守城记》《墨盾草》《使秦杂吟》《耻庐集》《雪堂全集》。

包城寺夜坐观书有感[1]

虚堂沉雨气,良夜揽瑶篇。[2]

烛暗双眸豁,香清百□蠲。

无僧参紫笋,有佛坐青莲。[3]

钟鼓何须动,尘寰□已先。

注 释

[1]《包城寺夜坐观书有感》诗见清·熊文举《雪堂先生文集》卷二,清初刻本。本诗有残缺。

[2] 虚堂:高堂。▶南朝·梁·萧统《示徐州弟》诗:"屑屑风生,昭昭月影。高宇既清,虚堂复静。"

瑶篇:指优美的诗文。▶明·郑真《题墨窗卷》诗:"翠琰凝香传宝刻,华笺点漆粲瑶篇。"

[3] 紫笋:名茶名。▶唐·白居易《题周皓大夫新亭子二十二韵》:"茶香飘紫笋,脍缕落红鳞。"

小岘山诗[1]

只觉车平旷，培塿一个无。[2]

是山犹蜿蜒，远望已□苏。

云气苍难下，烟光倩欲扶。

何人追叔子，清咏□雄图。[3]

注 释

[1]《小岘山诗》诗见清·熊文举《雪堂先生文集》卷二，清初刻本。本诗有残缺。

[2]培塿：本作"部娄"。小土丘，小土包。▶《左传·襄公二十四年》："部娄无松柏。"杜预注："部娄，小阜。"

[3]叔子：此处指晋名臣羊祜，叔子是其字。羊祜有治绩，通兵法，博学广闻，镇守荆州时曾以药赠东吴将陆抗，陆抗服之不疑，当时成为美谈。后常用以为典。

八斗岭[1]

琐絮烦虫语，幽怀未肯降。

偶然占夜色，如昔也□窗。

官烛昏昏独，流萤故故双。[2]

晨征星满野，烟雨□寒江。[3]

注 释

[1]《八斗岭》诗见清·熊文举《雪堂先生文集》卷二，清初刻本。本诗有残缺。

[2]官烛：公家供给、供官吏办公用的蜡烛。▶《初学记》卷二五引三国·吴·谢承《后汉书》："巴祗为扬州刺史，与客坐阁中，不燃官烛。"

[3]晨征：清晨远行。▶晋·赵至《与嵇茂齐书》："鸣鸡戒旦，则飘尔晨征；日薄西山，则马首靡托。"

忠庙远眺[1]

独觉湖光渺,偏怜风露微。[2]

到来双眼豁,远望寸心刽。[3]

孤屿空中点,寒涛雪外飞。

此中无个事,鸥鸟澹忘归。[4]

自向尘鞅锁,劳人不暂闲。[5]

偶然临远水,是处见寒山。

寺塔凭烟起,渔灯审夜湾。

十年霄汉意,亲切斗牛间。[6]

注释

[1]《忠庙远眺》诗见清·熊文举《雪堂先生文集》卷二,清初刻本。本诗标题又作"夜过中庙",见清·李恩绶编《巢湖志》卷二"诗",黄山书社2007年版。《巢湖志》所载《夜过中庙》诗第二首为:"玄馆空山静,秋风晚更清。岚光连雾气,渔唱乱波声。竹户流星近,兰阶落叶平。夜寒人不寐,独对一孤檠。"

[2]原诗"独觉湖光渺,偏怜风露微"句又作"独觉湖光渺,偏临风露微",见清·李恩绶编《巢湖志》卷二"诗",黄山书社2007年版。

[3]原诗"到来双眼豁,远望寸心刽"句又作"到来双眼豁,远望寸心凄",见清·李恩绶编《巢湖志》卷二"诗",黄山书社2007年版。寸心:①指心。旧时认为心的大小在方寸之间,故名。▶晋·陆机《文赋》:"函绵邈于尺素,吐滂沛乎寸心。"②心事,心愿。▶唐·钱起《逢侠者》诗:"寸心言不尽,前路日将斜。"③微小的心意。▶《水浒传》第八一回:"宋江哥哥有些微物相送,聊表我哥哥寸心。"

[4]原诗"此中无个事,鸥鸟澹忘归"句又作"此中无个事,鸥鸟共忘归",见清·李恩绶编《巢湖志》卷二"诗",黄山书社2007年版。

[5]劳人:①忧伤之人。▶《诗·小雅·巷伯》:"骄人好好,劳人草草。苍天苍天!视彼骄人,矜此劳人。"②劳苦之人。▶《旧五代史·晋书·高祖纪》:"己亥,罢洛阳、京兆进苑囿瓜果,悯劳人也。"

[6]亲切:①切近。▶《北史·齐兰陵王长恭传》:"芒山之捷,后主谓长恭曰:'入阵太深,失利悔无所及。'对曰:'家事亲切,不觉遂然。'"②亲近,亲密。③贴切。▶宋·沈括《梦溪

笔谈·文艺一》:"欧阳文忠常爱林逋诗'草泥行郭索,云木叫钩辀'之句,文忠以谓语新而属对亲切。"④ 真切,确实。▶五代·王定保《唐摭言·杂记》:"僧曰:'相公第更召与语,贫道为细看。'公然之。既去,僧曰:'今日看更亲切,并恐是扬汴。'公于是稍接之矣。"⑤ 引申为准确。▶《水浒传》第三五回:"晁盖听罢,意思不信,口里含糊应道:'直如此射得亲切,改日却看比箭。'"⑥ 形容热情而关心。

斗牛:① 二十八宿中的斗宿和牛宿。▶北周·庾信《哀江南赋》:"路已分于湘汉,星犹看于斗牛。"② 此处特指合肥。因吴越扬州地区当斗、牛二宿之分野,合肥属扬州。③ 指斗牛服的服色。▶《明史·舆服志三》:"寻赐群臣大红纻丝罗纱各一。其服色,一品斗牛,二品飞鱼。"④ 传说晋初时,斗、牛之间常有紫气照射,雷焕以为是宝剑之精上彻于天所致。见《晋书·张华传》。后因以斗牛指代宝剑,亦泛指剑。

护城驿[1]

菅茅作屋不成村,驿子褴衫倦闭门。[2]

四海经营人易老,十年奔走骨空存。

忧民忍听千家哭,报国□销一饭恩。

惆怅意逢乡使乱,征车迢递又黄昏。

注 释

[1]《护城驿》诗见清·熊文举《雪堂先生文集》卷二,清初刻本。

[2] 菅茅:茅草的一种。▶《诗·小雅·白华》:"英英白云,露彼菅茅。"

驿子:古代驿站的吏役。▶《北齐书·神武帝纪上》:"有款军门者,绛巾袍,自称梗杨驿子,愿厕左右。访之,则以力闻。"

店埠迎黄泰察吴参军讶予瘦生感赋[1]

一抹残云散晚晴,新凉入夜转凄清。

观风六察惭肥子,望月孤仪见瘦生。[2]

琴曲渐调乡思远,车轮难逐岁华轻。

禅关正补长亭梦,又趣寒蛩叹息声。[3]

注　释

[1]《店埠迎黄泰察吴参军讶予瘦生感赋》诗见清·熊文举《雪堂先生文集》卷二,清初刻本。

瘦生:瘦弱的样子。

[2]六察:①唐、宋时置监察御史,分察六部、六事,号六察官。②监察御史的代称。▶宋·朱熹《与李诚父书》:"兹闻荣被亲擢,进居六察之联,深以为慰。"

[3]禅关:①禅门。▶唐·李白《化城寺大钟铭》:"方入于禅关,睹天宫峥嵘,闻钟声琐屑。"②比喻悟彻佛教教义必须越过的关口。▶清·龚自珍《夜坐》诗:"万一禅关砉然破,美人如玉剑如虹。"③指入佛门修道者。▶清·唐孙华《晚秋狮子林小集》:"禅关萧洒松枝麈,处士风流垫角巾。"

西山驿偶题[1]

西风云树一重重,孤寺廊头听晚钟。

独客有愁惊岁晏,虫臣无计奠年凶。[2]

高低柳外怀人意,长短亭中送客踪。[3]

极欲凭栏舒远眺,玉关何处又传烽。[4]

注　释

[1]《西山驿偶题》诗见清·熊文举《雪堂先生文集》卷二,清初刻本。

[2]岁晏:①一年将尽。▶唐·白居易《观刈麦》诗:"吏禄三百石,岁晏有余粮。"②指人的暮年。语本▶《楚辞·九歌·山鬼》:"留灵修兮憺忘归,岁既晏兮孰华予!"

[3]客踪:旅客的行踪。▶明·高启《逢吴秀才复送归江上》诗:"江上停舟问客踪,乱前相别乱余逢。暂时握手还分手,暮雨南陵水寺钟。"

[4]极欲:尽其所欲。▶《史记·郦生陆贾列传》:"陆生常安车驷马,从歌舞鼓琴瑟侍者十人,宝剑直百金,谓其子曰:'与汝约:过汝,汝给吾人马酒食,极欲,十日而更。'"

传烽:点燃烽火,逐站相传,以报敌情。▶宋·苏轼《登州召还议水军状》:"自国朝以来常屯重兵,教习水战,旦暮传烽以通警急。"

隅题包城寺版[1]

甲戌秋日,送大座师何相国返斾留都。小憩包城寺,时新月在天,明霞暎地,使君乌巾白帢,惆怅若有远思,一老僧持粉版索诗,走笔应之,噫!此光景为复可念也。附题简首,以告劳人。[2]

乌巾白帢亦风华,送客劳劳路即家。[3]

佛地每携囊得句,仙才将尽笔余花。[4]

窗横墨沈延新月,殿闪朱丝带晚霞。[5]

书罢只应红袖拂,山僧珍重欲笼纱。[6]

注 释

[1]《隅题包城寺版》诗见清·熊文举《雪堂先生文集》卷二,清初刻本。

[2]座师:明、清两代举人、进士对主考官的尊称。

留都:古代帝都新迁后,于旧都常设官留守,行其政事,称留都。明太祖建都南京,成祖迁至北京,以南京为"留都"。

[3]乌巾:黑头巾。即乌角巾。古代多为隐居不仕者的帽子。▶南朝·宋·羊欣《采古来能书人名》:"吴时张弘好学不仕,常著乌巾,时人号为张乌巾。"

白帢:亦作"白帽",白色便帽。▶晋·张华《博物志》卷九:"汉中兴,士人皆冠葛巾。建安中,魏武帝造白帢,于是遂废。"

风华:① 犹言雅丽,优美。▶南朝·梁·钟嵘《诗品》卷中:"至如'欢言酌春酒''日暮天无云',风华清靡,岂直为田家语耶!"② 风采,才华。▶《南史·谢晦传》:"时谢混风华为江左第一,尝与晦俱在武帝前,帝目之曰:'一时顿有两玉人耳。'"③ 指优美的景色。▶宋·王安石《谢知州启》:"秋气正刚,风华浸远,詹依祷颂,倍万等论。"

[4]得句:谓诗人觅得佳句。▶唐·周贺《上陕府姚中丞》诗:"成家尽是经纶后,得句应多谏诤余。"

[5]墨沈:① 墨汁。▶宋·陆游《杂兴》诗之五:"净洗砚池潴墨沈,乘凉要答故人书。"② 犹言墨迹。▶清·昭梿《啸亭杂录·淳化帖》:"惟大内所藏,系当日所赐毕士安者,篇帙完善,墨沈如新,成亲王曾见之。"③ 指学问。▶清·和邦额《夜谭随录·柴四》:"少小贾贩,胸无墨沈,焉知故事?"

[6]笼纱:即纱笼,用绢纱作外罩的灯笼。▶宋·姜夔《鹧鸪天·正月十一日观灯》词:"巷陌风光纵赏时,笼纱未出马先嘶。"此处使用王播"碧纱笼"典故,唐代宰相王播早年不显,因贫贱寄食僧门,受到冷遇。后来腾达,其往昔题于屋壁之诗尽为碧纱笼护,而魏野等因仍处末列,其题诗之壁则尘昏不辨墨迹。后遂用"碧纱笼、纱碧笼"等谓题者身为名贵,所题受到重视、赏识。

潘 江

潘江(1619—1702),原名大璋,字蜀藻,号木崖,晚年自号耐翁,因自名其居处为"河墅",时人又称为"河墅先生",明末江南桐城(今安徽省桐城市)人。入清,以著述自娱。清圣祖康熙十八年(1679)举博学鸿儒,不赴。卒年八十四。著有《木厓诗文集》《木厓续集》《龙眠风雅》《六经蠡测》《字学析疑》《记事珠》《古年谱》《名宦乡贤实录》《诗韵尤雅》《文聚》《诗正》等四十余种。

店埠[1]

迢迢金斗城,凭高一揽辔。

此邦有诸彦,造访胡由遂。[2]

征途有常程,疾驱过城肆。

日暮悯跛驴,徒行聊一试。

忽然殷其雷,咄嗟风雨至。[3]

虽有御湿具,仓皇不可致。

莽莽原野间,四顾将焉避。

骑驴渡石桥,一蹶损右臂。

谓当霖泽通,泥泞吾奚惴。[4]

投店雷雨收,晚霞色转炽。[5]

似妒游子装,真宰诚何意。

向夜百病作,偶梦心犹悸。

鸡鸣问仆夫,繁星光照地。

注 释

[1]《店埠》诗见清·潘江《木厓集》卷五,清康熙刻本。

[2]原诗"此邦有诸彦"句后有注:"谓秦虞桓、李秀升、龚孝绩诸子。"

诸彦：众贤才。 ▶南朝·宋·谢灵运《拟魏太子"邺中集"诗八首序》："天下良辰美景赏心乐事，四者难并，今昆弟友朋，二三诸彦，共尽之矣。"

[3] 咄嗟：① 叹息。 ▶晋·葛洪《抱朴子·勤求》："令人怛然心热，不觉咄嗟。" ② 犹言呼吸之间。谓时间仓促，迅速。 ▶晋·左思《咏史》诗之八："俛仰生荣华，咄嗟复彫枯。" ③ 呵叱，吆喝。 ▶宋·苏辙《三国论》："（项籍）咄嗟叱咤，奋其暴怒。"

[4] 霈泽：① 雨水。 ▶唐·杜甫《大雨》诗："风雷飒万里，霈泽施蓬蒿。" ② 喻恩泽。 ▶唐·李嘉祐《江湖秋思》诗："共望汉朝多霈泽，苍蝇早晚得先知。" ③ 特指对罪犯的恩赦。 ▶唐·元稹《弹奏剑南东川节度使状》："所犯虽经霈泽，庄田须有所归。"

奚惴：如何会担心、害怕。奚，指怎么，如何。惴，形容忧愁、害怕的样子。

[5] 投店：投宿旅店。

梁 县[1]

我行已不先，我仆常苦后。

中途雇蹇驴，并辔相左右。

听彼御者言，恻焉使心疚。[2]

自云先朝时，世隶凤阳久。[3]

有田不起科，岁酿烝尝酒。[4]

不知始何年，更名曰地亩。

社长三十六，搜括到鸡狗。

累世免租税，此苦那独受。

畏彼官长威，情急举家走。

买驴获扉直，聊以谋升斗。[5]

永痛父祖茔，北望空回首。

语罢辄欷歔，予急掩其口。[6]

陵寝且丘墟，坟墓复何有。

生得逃征徭,死当见父母。[7]

注　释

[1]《梁县》诗见清·潘江《木厓集》卷五,清康熙刻本。

梁县:旧县名,明初并入庐州府合肥县,治所在今安徽省肥东县梁园镇,清代时设梁园巡检司。

[2] 恻焉:犹言恻然。▶《汉书·淮阳宪王刘钦传》:"(张博)悖逆无道,王不举奏而多予金钱,报以好言,罪至不赦,朕恻焉不忍闻,为王伤之。"

[3] 先朝:① 前朝,多指上一个朝代。▶三国·魏·曹植《与杨德祖书》:"昔扬子云,先朝执戟之臣耳。"② 指先帝。▶《南史·袁粲传》:"武帝诏曰:'袁粲、刘彦节并与先朝同奖宋室。'"

[4] 起科:谓对农田计亩征收钱粮。▶明·蒋一葵《长安客话·良乡行》:"良乡疆域甚狭,复有军屯者三,宫勋子粒十二,山水冲没者七,起科地不满三千顷,而民无后占者仅六百丁,其实不及大县一里。"

烝尝:本指秋冬二祭,后亦泛称祭祀。▶《诗·小雅·楚茨》:"絜尔牛羊,以往烝尝。"

[5] 扉直:微薄的价值。扉,应为"菲"。

升斗:① 容量单位。十合为升,十升为斗。▶《汉书·律历志上》:"量者,龠、合、升、斗、斛也,所以量多少也。"② 比喻微薄的薪俸。▶《汉书·梅福传》:"秩以升斗之禄,赐以一束之帛。"③ 借指少量的米粮、口粮。▶唐·韩愈《论盐法事宜状》:"或从赊贷升斗,约以时熟填还。"④ 借酒。▶唐·杜甫《遭田父泥饮美严中丞》诗:"月出遮我留,仍嗔问升斗。"

[6] 欷歔:叹息声,抽咽声。▶三国·魏·曹植《卞太后诔》:"百姓欷歔,婴儿号慕。"

[7] 征徭:赋税与徭役。▶《后汉书·隗嚣传论》:"至使穷庙策,竭征徭,身殁众解然后定。"

护城驿[1]

夜月方朦胧,朝云犹叆叇。[2]

但愿凉飔来,敢冀天宇晦。[3]

一堠复一堠,良田委蒿莱。[4]

尽日少人行,空村无犬吠。

道逢驿马归,云锦俨成队。[5]

蹇步已云迟,马行犹不逮。[6]

刍秣有常给，圉人半省裁。[7]

虽有骅与骝，鞭箠非所爱。[8]

驿马恒苦疲，蠹贼职此辈。

牧民讵不然，临风发长忾。[9]

注　释

[1]《护城驿》诗见清·潘江《木厓集》卷五，清康熙刻本。

护城驿：古代驿站名。遗址位于今安徽省肥东县梁园镇护城社区。

[2]朣胧：① 月初出貌，微明貌。▶《文选·潘岳〈秋兴赋〉》："月朣胧以含光兮，露凄清以凝冷。" ② 昏暗不清的样子。▶唐·刘得仁《宿普济寺》诗："待鸣晓钟后，万井复朣。" ③ 象声词。▶三国·魏·左延年《秦女休行》："刀未下，朣胧击鼓赦书下。"

叆叇[ài dài]：① 云盛貌。▶晋·潘尼《逸民吟》："朝云叆叇，行露未晞。" ② 飘拂貌，缭绕貌。▶唐·刘禹锡《和汴州令狐相公到镇改月偶书所怀二十二韵》："衣风飘叆叇，烛泪滴巉岩。" ③ 眼镜。▶明·田艺蘅《留青日札·叆叇》："提学副使潮阳林公有二物，如大钱形，质薄而透明，如硝子石，如琉璃，色如云母，每看文章，目力昏倦，不辨细书，以此掩目，精神不散，笔画倍明。中用绫绢联之，缚于脑后。人皆不识，举以问余。余曰：此叆叇也。"

[3]凉飔：凉风。▶南朝·齐·谢朓《在郡卧病呈沈尚书》诗："珍簟清夏室，轻扇动凉飔。"

天宇：① 天空。▶晋·左思《魏都赋》："傮响起，疑震霆。天宇骇，地庐惊。" ② 京都，京城。▶南朝·宋·谢灵运《拟魏太子邺中集诗·应玚》："晚节值众贤，会同庇天宇。" ③ 犹言天下。▶《晋书·后妃传序》："故能母仪天宇，助宣王化，德均载物，比大坤维。"

[4]蒿莱：① 野草，杂草。▶《韩诗外传》卷一："原宪居鲁，环堵之室，茨以蒿莱。" ② 草野。▶三国·魏·阮籍《咏怀》之三一："战士食糟糠，贤者处蒿莱。"

[5]云锦：① 织有云纹图案的丝织品。▶《汉武帝内传》："张云锦之帷，然九光之灯。" ② 朝霞，彩云。▶《文选·木华〈海赋〉》："若乃云锦散文于沙汭之际，绫罗被光于螺蚌之节。" ③ 此处形容穿着、装饰华丽。

[6]蹇步：形容步履艰难。▶南朝·宋·谢瞻《张子房》诗："四达虽平直，蹇步愧无良。"

不逮：① 不足之处，过错。▶《书·囧命》："懋乃后德，交修不逮。" ② 比不上；不及。▶《书·周官》："今予小子，祇勤于德，夙夜不逮。"

[7]刍秣：牛马的饲料。▶《周礼·天官·大宰》："以九式均节财用……七曰刍秣之式。"

圉人：古代官职名。掌管养马放牧等事，亦泛称养马的人。▶《周礼·夏官·圉人》："圉人掌养马刍牧之事。"

[8]鞭箠[bian chuí]：① 鞭子。▶《国语·吴语》："君王不以鞭箠使之，而辱军士使寇令焉。" ② 鞭打。▶《东观汉记·和熹邓皇后传》："宫人盗者，即时首服，不加鞭箠，不敢隐情。"

[9]不然：① 不合理，不对。▶《诗·大雅·板》："上帝板板，下民卒瘅。出话不然，为犹不

远。"② 不如此,不是这样。 ▶《论语·八佾》:"王孙贾问曰:'与其媚于奥,宁媚于灶,何谓也?'子曰:'不然。获罪于天,无所祷也。'"③ 不虞,意外。 ▶《墨子·辞过》:"府库实满,足以待不然。"④ 不许可。 ▶《左传·成公二年》:"不然,寡君之命使臣则有辞矣。"⑤ 不以为是。 ▶《二刻拍案惊奇》卷十:"虽是心里好生不然,却不能制得他,没奈他何。"⑥ 不敬,不从命。然,通"戁"。 ▶《左传·庄公二十三年》:"夫礼,所以整民也。故会以训上下之则……征伐以讨其不然。"⑦ 难道,不成。 ▶宋·辛弃疾《浣溪沙·种梅菊》词:"百世孤芳肯自媒,直须诗句与推排,不然唤近酒边来。"⑧ 连词。相当于"否则"。 ▶《国语·周语中》:"一合诸侯而有再逆政,余惧其无后。不然,余何私于卫侯?"

八都岭[1]

夜行侵星露,昼行负炎暄。

预恐此行役,悉种诸病根。

挥鞭陟崇冈,骄阳乘午繁。

如坐深甑中,火气上蒸燔。

又如焚柴侧,烈焰相吹喷。

徒旅汗如雨,问答寂无言。

达人贵安命,寒暑奚足论。

任运心自定,冥虑道弥尊。

何殊北窗下,高卧俯层轩。[2]

寄言触热子,勿惰亦勿喧。[3]

金石经百炼,肃焉清心魂。

注 释

[1]《八都岭》诗见清·潘江《木厓集》卷五,清康熙刻本。

八都岭:应为八斗岭,为江淮分水岭,即今安徽省肥东县八斗镇。

[2]层轩:重轩。指多层的带有长廊的敞厅。 ▶《楚辞·招魂》:"高堂邃宇,槛层轩些。"

[3]触热子:比喻烦躁易怒。 ▶元·关汉卿《谢天香》第一折:"从今后无倒断嗟呀怨咨,我去这触热也似官人行将礼数使。"

程汝璞

程汝璞,生卒年不详,字素人,号蕉鹿,清江南合肥(今安徽省合肥市)人。清世祖顺治二年乙酉(1645)举人,顺治四年丁亥(1647)进士。任咸宁、上饶知县,擢户曹,官至浙江提学道。工诗,雅近唐人风格。

姥山夜泊[1]

一舟轻似叶,欸乃泊秋山。[2]
蔬酌临风举,篷窗带月关。
目随青嶂远,心与白云闲。
渔火菰蒲外,凌波自往还。[3]

注　释

[1]《姥山夜泊》诗见清·左辅纂修《(嘉庆)合肥县志》卷三十一,清嘉庆八年(1803)修,民国九年(1920)重印本。

[2]欸乃:① 象声词。摇橹声。▶唐·元结《欸乃曲》:"谁能听欸乃,欸乃感人情。"题注:"棹舡之声。"② 象声词。棹歌,划船时歌唱之声。▶宋·陆游《南定楼遇急雨》诗:"人语朱离逢峒獠,櫂歌欸乃下吴舟。"③ 象声词。泛指歌声悠扬。▶唐·刘言史《潇湘游》诗:"野花满髻妆色新,闲歌欸乃深峡里。"

[3]凌波:① 在水上行走。▶汉·庄忌《哀时命》:"势不能凌波以径度兮,又无羽翼而高翔。"② 指波涛。▶《文选·曹植〈与吴季重书〉》:"若夫觞酌凌波于前,箫笳发音于后,足下鹰扬其体,凤观虎视,谓萧曹不足俦,卫霍不足侔也。"③ 比喻美人步履轻盈,如乘碧波而行。▶《文选·曹植〈洛神赋〉》:"凌波微步,罗袜生尘。"④ 指美女的脚。▶金·刘迎《闻丘丈晚集庆寿作诗戏之》:"红烛影纱闻唤马,翠罗承袜见凌波。"

焦山晚眺[1]

日落湖光敛,山浮数点苍。

风高千帆急,雨洗万峰凉。

波阔鱼龙静,天空雁鹜翔。

闲心似秋色,随意寄沧浪。

注 释

[1]《焦山晚眺》诗见清·左辅纂修《(嘉庆)合肥县志》卷三十一,清嘉庆八年(1803)修,民国九年(1920)重印本。

焦山:即狮岩,为姥山岛的别称。姥山岛文峰塔前有一巨石,形似雄狮,名"护塔狮",俗称"狮岩"。

读书湖心草堂[1]

万顷苍涛一碧浮,凭虚直欲问丹邱。[2]

春潮帆外收吴楚,夜月尊前落斗牛。

风雨自来山谷响,尘埃不到啸歌幽。[3]

登临常作凌虚意,手揽云烟接素秋。[4]

注 释

[1]《读书湖心草堂》诗见清·左辅纂修《(嘉庆)合肥县志》卷三十一,清嘉庆八年(1803)修,民国九年(1920)重印本。

[2]凭虚:① 指凭虚公子。▶晋·潘岳《西征赋》:"指西宾所以言东主,安处所以听于凭虚也。"② 虚构。▶唐·刘知几《史通·杂说下》:"宋玉《高唐赋》云梦神女于阳台。夫言并文章,句结音韵,以兹叙事,足验凭虚。"③ 凌空。▶南朝·梁·袁昂《古今书评》:"张伯英书如汉武帝爱道,凭虚欲仙。"④ 无所依靠。▶宋·叶适《著作正字二刘公墓志铭》:"若募彼人响导,挟异国济师……凭虚蹈空,过为指料,将有临危失据之忧矣。此所谓决天下于一掷者也。"

[3]啸歌:长啸歌吟。 ▶《诗·小雅·白华》:"啸歌伤怀,念彼硕人。"

[4]素秋:① 秋季。 古代五行之说,秋属金,其色白,故称素秋。 ▶汉·刘桢《鲁都赋》:"及其素秋二七,天汉指隅,民胥祓禊,国于水游。" ② 比喻衰老、迟暮。 ▶晋·潘尼《赠陆机出为吴王郎中令》诗之三:"予涉素秋,子登青春;愧无老成,厕彼日新。"

王 纲

王纲(1725—1816),字燕友,一字思龄,清江南合肥(今安徽省合肥市)人。清世祖顺治九年(1652)进士,官刑部郎,改兵部督捕。振滞狱,释株连。冬日,流徙出关者,施衣絮汤粥。选授巡仓御史,终通政司参议。著有《贶鹤亭集》十二卷。

忠庙[1]

山如屏幛水如天,帝子楼台忽俨然。[2]

不数降临青鸟迹,还疑创始赤乌年。[3]

受风一片帆樯影,得月三更草树边。

若向岳阳寻胜事,气吞波撼傲前贤。[4]

注 释

[1]《忠庙》诗见清·李恩绶编《巢湖志》卷二"诗",黄山书社2007年版。

[2]帝子:此处指碧霞元君。中庙祀碧霞元君,传碧霞元君为东岳泰山大帝之女。

俨然:① 严肃庄重的样子。 ▶《论语·尧曰》:"君子正其衣冠,尊其瞻视,俨然人望而畏之。" ② 引申为一本正经、煞有介事的样子。③ 齐整有序的样子。 ▶晋·陶潜《桃花源记》:"土地平旷,屋舍俨然。" ④ 真切、明显的样子。 ▶南朝·梁·萧统《十二月启》:"涵蚌胎于学海,卓尔超群;蕴鹊抵于文山,俨然孤秀。" ⑤ 宛然,仿佛。 ▶北魏·杨衒之《洛阳伽蓝记·永宁寺》:"有人从象郡来云:'见浮图于海中,光明照耀,俨然如新。'"

[3]赤乌年:指三国时期东吴的君主吴大帝孙权的第四个年号,共计14年。中庙始建于东吴赤乌二年(239),历代屡废屡建。

[4]胜事:① 美好的事情。 ▶《南齐书·竟陵文宣王子良传》:"子良少有清尚,礼才好士……善立胜事,夏月客至,为设瓜饮及甘果,著之文教。" ② 指寺、观中法会、斋醮等。 ▶宋·洪迈《夷坚丙志·寿昌县君》:"子愉梦母如存,且曰:'……汝与汝父言,亟营胜事,使我得转为男子。'"

重游朝霞[1]

二十四年旧讲堂,重来僧老树偏长。[2]

乍听好鸟惊残梦,遍看名山恋故乡。

拔宅空余丹灶迹,投簪不爱鉴湖狂。[3]

与君选石披榛话,一任天风吹我裳。[4]

注　释

[1]《重游朝霞》诗见清·李恩绶编《巢湖志》卷二"诗",黄山书社2007年版。

[2]旧讲堂:此处指朝霞山(四顶山)上朝霞书院。

[3]"拔宅空余丹灶迹"句后有作者自注:"有魏伯阳丹池古迹。"

拔宅:①拔宅上升的略写。意为全家成仙。▶唐·韩偓《送人弃官入道》诗:"他年如拔宅,为我指清都。"②全家迁移。▶宋·文天祥《怀杨通州》诗:"仲连义不帝西秦,拔宅逃来住海滨。"

投簪:丢下固冠用的簪子。比喻弃官。▶晋·陆机《应嘉赋》:"苟形骸之可忘,岂投簪其必谷。"

[4]披榛:砍去丛生之草木,多喻创业或前进中的艰难。▶晋·陆机《汉高祖功臣颂》:"脱迹违难,披榛来洎。"

朝霞山雨望[1]

置身云物上,俯焉瞰桑田。

暝色未全收,散作雨涓涓。[2]

杳深不可极,空气白连天。

迷离群树合,四野尽苍烟。[3]

风雷驱后至,仗队过飞泉。

有时绕物走,暗度虚窗前。

心目之所极,应接各茫然。[4]

莫令松关闭,相与澹流连。[5]

注　释

[1]《朝霞山雨望》诗见清·李恩绶编《巢湖志》卷二"诗",黄山书社2007年版。

[2]暝色:暮色。亦指昏暗的天色。▶唐·李白《菩萨蛮》词之二:"暝色入高楼,有人楼上愁。"

[3]迷离:模糊不明,难以分辨。▶《乐府诗集·横吹曲辞五·木兰诗》:"雄兔脚扑朔,雌兔眼迷离。"

[4]心目:①心和眼。泛指记忆,眼前。▶《国语·晋语一》:"上下左右,以相心目。"②想法和看法,内心。▶《礼记·中庸》:"故至诚如神。"宋·朱熹集注:"然惟诚之至极,而无一毫私伪留于心目之间者,乃能有以察其几焉。"

[5]松关:①犹言柴门。▶唐·孟郊《退居》诗:"日暮静归时,幽幽扣松关。"②古关隘名。在阴山。▶元·耶律楚材《过夏国新安县》诗:"昔年今日渡松关,车马崎岖行路难。"

澹流:①纡缓的流水。②山水,溪水。

朝霞旧有魏伯阳丹池,荡矣,址犹存焉。偕道瞿星玉诸子,议祠其上有作[1]

自君仙去山兀兀,无复有人在空谷。[2]

但见朝云与晚烟,不见炉中生青莲。

池盈丈兮水涟涟,今一荡之如芜田。

方其始兴玄鹤舞,迄今飞鸣余鹧鸪。

感怀一一告山灵,倏废倏兴等闲情。[3]

谒来故人祠其上,前有堂者后有楹。[4]

夏至日长莺声老,莫将怪石埋芳草。

祠前树老如松鳞,云是当年手植成。

注　释

[1]《朝霞旧有魏伯阳丹池,荡矣,址犹存焉。偕道瞿星玉诸子,议祠其上有作》诗见清·李恩绶编《巢湖志》卷二"诗",黄山书社2007年版。

[2]兀兀:①高耸貌。▶唐·杨乘《南徐春日怀古》诗:"兴亡山兀兀,今古水浑浑。"

② 光秃貌。▶宋·沈辽《次韵酬李正甫对雪》:"半积轩砌发幽层,枯树兀兀愁饥鹰。"③ 孤独貌。▶唐·卢延让《冬除夜书情》诗:"兀兀坐无味,思量谁与邻。"④ 静止貌。▶唐·韩愈《雉带箭》诗:"原头火烧静兀兀,野雉畏鹰出复没。"⑤ 浑沌无知貌。▶唐·寒山《诗》之二三四:"兀兀过朝夕,都不别贤良。好恶总不识,犹如猪及羊。"⑥ 痴呆貌。▶宋·洪迈《夷坚丙志·徐世英兄弟》:"忽得感疾,兀兀如白痴。"⑦ 昏沉貌。▶唐·韩愈《答张彻》诗:"觥秋纵兀兀,猎旦驰骕骕。"⑧ 摇晃貌。▶元·李孝光《饮濡须守子衡君宅》诗:"客子东来向西楚,河流兀兀舞轻舠。"⑨ 犹言矻矻。勤勉貌。▶唐·韩愈《进学解》:"焚膏油以继晷,恒兀兀以穷年,先生之业,可谓勤矣。"

[3]感怀:有感于怀,有所感触。▶《东观汉记·冯衍传》:"殃咎之毒,痛入骨髓,匹夫僮妇,感怀怨怒。"

[4]曷来:① 犹言去。▶《后汉书·张衡传》:"回志曷来从玄谋,获我所求夫何思!"② 犹言来。归来,来到。▶《文选·陆机〈吊魏武帝文〉》:"咏归涂以反旆,登崤渑而曷来。"③ 犹言尔来或尔时以来。▶南朝·梁·何逊《行经孙氏陵》诗:"曷来已永久,年代暧微微。"④ 何来。曷,通"盍"。▶《史记·司马相如列传》:"回车曷来兮,绝道不周,会食幽都。"⑤ 何不来。曷,通"盍"。▶唐·李商隐《井泥》诗:"我欲秉钧者,曷来与我偕?"⑥ 助词。▶晋·张协《杂诗》之六:"曷来戒不虞,挺辔越飞岑。"

曹祖庆

曹祖庆,生卒年不详,字思涓,号星海,清江南巢县(今安徽省巢湖市)人,邑庠生。"为人与物无忤,与世无竞,惟以读书著作为己任。古文诗赋,名噪一时,家世清澹,公恬然自得。天性孝友,早年丧父,抚两弟成立。"著有《乐鹦斋集》《颐阿诗草》。后以子同统赠阶文林郎、怀庆司理。

冒雪游中庙[1]

随山大泽几何年,巢水讹传陵谷迁。

百尺浮空崇祀阁,千帆泊岸祝釐船。[2]

风声振瓦如驱客,雪气弥檐不辨天。

村俭岁贫难取醉,杖头未尽百文钱。[3]

注 释

[1]《冒雪游中庙》诗见清·陆龙腾《(康熙)巢县志》卷十九,清康熙十二年(1673)刊本。

[2] 崇祀:崇拜奉祀。 ▶《隋书·音乐志下》:"厚世开灵,方坛崇祀,达以风露,树之松梓。"

祝釐:祈求福佑,祝福。 ▶《史记·孝文本纪》:"今吾闻祠官祝釐,皆归福朕躬,不为百姓,朕甚愧之。"

[3] 杖头:① 手杖的顶端。 ▶宋·陆游《对酒戏作》诗:"杖头高挂百青铜,小立旗亭满袖风。"②"杖头钱"的省称,指买酒钱。 ▶五代·李瀚《蒙求》诗:"阮宣杖头,毕卓瓮下。"③ 泛指少量的钱。 ▶清·捧花生《画舫余谈》卷一:"无业游民,略熟《西游记》,即挟渔鼓,诣诸姬家,探其睡罢浴后,演说一二回,藉消清倦。所给不过杖头,已足为伊糊口。"

曹同统

曹同统,生卒年不详,字能绍,号容庵,清江南巢县(今安徽省合肥市)人。曹祖庆之子。清世祖顺治九年(1652)壬辰科进士。初任怀庆司理,升琼州府同知,改东昌府同知。以疾,予告归。

初夏爇香中庙因和先君冒雪咏四首之一[1]

空层杰阁志何年,下界朝昏云态迁。[2]

孤屿漾漾为近岸,八窗收拾有遥船。[3]

湖堆碧涨新迎我,鸟暮青稍狂上天。

愿读赤乌迷断碣,斋厨且给笋蔬钱。[4]

注　释

[1]《初夏爇香中庙因和先君冒雪咏四首之一》诗见清·陆龙腾《(康熙)巢县志》卷十九,清康熙十二年(1673)刊本。

爇[ruò]香:焚香,烧香。

[2]杰阁:高阁。▶唐·韩愈《记梦》诗:"隆楼杰阁磊嵬高,天风飘飘吹我过。"

[3]八窗:四面的窗户。

[4]迷断:犹言迷失。▶清·蒲松龄《襄城李璞园先生遥寄佳章愧无以报作此奉答聊托神交之义云尔》诗:"惟倚南云送北雁,梦中迷断襄城途。"

斋厨:寺庙的厨房。又称香积厨。▶宋·叶适《宿石门》诗:"栖栖三羽衣,日晏斋厨空。"

许裔蘅

许裔蘅(1619—?),字杜邻,清江南合肥(今安徽省合肥市)人。许如兰之子,许孙荃之父。清世祖顺治十一年(1654)贡生,奉母不仕,以孝行被地方称颂。后以子贵,初封征士郎、翰林院庶吉士,累封奉政大夫。工诗,著有《二楼诗集》。

登镇淮楼[1]

登高俯四野,雄镇自淮西。[2]

吴楚当窗见,云山门槛低。

风清筝浦近,日落弩台迷。[3]

廿载荆榛地,新来约共题。[4]

注　释

[1]《登镇淮楼》诗见清·左辅纂修《(嘉庆)合肥县志》卷三十一,清嘉庆八年(1803)修,民国九年(1920)重印本。

[2]雄镇:① 重镇。▶唐·独孤及《江州刺史厅壁记》:"世称雄镇,且曰天府。" ② 强有力地镇守。▶宋·苏轼《奏乞封太白山神状》:"伏见当府郿县太白山,雄镇一方,载在祀典。"

[3]筝浦:指筝笛浦。

弩台:指教弩台。

[4]荆榛:① 亦作"荆蓁"。泛指丛生灌木,多用以形容荒芜情景。▶三国·魏·曹植《归思赋》:"城邑寂以空虚,草木秽而荆榛。" ② 谓没入荒野,指逝世。▶明·周履靖《锦笺记·闻讣》:"闺中何意,半道荆蓁,情隔云泥。" ③ 比喻艰危,困难。▶《旧唐书·宦官传·杨复恭》:"吾于荆榛中援立寿王。" ④ 比喻恶人。▶元·麻革《过陕》诗:"豺狼满地荆榛合,目断中条是故丘。" ⑤ 芥蒂,不快。▶明·陈汝元·《金莲记·射策》:"笑谭之顷,便起荆榛。"

乙亥元旦试笔次李西莲韵[1]

万里条风拂曙晴,草堂春色动江城。[2]

疏慵久应偕中散,旷达何须效步兵。[3]

绕座屠苏欣劝酒,几家鸾玉竞吹笙。

芳时不羡谈经席,自爱梅花索笑迎。[4]

注　释

[1]《乙亥元旦试笔次李西莲韵》诗见完颜海瑞《合肥诗词》,安徽文艺出版社2011年版。

[2] 条风:① 东北风。一名融风,主立春四十五日。▶《山海经·南山经》:"(令邱之山)其南有谷焉,曰中谷,条风自是出。"② 东风。一名明庶风,主春分四十五日。▶《淮南子·墬形训》:"东方曰条风。"

拂曙:拂晓。▶《初学记》卷四引隋·萧悫《奉和元日》:"帝宫通夕燎,天门拂曙开。"

[3] 中散:嵇康(约223—约262),三国魏谯郡人,字叔夜。仕魏,曾为中散大夫。

步兵:阮籍(约210—263),三国魏尉氏人,阮瑀子。曾为步兵校尉。

[4] 芳时:良辰,花开时节。▶南朝·宋·颜延之《北使洛》诗:"游役去芳时,归来屡徂愆。"

谈经:① 谈论儒家经义。▶《宋史·曾几传》:"几独从之,谈经论事,与之合。"② 讲说佛经,念经。▶《北宫词纪·沉醉东风·僧犯奸得马裰褚救》:"对人前敲禅板谈经说法,背地里跳墙头恋酒贪花。"③ 宋代"说话"的四种家数之一。讲说佛经经义或佛经故事。▶宋·吴自牧《梦粱录·小说讲经史》:"谈经者,谓演说佛书。"

和王燕友归里晤同社诸子韵[1]

长安杯酒胜交初,况是髫年砚席余。[2]

君已鸾台荣献纳,我还乡阙未征除。

星应喉舌通宸极,径辟羊求总寂居。[3]

一自草堂甘赋隐,不堪涸辙对悬鱼。[4]

注　释

[1]《和王燕友归里晤同社诸子韵》诗见完颜海瑞《合肥诗词》,安徽文艺出版社2011年版。

王燕友:即王纲。王纲(1725—1816),字燕友,一字思龄,清代合肥人,清世祖顺治九年(1652)进士,官刑部郎,改兵部督捕。振滞狱,释株连。冬日,流徙出关者,施衣絮汤粥。选授巡仓御史,终通政司参议。著有《贶鹤亭集》十二卷。

[2]髫年:幼年,童年。▶唐·杨炯《明威将军梁公神道碑》:"卯岁腾芳,髫年超霭。"

[3]羊求:汉代高士羊仲、求仲二人合称。▶晋·赵岐《三辅决录》:"蒋诩字元卿,舍中三径,唯羊仲、求仲从之游。二人皆雅廉之士。"▶元·钱惟善《清逸斋》诗:"太白岂惟凌鲍谢,元卿只合友羊求。"

[4]涸辙:①比喻穷困的境地。▶唐·王勃《秋日登洪府滕王阁饯别序》:"酌贪泉而觉爽,处涸辙以犹欢。"②犹言搁浅。▶清·钱泳《履园丛话·祥异·海兽》:"海潮退后,有一兽涸辙沙滩,长八尺余,色纯黑,毛如海虎。"

悬鱼:①上钩的鱼。▶晋·葛洪《抱朴子·广譬》:"悬鱼惑于芳饵,槛虎死于笼狐。"②《后汉书·羊续传》:"府丞尝献其生鱼,(羊)续受而悬于庭;丞后又进之,(羊)续乃出前所悬者以杜其意。"后以"悬鱼"指为官清廉。③佩带鱼符或鱼袋。▶《辽史·礼志一》:"皇帝服金文金冠,白绫袍,绛带,悬鱼。"④铃柄上的鱼形饰物。▶《太平御览》卷三三八引汉·应劭《风俗通》:"铃柄施悬鱼。鱼者,欲君臣沉静如鱼之入水,不可复得闻见耳。"⑤即鱼板。悬于寺院中的鱼形之板,击之以报事。▶明·唐寅《题自画水山》诗:"乱山杂云晓葱茏,遥见悬鱼是梵宫。"

许裔馨

许裔馨,生卒年不详,清江南合肥(今安徽省合肥市)人。系许如兰之少子。与兄裔蘅同榜副贡,亦工诗。著有《岳摇堂诗集》。

登思惠楼旧址有感[1]

高楼旧址蠹崇台,此日登临溯劫灰。[2]
万里苍烟迷北望,千峰寒色自东来。
淮流势入荒原断,筝浦声留故国哀。
遗础那能知惠政,曾看五马踏春回。[3]

注　释

[1]《登思惠楼旧址有感》诗见清·左辅纂修《(嘉庆)合肥县志》卷三十一,清嘉庆八年(1803)修,民国九年(1920)重印本。

[2]劫灰:本谓劫火的余灰。后谓战乱或大火毁坏后的残迹或灰烬。▶宋·陆游《数年不至城府丁巳火后始见》:"陈迹关心已自悲,劫灰满眼更增欷。"

[3]遗础:房屋倒圮后遗留下的基石。▶清·厉鹗《石笋峰》:"名僧觅幽趣,遗础今埋湮。"

五马:① 汉时太守乘坐的车用五匹马驾辕,因借指太守的车驾。▶唐·钱起《送张中丞赴桂州》:"云衢降五马,林木引双旌。"② 太守的代称。▶唐·白居易《西湖留别》:"翠黛不须留五马,皇恩只许住三年。"

许孙荃

> 许孙荃(1640—1688),字友荪,又字生洲,号四山,时称"四山先生",清江南合肥(今安徽省合肥市)人,系许裔蘅长子。清圣祖康熙九年(1670)庚戌科进士,官至翰林院侍讲、陕西学使,年四十九卒。著有《华岳堂集》《使晋集》《慎墨堂诗集》。

访孝肃公读书处[1]

仰止前贤朝复暮,青蹊踏遍南郊路。[2]

一溪春水板桥低,云是龙图读书处。

我公品望非凡流,生平事业垂千秋。[3]

不与日月同显晦,常存气节高山邱。[4]

桑梓后学瞻丰采,升堂再拜生遥慨。

壁间郢曲看琳琅,柳外渔歌听欸乃。[5]

君不见当时朝廷硕彦多,独有我公称阎罗。[6]

而今笑面知何在?留得城隈几尺波。[7]

注 释

[1]《访孝肃公读书处》诗见《江阴文林包氏宗谱》(秀干堂),2008年印本。

[2]仰止:仰慕;向往。 止,语助词。语出《诗·小雅·车舝》:"高山仰止,景行行止。" ▶宋·姜夔《饶歌吹曲·沅之上》:"真人方兴,百神仰止。"

[3]品望:人品声望。▶明·袁宏道《送观察侯公序》:"以公之品望,而仅使之雨露于三湘七泽间,于世道窃有虞焉。"

[4]显晦:① 明与暗。▶《旧唐书·魏谟传》:"臣又闻,君如日焉,显晦之微,人皆瞻仰,照临之大,何以掩藏?" ② 比喻仕宦与隐逸。▶《晋书·隐逸传论》:"君子之行殊涂,显晦之谓也。"

[5]郢曲:泛指乐曲。语出 ▶战国·宋玉《对楚王问》:"客有歌于郢中者,其始曰《下里巴人》,国中属而和者数千人;其为《阳阿》《薤露》,国中属而和者数百人;其为《阳春白雪》,国中

属而和者不过数十人；引商刻羽，杂以流徵，而和者数人而已。" ▶南朝·宋·鲍照《玩月城西门廨中》诗："蜀琴抽《白雪》，郢曲发《阳春》。"

[6] 硕彦：指才智杰出的学者。▶明·胡应麟《少室山房笔丛·九流绪论中》："三子（蔡邕、葛洪、刘知几）皆鸿生硕彦，目无今古。"

[7] 城隈：城角，城内偏僻处。▶唐·骆宾王《帝京篇》："三条九陌丽城隈，万户千门平旦开。"

黄山象隐庵[1]

兹山何岖嵚，清泉亦潝汨。[2]

泉势互回伏，山形迭俯仰。

香龛结层巘，乃在空翠上。[3]

疏磬出幽篁，泠然涤烦想。[4]

涧午松风凉，麏䴥自来往。[5]

时闻伐木声，林虚岩壑响。

流水绕僧厨，秋花静禅赏。[6]

日入万象闲，楼高延月敞。

云卧摘星辰，天低接苍莽。

对此息诸缘，愿言谢尘坱。[7]

注　释

[1]《黄山象隐庵》诗见清·左辅纂修《（嘉庆）合肥县志》卷三十一，清嘉庆八年（1803）修民国九年（1920）重印本。象隐庵即今相隐寺。

黄山：此指西黄山，位于巢湖北岸，位于今肥东县和巢湖市黄麓镇交界处。

[2] 岖嵚：① 形容山势峻险。▶王闿运《巫山天岫峰诗序》："前后相对，岖嵚参差。"② 谓道路险阻不平。▶唐·孟郊《赠竟陵卢使君虔别》诗："归人忆平坦，别路多岖嵚。"

[3] 层巘：重叠的山峰。▶宋·文同《山斋》诗："幽斋设横榻，尽日对层巘。"

[4] 幽篁：幽深的竹林。▶《楚辞·九歌·山鬼》："余处幽篁兮，终不见天。"

烦想：① 杂念，俗虑。▶晋·孙绰《游天台山赋》："过灵溪而一濯，疏烦想于心胸。"② 胡思乱想。

[5]鼪鼯:① 鼪鼠与鼯鼠。比喻志趣相投的亲密朋友。 ▶宋·黄庭坚《书〈张仲谋诗集〉后》:"今窜逐蛮夷中,而仲谋来守施州,所谓鼪鼯同游,蓬藋柱宇,而兄弟亲戚謦欬其侧者也。"② 旧时对起义群众的蔑称。 ▶宋·辛弃疾《满江红·贺王帅宣子平湖南寇》词:"白羽风生貔虎噪,青溪路断鼪鼯泣。"

[6]僧厨:寺院的厨房。 ▶唐·崔珏《道林寺》诗:"松风千里摆不断,竹泉泻入于僧厨。"

[7]诸缘:佛教语。指色香等百般世相。此种种世相,皆为我心识攀缘之所,故称诸缘。 ▶《楞严经》卷一:"则汝今者识精元明能诸缘,缘所遗者。"

许孙荷

许孙荷,生卒年不详,清江南合肥(今安徽省合肥市)人。许裔蘅幼子。博学工诗。著有《力耕堂诗集》。

春日过朝霞山[1]

亭午过朝霞,山溪略彴斜。[2]

细泉分石齿,晴鸟乱银沙。[3]

地远昔年梦,春浓野寺花。

晚烟迷短骑,归路柳条遮。

注 释

[1]《春日过朝霞山》诗见清·左辅纂修《(嘉庆)合肥县志》卷三十一,清嘉庆八年(1803)修,民国九年(1920)重印本。

朝霞山:即四顶山。

[2] 略彴:小木桥。▶《旧五代史·唐书·周德威传》:"去贼咫尺,限此一渠水,彼若早夜以略彴渡之,吾族其为俘矣。"

[3] 石齿:齿状的石头。亦指山石间的水流。▶宋·苏轼《游道场山何山》诗:"山高无风松自响,误认石齿号惊湍。"

许孙蕗

　　许孙蕗,生卒年不详,许裔蘅次子,清江南合肥(今安徽省合肥市)人。县学生,英年早逝,《(嘉庆)庐州府志》录其诗一首《望湖中姥山》。

望湖中姥山[1]

惊涛洗根根不摧,中流力抵东西开。[2]

晓气空濛烟雾里,烟消日出山光紫。[3]

塔影倒插饮湖水,山翠平铺风揭起。[4]

一卷一勺岂长存,巨鳌洪波神不死。

注　释

[1]《望湖中姥山》诗见清·张祥云《(嘉庆)庐州府志》卷二,清嘉庆八年(1803)刻本。

[2]惊涛:震慑人心的波涛。▶三国·魏·曹丕《沧海赋》:"惊涛暴骇,腾踊澎湃。"

[3]晓气:清晨的雾气。▶唐·李百药《渡汉江》诗:"溜阔霞光近,川长晓气高。"

[4]山翠:翠绿的山色。▶南朝·梁·庾肩吾《奉和春夜应令》:"水光悬荡壁,山翠下添流。"

李天馥

李天馥(1635—1699),字湘北,号容斋,清江南合肥(今安徽省合肥市)人。清世祖顺治戊戌(1658)进士,仕至吏部尚书、武英殿大学士。卒谥"文定"。著有《容斋集》《容斋诗余》。

四顶山[1]

蔡宅久尘嚣,麻姑不复返。[2]

夐夐哉魏君,携犬凌绝巘。[3]

四峰相蔽空,下带泉混混。

驱龙耕白云,种芝三百本。

丹成戏死生,寄湖骑赤鲩。

我来悄无人,螺钿自舒卷。

细读参同契,悠悠感嘉遁。[4]

注　释

[1]《四顶山》诗见清·左辅纂修《(嘉庆)合肥县志》卷三十一,清嘉庆八年(1803)修,民国九年(1920)重印本。

[2] 麻姑:神话中仙女名。又称寿仙娘娘、虚寂冲应真人。据葛洪《神仙传》载,麻姑于东汉桓帝时曾应仙人王远(字方平)之召,降于蔡经之宅。为一美丽女子,年十八九岁,手纤长似鸟爪。蔡经见之,心中念曰:"背大痒时,得此爪以爬背,当佳。"方平知经心中所念,使人鞭之,且曰:"麻姑,神人也,汝何思谓爪可以爬背耶?"麻姑自云:"接待以来,已见东海三为桑田。"又能掷米成珠,为种种变化之术。古时人以麻姑喻高寿。又流传有三月三日西王母寿辰,麻姑于绛珠河边以灵芝酿酒祝寿的故事。过去中国民间为女性祝寿多赠麻姑像,取名麻姑献寿。▶ 唐·李白《短歌行》:"苍穹浩茫茫,万劫太极长。麻姑垂两鬓,一半已成霜。"

[3] 绝巘:绝险,险峻。▶ 清·顾炎武《重登灵岩》诗:"生来绝巘一攀缘,坏阁崔嵬起暮烟。山静魋猱栖佛地,堂空龙象散诸天。芝林果熟红椒后,入定僧归白鹤前。莫问江南身世事,残金兵火一凄然。"

[4]嘉遁:亦作"嘉遯"。旧时谓合乎正道的退隐,合乎时宜的隐遁。▶《易·遯》:"嘉遯贞吉,以正志也。"

道林寺故址[1]

贵主礼金粟,精舍藏浮槎。[2]

大家方舍身,女亦归薄伽。[3]

羞吹来凤箫,法喜怜柔嘉。[4]

苍凉千载余,奇峰空湖涯。

遗迹郁窈窕,道林兹非邪。

一井甘泉水,一树石榴花。

注释

[1]《道林寺故址》诗见清·左辅纂修《(嘉庆)合肥县志》卷三十一,清嘉庆八年(1803)修,民国九年(1920)重印本。

道林寺:又名浮槎寺,位于安徽省肥东县王铁乡秀丽的浮槎山顶上。据《天下名胜》载,浮槎山有道林寺,寺有碑略云:"梁武帝第五女梦入一山为尼,早晨奏帝,乃取名山图,展观此山,恍如梦境。天监三年,敕建,道林寺成,帝女遂入山为尼,号总持大师。"

[2]金粟:此处为金粟如来的省写。泛指佛。古认为金粟如来为维摩诘大士前身。谓出自《发迹经》《思惟三昧经》,而此二经均无汉译本,亦不见载于经录。净名玄论卷二(大三八·八六六中):"复有人释云:'净名、文殊皆往古如来,现为菩萨。'如首楞严云:'文殊为龙种尊佛';发迹经云:'净名即金粟如来。'"

[3]薄伽:薄伽梵的省写。梵语 bhagavat,巴利语 bhagava 或 bhagavant。在印度用于有德之神或圣者之敬称,具有自在、正义、离欲、吉祥、名称、解脱等六义。在佛教中则为佛之尊称,为佛陀十号之一,诸佛通号之一。又作婆伽婆、婆伽梵、婆哦缚帝。意译有德、能破、世尊、尊贵。即有德而为世所尊重者之意。

[4]法喜:佛教语。谓闻见、参悟佛法而产生的喜悦。▶《维摩经·佛道品》:"法喜以为妻,慈悲以为女。"

柔嘉:① 柔和美善。▶《诗·大雅·烝民》:"仲山甫之德,柔嘉维则。"② 指温和善良的人。▶汉·蔡邕《汉太尉杨公碑》:"天降纯嘏,笃生柔嘉。"③ 指美味,美食。▶《国语·周语中》:"无亦择其柔嘉,选其馨香,洁其酒醴,品其百笾。"

孤山[1]

方惊波势险,中流忽孤屿。

无地接郊原,有天近风雨。

一壁插九霄,千寻周数武。

世界忽虚空,岁月迷今古。

春色半连吴,灏气遥涵楚。[2]

攻岸鼋鼍鸣,鼓浪蛟龙怒。

村落暗远洲,帆影渺前溆。

重阶递嵯峨,磴道盘曲阻。[3]

下方复无垠,蹑足烟霞俯。[4]

岩洞昼氤氲,齿齿垂窦乳。[5]

荒亭世代遥,亭午浓霭聚。[6]

老树相蔽亏,奇耸冒石柱。[7]

矫矫绿云岭,翱翔皆灵羽。[8]

众籁动清机,自然成律吕。[9]

尘嚣觉潜通,仿佛跻玉宇。[10]

抚兹怡我神,飘飘欲轻举。[11]

注 释

[1]《孤山》诗见清·左辅纂修《(嘉庆)合肥县志》卷三十一,清嘉庆八年(1803)修,民国九年(1920)重印本。

[2]灏气:① 弥漫在天地间之气。▶唐·柳宗元《始得西山宴游记》:"悠悠乎与灏气俱而莫得其涯,洋洋乎与造物者游而不知其所穷。" ② 正大刚直之气。▶明·顾起元《客座赘语》卷十:"傅远度汝舟,奇思灏气,高出一世。"

[3]嵯峨:① 山高峻貌。▶唐·唐彦谦《送许户曹》诗:"将军楼船发浩歌,云樯高插天嵯峨。" ② 指高耸的山。▶宋·陆游《老学庵笔记》卷七:"欧阳公谪夷陵时,诗云:江上孤峰蔽绿萝,县楼终日对嵯峨。" ③ 屹立。▶唐·姚合《送潘传秀才归宣州》诗:"李白坟三尺,嵯峨

万古名。"④坎坷不平。▶明·钱士升《满庭芳》词:"往事千端,闲愁万斛,世情无数嵯峨。"⑤形容盛多。▶《文选·陆机〈前缓声歌〉》:"长风万里举,庆云郁嵯峨。"

[4] 夐[xiòng]无垠:远无边际。夐:①假借为"远"。辽远,距离遥远的。②久远,长久。

[5] 齿齿:①排列如齿状。▶唐·韩愈《柳州罗池庙碑》:"桂树团团兮白石齿齿。"②比喻一个接一个,连续不断。▶明·徐渭《问军中之系于国用》诗:"绵延值盛明,仕版颇齿齿。先人秉鱼须,联蝉及诸季。"

[6] 亭午:正午。▶晋·孙绰《游天台山赋》:"尔乃羲和亭午,游气高褰。"

[7] 蔽亏:因遮蔽而半隐半现。▶唐·孟郊《梦泽行》:"楚山争蔽亏,日月无全辉。"

[8] 灵羽:神鸟或有灵气的鸟,此处泛指鸟雀。

[9] 清机:清净的心机。▶晋·曹摅《思友人》诗:"精义测神奥,清机发妙理。"

[10] 潜通:暗通,私通。▶汉·应劭《风俗通·皇霸·三皇》:"指天画地,神化潜通。"

[11] 轻举:①谓飞升,登仙。▶宋·李石《续博物志》卷三:"后世必有人主,好高而慕大,以久生轻举为羡慕者。"②隐遁,避世。▶《楚辞·远游》:"悲时俗之迫阨兮,愿轻举而远游。"③轻率行动。▶《韩非子·难四》:"明君不悬怒,悬怒则臣罪轻举以行计,则人主危。"④轻率举荐。▶《后汉书·左雄传》:"自是牧守畏栗,莫敢轻举。迄于永熹,察选清平,多得其人。"⑤轻轻飘动。▶前蜀·毛文锡《应天长》词:"兰棹今宵何处?罗袂从风轻举,愁杀采莲女。"⑥谓飞扬。▶宋·何薳《春渚纪闻·乖崖剑术》:"我视君昂然飞步,神韵轻举,知必非常人,故愿加礼焉。"

偶忆巢湖[1]

巢湖久别误华簪,湖上青山梦里酣。[2]

三月鲫鱼九月橘,令人那不忆江南。

注 释

[1]《偶忆巢湖》诗见清·左辅纂修《(嘉庆)合肥县志》卷三十一,清嘉庆八年(1803)修,民国九年(1920)重印本。

[2] 华簪:华贵的冠簪。古人用簪把冠连缀在头发上。华簪为贵官所用,故常用以指显贵的官职。▶晋·陶潜《和郭主簿》之一:"此事真复乐,聊用忘华簪。"

游姥山诗[1]

碧云楼阁倚烟鬟,门径清溪玉一湾。

别苑波澄疑弱水,远帆影乱似君山。[2]

寒来虚白凌焱羽,晚雾空青冷珮环。[3]

闻道祈灵诸女盛,藤萝香径古跻攀。[4]

注 释

[1]《游姥山诗》诗见清·左辅纂修《(嘉庆)合肥县志》卷三十一,清嘉庆八年(1803)修,民国九年(1920)重印本。

[2]弱水:① 古水名。古人称水浅或地僻不通舟楫者为"弱水",意谓水弱不能载舟。② 又名娑夷水,即今克什米尔西北部吉尔吉特附近,为印度河北岸支流。唐天宝六年(747)高仙芝攻小勃律,进军至此。③ 古代神话传说中称险恶难渡的河海。▶《海内十洲记·凤麟洲》:"凤麟洲在西海之中央,地方一千五百里,洲四面有弱水绕之,鸿毛不浮,不可越也。"④ 犹言爱河情海。▶《红楼梦》第九一回:"任凭弱水三千,我只取一瓢饮。"

[3]虚白:① 指心中纯净无欲。语本▶《庄子·人间世》:"虚室生白,吉祥止止。"② 洁白,皎洁。▶隋·江总《借刘太常说文》诗:"幽居服药饵,山宇生虚白。"

[4]跻攀:攀登。▶唐·杜甫《白水县崔少府十九翁高斋三十韵》:"清晨陪跻攀,傲睨俯峭壁。"

李孚青

李孚青(1664—1715),字丹壑,清江南合肥(今安徽省合肥市)人。李天馥长子。清圣祖康熙十八年(1679)进士,官翰林院编修。著有《野香亭集》《盘隐集》《道旁散人集》等。

八斗岭[1]

怅别白马王,东阿喟身后。[2]

斯人止四十,旷代谁八斗。[3]

才名是处重,僻地争培搂。

不见洛川神,哀湍泻林薮。[4]

注 释

[1]《八斗岭》诗见清·左辅纂修《(嘉庆)合肥县志》卷三十一,清嘉庆八年(1803)修,民国九年(1920)重印本。

八斗岭:即今肥东县八斗镇,位于合肥市东北部50千米,肥东县城店埠镇34千米,东西呈鱼脊背行横贯江淮分水岭,最早称"鱼山",传说三国时魏王曹操之子曹植曾率兵驻扎于此。后因谢灵运的"天下文章一石,曹植独得八斗"而得名八斗岭。相传岭下有陈思王曹植之墓。

[2]东阿:东阿王,曹植于太和三年(229)封东阿王。

喟身后:《魏志》——"植尝登鱼山临东阿,喟然有修焉之心,遂营墓其地,卒年四十一"。

[3]四十:曹植公元232年去世,年四十一。

[4]洛川神:曹植曾作《洛神赋》,为千古名篇。

林薮:① 山林与泽薮。▶ 清·方文《送薪行·答胡公峤》词:"侵晨持斧出,刈薪向林薮。"② 指山野隐居的地方。▶ 汉·蔡邕《荐皇甫规表》:"藏器林薮之中,以辞征召之宠。"③ 比喻事物聚集的处所。▶ 南朝·宋·刘义庆《世说新语·赏誉》:"裴仆射,时人谓为言谈之林薮。"

东郊秋兴[1]

暮霭远濛濛,浮槎隐现中。[2]

天边鸿雁字,洞口鲤鱼风。

村路枳花白,田家枫叶红。

力穷秋色好,惆怅半衰翁。

车辕系壶盏,饮即坐车茵。[3]

不仕岂高士,无情即隐沦。[4]

秋原下寒日,樵径有归人。[5]

欲向翠微宿,谁留王积薪。[6]

注 释

[1]《东郊秋兴》诗见民国·李家孚《合肥诗话》卷上,民国苏城临顿路毛上珍铅活字本。

[2]浮槎:指浮槎山。

[3]车茵:亦作"车裀"。指车上垫的席子,车座垫。▶《汉书·丙吉传》:"吉驭吏耆酒,数逋荡,尝从吉出,醉欧丞相车上。西曹主吏白欲斥之,吉曰:'以醉饱之失去士,使此人将复何所容? 西曹地忍之,此不过汙丞相车茵耳。'遂不去也。"

[4]隐沦:① 神人等级之一,泛指神仙。▶《文选·郭璞〈江赋〉》:"纳隐沦之列真,挺异人乎精魄。"② 隐居。▶南朝·宋·谢灵运《入华子冈是麻源第三谷》诗:"既枉隐沦客,亦栖肥遯贤。"③ 指隐者。▶唐·杜甫《赠韦左丞丈》诗:"此意竟萧条,行歌非隐沦。"④ 隐没身体不使人见。▶《后汉书·方术传下·解奴辜》:"皆能隐沦,出入不由门户。"⑤ 沉沦,埋没。▶《晋书·郭璞传》:"严平澄漠于尘肆,梅真隐沦乎市卒。"

[5]秋原:秋日的原野。▶南朝·梁·王僧孺《初夜文》:"壅夏河之长泻,扑秋原之猛燎。"

[6]翠微:① 指青翠掩映的山腰幽深处。▶唐·李白《赠秋浦柳少府》诗:"摇笔望白云,开帘当翠微。"② 泛指青山。▶唐·高适《赴彭州山行之作》诗:"峭壁连崆峒,攒峰叠翠微。"③ 形容山光水色青翠缥缈。▶唐·韩愈《送区弘南归》诗:"汹汹洞庭莽翠微,九疑镵天荒是非。"

王积薪:唐朝著名围棋手。

伏羲山[1]

虚白曳云衣，浓绿施烟鬟。[2]

崒崔失平地，刚耿当重关。[3]

钩梯耸绝壁，清涧时弯环。

啼鸟异凡声，老鹿驯欲仙。

未审上古帝，遗迹奚由传。

盛衰几沧桑，山名犹昭然。

或因悯流俗，故开淳朴天。

所以高尚士，必话羲皇年。

低徊动远瞩，百里落眼前。[4]

二华与五时，俱可蝼蚁观。[5]

殿阁渺何许，钟磬非人间。

青松涵太空，浩荡难追攀。

堪嗟下士愚，瞻顾知无端。

过风吹矫首，斜日催征鞭。[6]

灵境不可驻，此去仍尘寰。[7]

注 释

[1]《伏羲山》诗见清·左辅纂修《(嘉庆)合肥县志》卷三十一，清嘉庆八年(1803)修，民国九年(1920)重印本。

伏羲山：旧称伏狮山，又名太子山、寨山，位于包公镇岘山村境内，海拔327.2米，传说金国四太子金兀术南下侵宋时曾在此山扎营，故名为"太子山"。当地传说云：大宋末年，金兀术九犯中原营盘驻扎在太子山，岳飞带兵抗金，打得金兵落荒而逃，一日金兀术兵败竹丝坝西侧(即扁石岗)，便急解手时，被埋伏在此的牛皋擒获。二人一气一笑，在此同归于尽。后世遂有"气死金兀术，笑死老牛皋"一说。

[2]虚白：① 语本 ▶《庄子·人间世》："虚室生白，吉祥止止。"谓心中纯净无欲。 ② 洁白；皎洁。 ▶隋·江总《借刘太常说文》："幽居服药饵，山宇生虚白。"

云衣：① 即云气。 ▶《楚辞·刘向〈九叹·远逝〉》："游清灵之飒戾兮，服云衣之披披。"

② 道教语。指人体内的肾脏膜。 ▶《黄庭内景经·肾部》:"苍锦云衣舞龙幡,上致明霞日月烟。"

烟鬟:① 指妇女的鬟发。亦形容鬟发美丽。 ▶唐·韩愈《题炭谷湫祠堂》:"祠堂像俨真,擢玉纤烟鬟。"② 喻云雾缭绕的峰峦。 ▶宋·苏轼《凌虚台》:"落日衔翠壁,暮云点烟鬟。"

[3] 崒崔:① 高峻貌。 ▶宋·陆游《大寒》:"为山傥勿休,会见高崒崔。"② 指高山。 ▶明·蒋一葵《长安客话·七家岭》:"相将跻崒崔,忽漫渡溁溰。"

刚耿:① 犹言清肃。 ▶唐·韩愈《南山诗》:"参差相叠重,刚耿陵宇宙。"② 刚直耿介。 ▶宋·苏轼《寄周安孺茶》:"有如刚耿性,不受纤芥触。"

[4] 低徊:① 徘徊,流连。 ▶唐·韩愈《驽骥》:"骐骥不敢言,低徊但垂头。"② 回味,留恋地回顾。 ▶邓家彦《有忆》:"低徊往事心如醉,枨触新愁貌亦癯。"③ 形容萦绕回荡。▶清·富察敦崇《燕京岁时记·封台》:"什不闲有旦有丑而无生,所唱歌词别有腔调,低徊婉转,冶荡不堪。"

[5] 二华: ① 指春秋宋国华元、华喜。 ▶《左传·成公十五年》:"二华,戴族也。"② 指太华、少华二山。 ▶《文选·张衡〈西京赋〉》:"缀以二华,巨灵赑屃,高掌远跖,以流河曲。"③ 指北魏所置华州及北华州。 ▶《周书·宇文导传》:"(魏文帝)征导还朝。拜大将军、大都督、三雍、二华等二十三州诸军事。"

五畤:又称五畤原,在今陕西凤翔县南,秦汉时祭祀天帝的处所。 ▶《史记·孝武本纪》:"上初至雍,郊见五畤。"

[6] 矫首:① 昂首,抬头。 ▶唐·杜甫《又上后园山脚》:"穷秋立日观,矫首望八荒。"② 昂昂然自得貌。 ▶宋·范仲淹《祭蔡侍郎文》:"初矫首于王庭,冠天下之英雄。"

征鞭:马鞭。因用其驱马行进,故称。

[7] 灵境:① 庄严妙土,吉祥福地。多指寺庙所在的名山胜境。 ▶宋·苏轼《次韵孙职方苍梧山》:"或云灵境归贤者,又恐神功亦偶然。"② 泛指风景名胜之地。 ▶南朝·梁·江淹《杂体诗·效谢灵运〈游山〉》:"灵境信淹留,赏心非徒设。"

尘寰:亦作"尘阛",人世间。 ▶唐·权德舆《送李城门罢官归嵩阳》:"归去尘寰外,春山桂树丛。"

枣巷行[1]

养蚕犹未周,朱符忽下乡。[2]

朝催鸡豚尽,夕催老弱亡。

枣巷贫夫妇,鬻儿来市城。

人情皆爱子,其如完官粮。[3]

中道饥不行,委顿心怦怦。[4]

店余两煮饼,破衣持抵当。[5]

夫悲伤我意,儿啼断我肠。

饼让夫与儿,我则何敢尝。

无儿宗嗣绝,无夫身零丁。

妇人忍饥惯,不畏枵腹鸣。

徐语绐阿夫,父子姑前驰。

道旁好桑叶,小摘当后追。[6]

夫诺携儿去,相待一里程。

向暮杳无迹,踉跄返趋迎。[7]

迤逦至故所,亦不闻人声。[8]

树中有鸦噪,妇已悬丝绳。[9]

凄惶抱孤儿,无语泪淋浪。[10]

三人遽同归,其挂桑树傍。[11]

在天为止翼,在地为连枝。

精魄不相失,殊胜生别离。[12]

注释

[1]《枣巷行》诗见清·张应昌《诗铎》卷二十六,清同治八年(1882)秀芝堂刻本。

枣巷:又名枣巷铺,今属安徽省肥东县石塘镇火龙村。

[2]朱符:用朱墨写的符箓,此处指官府的文书。

[3]其如:怎奈,无奈。 ▶唐·刘长卿《硖石遇雨宴前主簿从兄子英宅》诗:"虽欲少留此,其如归限催。"

[4]委顿:① 颓丧;疲困。 ▶南朝·宋·刘义庆《世说新语·容止》:"潘岳妙有姿容,好神情。少时挟弹出洛阳道,妇人遇者莫不连手共萦之。"② 衰弱,病困。 ▶晋·干宝《搜神记》卷一:"弦超忧感积日,殆至委顿。"

[5]抵当:① 抵充,承当。 ▶宋·苏轼《论积欠六事并乞检会应诏所论四事一处行下状》:"后来违法赊散过钱物,并府界县分人户抵当亏本糯米。"② 抵押。 ▶宋·司马光《涑水记闻》卷十五:"市易司法,听人赊贷县官贷财,以田宅或金帛为抵当。"③ 抵御,阻挡。 ▶《朱子语类》卷一三〇:"张孝纯靖康间守太原,虏人围其城,凡抵当半年,守得极好。"

[6]小摘:随意采摘。▶南朝·宋·谢灵运《永嘉记》:"百卉正发时,聊以小摘供日。"

[7]趋迎:①向前迎接,应接。▶金·王若虚《鄜州龙兴寺明极轩记》:"公退饭余,呼马而出,仆夫或不请所之,知其必适是也。比及其门,呵喝有声,主人者趋迎而笑,知其必为吾也。"②奉承,讨好。▶清·孔尚任《桃花扇·侦戏》:"但有当事朝绅,肯来纳交的,不惜物力,加倍趋迎。"

[8]迤逦:亦作"迤里"。①曲折连绵貌。▶南朝·齐·谢朓《治宅》诗:"迢递南川阳,迤逦西山足。"②指唱歌声和鸟鸣声的悠扬婉转。▶元·朱庭玉《夜行船·春晓》套曲:"迤逦莺啼共燕语,偏向闲庭户。"③斜延貌,延伸貌。▶宋·苏轼《录进单锷吴中水利书》:"盖本处地势,自银林堰以西,地形从东迤逦西下。"④缓行貌。▶《古今小说·众名姬春风吊柳七》:"柳七官人别了众名姬,携着琴剑书箱,扮作游学秀士,迤逦上路。"⑤渐次,逐渐。▶宋·苏轼《与杨元素书》之八:"厥直六百千,先只要二百来千,余可迤逦还。"

[9]鸦噪:鸦雀喧噪。▶唐·李贺《莫愁曲》:"草生陇坂下,鸦噪城堞头。"

[10]淋浪:①流滴不止的样子。▶晋·陶潜《感士不遇赋》:"感哲人之无偶,泪淋浪以洒袂。"②沾湿貌。▶宋·王安石《和王司封会同年》:"直须倾倒樽中酒,休惜淋浪座上衣。"③形容声音连续不绝。▶三国·魏·嵇康《琴赋》:"纷淋浪以流离,奂淫衍而优渥。"④酣饮貌。▶宋·王安石《信州回车馆中作》诗之二:"山木漂摇卧弋阳,因思太白夜淋浪。"⑤尽情,畅快。▶宋·苏轼《捕蝗至浮云岭山行疲荼有怀子由弟》诗之二:"久废山行疲荦确,尚能村醉舞淋浪。"⑥泼染,挥洒。形容书写流畅。▶宋·苏轼《和张子野见寄三绝句·见题壁》:"狂吟跌宕无风雅,醉墨淋浪不整齐。"

[11]同归:此处指同死。

[12]生别离:难以再见的离别。▶《楚辞·九歌·少司命》:"悲莫悲兮生别离,乐莫乐兮新相知。"

却望湖中诸山[1]

孤山姽嫿出天姿,帝女峰还太姥祠。[2]

更有朝霞开睡脸,大圆镜里四蛾眉。[3]

注 释

[1]《却望湖中诸山》诗见清·左辅纂修《(嘉庆)合肥县志》卷三十一,清嘉庆八年(1803)修,民国九年(1920)重印本。

[2]姽嫿[guǐ huà]:娴静美好的样子。▶战国·楚·宋玉《神女赋》:"素质干之酰实兮,志解泰而体闲。既姽嫿于幽静兮,又婆娑乎人间。"

[3]"大圆镜里四蛾眉"句:指巢湖如镜,映照朝霞山(四顶山)的四座山峰。

两宜亭[1]

几层秋水几层岚,亭晚凉归酒半酣。

记得北安门北住,十年烟雨梦江南。[2]

注　释

[1]《两宜亭》诗见清·陈诗《皖雅初集》卷三十,民国十八年(1929)上海美艺图书公司印本。原诗标题后有注:"按,亭在宜园中,乃文定公家居所籍,今久废。遗址今改名新长岗,在店埠旁。"

[2]北安门:即地安门。俗称厚载门,亦称后门。北京中轴线上的标志性建筑之一,明清皇城北门,位于皇城北垣正中,景山以北,鼓楼以南。始建于明永乐十八年(1420),原名北安门。清顺治八年(1651)改北安门为地安门。顺治九年(1652)重修。1954年底至1955年2月,因整治道路交通而拆除。

湖口守风杂题三首[1]

群峰西递佛头浓,和雨和烟一万重。

十八洞天看不尽,金庭又打午时钟。[2]

举网扳罾踏水车,湖村随处事农渔。[3]

夕阳自饱鱼羹饭,不请端明为请书。[4]

秋吴晓楚白模糊,树荠舟凫乍有无。

五日狂风三尺浪,北人谁敢鼓咙胡。[5]

注　释

[1]《湖口守风杂题三首》诗见清·左辅纂修《(嘉庆)合肥县志》卷三十一,清嘉庆八年(1803)修,民国九年(1920)重印本。

[2]金庭:即巢湖金庭山。《(康熙)巢县志》:"在新安乡,去县东北十里,岠嶂山之分脉处,

其山高耸。道书为十八福地。山坳有金庭洞,外有曲水。《广舆记》云即杏花泉。互见古迹,并列十景。"

[3] 扳罾:亦作"扳缯"。 拉罾网捕鱼。 ▶元·曾瑞《哨遍·村居》套曲:"樵夫叉了柴,渔翁扳了罾,故来下访相钦敬。"

[4] 原诗"不请端明为请书"句后有注:"见《嫩真子录》。"

[5] 原诗"北人谁敢鼓咙胡"句后有注:"按,鼓咙胡,见桓帝童谣。云鼓咙胡,不敢公言,私咽语也。"

鼓咙胡:亦作"鼓龙胡"。谓不敢公开言说,私下传语。 ▶《后汉书·五行志一》:"桓帝之初,天下童谣曰:'小麦青青大麦枯,谁当获者妇与姑。丈人何在西击胡,吏买马,君具车,请为诸君鼓咙胡。'……请为诸君鼓咙胡者,不敢公言,私咽语。"

许梦麒

> 许梦麒(1664—1728),字仁长,号双溪,清江南合肥(今安徽省合肥市)人。许孙荃长子,清初吏部尚书、武英殿大学士李天馥女婿。幼即工诗,学范石湖、陆放翁,著有《楚香亭集》。

秋泛[1]

一湖水阔浸朝霞,放溜随风入雁斜。[2]

顶上空青云作髻,眼中虚白浪生花。[3]

老渔艇子飞芦箭,小钓烟丝挂月牙。

疏柳苍烟图画里,兴余还访太清家。[4]

注 释

[1]《秋泛》诗见民国·徐世昌《晚晴簃诗汇》卷六十四,民国退耕堂刻本。
[2]放溜:使舟顺流自行。
[3]空青:青色的天空。
[4]太清家:仙家。道家尊老子为太清道德天尊。

湖村访友[1]

我爱骚人住水湾,当门湖水白潺潺。[2]

安排游客床头酒,供给诗家屋外山。

笋干着风低翠色,苔衣经雨上新斑。[3]

向谁乞得丹青笔,写出村图一幅间。

注　释

[1]《湖村访友》诗见民国·徐世昌《晚晴簃诗汇》卷六十四,民国退耕堂刻本。

[2]当门:① 挡着门。▶《左传·昭公二十年》:"使祝蛙寘戈于车薪以当门。"② 对着门。▶宋·陆游《渔翁》诗:"江头渔家结茅庐,青山当门画不如。"

[3]苔衣:泛指苔藓。▶南朝·宋·谢灵运《岭表赋》:"萝蔓绝攀,苔衣流滑。"

次西口水牛引船[1]

只见周留事水田,谁闻平陆能拖船。

我到西口水正涸,沙滩漠漠稀村烟。

棹夫浪婆但束手,坐待潮长生熬煎。

波际牧竖欻骑至,一群两群相争先。[2]

笑指客曰尔欲往,非是安得离湖边。

吾曹春荒藉为业,行当速付青铜钱。[3]

走系维繂悄无语,急跨背上挥长鞭。[4]

始者目之殊可骇,逆谓此计真徒然。

闪忽昂头而阔步,不移时果临深渊。[5]

篷窗蠡跃发狂叫,怪事堪续齐谐篇。[6]

注　释

[1]《次西口水牛引船》诗见清·李恩绶编《巢湖志》卷二"诗",黄山书社2007年版。西口,即施口,位于肥东县长临河镇西部圩区。因施水在此注入巢湖,故得名。施水即今南淝河。

[2]牧竖:牧奴,牧童。▶《楚辞·天问》:"有扈牧竖,云何而逢?"

欻[xū]骑:快速、飞速驭使坐骑。

[3]吾曹:犹言我辈,我们。▶《韩非子·外储说右上》:"吾曹何爱不为公。"

[4]繂[lǜ]:粗绳。本诗中意为缆绳、纤绳。

[5]闪忽:① 变化不定。▶明·归有光《史称安陵素行何如》:"以吾之明白疏阔,洞然无防闲之设,立彼闪忽诡诈之中,机智陷阱之区,斯时也,势不足恃也,恃吾之有道而已。"② 特指眼睛转动不停。③ 形容一刹那的时间。

移时:经历一段时间。▶《后汉书·吴祐传》:"祐越坛共小史雍丘、黄真欢语移时,与结友而别。"

[6]齐谐:人名,一说古书名。▶《庄子·逍遥游》:"齐谐者,志怪者也。"后志怪之书以及敷衍此类故事的戏剧,多以"齐谐"为名。

巢湖篇[1]

巢湖之水夐无涯,滉瀁满□青琉璃。[2]

盘曲三百六十汊,周裹百八里有奇。[3]

列山张屏紫翠绕,老姥孤峰矗缥缈。

扁舟欲问浅深宜,暗逐鸣榔始能晓。[4]

孙郎赤乌二年前,雄州此设饶炊烟。[5]

一夜雷雨坤轴裂,变为沧海无桑田。[6]

每际叠雾重霾候,女墙万骑呈奇觏。[7]

千古衔冤气结成,岂同幻市当清昼。[8]

倚楼如凤翔湖旁,文□画栋何辉煌。

碧霞元君执圭璧,坐镇福地居中央。[9]

棹舣彼岸争展拜,黄流巽羽交相赛。[10]

纸钱旋作蝴蝶飞,总为风饕舞澎湃。[11]

青天倒入水精盘,日月波底跳双丸。[12]

即离摩荡光激射,扬鳍鼓鬣虬龙翻。[13]

海潮灌进江潮长,江潮不退湖潮广。

旧岁渝溢滓平畴,回湍飞沫惊渤荡。[14]

就近村落纷移家,妇携女兮儿呼耶。

婴鳞谁触洞庭怒,戕生伤稼良堪嗟。[15]

寰区名湖难悉数,白马彭蠡亦曾睹。[16]

若以方兹一勺多,安敢与之较门户。

我今浮舫春初晴,洪连卷起微纹生。

眼边空阔快弥望，船头科跣铺桃筵。[17]

临镜把竿兴可托，瓦釜烹鲜聊供酌。[18]

归来纵笔写此篇，聊饫残阳下山脚。

注　释

[1]《巢湖篇》诗见清·李恩绶编《巢湖志》卷二"诗"，黄山书社2007年版。

[2] 夐：① 夐[xiòng]，远。▶《谷梁传·文公十四年》："夐入千乘之国。" ② 夐[xiòng]，姓氏。③ 夐[xuàn]，营求。

[3]"盘曲三百六十汊，周裹百八十里有奇"：此句是指巢湖方圆八百里，周围水系发达，自古就有"巢湖三百六十汊，黄山三百六十洼"之说。

[4] 鸣榔：以之敲击船舷发出声响，用以惊鱼，使入网中，或为歌声之节。▶《文选·潘岳〈西征赋〉》："纤经连白，鸣榔厉响。"

[5] 雄州：地大物博人多，占重要地位之州。▶南朝·梁·何逊《与建安王谢秀才笺》："夫选重雄州，望隆观国。"

[6] 坤轴：古人想象中的地轴。▶晋·张华《博物志·地》："昆仑山北地转下三千六百里，有八玄幽都，方二十万里。地下有四柱，四柱广十万里，地有三千六百轴，犬牙相举。"

[7] 奇觏[gòu]：奇异的景象。

[8] 衔冤：含冤，谓冤屈无从申诉。▶《宋书·索虏传论》："偏城孤将，衔冤就虏。"

[9] 福地：指神仙居住之处。道教有七十二福地之说。亦指幸福安乐的地方，旧时常以称道观寺院。▶南朝·齐·王融《三月三日曲水诗》序："芳林园者，福地奥区之凑，丹陵、若水之旧。"

[10] 巽羽[xùn yǔ]：指鸡。▶《文选·班固〈幽通赋〉》："巽羽化于宣宫兮，弥五辟而成灾。"▶李善注："曹大家曰：《易·巽卦》为鸡。鸡，羽虫之属，故言羽也。"

[11] 风饕：谓风狂暴。▶清·钱谦益《送陈生昆良南归》诗："席帽疲驴问𣖄城，风饕雪虐泪纵横。"

[12] 双丸：① 两个弹丸。▶清·昭梿《啸亭杂录·书剑侠事》："吴中有叶氏子者，少无赖，好剑术，有老妪导之，能以剑为双丸，纳诸口中。" ② 指日月。▶元·朱德润《题陈直卿一碧万顷》诗："日月双丸吐，江山万古愁。"

[13] 摩荡：① 谓相切摩而变化。语本▶《易·系辞上》："是故刚柔相摩，八卦相荡。" ② 指摩擦振荡。▶《宋史·太祖纪一》："（太祖）次陈桥驿，军中知异者苗训引门吏楚昭辅视日下复有一日，黑光摩荡者久之。"

[14] 渝溢：盈溢。▶南朝·梁元帝《玄览赋》："尔其彭蠡际天，用长百川，沸渭渝溢，潋淡连延。"

渤荡：涨潮。▶《文选·木华〈海赋〉》："枝岐潭瀹，渤荡成汜。"一本作"渤涌"。

[15]婴鳞:谓触及龙之喉下逆鳞。比喻人臣犯颜直谏。语本▶《韩非子·说难》:"夫龙之为虫也,柔可狎而骑也;然其喉下有逆鳞径尺,若人有婴之者,则必杀人。人主亦有逆鳞,说者能无婴人主之逆鳞则几矣。"▶宋·苏轼《谢中书舍人启》:"出而从仕,有狂狷婴鳞之愚。"

戕生:伤害生命。▶清·林则徐《示谕外商速缴鸦片烟土四条稿》一:"尔则图私而专利,人则破产以戕生,天道好还,能无报应乎!"

[16]寰区:天下,人世间。▶《后汉书·逸民传序》:"彼虽硁硁有类沽名者,然而蝉蜕嚣埃之中,自致寰区之外,异夫饰智巧以逐浮利者乎!"

[17]弥望:充满视野,满眼。▶《汉书·元后传》:"大治第室,起土山渐台,洞门高廊阁道,连属弥望。"

科跣:露头跣足。▶清·王士禛《池北偶谈·谈献一·方伯公遗事》:"先祖方伯公,年九十余,读书排纂不辍,虽盛夏,衣冠危坐,未尝见其科跣。"

桃笙:桃枝竹编的竹席。▶《文选·左思〈吴都赋〉》:"桃笙象簟。"

[18]把竿:原意是杂技中的攀援竹竿。此处是指执竿垂钓。

秦咸

秦咸,生卒年不详,字虞桓,清江南合肥(今安徽省合肥市)人。清圣祖康熙时以明经入太学,汇考中书第一,负性豪迈,学问渊博,好客挥金,不乐仕进。"辟潭影园,筑酣绿亭,于池上栽花种竹,日与名流唱和。"著有《潭影堂诗集》《酣绿亭诗集》《前后游燕草》等。

中庙[1]

赫赫雄名庙水涯,入门惊见坐柔嘉。[2]

香林下植将军树,绮径惟开帝女花。[3]

四面晴峰来远黛,一湖秋水浸浮槎。[4]

下方饶有烟霞气,疑是金庭羽士家。

注 释

[1]《中庙》诗见清·左辅纂修《(嘉庆)合肥县志》卷三十一,清嘉庆八年(1803)修,民国九年(1920)重印本。

[2] 柔嘉:① 柔和美善。▶《诗·大雅·烝民》:"仲山甫之德,柔嘉维则。"② 指温和善良的人。▶汉·蔡邕《汉太尉杨公碑》:"天降纯嘏,笃生柔嘉。"③ 指美味、美食。▶《国语·周语中》:"无亦择其柔嘉,选其馨香,洁其酒醴,品其百笾。"

[3] 香林:① 花木林。▶南朝·宋·沈怀远《南越志》:"盆元县利山上多香林。"② 禅林。▶唐·储光羲《题眄上人禅居》诗:"江流映朱户,山鸟鸣香林。"

将军树:① 借指大树。典出▶《后汉书·冯异传》:"每所止舍,诸将并坐论功,异常独屏树下,军中号曰'大树将军'。"▶北周·庾信《预麟趾殿校书和刘仪同》:"月落将军树,风惊御史乌。"亦用为建立军功之典。② 指吴越王钱镠事。镠,临安人,里中有大木,幼时与群儿戏于木下。及贵,归宴故老,山林皆覆以锦,号其幼所尝戏之大木曰"衣锦将军"。见《新五代史·吴越世家》。

[4] 浮槎:① 槎,同"查"。意为木筏。浮槎是传说中来往于海上和天河之间的木筏。▶晋·张华《博物志》卷十:"旧说云:天河与海通,近世有人居海渚者,年年八月,有浮槎去来,不失期。"② 指浮槎山,传说山自海上浮来。位于今安徽省肥东县石塘镇境内,为肥东、巢湖界山,两侧居民俗呼为东大山(肥东)、西大山(巢湖)。

赵 献

赵献,生卒年不详,字文叔,清江南巢县(今安徽省巢湖市)人。康熙诸生。著有《芝屿集》。

月夜泛湖[1]

长湖一望水如天,沽酒乘舟破晓烟。

渔火依依明远屿,雁声历历度前川。[2]

金陵遥映千山白,玉影平分万井圆。

共醉不知衣露冷,夜深归咏大江篇。

注 释

[1]《月夜泛湖》诗见清·陆龙腾《(康熙)巢县志》卷十九,清康熙十二年(1673)刊本。

[2]依依:① 轻柔披拂貌。▶《诗·小雅·采薇》:"昔我往矣,杨柳依依;今我来思,雨雪霏霏。"② 依恋不舍的样子。▶《玉台新咏·古诗〈为焦仲卿妻作〉》:"举手长劳劳,二情同依依。"③ 形容思慕怀念的心情。▶《后汉书·章帝纪》:"岂亡克慎肃雍之臣,辟公之相,皆助朕之依依。"④ 依稀貌,隐约貌。▶晋·陶潜《归园田居》诗之一:"暧暧远人村,依依墟里烟。"⑤ 象声词。▶郭沫若《下龙湾》诗之二:"水上画屏帆点点,林中乐队鸟依依。"

潘尔侯

潘尔侯,生卒年不详,清江南巢县(今安徽省巢湖市)人,庠生。曾参与编纂《(康熙)巢县志》。

秋月泛湖[1]

长湖一望水如天,沽酒乘舟破晓烟。

渔火依依明远屿,雁声历历集前川。

金波遥映千山白,玉影平分万井圆。[2]

共醉不知衣露冷,夜深归咏大江篇。

注　释

[1]《秋月泛湖》诗见清·陆龙腾《(康熙)巢县志》卷十九,清康熙十二年(1673)刊本。

[2]万井:① 古代以地方一里为一井,万井即一万平方里。▶《汉书·刑法志》:"地方一里为井……一同百里,提封万井。"② 千家万户。▶唐·陈子昂《谢赐冬衣表》:"三军叶庆,万井相欢。"

吴 丝

吴丝,生卒年不详,字黄绢,清江南合肥(今安徽省合肥市)人。康熙年间威略将军吴英之女,适吴县钦牧。工诗。晚年依婿沈佳忠居木渎镇,年八十二卒。

过莺脰湖[1]

风光淡沱晚凉天,遥望渔家落照边。[2]

傍岸绿阴藏钓艇,一竿秋水半湖烟。

注 释

[1]《过莺脰湖》诗见民国·光铁夫《安徽名媛诗词征略》卷三,黄山书社1986年版。

莺脰[dòu]湖:① 湖名。位于江苏省苏州市吴江区,以湖形似莺脰得名。脰:脖子,颈。▶《儒林外史》第十二回:"不日要设一个大会,遍请宾客游莺脰湖。" ② 湖名。位于浙江省鄞县广德湖的旧称。▶宋·曾巩《广德湖记》:"(鄞县广德湖)其旧名曰莺脰湖,而今名,大历八年令储仙舟之所更也。"

[2]淡沱:形容风光明净。▶唐·杜甫《醉歌行》:"春光淡沱秦东亭,渚蒲芽白水荇青。"一本作"澹沱""潭沱"。

崔冕

崔冕,生卒年不详,字贡收,又字九玉,号素庵。清江南巢县(今安徽省巢湖市)人。诸生,顺治、康熙间隐居。工山水,画树根不着土。著有《素吟集》《千家姓文》。

舟行自花塘河涉红黑二石嘴二首[1]

月斜张片席,日上过芦溪。[2]

风缓樯无力,湖宽路不迷。

渔舟烟出没,农舍树高低。

七载花塘岸,沙边失旧蹊。

幸不生风浪,湖平一镜开。

买鱼船到岸,沽酒客携罍。

石嘴分红黑,波心忆往来。

轻凭双桨荡,空响夕阳隈。[3]

注 释

[1]《舟行自花塘河涉红黑二石嘴二首》诗见清·崔冕《素吟集》卷五"五言律",清康熙刻本。

花塘河:位于巢湖半岛中庙境内,现为湿地公园。

红黑二石嘴:即红石嘴、黑石嘴。巢湖湖岸由于浸水的结果,岩嘴伸入湖中成半岛,洼地凹入内陆形成湖湾。红石嘴、黑石嘴属于石质湖岸,指岩嘴伸入湖中的湖岸,岸壁一般较短,受风浪淘蚀,发育有浪蚀穴,此外中庙嘴、槐林嘴、青龙嘴、龟山嘴等属此种类型。红石嘴、黑石嘴今属肥东县长临河镇管辖。

[2]片席:① 片帆,孤舟。 ▶唐·许浑《九日登樟亭驿楼》诗:"鲈鲙与莼羹,西风片席轻。" ② 一张坐席,言其狭小。

[3]空响:指空谷的回声。

白龙厂[1]

雨余天易晚,道阻客多穷。

日月淹行李,山云逐转蓬。[2]

地荒村落小,溪涨野桥通。

屡问经过堡,人言互异同。

注 释

[1]《白龙厂》诗见清·崔冕《素吟集》卷五"五言律",清康熙刻本。

白龙厂:即今合肥市肥东县白龙镇。传说朱元璋所骑战马中有白龙驹,历经南征北战,死后即埋于此地,遂名白龙厂。又有曹操养马之说。按,此处应为明代马政养马之地,古曰厂。附近又有青龙厂,今属白龙镇。

[2]转蓬:随风飘转的蓬草。▶《后汉书·舆服志》:"上古圣人,见转蓬始知为轮。"

晚泊西口[1]

焦湖风浪由来恶,舟进西口心方落。[2]

系缆河村密柳边,夕阳红下西山脚。[3]

开箧携书待月明,柳梢月出凉风生。

老眼苦花句难读,稳卧孤舟一枕横。

注 释

[1]《晚泊西口》诗见清·崔冕《素吟集》卷二"歌",清康熙刻本。

西口:即施口。

[2]由来:自始以来;历来。▶《易·坤》:"臣弑其君,子弑其父,非一朝一夕之故,其所由来者渐矣。"

[3]西山:指浮槎山。浮槎山古为合肥、巢湖界山。山之东侧为合肥,今肥东县地,俗称东大山;山之西,为巢湖地,俗称西大山。

张 坦

> 张坦,生卒年不详,字逸峰,号青雨,更号眉州散人,原籍河北抚宁(今河北省秦皇岛市)人,祖明宇迁天津(今天津市),遂定焉。云南巡抚张霖之子。清圣祖康熙三十二年(1693)举人,官内阁中书。幼学诗于王士祯,学书于赵执信,博览群籍,叩之立应。著有《履阁诗集》《唤鱼亭诗文集》。

无题[1]

拳石枕中流,巍峨古气浮。[2]

波涛翻日月,庙貌重山邱。[3]

灵感三洲梦,功高百尺楼。[4]

登临香惹袖,身去意还留。[5]

注 释

[1]《无题》诗见清·李恩绶编《巢湖志》卷二"诗",黄山书社2007年版。原诗无标题,此为编者所加。

[2]古气:① 指古代诗文的气韵。▶唐·韩愈《送灵师》诗:"古气参《彖》《系》,高标摧《太玄》。"② 此处单指古老的气韵。

[3]庙貌:《诗·周颂·清庙序》郑玄笺:"庙之言貌也,死者精神不可得而见,但以生时之居,立宫室像貌为之耳。"因称庙宇及神像为庙貌。▶三国·蜀·诸葛亮《黄陵庙记》:"庙貌废去,使人太息。"

[4]灵感:① 神灵的感应,神异的灵应。▶唐·王勃《广州宝庄严寺舍利塔碑》:"以法师智遗人我,识洞幽明,思假妙因,冀通灵感。"② 指神灵。③ 犹言灵验。④ 指感觉敏锐。⑤ 在文艺、科技活动中,由于勤奋学习,努力实践,不断积累经验和学识而突然产生的创作冲动或创造能力。⑥ 突然之间得到的启发、敏悟。

[5]登临:登山临水。也指游览。语本▶《楚辞·九辩》:"憭慄兮若在远行,登山临水兮送将归。"▶《史记·卫将军骠骑列传》:"禅于姑衍,登临翰海。"

钱陈群

> 钱陈群(1686—1774),字主敬,号香树、柘南居士,清浙江嘉兴(今浙江省嘉兴市)人。清圣祖康熙六十年(1721)进士,改庶吉士,授编修。雍乾时久直南书房,充经筵讲官,官至刑部侍郎,以疾罢归,卒。赠太傅,入贤良祠,谥"文端"。诗风淳朴,著有《香树斋诗文集》。

浮槎山[1]

何年天上赐浮槎,塔影空中拥钿车。[2]

寒女即今修佛事,夜深扶拜海榴花。[3]

注 释

[1]《浮槎山》诗见清·钱陈群《香树斋诗文集》卷十二,清乾隆刻本。

[2] 浮槎:① 槎,同"查"。木筏。传说中来往于海上和天河之间的木筏。▶清·孔尚任《桃花扇·选优》:"阻隔着黄河雪浪,那怕他天汉浮槎。"② 指木船。▶唐·韦应物《龙潭》:"浪引浮槎依北岸,波分晓日浸东山。"

钿车:用金宝嵌饰的车子。▶宋·张炎《阮郎归·有怀北游》:"钿车骄马锦相连,香尘逐管弦。"

[3] 寒女:贫家女子。▶汉·徐干《中论·贵验》:"伊尹放太甲,展季覆寒女。"

田实发

田实发(1670—?),字玉禾,号梅屿,清江南合肥(今安徽省合肥市)人。清世宗雍正七年(1729)举人,雍正八年(1730)进士。官江苏徐州府教授。善诗古文词,著有《玉禾山人诗集》《绿杨亭词》。

雍正八年(1730),田实发负责编纂《(雍正)合肥县志》(二十四卷首一卷)五册。

湖上望中庙[1]

短虹饮湖水,湿景望中分。

高映青天色,斜飞白鹭群。

树藏中庙雨,塔定姥山云。

沿着鱼标过,满篷来夕曛。[2]

注 释

[1]《湖上望中庙》诗见民国·李信孔《安徽巢湖中庙庙志》,民国十二年(1923)刊本。

[2] 鱼标:卖鱼时设立的标牌。▶唐·李商隐《赠从兄阆之》诗:"荻花村里鱼标在,石藓庭中鹿迹微。"

夕曛:① 落日的余晖。▶南朝·宋·谢灵运《晚出西射堂》诗:"晓霜枫叶丹,夕曛岚气阴。"② 指黄昏。▶明·张邦伊《沈嘉则有三楚之游席上》诗:"春城斗酒惜离群,把袂高歌到夕曛。"

华修簧

> 华修簧(1711—1782),又名山,字杏传,号竹轩,清安徽合肥西乡(今安徽省肥西县)人。业儒,能诗,有《竹轩诗》。

蜀山雪霁[1]

雪花欲卸暗香寒,万里晴空瘦蜀山。

岩卧海易横北斗,岭藏龙甲出西关。[2]

望湖亭外头犹白,思蜀井边晚更斑。

试问玉梅何得似,一分春色一分颜。

注 释

[1]《蜀山雪霁》诗见清·华修簧《竹轩诗》,《肥西(文会堂)华氏宗谱》光绪三十二年(1906)刻本。

[2]龙甲:① 指龙马所衔之甲,上面有图谶。▶唐·王维《谢集贤学士表》:"龟图不能比其词,龙甲不足究其义。"② 甲胄。▶南朝·陈·徐陵《为贞阳侯重与王太尉书》:"霜戈雪戟,无非武库之兵;龙甲犀渠,皆是云台之仗。"③ 雪。语出▶宋·张元《雪》诗:"战退玉龙三百万,败鳞残甲满天飞。"后因以"龙甲"喻指雪。▶元·徐再思《柳营曲·和听雪》曲:"蚕叶纵横,龙甲琮琤,寒粟玉楼生。"④ 指红色的蜻蜓。▶《说郛》卷三一引《戊辰杂抄》:"有大龙蜕于太湖之湄,其鳞甲中出虫,顷刻化为蜻蜓,朱色,人取之者病疟。今人见蜻蜓朱色者谓之龙甲,又谓之龙孙。"

巢湖夜月[1]

金陂万里月边无,满载江南一空湖。

秋水印天明晓镜,银河拍浪晃明珠。

星光不觉沉孤姥,萤火那知烧二姑。

应是天然工画稿,分明人重冰轮图。[2]

注释

[1]《巢湖夜月》诗见清·华修黉《竹轩诗》,《肥西(文会堂)华氏宗谱》光绪三十二年(1906)刻本。

[2]冰轮:指明月。 ▶唐·王初《银河》:"历历素榆飘玉叶,涓涓清月湿冰轮。"

四顶朝霞[1]

不因初霁不生华,湖上曙光顶上霞。

红嶂层层烟屿隐,碧波对对云峰斜。[2]

丹炉铸岭一天晓,岚气燻山几树花。[3]

千古难成此日锦,半遮银汉半低涯。[4]

注释

[1]《四顶朝霞》诗见清·华修黉《竹轩诗》,《肥西(文会堂)华氏宗谱》光绪三十二年(1906)刻本。

[2]烟屿:烟雾弥漫的小岛。 ▶唐·张九龄《湘中作》:"烟屿宜春望,林猿莫夜听。"

[3]岚气:① 指山中的雾气。 ▶晋·夏侯湛《山路吟》:"冒晨朝兮入大谷,道逶迤兮岚气清。"② 指瘴气。 ▶《明史·许贵传》:"贵亦感岚气,未至松潘卒。"

燻[xūn]:同"熏"。

[4]银汉:天河,银河。 ▶南朝·宋·鲍照《夜听妓》:"夜来坐几时,银汉倾露落。"

何五云

何五云,生卒年不详,字鹅亭,清江南合肥(今安徽省合肥市)人。贡生,官山东泗水县知县。著有《对未斋集》《红桥词》等。

同中庙羽士游姥山[1]

高山四面俯晴波,突兀中流野趣多。[2]
乱石堆云皆鸟道,轻艖泛月尽渔蓑。[3]
飞烟影落寒江燕,脱叶声传空谷歌。
喜有黄冠成逸兴,买鱼沽酒醉青螺。[4]

注 释

[1]《同中庙羽士游姥山》诗见清·陆龙腾《(康熙)巢县志》卷十九,清康熙十二年(1673)刊本。

[2]晴波:阳光下的水波。 ▶唐·杨炯《浮沤赋》:"状若初莲出浦,映晴波而未开。"

[3]鸟道:险峻狭窄的山路。 ▶南朝·梁·沈约《愍涂赋》:"依云边以知国,极鸟道以瞻家。"

[4]黄冠:① 古代指箬帽之类。蜡祭时戴之。▶《礼记·郊特牲》:"黄衣黄冠而祭,息田夫也。野夫黄冠;黄冠,草服也。" ② 道士之冠。亦借指道士。 ▶唐·唐求《题青城山范贤观》诗:"数里缘山不厌难,为寻真诀问黄冠。" ③ 指黄冠体。 ▶姚华《曲海一勺·骈史上》:"曲之传远而所著又伙者……厥有黄冠、草堂、楚江、骚人诸体。"

项 樟

项樟,生卒年不详,字芝庭,清徽州歙县(今安徽省歙县)小溪人,寄籍扬州宝应(今江苏省宝应县)。清雍正癸丑(1733)进士,历官凤阳知府。著有《玉山诗钞》。

虞姬墓[1]

虞兮一剑霸成空,原草千年见血红。[2]
帐下八千都泯灭,独留孤冢泣西风。[3]

注释

[1]《虞姬墓》诗见清·项樟《玉山诗钞》卷三,清乾隆二十六年(1761)项成龙等刻本。

虞姬墓:① 位于今肥东县石塘镇。② 位于今定远县二龙回族乡东北15.5千米处。③ 位于今宿州市灵璧县城东虞姬墓。

[2] 原草:原上之草。

[3] 帐下:① 营帐中。▶《史记·樊郦滕灌列传》:"樊哙在营外,闻事急,乃持铁盾入到营。营卫止哙,哙直撞入,立帐下。" ② 指将帅的部下。▶《后汉书·董卓传》:"韩遂走金城羌中,为其帐下所杀。"

泯灭:灭绝,消失。▶三国·魏·钟会《檄蜀文》:"往者汉祚衰微,率土分崩,生民之命,几于泯灭。"

过庐阳喜赵虚斋同年重来守郡[1]

冈峦叠叠拥晴沙,雄峙专城十万家。[2]
许借寇君还旧政,重迎郭汲焕新麻。[3]
薰风一曲流清署,香稻千塍刺晚霞。[4]
暇日四峰应暂驻,伯阳曾爱炼丹砂。[5]

注释

[1]《过庐阳喜赵虚斋同年重来守郡》诗见清·项樟《玉山诗钞》卷三,清乾隆二十六年(1761)项成龙等刻本。

赵虚舟:应为赵良墅。《嘉庆·合肥县志·职官表》载:"赵良墅,考城(今河南省兰考县考城镇)人,岁贡生,雍正七年(1729)任合肥知县。"在任时,主修《雍正·合肥县志》二十四卷首一卷五册。

同年:① 同岁,年龄相同。 ▶《后汉书·乐成靖王党传》:"(刘党)与肃宗同年,尤相亲爱。"② 同一年。 ▶唐·杜甫《哭李尚书》:"漳滨与嵩里,逝水竟同年。"③"同年而语"的略语。 ▶《南史·赵知礼蔡景历等传论》:"赵知礼蔡景历属陈武经纶之日,居文房书记之任,此乃宋齐之初傅亮王俭之职。若乃校其才用,理不同年,而卒能膺务济时,盖其遇也。"④ 古代科举考试同科中式者之互称。唐代同榜进士称"同年",明清乡试、会试同榜登科者皆称"同年"。⑤ 古安南苗民互称。⑥ 浙江江山一带称船家为"同年"。因船家多桐严(桐庐、严州)人,桐严与同年,音近而讹。

[2]冈峦:山峦。 ▶汉·张衡《西京赋》:"华岳峨峨,冈峦参差。"

晴沙:阳光照耀下的沙滩。 ▶唐·杜甫《曲江陪郑南史饮》诗:"雀啄江头黄花柳,鹓鹚鸂鶒满晴沙。"

雄峙:昂然屹立。 ▶清·方东树《答叶溥求论古文书》:"然后乃以雄峙特立于千载之表,故其业独尊。"

专城:指任主宰一城的州牧、太守等地方长官。 ▶汉·王充《论衡·辨祟》:"居位食禄,专城长邑以千万数,其迁徙日未必逢吉时也。"

[3]借寇:典故名。寇,指汉朝寇恂,典出 ▶《后汉书·邓寇列传》。光武帝南征,寇恂跟随,直至颍川,盗贼见寇恂到来,全部投降,根本不用任寇恂为太守。光武所经之处,百姓们纷纷遮道请求,说:"愿从陛下复借寇君一年。"光武帝只好命寇恂暂驻长社县,镇抚吏民,受纳余降。后遂以"借寇"表示地方上挽留官吏,含有对政绩的称美之意。

郭伋:(前39—47),字细侯,扶风茂陵(今陕西兴平县)人,官至太中大夫、凉州牧。为人守信,做事颇受时人称赞。"伋前在并州,素结恩德,及后入界,所到县邑,老幼相携,逢迎道路。所过问民疾苦,聘求者德雄俊,设几杖之礼,朝夕与参政事。"事见《后汉书·郭杜孔张廉王苏羊贾陆列传》。

[4]清署:清要的官署。 ▶宋·梅尧臣《次韵和韩子华内翰于李右丞家移红薇子种学士院》:"丞相旧园移带土,侍臣清署看临除。"

塍[chéng]:田间的土埂,小堤。

[5]暇日:空闲的日子。 ▶《孟子·梁惠王上》:"壮者以暇日修其孝悌忠信。"

四峰:指四顶山。四顶山,又名朝霞山,位于肥东县长临河镇境内。传说汉代魏伯阳曾在此炼丹,后丹成升仙而去。山上至今存有炼丹池、伯阳井、仙人洞等有相关遗迹。"四顶朝霞"为古庐州八景之一。

沈宏祚

沈宏祚,生卒年、生平不详,清雍正时安徽合肥(今安徽省合肥市)人。

咏四顶山朝霞[1]

倚空标奇姿,映湖发秋色。[2]

当窗时有无,晴雨在顷刻。[3]

注 释

[1]《咏四顶山朝霞》诗见清·左辅纂修《(嘉庆)合肥县志》卷三十一,清嘉庆八年(1803)修,民国九年(1920)重印本。

[2]秋色:① 秋日的景色,气象。▶北周·庾信《周骠骑大将军柴烈李夫人墓志铭》:"秋色悽怆,松声断绝,百年几何,归于此别。"② 与秋时相应的颜色,指白色。

[3]顷刻:① 片刻,极短的时间。▶《关尹子·七釜》:"爪之生,发之长,荣卫之行,无顷刻止。"② 刚刚,刚才。▶清·玉泉樵子《神山引曲·药饵》:"(末旦惊介):'孩儿几时回来的?'(生):'顷刻方到。'"

德 保

> 德保(？—1789)，索绰络氏，字仲容，一字润亭，号定圃，又号庞村。满洲正白旗人，清高宗乾隆二年(1737)丁巳科进士，官至礼部尚书。屡充乡、会试考官。尝奉敕纂《音韵述微》，总办《乐律全书》。卒谥"文庄"。著有《乐贤堂诗文钞》。

八斗岭村外荷花一池途中仅见也[1]

土屋茅檐三两家，山村寂寞谢喧哗。

鞭丝行处清香送，碧水新荷恰放花。[2]

注 释

[1]《八斗岭村外荷花一池途中仅见也》诗见清·德保《乐贤堂诗文钞》卷中，清乾隆五十六年(1791)英和刻本。

[2]鞭丝：马鞭。借指出行。▶宋·陆游《乍晴出游》诗："本借微风欹帽影，却乘新暖弄鞭丝。"

家大人自太平学署渡江三百里，就视保于庐州之店埠，敬呈二律[1]

色笑违经岁，深惭定省疏。[2]

怜儿殷陟岵，纤道动安车。[3]

杖履江干驻，衷肠膝下摅。

此行膺重寄，何以慰庭闱。[4]

喜极翻凝泪，承欢惜寸阴。

几时申孺慕，絮语见慈心。[5]

侑酌情难诉,挑灯夜已沉。

只应凭驿使,健饭报佳音。[6]

注　释

[1]《家大人自太平学署渡江三百里,就视保于庐州之店埠敬呈二律》诗见清·德保《乐贤堂诗文钞》卷中,清乾隆五十六年(1791)英和刻本。

家大人:对他人称自己的父亲。▶清·王引之《经传释词》卷一:"家大人曰:允,犹'用'也。"

[2]色笑:指和颜悦色的态度。语本▶《诗·鲁颂·泮水》:"载色载笑,匪怒伊教。"

定省:子女早晚向亲长问安,泛指探望问候父母或亲长。▶《礼记·曲礼上》:"凡为人子之礼,冬温而夏清,昏定而晨省。"

[3]陟岵:①思念父亲。典出▶《诗·魏风·陟岵》:"陟彼岵兮,瞻望父兮。"②借指父亲。▶元·刘壎《隐居通议·文章四》:"某自罹陟岵之忧,庐深山莫与往来。"③借指父亲谢世。

纡道:①迂回曲折的道路。▶唐·孟郊《立德新居》诗之一:"胜引即纡道,幽行岂通衢。"②绕道而行。▶清·顾炎武《与李子德书》:"会北山多虎,仲德力止毋行,乃纡道自耀州至同官,拜寇老师之墓。"

安车:古代可以坐乘的小车。古车立乘,此为坐乘,故称安车。供年老的高级官员及贵妇人乘用。高官告老还乡或征召有重望的人,往往赐乘安车。安车多用一马,礼尊者则用四马。▶《周礼·春官·巾车》:"安车,彫面鷖总,皆有容盖。"

[4]重寄:重大的托付。▶《史记·龟策列传》:"盛德不报,重寄不归。"

[5]孺慕:①对父母的哀悼、悼念。典出▶《礼记·檀弓下》:"有子与子游立,见孺子慕者,有子谓子游曰:'予壹不知夫丧之踊也,予欲去之久矣,情在于斯,其是也夫。'"②对父母的孝敬。▶清·薛福成《庸盦笔记·史料二·慈安皇太后圣德》:"毅皇帝孝事太后,能先意承志,太后抚之亦慈爱备至,故帝终身孺慕不少衰。"③爱戴,怀念。▶《后汉书·伏湛侯霸等传赞》:"湛霸奋庸,维宁两邦。"

絮语:①连绵不断地低声说话。▶明·王錂《春芜记·邂逅》:"听花前絮语情无已。"②唠叨的话。▶清·蒲松龄《聊斋志异·周克昌》:"母不能忍,朝夕多絮语。"

[6]健饭:食量大,食欲好。▶宋·袁浦《寿冯德厚》诗之三:"祝子长年仍健饭,好书读到夜沈沈。"

翁方纲

  翁方纲(1733—1818),字正三,一字忠叙,号覃溪,晚号苏斋,清直隶大兴(今属北京)人。清高宗乾隆十七年(1752)进士,授编修。历督广东、江西、山东三省学政,官至内阁学士。精通金石、谱录、书画、辞章之学,书法与同时的刘墉、梁同书、王文治齐名。诗歌文学上,倡言"肌理"说,与袁枚的"性灵"说相抗衡。

  翁方纲为清代书法家、文学家、金石学家,著有《复初斋文集》三十五卷,《集外文》四卷,《复初斋诗集》四十二卷,《石洲诗话》以及《两汉金石记》《粤东金石略》《汉石经残字考》《焦山鼎铭考》《庙堂碑唐本存字》等大量金石学著作。世之言金石者,必推翁家。《清代稿钞本》中收录有其《方纲致秋盫残笺》。

八斗岭[1]

天下才一石,陈王得八斗。

此语出自灵运口,不知何人细分剖。[2]

道旁云有子建坟,荒烟落日无碑文。

君不见,

老瞒冢署汉将军,只有漳南日暮云。[3]

注 释

  [1]《八斗岭》诗见清·翁方纲《复初斋外集》"诗"卷二,民国嘉丛堂丛书本。原诗标题下有注:"合肥县城北百五里,土人云有曹子建墓。"

  [2]"天下才一石,陈王得八斗。此语出自灵运口,不知何人细分剖。"典出 ▶《南史·谢灵运传》:谢灵运语"天下才共一石,曹子建独得八斗,我得一斗,自古及今共用一斗"。

  [3]"老瞒冢署汉将军":老瞒谓曹操。汉将军,典出 ▶ 曹操《让县自明本志令》:"后征为都尉,迁典军校尉,意遂更欲为国家讨贼立功,欲望封侯作征西将军,然后题墓道言'汉故征西将军曹侯之墓'。"

护城驿[1]

鸡初鸣,护城驿。

行人夜半行,到此辨阡陌。[2]

护城驿,鸡既鸣。

膈膊四相应,又唤行人行。[3]

驿夫起待旦,行人下马换。

换马捷于风,马尾镫尚红。

回看驿壁篝灯处,落月朦胧挂高树。

注释

[1]《护城驿》诗见清·翁方纲《复初斋外集》"诗"卷二,民国嘉丛堂丛书本。原诗标题下有注:"合肥城北八十五里。"

[2] 阡陌:① 田界。 ▶《史记·秦本纪》:"(商鞅)为田开阡陌。" ② 泛指田间小路。 ▶ 汉·荀悦《汉纪·哀帝纪下》:"又聚会祀西王母,设祭于街巷阡陌,博弈歌舞。" ③ 田野,垄亩。 ▶ 汉·贾谊《过秦论上》:"(陈涉)蹑足行伍之间,而倔起阡陌之中,疲弊之卒,将数百之众,转而攻秦。"一说,"阡陌"当从《史记》作"什伯",指行伍。见清·俞樾《诸子平议·贾子一》。 ④ 喻途径,门路。 ▶ 晋·王羲之《荀葛帖》:"大期贤达兴废之道,不审谓粗得阡陌不?" ⑤ 千百,形容众多。 ▶ 南朝·梁·沈约《齐故安陆昭王碑文》:"椎埋穿掘之党,阡陌成群。"

[3] 膈膊:象声词。 ▶ 宋·王安石《用前韵戏赠叶致远直讲》:"纵横子堕局,膈膊声出楪。"

鲍明远读书台[1]

萝月娟娟记北墀,废梁县侧古垣基。[2]

重来衰草寒烟里,真见饥鹰独出时。[3]

注释

[1] 原诗标题作《鲍明远读书台二首》,此为第一首。第二首咏黄梅鲍照故居,与合肥无涉,故不取录。见清·翁方纲《复初斋外集》"诗"卷九,民国嘉丛堂丛书本。

[2]萝月:藤萝间的明月。▶南朝·宋·鲍照、王延秀等《月下登楼连句》:"佛仿萝月光,缤纷篁雾阴。"

[3]衰草:枯草。▶南朝·梁·沈约《岁暮愍衰草》诗:"愍衰草,衰草无容色。憔悴荒迳中,寒荄不可识。"

合肥道中[1]

高馆荒荒似野亭,骡车半日绕城坰。[2]

山从皖口诸峰合,水自巢湖百折经。[3]

官路耕锄喧已动,沙村灯火倚微暝。[4]

载涂雨雪寒犹浅,喜及淮南草木青。[5]

注 释

[1]《合肥道中》诗见清·翁方纲《复初斋外集》"诗"卷二,民国嘉丛堂丛书本。

[2]高馆:高大的馆舍。▶《晋书·华谭传》:"虚高馆以俟贤,设重爵以待士。"

[3]百折:极言曲折之多。▶宋·苏洵《上欧阳内翰第一书》:"执事之文,纡余委备,往复百折,而条达疏畅,无所间断。"

[4]官路:① 官府修建的大道,后即泛称大道。▶汉·王褒《九日从驾》诗:"黄山猎地广,青门官路长。" ② 犹言仕途。▶唐·温庭筠《为人上裴相公启》:"某伶俜弱植,憔悴孤根,词林无涣水之文,官路乏甘陵之党。"

[5]载涂:满路。▶明·陈子龙《薤露》诗:"其窘如泥行,颠覆尝载涂。"

许燕珍

> 许燕珍,生卒年不详,字俪琼,号静含,清乾隆时安徽合肥(今安徽省合肥市)人。福建龙溪县令许其卓之女,诸生汪镇之妻。工词曲,解音律,以才女称。著有《鹤语轩诗集》《嵩余小草》等书,多已失传。

元夜竹枝词[1]

鳌山烟火照楼台,都把临街格子开。[2]

椒眼竹篮呼卖藕,金钱抛出绣帘来。[3]

注释

[1]《元夜竹枝词》诗见清·袁枚《随园诗话》卷十三,清乾隆十四年(1749)刻本。

[2]格子:此处指上部有空栏格子的门或窗。▶《西游记》第二四回:"原来是向南的五间大殿,都是上明下暗的雕花格子。那仙童推开格子,请唐僧入殿。"

[3]椒眼:如椒实大小的洞孔。▶清·袁枚《随园诗话》卷十三:"合肥才女许燕珍《元夜竹枝》云:'……椒眼竹篮呼卖藕,金钱抛出绣帘来。'"

题浔阳送客图[1]

月冷风清两岸秋,琵琶一曲感江州。

天涯不少无情客,岂独商人重利游。

注释

[1]《题浔阳送客图》诗见民国·徐世昌《晚晴簃诗汇》卷一百八十六,民国退耕堂刻本。

春草[1]

平舒袍襡迥连村,仲蔚荒园雨到门。[2]

风动遥堤波乱影,泥沾野径燕留痕。

斜遮苏小坟前路,远伴明妃塞上魂。[3]

采采汀洲愁日暮,清芬盈把袭兰荪。[4]

注释

[1]《春草》诗见清·许燕珍《鹤语轩诗集》,清代道光年间娜嬛别馆刻本。

[2]仲蔚:指张仲蔚。▶唐·杜牧《初春雨中舟次和州横江裴使君见迎李赵二秀才同来因书四韵兼寄江南许浑先辈》:"江南仲蔚多情调,怅望春阴几首诗。"冯集梧注引《高士传》:"张仲蔚者,平陵人。明天官博物,善属文,好诗赋,闭门养性,不治荣名。"

[3]苏小坟:在浙江嘉兴县境。苏小,即苏小小,是南齐时钱塘名妓。李绅在《真娘墓》诗序云:"嘉兴县前有吴妓人苏小小墓,风雨之夕,或闻其上有歌吹之音。"《乐府广题》云:"苏小小,钱塘名娼也,盖南齐南时人。"《方舆胜览》:"苏小小墓在嘉兴县西南六十步,乃晋之歌妓。今有片石在通判厅,题曰苏小小墓。"

明妃:汉元帝宫人王嫱,字昭君,晋代避司马昭讳,改称明君,后人又称之为明妃。为与匈奴和亲,出塞嫁给匈奴首领韩邪单于。

[4]汀洲:水中小洲。▶《楚辞·九歌·湘夫人》:"搴汀洲兮杜若,将以遗兮远者。"

念奴娇·新柳[1]

桥边陌上,看如画一抹层层绿绮,轻暖轻寒时最好。荡飏碧波新水,嫩叶梳烟,软条掠雨,细细丝难理。瘦腰半捻,如何载得春起?

最爱柔态纤盈,向人绰约,摇曳欺桃李。寒食未过刚二月,小似簸钱年纪。[2]别馆休攀,离亭莫折,留取东风里。谁吹羌笛,有人愁正无已。

注释

[1]《念奴娇·新柳》词见清·黄燮清《国朝词综续编》卷二十二,清同治十二年(1873)

刻本。

[2]籤钱年纪:指儿时。籤钱,一种儿时游戏,持钱在手中颠籤,后掷在台阶或地上,依次摊平,以钱正反面的多寡定胜负。

古镜[1]

斑斑绿绣土花蚀,首山之铜鬼工凿。[2]背铸篆籀人不识,特向九天问仓颉,云是汉时波祇国中物。[3]

森森寒气生两眸,石破云缺天雨秋。莫悬高台最上头,肝胆照见秦女愁,又惊山鬼魍魅啼啾啾![4]

注 释

[1]《古镜》诗见民国·徐世昌《晚晴簃诗汇》卷一百八十六,民国退耕堂刻本。

[2]首山之铜:借指好铜。 ▶《史记·封禅书》:"黄帝采首山铜,铸鼎于荆山下。"

[3]篆籀:篆文和籀文。 ▶晋·左思《魏都赋》:"雠校篆籀,篇章毕觌。"

波祇国:语出 ▶《拾遗记》:"汉武帝思怀往者李夫人,不可复得。时始穿昆灵之池,泛翔禽之舟。帝自造歌曲,使女伶歌之。时日已西倾,凉风激水,女伶歌声甚遒,因赋《落叶哀蝉》之曲曰:'罗袂兮无声,玉墀兮尘生。虚房冷而寂寞,落叶依于重扃。望彼美之女兮安得,感余心之未宁!'帝闻唱动心,闷闷不自支持,命龙膏之灯以照舟内,悲不自止。亲侍者觉帝容色愁怨,乃进洪梁之酒,酌以文螺之卮。卮出波祇之国……"

[4]肝胆照见秦女愁:指秦始皇用照胆镜使宫女害怕。 ▶《西京杂记》卷三:"高祖初入咸阳宫,周行库府……有方镜,广四尺,高五尺九寸。表里有明,人直来照之,影则倒见;以手扪心面来,则见肠胃五脏,历然无碍;人有疾病在内,掩心而照之,则知病之所在。又女子有邪心,则胆张心动。秦始皇常以照宫人,胆张心动者杀之。"

陈　毅

> 陈毅，生卒年不详，字直方，号古渔，清乾隆时江宁（今江苏省南京市）人。工诗善文，勤于著述，有诗选《所知集》，多辑录布衣寒士之作；又有《诗概》六卷，今见于《四库未收书辑刊》。舒位撰《乾嘉诗坛点将录》，古渔名列第七十二位，"跳涧虎陈古渔（毅，字直方，上元人，有《古愚诗概》）"。

风泊姥山[1]

古塔分青霭，收帆一望中。[2]

阴崖回野火，深汊护天风。[3]

远寺寒催鼓，前船晚挂弓。

夜涛昕不寐，心以入秋雄。

注释

[1]《风泊姥山》诗见清·李恩绶编《巢湖志》卷二"诗"，黄山书社2007年版。原诗结尾处有注："按，古渔，江宁人。客肥上最久，有《诗概》二卷。合肥丁家祥典衣以佐刻资。丁字嵩来，武官也。附记于此。"

[2]青霭：指紫色的云气。▶南朝·宋·鲍照《登大雷岸与妹书》："左右青霭，表里紫霄。"

[3]阴崖：背阳的山崖。▶汉·马融《长笛赋》："惟箰笼之奇生兮，于终南之阴崖。"

袁六顺

袁六顺,生卒年不详,字祗严,清乾隆时安徽巢县(今安徽省巢湖市)人。曾作《刊巢湖中庙碑记诗文序》。

登楼远眺[1]

凤阁临矶畔,空山一柱悬。[2]

气吞吴楚境,人倚水云天。

碧落千岩雪,阴凝万树烟。

灵槎如可借,直到斗牛边。

注 释

[1]《登楼远眺》诗见清·陆龙腾《(康熙)巢县志》卷十九,清康熙十二年(1673)刊本。

[2]凤阁:① 华丽的楼阁。多指皇宫内的楼阁。▶南朝·宋·谢灵运《拟魏太子"邺中集"诗·曹植》:"朝游登凤阁,日暮集华沼。"② 唐武则天光宅元年(684)改中书省为凤阁,后遂用为中书省的别称,也泛指中央官邸。▶唐·白居易《咏怀》:"昔为凤阁郎,今为二千石。"③ 此处特指中庙凤凰楼。

登中庙楼[1]

楼头逸气走沧溟,秋水何人忆洞庭。[2]

山色化云迎日白,湖光过雨逼天青。

巢州自古疑无地,焦姥于今说有灵。

欲诉元君问真宰,仙风浩浩远烟冥。[3]

注 释

[1]《登中庙楼》诗见清·陆龙腾《(康熙)巢县志》卷十九,清康熙十二年(1673)刊本。

[2] 逸气:超脱世俗的气概、气度。 ▶三国·魏·曹丕《与吴质书》:"公干有逸气,但未遒耳。"

沧溟:① 大海。 ▶《汉武帝内传》:"诸仙玉女,聚居沧溟。" ② 苍天,高远幽深的天空。 ▶元·郑光祖《周公摄政》第一折:"天地为盟,上有沧溟。"

[3] 元君:道教语,对女子成仙者之美称。 此处特指碧霞元君。

烟冥:云烟弥漫,景色模糊幽晦。

次蔡文毅公韵[1]

层楼突兀倚空霄,面面窗虚涌碧涛。[2]
河出荣光浮镜远,山横翠黛插峰高。[3]
静依古岸闻渔笛,晚渡长江泛月艘。
遥望波澜天样阔,千秋逸兴定谁豪。

注 释

[1]《次蔡文毅公韵》诗见清·陆龙腾《(康熙)巢县志》卷十九,清康熙十二年(1673)刊本。蔡文毅公,指蔡悉。蔡悉曾作《登中庙凤凰楼二首》:"(一)闲来湖上登仙阁,面面秋声撼碧涛。斜映天光将翠合,横分山色插青高。临风竹叶倾春斝,弄月梅花落晚艘。千古此中乘逸兴,襟期潇洒忆诗豪。(二)凤凰仙阁倚丹霄,阁下崆峒跨碧涛。湖涌金波双鉴渺,山开玉笋四峰高。虚疑幻化鼋鼍窟,恒见帆樯贾客艘。独有时难民疾苦,不堪回首五陵豪。"

[2] 碧涛:绿色的波涛。 ▶唐·李咸用《赠友弟》诗:"谁能终岁摇赪尾,唯唯洋洋向碧涛。"

[3] 荣光:① 五色云气。古时迷信以为吉祥之兆。 ▶《初学记》卷六引《尚书中候》:"荣光出河,休气四塞。" ② 指花木的光泽。 ▶宋·苏轼《哨遍·春词》词:"正溶溶养花天气。一霎暖风迴芳草,荣光浮动,掩皱银塘水。" ③ 敬称尊者容颜。 ▶中国近代史资料丛刊《太平天国·颁行诏书》:"生逢其日,得见皇上帝荣光,尔世人何其大幸?" ④ 光荣,荣耀。 ▶唐·李白《大猎赋》:"方将延荣光于后昆,轶玄风于邃古。"

李调元

李调元(1734—1803),字羹堂,又字赞庵、鹤洲,号雨村、墨庄,清四川罗江(今属四川省德阳市)人。乾隆二十八年(1763)进士。历官广东提学使、直隶通永兵备道。著有《童山诗文集》《雨村诗话》《蠢翁词》,又辑有《函海》《蜀雅》《粤风》等。

谒包孝肃祠合肥县城南[1]

孝肃祠堂古,犹余待制名。[2]

片言能狱折,一笑比河清。[3]

无子宁邀福,非孙不入茔。[4]

阎罗今在上,关节到应惊。[5]

注 释

[1]《谒包孝肃祠合肥县城南》诗见清·李调元《童山集》卷十六,清乾隆刻函,清道光五年(1825)增修本。

[2]"犹余待制名"句:语本▶《宋史·包拯传》:"人以包拯笑比黄河清,童稚妇女,亦知其名,呼曰:'包待制'。"

[3]片言:① 意为简短的文字或语言。▶晋·陆机《文赋》:"立片言而居要,乃一篇之警策。"② 指少许不和之言。▶《京本通俗小说·错斩崔宁》:"一向三口在家过活,并无片言。"

[4]"无子宁邀福,非孙不入茔"句:指包公议立太子事和包公遗训事。前一事语本▶《宋史·包拯传》:"奏曰:'东宫虚位日久,天下以为忧,陛下持久不决,何也?'仁宗曰:'卿欲谁立?'拯曰:'臣不才备位,乞预建太子者,为宗庙万世计也。陛下问臣欲谁立,是疑臣也。臣年七十,且无子,非邀福者。'帝喜曰:'徐当议之。'"后一事语本▶《宋史·包拯传》:"后世子孙仕宦,有犯赃者,不得放归本家,死不得葬大茔中。不从吾志,非吾子若孙也。"

[5]"阎罗今在上,关节到应惊"句语本▶《宋史·包拯传》:"关节不到,有阎罗包老。"

梁县鲍明远读书台见题诗甚伙戏题一绝[1]

读书台畔日初曛,细草幽花满径薰。

任是何人诗在壁,自然俊逸让参军。[2]

注　释

[1]《梁县鲍明远读书台见题诗甚伙戏题一绝》诗见清·李调元《童山集》卷十六,清乾隆刻函,清道光五年(1825)增修本。

鲍明远读书台:即明远台,遗址位于今肥东县梁园镇。《嘉庆合肥县志》引《江南通志》:"明远台,在城东北七十里梁县乡,四围皆水。"又引《方舆胜览》云:"宋鲍照尝读书于此。"又引旧志云:"赵宋张持正即其地建俊逸亭。"清代时举人蔡邦燮在台基上建书塾,仍以明远台为名。现台、塾俱无。

[2]任是:① 即便是,即使是。▶宋·秦观《南乡子》词:"尽道有些堪恨处,无情。任是无情也动人。"② 无论,不管。

俊逸:① 英俊洒脱,超群拔俗。▶三国·魏·刘劭《〈人物志〉自序》:"制礼乐,则考六艺祗庸之德;躬南面,则援俊逸辅相之材。"② 指超群拔俗的人。▶晋·葛洪《抱朴子·穷达》:"俊逸絷滞,其有憾乎?"

参军:① 古代官职名。东汉末始有"参某某军事"的名义,谓参谋军事,简称"参军"。晋以后军府和王国始置为官员。沿至隋、唐,兼为郡官。明、清称经略为参军。② 特指鲍照。鲍照(414—466),字明远,东海郡(今山东临沂市兰陵县长城镇)人,南朝宋杰出的文学家、诗人。南朝宋元嘉中,临川王刘义庆"招聚文学之士,近远必至",鲍照以辞章之美而被看重,遂引为"佐史国臣"。元嘉十六年(439)因献诗而被宋文帝用为中书令、秣稜令。孝武帝大明五年(461)出任前军参军,故世称"鲍参军"。明帝泰始二年(466)刘子项起兵叛乱,鲍照死于乱军中。鲍照与颜延之、谢灵运同为宋元嘉时代的著名诗人,合称"元嘉三大家"。鲍照和庾信合称"南照北信"。现有《鲍参军集》传世。

陈佩珩

陈佩珩,生卒年不详,字楚卿,清江南巢县(今安徽省巢湖市)人,武生。著有《趣园诗草》。

春日过巢湖登中庙楼[1]

春水方生候,凌空一倚楼。[2]

当年屯战舰,此日集闲鸥。

塔断云常补,山孤水自流。

客怀何渺渺,不尽古今愁。

注　释

[1]《春日过巢湖登中庙楼》诗见清·李恩绶编《巢湖志》卷二"诗",黄山书社2007年版。

[2]倚楼:倚靠在楼窗或楼头栏杆上。▶唐·杜甫《江上》诗:"勋业频看镜,行藏独倚楼。"

王美銮

王美銮,生卒年不详,字紫卿,清江南合肥(今安徽省合肥市)人。同治监生。"生性淡泊,衡门自怡。"著有《乐潜斋诗草》。

舟过四顶山[1]

晓辞岚翠快扬舲,无事支颐睡不醒。[2]

偶尔开窗看风色,四围山色入湖青。

注释

[1]《舟过四顶山》诗见清·陈诗《皖雅初集》卷二十九,民国十八年(1929)上海美艺图书公司印本。

[2]岚翠:青绿色山间的雾气。▶唐·白居易《早春题少华东岩》诗:"三十六峰晴,雪销岚翠生。"

扬舲:犹言扬帆。▶南朝·梁·刘孝威《蜀道难》诗:"戏马登珠界,扬舲濯锦流。"

支颐:以手托下巴。▶唐·白居易《除夜》诗:"薄晚支颐坐,中宵枕臂眠。"

汤长吉

> 汤长吉,生卒年不详,字孔昭,号竹楼布衣,平生未做官,清江南巢县(今安徽省巢湖市)人。著有《竹楼诗集》四卷,多咏巢湖及巢县名胜风光。

望巢湖[1]

面面山环抱,湖光一镜幽。

夜深孤月朗,波阔远天浮。

四越雄心阻,三分霸业休。[2]

平时闲眺望,一派尽渔舟。

注 释

[1]《望巢湖》诗见清·陆龙腾《(康熙)巢县志》卷十九,清康熙十二年(1673)刊本。

[2]四越:典出 ▶ 三国·蜀汉·诸葛亮《后出师表》:"曹操五攻昌霸不下,四越巢湖不成。"

孙 朗

孙朗,生卒年、生平不详,清江南巢县(今安徽省合肥市)人,名士。

巢湖作[1]

明湖荡微波,光浮叠绮縠。[2]

月是此中生,还疑此中没。

注 释

[1]《巢湖秋作》诗见清·舒梦龄《(道光)巢县志》卷十六,清道光八年(1828)刊本。

[2]绮縠:绫绸绉纱之类,丝织品的总称。 ▶《战国策·齐策四》:"士三食不得餍,而君鹅鹜有余食;下宫糅罗纨,曳绮縠,而士不得以为缘。"

缪 珊

缪珊,生卒年、籍贯与生平不详,字菉竹。

无题[1]

层楼耸出势凌空,万里长天一径通。[2]

云沐远山含黛绿,霞拖浅水衬沙红。

谁家画舫摇明月,何处悲笳奏晚风。[3]

看到酒醒人尽后,钟声隐隐暮烟中。

注　释

[1]《无题》诗见清·李恩绶编《巢湖志》卷二"诗",黄山书社2007年版。原诗无标题,此为编者添加。

[2] 耸出:高耸突出。▶宋·欧阳修《班班林间鸠寄内》诗:"嵩峰三十六,苍翠争耸出。"

[3] 悲笳:悲凉的笳声。笳,古代军中号角,其声悲壮。▶三国·魏·曹丕《与朝歌令吴质书》:"清风夜起,悲笳微吟。"

缪昌屿

缪昌屿,生卒年、籍贯与生平不详,字守真。

登楼远眺[1]

试纵登高目,遥天一望收。[2]

湖光吞古堞,山势拱危楼。

隐约前村树,飘摇隔岸舟。

凭栏搜胜迹,此地是瀛洲。[3]

注 释

[1]《登楼远眺》诗见清·李恩绶编《巢湖志》卷二"诗",黄山书社2007年版。

[2]遥天:犹言长空。▶三国·魏·阮籍《咏怀》之三二:"遥天耀四海,倏忽潜濛汜。"

[3]瀛洲:亦作"瀛州"。① 传说中的仙山。▶《列子·汤问》:"渤海之东,不知几亿万里……其中有五山焉,一曰岱舆,二曰员峤,三曰方壶,四曰瀛洲,五曰蓬莱……所居之人,皆仙圣之种。"▶《史记·秦始皇本纪》:"齐人徐市等上书,言海中有三神山,名蓬莱、方丈、瀛洲,仙人居之。" ② 唐太宗为网罗人才,设置文学馆,任命杜如晦、房玄龄等18名文官为学士,轮流宿于馆中,暇日,访以政事,讨论典籍。又命阎立本画像,褚亮作赞,题名字爵里,号"十八学士"。时人慕之,谓"登瀛洲"。事见《新唐书·褚亮传》。后来的诗文中常用"登瀛洲""瀛洲"比喻士人获得殊荣,如入仙境。▶宋·王禹偁《病起归思》诗之二:"四十为郎非不偶,况曾提笔直瀛州。" ③ 借指日本。

贾 芳

贾芳,生卒年、生平不详,字诵芬,清江南巢县(今安徽省巢湖市)人。

巢湖晓渡[1]

八月水初平,苍茫一苇轻。[2]

烟消才辨路,村远不知名。

丛树看如障,危峰势欲倾。

嗟予老行役,端不愧浮生。[3]

注 释

[1]《巢湖晓渡》诗见清·李恩绶编《巢湖志》卷二"诗",黄山书社2007年版。

[2] 一苇:《诗·卫风·河广》:"谁谓河广,一苇杭之。" ▶孔颖达疏:"言一苇者,谓一束也,可以浮之水上而渡,若桴筏然,非一根苇也。"后以"一苇"为小船的代称。

[3] 行役:① 旧指因服兵役、劳役或公务而出外跋涉。▶《诗·魏风·陟岵》:"嗟! 予子行役,夙夜无已。" ② 泛称行旅,出行。▶南朝·梁·柳恽《捣衣诗》:"行役滞风波,游人淹不归。"

浮生:语本 ▶《庄子·刻意》:"其生若浮,其死若休。"以人生在世,虚浮不定,因称人生为"浮生"。 ▶南朝·宋·鲍照《答客》诗:"浮生急驰电,物道险弦丝。"

西口即事[1]

迢迢西口接巢湖,渡得巢湖胆气粗。

我掉扁舟到西口,一蓬凉雨泊菰芦。[2]

秋老堤空落叶黄,几株衰柳绾征航。

姥山塔影孤山草，一样荒寒对夕阳。

古寺墙低影尚红，灯残磬冷一龛供。
黄须庙祝龙钟甚，破衲还敲夜半钟。[3]

东倒西歪屋几村，牛栏土锉杂鸡豚。[4]
短垣一带围蔬圃，春韭秋菘绿到门。

家家屋上蔓南瓜，扁豆开残篱落花。
最爱秋来好风景，半湖斜日看捞虾。

注　释

[1]《西口即事》诗见清·李恩绶编《巢湖志》卷二"诗"，黄山书社2007年版。

[2] 菰芦：① 菰和芦苇。▶宋·陆游《闻新雁有感》诗："新雁南来片影孤，冷云深处宿菰芦。" ② 借指隐者所居之处，民间。▶三国·蜀·诸葛亮《称殷礼》："东吴菰芦中，乃有奇伟如此人。"

[3] 庙祝：庙宇中管香火的人。▶宋·陆游《老学庵笔记》卷二："江渎庙西厢有壁画辀车。庙祝指以示予曰：'此郭家车子也。'"

[4] 土锉：炊具，犹言今之砂锅。▶唐·杜甫《闻斛斯六官未归》诗："荆扉深蔓草，土锉冷疏烟。"

中秋夕巢湖舟中坐雨[1]

不见今宵月，相看客更愁。
妻孥千里思，风雨一湖秋。[2]
乡味烹菰米，闲情对酒瓯。[3]
空存怀古意，何处谢公楼。[4]

寂寞扁舟系，萧萧荻苇枯。
草深虫语乱，风急浪花粗。
佳节虚攀桂，生涯叹守株。[5]

薄寒眠未得，相对短檠孤。[6]

欹枕心还怯，风声挟雨狂。

不缘菱芡供，几误到重阳。[7]

撼柂波涛壮，怀人葭水苍。

遥知金屋里，歌管亦凄凉。[8]

注　释

[1]《中秋夕巢湖舟中坐雨》诗见清·李恩绶编《巢湖志》卷二"诗"，黄山书社2007年版。

[2]妻孥：亦作"妻帑"。意为妻子和儿女。▶《诗·小雅·常棣》："宜尔家室，乐尔妻帑。"

[3]乡味：指家乡特有的食品，特有风味。▶唐·元稹《春分投简阳明洞天作》诗："乡味尤珍蛤，家神爱事乌。"

[4]怀古：思念古代的人和事。▶汉·张衡《东京赋》："望先帝之旧墟，慨长思而怀古。"

[5]攀桂：① 攀援或攀折桂枝。▶唐·杜甫《八月十五日夜》诗之一："满目飞明镜，归心折大刀。转蓬行地远，攀桂仰天高。"② 喻科举登第。▶唐·贾岛《青门里作》诗："若无攀桂分，秖是卧云休。"

守株：成语"守株待兔"的省称。▶《孔丛子·连丛子上》："然雅达博通，不世而出，流学守株，比肩皆是，众口非非，正将焉立。"

[6]薄寒：微寒。▶《楚辞·九辩》："憯悽增欷兮，薄寒之中人。"

短檠：矮灯架。借指小灯。▶唐·韩愈《短灯檠歌》："一朝富贵还自恣，长檠焰高照珠翠；吁嗟世事无不然，墙角君看短檠弃。"

[7]菱芡：菱角和芡实。▶《文选·张衡〈东京赋〉》："献鳖蜃与龟鱼，供蜗蠃与菱芡。"

[8]金屋：华美之屋。▶南朝·梁·柳恽《长门怨》诗："无复金屋念，岂照长门心。"

歌管：谓唱歌奏乐。▶南朝·宋·鲍照《送别王宣城》诗："举爵自惆怅，歌管为谁清？"

邹炳泰

邹炳泰(1741—1820),字仲文,号晓屏,清江苏无锡(今江苏省无锡市)人。清高宗乾隆三十七年(1772)壬辰科进士,历官迁国子监司业、国子祭酒、内阁学士,调山东、江西学政,礼部侍郎,左都御史,迁兵部、吏部、户部尚书、协办大学士等要职。天理教林清之乱后,追论责任黜职,寻休致,归。二十五年(1820),卒。

邹炳泰手不释卷,博闻强记,嗜古书画,收藏甚富。著有《纪听松庵竹炉始末》《午风堂丛谈》《午风堂诗集》等。

次合肥[1]

朝行度肥水,怀古亦悠哉。[2]

已过桃溪渡,犹寻明远台。[3]

陂余寒苇意,城挟好峰来。[4]

淮右兹都会,离筵向驿开。[5]

注 释

[1]《次合肥》诗见邹炳泰《午风堂集》卷五,清嘉庆刻本。

[2]肥水:即淝水,在今安徽省。源出合肥市西北将军岭,为今东肥河和南肥河的总称。

[3]桃溪渡:今舒城县桃溪镇。历史上,"桃溪春浪"为"龙舒八景"之首。

[4]陂:即陂塘,池塘。今肥东县境内仍有以陂为名的地名,如练陂塘(位于店埠镇)、陷湖陂(位于梁园镇)、黄塘陂(位于梁园镇)等。

[5]淮右兹都会:指大城市。 ▶《史记·货殖列传》:"郢之后徙寿春,亦一都会也。而合肥受南北潮,皮革、鲍、木输会也。"

张祥云

　　张祥云,生卒年不详,字鞠园,清福建晋江(今福建省晋江市)人。清高宗五十二年(1787)丁未科进士,历官刑部郎中、庐州知府、皖南兵备道等职。姚鼐赞其"夙工文章,勤学稽古"。

　　张祥云在任庐州知府期间,主持修复了庐阳书院、庐州府署、学宫,组织纂修《(嘉庆)庐州府志》,重新刊刻《包孝肃公奏议》《余忠宣公青阳山房文集》《周忠愍公垂光集》。《(光绪)庐州府志》将其列入《名宦传》,赞其"风流儒雅,卓著贤声"。

浮槎山诗[1]

海客乘槎汎沧海,客去槎留几千载。[2]

谁将神物归巨灵,擘作奇峰浮渤澥。[3]

蓬瀛方丈称三山,此峰势舆争巉岏。

冯夷翻凤鲸鼓浪,遂令漂荡来人闲。[4]

金斗城东八十里,叠嶂层峦半空起。

高僧飞锡西天来,指说间耆一峰是。[5]

萧梁佞佛尊浮屠,帝女夜梦山中居。[6]

诘朝披图得形肖,道林视发为缁徒。[7]

至今梵宇开崇阜,碣断碑残苔色朽。[8]

犹传塔下海榴红,植自总持大师手。

山头有泉洌且甘,下有龙窟潜深潭。

嘘气为云沫为雨,祷而辄应膏泽含。[9]

壬戌之秋亢阳烈,北陌西阡龟兆坼。[10]

祭雩空瞻上帝居,焚香近即山灵宅。

仙之人兮下层穹,鞭走列缺驱丰隆。[11]

须臾岩壑变阴晦,一雨沾足千村同。[12]

嘉禾就枯更抽穟，吾民望岁情差慰。

舆诵宁知默相功，却欣甘澍随车至。[13]

欧阳作记传千秋，汲水远馈夸李侯。[14]

我今祈年获灵雨，惬心岂独林泉幽。[15]

好倩五丁勤守护，嵯峨永镇淮西路。[16]

江湖咫尺汲涛宽，莫遣浮来又浮去。

注　释

[1]《浮槎山诗》诗见清·张祥云《（嘉庆）庐州府志》卷二，清嘉庆八年（1803）刻本。本诗又作《浮槎山祈雨》，见清·左辅纂修《（嘉庆）合肥县志》卷三十一，清嘉庆八年（1803）修，民国九年（1920）重印本。

[2] 海客乘槎：浮海通天的传说。语出 ▶ 晋·张华《博物志》卷十："旧说云天河与海通。近世有人居海渚者，年年八月有浮槎去来，不失期，人有奇志，立飞阁于查上，多赍粮，乘槎而去。" ▶ 唐·刘知几《史通·采撰》："海客乘槎以登汉，姮娥窃药以奔月。"

[3] 渤澥：即渤海。 ▶《文选·司马相如〈子虚赋〉》："浮渤澥，游孟诸。"

神物：① 神灵、怪异之物。 ▶《易·系辞上》："探赜索隐，钩深致远，以定天下之吉凶，成天下之亹亹者，莫大乎蓍龟。是故天生神物，圣人则之。" ② 指神仙。 ▶《史记·孝武本纪》："上即欲与神通，宫室被服不象神，神物不至。"

巨灵：① 神话传说中劈开华山的河神。后泛指神灵。 ▶《文选·张衡〈西京赋〉》："缀以二华，巨灵赑屃，高掌远跖，以流河曲，厥迹犹存。" ② 谓巨大而强有力。 ▶《楚辞·天问》："鳌戴山抃。"王逸注引《列仙传》："有巨灵之鳌，背负蓬莱之山而抃舞。" ③ 神话中的矮人。 ▶《汉武故事》："东郡送一短人，长七寸……召东方朔问。朔至，呼短人曰：'巨灵，汝何忽叛来，阿母还未？'"

[4] 冯夷：① 传说中的黄河之神，即河伯。泛指水神。 ▶《庄子·大宗师》："冯夷得之，以游大川。" ② 上古诸侯名。 ▶《竹书纪年·帝芬十六年》："洛伯用与河伯冯夷斗。"

[5] 飞锡：① 佛教语。僧人等执锡杖飞空。 ▶《释氏要览》卷下："今僧游行，嘉称飞锡。此因高僧隐峰游五台，出淮西，掷锡飞空而往也。若西天得道僧，往来多是飞锡。" ② 佛教语。指僧人游方。 ▶ 唐·冷朝阳《同张深秀才游华严寺》诗："有僧飞锡到，留客话松间。" ③ 佛教语。指游方僧。 ▶ 唐·张说《襄州景空寺题融上人兰若》诗："何由侣飞锡，从此脱朝簪。"

[6] 佞佛：谄媚佛，讨好于佛。后以为迷信佛教之称。 ▶《晋书·何充传》："郗愔及弟昙奉天师道，而充与弟准崇信释氏，谢万讥之云：'二郗谄于道，二何佞于佛。'"

[7] 诘朝：诘旦。 ▶《左传·僖公二十八年》："戒尔车乘，敬尔君事，诘朝将见。"

披图：展阅图籍、图画等。 ▶《后汉书·卢植传》："今同宗相后，披图案牒，以次建之，何勋之有？"

缁徒：僧侣。▶唐·孟浩然《陪张丞相祠紫盖山途经玉泉寺》诗："皂盖依松憩,缁徒拥锡迎。"

[8] 梵宇：佛寺。▶《梁书·张缵传》："经法王之梵宇,睹因时之或跃；从四海之宅心,故取乱而诛虐。"

崇阜：高冈，高丘。▶晋·支遁《八关斋诗》之三："采药上崇阜,崎岖升千寻。"

[9] 膏泽：① 滋润作物的雨水。▶三国·魏·曹植《赠徐干》："良田无晚岁,膏泽多丰年。" ② 比喻恩惠。▶《孟子·离娄下》："谏行言听,膏泽下于民。" ③ 犹言民脂民膏。▶《国语·晋语九》："浚民之膏泽以实之,又因而杀之,其谁与我？" ④ 比喻物的精华。▶南朝·梁·钟嵘《诗品》卷上："然其咀嚼英华,厌饫膏泽,文章之渊泉也。" ⑤ 润发用的油脂。▶明·刘基《喜迁莺·梅花》词："膏泽无加,铅华不御,应与素娥争丽。" ⑥ 滋润。▶《国语·晋语四》："重耳之仰君也,若黍苗之仰阴雨也；若君实庇廕膏泽之,使能成嘉谷,荐在宗庙,君之力也。"

[10] 亢阳：① 盛极之阳气。▶《明史·陆树德传》："仲夏亢阳月,宜益慎起居。" ② 形容人君骄横寡恩。▶汉·王充《论衡·明雩》："湛之时,人君未必沈溺也；旱之时,未必亢阳也。人君为政,前后若一。然而一湛一旱,时气也。" ③ 指旱灾。▶三国·魏·曹植《诰咎文》："亢阳害苗。" ④ 中医谓阴虚而致阳气偏盛的病理现象。▶清·梁章巨《退庵随笔·摄生》："肝肾虚与阴虚而补以参,庸有济乎？岂但无济,亢阳不更煎铄乎？"

龟兆：① 占卜时龟甲受灸灼所呈现的坼裂之纹。引申为预兆。▶《左传·昭公五年》："龟兆告吉,曰：'克可知也。'" ② 比喻物体的裂痕。▶宋·陆游《村舍》诗："新墙拆龟兆,疏瓦断鱼鳞。"

[11] 层穹：高空。▶南朝·梁·沈约《和刘雍州绘博山香炉》："蛟螭盘其下,骧首盼层穹。"

列缺：① 指高空中闪电所现的空隙。泛指空隙。▶《楚辞·远游》："上至列缺兮,降望大壑。" ② 特指闪电。▶《史记·司马相如列传》："贯列缺之倒景兮,涉丰隆之滂沛。" ③ 中医穴位名。▶《医宗金鉴·刺灸心法要诀·肺经分寸歌》："列缺,腕上一寸半。"

丰隆：① 古代神话中的雷神。后多用作雷的代称。▶《楚辞·离骚》："吾令丰隆乘云兮,求宓妃之所在。" ② 丰盛隆厚。▶《后汉书·公孙瓒传》："据职高重,享福丰隆。" ③ 高大崇隆。▶《艺文类聚》卷六引南朝·梁·萧子范《建安城门峡赋》："瑰诡丰隆,质状不同,班黄糅采,玄紫潜通。"

[12] 沾足：① 指雨水充分浸润土壤。▶《诗·小雅·信南山》："既沾既足。" ② 谓普遍受惠得益。▶五代·王定保《唐摭言·慈恩寺题名游赏赋咏杂纪》："时京国樱桃初出,虽贵达未适口,而覃山积铺席,复和以糖酪者,人享蛮榼一小盎,亦不啻数升。以至参御辈,靡不沾足。"

[13] 甘澍：甘雨。▶《后汉书·段颎传》："臣动兵涉夏,连获甘澍,岁时丰稔,人无疵疫。"

[14] "欧阳作记传千秋,汲水远馈夸李侯"句：北宋李端愿为庐州镇东军留后,在登浮槎山饮浮槎泉水后,觉得甘冽无比,遂取水封罐寄给身在京城的欧阳修。欧阳修品尝以后,极

为赞誉,给李端愿回信说:"所寄浮槎水,味尤佳。然岂减惠山之品?久居京师,绝难得佳山水,顿食此,如饮甘醴;所惠远,难多致,不得厌饫尔!"后欧阳修作《浮槎山水记》,文中极盛赞浮槎山泉为"天下第七泉"。《浮槎山水记》后录入《四库全书》。

[15]灵雨:① 好雨甘霖。▶《诗·鄘风·定之方中》:"灵雨既零,命彼倌人,星言夙驾,说于桑田。"② 喻君王的恩泽。▶ 唐·杨巨源《春日奉献圣寿无疆词》之一:"灵雨含双阙,雷霆肃万方。"

[16]五丁:① 神话传说中的五个力士。▶《艺文类聚》卷七引汉·扬雄《蜀王本纪》:"天为蜀王生五丁力士,能献山,秦王献美女与蜀王,蜀王遣五丁迎女。见一大蛇入山穴中,五丁并引蛇,山崩,秦五女皆上山,化为石。"一说"秦惠王欲伐蜀而不知道,作五石牛,以金置尾下,言能屎金,蜀王负力。令五丁引之成道。"② 泛指力士。▶ 宋·王十朋《会稽风俗赋》:"浪桨风帆,千艘万舻。大武挽纤,五丁噪呼。"

黄　钺

> 黄钺(1750—1841),字左田,又名左君,号壹斋、左庶子,清安徽当涂(今安徽省马鞍山市当涂县)人,清高宗乾隆五十五年(1790)庚戌科进士,授户部主事。嘉庆间官至礼部尚书。赠太子太保,谥勤敏。习于掌故,工书善画。晚年失明,自号"盲左"。著有《壹斋集》《二十四画品》。

书补刻姜白石巢湖神姥祠有叙[1]

姜白石泛巢湖,闻箫鼓声,问之,舟师云:"居人为此湖神姥寿。"因祝曰:"得一席风,径至居巢,当以平韵《满江红》为迎送神曲。"言讫,风与笔俱驶,顷刻而成。后过祠下,刻之柱间,集中所载如此。乾隆乙卯(1795),巢县葛茂才桂丹游芜湖,钺询其柱刻存否,则无有知其事者。白石词、曲、书法,为南宋名家,令其词刻尚在,可称二妙,乃录其词以赠葛君,并识其后,冀好事者补刻焉。阅三十二年道光丙戌(1826),唐家琛以选拔生贡京师,出示拓本,则县人钱懋道、李铖等已于嘉庆戊寅(1818)重书石刻,嵌诸祠壁矣。盖葛君归自芜湖,不数年物故,钺手录词稿为钱君所藏,李君辈乃谋刻之,始于钺之一言。辗转二十余年,钱李诸君乃能成之。刻后又九年,钺始获见其拓本,亦可感也。钱君与先兄补之有旧,刻石时,自署年七十有六,计今当八十有五,长先兄一岁,而先兄下世二十一年矣。悲夫,书四绝句,以报钱李诸君。

灵旗飘动片帆通,博得新词绝世工。[2]
孤负江神无以报,当年辛苦马当风。[3]

湖中箫鼓岁时闻,祠内神弦久积尘。[4]
未免被他诸姊笑,尧章过后寂无人。[5]

未忘虀蒬一言初,精砥琼瑶子细书。[6]
不谓葛强翻不见,一弹指顷卅年余。

残笺何幸弃钱郎,更感交情叙雁行。[7]

叹息风流今已尽,水云南望总凄凉。

注 释

[1]《书补刻姜白石巢湖神姥祠有叙》诗见清·李恩绶编《巢湖志》卷二"诗",黄山书社2007年版。

[2]新词:原意为新作的诗词。此处是指姜夔所作《满江红·仙姥来时》词。

[3]马当:山名。在江西省彭泽县东北,北临长江,山形似马,故名。相传唐代王勃乘舟遇神风,自此一夜达南昌。▶唐·陆龟蒙《马当山铭》:"言天下之险者,在山曰太行,在水曰吕梁,合二险而为一,吾又闻乎马当。"

[4]箫鼓:箫与鼓。泛指乐奏。▶南朝·梁·江淹《别赋》:"琴羽张兮箫鼓陈,燕赵歌兮伤美人。"

[5]诸娣:众妾,此处指诸神姬。▶《诗·大雅·韩奕》:"诸娣从之,祁祁如云。"

[6]騣[zōng]蔑:①人名。春秋时郑国大夫騣蔑,字然明。▶《左传·昭公二十八年》:魏子曰:"辛来!昔叔向适郑,騣蔑恶,欲观叔向,从使之收器者而往,立于堂下。一言而善。叔向将饮酒,闻之,曰:'必騣明也。'下,执其手以上,曰:'昔贾大夫恶,娶妻而美,三年不言不笑,御以如皋,射雉,获之。其妻始笑而言。贾大夫曰:才之不可以已,我不能射,女遂不言不笑夫!'今子少不扬,子若无言,吾几失子矣。言不可以已也如是。'遂知故在。今女有力于王室,吾是以举女。行乎!敬之哉!毋堕乃力!"②春秋时齐国大夫騣蔑。▶《左传·襄公二十五年》:"崔氏杀騣蔑于平阴。"

[7]钱郎:指巢县人钱懋道。

左 辅

左辅(1751—1833),字仲甫,一字蘅友,号杏庄,清江苏阳湖(今属江苏省常州市)人。清高宗乾隆五十八年(1793)癸丑科进士,后任合肥知县,任内主持编纂《合肥县志》,维修合肥城池。治行素著,能得民心。嘉庆间,官至湖南巡抚。著有《念宛斋诗》《念宛斋词》《念宛斋古文》《念宛斋书牍》等。

亦吾庐试浮槎山泉[1]

一泓灵液浸何深?符调居然出道林。[2]

认取寒清旧风味,出山仍是在山心。[3]

较量泠惠复何如?六一文章信不虚。[4]

毕竟灵山有真脉,浅深斟酌在吾庐。[5]

注 释

[1]《亦吾庐试浮槎山泉》诗见清·左辅纂修《(嘉庆)合肥县志》卷三十一,清嘉庆八年(1803)修,民国九年(1920)重印本。

[2]灵液:① 滋润万物的雨露。▶《文选·扬雄〈剧秦美新〉》:"神歇灵液,海水群飞。"② 仙液。▶三国·魏·曹植《升天行》之一:"灵液飞素波,兰桂上参天。"③ 对水的美称。▶唐·陈鸿《长恨歌传》:"浴日余波,赐以汤沐,春风灵液,澹荡其间。"④ 唾液。道教以为唾液可以灌溉脏腑,润泽肢体,故称灵液。▶唐·顾云《苔歌》:"琼苏玉盐烂漫煮,嚥入丹田续灵液。"

[3]寒清:① 指寒凉而清澈,后多用来指酒。▶《山海经·中山经》:"又东南五十里,曰高前之山。其上有水焉,甚寒而清,帝台之浆也,饮之者不心痛。"② 指寒冷之气。▶《素问·五常政大论》:"寒清数举,暑令乃薄。"

[4]泠惠:指无锡惠山泉。相传茶圣陆羽评定天下水品二十等,惠山泉被列为天下第二泉。浮槎山泉水则被欧阳修誉为"天下第七泉"。

六一文章:欧阳修,晚号六一居士,为一代文宗。欧阳修曾作《浮槎山水记》。

[5]灵山:此处特指浮槎山。

杨惕龙

杨惕龙,生卒年不详,清海宁州(今属浙江省嘉兴市)人,副贡生,曾参与修纂《(嘉庆)庐州府志》。

四顶山[1]

振策兹山顶,平湖落眼前。[2]

四峰如划地,一水欲浮天。

黛壑云常护,丹炉火不燃。[3]

如何人到此,多半语求仙。

注释

[1]《四顶山》诗见清·张祥云《(嘉庆)庐州府志》卷二,清嘉庆八年(1803)刻本。
[2]振策:扬鞭走马。▶晋·陆机《赴洛道中作》诗之二:"振策陟崇丘,案辔遵平莽。"
[3]黛壑:深谷。▶唐·王勃《九成宫东台山池赋》:"既而仰瞻赪峤,傍窥黛壑。"

王祖怡

> 王祖怡,生卒年不详,清滁州全椒(今安徽省全椒县)人,廪贡生,曾参与修纂《(嘉庆)庐州府志》。

四顶山[1]

仙家丹灶白云迷,望里岚光四顶齐。[2]

若把蜀山移到此,居然五岳峙淮西。[3]

注 释

[1]《四顶山》诗见清·张祥云《(嘉庆)庐州府志》卷二,清嘉庆八年(1803)刻本。

[2]岚光:山间雾气经日光照射而发出的光彩。▶唐·李绅《若耶溪》诗:"岚光花影绕山阴,山转花稀到碧㙖。"

[3]蜀山:指大蜀山。

石 钧

> 石钧,生卒年不详,字远梅,清吴县(今属江苏省苏州市)人,诸生。《(同治)苏州府志》载其:"工诗,弃儒服贾。历辽沈燕蓟,所见山川奇怪,一以诗发之。乾嘉之际,以布衣称。"

巢湖烈女诗[1]

巢湖渔人女,字李姓,未嫁夫殁。女不食数日,遂投湖死。尸沂流至李氏门而止,因合葬焉,女年甫十岁。[2]

比目不孤游,鸳鸯共栖止。[3]

妾已许字君,结发固终始。[4]

妾未嫁,君先死。妾心日视巢湖水。

奋身波涛神鬼泣,沂至夫家表贞洁。

不得生相逢,所愿死同穴。

曹娥十二抱父尸,逆流而上真神奇。[5]

渔家此女年更少,殉夫烈志能行之。

从此节孝两相擅,泰山之死人钦羡。[6]

衔哀不比筑青陵,作诔终然愧黄绢。[7]

注 释

[1]《巢湖烈女诗》诗见清·张应昌《诗铎》卷二十,清同治八年(1869)秀芷堂刻本。

[2] 沂流:亦作"溯流"。① 逆着水流方向。▶《后汉书·列女传·姜诗妻》:"母好饮江水,水去舍六七里,妻常沂流而汲。"② 顺着水势。▶《警世通言·拗相公饮恨半山堂》:"荆公不用官船,微服而行,驾一小艇,由黄河沂流而下。"

[3] 比目:① 即比目鱼,古人将以喻情爱深挚的夫妻、情人。▶唐·卢照邻《长安古意》诗:"得成比目何辞死,愿作鸳鸯不羡仙。"② 谓相并而行,喻形影不离。▶《鬼谷子·中经》:

"虽有美行盛誉,不可比目、合翼相须也,此乃气不合、音不调者也。"③ 龙眼的别名。 ▶ 北魏·贾思勰《齐民要术·五谷果蓏菜茹非中国物产者》引《吴氏本草》:"龙眼,一名益智,一名比目。"

[4]许字:许配。 ▶ 明·陈楼德《陶庵先生年谱》:"先生曰:'城亡与亡,岂以出处贰心;出身之士,犹许字之女,殉节亦其所也。'"

[5]曹娥:东汉时会稽郡上虞县人。相传其父五月五日迎神,溺死舜江中,尸骸流失。娥年十四,沿江哭号十七昼夜,投江而死,后抱父尸而出,世传为孝女。一说曹娥于五月初五日投江,后演变为端午节发端之一。后人为纪念曹娥,改舜江为曹娥江。汉桓帝元嘉元年(151),上虞县令度尚改葬娥于江南道旁,命弟子邯郸淳作诔辞,刻石立碑,以彰孝烈。后蔡邕访之,值暮夜,手摸其文而读,题八字于碑阴:"黄绢幼妇外孙齑[jī]臼"(为一谜面,谜底为绝妙好辞)。

[6]钦羡:敬慕。 ▶ 南朝·宋·刘义庆《世说新语·赏誉》:"张天锡世雄凉州,以力弱诣京师,虽远方殊类,亦边人之桀也。闻皇京多材,钦羡弥至。"

[7]青陵:指青陵台,为战国时宋国宋康王所筑。借指在青陵台殉情的韩凭之妻。宋康王迷恋舍人韩凭之妻何氏,将其抢夺霸占。并判处韩凭服劳役,筑青陵台。不久,韩凭自杀而亡。后何氏趁于康王登台之机,跳台自杀殉情,遗书恳请康王将二人合葬。康王大怒,将二人分葬,墓穴遥遥相望。后二墓穴各生梓树一株,两树树干弯曲,互相靠近,根在地下相交,树枝在上面交错。又有雌雄两只鸳鸯,长时在树上栖息,早晚都不离开,交颈悲鸣,凄惨的声音感动人。宋国人都认为鸳鸯乃韩氏夫妇所化,都为这叫声而悲哀。 ▶ 清·钮琇《觚剩·延平女子》:"紫玉青陵怅已矣,泉台当有望乡台。"

姚文田

姚文田(1758—1827),字秋农,号梅漪,清归安(今属浙江省湖州市)人。清仁宗嘉庆四年(1799)己未科状元。宣宗道光七年(1827),官至礼部尚书,卒于任上,谥"文僖"。史载:"(姚)文田持己方严,数督学政,革除陋例,斥伪体,拔真才,典试号得士。论学尊宋儒,所著书则宗汉学。博综群籍,兼谙天文占验。"

著有《说文声系》《古音谐》《四声易知录》《易言》《广陵事略》《邃雅堂学古录》《邃雅堂文集》及《春秋经传塑闰表》等。

过废梁县是日立秋[1]

残夜过梁县,鸡声续续催。
乱云遮马度,凉雨伴秋来。
早稻翻畦熟,晚荷临岸开。
无因一借问,空忆鲍照台。

注 释

[1]《过废梁县是日立秋》诗见清·姚文田《邃雅堂集》卷八,清道光元年(1821)江阴学使署刻本。

废梁县:今肥东县梁园镇。梁县本原慎县,至南宋时为避孝宗讳而改为梁县。明初,省梁县,并入合肥县。清代在梁园设有巡检司。

立秋前一日次护城驿作[1]

山驿起层阴,微雨洒百草。[2]
凉风先秋来,爽气入襟抱。[3]
我行方惮暑,酷烈去如扫。

秦蜀久苦兵,民生何扰扰。[4]

熊罴啸山野,豺虎乱村堡。

王师已屡下,凶猾稽诛讨。

游鱼悲鼎沸,林木畏原燎。[5]

安得回清凉,立使起枯槁。

生逢尧舜君,反侧宜遵道。[6]

注释

[1]《立秋前一日次护城驿作》诗见清·姚文田《邃雅堂集》卷八,清道光元年(1821)江阴学使署刻本。

[2]层阴:① 喻幽深。▶元·袁桷《城南亭》诗:"似闻城南亭,层阴绝尘阛。"② 指密布的浓云。▶唐·李商隐《写意》诗:"日向花间留返照,云从城上结层阴。"

[3]爽气:此处指凉爽之气。▶宋·陆游《水亭独酌十二韵》:"清风扫郁蒸,爽气生户牖。"

[4]扰扰:纷乱,烦乱。▶《国语·晋语六》:"唯有诸侯,故扰扰焉。凡诸侯,难之本也。"

[5]原燎:① 指大火。▶唐·欧阳詹《怀忠赋》:"彼炎炎之原燎,信扑之而不灭。"② 原野上大火延烧。▶三国·魏·陈琳《檄吴将校部曲》:"云散原燎,罔有孑遗。"

[6]反侧:① 翻来覆去,转动身体。▶《诗·周南·关雎》:"悠哉悠哉,辗转反侧。"② 反复无常。▶《诗·小雅·何人斯》:"作此好歌,以极反侧。"③ 不安分,不顺服。▶《荀子·王制》:"故奸言……遁逃反侧之民,职而教之,须而待之。"④ 惶恐不安。▶南朝·宋·刘义庆《世说新语·方正》:"王含作庐江郡,贪浊狼藉。王敦护其兄,故于众坐称:'家兄在郡定佳,庐江人士咸称之。'时何充为敦主簿,在坐,正色曰:'充即庐江人,所闻异于此',敦默然,旁人为之反侧,充晏然神意自若。"

遵道:遵循正道,亦以比喻遵循法度。▶《楚辞·离骚》:"彼尧舜之耿介兮,既遵道而得路;何桀纣之昌被兮,夫唯捷径以窘步。"

史台懋

史台懋(1758—1827),字甸循,贫居半楼,因自号半楼,清安徽合肥东乡(今属安徽省合肥市肥东县)人。嘉道间监生,有诗名。著有《浮槎山馆诗集》。

拟古[1]

木落天地瘦,万象皆枯槁。

雕鹗盘远空,旷野风浩浩。

杖策访孤茅,蟠然见一老。

朝夕空箪瓢,左右惟桑枣。

歌声激金石,且复摅怀抱。[2]

饥寒无黯颜,端坐能静好。[3]

郁郁西陵松,风霜常自保。

注　释

[1]《拟古》诗见民国·徐世昌《晚晴簃诗汇》卷一百二十三,民国退耕堂刻本。
[2]摅怀:抒发情怀。▶唐太宗《秋日翠微宫》诗:"摅怀俗尘外,高眺白云中。"
[3]静好:安静和美。▶《诗·郑风·女曰鸡鸣》:"琴瑟在御,莫不静好。"

山中作[1]

贫贱爱居山,澹然无世虑。

空水映衣巾,残霞明杖屦。

俯视见孤村,离离惟烟树。

人作蝼蚁行,逶迤缘细路。

巉岩深合沓，弄石成小住。[2]

　　隔云闻暮钟，沿崖且归去。

注　释

[1]《山中作》诗见民国·徐世昌《晚晴簃诗汇》卷一百二十三，民国退耕堂刻本。

[2] 巉岩：① 险峻的山岩。▶唐·李白《北上行》："磴道盘且峻，巉岩凌穹苍。" ② 险峻貌。▶北魏·郦道元《水经注·溱水》："庙渚攒石巉岩，乱峙中川。" ③ 形容诗文风格雄健奇崛。▶明·胡应麟《诗薮·近体中》："七言律开元之后，便到嘉靖。虽圭角巉岩，铓颖峭厉，视唐人性情风致，尚不自侔。"

　　合沓：① 重叠，攒聚。▶汉·贾谊《旱云赋》："遂积聚而合沓兮，相纷薄而慷慨。" ② 纷至沓来。▶唐·杜甫《秋日荆南述怀三十韵》："差池分组冕，合沓起蒿莱。"

题友人南游诗后次韵[1]

　　断云宫树似曾经，怅望天南帝子灵。[2]

　　春水帆悬三楚白，夕阳人入万山青。[3]

　　劳劳尘世身如叶，草草浮生鬓欲星。

　　岂是不归甘浪迹，东风杜宇太丁宁。[4]

注　释

[1]《题友人南游诗后次韵》诗见民国·徐世昌《晚晴簃诗汇》卷一百二十三，民国退耕堂刻本。

[2] 天南：指岭南。亦泛指南方。▶唐·白居易《得潮州杨相公继之书并诗以此寄之》诗："诗情书意两殷勤，来自天南瘴海滨。"

[3] 三楚：① 战国时楚国疆域广阔，秦、汉时分为西楚、东楚、南楚，合称三楚。▶《史记·货殖列传》以淮北、沛、陈、汝南、南郡为西楚；彭城以东，东海、吴、广陵为东楚；衡山、九江、江南、豫章、长沙为南楚。▶唐·李商隐《过郑广文旧居》诗："宋玉平生恨有余，远循三楚吊三闾。" ② 宋朝人周羽翀《三楚新录》载，五代时，马殷据长沙，周行逢据武陵，高季兴据江陵，都在古楚地，亦称三楚。

[4] 杜宇：① 传说中的古代蜀国国王。▶《太平御览》卷一六六引汉·扬雄《蜀王本纪》："荆人鳖令死，其尸流亡，随江水上至成都，见蜀王杜宇，杜宇立以为相。杜宇号望帝，自以德不如鳖令，以其国禅之，号开明帝。" ▶清·赵翼《清流关》诗："开边渡澜沧，得国承杜

宇。"②即杜鹃鸟。据《成都记》载：杜宇又曰杜主，自天而降，称望帝，好稼穑，治郫城。后望帝死，其魂化为鸟，名曰杜鹃。▶宋·王安石《杂咏绝句》之十五："月明闻杜宇，南北总关心。"

春阴[1]

积阴如梦暗春城，醉拥衾裯睡不成。[2]

芳草隔帘寒色重，落花空院雨声轻。

谁家画阁和云启，野老乌犍破晓耕。[3]

明日新晴山下路，东风纨扇几人行。

注　释

[1]《春阴》诗见民国·徐世昌《晚晴簃诗汇》卷一百二十三，民国退耕堂刻本。

[2]积阴：①谓阴气聚集。▶《文子·上仁》："积阴不生，积阳不化；阴阳交接，乃能成和。"②指酷寒之气。▶《汉书·晁错传》："夫胡貉之地，积阴之处也，木皮三寸，冰厚六尺，食肉而饮酪，其人密理，鸟兽毳毛，其性能寒。"③犹言久阴。▶宋·苏轼《答仲屯田次韵》："清风卷地收残暑，素月流天扫积阴。"④谓积阴德，积阴骘。

衾裯：①指被褥床帐等卧具。语出▶《诗·召南·小星》："肃肃宵征，抱衾与裯，寔命不犹。"②借指侍奉寝卧等事的婢妾。▶《西湖佳话·六桥才迹》："朝云闻言，慌忙拜伏于地道：'倘蒙超拔，则襄王有主矣。无论衾裯，犬马亦所甘心。'东坡喜他有志，果就娶他为妾。"③借指男女欢合。▶清·李渔《玉搔头·缔盟》："虽有几个婢妾，只好备衾裯之选，不可寄苹蘩之托。"

[3]乌犍：阉过的公牛，驯顺、强健、易御。常泛指耕牛。▶唐·唐彦谦《越城待旦》诗："清溪白石村村有，五尺乌犍托此生。"

秋夕书怀[1]

冉冉钟初动，沉沉月未生。

一灯开夜色，孤雁带边声。

贫贱情常恻，艰危梦易惊。[2]

何当棹轻舸,江上采芳蘅。[3]

注释

[1]《秋夕书怀》诗见清·左辅纂修《(嘉庆)合肥县志》卷三十一,黄山书社2006年版。
[2]艰危:艰难危急。 ▶三国·魏·曹丕《寡妇赋》:"惟生民兮艰危,于孤寡兮常悲。"
[3]轻舸:快船,小船。 ▶《晋书·陶舆传》:"舆率轻舸出其上流以击之,所向辄克。"

冬日早起[1]

入夜风逾急,只疑雪没门。

灰深香有韵,猫起被余温。

窗树寒留影,瓶花冻合根。[2]

小奴偏解事,赊酒向前村。[3]

注释

[1]《冬日早起》诗见清·左辅纂修《(嘉庆)合肥县志》卷三十一,黄山书社2006年版。
[2]冻合:犹言冰封。 ▶《晋书·慕容皝载记》:"皝将乘海讨仁,群下咸谏,以海道危阻,宜从陆路。皝曰:'旧海水无凌,自仁反已来,冻合者三矣。昔汉光武因滹沱河之冰以济大业,天其或者欲吾乘此而克之乎!'"
[3]解事:① 明白,通晓事理。 ▶《南齐书·倖臣传·茹法亮》:"法亮便辟解事,善于奉承。"② 免职。 ▶清·钱谦益《孙公行状》:"(袁崇焕)虽兼程赴援,却又箝制诸将,坐视抢掠,功罪难掩,暂解事,权听勘。"

万寿寺后禅院看花[1]

古寺花开遍,游人总不知。

闲来雪竹径,初见过墙枝。

树老苍皮涩,年多画槛欹。[2]

一僧相问讯,垂发白于丝。

注 释

[1]《万寿寺后禅院看花》诗见清·左辅纂修《(嘉庆)合肥县志》卷三十一,黄山书社2006年版。

万寿寺:《(嘉庆)合肥县志》卷十四:"在时雍门内,唐贞观中建。"旧时合肥有万寿绸,因织造机坊在万寿寺附近而得名。乾隆《江南通志》卷八六:万寿绸"出合肥机房,在万寿寺左右"。

[2]欹[qī]:倾倒,歪斜。

庐州杂咏[1]

一带横如水,危楼峙碧霄。[2]

花开蝴蝶巷,竹实凤凰桥。[3]

力杵年丰稔,鸣钟夜寂寥。

不关寒食节,处处有杨箫。

注 释

[1]《庐州杂咏》诗见清·左辅纂修《(嘉庆)合肥县志》卷三十一,黄山书社2006年版。

[2]碧霄:青天。▶唐·杨巨源《春日奉献圣寿无疆词》之六:"碧霄传凤吹,红旭在龙旗。"

[3]蝴蝶巷:在合肥明教寺两侧,分为东蝴蝶巷、西蝴蝶巷。

包公祠荷花[1]

丛祠花发绕回汀,烦暑时时过客停。[2]

谁把栏杆界红白,红莲沉醉白莲醒。

注 释

[1]《包公祠荷花》诗见清·左辅纂修《(嘉庆)合肥县志》卷三十一,黄山书社2006年版。

[2]回汀:曲折的洲渚。▶唐·李君房《独茧纶赋》:"鱼既得兮亦冥,收纤缕兮旋迴汀。"

秣陵赠卖画王叟[1]

西风残照晚秋天,落拓相逢倍黯然。[2]

我贱卖诗君卖画,与君同上秣陵船。

注 释

[1]《秣陵赠卖画王叟》诗见清·左辅纂修《(嘉庆)合肥县志》卷三十一,黄山书社2006年版。

[2]落拓:① 贫困失意,景况凄凉。▶唐·李郢《即日》诗:"落拓无生计,伶俜恋酒乡。" ② 冷落,寂寞。▶《乐府诗集·清商曲辞三·懊侬歌之十》:"揽裳未结带,落托行人断。"③ 放浪不羁。▶晋·葛洪《抱朴子·疾谬》:"然落拓之子,无骨髓而好随俗者,以通此者为亲密,距此者为不泰。"

宿福岩寺[1]

破寺云光里,人稀尽日闲。[2]

鸟归花外磬,僧梦雨中山。

隔牖香飘树,空堂犬护关。

黄昏不能去,独坐古松间。

注 释

[1]《宿福岩寺》诗见清·左辅纂修《(嘉庆)合肥县志》卷三十一,黄山书社2006年版。福岩寺:寺在浮槎山上。

[2]云光:① 云层罅缝中漏出的日光。▶晋·王嘉《拾遗记·前汉下》:"(昭帝)使宫人歌曰:'……云光开曙月低河,万岁为岂云多。'"② 指美女头发的光泽。▶唐·王绩《辛司法宅观妓》诗:"云光身后荡,雪态掌中回。"③ 云母的一种。▶《云笈七籤》卷七五:"云母五名。第一精者名云光。"④ 汉宫殿名。▶《西京杂记》卷一:"汉掖庭有月影台、云光殿……不在簿籍,皆繁华窈窕之所栖宿焉。"

杨将军庙题壁[1]

将军百战后,过客一凭栏。

窗可青山凿,城遂白水盘。

土龛生湿菌,古鼎烬陈檀。

薄暮钟声绝,山门落照寒。[2]

注 释

[1]《杨将军庙题壁》诗见清·左辅纂修《(嘉庆)合肥县志》卷三十一,黄山书社2006年版。杨将军庙,在合肥西城上,祀南宋名将杨存中(本名杨沂中)。清仁宗嘉庆七年(1802)知县左辅重修。今已不存。

[2]落照:夕阳的余晖。▶南朝·梁·简文帝《和徐录事见内人作卧具》:"密房寒日晚,落照度窗边。"

赠山叟[1]

耕凿随时务,山中性自真。[2]

梵音云漏寺,林薄月荒人。[3]

荷锸收灵药,分泉养细鳞。

悠悠忘岁月,花发始知春。

注 释

[1]《赠山叟》诗见清·陈诗《皖雅初集》卷三十,民国十八年(1929)上海美艺图书公司印本。

[2]耕凿:① 耕田凿井。语出▶古诗《击壤歌》:"日出而作,日入而息,凿井而饮,耕田而食,帝力于我何有哉?"后常用"耕凿"形容人民辛勤劳动,生活安定。▶唐太宗《临层台赋》:"肆黎元于耕凿,一文轨于车书。"② 泛指耕种,务农。▶南朝·梁·萧统《锦带书十二月启·太簇正月》:"某执鞭贱品,耕凿庸流,沈影南亩之间,滞迹东皋之上。"

[3]林薄:① 交错丛生的草木。▶《楚辞·九章·涉江》:"露申辛夷,死林薄兮。" ② 借指

隐居之所。▶《晋书·束晳传》："忠不足以卫己,祸不可以预度,是士讳登朝而竞赴林薄。"

半楼题壁[1]

一楼分作半,聊以惬幽情。[2]

竹几兼书净,松窗过雨晴。

晨昏无俗事,日月有谁争。

不学天随子,烟波隐姓名。[3]

注　释

[1]《半楼题壁》诗见清·陈诗《皖雅初集》卷三十,民国十八年(1929)上海美艺图书公司印本。

[2]幽情:① 意为深远或高雅的情思。▶汉·班固《西都赋》："摅怀旧之蓄念,发思古之幽情。"② 郁结、隐秘的感情。▶唐·白居易《琵琶行》："别有幽情(情,一本作"愁"。)暗恨生,此时无声胜有声。"

[3]天随子:唐代诗人陆龟蒙的别号。▶唐·陆龟蒙《奉和太湖诗·缥缈峰》："身为大块客,自号天随子。"

赵应诏

赵应诏,生卒年不详,字济修,号亦坡,清安徽巢县(今安徽省巢湖市)人。清高宗乾隆(1736—1796)文士。

赠羽士谢鹤驭[1]

直向蓬莱顶上居,烟霞餐饱世缘疏。[2]

丹崖月满青天卧,碧树云堆白鹤居。[3]

酒醒多联石鼎句,经翻还倩右军书。

羽流谁似君高雅,凡俗神仙愧未如。[4]

注释

[1]《赠羽士谢鹤驭》诗见清·李恩绶编《巢湖志》卷二"诗",黄山书社2007年版。

[2]世缘:俗缘,谓人世间事。▶唐·钱起《过桐柏山》诗:"投策谢归途,世缘从此遣。"

[3]丹崖:①绮丽的岩壁。▶三国·魏·嵇康《琴赋》:"丹崖崄巇,青壁万寻。"② 此处指凤凰矶,位于巢湖北岸,整体向湖中突出,呈红色。

[4]羽流:谓道人,道士。▶宋·米芾《西园雅集图记》:"以文章议论、博学辨识、英辞妙墨、好古多闻、雄豪绝俗之资,高僧羽流之杰,卓然高致,名动四夷。"

次蔡文毅公韵[1]

仙楼直上耸青霄,万叠烟云瞰素涛。[2]

山挂晴岚横翠远,帆飞锦幛衬霞高。[3]

春融柳岸莺啼树,月澹萍花鱼泛艘。

几度凭栏恣眺赏,兴酣搦管忆诗豪。[4]

注 释

[1]《次蔡文毅公韵》诗见民国·李信孔续修《安徽巢湖中庙庙志》民国十二年(1923)刊，1984年巢湖市图书馆刘慎旃手抄本。

[2]仙楼：指天宫中的楼阁，此处形容中庙巍峨壮观。 ▶唐·岑羲《奉和春日幸望春宫应制》："南山近压仙楼上，北斗平临御扆前。"

[3]晴岚：晴日山中的雾气。 ▶唐·郑谷《华山》诗："峭仞耸巍巍，晴岚染近畿。"

[4]搦管：①握笔，执笔为文。 ▶南朝·梁·简文帝《玄圃园讲颂序》："搦管摛章，既便娟锦缛；清谈论辩，方参差玉照。"②谓吹奏管乐器。 ▶清·李渔《闲情偶寄·声容·习技》："吹笙搦管之时，声则可听，而容不耐看。"

次黄道年先生韵[1]

古迹沧桑间有无，琼楼瑶岛未荒芜。[2]

仙凭水镜寒云卷，人祷慈航酹酒沽。[3]

掣浪翻涛双赤壁，凌霄耸汉一玄都。[4]

画蛾更爱清宁月，绿影婆娑倒练湖。[5]

注 释

[1]《次黄道年先生韵》诗见民国·李信孔续修《安徽巢湖中庙庙志》民国十二年(1923)刊，1984年巢湖市图书馆刘慎旃手抄本。

[2]瑶岛：传说中的仙岛。 ▶《群音类选·蟠桃记·王母玩桃》："须知道天台路窅通瑶岛。"

[3]慈航：佛教语。谓佛、菩萨以慈悲之心度人，如航船之济众，使脱离生死苦海。 ▶南朝·梁·萧统《开善寺法会》诗："法轮明暗室，慧海度慈航。"

酹酒：以酒浇地，表示祭奠。古代宴会往往行此仪式。 ▶隋·杜台卿《玉烛宝典·正月孟春》："元日至月晦为酺食，度水。士女悉湔裳，酹酒于水湄，以为度厄。"

[4]凌霄耸汉：凌接云霄，耸立天河。形容山或者建筑巍峨高大，气势雄伟。

[5]清宁：①清明宁静。语本 ▶《老子》："昔之得一者，天得一以清，地得一以宁。" ▶清·黄鷟来《题杨人庵总戎无着图》诗："天地贵得一，清宁以定位。"②指时世太平。 ▶《后汉书·光武帝纪下》："今天下清宁，灵物仍降。"③清静，安静。 ▶晋·干宝《搜神记》卷十八："由此大富，宅遂清宁。"

蔡家琬

蔡家琬(1763—1836),字右裁,号二知道人,别署陶门弟子、陶门诗叟,清庐州府合肥县东乡(今属安徽省合肥市肥东县)人。明淮西大儒尚宝司卿蔡悉裔孙。增贡生,江西候补州吏目。著有《陶门弟子集》《红楼梦说梦》,另辑有《陶门诗话》《烟谱》。

巢湖捕鱼歌[1]

瑟瑟西风吹浪卷,渔舟四出如轮转。

巢湖一旦失其宽,活泼游鱼思幸免。

鱼知网撒水中央,不就其深就其浅。

何期渔栅如高墙,入者多多出者鲜。

我见渔人一网收,小鱼舍去巨鱼留。

舟中亦有升斗水,苟延残喘难优游。

涕出无因为鱼泣,戕生只为择其尤。[2]

如此风波不得息,安能自在行中流。[3]

注 释

[1]《巢湖捕鱼歌》诗见清·蔡家琬《陶门弟子集》卷一"斗楂吟",嘉庆十九年(1814)刘文奎局镌本。

[2]戕生:伤害生命。▶清·林则徐《示谕外商速缴鸦片烟土四条稿》一:"尔则图私而专利,人则破产以戕生,天道好还,能无报应乎!"

[3]中流:① 犹中道,正道。▶《荀子·礼论》:"文理繁,情用省,是礼之隆也。文理省,情用繁,是礼之杀也。文理情用,相为内外表里,并行而杂,是礼之中流也。"② 江河中央,水中。▶《史记·周本纪》:"武王渡河,中流,白鱼跃入王舟中。"③ 南北朝及南宋时,常用以指长江中游,今九江上下一带地方。④ 泛指河流的中游。▶曹聚仁《万里行记·大江东去》:"假使鄱阳港建筑完成了,湘水中流和赣江中流凿通了大运河,洞庭湖水直通鄱阳湖。"⑤ 一般,普通。▶《晋书·张辅传》:"良史述事,善足以奖劝,恶足以监诫,人道之常,中流小事,亦

无取焉。"⑥ 指普通的人。▶宋·苏辙《谢除尚书右丞表》："臣才不逮于中流,幸则过于前辈。"

庐阳竹枝词[1]

歧路青青草自春,陌头杨柳翠眉新。[2]

王孙不作淹留客,那有凝妆望远人。

蚕事何曾日讲求,栽桑未见满田畴。[3]

怪他生长江南客,爱买庐阳万寿䌷。[4]

包老丛祠一水围,河中藕嫩鲫鱼肥。

前人清白后人好,卖藕卖鱼无是非。

古蓼茶须活火煎,豆棚花下客欢然。[5]

疲驴驮到浮槎水,共品江南第七泉。

新谷将升且莫论,为完公税卖鸡豚。

农夫不是潘邠老,也怕催租吏到门。

贫女嘈嗷岁几经,非关不嫁惜娉婷。[6]

鹿车总待郎亲挽,不与人家作小青。[7]

注 释

[1]《庐阳竹枝词》诗见清·蔡家琬《陶门弟子集》卷一"斗楂吟",嘉庆十九年(1814)刘文奎局镌本。

[2]翠眉:① 古代女子用青黛画眉,故称。▶晋·崔豹《古今注·杂注》:"魏宫人好画长眉,今多作翠眉警鹤髻。"② 为美女的代称。▶唐·杜甫《解闷》诗之十二:"云壑布衣鲐背死,劳人害马翠眉须。"

[3]蚕事:养蚕的事。▶《礼记·月令》:"(孟夏之月)蚕事毕,后妃献茧。"

[4]万寿䌷:"䌷"同"绸",旧时合肥有特产绸、纱,因机坊近城内万寿寺,故名万寿绸。

[5]欢然:喜悦貌。▶汉·王褒《圣主得贤臣颂》:"故圣主必待贤臣而弘功业,俊士亦俟明主以显其德,上下俱欲,欢然交欢。"

[6]嘈嗷:① 象声词。形容声音喧闹杂乱。▶《西京杂记》卷六:"幼雏羸瞉,单雄寡雌,纷纭翔集,嘈嗷鸣啼。"② 喧盛。▶唐·韩愈、孟郊《同宿联句》:"逸韵何嘈嗷。高名俟沾赁。"

[7] 小青:年轻的婢女。古婢女穿青色衣,故称。▶《珍珠船》卷三引唐·施肩吾诗:"锄药顾老叟,焚香呼小青。"

过赵雨村内兄别业[1]

揭来得姻娅,邀我过精庐。[2]

园多手植树,架有家藏书。

羡君得其所,俗尘于以疏。[3]

矧乃足衣食,十顷称膏腴。[4]

屋后临淝水,堤路枕巢湖。

鹅群各自得,鸡亦领其雏。

网非吾辈事,把钓牵游鱼。

即为口腹计,乐莫如村居。

脱非纳公税,入城胡为乎。

注 释

[1]《过赵雨村内兄别业》诗见清·蔡家琬《陶门弟子集》卷一"斗楂吟",嘉庆十九年(1814)刘文奎局镌本。

[2] 姻娅:亦作"姻亚"。有婚姻关系的亲戚。▶《诗·小雅·节南山》:"琐琐姻亚,则无膴仕。"

[3] 于以:① 犹言于何。在何处。▶《诗·召南·采蘩》:"于以采蘩?于沼于沚。"② 犹言于何。用什么。▶《诗·邶风·击鼓》:"于以盛之?维筐及筥。于以湘之?维锜及釜。"③ 犹言至于。▶《文选·郭璞〈江赋〉》:"阳鸟爰翔,于以玄月。"④ 犹是以。▶宋·王禹偁《大阅赋》:"御幄立而天开,教场平而霜劲。雷动风行,千骑万乘,于以威八荒,于以安百姓。"

[4] 矧[shěn]:① 另外,况且、何况。▶唐·柳宗元《敌戒》:"矧今之人,曾不是思。"② 也。▶宋·苏轼《闻潮阳吴子野出家》:"四大犹幻尘,衣冠矧外物。"③ 齿龈。▶《礼记·曲礼上》:"笑不至矧,怒不至詈。"

游浮槎山[1]

天视淮南山太少,海上青山多且好。

特遣阇黎分一峰,飞来吾郡凭虚倒。[2]

此说存而且莫论,我来山里时探讨。[3]

形势广袤十余里,峰峦叠叠殊缥缈。

山僧延我品清泉,泉味清芬余舌杪。[4]

僧言此山佳境多,四围矗立中平坡。

苍松翠柏万千树,参天黛色如青螺。

寻常不必烦风伯,寒涛万斛惊高柯。[5]

狰狞怪石不胜数,卧如虎豹立如魔。

仙人游戏每恋此,童子采露应经过。

我闻此语下坡去,不吾欺也惟头陀。[6]

世间万事戒卤莽,一望而知徒自罔。

昨朝不听老僧言,安得山中恣幽赏。

下山回首望浮槎,言念神山神独往。

注 释

[1]《游浮槎山》诗见清·蔡家琬《陶门弟子集》卷二"浮楂吟",嘉庆十九年(1814)刘文奎局镂本。

[2]凭虚:凌空。▶ 南朝·梁·袁昂《古今书评》:"张伯英书如汉武帝爱道,凭虚欲仙。"

[3]探讨:① 谓探幽寻胜。▶ 唐·孟浩然《登鹿门山》诗:"探讨意未穷,回艇夕阳晚。"② 探索研讨,探索讲求。▶ 唐·沈佺期《同工部李侍郎适访司马子微》诗:"闻有《参同契》,何时一探讨。"

[4]清芬:清香。▶ 宋·韩琦《夜合诗》:"所爱夜合者,清芬踰众芳。"

[5]高柯:高树。▶ 晋·陶潜等《联句》:"高柯擢条干,远眺同天色。"

[6]头陀:梵文dhūta的译音,意为"抖擞",即去掉尘垢烦恼。因用以称僧人,亦专指行脚乞食的僧人。

春日田家[1]

比户藏宿酿,开春互酌之。[2]

相见但致谢,外此无礼仪。[3]

浃旬为此困,饮罢扶春犁。[4]

各须急农事,惟恐失天时。

丰歉未曾卜,力耕不自欺。

行歌垅亩间,来往若忘疲。[5]

转瞬逢社日,一醉谁肯辞。[6]

注 释

[1]《春日田家》诗见清·蔡家琬《陶门弟子集》卷二"浮楂吟",嘉庆十九年(1814)刘文奎局镌本。

[2]比户:① 家家户户。▶《魏书·李安世传》:"无私之泽,乃播均于兆庶;如阜如山,可月积于比户矣。"② 形容人多而普遍。▶清·钮琇《觚剩续编·樾泉近体》:"何以效苏陆者比户,谈王李者塞途也?"③ 一户挨着一户。▶清·唐甄《潜书·远谏》:"比户延烧,必罪失火之主。"

[3]外此:除此之外。▶宋·周密《武林旧事·歌馆》:"平康诸坊,如上下抱剑营……荐桥,皆群花所聚之地。外此诸处茶肆:清乐茶坊、八仙茶坊、珠子茶坊、潘家茶坊、连三茶坊、连二茶坊及金波桥等两河以至瓦市,各有等差。"

[4]浃旬:一旬,十天。▶《隶释·汉卫尉衡方碑》:"受任浃旬,庵离寝疾,年六十有三。"

[5]行歌:边行走边歌唱,借以抒发自己的感情,表示自己的意向、意愿等。▶《晏子春秋·杂上十二》:"梁丘据左操瑟,右挈竽,行歌而出。"

[6]社日:古时祭祀土神的日子,一般在立春、立秋后第五个戊日。间或有四时致祭者。周代本用甲日,汉至唐各代不同。▶唐·张籍《吴楚歌》:"今朝社日停针线,起向朱樱树下行。"

野望[1]

才见烧痕尽,悠然春已深。

水生皱细浪,树密欢鸣禽。

我听牧童笛,谁为梁父吟。

欲携一樽酒,去去登遥岑。[2]

注 释

[1]《野望》诗见清·蔡家琬《陶门弟子集》卷二"浮楂吟",嘉庆十九年(1814)刘文奎局镌本。

[2]遥岑:远处陡峭的小山崖。 ▶唐·韩愈、孟郊《城南联句》:"遥岑出寸碧,远目增双明。"

过废寺[1]

烟雨楼台怅六朝,而今胜迹已香消。

老僧枉费经营力,残碣犹看姓字标。

树逐风斜欹殿角,鸟惊人至出廊腰。[2]

此间才得称清净,避却长宣佛号嚣。[3]

注 释

[1]《过废寺》诗见清·蔡家琬《陶门弟子集》卷二"浮楂吟",嘉庆十九年(1814)刘文奎局镌本。

[2]廊腰:走廊、回廊的转折处。 ▶唐·杜牧《阿房宫赋》:"廊腰缦回,檐牙高啄。"

[3]佛号:① 佛的名号。如世尊、如来、瞿昙等。 ▶《景德传灯录·伽耶舍多》:"彼闻佛号,心神竦然,即时闭户。" ② 特指信佛者口中所诵阿弥陀佛的名号。 ▶清·蒲松龄《聊斋志异·汤公》:"公顿思惟佛能解厄,因宣佛号,才三四声,飘堕袖外。"

巢湖夜渡[1]

作客心情急去旌,榜人带月趁宵征。[2]

去舟时其来舟语,残梦依稀听不明。

注 释

[1]《巢湖夜渡》诗见清·蔡家琬《陶门弟子集》卷三"乘楂吟",嘉庆十九年(1814)刘文奎局镌本。

[2]榜人:船夫,舟子。 ▶《文选·司马相如〈子虚赋〉》:"榜人歌,声流喝,水虫骇,波鸿沸。"

寄子壻王二石[1]

遥知尔过十三楼,此日秦淮拥去舟。

对月拟偕仙客咏,停云曾念旅人愁。

江湖颏洞通归梦,吴楚青苍入远秋。[2]

几度登台悲落木,吟魂常共水悠悠。

注 释

[1]《寄子壻王二石》诗见清·蔡家琬《陶门弟子集》卷七"枯楂吟",嘉庆十九年(1814)刘文奎局镌本。

[2]颏洞:① 绵延,弥漫。 ▶汉·贾谊《旱云赋》:"运清浊之颏洞兮,正重沓而并起。" ② 水势汹涌。 ▶宋·苏轼《庐山二胜·栖贤三峡桥》诗:"空濛烟霭间,颏洞金石奏。" ③ 引申为冲击、震动。 ▶黄中黄《孙逸仙》第四章:"一时谣变,颏洞全粤,针小棒大,遂流言有人马数万之众。" ④ 虚空、混沌貌。 ▶宋·范成大《不寐》诗:"丹田恍颏洞,银海眩眵黑。"

由撮城镇至文家集道上口占[1]

我爱西山色,朝澹暮复浓。

岚光浮天末,夕阳相与红。[2]

束装出里门,黯然古道中。

赖此故乡山,慰我离别衷。

肩舆向东去,流水随行踪。[3]

意欲迟迟行,乃与寒云同。

山亦如故人,何时得再逢。

今宵茅店里,魂梦将何从?[4]

注　释

[1]《由撮城镇至文家集道上口占》诗见清·蔡家琬《陶门弟子集》卷九"归楂吟",嘉庆十九年(1814)刘文奎局镌本。

撮城镇、文家集:今肥东县撮镇镇、包公镇文集社区。

[2]岚光:山间雾气经日光照射而发出的光彩。▶唐·李绅《若耶溪》诗:"岚光花影绕山阴,山转花稀到碧玙。"

[3]肩舆:亦作"肩轝""肩轝"。①轿子。▶《晋书·王导传》:"会三月上巳,帝亲观禊,乘肩轝,具威仪。"②谓乘坐轿子。▶南朝·宋·刘义庆《世说新语·简傲》:"谢中郎是王蓝田女婿,尝着白纶布,肩舆径至扬州听事。"

[4]茅店:用茅草盖成的旅舍。言其简陋。▶唐·温庭筠《商山早行》诗:"鸡声茅店月,人迹板桥霜。"

送陈藻香之合肥[1]

君家淮北客淮南,我家淮南客淮北。

浮槎高揭供君游,是我欲归归未得。[2]

人言愁时君莫愁,志士几人守乡国。[3]

举酒临歧进一杯,叮嘱片语须相忆。[4]

大江东去有周郎,魂魄犹应恋故乡。

雄姿英发足千古,过墓君应酹酒浆。

更有高台曾教弩,劫灰而后为禅房。[5]

倘肯乘兴题长句,碧纱笼外松花香。[6]

吾庐相近此台侧,梅花老去园林荒。

登高一览应怜我,言念苍梧一酒狂。[7]

注　释

[1]《送陈藻香之合肥》诗见清·蔡家琬《陶门弟子集》卷十一"海楂吟",嘉庆十九年(1814)刘文奎局镌本。

[2]高揭:①犹言高耸。▶唐·袁郊《甘泽谣·红线》:"出魏城西门,将行二百里,见铜台高揭,而漳水东注。"②高高张贴。▶明·陈所闻《玉包肚·送张颖初北试》曲之一:"黄金台上相逢知己笑相投,高揭文章五凤楼。"

[3]乡国:①故国。▶汉·赵晔《吴越春秋·勾践入臣外传》:"吾已绝望,永辞万民,岂料再还,重复乡国。"②家乡。▶北齐·颜之推《颜氏家训·勉学》:"父兄不可常依,乡国不可常保。"

[4]临歧:本为面临歧路,后亦用为赠别之辞。▶唐·杜甫《送李校书》诗:"临岐意颇切,对酒不能吃。"

[5]劫灰:本谓劫火的余灰。后因谓战乱或大火毁坏后的残迹或灰烬。▶南朝·梁·慧皎《高僧传·译经上·竺法兰》:"昔汉武穿昆明池底,得黑灰,问东方朔。朔云:'不知,可问西域胡人。'后法兰既至,众人追以问之,兰云:'世界终尽,劫火洞烧,此灰是也。'"

[6]长句:指七言古诗,后兼指七言律诗。▶唐·杜甫《苏端薛复筵简薛华醉歌》:"近来海内为长句,汝与山东李白好。"

[7]言念:想念。言,助词。▶《诗·秦风·小戎》:"言念君子,温其如玉。"

桐城道中喜遇家石瓢兄[1]

老年兄弟长途遇,顿觉心神无着处。[2]

风尘面目互相看,语无伦次何嫌絮。

记昔话别秦东门,此日龙眠复相晤。

与君足迹半天下,几曾踏破草头露。

我欲结庐在浮槎,桑枢瓮牖聊为家。[3]

联床听雨致足乐,生事从今亦有涯。

茱萸插遍了无事,汲取山泉烹山茶。

有墨莫向人前泼,白云深处图梅花。

注 释

[1]《桐城道中喜遇家石瓢兄》诗见清·蔡家琬《陶门弟子集》卷十二"江楂吟",嘉庆十九年(1814)刘文奎局镌本。

[2] 着处:犹言处处,到处。 ▶明·邵璨《香囊记·南归》:"着处草都是白的,这搭儿草怎么青?"

[3] 瓮牖:以破瓮为窗,指贫寒之家。 ▶《礼记·儒行》:"筚门圭窬,蓬户瓮牖。"

思归引[1]

余合归去为农夫,统领亚旅强以徒。[2]

或谓镃基一无备,盍以经训为菑畬。[3]

童蒙求我无他事,句读分明先圣书。[4]

羁栖异地亦如是,异地羁栖吾岂愚。

老饕况复贪滋味,风物吾乡多品汇。[5]

香花墩畔鲫鱼肥,春韭秋菘得清气。

愁遗当年总角交,齿危发秃仍同醉。[6]

相逢亲戚话逾长,为问我心胡不慰。

尔乃相去千余里,欲济无舟一带水。

苟合苟完家俱存,弃之可惜难迁徙。[7]

吾知吾命如乘楂,楂所到处即为家。

所幸素心人不弃,吾且啸傲天之涯。[8]

注 释

[1]《思归引》诗见清·蔡家琬《陶门弟子集》卷十四"江楂吟",嘉庆十九年(1814)刘文奎局镌本。

[2]亚旅:① 诸大夫。▶《书·牧誓》:"御事:司徒、司马、司空、亚旅、师氏、千夫长、百夫长。"② 上大夫的别称。▶《左传·文公十五年》:"宋华耦来盟……请承命于亚旅。"③ 指兄弟及众子弟。语出▶《诗·周颂·载芟》:"侯主侯伯,侯亚侯旅。"

[3]镃基:亦作"镃錤"。① 农具名。大锄。▶《孟子·公孙丑上》:"虽有镃基,不如待时。"② 基业,家业。▶《旧唐书·高祖二十二子传论》:"若明异重离,道非出震,虽居嫡长,宁固镃錤。"③ 才略。▶《北史·司马休之萧祇等传论》:"祇、退、泰、扬、圆肃、大圜等虽羁旅异国,而终享荣名,非素有镃基,怀文抱质,亦何能至于此也。"

菑畲:① 耕耘。▶《易·无妄》:"不耕获,不菑畲,则利有攸往。"② 耕稼为民生之本,故以喻事物的根本。▶唐·韩愈《符读书城南》诗:"文章岂不贵,经训乃菑畲。"

[4]句读:古人指文辞休止和停顿处。文辞语意已尽处为句,未尽而须停顿处为读。书面上用圈(。)、点(、)来标记。▶汉·何休《〈春秋公羊传解诂〉序》:"援引他经,失其句读。"

[5]老饕:① 极能饮食。▶宋·苏轼《老饕赋》:"盖聚物之夭美,以养吾之老饕。"② 指贪食的人。▶清·钱谦益《重阳次日徐二尔从馈糕蟹》诗:"小人属厌君休诮,一饱如今学老饕。"③ 虎的别称。▶前蜀·韦庄《小将张彦射虎歌》:"老饕已毙众雏恐,童稚揶揄皆自勇。"

品汇:事物的品种类别。▶《晋书·孝友传序》:"分浑元而立体,道贯三灵;资品汇以顺名,功苞万象。"

[6]慭遗:① 愿意留下。▶《诗·小雅·十月之交》:"不慭遗一老,俾守我王。"② 特指前代留下的元老。▶宋·王谠《唐语林·补遗一》:"乘之周麾,遍劳慭遗。"③ 泛指遗弃,遗留。▶清·潘耒《戴南枝传》:"先师既慭遗孤孙,族党无相关者。"

[7]苟完:大致,完备。▶《论语·子路》:"子谓卫公子荆:善居室。始有,曰'苟合矣'。少有,曰'苟完矣'。富有,曰'苟美矣'。"

[8]素心人:心地纯洁、世情淡泊的人。▶晋·陶潜《移居》诗之一:"闻多素心人,乐与数晨夕。"

啸傲:放歌长啸,傲然自得。形容放旷不受拘束。▶晋·郭璞《游仙》诗之八:"啸傲遗世罗,纵情在独往。"

蔡家瑜

蔡家瑜,生卒年不详,字石瓢,清庐州府合肥县东乡(今属安徽省合肥市肥东县)人。清代嘉庆、道光年间诸生。著有《啸梅轩诗草》。

村中晓起二首[1]

霜落寒渐深,荒鸡唤人起。[2]

驱牛人已归,衣上霜如水。

红日在山坳,白云遮远树。

欲访隔溪人,不见溪边路。

注　释

[1]《村中晓起二首》见清·陈诗《皖雅初集》卷三十,民国十八年(1929)上海美艺图书公司印本。

[2]荒鸡:指三更前啼叫的鸡。旧以其鸣为恶声,主不祥。▶《晋书·祖逖传》:"(祖逖)与司空刘琨俱为司州主簿,情好绸缪,共被同寝。中夜闻荒鸡鸣,蹴琨觉曰:'此非恶声也。'因起舞。"

谢裔宗

谢裔宗,生卒年不详,字子城,清巢县(今安徽省巢湖市)人。清仁宗嘉庆(1796—1820)贡生。与蔡邦霖、吴克俊交好。工诗,脱稿辄散去。著有《梦余草》。

维舟西口,适值风利,解缆半日,直渡巢湖,晚抵黄雒河作[1]

百八长湖险,维舟久未开。[2]

今朝风力便,乘兴向东来。

我欲寻巢父,遗踪水一隈。[3]

榜人不复住,直下钓鱼台。[4]

注 释

[1]《维舟西口,适值风利,解缆半日,直渡巢湖,晚抵黄雒河作》诗见清·李恩绶编《巢湖志》卷二"诗",黄山书社2007年版。

西口:即施口。

[2] 维舟:① 古代诸侯所乘之船。维连四船,使不动摇,故称。▶《尔雅·释水》:"天子造舟,诸侯维舟。"② 泛指帝王贵族所乘之船。▶唐·赵彦昭《奉和幸安乐公主山庄应制》:"六龙齐轸御朝曦,双鹢维舟下绿池。"③ 系船停泊。▶南朝·梁·何逊《与胡兴安夜别》诗:"居人行转轼,客子暂维舟。"

[3] 巢父:传说为上古尧帝时的隐士。▶晋·皇甫谧《高士传·巢父》:"巢父者,尧时隐人也,山居不营世利,年老以树为巢而寝其上,故时人号曰巢父。"一说巢父为许由之号。

[4] 榜人:船夫,舟子。▶《文选·司马相如〈子虚赋〉》:"榜人歌,声流喝,水虫骇,波鸿沸。"

查揆

查揆(1770—1834),又名初揆,字伯揆,号梅史,清浙江海宁(今浙江省海宁市)人。好读书,有大志,受知于阮元,尝称为"诂经精舍翘楚"。著有《筼毂文集》《菽原堂集》。

避雨宿八斗岭口占示村农[1]

一掣金蛇破暝烟,泚流雨气接淮甸。[2]

三家村舍小凉院,六月云雷大漏天。

窨熟零酤犹薄味,站荒牝马亦高骞。[3]

怨咨何补穷檐事,稂莠能除已是贤。[4]

注 释

[1]《避雨宿八斗岭口占示村农》诗见清·查揆《筼毂诗文钞》之"诗钞"卷十五,清道光刻本。

[2]金蛇:① 金制的蛇。▶清·徐昂发《扬州》:"辱井有魂悲玉树,仙都无梦饷金蛇。" ② 蛇类之一种。体色金黄,故称。▶明·李时珍《本草纲目·鳞一·金蛇》引苏颂曰:"金蛇生宾州,澄州。大如中指,长尺许,常登木饮露,体作金色。" ③ 比喻雷电之光。▶唐·顾云《天威行》:"金蛇飞状霍闪过,白日倒挂银绳长。"

[3]高骞:① 高举;高飞。▶宋·陆游《系舟下牢溪游三游洞诗》:"下入裂坤轴,高骞插青冥。" ② 比喻隐退。▶明·高启《始归园田》诗之一:"岂欲事高骞,居崇自难任。" ③ 高超不凡。▶清·蒲松龄《聊斋志异·僧术》:"才情颇赡,夙志高骞。"

[4]怨咨:亦作"怨訾",指怨恨、嗟叹。▶宋·陆游《雨雪兼旬有赋》:"祁寒人怨咨,千载语犹验。"

穷檐:指穷人所住的地方。▶清·吴敏树《宽乐庐记》:"穷檐卑宇之士,常怅然自恨不得如其志。"

稂莠:泛指对禾苗有害的杂草。常比喻害群之人。▶唐·舒元舆《坊州按狱》:"去恶犹农夫,稂莠须耘耨。"

勘灾至浮槎山,憩白龙王庙,汲水煮茶。欧阳文忠公为郡守,李公谨作记,即此泉也。即用公尝新茶,呈圣俞诗韵寄合肥陈白云明府[1]

山深无人灶烟绝,乞浆不得何论茶。
但逢野老一流涕,忽来破庙还惊夸。
残僧百岁话古事,上有细路纡秋蛇。
泉枯池竭水草漫,群儿赴饮哄且呀。
一瓢已足味苦涩,无乃黄蘖非春芽。
不疑贤者始见此,封题远饷公京华。[2]
恢然余事到幽异,想见施设无訾窳。[3]
不然寒女委空谷,几时菅蒯为丝麻。[4]
仰须亟欲呼吾友,便乞秃管挥天斜。[5]
泉君所独山所共,古云让水良为嘉。
平畴龟坼岁苦旱,穷黎鹄立生无涯。[6]
痴龙渴睡懒欲死,铜瓶绣蚀将铺花。[7]
所惭俗士不谙吏,公田但问私虾蟆。
欧公不作李侯古,耳目所触皆咨嗟。[8]
僧厨无饭但有茶,旁有饿者出即哇。

注 释

[1]《勘灾至浮槎山,憩白龙王庙,汲水煮茶。欧阳文忠公为郡守,李公谨作记,即此泉也。即用公尝新茶,呈圣俞诗韵寄合肥陈白云明府》诗见清·查揆《筼穀诗文钞》之"诗钞"卷十五,清道光刻本。

[2]封题:① 物品封装妥善后,在封口处题签。▶ 五代·齐己《咏茶十二韵》:"封题从泽国,贡献入秦京。"② 特指在书札的封口上签押。▶ 唐·白居易《与微之书》:"封题之时,不觉欲曙。"③ 引申为书札的代称。▶ 明·吴宽《赋黄楼送李贞伯》:"暇日登高倘能赋,封题须附冥飞鸿。"④ 犹言封奏。▶ 清·李渔《蜃中楼·传书》:"我把这屠龙宝剑认真提,先斩戮后

封题。"

[3] 呰窳[zǐ yǔ]:苟且懒惰,贫弱。▶清·唐孙华《吴歙为陈沧州太守作》:"吾吴实呰窳,谬称财赋区。"

[4] 菅蒯:① 茅草之类。可编绳索。▶汉·王逸《九思·遭厄》:"菅蒯兮野莽,雚苇兮仟眠。"② 喻微贱的人或物。▶清·唐孙华《赠夏重》:"恶草等菉葹,微材仅菅蒯。"③ 指草鞋。▶唐·刘商《赠严四草履》:"轻微菅蒯将何用,容足偷安事颇同。"

[5] 秃管:犹言秃笔。▶清·袁枚《随园诗话》卷二:"《巩县幕中五十自寿沁园春》二阕云:'渐渐消磨,人生老矣,富贵功名安在哉!休伤感,且搜寻秃管,别作生涯。'"

夭斜:亦作"夭邪"。① 袅娜多姿貌。▶唐·白居易《和春深》诗之二十:"扬州苏小小,人道最夭斜。"② 歪斜貌。▶清·王士禛《浣溪沙》词之一:"残梦未遥犹眷恋,篆烟初袅半夭邪。"

[6] 平畴:平坦的田野。▶清·汪中柱《唐栖夜泊》:"稻黍平畴熟,鱼虾晚市新。"

龟坼:① 形容天旱土地裂开。龟,通"皲"。▶清·赵翼《大雨》:"何况高原距水遥,眼看龟坼地不毛。"② 手足皮肤冻裂。龟,通"皲"。

鹄立:像鹄一样引颈而立。形容直立。▶《后汉书·袁谭传》:"今整勒士马,瞻望鹄立。"

[7] 痴龙:传说洛中有大穴,有人误坠穴中,见有大羊,取髯下珠而食之。出而问张华。华谓:"羊为痴龙。其初一珠食之,与天地等寿;次者延年,后者充饥而已。"见《法苑珠林》卷四一引南朝宋刘义庆《幽明录》。后用为典故。

[8] 咨嗟:① 赞叹。▶宋·欧阳修《赠无为军李道士》:"李师琴纹如卧蛇,一弹使我三咨嗟。"② 叹息。▶汉·焦赣《易林·离之升》:"车伤牛罢,日暮咨嗟。"

陈文述

陈文述(1771—1843),原名文杰,字隽甫,号云伯,又号退庵,清浙江钱塘(今属浙江省杭州市)人。清仁宗嘉庆五年(1800)举人,官江苏江都、常熟,安徽全椒等县知县。与族兄陈鸿寿号"二陈",加同里陈浦,被其师阮元称为"武林三陈"。与杨芳灿齐名,并称"陈杨"。著有《碧城仙馆诗钞》《颐道堂集》《秣陵集》《西泠怀古集》《仙咏》《闺咏》《碧城诗髓》及词集《紫鸾笙谱》。

道林寺访梁公主墓[1]

寺今名福严院,梁帝第五女出家于此。墓在殿东塔下,有海榴一株,传是公主手植。

此地真箫寺,残香冷殡宫。

仙衣曾被羽,翠辇久销铜。[2]

沁水园何在,台城事亦空。[3]

惟余东塔下,一树海榴红。

注 释

[1]《道林寺访梁公主墓》诗见清·陈文述《颐道堂集》卷七,清嘉庆十二年(1807)刻道光增修本。

[2]被羽:① 负着羽旗。▶《国语·晋语一》:"被羽先升,遂克之。"韦昭注:"羽,鸟羽,系于背,若今军将负旄矣。" ② 以羽为衣,指禽类。 ▶晋·成公绥《天地赋》:"遐方外区,绝域殊邻,人首蛇躯,鸟翼龙身,衣毛被羽,或介或鳞,栖林浮水,若兽若人。"

翠辇:饰有翠羽的帝王车驾。▶《北史·突厥传》:"启人奉觞上寿,跪伏甚恭。帝大悦,赋诗曰:'鹿塞鸿旗驻,龙庭翠辇回。'"

[3]台城:此处指六朝时的禁城。 ▶宋·洪迈《容斋续笔·台城少城》:"晋、宋间谓朝廷禁省为台,故称禁城为台城。"按,晋之"台城",在今南京市鸡鸣山南干河沿北,其地本三国吴后苑城,东晋成帝时改建作新宫,遂为宫城。历宋、齐、梁、陈,皆为台省(中央政府)和宫殿所在地,因专名台城。 ▶宋·陈亮《戊申再上孝宗皇帝书》:"台城在钟阜之侧,其地据高临下,东环平冈以为固,西城石头以为重,带玄武湖以为险,拥秦淮、清溪以为阻。"

陆继辂

  陆继辂(1772—1834),字祁孙(一作祁生),一字修平,清江苏阳湖(今属江苏省常州市)人。与兄子耀遹齐名,称"二陆"。清仁宗嘉庆五年(1800)举人。官合肥县训导,甚得时誉。以修安徽省志叙劳,选江西贵溪县知县。居三年,以疾乞休。著有《崇百药斋文集》《崇百药斋续集》《崇百药斋三集》《合肥学舍札记》。

题巢湖送别图为周大令[1]

巢湖清,使君煮水日一觞。

巢湖浅,汲水还为使君饯。

使君饮水耽高吟,吟声不惊湖上禽。

湖禽衔石阻君去,万泪偏从湖上注。

此时湖水深复深,使君悲泪亦满襟。

官民惜别有如此,我为作歌陈太史。[2]

君不见,忠毅、周公好孙子。[3]

注　释

[1]《题巢湖送别图为周大令》诗见清·陆继辂《崇百药斋文集》卷十二,清嘉庆二十五年(1820)刻本。原诗标题后有作者自注"鹤立"。

  周大令:指周鹤立,清代江苏吴江县(今江苏省苏州市)人,嘉庆中任合肥知县、定远知县。

[2]陈:此处指陈示,述说。

[3]忠毅:指周宗建(1582—1627),字季侯,号来玉。吴江(今属江苏苏州)人。明末天启年间东林党人之一,弘光帝在南京即位后追谥其为忠毅。撰《老子解》,清高宗乾隆四十四年(1779)禁毁。

除日简刘大令[1]

忠信涉波吾岂敢,廿载轻舟恣游览。
岂知豪气亦易除,一渡潄湖破吟胆。
潄湖水浅三尺强,激浪乃欲高于樯。
风帆帖水落不得,篙师痛哭呼耶娘。
漫疑怀璧似子羽,虽有墓表惭泷冈。[2]
湖神一笑君好去,戏耳何必神苍黄。
到官匝月不敢狂,天乃使我逢刘郎。[3]
刘郎玉貌兼花骨,搏象调莺一枝笔。
即论吏事亦绝人,晓治官书暮通谒。
我闻君名非一朝,君亦爱我忘新交。
三日三见仍招邀,深谭未觉明星高。
假我中郎之秘籍,沃我箸下之醇醪。[4]
邱生急养思捧檄,韩侯任侠占焚巢。[5]
乡音倾耳闲吴楚,君赏玉笛吾璃箫。
羌无一事乐相就,怪尔剧县如闲曹。[6]
始知庞君世亦有,俗吏琐屑嗟徒劳。
东风一夜吹江北,手剪疏梅作除夕。
黄裯裹印合晏眠,转向飞光惜驹隙。[7]
门前益多问字车,座上还饶索逋客。[8]
倘能摆脱来祭诗,更挈方干共瑶席。[9]

注　释

[1]《除日简刘大令》诗见清·陆继辂《崇百药斋文集》卷十二,清嘉庆二十五年(1820)刻本。

刘大令:指合肥县令刘珊。

[2]原诗"漫疑怀璧似子羽,虽有墓表惭泷冈"句后有注:"舟中携先慈年谱百本。"

子羽:① 旧传为视力极好的人。▶《列子·汤问》:"(焦螟)群飞而集于蚊睫,弗相触也。栖宿去来,蚊弗觉也。离朱子羽方昼拭眦扬眉而望之,弗见其形。" ② 澹台灭明的字。澹台灭明,春秋鲁人,孔子弟子,状貌丑陋。

泷冈:丰县南凤凰山。宋·欧阳修葬其父母于此,并为文镌于阡表,即世所传诵的《泷冈阡表》。

[3]匝月:满一个月。▶清·曹寅《西轩》诗:"匝月阴濛始放晴,柳条乙乙草纵横。"

[4]原诗"假我中郎之秘籍"句后有作者自注:"君蓄书甚富,许得借读。"

箬下:酒名。▶宋·陈郁《藏一话腴》:"酒有箬下,谓乌程也;九酝,谓宜城也;千日,中山也。"

[5]原诗"邱生急养思捧檄,韩侯任侠占焚巢"句后有作者自注:"君客韩奕山门下士邱琴仙。"

任侠:① 凭藉权威、勇力或财力等手段扶助弱小,帮助他人。▶《史记·季布栾布列传》:"季布者,楚人也。为气任侠,有名于楚。" ② 任侠之士,指能见义勇为的人。▶隋·卢思道《游梁城》诗:"宾游多任侠,台苑盛簪裾。"

[6]剧县:政务繁重的县分。汉时有剧县、平县之称。▶《汉书·游侠传·陈遵》:"乃举遵能治三辅剧县,补郁夷令。"

闲曹:① 闲散的官职。▶《宋书·孔觊传》:"伏愿天明照其心请,乞改今局,授以闲曹。" ② 清闲的官府。▶清·端方《请改定官制以为立宪预备折》:"中国内阁,昔为枢要,今如闲曹,比之各国,固不同矣。"

[7]晏眠:① 安眠。▶唐·杜甫《遣兴》诗之一:"安得廉颇将,三军同晏眠。" ② 谓睡得很迟才起床。▶唐·曹松《长安春日》诗:"尘中一丈日,谁是晏眠人?"

[8]逋客:① 逃离、逃去的人。▶南朝·齐·孔稚珪《北山移文》:"请回俗士驾,为君谢逋客。" ② 避世之人,隐士。▶唐·司空图《光启丁未别山》诗:"此去不缘名利去,若逢逋客莫相嘲。" ③ 漂泊流亡的人,失意的人。▶唐·白居易《读李杜诗集因题卷后》诗:"暮年逋客恨,浮世谪仙悲。"

[9]原诗"倘能摆脱来祭诗,更挈方干共瑶席"句后有作者自注:"君有一仆,方姓,能诗。"

祭诗:唐贾岛常于每年除夕,取自己当年诗作,祭以酒脯而自勉。见▶唐·冯贽《云仙杂记》卷四。后因以"祭诗"为典,表示作者自祭其诗借以自慰。▶宋·戴敏《壬寅除夕》诗:"杜陵分岁了,贾岛祭诗忙。"

瑶席:① 形容华美的席面,设于神座前供放祭品。一说指用瑶草编成的席子。▶唐·魏征《五郊乐章·肃和》:"瑶席降神,朱弦飨帝。" ② 美称通常供坐卧之用的席子。▶明·刘炳《春夕直左掖怀周侍御》诗:"忆我同袍人,何繇共瑶席。" ③ 指珍美的酒宴。▶明·王洪《观灯赋》:"举霞觞,肆瑶席。"

题徐秀才诗卷[1]

一月平梁白发侵,天留昌谷共高吟。[2]

不知此日澡湖水,持较春愁孰浅深。

绝忆诗人赵倚楼,城南一醉典征裘。[3]

徐郎解识离乡苦,只放轻帆到润州。

秦淮烟景最魂销,回首游踪付暮潮。

一样闲情抛未得,莺花三月梦南朝。[4]

注　释

[1]《题徐秀才诗卷》诗见清·陆继辂《崇百药斋文集》卷十二,清嘉庆二十五年(1820)刻本。原诗标题"徐秀才"后有作者自注:"汉苍"。

徐秀才:指徐汉苍。徐汉苍,字荔庵,清代嘉庆时合肥人。贡生,清宣宗道光元年(1821)举孝廉方正。工诗善书,与史懋台齐名,有"长徐瘦史"之称。著有《萧然自得斋诗集》《碧琅玕馆词》等。

[2]昌谷:唐代诗人李贺别号,因其居昌谷(今河南省宜阳县西),故称。▶金·刘迎《再次徐梦弼以诗求芦菔来韵》:"昌谷呕时须,文园渴尝待。"

[3]原诗"绝忆诗人赵倚楼"句后有作者自注:"席珍。"

赵倚楼:指唐渭南尉赵嘏。嘏工诗,杜牧最爱其"长笛一声人倚楼"句,因称为"赵倚楼"。▶清·姚锡钧《怀人》诗:"不见诗人赵倚楼,早年名句遍扬州。"

赵席珍:字响泉。清代合肥人。官旌德教谕。诗文磊落不群。著有《寥天一室诗抄》。

征裘:远行人所穿的皮衣。▶元·范梈《赠李山人》诗:"昔向贵溪寻讲鼓,又从蓟郡揽征裘。"

[4]原诗"一样闲情抛未得,莺花三月梦南朝"句后有注:"卷中句。"

赠史山人台懋[1]

平梁一诗人,寒瘦若古木。

萧斋着此客,觉我亦非俗。[2]

不缘君共坐,那知今日闲。
褰帘指残菊,孤影待君看。

注释

[1]《赠史山人台戀》诗见清·陆继辂《崇百药斋续集》卷一《筝柱集》,清道光四年(1824)合肥学舍刻本。

[2]萧斋：▶唐·张怀瓘《书断》："武帝造寺,令萧子云飞白大书'萧'字,至今一字存焉。李约竭产自江南买归东洛,建一小亭以贮,号曰'萧斋'。"后人称寺庙、书斋为"萧斋"。

选诗行简赵孝廉、夏秀才、李明经、徐征士、卢明经并寄李严州、黄秀才、赵秀才[1]

诗拙转厌多,诗工不嫌少。
苦思冥索通神明,俊语寥寥落云表。[2]
唐人诗最多,长庆白与元。[3]
旗亭一绝句,亦复千秋传。
宋人诗最多,吾家渭南伯。[4]
超超百数篇,我爱姜白石。
合肥诗人领袖谁？前龚后李肩相随。[5]
尚书盘盘才较大,次韵五言疑可汰。
因知诗好不贵多,兰发一花真绝代。
我闲无事欲选诗,引年却疾此最宜。
诸君爱我竞持赠,已觉五日忘朝饥。[6]
序诗但序齿,周子龙头赵龙尾。[7]
好诗非好名,未许妻孥喻悲喜。
我年十一私涂鸦,丛残旧稿纷如麻。
南城师事恽生友,拣金一再劳披沙。[8]
刘郎所录尚千首,讵免俗艳矜春华。
诸君努力争千古,无定升沈何足数。

老我空怀说士甘,赏音略识良工苦。

东望濠湖感逝湍,梅花消息殢春寒。[9]

一编淝水兰言录,便作词科荐牍看。[10]

注　释

[1]《选诗行简赵孝廉、夏秀才、李明经、徐征士、卢明经并寄李严州、黄秀才、赵秀才》诗见清·陆继辂《崇百药斋续集》卷一《筝柱集》,清道光四年(1824)合肥学舍刻本。

原诗标题"赵孝廉"后有作者自注:"席珍。"

原诗标题"夏秀才"后有作者自注:"云。"

原诗标题"李明经"后有作者自注:"宗白。"

原诗标题"徐征士"后有作者自注:"汉苍。"

原诗标题"卢明经"后有作者自注:"先骆。"

原诗标题"李严州"后有作者自注:"春。"

原诗标题"黄秀才"后有作者自注:"承谷。"

原诗标题"赵秀才"后有作者自注:"对澄。"

[2]云表:①云外。 ▶汉·张衡《西京赋》:"立修茎之仙掌,承云表之清露。"②借指上天,上苍。 ▶清·厉鹗《小雪初晴访敬身于城南同游梵天讲寺》诗:"愿服坏塔衣,顶礼向云表。"③奏疏,表章。 ▶明·夏完淳《五子诗·邵景说》:"寡欲弃尘物,幽栖抗云表。"

[3]长庆白与元:指白居易和元稹。两人曾共同倡导新乐府运动,世称"元白"。

[4]渭南伯:指陆游。

[5]前龚后李:指合肥人龚鼎孳和李天馥。

[6]朝饥:早晨空腹时感到的饥饿。 ▶晋·葛洪《抱朴子·畅玄》:"登峻则望远以忘百忧,临深则俯揽以遗朝饥。"

[7]序齿:按年龄长幼排定先后次序。 ▶《礼记·中庸》:"燕毛,所以序齿也。"

原诗"周子"后有作者自注:"大槐。"

原诗"赵"后有作者自注:"彦伦。"

[8]原诗"南城"后有作者自注:"曾中丞燠。"

原诗"恽生"后有作者自注:"敬。"

生友:生时之友。谓一般的朋友。 ▶《后汉书·独行传·范式》:"若二子者,吾生友耳。山阳范巨卿,所谓死友也。"

[9]逝湍:激流。 ▶南朝·宋·谢灵运《七里濑》诗:"孤客伤逝湍,徒旅苦奔峭。"

[10]荐牍:推荐人才的文书。 ▶清·王士禛《池北偶谈·谈献一·司徒公历仕录》:"公政绩甚着,且屡登荐牍,今送杉板,是贿而求荐也,不可。"

为卢明经点定诗集因题卷端[1]

卢郎才思通银河,清辞丽句删逾多。

一灯微吟夜将半,窗外碧月流寒波。

三千余字颐园赋,灿若银花闲琼树。

何止嘉名压骆丞,足使王杨同却步。[2]

自古才人易感秋,石城凉雨送归舟。

左车霜洒生前泪,晋相疡生梦里头。[3]

天遣工诗穷不死,篱菊花残人病起。

厹世难消六代愁,新编乍贵三都纸。[4]

我到平梁访友勤,倾心第一倚楼人。

还从城北邀词客,重与江南赋冶春。[5]

注 释

[1]《为卢明经点定诗集因题卷端》诗见清·陆继辂《崇百药斋续集》卷一《筝柱集》,清道光四年(1824)合肥学舍刻本。原诗标题"卢明经"后有作者自注:"先骆。"

[2]骆丞:唐·骆宾王曾任临海丞,故称。▶郁达夫《过义乌》诗:"骆丞草檄气堂堂,杀敌宗爷更激昂。"

王杨:唐初诗人王勃与杨炯的并称。▶唐·李商隐《漫成五章》诗之一:"沈宋裁词矜变律,王杨落笔得良朋。"

[3]原诗"左车霜洒生前泪,晋相疡生梦里头"句后有作者自注:"君以病疽未及乡试。"

左车:① 左面的牙床,亦指左面的牙齿。▶唐·韩愈《与崔群书》:"近者尤衰惫,左车第二牙无故动摇脱去。" ② 虚左以待的车。▶宋·王安石《次韵约之谢惠诗》:"左车公自迎,右券吾敢责!"

[4]原诗"厹世难消六代愁,新编乍贵三都纸"句后有作者自注:"君近刻竹枝百首。"

[5]原诗"还从城北邀词客,重与江南赋冶春"句后有作者自注:"谓赵孝廉席珍、徐征士汉苍。"

冶春:游春。▶清·叶廷琯《吹网录·虎邱贺方回题名》:"赵次侯宗建云:唱遍江南句断肠,词人老去住横塘。冶春想趁好风日,芳草一川梅未黄。"

赠李征士宗白[1]

孝廉之征李生可,我言于众皆云宜。

君闻逃避不我即,三月索处潩湖湄。

我知一字伤君意,触我同挥鲜民涕。

鲜民显扬虽后时,四十应为致身计。

韩公好士天下无,徒步径访卢仝居。[2]

打门未敢役军吏,恐复惊尔门前凫。

滔滔万言意未竭,力折君心如折铁。

漫忆原尝赋感知,居然主客成双绝。

我向浮槎独举杯,野云滚滚出山来。

盛时底事占蜚遁,异等何人重茂才。[3]

吾家小阮辞征切,我痛兄亡兼嫂节。[4]

为胪事状上中丞,信我公言非曲笔。[5]

光范门下三上书,吾侪自命当何如。

其言不让固堪哂,抱器终老宁非迂。[6]

荡荡天衢待翔泊,雅知不负尊前诺。[7]

愧我犹分博士羊,如君岂是羊公鹤。[8]

频年比屋听吟声,目断春江送远行。

夺我东都温处士,一灯话别不胜情。

注 释

[1]《赠李征士》诗见清·陆继辂《崇百药斋续集》卷一《筝柱集》,清道光四年(1824)合肥学舍刻本。原诗标题后有注"宗白"。

[2]原诗"韩公好士天下无"句后有注:"谓前合肥令刘海树刺史。"

[3]茂才:即秀才。因避汉光武帝名讳,改秀为茂。明清时入府州县学的生员叫秀才,也沿称茂才。

[4]原诗"吾家小阮辞征切"句后有注:"耀遹。"

小阮:称晋阮咸。咸与叔父籍都是"竹林七贤"之一,世因称咸为小阮。后借以称侄儿。
▶唐·李白《陪侍郎叔游洞庭醉后》诗之一:"三杯容小阮,醉后发清狂。"

[5] 曲笔:① 史官由于某种原因,不据事直书,有意掩盖事情真相,谓之曲笔。▶《后汉书·臧洪传》:"昔晏婴不降志于白刃,南史不曲笔以求存,故身传图象,名垂后世。"② 指徇情枉法定案。▶《魏书·游肇传》:"肇之为廷尉也,世宗尝私敕肇,有所降恕。肇执而不从,曰:'陛下自能恕之,岂足令臣曲笔也!'其执意如此。"③ 指写作中委婉表达的手法。▶鲁迅《〈呐喊〉自序》:"但既然是呐喊,则当然须听将令的了,所以我往往不恤用了曲笔。"

[6] 抱器:《易·系辞下》:"君子藏器于身,待时而动,何不利之有。"后以"抱器"喻怀才待时,不苟求名利。▶唐·唐彦谦《楼上偶题》诗:"可能前岭空乔木,应有怀才抱器人。"

[7] 天衢:① 天空广阔,任意通行,如世之广衢,故称天衢。▶南朝·梁·刘勰《文心雕龙·时序》:"驭飞龙于天衢,驾骐骥于万里。"② 京都。▶唐·陈子昂《申宗人冤狱书》:"天衢得以清泰,万国得以欢宁。"③ 指京都的大路。▶唐·李贺《汉唐姬饮酒歌》:"御服沾霜露,天衢长蓁棘。"④ 天之庇荫、福佑。衢,通"庥"。语出▶《易·大畜》:"上九,何天之衢,亨。"高亨注:"衢读为'庥',庇荫。"⑤ 星名。

[8] 羊公鹤:南朝·宋·刘义庆《世说新语·排调》:"刘遵祖少为殷中军所知,称之于庾公。庾公甚忻然,便取为佐。既见,坐之独榻上与语,刘尔日殊不称。庾小失望,遂名之为羊公鹤。昔羊叔子有鹤善舞,尝向客称之。客试使驱来,氃氋而不肯舞。故称比之。"后因以"羊公鹤"比喻名不副实的人。▶唐·寒山《诗》:"恰似羊公鹤,可怜生懵懂。"

题及门蔡征士诗[1]

我生愧多闻,自命祇直谅。[2]

诗文就商榷,求疵或过当。

虽然遇赏心,竟欲拜嘉贶。

抚几成微吟,绕屋发高唱。

寻山供卧游,叙别代惆怅。

如蜜沁心脾,如刀镌腑脏。

转轮复为人,佳语未应忘。

蔡生拙修饰,下笔颇颓放。

心花忽怒生,显晦不可状。[3]

口喷珍珠帘,手削碧玉嶂。

我为芟荆榛,庭院乍清旷。

芝兰意欣欣,快埽百重瘴。

生也不我瞋,刻骨感期望。

三年客汝阴,局促意不畅。

默然侪人中,说士辄神王。[4]

藉此荡羁愁,逞计集群谤。

惜哉迫征车,行谒羽林仗。

我欲赋帝京,虚愿不得偿。

属子其母辞,天门正訣荡。[5]

注 释

[1]《题及门蔡征士诗》诗见清·陆继辂《崇百药斋续集》卷一《筝柱集》,清道光四年(1824)合肥学舍刻本。

及门:《论语·先进》:"子曰:'从我于陈蔡者,皆不及门也。'"本谓现时不在门下,后以"及门"指受业弟子。

[2]直谅:正直诚信。▶宋·苏轼《议富弼配享状》:"秉心直谅,操术闳远。"

[3]显晦:①明与暗。▶《旧唐书·魏谟传》:"臣又闻,君如日焉,显晦之微,人皆瞻仰,照临之大,何以掩藏?"②比喻仕宦与隐逸。▶《晋书·隐逸传论》:"君子之行殊涂,显晦之谓也。"

[4]侪人:①众人。▶宋·无名氏《鬼董》卷一:"有道士出于侪人中,揖自东曰:'某有衷恳,欲告于长者,可乎?'"②指常人,一般人。▶清·冯桂芬《万母徐太恭人六十寿序》:"其贤者安常履顺,无以自表见于侪人之外。"

[5]訣荡:①意为空旷无际的样子。▶《汉书·礼乐志》:"天门开,訣荡荡,穆并骋,以临飨。"②横逸豪放。▶清·袁昶《赠龚生记异》诗:"訣荡名家子,胡为穷海边。"

赠张秀才[1]

知有诗人来,强卧不成寐。

凌晨闻叩关,趋出把双袂。

果然眉宇闲,秀聚蜀山翠。

夜来读君诗,寒檠发光怪。[2]

七言设长城,百雉压曹邻。[3]

尤工怀古篇,全史恣澎湃。

我衰事事慵,说士意犹锐。

索诗如索米,征诸君诗文。[4]

求友似求艾,三年始识君。[5]

喜极乃成嘅,冷官何所营。

尚愧失交臂,奇也顷赵生。[6]

矧彼簿书绊,宁免物色昧。

奈何风檐中,苛论责聋聩。[7]

明珠不能言,一掷等草芥。[8]

行浮富春江,恸哭方三拜。

君倘从我游,幽忧疾应瘥。[9]

注 释

[1]《赠张秀才》诗见清·陆继辂《崇百药斋续集》卷一《筝柱集》,清道光四年(1824)合肥学舍刻本。原诗标题后有注:"丙。"

[2] 寒檠:犹言寒灯。▶北周·庾信《对烛赋》:"莲帐寒檠窗拂曙,筠笼熏火香盈絮。"

[3] 百雉:①指城墙的长度达三百丈。这是春秋时国君的特权。雉,古代计算城墙面积的单位。长三丈高一丈为一雉。②指宫城围墙长三百丈。▶唐太宗《帝京篇》之一:"绮殿千寻起,离宫百雉余。"③借指城墙。▶晋·葛洪《抱朴子·君道》:"云梯乘于百雉之上,皓刃交于象魏之下。"

[4] 原诗"索诗如索米"句后有作者自注:"时方辑《淝水兰言录》。"

[5] 求艾:《孟子·离娄上》:"今之欲王者,犹七年之病,求三年之艾也。"赵岐注:"艾可以为灸人病,干久益善,故以为喻。"后因以"求艾"泛指寻求治病之药。

[6] 原诗"尚愧失交臂"句后有作者自注:"君前过访未之。"

原诗"奇也顷赵生"句后有作者自注:"彦伦以其诗来,始为叹绝。"

[7] 聋聩:耳聋眼瞎。喻愚昧无知。▶清·黄遵宪《杂感》诗:"秦皇焚诗书,乃使民聋聩。"

[8] 等:等于,等同。

[9] 瘥[chài]:此处指病愈,疾愈。

卢生采兰图[1]

十年风木恨,读画一沾衿。[2]

君有偏亲在,休成游子吟。

识途悲老马,反哺羡归禽。

鉴我前车覆,循陔惜寸阴。[3]

注　释

[1]《卢生采兰图》诗见清·陆继辂《崇百药斋续集》卷一《筝柱集》,清道光四年(1824)合肥学舍刻本。原诗标题"卢生"后有注:"先骆。"

[2]沾衿:同"沾襟"。浸湿衣襟。多指伤心落泪。▶《孔子家语·辩物》:"反袂拭面,涕泣沾衿。"

[3]循陔:《诗·小雅》有《南陔》篇。毛传谓:"《南陔》,孝子相戒以养也。"其辞失传,晋束晳乃据毛传为之补作。▶《文选·束晳〈补亡诗·南陔〉》:"循彼南陔,言采其兰。眷恋庭闱,心不遑安。"李善注:"循陔以采香草者,将以供养其父母。"后因称奉养父母为"循陔"。

黄秀才为作《冷宦闲情图》十二帧,笔意清妙。时从张四学画,甫三月,咄咄逼人有冰寒于水之意。诗以张之[1]

屈指平梁诗弟子,黄生最似六朝人。

近来画笔尤无敌,持较诗才更绝伦。

惊尔速成知慧业,老余作达寄闲身。[2]

不妨便有千秋想,幅幅流传逸事真。[3]

注　释

[1]《黄秀才为作〈冷宦闲情图〉十二帧,笔意清妙。时从张四学画,甫三月,咄咄逼人有冰寒于水之意。诗以张之》诗见清·陆继辂《崇百药斋续集》卷一《筝柱集》,清道光四年(1824)合肥学舍刻本。

原诗标题"黄秀才"后有注:"承谷。"

原诗标题"张四"后有注:"宜尊。"

[2]作达:① 谓仿效放达行为。 ▶南朝·宋·刘义庆《世说新语·任诞》:"阮浑长成,风气韵度似父,亦欲作达。"② 指放达。 ▶清·钱谦益《负郭》:"阮氏籍咸俱作达,公孙朝穆故堪邻。"

[3]逸事:谓散失沦没而为世人所不甚知的事迹。多指未经史书正式记载。 ▶唐·刘知几《史通·杂述》:"逸事者,皆前史所遗,后人所记,求诸异说,为益实多。"

赵孝廉诗集题后[1]

一卷诗应冠五城,直从东晋接西京。

十年剑气销将尽,三叠琴心道欲成。

悟后火云都化碧,闲中水月镇双清。[2]

便图作佛寻常事,迟我吟坛听梵声。[3]

注 释

[1]《赵孝廉诗集题后》诗见清·陆继辂《崇百药斋续集》卷一《筝柱集》,清道光四年(1824)合肥学舍刻本。原诗标题"赵孝廉"后有作者自注:"席珍。"

[2]双清:① 谓思想及行事皆无尘俗气。 ▶唐·杜甫《屏迹》诗之二:"杖藜从白首,心迹喜双清。"② 指早夏。 ▶清·龚自珍《己亥杂诗》之三〇七:"黄梅淡冶山矾靓,犹及双清好到家。"

[3]吟坛:诗坛,诗人聚会之处。 ▶唐·牟融《过蠡湖》诗:"几度篝帘相对处,无边诗思到吟坛。"

张秀才渔村图[1]

与君先世皆钓徒,宜君示我渔村图。

渔村之图横暮霭,仿佛山容见西塞。

巢湖虽好客思归,夜梦闲鸥落衣袂。

闲鸥不闲方苦饥,急羽镇逐哀鸿飞。

明朝求得雨一尺,迟我渔村踏双屐。

注 释

[1]《张秀才渔村图》诗见清·陆继辂《崇百药斋三集》卷一,清道光八年(1828)刻本。原诗标题"张秀才"后有作者自注:"丙。"

湖心晚泊待月未果[1]

昨宵泊处望全迷,别绪偏悬落日西。
明暗水分船左右,回环山学浪高低。
故人或已闻灵鹊,清梦惟应化浴鹭。
预拟归帆须卜夜,一钩等取掐柔荑。[2]

注 释

[1]《湖心晚泊待月未果》诗见清·陆继辂《崇百药斋三集》卷一,清道光八年(1828)刻本。
[2]柔荑:① 柔软而白的茅草嫩芽。▶《诗·卫风·硕人》:"手如柔荑,肤如凝脂。"② 泛指草木嫩芽。▶《文选·王融〈三月三日曲水诗序〉》:"杂夭采于柔荑,乱嘤声于绵羽。"③ 喻指女子柔嫩的手。▶唐·李咸用《塘上行》:"红绡撇水荡舟人,画桡掺掺柔荑白。"

于役皖江湖舟杂感[1]

庐州城河久淤塞,终岁不闻欸乃声。[2]
有时送客到湖口,暂使双眼生光明。
今来尽日推篷坐,快意清波洗尘涴。
何当径趁一帆风,两点金焦掠窗过。[3]

衾簟生凉客梦醒,推篷乍失征帆影。[4]
巢湖便拟银河通,碧月照人犹在顶。
吾家老屋笠泽西,五泻一舟横钓矶。[5]
江乡米贱亦须买,鳜鱼正美将毋归。

姥山之东一洲峙,上筑道院旁无邻。

此间倘复容小住,应少元规尘污人。

江南绝境行处有,霍庄木渎都成负。

纵教绢素能久留,识取朱颜是谁某。

邱壑还须早置身,万事何堪待衰丑。

湖波何澹沱,客意共闲暇。[6]

岂知去年秋,浮尸蔽湖下。

旸雨应期人不珍,张弛稍过皆足以杀人。

鹭鹚一饱差易得,坐待甘霖亦头白。

日行巢湖中,夜宿巢湖里。

湖深月黑天茫茫,疑有潜虬挟舟起。

书生生性如沙鸥,浩荡不识风波愁。

凌晨说梦殊怪伟,玉珮珠珰探怀在。

龙姑一曲纵笔成,惜哉不以此笔赋帝京。

注　释

[1]《于役皖江湖舟杂感》诗见清·陆继辂《崇百药斋三集》卷一,清道光八年(1828)刻本。

[2] 欸乃:① 象声词。摇橹声。▶唐·元结《欸乃曲》:"谁能听欸乃,欸乃感人情。"题注:"棹舡之声。"② 象声词。棹歌,划船时歌唱之声。▶宋·陆游《南定楼遇急雨》诗:"人语朱离逢峒獠,棹歌欸乃下吴舟。"③ 象声词。泛指歌声悠扬。▶唐·刘言史《潇湘游》诗:"野花满髻妆色新,闲歌欸乃深峡里。"

[3] 一帆风:满帆风。常喻境地顺利。▶唐·吴融《送知古上人》诗:"振锡才寻三径草,登船忽挂一帆风。"

金焦:金山与焦山的合称。两山都在今江苏省镇江市。金山原名浮玉,因裴头陀江际获金,唐贞元间李骑奏改。焦山因汉焦光隐居此山得名。

[4] 衾簟:被子和竹席。▶唐·元稹《遣病》诗之八:"卧悲衾簟冷,病觉支体轻。"

[5] 钓矶:钓鱼时坐的岩石。▶北周·明帝《贻韦居士诗》:"坐石窥仙洞,乘槎下钓矶。"

[6] 澹沱:荡漾貌。▶明·高启《感旧酬宋军咨见寄》诗:"风日初澹沱,樱桃作繁英。"

自题冷宦闲情画册(选五)[1]

四顶看云

参同仙客此烧丹,可惜丹成去不还。[2]
仙犬翻知前辈在,踏云来往八公山。

浮槎调水

品水中泠忆往年,惠山一掬玉同研。[3]
拟招好胜温忠武,来试人间第七泉。[4]

双流晚钓

淝水双流照眼明,夕阳恨少一杆横。
此中鱼有沉冥意,久让包公鲫擅名。[5]

巢湖泛秋

留取烟波荡客愁,枭翁燕弟共迎秋。[6]
如何楚尾吴头画,偏着天随五泻舟。[7]

石塘访友

迢迢春水石塘湾,塘上人家昼掩关。[8]
玉树一株花四面,尊前忘看隔湖山。[9]

注释

[1]《自题冷宦闲情画册(选五)》诗见清·陆继辂《崇百药斋续集》卷二《香适集》,清道光四年(1824)合肥学舍刻本。

[2]参同:① 验证合同。▶《韩非子·主道》:"有言者自为名,有事者自为形,形名参同,君乃无事焉。"② 共同参加。▶《三国志·魏志·钟会传》:"会典综军事,参同计策,料敌制胜,有谋谟之勋。"③ 此处特指道教早期经典,由东汉魏伯阳所著的《周易参同契》。

仙客：① 仙人。▶汉·刘向《列仙传·女几》："女几蕰妙，仙客来臻。倾书开引，双飞绝尘。"② 借称官职清贵或风神超逸之士。▶宋·无名氏《满朝欢·寿韩尚书出守》词："元是凤池仙客，曾曳履、持荷簪笔。"③ 对隐者或道士的敬称。▶唐·崔峒《送侯山人赴会稽》诗："仙客辞萝月，东来就一官。"④ 指王仙客。唐传奇《无双传》中，王仙客娶外舅之女无双。因亦用为王姓女婿之典。⑤ 古人对某些特异的动植物，如鹿、鹤、琼花、桂花等，皆有"仙客"之称。

烧丹：炼丹。指道教徒用砆砂炼药。▶南朝·陈·徐陵《答周处士书》："比夫煮石纷纭，终年不烂；烧丹辛苦，至老方成。"

[3] 中泠：泉名。在今江苏镇江市西北金山下的长江中。相传其水烹茶最佳，有"天下第一泉"之称。今江岸沙涨，泉已没沙中。

一掬：亦作"一匊"。两手所捧（的东西）。亦表示少而不定的数量。▶《诗·小雅·采绿》："终朝采绿，不盈一匊。"

[4] 温忠武：温峤(288—329)，字泰真，一作太真，太原祁县（今山西祁县）人，东晋名将，司徒温羡之侄。温峤出身太原温氏，初授司隶都官从事，入刘琨幕府积功至司空左长史。西晋灭亡后作为刘琨的信使南下劝进，在东晋历任显职，与晋明帝结为布衣之交。他先后参与平定王敦、苏峻的叛乱，官至骠骑将军、江州刺史，封始安郡公。咸和四年(329)，温峤病逝于武昌，年仅42岁，追赠侍中、大将军，谥号忠武。

[5] 包公鲫：包河内产鲫鱼，脊背乌黑，称为铁背鲫鱼，传说因感包公铁面无私而生。

擅名：① 僭越名分。▶《韩非子·外储说右下》："入齐则独闻淖齿而不闻齐王，入赵则独闻李兑而不闻赵王。故曰：人主不操术，则威势轻而臣擅名。"② 享有名声。▶《晏子春秋·问上四》："是上独擅名，而利下流也。"

[6] 留取：犹言留存。取，语气助词。▶宋·牟巘《木兰花慢·饯公孙倅》词："留取去思无限，江蓠香满汀洲。"

客愁：行旅怀乡的愁思。▶唐·戴叔伦《暮春感怀诗》："杜宇声声唤客愁，故国何处此登楼。"

[7] 楚尾吴头：出自▶宋·王象之《舆地纪胜》。合肥周边春秋时期是吴、楚两国交界的地方。故有吴头楚尾之称。

天随：随顺天然，纯任自然。▶《庄子·在宥》："尸居而龙见，渊默而雷声，神动而天随，从容无为而万物炊累焉。"

[8] 掩关：① 关闭，关门。▶唐·吴少征《怨歌行》："长信重门昼掩关，清房晓帐幽且闲。"② 坐关。指佛教徒闭门静坐，以求觉悟。为期至少七天，长则不限。

[9] 玉树：▶南朝·宋·刘义庆《世说新语·言语》："谢太傅问诸子姪：'子弟亦何预人事，而正欲使其佳？'诸人莫有言者。车骑答曰：'譬如芝兰玉树，欲使其生于阶庭耳。'"后以"玉树"称美佳子弟。此处作者自注："黄生承谷。"黄承谷，合肥东乡石塘人，秀才，从陆继辂就

学,擅画,作《冷宦闲趣图册》12帧赠陆继辂,陆各有吟诵。

尊前:① 在酒樽之前。指酒筵上。 ▶唐·马戴《赠友人边游回》诗:"尊前语尽北风起,秋色萧条胡雁来。"② 尊长之前。书信中的敬词。 ▶《西游记》第八十九回:"我看他帖子上写着'……右启,祖翁九灵元圣老大人尊前'。"

陶 澍

陶澍(1778—1839),字子霖,号云汀,清湖南安化(今属湖南省益阳市)人。清仁宗嘉庆七年(1802)进士。授编修。迁御史、给事中。出为川东道,治行称四川第一。嘉、道间,历安徽布政使、巡抚,清查库款,理清三十余年积累纠葛。治荒政,创辑《安徽通志》。官至两江总督,加太子少保衔。卒赠太子太保,谥"文毅"。著有《印心石屋诗文集》《印心石屋奏议》《蜀輶日记》《陶渊明集辑注》等。

自店埠至合肥途中望大蜀山[1]

平原千里俯芒洋,大蜀山前首一昂。[2]
麦气欲晴秧欲雨,白云分走两边忙。[3]

注 释

[1]《自店埠至合肥途中望大蜀山》诗见清·陶澍《陶文毅公全集》卷六十三《诗集》,清道光刻本。

[2]芒洋:亦作"茫洋""芒羊"。① 遨游驰骋,行动自如貌。 ▶汉·严遵《道德指归论·圣人无常心》:"当此之时,涵沉太虚,霑溺至和,民忘心意,芒洋浮游,失其所恶,而获其所求。"② 辽阔无边貌。 ▶唐·柳宗元《与吕道州论〈非国语〉书》:"其言本儒术,则迂回茫洋,而不知其适。"③ 迷芒貌。 ▶唐·柳宗元《与杨京兆凭书》:"永州多火灾,五年之间,四为天火所迫……一遇火恐,累日茫洋,不能出言,又安能尽意于笔砚?"

[3]麦气:麦熟时散发的香气。 ▶南朝·梁·何逊《车中见新林分别甚盛》诗:"于时春未歇,麦气始清和。"

刘 开

刘开(1784—1824),字明东,又字方来,号孟涂,清安徽桐城(今安徽省桐城市)人。幼年失怙,由母吴氏抚育成人。少年时即为人牧牛,仍好学苦读不止。十四岁,以文章投姚鼐,姚鼐大赞叹,遂收为弟子,授以诗文之法。刘开融会贯通,尽得师传,与同乡方东树、姚莹、上元管同、上元梅曾亮并称"姚门五弟子"。清宣宗道光元年(1821),受聘赴亳州修志,四年(1824),暴病谢世。

著有《刘孟涂集》四十四卷(文十卷、骈体文二卷、诗前集十卷、后集二十二卷)传世。

十万松园歌为少伯山人作[1]

少伯山人今米颠,不坐米家书画船。[2]

青山深处结一廛,以松为产石为田。[3]

种松满山不知数,根在白云枝拂天。

山人非隐亦非仙,一官小住巢湖边。

买松之外无余钱,时时与松相对眠。

我久别君诗境变,松园之奇惜未见。

山中既有岁寒交,肯使故人无一面。

今春我来自江浔,山松快我能登临。[4]

短枝各挟千寻势,阳春亦抱三冬心。[5]

我观松枝何秀发,托身喜在山灵窟。

偃蹇无心作大夫,主人与松同傲骨。[6]

此松负山复临川,高低合势如齐肩。

就中年岁谁后先。[7]

人行松中不自觉,湖光山翠浮松巅。[8]

以手弄松松不语,大松小松欲飞舞。

忽然平地风怒号,松间如听千顷涛。

一松貌古遥相就,似为群松作领袖。

诸松罗列向人前,安得人尽如松寿。

闲云自来鸟不惊,主人为松养高名。

名山生面藏不得,松为主人开颜色。[9]

主人得松意气雄,三十万株皆苍龙。

一一吞吐雷与风,青山几曲云几重。

溪口皆松云不封,我欲移宅来相从。

饱饮松醪食松子,山人可以称富矣。

竹杖芒鞋万松里,驻景延年从此始。[10]

注 释

[1]《十万松园歌为少伯山人作》诗见清·刘开《刘孟涂集》"后集"卷二十一,道光六年(1826)姚氏檗山草堂刻本。

少伯山人:即张宜尊。张宜尊(1760—?),字少伯,号少伯山人。湖南醴州人,曾为巢县巡检,种松树十万株于巢湖之上,称十万松园,诛茅为屋,号"十万松园主人"。

清人吴庆坻《蕉廊脞录》卷七(民国求恕斋丛书本)载:"《牛山种树图》,少伯山人张宜尊为舒苏桥观察作。道光己亥,先大父与苏桥同官于皖,尝为题句。图中有梅伯言记,黄树斋、汤海秋、陈云伯诸公诗。余在长沙,叶奂彬吏部举以见贻,距题图时盖七十年矣。苏桥名梦龄,溆浦人,由庶吉士散馆,官巢县,有惠政。牛山在县城内,尝于其地建书院,与邑诸生讲学于山中,种树无算,亦循吏也。后官庐凤颍道。"今南京图书馆藏有张宜尊所作《巢湖秋月图》。

[2]米颠:北宋书画家米芾的别号。米芾,字元章,以其行止违世脱俗,倜傥不羁,人称"米颠"。

[3]一廛:① 古时一夫所居之地。▶《周礼·地官·遂人》:"上地,夫一廛,田百亩,莱五十亩。"② 泛指一块土地,一处居宅。▶唐·柳宗元《柳长侍行状》:"无一廛之土以处其子孙,无一亩之室以聚其族属。"

[4]江浔:江边。▶《淮南子·原道训》:"游于江浔、海裔,驰要褭,建翠盖。"

[5]千寻:古以八尺为一寻。"千寻",形容极高或极长。▶晋·左思《吴都赋》:"擢本千寻,垂荫万亩。"

[6]偃蹇:① 高耸貌。▶《楚辞·离骚》:"望瑶台之偃蹇兮,见有娀之佚女。"王逸注:"偃蹇,高貌。"② 高举貌。▶《文选·枚乘〈七发〉》:"旌旗偃蹇,羽旄肃纷。"③ 骄傲,傲慢。▶《左传·哀公六年》:"彼皆偃蹇,将弃子之命。"④ 犹言安卧。▶宋·司马光《辞知制诰第六状》:"岂偃蹇山林,不求闻达之人邪!"⑤ 众盛貌。▶《楚辞·离骚》:"何琼佩之偃蹇

兮,众薆然而蔽之。"王逸注:"偃蹇,众盛貌。"⑥亦作"偃謇"。宛转委曲,屈曲。▶《楚辞·九歌·东皇太一》:"灵偃蹇兮姣服,芳菲菲兮满堂。"⑦犹言困顿。▶《新唐书·段文昌传》:"宪宗数欲亲用,颇为韦贯之奇诋,偃蹇不得进。"⑧艰涩,艰难。▶宋·叶梦得《石林诗话》卷中:"诗人以一字为工,世固知之,惟老杜变化开阖,出奇无穷……今人多取其已用字模放用之,偃蹇狭陋,尽成死法。"

[7]就中:①其中。▶唐·杜甫《丽人行》:"就中云幕椒房亲,赐名大国虢与秦。"②居中,从中。▶《红楼梦》第四十六回:"须得我就中俭省,方可偿补。"

[8]山翠:翠绿的山色。▶南朝·梁·庾肩吾《奉和春夜应令》:"水光悬荡壁,山翠下添流。"

[9]生面:①如生的面貌,生动的面目。▶唐·杜甫《丹青引》:"凌烟功臣少颜色,将军下笔开生面。"②新的境界或形式。▶清·周亮工《题胡元润画册》:"不独为家学再开生面,且骎骎度四家前矣。"③陌生。▶宋·杨万里《读渊明诗》诗:"渊明非生面,稚岁识已早。"

[10]驻景:犹言驻颜。▶唐·李商隐《碧城》诗之三:"检与神方教驻景,收将凤纸写相思。"

渡巢湖[1]

片帆直下楚云端,人过居巢酒未阑。

万顷湖光吞岸白,四周山色抱空寒。

舟中日月寻谁共,江北风烟到此宽。[2]

为访故人轻远涉,西来忘却路千盘。[3]

注 释

[1]《渡巢湖》诗见清·刘开《刘孟涂集》"后集"卷二十一,道光六年(1826)姚氏檗山草堂刻本。

[2]风烟:①风与烟,风与尘。▶南朝·齐·谢朓《和王著作融八公山诗》:"风烟四时犯,霜雨朝夜沐。"②景象,风光。▶唐·骆宾王《在江南赠宋五之问》诗:"风烟标迥秀,英灵信多美。"③犹言风尘,尘世。▶宋·苏舜钦《扬州城南延宾亭》诗:"风烟远近思高遁,豺虎纵横难息机。"④指战乱,战火。▶唐·高适《信安王幕府诗》:"四郊增气象,万里绝风烟。"

[3]原诗"为访故人轻远涉"句后有作者自注:"谓张少伯少府。"

庐州怀古[1]

万叠龙舒冷薜萝，庐阳春色马前过。[2]
沙尘已觉中原近，天日平开旷野多。[3]
三国功勋争尺寸，六朝风雨自干戈。
迄今重镇皆闲地，但愿巢湖水不波。

远雾都随晓日升，晴湖郁久看霞蒸。[4]
地非天险关南北，人上城楼感废兴。
亭午山光犹黯淡，平芜云气自飞腾。[5]
不须吊古论遭际，楚汉奇谋首范增。[6]

鹊尾吴师气早扬，藏舟凿浦又星霜。[7]
花枝红照今残垒，草色青埋古战场。[8]
治乱英雄凭世运，艰辛妇女耐耕桑。
可怜相国空文藻，断瓦颓垣第宅荒。[9]

传闻明远读书台，知傍西南水一隈。
故址无由寻蔓草，有人异代负奇才。[10]
琴樽寥落今游倦，云日苍凉古恨来。
惆怅阿瞒空载妓，酒船覆后笛音哀。[11]

庐江小吏泣红妆，化作珍禽绕树旁。[12]
千载鸳鸯开节义，一篇孔雀擅文章。
贞魂有力成遗俗，旧港无情冷夕阳。[13]
别有伤心儿女泪，非关人世感沧桑。

便拟凭虚逐白鹇，此心久共暮云闲。
谁人愿饮浮槎水，我梦难抛大蜀山。

终古佛灯寒月下,当年帝女谢人间。[14]

墓门亦有花堪插,好借遥峰作鬢鬟。

行藏未卜野鸥知,揽胜人当惜别时。[15]

满地春教云水占,一城愁让客身支。

荒烟欲问忠宣宅,落日孤寻孝肃祠。[16]

宾主东南同擅美,德星曾否聚高隅。[17]

注 释

[1]《庐州怀古》诗见清·刘开《刘孟涂集》"后集"卷二十一,道光六年(1826)姚氏檗山草堂刻本。

[2]薜萝:① 薜荔和女萝。两者皆野生植物,常攀缘于山野林木或屋壁之上。▶《楚辞·九歌·山鬼》:"若有人兮山之阿,被薜荔兮带女萝。"② 借指隐者或高士的住所。▶ 南朝·梁·吴均《与顾章书》:"仆去月谢病,还觅薜萝。"

[3]沙尘:① 沙子与尘土。▶ 晋·王嘉《拾遗记·轩辕皇帝》:"洹流如沙尘,足践则陷,其深难测。"② 指征尘。战斗时扬起的尘土。▶ 唐·李白《北上行》:"沙尘接幽州,烽火连朔方。"③ 指风尘。喻旅途劳累。▶ 宋·曾巩《送程公辟使江西》诗:"却寻泉石引幽士,想忆沙尘笑劳者。"

[4]霞蒸:云霞蒸腾貌。▶ 明·申时行《瑞莲赋》:"星敷电发,雾变霞蒸。触景而生态,随物而赋形。"

[5]亭午:正午。▶ 晋·孙绰《游天台山赋》:"尔乃羲和亭午,游气高褰。"

[6]遭际:① 犹言遇到。▶ 宋·任伯雨《述怀》:"一日偶遭际,用舍何敢必。"② 际遇。▶ 宋·洪迈《容斋随笔·兄弟直西垣》:"父子相承,四上銮坡之直;弟兄在望,三陪凤阁之游。比之前贤,实为遭际。"③ 泛指人生经历。▶《红楼梦》第六十四回:"我曾见古史中有才色的女子,终身遭际,令人可欣、可羡、可悲、可叹者甚多。"④ 指遭遇到不幸的事情。▶ 清·宣鼎《夜雨秋灯录·龙梭三娘》:"女凄恻而前,拜伏膝下,直陈遭际,泪堕辞前。"

[7]鹊尾:①"鹊尾炉"的略称,亦泛指香炉。▶ 宋·姚述尧《念奴娇·瑞香》词:"醉面匀红,香囊暗惹,鹊尾烟频炷。"② 地名。安徽铜陵至繁昌长江中,有鹊洲。鹊头为铜陵西南鹊头山,鹊尾为繁昌东北三山。▶《宋书·张兴世传》:"时台军据赭圻,南贼屯鹊尾,相持久不决。"③ 地名。▶ 吴翌凤笺注引冯智舒《纲目质寔》:"鹊尾,渚名,在庐州府舒城县治西北。"即今安徽省合肥市肥西县三河镇。三河镇古名鹊渚、鹊尾(渚)、鹊岸,是中国历史文化名镇,国家AAAAA级旅游景区,位于合肥市肥西县南端,地处肥西、庐江、舒城三县交界处,古镇总面积2.9平方千米。

[8]花枝:① 开花的枝条。▶ 唐·王维《晚春归思》诗:"春虫飞网户,暮雀隐花枝。"② 喻

美女。▶五代·前蜀·韦庄《菩萨蛮》词:"此度见花枝,白头誓不归。"

[9]原诗"可怜相国空文藻"句末有注:"谓龚相国天复。"

[10]异代:①后代,后世。②指后世之人。▶唐·李咸用《览文僧卷》诗:"虽无先圣耳,异代得闻《韶》。"③不同时代,不同世代。▶三国·魏·曹植《辨道论》:"桀纣殊世而齐恶,奸人异代而等伪。"④前代,前世。▶《新唐书·李绛传》:"圣人选当代之人,极其才分,自可致治。岂借贤异代,治今日之人哉?"

[11]本句指合肥古迹筝笛浦事。▶《嘉庆·合肥县志》:"在城后土庙侧谢家池坝旁,渔人常夜闻筝笛声及香气氤氲,相传曹操溺妓舟于此。"

[12]本句指汉乐府《孔雀东南飞》(《古诗为焦仲卿妻作》)事。《嘉庆·合肥县志》载:"旧致,在小东门外。"《寰宇记》载:"合肥县有小史港,为后汉末焦仲卿妻刘兰芝死所。"按,东汉末庐江郡治先今潜山县,后在今桐城、怀宁等处,皆与合肥无涉。

[13]贞魂:①正魂,精魂。▶《后汉书·赵咨传》:"夫亡者,元气去体,贞魂游散,反素复始,归于无端。"▶李贤注:"言人既死,正魂游散。"②忠烈之魂。▶南朝·梁·沈约《奉和竟陵王过刘先生墓下作》:"表闾钦逸轨,轼墓礼贞魂。"

[14]本句指梁帝女夜梦浮槎山,后于山中出家的故事。《天下名胜志》载,浮槎山有道林寺,寺有碑略曰:梁武帝第五女梦入一山为尼,早晨奏帝。乃取名山图,展观此山,恍如梦境。天监三年(504)敕建道林寺成,帝女遂入山削发为尼,号总持大师。梁女墓在殿东百余步,塔下有海榴一株,相传为公主亲手所植。

[15]行藏:①指出处或行止。语本▶《论语·述而》:"用之则行,捨之则藏。"▶晋·潘岳《西征赋》:"孔随时以行藏,蘧与国而舒卷。"②引申为攻守,出没。▶北魏·郦道元《水经注·江水一》:"自今行师,庶不覆败,皆图兵势行藏之权,自后深识者所不能了。"③行迹,底细,来历。▶金·董解元·《西厢记诸宫调》卷五:"那红娘对生一一话行藏。"

[16]忠宣宅、孝肃祠:指元末余阙故宅(原址位于今安徽省省公安厅东侧)和北宋包拯祠堂(位于今包河公园香花墩上)。

[17]原句下有注:"谓薛画水太守、刘海树明府、陆祁生广文、许叔翘明经。"指庐州知薛玉堂、合肥县令刘珊、合肥县训导陆继辂、怀远明经许所望。

擅美:专美,独享美名。▶汉·张衡《南都赋》:"皇祖歆而降福,弥万祀而无衰;帝王臧其擅美,咏南音以顾怀。"

徐汉苍

徐汉苍,生卒年不详,字荔庵,清安徽合肥(今安徽省合肥市)人。贡生,清宣宗道光元年(1821)举孝廉方正。工诗善书,与史台懋齐名,有"长徐瘦史"之称。著有《萧然自得斋诗集》《碧琅玕馆词》等。

浣溪沙·龙泉山居有感[1]

似水年华碧玉萧,落花天气又今朝,画桥杨柳短长条。

燕子翩跹莺旧垒,蓑翁辛苦赁荒郊,乡心归梦两无聊。[2]

漫效林宗垫角巾,荒山何处着斯人,只须烂醉卧芳茵。[3]

明月自来还自去,落花如梦更如尘,夕阳流水坐垂纶。[4]

注 释

[1]《浣溪沙·龙泉山居有感》词见清·徐汉苍《碧琅玕馆诗余》,光绪丙子(1876)夏五刻本。

龙泉山:位于今肥东县桥头集镇,为当地群山之首。▶《古今图书集成·庐州山川》载:山腰寺内有"龙泉,清澈萦流至山下,故曰龙泉山"。

[2]翩跹:① 飘逸飞舞貌。▶唐·杜甫《西阁曝日》诗:"流离木杪猿,翩跹山巅鹤。"② 常用以形容轻盈的舞姿。▶明·何景明《荷花赋》:"美曼如静女翩跹。"

乡心:思念家乡的心情。▶唐·刘长卿《新年作》诗:"乡心新岁切,天畔独潸然。"

[3]林宗垫角巾:相传东汉名士郭林宗外出遇雨,头巾被淋湿,角巾的一角陷下,时人见之纷纷效仿而形成风气。后角巾也借指归隐。

芳茵:茂美的草地。▶晋·葛洪《抱朴子·嘉遁》:"庇峻岫之巍峨,藉翠兰之芳茵。"

[4]垂纶:① 垂钓。▶三国·魏·嵇康《兄秀才公穆入军赠诗》之十五:"流磻平皋,垂纶长川。"② 传说吕尚未出仕时曾隐居渭滨垂钓,后常以"垂纶"指隐居或退隐。▶晋·葛洪《抱朴子·嘉遁》:"盖禄厚者责重,爵尊者神劳。故漆园垂纶而不顾卿相之贵,柏成操耜而不屑诸侯之高。"③ 借指隐士。▶唐·杜甫《奉寄章十侍御》诗:"朝觐从容问幽仄,勿云江汉有垂纶。"④ 指钓鱼的用具。▶苏曼殊《断鸿零雁记》第十五章:"余乃负杖出门,随步所之,遇渔翁,相与闲话,迄翁收拾垂纶,余亦转身归去。"

甲寅早春避乱龙泉山中朱松亭过访赋赠[1]

烈焰深宵赋子虚,金汤残破痛如何。[2]

久枯老眼难流泪,重赁茅檐未定居。

浩气干霄奚恤死,衰年伏枕尚求余。[3]

避兵喜尔来相访,惭愧空山食野蔬。

注 释

[1]《甲寅早春避乱龙泉山中朱松亭过访赋赠》诗见清·陈诗《皖雅初集》卷二十九,民国十八年(1929)上海美艺图书公司印本。

甲寅:指清文宗咸丰四年(1854),农历甲寅年。是年,太平军第一次攻破庐州,安徽巡抚江忠源投水自杀。

[2]金汤:金属造的城,沸水流淌的护城河。形容城池险固不易攻破。▶《汉书·蒯通传》:"必将婴城固守,皆为金城汤池,不可攻也。"

[3]干霄:高入云霄。▶唐·刘禹锡《和兵部郑侍郎省中四松诗十韵》:"便有干霄势,看成构厦材。"

巢湖棹歌[1]

去年打桨过巢湖,湖上青山似画图。

今日扁舟湖上泊,烟波无际月轮孤。

朝霞山顶看朝霞,五色霞明帝女家。[2]

湖上女儿十五六,一时照水学盘鸦。[3]

注 释

[1]《巢湖棹歌》诗见清·李恩绶编《巢湖志》卷二"诗",黄山书社2007年版。

[2]霞明:像彩霞一样明丽。▶唐·王勃《乾元殿颂》:"琼构霞明,璜轩露敞。"

帝女家:此处指中庙。中庙祀碧霞元君,传说碧霞元君为东岳泰山大帝之女。

[3]盘鸦：指妇女盘卷黑发而成的头髻。▶唐·孟迟《莲塘》诗："脉脉低回殷袖遮，脸黄秋水髻盘鸦。"

杂咏[1]

君为青松枝，连蜷森百尺。[2]
我为涧边草，孤心盟白石。
涧草吐春芳，松枝孕寒碧。
出世为劳薪，在山守贞璧。[3]

青松比君子，时花喻美人。[4]
孤怀与世忤，何以娱佳辰。[5]
佳辰不能再，花月常如新。
斗酒自斟酌，念我平生亲。
故人各天涯，天涯如比邻。
怀中一尺素，卷之能千春。[6]

天香散幽室，兰蕙迎春开。
虽处尘嚣中，何异隐蒿莱。[7]
百忧萃一身，抚景空迟徊。[8]
雕栏蓄异卉，风雨为之摧。[9]
良玉荐清庙，野烬吹为灰。[10]
枚叔歌七发，杜陵伤八哀。[11]
青丘何累累，白骨生莓苔。[12]

注　释

[1]《杂咏》诗见民国·徐世昌《晚晴簃诗汇》卷一百三十三，民国退耕堂刻本。

[2]连蜷：长曲貌。▶《楚辞·九歌·云中君》："灵连蜷兮既留，烂昭昭兮未央。"

[3]劳薪：典出▶南朝·宋·刘义庆《世说新语·术解》："荀勖尝在晋武帝坐上食笋进饭，谓在坐人曰：'此是劳薪炊也。'坐者未之信，密遣问之，实用故车脚。"按，旧时木轮车的车脚吃

力最大,使用数年后,析以为烧柴,故云。 ▶宋·苏轼《贫家净扫地》诗:"慎勿用劳薪,感我如薰莸。"

[4] 时花:应季节而开放的花卉。 ▶宋·梅尧臣《乞巧赋》:"列时花与美果,祈织女而丁宁。"

[5] 孤怀:① 孤高的情怀。 ▶唐·孟郊《连州吟》:"孤怀吐明月,众毁烁黄金。" ② 独特的见识。 ▶清·曾国藩《圣哲画像记》:"班氏闳识孤怀,不逮子长远甚。"

[6] 千春:① 千年。形容岁月长久。 ▶北魏·郦道元《水经注·滍水》:"石至千春,不若速朽;苞墓万古,祇彰消辱。" ② 寿辰。 ▶《孽海花》第二十回:"李老爷的千春,我们怎会忘了。"

[7] 尘嚣:世间的纷扰,喧嚣。 ▶晋·陶潜《桃花源》诗:"借问游方士,焉测尘嚣外。"

[8] 抚景:对景,览景。 ▶元·陈旅《题米元晖溧阳溪山图》诗:"抚景正若此,别离嗟愿违。"

[9] 异卉:奇花异草。 ▶《西京杂记》卷一:"初修上林苑,群臣远方各献名果异卉三千余种,植其中。"

[10] 清庙:①《诗·周颂》篇名。 ▶《诗·周颂·清庙序》:"《清庙》,祀文王也。" ② 指古帝王祭祀祖先的乐章。 ▶《礼记·乐记》:"《清庙》之瑟,朱弦而疏越,壹倡而三叹。" ③ 即太庙,古代帝王的宗庙。 ▶《诗·周颂·清庙》:"于穆清庙,肃雝显相。"

[11] "枚叔歌七发,杜陵伤八哀"句指:汉代枚乘作《七发》,唐代杜甫作《八哀诗》。

[12] 莓苔:青苔。 ▶晋·孙绰《游天台山赋》:"践莓苔之滑石,搏壁立之翠屏。"

玲珑四犯·藏舟浦[1]

藏舟浦在今城内浅坝,三国魏将张辽袭吴,藏战船于此,与淝水相接,旧传浦内有岛屿,花竹颇为佳境,《舆地纪胜》:刘贡父游至澄心寺,即此。

城阙参差,听教弩声中,金鼓何处。乱苇离披,低覆霸图艖橹。[2]春水昨夜方生,又大道、紫骝飞渡。正柳营、羽檄交驰。催起藏舟无数。

醉吟怀古刘郎句,吊澄心,法宫谁护。[3]萧条岛屿淝流阔。多少闲鸥鹭。千载石火电光,情纵极、苍凉补。[4]只几行杨柳,烟月下,摇荒圃。

注 释

[1]《玲珑四犯·藏舟浦》词见完颜海瑞《合肥诗词》，安徽文艺出版社2011年版。

[2] 离披：亦作"离翍"。① 分散下垂貌，纷纷下落貌。 ▶《楚辞·九辩》："白露既下百草兮，奄离披此梧楸。" ② 盛貌，多貌。 ▶《西京杂记》卷六引汉·刘胜《文木赋》："丽木离披，生彼高崖。拂天河而布叶，横日路而擢枝。" ③ 参差错杂貌。 ▶清·姚鼐《杂诗》之一："谁植高原树，花叶相离披。" ④ 衰残貌，凋敝貌。 ▶南朝·梁·萧子晖《冬草赋》："有闲居之蔓草，独幽隐而罗生；对离披之苦节，反蕤葳而有情。" ⑤ 分离貌。 ▶唐·贾至《闲居秋怀寄阳翟陆赞府封丘高少府》诗："我有同怀友，各在天一方。离披不相见，浩荡隔两乡。" ⑥ 摇荡貌，晃动貌。 ▶唐·李德裕《牡丹赋》："逮乎的皪含景，离披向风，铅华春而思荡，兰泽晚而光融。"

舮[huò]橹：原意为船橹，此处借指舟舰，战船。

[3] 法宫：原意指宫室的正殿，古代帝王处理政事之处。此处指佛寺，即澄心寺。

[4] 石火电光：佛教语。喻时光的短促。 ▶《景德传灯录·怀楚禅师法嗣》："僧问：'如何是佛法大意？'……师曰：'石火电光，已经尘劫。'"

渡江云·筝笛浦[1]

筝笛浦在吾乡水西门内，相传魏武载妓，船覆于此，陶靖节《搜神后记》云："尝有渔人夜宿，但闻筝笛弦节之音，声气非常。"今河道淤塞久矣。

一川流碧玉，夕阳画舫，箫管载名姝。[2]壮心方逐鹿，教弩归来，顾影艳芙蕖。南飞乌鹊，尽风流铜雀雄图，空复尔，而今安在，折戟拾平芜。

萧疏。三更渔唱，侧耳风前，只消闲情绪。荒港外、当年环佩何处。氍氍凝眸，望极西陵树有翠，袖香绾、流苏香已散，秋坟石碣何如。

注 释

[1]《渡江云·筝笛浦》词见完颜海瑞《合肥诗词》，安徽文艺出版社2011年版。

[2] 名姝：著名的美女。

怀陆祈孙[1]

故人心力近如何？梨板曾翻旧著书。[2]

若向狂倓问消息,烟畦抱瓮灌园蔬。

注　释

[1]《怀陆祈孙》诗见民国·李家孚《合肥诗话》卷上,民国苏城临顿路毛上珍铅活字本。

陆祈孙：即陆继辂,字祁孙,一字修平。清江苏阳湖人,清仁宗嘉庆五年(1800)举人。选合肥训导。迁知江西贵溪,三年引疾归。工诗文。著有《崇百药斋诗文集》《合肥学舍札记》。

[2] 心力：① 心思和能力。▶《左传·昭公十九年》："尽心力以事君。" ② 指精神与体力。 ▶ 明·张居正《答宣大王巡抚言蓟边要务》："仆十余年来,经营蓟事,心力俱竭。" ③ 指思维能力,才智。 ▶ 南朝·梁·刘勰《文心雕龙·神思》："博而能一,亦有助乎心力矣。"

梨板：印板。旧时常用梨木刻板印书,故称。▶ 清·沈维材《〈四溟诗话〉跋》："前明谢四溟先生为赵藩重客,尝刊其全集以行世,迄今又二百余年矣,梨板无存,日就湮没,良可惜焉。"

徐嵩之

徐嵩之,生卒年不详,清安徽合肥(今安徽省合肥市)人。徐汉苍之子。能诗,工篆刻。

恭和家大人早春咏怀[1]

载酒何人造敝庐?渊明乐意在琴书。[2]

词能瑰丽心情远,品到孤高世味疏。[3]

海鹤精神瞻气象,湖山风月养清虚。[4]

草堂只觉春来早,社燕依然认故居。[5]

屋外梅花霭春烟,韶花漏洩画栏前。

人耽卷石荒寒趣,天予名山著述年。[6]

胜赏每淹吴越櫂,好诗不亚晋唐编。

修成清福林泉乐,纵是长贫亦快然。[7]

抗怀思与昔贤齐,侍坐亲庭日又西。[8]

怕困盐车悲枥马,悦逢宝镜舞山鸡。[9]

青毡业旧期常守,黄绢名高未许题。

少不如人今渐壮,闲情曾否遂岩栖?[10]

偶支短榻夜初沉,天半星芒透一林。

缥素千秋承旧学,交游四海托知音。

甄陶风雨弦歌兴,枨触菑畲播获心。[11]

我愧斜川难济美,左贻图史右贻琴。[12]

注　释

[1]《恭和家大人早春咏怀》见清·徐汉苍《萧然自得斋诗集》,清光绪二年(1876)刻本。

[2] 敝庐：破旧的房子。亦作谦辞。▶《礼记·檀弓下》："君之臣免于罪，则有先人之敝庐在，君无所辱命。"

[3] 世味：① 功名宦情。▶宋·叶适《孟达甫墓志铭》："既连黜两州，世味益薄。知南康，自列亲嫌不往。"② 指人世滋味，社会人情。▶唐·韩愈《示爽》："吾老世味薄，因循致留连。"

[4] 海鹤：海鸟名。或说即江鸥。▶南朝·宋·鲍照《秋夜》诗之二："霁旦见云峰，风夜闻海鹤。"

[5] 社燕：燕子春社时来，秋社时去。故有"社燕"之称。▶唐·羊士谔《郡楼晴望》："地远秦人望，天晴社燕飞。"

[6] 卷石：如拳大之石。▶《礼记·中庸》："今夫山，一卷石之多，及其广大，草木生之。"

[7] 快然：喜悦貌。▶《淮南子·泰族训》："穿隙穴，见雨零，则快然而叹之。"按，"叹"当作"笑"。参阅清·王念孙《读书杂志·淮南子二十》"快然而叹之"条。

[8] 亲庭：指父母。▶宋·司马光《安之朝议哀辞》之一："朱衣老卿列，白首恋亲庭。"

[9] 盐车：运载盐的车子。▶《战国策·楚策四》："夫骥之齿至矣，服盐车而上太行。蹄申膝折，尾湛胕溃，漉汁洒地，白汗交流，中坂迁延，负辕不能上。伯乐遭之，下车攀而哭之，解纻衣以幂之。"后以"盐车"为典，多用于喻贤才屈沉于下。▶汉·贾谊《吊屈原文》："骥垂两耳，服盐车兮。"

枥马：拴在马槽上的马。多喻受束缚，不自由者。▶唐·白居易《续古诗》之三："枥马非不肥，所苦长絷维。"

宝镜：① 镜子的美称。▶南朝·陈·徐陵《为羊衮州家人答饷镜》："信来赠宝镜，亭亭似团月。"② 喻日或月。▶唐·崔护《日五色赋》："晕藻绘于金轮，聚云霞于宝镜。"

[10] 岩栖：① 栖宿在山岩上。旧题师旷《禽经》："山鸟岩栖，原鸟地处。"张华注："山岩之鸟多不巢。"② 巢居穴处。▶三国·魏·嵇康《与山巨源绝交书》："故尧舜之君世，许由之岩栖，子房之佐汉，接舆之行歌，其揆一也。"③ 借指隐居。▶唐·杜甫《赠特进汝阳王二十韵》："瓢饮唯三径，岩栖在百层。"

[11] 甄陶：① 烧制瓦器。▶汉·桓宽《盐铁论·力耕》："使治家养生必于农，则舜不甄陶，而伊尹不为庖。"② 化育，培养造就。▶汉·扬雄《法言·先知》："甄陶天下者，其在和乎！"③ 喻天地，造化。▶宋·梅尧臣《还吴长文舍人诗卷》："有唐文最盛，韩伏甫与白。甫白无不包，甄陶咸所索。"

菑畲[zī shē]：① 耕耘。▶《易·无妄》："不耕穫，不菑畲，则利有攸往。"② 耕稼为民生之本，故以喻事物的根本。▶唐·韩愈《符读书城南》："文章岂不贵，经训乃菑畲。"

[12] 斜川：① 古地名。在江西省星子、都昌二县县境。濒鄱阳湖，风景秀丽，晋陶渊明曾游于此，作《游斜川》诗并序。▶宋·张炎《风入松·岫云》："记得晋人归去，御风飞过斜川。"② 古地名。泛指游览胜地。▶宋·张炎《高阳台·西湖春感》词："当年燕子知何处，但苔深韦曲，草暗斜川。"③ 古地名。在河南省郏县境，宋苏轼子苏过的居所名。苏过移家颍昌，营湖阴水竹数亩，名为小斜川，自号斜川居士，并名其所著曰《斜川集》。

247

郭道生

郭道生,生卒年不详,字问刍,清安徽合肥(今安徽省合肥市)人。郭道清从兄。清宣宗道光三年(1823)癸未科进士,历官广西平南、桂平、迁江、来宾诸县知县。著有《贻清堂诗集》。

初夏偶成[1]

短舸轻如叶,闲踪逐棹鸥。

一官游子泪,多病老亲愁。

渺渺云遮树,盈盈月冷洲。

寸心付流水,乡梦隔南楼。

注 释

[1]《初夏偶成》诗见民国·李家孚《合肥诗话》卷中,民国苏城临顿路毛上珍铅活字本。

徐启山

> 徐启山(1790—1853),字镜溪,清安徽六安(今安徽省六安市)人。徐汉苍族弟。清宣宗道光九年(1829)己丑科进士,历任工部主事、泇和同知。筑微湖大坝、更修韩庄闸,工成,加知府衔,调祥符大工管转运。复条陈七事上之河帅。调掌东坝。因故削职。后补通判,又一年引疾归。太平天国军兴,在乡办团练。后在围攻舒城太平军时阵亡。著作甚丰,《河事宜》《东河杂录》《史记论略》《汉书碎义》《后汉书标语碎语》《通鉴纲目碎语》《丧仪质言》皆付梓;校刊《朱子诗》《朱子年谱》等。

题征君萧然自得斋集[1]

昔在圣祖初,吾宗盛风雅。[2]

关风称二盖,洛中语三椵。[3]

飘缨映淮南,多士归陶冶。

昆山颉颃起,声名溢函夏。[4]

尔来百余年,衰飒风斯下。[5]

空提壁上尘,或鬻墓门槚。

廉峰奋海峤,长蹶悲天马。[6]

鲰生本樗散,余光炯残灺。[7]

老乞三休身,未箧六逸社。[8]

征君实人杰,制科继董贾。

固宜袭祖芬,云何为时舍?[9]

风雪满邻县,走冻转朝鞿。[10]

访余皋城中,压寒酒重把。[11]

囊中诗千首,宝气蓄璀琛。[12]

仙心杂太白,苦语异东野。[13]

才大足起衰,岂论和者寡?[14]

请作述德诗,流风缅倾写。[15]

注 释

[1]《题征君萧然自得斋集》见清·徐汉苍《萧然自得斋诗集》,清光绪二年(1876)刻本。

[2]圣祖:此处指清圣祖康熙时期。

[3]二盖:指唐人盖文达、盖文懿。▶《旧唐书·儒学传上·盖文达》:"其宗人文懿,亦以儒业知名,当时称为二盖焉。"

三暇:晋刘宏与兄粹弟潢三人表字皆有"暇"字,合称"三暇"。▶《晋书·刘惔传》:"(惔)祖宏,字终暇,光禄勋;宏兄粹,字纯暇,侍中;宏弟潢,字冲暇,并有名中朝。时人语曰:'洛中雅雅有三暇。'"

[4]颉颃:亦作"颉亢"。① 鸟飞上飞下貌。语本▶《诗·邶风·燕燕》:"燕燕于飞,颉之颃之。"▶汉·司马相如《琴歌》之一:"何缘交颈为鸳鸯,胡颉颃兮共翱翔。"② 引申为雀跃貌。▶《骈体文钞》卷二二引《汉故谷城长荡阴令张君表颂》:"迁荡阴令,吏民颉颃,随送如云。"③ 谓不相上下,相抗衡。▶《晋书·文苑传序》:"潘(潘岳)、夏(夏侯湛)连辉,颉颃名辈。"④ 引申为较量。▶清·蒲松龄《聊斋志异·王成》:"进退颉颃,相持约一伏时。"⑤ 刚直不屈貌。▶《淮南子·修务训》:"则虽王公大人有严志颉颃之行者,无不惮悚痒心而悦其色矣。"⑥ 谓傲视。▶《后汉书·吴祐史弼等传论》:"史弼颉颃严吏,终全平原之党。"⑦ 谓奇怪之辞,游移不定之辞。▶《文选·扬雄〈解嘲〉》:"是故邹衍以颉颃而取世资,孟轲虽连蹇,犹为万乘师。"李善注引苏林曰:"颉颃,奇怪之辞也。"

函夏:《汉书·扬雄传上》:"以函夏之大汉兮,彼曾何足与比功?"颜师古注引服虔曰:"函夏,函诸夏也。"后以"函夏"指全国。▶北魏·杨衒之《洛阳伽蓝记·城南龙华寺》:"寒暑攸叶,日月载融,帝世光宅,函夏同风。"

[5]衰飒:① 犹言衰老。▶唐·李益《罢镜》:"衰飒一如此,清光难复持。"② 衰落萧索。▶唐·张九龄《登古阳云台》:"庭树日衰飒,风霜未云已。"③ 颓废失落。▶清·恽敬《与来卿书》:"进取宜缓,不宜因难进而衰飒。"

[6]海峤:海边山岭。▶唐·张九龄《送使广州》:"家在湘源住,君今海峤行。"

[7]樗散:① 樗木材劣,多被闲置。比喻不为世用,投闲置散。▶唐·杜甫《送郑十八虔贬台州司户》:"郑公樗散鬓成丝,酒后常称老画师。"② 用作谦词。▶宋·司马光《为庞相公谢官表》:"何意天恩横被,宸睠曲成,猥抡樗散之才,专委栋隆之任。"

[8]三休:① 典出 ▶汉·贾谊《新书·退让》:"翟王使使至楚,楚王欲夸之,故飨客于章华之台上。上者三休而乃至其上。"后因以"三休"为登高之典。▶南朝·梁·何逊《七召·宫室》:"步三休而未半,途中宿而方迷。"② 唐司空图晚年以足疾乞退,居中条山王官谷,筑亭名"三休"。作文云:"休,休也,美也,既休而具美存焉。盖量其才一宜休,揣其分二宜休,耄且聩三宜休。又少而惰,长而率,老而迂,是三者非济时之用,又宜休也。"见《旧唐书·文苑传下·司空图》。后因以"三休"为退隐之典。▶清·钱谦益《夏日偕朱子暇憩耦耕堂》诗之三:

"他年终作三休侣,乘兴先为结隐期。"③指三国魏金尚(字元休)、第五巡(字文休)、韦端(字甫休)三人。▶《三国志·魏志·吕布传》:"布自称徐州刺史。"裴松之注引三国·魏·鱼豢《典略》:"元休名尚,京兆人。尚与同郡韦甫休、第五文休,俱著名,号为'三休'。"④犹言三顿。▶金·董解元《西厢记诸宫调》卷五:"红娘觑了吃地笑,俺骨子不曾移动脚,这急性的郎君三休饭饱。"

六逸:指竹溪六逸。▶《新唐书·文艺传中·李白》:"(李白)更客任城,与孔巢父、韩准、裴政、张叔明、陶沔居徂来山,日沈饮,号'竹溪六逸'。"

[9]祖芬:芬,本义是指香气。引申义有比喻美名或美德等。祖芬即祖先的美名或美德。

[10]輠[guǒ]:古代车上盛润滑油的器具。

[11]皋城:指六安城。时作者在六安。

[12]瓘[guàn]:古代的一种玉器。

[13]苦语:犹方苦言。▶南朝·梁·刘孝绰《栖隐寺碑》:"苦语软言,随方弘训。"

东野:①东郊。泛指乡野。▶《晋书·庾峻传》:"知足如疏广,虽去列位而居东野,与人父言,依于慈;与人子言,依于孝……是故先王许之,而圣人贵之。"②"齐东野人"的缩语。指道听途说之人。▶《世说新语·言语》:"颍川太守髡陈仲弓。"南朝·梁·刘孝标注:"按寔(陈仲弓)之在乡里,州郡有疑狱不能决者,皆将诣寔……岂有盛德感人若斯之甚而不自卫,反招刑辟,殆不然乎!此所谓东野之言耳。"参阅《孟子·万章上》。③古地名。春秋鲁国季孙氏的采邑。▶《左传·定公五年》:"季平子行东野。"杜预注:"东野,季氏邑。"④复姓。春秋时有东野稷。见《庄子·达生》。⑤犹言东序。▶《文选·王俭〈褚渊碑文〉》:"仰《南风》之高咏,餐东野之秘宝。"李善注:"《典引》曰:'御东序之秘宝。'然野当为杼,古序字也。"

[14]起衰:①语出▶宋·苏轼《潮州韩文公庙碑》:"文起八代之衰,而道济天下之溺。"谓振兴文运衰颓之势,建树富有生命力的新文风。▶清·蒋士铨《一片石·祭碑》:"兄,文能泣鬼,力可起衰。"②指使病弱者健壮起来。▶清·管世铭《送李云岩大司马赐告还黔》:"上药起衰驰凤岭,安舆扶疾到龙楼。"

[15]流风:①前代流传下来的风气。多指好的风气。▶《孟子·公孙丑上》:"纣之去武丁未久也,其故家遗俗,流风善政,犹有存者。"②随风流行。▶《楚辞·九章·悲回风》:"凌大波而流风兮,托彭咸之所居。"③疾风,长风。▶汉·司马相如《美人赋》:"流风惨冽,素雪飘零。"

赵景淑

赵景淑(1797—1821),字筠湄,清安徽合肥(今安徽省合肥市)人。白石口都司赵鹊棠女,赵对澂姊。尝集古今名媛四百余人,各为小传,题曰《壶史》。又著《香奁杂考》,征引详博,今均不传。兼工诗。未嫁而卒,年二十五。遗稿附刊于《小罗浮山馆诗集》后,题曰《延秋阁诗钞》。民国甲子年,杨开森得其残本,交由吴壬卿刊行于世。

新霁[1]

晨兴启碧窗,仰面得新霁。

云敛半天青,远山沐如髻。

宿鸟梳湿翎,飞鸣向天际。

花垂浥露痕,池湿归泉细。

忽闻清音来,歌声互迢递。

注 释

[1]《新霁》诗见民国·徐世昌《晚晴簃诗汇》卷一百八十七,民国十八年(1929)退耕堂本。新霁:雨雪后初晴。▶战国·楚·宋玉《高唐赋》:"遇天雨之新霁兮,观百谷之俱集。"

雨后山行[1]

雨霁碧空净,林深透夕曛。[2]

天开销湿雾,山断束归云。

晚气清人骨,奇峰隐雁群。[3]

待看明月上,花影漾波纹。

注　释

[1]《雨后山行》诗见民国·徐世昌《晚晴簃诗汇》卷一百八十七,民国十八年(1929)退耕堂本。

[2] 夕曛:① 落日的余晖。▶南朝·宋·谢灵运《晚出西射堂》诗:"晓霜枫叶丹,夕曛岚气阴。"② 指黄昏。▶明·张邦伊《沈嘉则有三楚之游席上》:"春城斗酒惜离群,把袂高歌到夕曛。"

[3] 晚气:① 暮色,日暮时的景象。▶南朝·宋·谢庄《北宅秘园》:"夕天霁晚气,轻霞澄暮阴。"② 指晚秋的天气。▶唐·崔善为《九月九日》:"菊花催晚气,萸房辟早寒。"

偶成[1]

落叶声中梦不成,卷帘依旧晓寒轻。

不知近日秋如许,只觉遥山太瘦生。[2]

注　释

[1]《偶成》诗见民国·徐世昌《晚晴簃诗汇》卷一百八十七,民国十八年(1929)退耕堂本。

[2] 太瘦生:太瘦,很瘦。生,语气助词。▶唐·李白《戏赠杜甫》:"借问别来太瘦生,总为从前作诗苦。"▶宋·欧阳修《六一诗话》:"太瘦生,唐人语也,至今犹以'生'为语助,如'作么生''何似生'之类。"

早春[1]

细雨微风飏柳丝,不知春到几多时。[2]

窥帘燕子殷勤甚,衔得花泥入砚池。

注　释

[1]《早春》诗见民国·徐世昌《晚晴簃诗汇》卷一百八十七,民国十八年(1929)退耕堂本。

[2] 飏[yáng]:飞扬,飘扬。▶《说文》:飏,风所飞扬也。

晚泊平望[1]

落帆野渡小桥横,古戍虫声夹岸清。[2]

残月半斜秋色远,鸳湖微雨滆湖晴。[3]

注释

[1]《晚泊平望》诗见民国·光铁夫《安徽名媛诗词征略》卷三,黄山书社1986年版。

平望:即平望镇,江苏省历史文化名镇,隶属于苏州市吴江区,连接长江三角洲中的苏锡常地区和杭嘉湖地区。唐于此置驿,宋置寨,元以后皆置巡司。元末张士诚派水师屯驻平望,即此。其是整个华东地区重要的水陆交通枢纽。

[2]古戍:古老的城堡,营垒。▶唐·陶翰《新安江林》:"古戍悬渔网,空林露鸟巢。"

[3]鸳湖:即嘉兴鸳鸯湖。地处浙江省嘉兴市城南而得名,与西南湖合称鸳鸯湖,两湖相连形似鸳鸯交颈,古时湖中常有鸳鸯栖息,因此又名鸳鸯湖。宋代以后南湖与杭州西湖、南京玄武湖并称为江南三大名湖。▶明·冯梦龙《情史·罗爱爱》:"(罗爱爱)尝以季夏望日,与郡中诸名士会于鸳湖之凌虚阁。"

滆湖:又称西太湖,又俗称沙子湖,亦称西滆湖和西滆沙子湖和西太湖,位于江苏省常州市武进区,是苏南仅次于太湖的第二大湖泊。

西湖泛月[1]

临湖一带澹斜晖,向晚寒鸦倦不飞。[2]

明月一轮秋水碧,藕花香里放船归。

注释

[1]《西湖泛月》诗见民国·光铁夫《安徽名媛诗词征略》卷三,黄山书社1986年版。

[2]斜晖:亦作"斜辉"。指傍晚西斜的阳光。▶南朝·梁·简文帝《序愁赋》:"玩飞花之入户,看斜晖之度寮。"

江上[1]

碧天如水夜霜轻,闲倚篷窗秋思索。

一片败芦千点雁,阅江楼上正三思。[2]

注　释

[1]《江上》诗见民国·光铁夫《安徽名媛诗词征略》卷三,黄山书社1986年版。

[2]阅江楼:位于南京市鼓楼区狮子山巅,有"江南第一楼"之称。阅江楼始建于明洪武七年(1374)春,明太祖朱元璋下诏在国都南京城西北狮子山开始建一楼阁,亲自撰写《阅江楼记》,又命朝廷众文臣职事每人写一篇《阅江楼记》,其中大学士宋濂所写一文最佳,后入选《古文观止》。

瓯江[1]

瓯江烟定浪初回,饮趁西风一棹开。

十尺布帆悬未稳,青山斜压短篷来。

注　释

[1]《瓯江》诗见民国·徐世昌《晚晴簃诗汇》卷一百八十七,民国十八年(1929)退耕堂本。瓯江:位于浙江南部,为浙江第二大江,历史上曾名永宁江、永嘉江、温江、慎江。

延秋阁杂诗[1]

炉烟细细篆成丝,闲坐桐荫校宋诗。

疏雨织帘虫语急,一庭黄叶落秋池。

注　释

[1]《延秋阁杂诗》诗见民国·光铁夫《安徽名媛诗词征略》卷三,黄山书社1986年版。

延秋阁:赵景淑的妆阁。其《随家大人乞归留别东瓯官舍》云:"临发缥缃重检点,莫教鸿爪落人前。为爱梅花手自锄,十年妆阁当诗庐。"

舟过露筋祠[1]

白芡红蕖出水香,一枝柔橹送轻航。[2]
船头鸂鶒忽飞起,冲破浪花入野塘。[3]

一叶扁舟趁好风,水天空阔乍飞鸿。
篷窗闲坐恰无事,细数秋花两岸红。

秋波始阔蓼花稀,枫叶初舟秔稻肥。[4]
舟过露筋祠欲暮,水烟深处正蚊飞。

注 释

[1]《舟过露筋祠》诗见民国·徐世昌《晚晴簃诗汇》卷一百八十七,民国十八年(1929)退耕堂本。

露筋祠:江都人纪念露筋女的事迹的祠堂。传说露筋女与嫂嫂二人步行去高邮,天色已晚,闪电频作,雷声隆隆,大雨滂沱。见河堤旁有一茅草棚,嫂嫂就上前打听,里面住着个四十上下的男子。嫂嫂要求借宿。露筋女不肯,独自在门外睡。第二天早上,嫂嫂见露筋女已死,身上的每一根筋都像一条条蚯蚓般地暴起,当地人遂建祠纪念。

[2]红蕖:① 红荷花。蕖,芙蕖。 ▶ 南朝·梁·简文帝《蒙华林园戒诗》:"红蕖间青琐,紫露湿丹楹。" ② 喻指女子的红鞋。 ▶ 唐·杜甫《千秋节有感》诗之二:"罗袜红蕖艳,金羁白雪毛。"仇兆鳌注引黄生曰:"红蕖,指宫鞋。"

[3]鸂鶒:水鸟名。形大于鸳鸯,而多紫色,好并游。俗称紫鸳鸯。 ▶ 唐·温庭筠《开成五年秋以抱疾郊野一百韵》:"溟渚藏鸂鶒,幽屏卧鹧鸪。"

[4]蓼花:即狗尾巴花。生长在水边或水中的草本植物。花为白色或浅红色,穗状。

秔[jing]稻:粳稻。一种黏性较小的晚稻。 ▶《文选·扬雄〈长杨赋〉》:"驰骋秔稻之地,周流梨栗之林。"李善注:"《说文》曰:'秔,稻属也。《声类》以为秔,不黏稻也。'"

随家大人乞归留别东瓯官舍[1]

春光黯淡别离天,海燕依依剧可怜。

临发缣缃重检点,莫教鸿爪落人前。[2]

为爱梅花手自锄,十年妆阁当诗庐。[3]

不知今夜寒窗月,又照何人夜读书。

注　释

[1]《随家大人乞归留别东瓯官舍》诗见民国·徐世昌《晚晴簃诗汇》卷一百八十七,民国十八年(1929)退耕堂本。

家大人:对他人称自己的父亲。▶清·王引之《经传释词》卷一:"家大人曰:允,犹'用'也。"

留别:多指以诗文作纪念赠给分别的人。▶唐·杜牧《赠张祜》:"数篇留别我,羞杀李将军。"

[2]缣缃:①供书写用的浅黄色细绢。▶唐·颜真卿《送辛子序》:"惜乎困于缣缃,不获缮写。"②指书册。▶唐·孙过庭《书谱》:"若乃师宜官之高名,徒彰史牒;邯郸淳之令范,宜着缣缃。"

鸿爪:宋·苏轼《和子由渑池怀旧》:"人生到处知何似,应似飞鸿踏雪泥,泥上偶然留指爪,鸿飞那复计东西。"后用"鸿爪"比喻往事留下的痕迹。

[3]妆阁:指妇女的居室。▶唐·王维《班婕妤》诗之三:"怪来妆阁闭,朝下不相迎。"

湖上吊韩蕲王[1]

君相筹边只议和,北来鼙鼓震关河。[2]

小朝已定红羊劫,大将空悲白雁歌。[3]

三字狱成同调少,两宫仇在痛心多。[4]

江山满眼都残阙,忍向西湖策蹇过。[5]

注　释

[1]《湖上吊韩蕲王》诗见民国·光铁夫《安徽名媛诗词征略》卷三，黄山书社1986年版。

韩蕲王：指南宋名将韩世忠。韩世忠(1090—1151)，字良臣，自号清凉居士，延安府绥德军(今陕西省榆林市绥德县)人，南宋名将、词人，民族英雄，与岳飞、张俊、刘光世合称"中兴四将"。韩世忠身材魁伟，勇猛过人。出身贫寒，十八岁时应募从军。他英勇善战，胸怀韬略，在抗击西夏、金朝的战争中为宋朝立下汗马功劳，又在平定各地叛乱中作出重大贡献。韩世忠为人耿直，不肯依附权臣秦桧，曾为岳飞遭陷害而鸣不平，史称其"固将帅中社稷臣也"。累迁至镇南、武安、宁国三镇节度使，封爵咸安郡王。晚年杜门谢客，口不谈兵，悠游西湖以自乐。绍兴二十一年(1151)，韩世忠逝世，年六十三。追赠太师、通义郡王。宋孝宗时追封蕲王，位列七王之一。淳熙三年(1176)，谥号"忠武"。后配享宋高宗庙廷。宋理宗时为昭勋阁二十四功臣之一。明清时期更配享历代帝王庙。有词作《临江仙》《南乡子》等传世。

[2]筹边：筹划边境的事务。▶宋·刘过《八声甘州·送湖北招抚吴猎》词："共记玉堂对策，欲先明大义，次第筹边。"

关河：① 指函谷等关与黄河。▶《史记·苏秦列传》："秦四塞之国，被山带渭，东有关河，西有汉中。"② 关山河川。▶《后汉书·荀彧传》："此实天下之要地，而将军之关河也。"

[3]小朝：① 古代人臣晋见君主的寻常朝会，和"大朝"对言。▶《隋书·礼仪志七》："(胡帽)后周一代，将为雅服，小朝公宴，咸许戴之。"② 小朝廷，小国家。▶《新五代史·南唐世家·李景》："景既割地称臣，有语及朝廷为大朝者，梦锡(常梦锡)大笑曰：'君等尝欲致君如尧舜，今日自为小朝邪？'"

[4]三字狱：指无罪被冤成狱。典出▶《宋史·岳飞传》：岳飞被秦桧等诬陷下狱，"韩世忠不平，诣桧诘其实。桧曰：'飞子云与张宪书虽不明，其事体莫须有。'世忠曰：'莫须有三字，何以服天下？'"

[5]残阙：残缺，缺佚。▶宋·吴曾《能改斋漫录·地理》："予以杜孔注疏，证江南之豫章无与于春秋之豫章，审矣。"

李文安

　　李文安(1801—1855),字式和,号玉川,又号玉泉,别号愚荃,榜名文玕,清庐州府合肥县东乡(今属安徽省合肥市肥东县)人。李鸿章之父。清宣宗道光十八年(1838)进士,和曾国藩为同榜。与林则徐之子林汝舟服官刑部。清道光二十一年(1841)会试外廉官,始为部中主管广西、奉天、山西的司员,督理提牢厅兼行秋审处。后为四川主事、云南员外郎,督捕司郎中,记名御史。

　　清文宗咸丰三年(1853),回籍助剿太平军,颇有战绩。咸丰四年(1854)以知府使用,换顶戴。咸丰五年(1855),病逝军中,以知府军营病故例赐恤,追赠道员,先赠资政大夫、通议大夫、建威将军,又赠荣禄大夫、光禄大夫、通奉大夫,在中庙建专祠(今中庙李公祠),宦绩战功宣付国史馆立传。

　　李文安有诗集《愚荃敝帚二种》两卷(上卷《贯垣纪事》、下卷《村居杂景》)。清末时,其曾孙李国杰将其平生文章、诗歌等辑为八卷,以《李光禄公遗集》为名编入《合肥李氏三世遗集》之中。

白衣草庐[1]

肥水滩头旧钓矶,羊裘日坐自忘机。[2]

浮槎云影蜀峰雪,一样随人看白衣。[3]

注　释

　　[1]《白衣草庐》诗见清·李国杰辑《合肥李氏三世遗集〈李光禄公遗集〉》,光绪三十年(1904)合肥李氏刊本。

　　[2] 钓矶:钓鱼时坐的岩石。▶北周·明帝《贻韦居士诗》:"坐石窥仙洞,乘槎下钓矶。"

　　羊裘:汉朝严光少有高名,与刘秀同游学,后刘秀即帝位,光变名隐身,披羊裘钓泽中。见《后汉书·逸民传·严光》。后因以"羊裘"指隐者或隐居生活。

　　[3] 白衣:此处指平民。白衣为古代平民服,亦指无功名或无官职的士人。

村居杂景[1]

平川春雨

平川春水白于鹅,细雨廉纤印远波。[2]

青草岸边人小立,东风一笠一渔蓑。[3]

注 释

[1]《村居即景》诗见清·李国杰辑《合肥李氏三世遗集〈李光禄公遗集〉》,光绪三十年(1904)合肥李氏刊本。原诗共50首,为李文安在老家时所作。

[2]廉纤:细小,细微。多用以形容微雨。 ▶唐·韩愈《晚雨》诗:"廉纤晚雨不能晴,池岸草间蚯蚓鸣。"

[3]小立:暂时立住。 ▶宋·杨万里《雪后晚晴赋绝句》:"只知逐胜忽忘寒,小立春风夕照间。"

露皋秋晴

露湿兰皋秋雨晴,云霞万态碧天清。[1]

棱棱爽气迎朝日,人在蓬壶顶上行。

注 释

[1]兰皋:长兰草的涯岸。 ▶《楚辞·离骚》:"步余马于兰皋兮,驰椒丘且焉止息。"

云峰晚秀

卅六芙蓉大小孤,白衣苍狗极须臾。[1]

先生一笑归来晚,看遍青天万变图。

注 释

[1]苍狗:① 青狗,天狗。古代以为不祥之物。 ▶明·屠隆《昙花记·严公冤对》:"昔彭生柱死,黑豕人啼,如意酖亡,苍狗昼现。"② 比喻世事变幻无常。 ▶唐·杜甫《可叹》:"天上浮云似白衣,斯须改变如苍狗。"

云海晨香

野店山家处处宜,嫩寒微雪晚风时。

香云万树春如海,老鹤一声花满枝。

晴斓山光

好山当户日分明,黛色风光画不成。

婚嫁累人人不累,卧游五岳自纵横。

午窗水色

水色侵窗午景晴,楼台倒影最分明。

苍葭两岸秋千尺,写出伊人澹泊情。

万花绣岭

朱朱白白更黄黄,麋鹿酣春蝶醉香。[1]

万仞花屏如锦簇,个中宜着浣溪堂。

注 释

[1]酣春:春意正浓。▶唐·李贺《河南府试十二月乐词·二月》:"劳劳胡燕怨酣春,薇帐逗烟生绿尘。"

百鸟喧林

紫云亭阁绿杨城,闲倚东风听晓莺。

得意花天同乐处,朝阳影里凤音清。

桃李春花

秾李夭桃一色春,小村风景剧宜人。[1]

待他结子无言日,阴满山蹊绿叶新。[2]

注 释

[1]秾李:华美的李花。▶唐·王宏《从军行》:"儿生三日掌上珠,燕颔猿肱秾李肤。"

[2]山蹊:山中小路。

芭蕉夜雨

亭院浓阴水墨横,夜来寒雨作秋声。
廉纤万点窗前滴,独拨聊床十载情。

砌虫秋语

闲卧纱橱梦不成,碧天如水夜云轻。
隔邻灯影深宵绩,总为阶前促织声。

山蝉暮吟

匹马单衫石径行,万山浓翠夕音横。
烟痕满路蝉吟急,十里春风不断声。

鱼上春冰

吹到东风冻渐轻,方塘半亩绿波生。
春雷未动龙方蛰,时有鲼鱼水面行。

鸢曳晴空

百尺晴丝曳半空,飞鸢跕跕入东风。
绿杨城郭高低影,凤泊鸢飘势最工。

黄鹂柑酒

三月江南绿草齐,春声万树画桥西。
谁人识得花天趣,斗酒双柑且自携。[1]

注 释

[1]斗酒双柑:指春日胜游。▶唐·冯贽《云仙杂记·俗耳针砭诗肠鼓吹》引《高隐外书》:"戴颙春携双柑斗酒,人问何之,曰:'往听黄鹂声。'"

绿阴眠琴

绿叶横天万树阴,红尘飞不到苔岑。[1]

倦来且作羲皇卧,得意时调山水音。[2]

注释

[1]苔岑:指志同道合的朋友。典出 ▶ 晋·郭璞《赠温峤》诗:"人亦有言,松竹有林。及尔臭味,异苔同岑。" ▶ 清·赵翼《哭筠浦相公》诗:"交谊苔岑五十秋,喜听摖席懋勋猷。"

[2]羲皇:即伏羲氏。 ▶ 唐·杜甫《醉时歌》:"先生有道出羲皇,先生有才遇屈宋。"

豆棚雨霁

绿阴满架雨初霁,红豆一枝烟正肥。

北渚澌澌流水活,南山冉冉湿云归。

瓜圃夕阴

晚来荷筱瓜田去,足踏秋烟一径阴。[1]

爱煞林泉如画裹,斜阳压陇绿云深。[2]

注释

[1]秋烟:秋日的烟霭。 ▶ 唐·卢照邻《宴梓州南亭》诗:"长薄秋烟起,飞梁古蔓垂。"

[2]绿云:喻绿叶。 ▶ 宋·张镃《念奴娇·宜雨亭咏千叶海棠》词:"绿云影里,把明霞织就,千重文绣。"

涧松吟雨

百尺长松吟古涧,晚来风雨学龙吟。[1]

折巾归去碧山客,添谱云岩一曲琴。[2]

注释

[1]龙吟:① 龙鸣。亦借指大声吟啸。 ▶《文选·张衡〈归田赋〉》:"尔乃龙吟方泽,虎啸山丘。"② 形容箫笛类管乐器声音响亮。 ▶ 南朝·梁·刘孝先《咏竹诗》:"谁能制长笛,当为作龙吟。"③ 形容声音深沉或细碎。 ▶ 宋·陆游《题庵壁》诗:"风来松度龙吟曲,雨过庭余鸟迹书。"④ 形容语声洪亮。 ▶ 唐·吕岩《勉牛生夏侯生》诗:"鹤形兮龟骨,龙吟兮虎颜。"⑤ 喻指君主的号令。 ▶ 前蜀·杜光庭《虬髯客传》:"起陆之贵,际会如期,虎啸风生,龙吟云萃,

固非偶然也。"

[2]云岩:① 高峻的山。▶ 唐·王丘《咏史》:"云岩响金奏,空水滟朱颜。"② 指云岩寺。▶ 宋·范成大《再到虎丘》诗:"有缘再踏云岩路,无处重寻石井泉。"

草塘吠蛙

闲倚湘帘数落花,林阴无罅遍天涯。[1]

东风已换池塘绿,草长平坡乱蛙吠。

注 释

[1]罅[xià]:缝隙,裂缝。

秧畦叱犊[1]

平川万顷白波生,深树时听买轭声。

青笠绿蓑烟雨里,一犁黄犊学春耕。

注 释

[1]叱犊:大声驱牛,牧牛。▶ 宋·陆游《访村老》诗:"大儿叱犊戴星出,稚子捕鱼乘月归。"

灯庑夜舂

庑下幢幢灯影红,晨炊欲备且高舂。

谁人识得村墟苦,华子冈头夜听钟。[1]

注 释

[1]村墟:村庄,亦指乡村集市。▶ 北周·庾信《寒园即目》诗:"寒园星散居,摇落小村墟。"

鸡窗宵绩[1]

纸阁芦帘夜绩绵,寒鸡啼彻晓霜天。[2]

偷光欲佐邻窗读,不信高楼尚管弦。[3]

注 释

[1]鸡窗:指书斋。典出 ▶ 南朝·宋·刘义庆《幽明录》:"晋兖州刺史沛国宋处宗尝买得

一长鸣鸡,爱养甚至,恒笼着窗间。鸡遂作人语,与处宗谈论,极有言智,终日不辍。处宗因此言巧大进。"

[2]纸阁:用纸糊贴窗、壁的房屋。多为清贫者所居。▶宋·陆游《纸阁午睡》诗:"纸阁砖炉火一枕,断香欲出碍蒲帘。"

[3]偷光:谓家贫而苦读。典出▶《西京杂记》卷二:"匡衡字稚圭,勤学而无烛,邻舍有烛而不逮,衡乃穿壁引其光。以书映光而读之。"

院竹鸣秋

古院旧栽千个竹,凌云蔽日绿阴横。

撩人秋思不成寐,半是风声半雨声。

冬檐曝背[1]

岁晚务闲无个事,晴檐倚壁负暄眠。[2]

要知就日瞻云意,已在衔芹献曝年。[3]

注 释

[1]曝背:① 背朝烈日。▶汉·贾谊《新书·春秋》:"夫百姓煦牛而耕,曝背而耘,苦勤而不敢惰者,岂为鸟兽也哉?"② 借指耕作。▶《三国志·蜀志·秦宓传》:"仆得曝背于陇亩之中……安身为乐,无忧为福。"③ 以背向日取暖。▶唐·刘长卿《初到碧涧招明契上人》诗:"渐老知身累,初寒曝背眠。"

[2]负暄:① 意为向君王敬献忠心。典出▶《列子·杨朱》:"昔者宋国有田夫,常衣缊黂,仅以过冬。暨春东作,自曝于日,不知天下之有广厦隩室,绵纩狐貉。顾谓其妻曰:'负日之暄,人莫知者。以献吾君,将有重赏。'"▶明·李东阳《次韵体斋病起见寄》之一:"防身戒久同持律,爱国情深比负暄。"② 冬天受日光曝晒取暖。▶唐·包佶《近获风痹之疾题寄所怀》诗:"唯借南荣地,清晨暂负暄。"

[3]就日:比喻对天子的崇仰或思慕。语出▶《史记·五帝本纪》:"帝尧者,放勋。其仁如天,其知如神。就之如日,望之如云。"▶唐·骆宾王《夏日游德州赠高四诗序》:"固仰长安而就日,赴帝乡以望云。"

夏屋乘凉

广厦庇人人不觉,清凉境界尽流连。

可知赤日当天候,逐热长途只自怜。

凭轩观稼[1]

半山半水数椽屋,宜稻宜粱万顷田。

吹到西风秋稼熟,凭轩一眺一欣然。[2]

注 释

[1] 观稼:观看庄稼。 ▶《周礼·地官·司稼》:"巡野观稼,以年之上下出敛法。"

[2] 秋稼:秋季的庄稼。 ▶《后汉书·安帝纪》:"今年秋稼茂好,垂可收获,而连雨未霁,惧必淹伤。"

垂帘读书

年来不插尘中脚,镇日垂帘读道书。[1]

春色自来还自去,东风吹绿上阶除。[2]

注 释

[1] 镇日:整天,从早到晚。 ▶宋·朱熹《邵武道中》诗:"不惜容鬓凋,镇日长空饥。"

道书:道家或佛家的典籍。 ▶《后汉书·西域传论》:"详其清心释累之训,空有兼遣之宗,道书之流也。"

[2] 阶除:台阶。 ▶汉·蔡邕《伤故栗赋》:"树遐方之嘉木兮,于灵宇之前庭。通二门以征行兮,夹阶除而列生。"

登楼夜月

庾亮南楼月正明,无烦千里计阴晴。

直凭长笛吹云散,不许微尘滓太清。[1]

注 释

[1] 微尘:① 佛教语。色体的极小者称为极尘,七倍极尘谓之"微尘"。常用以指极细小的物质。 ▶北齐·颜之推《颜氏家训·归心》:"何故信凡人之臆说,迷大圣之妙旨,而欲必无恒沙世界,微尘数劫也?" ② 极细小的尘埃。 ▶唐·崔珏《和人听歌》:"《巫山》唱罢行云过,犹自微尘舞画梁。" ③ 喻指卑微不足道者。常用作谦词。 ▶南朝·梁·陶弘景《冥通记》卷二:"刘夫人曰:'周生,尔知积业树因从何而来,得如今日乎?'子良答曰:'微尘下俗,实所不究。'"

太清:① 天空。 ▶《鹖冠子·度万》:"唯圣人能正其音,调其声,故其德上及太清,下及太宁,中及万灵。" ② 天道,自然。 ▶《庄子·天运》:"行之以礼义,建之以太清。" ③ 引申指太古无为而治之时。▶《淮南子·本经训》："太清之始也,和顺以寂漠。"④ 古人指元气之清者。▶《淮南子·道应训》："太清问于无穷曰:'子知道乎。'"高诱注："太清,元气之清者也。"⑤ 三清之一。道教谓元始天尊所化法身道德天尊所居之地,其境在玉清、上清之上,唯成仙方能入此,故亦泛指仙境。▶晋·葛洪《抱朴子·杂应》："上升四十里,名为太清,太清之中,其气甚刚,能胜人也。"

乘屋冬晴

几束菅华满屋曦,茅龙辛苦为更衣。[1]

夕阳一桁新门巷,不谈春来燕子归。[2]

注释

[1] 茅龙:相传仙人所骑的神物。▶汉·刘向《列仙传·呼子先》："呼子先者,汉中关下卜师也,老寿百余岁。临去,呼酒家老妪曰:'急装,当与妪共应中陵王。'夜有仙人持二茅狗来至,呼子先。子先持一与酒家妪,得而骑之。乃龙也,上华阴山。"

[2] 一桁:① 犹言一挂。▶唐·杜牧《十九兄郡楼有宴病不赴》诗:"空堂病怯阶前月,燕子嗔垂一桁帘。"② 谓一行,一列。▶前蜀·韦庄《灞陵道中》诗:"春桥南望水溶溶,一桁晴山倒碧峰。"

小堂叙坐

戚邻隔巷时来往,尊酒杯茶礼数完。

孺人逢迎稚子乐,一堂图书合家欢。

曲室围炉

冰霜满地北风吼,矮屋数闲只闭门。

料理曲房安土炕,满炉榾柮一家温。[1]

注释

[1] 榾柮:木柴块、树根疙瘩。可代炭用。▶前蜀·贯休《深山逢老僧》诗之一:"衲衣线粗心似月,自把短锄锄榾柮。"

断桥倚仗

断桥流水斜阳路,倚仗听泉古趣真。

一笑青天白云散,寻诗又作跨驴人。

古寺听钟

深山远树钟声晚,古寺寻僧结胜游。

一宿招提天又晓,松风警梦梵音遒。

宾筵情话[1]

秋松春韭山中味,赤脚科头席上宾。[2]

亲坐喧哗杯酒洽,儿婚女嫁说前因。

注　释

[1]宾筵:①宴请宾客的筵席。▶唐·张说《三月三日诏宴定昆池宫庄赋得筵字》:"不降玉人观禊饮,谁令醉舞拂宾筵。"②指鹿鸣宴。▶清·周亮工《书影》卷一:"商丘陈叟,名百万,生长嘉隆间,一百九龄,曾登宾筵。"③指幕宾席位。

[2]科头:不戴冠帽,裸露头髻。▶晋·葛洪《抱朴子·刺骄》:"或乱项科头,或裸袒蹲夷……此盖左衽之所为,非诸夏之快事也。"

邻社饮春

数家共结枌榆社,每际春秋一大酺。[1]

满屋夕阳扶醉去,明朝分肉约重沽。

注　释

[1]大酺:大宴饮。▶《史记·秦始皇本纪》:"五月,天下大酺。"

瀹茗清泉

我是江南桑苎翁,茶经重与绩庐仝。

清心最爱中泠味,一曲瓶笙活火红。

垂纶曲港

大泽羊裘渭水璜,钓名钓国自流芳。

何如曲港垂纶者,物外桃源与世忘。

麦秋听雉

桑枝如幄绿云稠,麦浪平铺万亩秋。

雉雊一声晨气润,海天蜃气梦层楼。[1]

注　释

[1] 雉雊:雉鸡鸣叫。 ▶《礼记·月令》:"(季冬之月)雁北乡,鹊始巢,雉雊鸡乳。"

菊天持螯

禽华麇色晚秋天,酒国诗家结胜缘。[1]

搓罢绿橙香在手,持螯烂醉坐花筵。[2]

注　释

[1] 禽华:菊的别名。 ▶《古文苑·班婕妤〈捣素赋〉》:"见禽华以麇色,听霜鹤之传音。"
[2] 花筵:华美之席。 ▶ 唐·王勃《七夕赋》:"拂花筵而惨恻,披叶序而徜徉。"

南陌翁藜

蹒跚南陌一藜归,老态皤然对夕晖。[1]

偶遇邻翁闲话旧,图开三笑认依稀。

注　释

[1] 皤然:白貌,多指须发。 ▶《南史·范缜传》:"年二十九,发白皤然,乃作《伤春诗》《白发咏》以自嗟。"

东菑童饷[1]

蒸藜炊麦饷东畦,三尺村童手自携。

烟裹沧浪歌一曲,桑阴驯雉任羁栖。[2]

注　释

[1] 东菑:泛指田园。 ▶ 南朝·梁·沈约《郊居赋》:"纬东菑之故耜,浸北亩之新渠。"
[2] 驯雉:① 驯顺的雉。 ▶《晋书·孝友传论》:"许孜少而敏学,礼备在三。驯雉栖其梁栋。"② 以"驯雉"称颂地方官吏施行仁政,泽及鸟兽之典。典出 ▶《后汉书·鲁恭传》:"建初七年,郡国螟伤稼,犬牙缘界,不入中牟。河南尹袁安闻之,疑其不实,使仁恕掾肥亲往廉之。

恭随行阡陌,俱坐桑下,有雉过,止其傍。傍有童儿,亲曰:'儿何不捕之?'儿言:'雉方将雏。'亲瞿然而起,与恭诀曰:'所以来者,欲察君之政迹耳。今虫不犯境,此一异也;化及鸟兽,此二异也;竖子有仁心,此三异也。久留,徒扰贤者耳。'"

羁栖:指淹留他乡。 ▶唐·杜甫《熟食日示宗文宗武》诗:"消渴游江汉,羁栖尚甲兵。"

烟樵林薄

晚烟林薄听樵声,石径归来夕照晴。

翁子横经殊太俗,尧天问答信多情。[1]

注 释

[1]横经:横陈经籍。指受业或读书。▶南朝·梁·何逊《七召·儒学》:"横经者比肩,拥帚者继足。"

霜劚芋田

蹲鸱几日熟平田,白木长镵劚晓天。[1]

领取十年真宰相,煨来佛地有前缘。

注 释

[1]蹲鸱:①大芋。因形状如蹲伏的鸱,故称。▶《史记·货殖列传》:"吾闻汶山之下,沃野,下有蹲鸱,至死不饥。"②饮酒猜拳时对大拇指的代称。▶《全唐诗》卷八七九载《招手令》:"以蹲鸱间虎膺之下,以钩戟差玉柱之旁。"③书法侧笔(点)的笔势。▶明·张绅《法书通释·八法》:"侧,蹲鸱而坠石。"

镵[chán]:古代的一种掘土器。装上弯曲的长柄,用以掘土,称长镵。

劚[zhǔ]:①大锄。▶春秋·左丘明《国语·齐语》:"恶金以铸鉏、夷、斤、劚,试诸壤土。"②挖。▶元·无名氏《居家必用事类全集·移桑法》:"其下常劚掘,种绿豆、小豆。"③砍。▶宋·杨万里《远峰》诗:"孤巘秀何似,碧莲含未开。谁将修月斧,劚取一尖来。"

晓天:拂晓时的天色。▶唐·陈子昂《春夜别友人》诗:"明月隐高树,长河没晓天。"

卧厂晒药

碧山探药归来后,晒向空场秋正晴。[1]

高卧绿阴人不识,闲招陆羽检遗经。[2]

注 释

[1] 空场:空旷的场地。 ▶《二十年目睹之怪现状》第六一回:"他的那篷厂是搭在空场上面,纵使烧了,也是四面干连不着的。"

[2] 遗经:① 指古代留传下来的经书。 ▶《晋书·王湛荀崧等传论》:"崧则思业该通,缉遗经于已紊。"② 谓留给子孙以经书。语本 ▶《汉书·韦贤传》:"遗子黄金满籝,不如一经。"

开径锄花[1]

闲开蒋径招三益,客散高轩兴尚赊。[2]

朗诵名言寻逸趣,自锄明月种梅花。[3]

注 释

[1] 开径:亦作"开迳"。① 开辟路径。 ▶《宋书·谢灵运传》:"尝自始宁南山伐木开迳,直至临海,从者数百人。"② 意指只接待少数高人雅士,绝不与官场的俗人来往。典出 ▶《文选·谢灵运〈田南树园激流植援〉诗》:"唯开蒋生迳,永怀求羊踪。"李善注引《三辅决录》:"蒋诩,字元卿,隐于杜陵。舍中三迳,惟羊仲、求仲从之游。二仲皆挫廉逃名。"

[2] 三益:① 谓直、谅、多闻。语本 ▶《论语·季氏》:"孔子曰:益者三友,损者三友。友直,友谅,友多闻,益矣。" ▶《后汉书·冯衍传下》:"臣自惟无三益之才,不敢处三损之地。"② 借指良友。 ▶晋·挚虞《答杜育》诗:"赖兹三益,如琢如切。"③ 指梅、竹、石。 ▶宋·罗大经《鹤林玉露》卷五:"东坡赞文与可梅竹石云:'梅寒而秀,竹瘦而寿,石丑而文,是为三益之友。'"

[3] 逸趣:超逸不俗的情趣。 ▶南朝·梁·沈约《钟山诗应西阳王教》:"君王挺逸趣,羽旆临崇基。"

木棉飞雪

木棉如雪满秋畦,妇子辛勤检未齐。

衣被万家春永住,不教轻暖让狐貉。[1]

注 释

[1] 轻暖:亦作"轻煖"。① 轻软而暖和。 ▶《墨子·辞过》:"当今之主,其为衣服则与此异矣,冬则轻煖,夏则轻清。"② 指轻软暖和的衣服。 ▶《孟子·梁惠王上》:"为肥甘不足于口与?轻煖不足于体与?"③ 微暖。 ▶宋·阮逸女《花心动》词:"乍雨乍晴,轻暖轻寒,渐近赏花时节。"

石洞敲棋

石洞春秋自太古,楸枰一局几千年。[1]

怜他柯烂旁观客,不识身游广莫天。[2]

注 释

[1] 楸枰:古时棋盘。多用楸木制作,故名。 ▶唐·温庭筠《观棋》诗:"闲对楸枰倾一壶,黄华坪上几成卢。"

[2] 柯烂:斧柄朽烂。传说晋人王质伐木入石室山观仙人对弈,对弈毕,而斧柄已朽,喻时间久远。 ▶唐·钱起《过瑞龙观道士》诗:"主人善止客,柯烂忘归年。"

云林读画

萧疏一幅云林画,澹墨生绡点缀工。[1]

认取横江新雨后,天开粉本领西东。[2]

注 释

[1] 生绡:未漂煮过的丝织品。古时多用以作画,因亦指画卷。 ▶唐·韩愈《桃源图》诗:"流水盘迴山百转,生绡数幅垂中堂。"

[2] 天开:① 谓天予开发、启示。 ▶《史记·魏世家》:"以是始赏,天开之矣。" ② 指日行北归、阳气复生。 ▶明·张居正《贺冬至表一》:"玉律迎阳,万国际天开之运。"

桐叶题诗

亲景闲编五十诗,检来桐叶写淋漓。[1]

春秋佳日原同乐,鼓吹升平唱竹词。

注 释

[1] 闲编:亦作"间编",编次杂乱。 ▶《汉书·刘歆传》:"孝成皇帝闵学残文缺,稍离其真,乃陈发秘臧,校理旧文,得此三事,以孝学官所传,经或脱简,传或间编。"

长至日自述[1]

我是高阳一酒徒,单车丈剑出皇都。[2]

春风纵猎禹王涘,秋月扬帆焦姥湖。[3]

搜剔翘材成大栋,芟夷荆棘见平芜。[4]

他年若访老生迹,一舸烟波范大夫。[5]

注 释

[1]《长至日自述》诗见清·李国杰辑《合肥李氏三世遗集〈李光禄公遗集〉》,光绪三十年(1904)合肥李氏刊本。长至日:夏至日。

[2]高阳酒徒:刘邦起兵过陈留,高阳儒生郦食其求见,刘邦拒之。郦生瞋目按剑曰:"吾高阳酒徒。"遂延入。典出▶《史记·郦生列传》。

[3]焦姥湖:即巢湖。

[4]芟[shān]夷:芟,割草,除去。夷,弄平。意为删除,砍伐。

[5]范大夫:范蠡,春秋末越国大夫,曾与文种协力,一举灭吴。并曾仕齐为相。后弃官散财,泛舟江湖。

李文猷

李文猷(1808—1865),字玉坪,清安徽合肥(今安徽省合肥市)人。李鸿章叔父。诸生,官江苏候补巡检,能诗,著有《紫藤花馆诗集》,未梓。

和张煦涵藤花次韵[1]

花开豆荚浑相似,架引葡萄却一般。

但见半庭飞紫雪,几疑高卧有袁安。

坐纳微凉正午宜,当门却爱绿阴垂。

幽人久愿抛簪组,日对紫烟霸雨姿。[2]

注 释

[1]《和张煦涵藤花次韵》诗见清·陈诗《庐州诗苑》卷二,民国十五年(1926)铅印本。

[2]簪组:① 冠簪和冠带。▶唐·王维《留别丘为》:"亲劳簪组送,欲趁莺花还。"② 借指官宦。▶《旧五代史·唐书·庄宗纪四》:"伪宰相郑珏等一十一人,皆本朝簪组,儒苑品流。"

沈绩熙

沈绩熙(1812—1904),字咸乡,号赓初,亦号湘农。晚清安徽合肥(今安徽省合肥市)人。沈若浤第三子。清穆宗同治十年(1871)辛未科进士。官刑部主事。后辞归,主庐阳书院。著有《第七泉山房诗集》。

教弩松荫[1]

高台临雉堞,魏武此凭栏。[2]

何处寻遗镞,松荫一径寒。

注 释

[1]《教弩松荫》诗见民国·李家孚《合肥诗话》卷中,民国苏城临顿路毛上珍铅活字本。

[2]雉堞:又称垛墙,上有垛口,可射箭和瞭望。泛指城墙。▶《陈书·侯安都传》:"石头城北接岗阜,雉堞不甚危峻。"

魏武:指魏武帝曹操。

题金山图[1]

浮玉山前昔舣舟,今朝画里豁吟眸。[2]

一枝塔影随云去,缥缈青涟北固楼。[3]

注 释

[1]《题金山图》诗见民国·李家孚《合肥诗话》卷中,民国苏城临顿路毛上珍铅活字本。原诗二首选其一。

[2]吟眸:指诗人的视野。▶元·范康《竹叶舟》第一折:"暇日相携登眺,凭高处共豁吟眸。"

[3]青涟:碧绿的河水漾着浅浅的波纹。语出▶《诗·魏风·伐檀》:"河水清且涟猗。"

北固楼：楼名。在今江苏省镇江市北固山上。东晋时，蔡谟首起楼其上，以贮军实，谢安复营葺之。是后崩坏，顶犹有小亭，登降甚狭。南朝梁时萧正义乃广其路。大同十年(544)梁武帝登望久之，敕曰："此岭不足固守，然京口实乃壮观。"于是改楼曰"北顾楼"。梁武帝作有《登北顾楼》诗。▶宋·辛弃疾《南乡子·登京口北固亭有怀》词："何处望神州，满眼风光北固楼。"

冯志沂

冯志沂(？—1867)，字鲁川，清山西代州(今山西省忻州市代县)人。清宣宗道光十六年(1836)进士，官终安徽徽宁池太道。以清静治民，不阿上司。卒时行箧仅书千卷。著有《微尚斋诗文集》。

谒包孝肃祠答王谦斋[1]

胜地水云外，荒城兵火余。

昔贤遗栋宇，高咏集簪裾。[2]

祠是重新后，家犹聚族居。

欧苏吾岂敢，所惧吏才疏。

公政何尝猛，传闻或异词。[3]

批鳞陈赋税，刻骨念疮痍。[4]

竭泽世多术，执鞭吾后时。[5]

瓣香遗像在，俯仰愧黔黎。[6]

注　释

[1]《谒包孝肃祠答王谦斋》诗见清·冯志沂《微尚斋诗集续集》卷二，清同治九年(1870)刻本。

[2]高咏：① 朗声吟咏。▶晋·王羲之《与谢万书》："兴言高咏，衔杯引满。"② 佳作，美篇。▶宋·梅尧臣《晏成续太祝遗双井茶》诗："神还气王读高咏，六十五篇金出沙。"

簪裾：古代显贵者的服饰。借指显贵。▶《南史·张裕传》："而茂陵之彦，望冠盖而长怀；渭川之甿，伫簪裾而竦叹。"

[3]异词：不同的言论和意见。▶宋·陈亮《信州永丰县社坛记》："辛幼安以为文叔爱其民如古循吏……余过永丰道上，行数十里而民无异词。"

[4]批鳞：① 谓敢于直言犯上。▶《陈书·后主纪》："若逢廷折，无惮批鳞。"② 削除鱼鳞。▶元·李文蔚《燕青博鱼》第二折："快与我抹下浅盆，磨下刀刃，你看我雪片也似批鳞。"

[5]执鞭:① 持鞭驾车,多藉以表示卑贱的差役。 ▶《论语·述而》:"富而可求也,虽执鞭之士,吾亦为之。" ② 执教。

后时:① 失时,不及时。 ▶《楚辞·贾谊〈惜誓〉》:"黄鹄后时而寄处兮,鸱枭群而制之。" ② 后来,以后。 ▶《晋书·羊祜传》:"天下不如意,恒十居七八,故有当断不断,天与不取,岂非更事者恨于后时哉!"

[6]瓣香:① 佛教语。犹言一瓣香。 ▶宋·陈若水《沁园春·寿游侍郎》词:"丹心在,尚瓣香岁岁,遥祝尧龄。" ② 师承,敬仰。 ▶清·洪亮吉《北江诗话》卷一:"近来浙中诗人,皆瓣香厉鹗《樊榭山房集》。" ③ 喻崇敬的心意。 ▶郭沫若《参观刘胡兰纪念馆》诗:"五洲万国佳儿女,海角天涯献瓣香。"

黔黎:黔首黎民。指百姓。 ▶汉·应劭《风俗通·怪神·城阳景王祠》:"死生有命,吉凶由人,哀我黔黎,渐染迷谬,岂乐也哉?"

秋日谦斋及寮友招集包公祠即事有作[1]

不能刍牧求,立视牛羊死。[2]

久知作郡难,未谓今至此。[3]

平生山林兴,敛着簿书底。

秋与诗客来,吾闻足音喜。

荒祠附城闉,风日顿清美。

颇追京洛游,况集东南士。

兵后田园焦,一湾剩烟水。

徜徉固云幸,尸素亦堪耻。[4]

举杯酹希仁,公去神在焉。[5]

天殆富朱方,时惟尊伯始。[6]

近闻巢湖清,名世傥再起。

夕阳忽在山,太守先醉矣。

注 释

[1]《秋日谦斋及寮友招集包公祠即事有作》诗见清·冯志沂《微尚斋诗集续集》卷二,清同治九年(1870)刻本。

[2]刍牧：①割草放牧。▶《左传·昭公六年》："禁刍牧采樵，不入田。"②放牧的人。▶《史记·平津侯主父列传》："卜式试于刍牧，弘羊擢于贾竖，卫青奋于奴仆，日䃅出于降虏，斯亦曩时版筑饭牛之朋矣。"③家畜。指马牛羊之类。▶《旧唐书·罗弘信传》："存信御军无法，侵魏之刍牧，弘信不平之。"

[3]作郡：指担任一郡长官，治理地方。▶宋·陆游《老学庵笔记》卷五："田登作郡，自讳其名，触者必怒，吏卒多被榜笞。"

[4]尸素：①谓居位食禄而不尽职。常用作自谦之词。▶三国·魏·钟繇《上汉献帝自劾书》："尸素重禄，旷职废任。"②指居位食禄不尽职的人。▶《陈书·后主纪》："政刑日紊，尸素盈朝，耽荒为长夜之饮。"

[5]希仁：包拯的字。

[6]伯始：东汉时期重臣、学者胡广的字。▶《后汉书·胡广传》："虽无謇直之风，屡有补阙之益。故京师谚曰：'万事不理问伯始，天下中庸有胡公。'"

戏赠谦斋[1]

举世颠阿章，俗论那足齿。[2]

坡公亦从众，要是戏剧耳。[3]

昔参濠上军，汪伦盖奇士。[4]

酒酣忆旧游，为我话涔水。

曰有徐与王，诗笔今杜李。

皖江友徐穉，针芥快无比。[5]

匆匆领郡符，悯悯别知己。

所赖君日近，高言庶予起。

持询郡功曹，藉藉说风子。[6]

君隐郡西山，足不入城市。

乃为太守来，世议傥缘此。[7]

我非能挽推，君久薄青紫。[8]

一昨共杯勺，谈深移漏晷。[9]

百槛乞转温，家珍数经史。[10]

偶然及时事,眦裂发上指。[11]

我夙负狂名,蹉跎历三纪。[12]

颇复学顽钝,与世相诺唯。[13]

愿君弭麾幢,吾已夷壁垒。[14]

沁酒从老兵,诊诗求灶婢。[15]

我狂或有瘳,君风亦良已。[16]

注　释

[1]《戏赠谦斋》诗见清·冯志沂《微尚斋诗集续集》卷二,清同治九年(1870)刻本。

[2] 阿章:对宋米芾的昵称。米芾字元章,故称。 ▶宋·黄庭坚《戏赠米元章》诗之二:"虎儿笔力能扛鼎,教字元晖继阿章。"

[3] 从众:依从多数人的意见。 ▶《左传·成公六年》:"圣人与众同欲,是以济事,子盍从众?"

[4] 濠上:① 濠水之上。后多用"濠上"比喻别有会心、自得其乐之地。 ▶《庄子·秋水》记庄子与惠子游于濠梁之上,见鯈鱼出游从容,因辩论鱼知乐否。② 指代庄子。 ▶南朝·宋·谢灵运《山居赋》:"见柱下之经二,睹濠上之篇七。"

[5] 针芥:① 喻极细微之处或极细小的事物。 ▶清·张岱《陶庵梦忆·虎丘中秋夜》:"听者寻入针芥,心血为枯,不敢击节,惟有点头。"② 被磁石吸引的针和被琥珀吸引的芥。 ▶清·龚自珍《阮尚书年谱第一序》:"公知人若水镜,受善若针芥。"

[6] 风子:疯子,亦指佯作癫狂或浪荡不检的人。此处指王尚辰。王尚辰,字伯垣,一说字北垣,号谦斋,别号五峰、木鸡老人、遗园老人,人多呼为"王谦斋""王五疯"。 ▶宋·蔡启《蔡宽夫诗话·杨凝式题诗》:"杨凝式仕后唐、晋、汉间,落魄不自检束,自号杨风子,终能以智自完。"

[7] 世议:世人的评论。 ▶南朝·宋·鲍照《代白头吟》:"人情贱恩旧,世议逐衰兴。"

[8] 挽推:① 引荐。 ▶宋·刘克庄《沁园春》词:"阁启上宾,侬观诸老,个主人公喜挽推。" ② 扶持。 ▶廖仲恺《刘君一苇托人将折扇来乞题诗》之一:"半壁东南共挽推,十年前事首重回。莫嗟岁月蹉跎老,曾阅人间几劫灰。"

[9] 一昨:前些日子。 ▶《淳化阁帖·晋王羲之帖》:"多日不知君闻,得一昨书,知君安善为慰。"

漏晷:漏,古代宫中计时器。用铜壶滴漏,称宫漏。晷,即日晷,古人利用太阳投射的影子来测定时刻的装置,又称"日规"。漏晷,也可以形容顷刻、片刻,或指时刻、时间。

[10] 百榼:犹言很多杯酒,喻善饮。 ▶宋·苏轼《酒子赋》:"吾饮少而辄醉兮,与百榼其均齐。"

[11]眦裂:目眶瞪裂。形容盛怒。语本▶《史记·项羽本纪》:"(樊哙)瞋目视项王,头发上指,目眦尽裂。"

[12]狂名:狂士的名声。▶唐·柳宗元《答韦中立论师道书》:"独韩愈奋不顾流俗,犯笑侮,收召后学,作《师说》……愈以是得狂名。"

[13]顽钝:① 指器物不锋利。▶汉·刘向《说苑·杂言》:"夫隐括之旁多枉木,良医之门多疾人,砥砺之旁多顽钝。" ② 愚昧,迟钝。▶汉·班固《白虎通·辟雍》:"顽钝之民,亦足以别于禽兽而知人伦。" ③ 指愚昧而迟钝的人。▶清·刘大櫆《祭望溪先生文》:"诱而掖之,振聩开愚,卒令顽钝,稍识夷途。" ④ 圆滑而无骨气。▶《史记·陈丞相世家》:"然大王能饶人以爵邑,士之顽钝嗜利无耻者亦多归汉。" ⑤ 犹言蹉跎,谓虚度光阴。▶清·黄宗羲《辞祝年书》:"乃不意顽钝岁月,遂赢先公之十七。"

诺唯:应诺。▶宋·苏轼《戏子由》诗:"道逢阳虎呼与言,心知其非口诺唯。"

[14]麾幢:官员出行时仪仗中的旗帜。▶晋·虞溥《江表传》:"全琮还,经过钱唐,修祭坟墓,麾幢节盖,曜于旧里。"

[15]泥酒:嗜酒。▶唐·韩偓《有忆》诗:"愁肠泥酒人千里,泪眼倚楼天四垂。"

灶婢:女厨工。▶宋·周必大《元宵煮浮圆子前辈似未曾赋此坐间成四韵》:"汤官寻旧味,灶婢诧新功。"

[16]良已:痊愈。▶《史记·孝武本纪》:"(武帝)遂幸甘泉,病良已。"

次韵答谦斋留别之作[1]

君卧西山独掩扉,回看城市觉全非。

引年自拟寻黄独,送酒无劳遣白衣。[2]

阅世雄心消涧壑,还家真乐在庭闱。[3]

多惭仲举空悬榻,不奈秋风客忆归。

万屋鳞鳞匝郡城,只今衢路少人行。[4]

客怀久似秋将暮,世事浑如雨不晴。

共为遗黎思长吏,谁知老守本虚名。[5]

待抽手版还公府,渔水樵山足此生。[6]

注 释

[1]《次韵答谦斋留别之作》诗见清·冯志沂《微尚斋诗集续集》卷二,清同治九年(1870)

[2]黄独：植物名。▶唐·杜甫《乾元中寓居同谷县作歌》之二："黄独无苗山雪盛，短衣数挽不掩胫。"

[3]涧壑：①溪涧山谷。▶南朝·梁·孔焘《往虎窟山寺》诗："苹荇缘涧壑，萝葛蔓松楠。"②指隐居处。▶明·陈济生《怀友》诗："烟霞共照须眉色，著述堪娱涧壑心。"

庭闱：内舍。多指父母居住处。▶《文选·束皙〈补亡〉诗》："眷恋庭闱，心不遑安。"

[4]衢路：①歧路，岔道。▶汉·贾谊《新书·审微》："故墨子见衢路而哭之，悲一跬而缪千里也。"②道路。▶《三国志·魏志·管宁传》："谨拜章陈情，乞蒙哀省，抑恩听放，无令骸骨填于衢路。"

[5]遗黎：①亡国之民。▶《晋书·地理志下》："自中原乱离，遗黎南渡，并侨置牧司，在广陵丹徒南城，非旧土也。"②指沦陷区的人民。▶宋·苏辙《送李诚之知瀛州》诗："往事安足惩，遗黎待公保。"③劫后残留的人民。▶《旧唐书·裴度传》："(裴)度乃约法，唯盗贼斗杀外，余尽除之，其往来者，不复以昼夜为限，于是蔡之遗黎始知有生人之乐。"④后世百姓。▶三国·魏·曹植《玄畅赋》："逸千载而流声，超遗黎而度俗。"

[6]手版：①即笏。古时大臣朝见时，用以指画或记事的狭长板子。▶《晋书·谢安传》："既见(桓)温，(王)坦之流汗沾衣，倒执手版。"②手本的别名。▶清·恽敬《与李汀州书》："八月初一日得手书，掷还手版，命此后并此去之，敬当如命。"③手掌。

谦斋赠桂花并系以诗次韵奉答[1]

谁遣天香染市尘，衙斋风物一番新。[2]

雨收残暑都缘月，秋向深山别有春。

招隐攀枝宜此地，不眠倚树定何人。[3]

相看未合无仙骨，金粟光中着此身。[4]

注　释

[1]《谦斋赠桂花并系以诗次韵奉答》诗见清·冯志沂《微尚斋诗集续集》卷二，清同治九年(1870)刻本。

[2]市尘：喻指城市的喧嚣。▶宋·陆游《东窗小酌》："市尘远不到林塘，嫩暑轩窗昼漏长。"

衙斋：衙门里供职官燕居之处。▶明·袁宏道《丘长孺尺牍》："家弟秋间欲过吴，虽过吴，亦只好冷坐衙斋，看诗读书。"

[3]招隐:① 征召隐居者出仕。 ▶唐·高适《留别郑三韦九兼洛下诸公》诗:"幸逢明盛多招隐,高山大泽征求尽。"② 招人归隐。 ▶唐·骆宾王《酬思玄上人林泉》诗:"闻君招隐地,仿佛武陵春。"

[4]金粟:① 钱和粮谷。 ▶《商君书·去强》:"国好生金于竟(境)内,则金粟两死,仓府两虚,国弱;国好生粟于竟(境)内,则金粟两生,仓府两实,国强。"② "金粟如来"的省称。 ▶南朝·齐·王中《头陀寺碑文》:"金粟来仪,文殊戾止。"③ 桂花的别名。因其色黄如金,花小如粟,故称。 ▶宋·范成大《中秋后两日自上沙回闻千岩观下岩桂盛开》:"金粟枝头一夜开,故应全得小诗催。"④ 黄色花蕊。 ▶宋·梅尧臣《梅花》诗:"坠萼谁将呵在鬟,蕊残金粟上眉虫。"⑤ 比喻灯花、烛花。 ▶唐·韩愈《咏灯花同侯十一》:"黄里排金粟,钗头缀玉虫。"⑥ 首饰名。 ▶唐·杨炯《老人星赋》:"晃如金粟,灿若银烛。"⑦ 山名,指金粟山。在陕西省蒲城县东北。唐玄宗泰陵在此山。 ▶唐·刘肃《大唐新语·厘革》:"玄宗尝谒桥陵,至金粟山,睹岗峦有龙盘凤翔之势,谓左右曰:'吾千秋后,宜葬此地。'"⑧ 后世泛指帝王陵墓。 ▶明·李东阳《中元谒陵遇雨》诗之十:"鼎湖龙作雨,金粟鸟呼风。"

寄毅甫[1]

传语龙泉老诗伯,归程几日到烟萝。[2]

高田足雨黄牛健,远道怀人白发多。

寰海风尘殊未已,名山事业近如何。[3]

莫虚讲席诸生意,早共闲云出涧阿。[4]

注 释

[1]《寄毅甫》诗见清·冯志沂《微尚斋诗集续集》卷二,清同治九年(1870)刻本。

毅甫:指徐子苓。徐子苓字叔伟,一字西叔,号毅甫,晚号龙泉老牧,晚年又自署,默道人、南阳子。与王尚辰、朱默存并称"庐州三怪"。

[2]烟萝:① 草树茂密,烟聚萝缠,谓之"烟萝"。 ▶唐·李端《寄庐山真上人》诗:"更说谢公南座好,烟萝到地几重阴。"② 借指幽居或修真之处。 ▶唐·裴铏《传奇·文箫》:"一斑与两斑,引入越王山。世数今逃尽,烟萝得再还。"

[3]寰海:海内,全国。 ▶南朝·梁·江淹《为建平王庆明帝疾和礼上表》:"仁铸苍岳,道括寰海。"

[4]讲席:高僧、儒师讲经讲学的席位。亦用作对帅长、学者的尊称。 ▶南朝·梁·沈约《为齐竟陵王发讲疏》:"置讲席于上邸,集名僧于帝畿。"

涧阿:山涧弯曲处。 ▶宋·黄庭坚《筇竹颂》:"郭子遗我,扶余涧阿。"

方濬颐

方濬颐(1815—1888),字饮苕,号子箴,又号梦园,清安徽定远(今安徽省定远县)人。清宣宗道光二十四年(1844)进士。清穆宗同治八年(1869)授两淮盐运使,历任浙江、江西、河南、山东各道御史,两广盐运使兼署广东布政使,四川按察史等职。后退出政界,到扬州开设淮南书局,广揽四方贤士,校刊群籍,重修平山堂。著有《二知轩诗文集》《忍斋诗文集》《古香凹词》《朝天录》《蜀程日记》《东瀛唱答诗》等。

大树街夜雨[1]

凌晨过小岘,晴空撑列嶂。[2]

颠风扑面来,云车猛奔放。

五龙齐掉尾,下卷巢湖浪。[3]

梦醒闻潇潇,拥衾剧惆怅。

注 释

[1]《大树街夜雨》诗见清·方濬颐《二知轩诗续钞》卷七,清同治刻本。

[2]原诗"凌晨过小岘"句后有作者自注:"山名。"

[3]原诗"五龙齐掉尾"句后有作者自注:"亦山名。"

坫步偶作[1]

朝发平梁城,过午达坫步。

半月三往来,于今识歧路。[2]

官符促行役,乡国难久住。

请看道旁马,风尘日驰骛。[3]

雄材恋刍豆,帖耳任羁绊。[4]

骅骝厕驽骀,伯乐千载遇。[5]

荒郊一纵目,夕阳屡回顾。

注　释

[1]《坫步偶作》诗见清·方濬颐《二知轩诗续钞》卷七,清同治刻本。

坫步:即店埠,今安徽省合肥市肥东县店埠镇。

[2]原诗"半月三往来,于今识歧路"句后有作者自注:"北往定远,南往巢县,其东则往全椒。"

[3]驰骛:① 疾驰,奔腾。 ▶《逸周书·文傅解》:"畋渔以时,童不夭胎,马不驰骛,土不失宜。"② 奔走;奔竞。 ▶明·何景明《饮酒》诗:"寄言驰骛子,从今任去留。"③ 指在某个领域纵横自如,并有所建树。 ▶《史记·司马相如列传》:"故驰骛乎兼容并包,而勤思乎参天贰地。"

[4]刍豆:草和豆。指牛马的饲料。 ▶宋·沈作喆《寓简》卷三:"昔刘景升有大牛,重千斤,噉刍豆十倍常牛。"

帖耳:① 耳朵下垂,驯服的样子。 ▶唐·韩愈《应科目时与人书》:"若俯首帖耳摇尾而乞怜者,非我之志也。"② 贴近耳边。 ▶宋·梅尧臣《戏答持烛之句依韵和永叔》:"红烛射眸从结客,清歌帖耳苦怜翁。"

[5]骅骝:周穆王八骏之一。泛指骏马。 ▶《荀子·性恶》:"骅骝騹骥纤离绿耳,此皆古之良马也。"杨倞注:"皆周穆王八骏名。"

驽骀:① 指劣马。 ▶《楚辞·九辩》:"却骐骥而不乘兮,策驽骀而取路。"② 喻低劣的才能。 ▶明·唐顺之《与王尧衢书》:"当今之士,隐居笃学、修名砥节如湖州唐子、平凉赵子辈者,凡若干人,仆之驽骀,十不及其二三。"③ 喻才能低劣者。 ▶元·无名氏《谢金吾》第一折:"割舍了我个老裙钗,博着你个泼驽骀。"④ 平庸无能。 ▶明·无名氏《四贤记·具庆》:"自愧驽骀,幸睹容光。"

石塘桥望浮槎山[1]

插天屏嶂豁双眸,神往当年涌翠楼。[2]

帝女离尘空五蕴,名贤作记足千秋。

道林早向山中辟,泉乳依然石上流。[3]

堪与枞阳仙境埒,飞云何必羡罗浮。[4]

注 释

[1]《石塘桥望浮槎山》诗见清·方濬颐《二知轩诗续钞》卷七,清同治刻本。

[2]原诗"插天屏嶂豁双眸,神往当年涌翠楼"句后有作者自注:"在黄氏半园,已毁于贼。"

[3]原诗"道林"后有作者自注"寺名。"

[4]原诗"堪与枞阳仙境埒"后有作者自注"谓桐城浮山。"

宿梁园感赋[1]

庚戌三月,予南游过此,借宿于蔡丈小泉之亦园。园故以假山胜,洞壑玲珑。缘坡上下,皆筑曲廊,达于巅顶,池台楼阁,位置天然如画。勾留一日,作七绝四章纪之。乃不数年,园毁于贼。蔡丈乔梓亦皆化去。[2]月之十七日,还乡复经其地,天已曛黑。[3]询之居民,云仅存小桥石洞而已。而予诗则襄于辛亥秋,付之波臣,都不记忆。挑灯枯坐,怅触无聊。因补作四诗,以志今昔之感云。

萍踪小泊莫春天,弹指光阴二十年。
犹记陂塘新涨满,到门蛙鼓正喧阗。[4]

台榭经营巧匠谙,翻新未及化工奇。
迷漫万绿浑如海,中有珊瑚树几枝。[5]

解后崔卢意颇亲,匆匆遽作远游人。[6]
而今白首还乡国,楚尾吴头倍怆神。[7]

寂寂荒郊月影寒,闷摊诗卷兴阑珊。
石狮卧地无人管,嶰谷琅玕一例看。[8]

注 释

[1]《宿梁园感赋》诗见清·方濬颐《二知轩诗续钞》卷七,清同治刻本。

[2]庚戌:清代共有五个庚戌年,分别为康熙九年(1670)、雍正八年(1730)、乾隆五十五

年(1790)、道光三十年(1850)、宣统二年(1910),考作者生平,此庚戌当为清宣宗道光三十年(1850)。

乔梓:《尚书大传》卷四:"伯禽与康叔见周公,三见而三笞之。康叔有骇色,谓伯禽曰:'有商子者,贤人也。与子见之。'乃见商子而问焉。商子曰:'南山之阳有木焉,名乔。'二三子往观之,见乔实高高然而上,反以告商子。商子曰:'乔者,父道也。南山之阴有木焉,名梓。'二三子复往观焉,见梓实晋晋然而俯,反以告商子。商子曰:'梓者,子道也。'二三子明日见周公,入门而趋,登堂而跪。周公迎拂其首,劳而食之,曰:'尔安见君子乎?'"后因以"乔梓"比喻父子。

[3] 曛黑:日暮天黑。 ▶南朝·宋·谢灵运《拟魏太子邺中集诗·陈琳》:"夜听极星阑,朝游穷曛黑。"

[4] 陂塘:池塘。 ▶《国语·周语下》:"陂塘污庳,以钟其美。"韦昭注:"蓄水曰陂,塘也。"

喧阗:亦作"喧填"。亦作"喧嗔"。喧哗,热闹。 ▶唐·杜甫《盐井》诗:"君子慎止足,小人苦喧阗。"

[5] 原诗"迷漫万绿浑如海,中有珊瑚树几枝"句后有作者自注:"谓映山红。"

[6] 原诗"解后崔卢意颇亲"句后有作者自注:"予曩到亦园,适陈润森已先至。"

崔卢:自魏晋至唐代,山东士族大姓有崔氏、卢氏,长期居高显之位。 ▶《旧唐书·窦威传》:"高祖笑曰:'比见关东人与崔卢为婚,犹自矜伐,公代为帝戚,不亦贵乎!'"后因以崔卢借指豪门大姓。

[7] 楚尾吴头:古豫章一带位于楚地下游,吴地上游,如首尾相衔接,故称"楚尾吴头"。亦泛指长江中下游一带地方。

[8] 原诗"石狮卧地无人管,巘谷琅琊一例看"句后有作者自注:"小巘谷、琅邪山,寿春孙氏二园名。乱后咸鞠为茂草矣。"

沈若湽

沈若湽,生卒年不详,字惜斋。清安徽合肥(今安徽省合肥市)人。嘉庆时诸生。沈绩熙、沈用熙之父。著有《炊余录》《寄感篇》。

听雨[1]

院静萤光细,灯微夜气清。[2]

梦中心欲碎,秋雨滴阶声。

注释

[1]《听雨》诗见民国·李家孚《合肥诗话》卷中,民国苏城临顿路毛上珍铅活字本。

[2]夜气:① 儒家谓晚上静思所产生的良知善念。▶《孟子·告子上》:"梏之反覆,则其夜气不足以存;夜气不足以存,则其违禽兽不远矣。"② 夜间的清凉之气。▶南朝·梁·刘孝仪《和昭明太子钟山解讲》诗:"夜气清箫管,晓阵烁郊原。"③ 黑暗、阴森的气氛。▶宋·王安石《离鄞至菁江东望》诗:"村落萧条夜气生,侧身东望一伤情。"

春日题黄怡亭斋壁[1]

重来旧客感年华,杯酒论诗寄兴赊。[2]

蝴蝶满园飞不住,暖风吹上碧桃花。

注释

[1]《春日题黄怡亭斋壁》诗见民国·李家孚《合肥诗话》三卷卷中,民国苏城临顿路毛上珍铅活字本。本诗标题又作《春日题友人斋壁》,见清·陈诗《皖雅初集》卷三十,民国十八年(1929)上海美艺图书公司印本。

[2]寄兴:① 犹言兴寄。指文艺作品的深刻寓意。▶唐·元稹《叙诗寄乐天》:"得杜甫诗数百首,爱其浩荡津涯,处处臻到,始病沈宋之不存寄兴,而讶子昂之未暇旁备矣。"② 寄寓

情趣。▶宋·刘过《贺新郎》词:"人道愁来须殢酒,无奈愁深酒浅。但寄兴、焦琴纨扇。"

游筝笛浦留赠张守静[1]

霸业荒凉怕讨论,浦名筝笛喜犹存。

当年画舫沉香骨,此日春波涨翠痕。[2]

燕语哪知歌管恨,杏花疑是美人魂。[3]

倦游小憩凭栏望,柳岸环湾处士门。

注 释

[1]《游筝笛浦留赠张守静》诗见清·沈若湉、沈绩熙《沈氏两代诗存二卷》之《寄感篇》,民国十二年(1923)合肥启新印刷社铅印本。

[2]香骨:指美女的尸骨。▶唐·杜甫《石镜》:"冥寞怜香骨,提携近玉颜。"

春波:①指春水。▶唐·杜牧《送张判官归兼谒鄂州大夫》诗:"江雨春波阔,园林客梦催。"②春水的波澜。▶南朝·宋·谢灵运《孝感赋》:"萋柔叶于枯木,起春波于寒川。"

[3]歌管:谓唱歌奏乐。▶南朝·宋·鲍照《送别王宣城》:"举爵自惆怅,歌管为谁清?"

踏莎行·春旅步少游韵[1]

草长香坡,绿回仙渡,分明记得前来处。晓闻杜宇叫枝头,桃花零落春将暮。

雨霁高楼,江横匹素,布帆叶叶归无数。[2]东风祝汝最多情,可能吹梦还家去。

注 释

[1]《踏莎行·春旅步少游韵》词见清·沈若湉、沈绩熙《沈氏两代诗存二卷》之《寄感篇》,民国十二年(1923)合肥启新印刷社铅印本。

[2]匹素:白色的绢。常用以形容天光云气等。▶唐·杜牧《自贻》诗:"自嫌如匹素,刀尺不由身!"

黄莺儿[1]

花神巧样装。春已暮,乐未央。荼蘼架外红如帐,香橼濯雨,椒蕊含浆。一湾池水添新涨。问药名,草生三七,拔树倚槟榔。

月季露瀼瀼。[2]刚夏午,桐影凉。海榴照眼火生光。[3]凤仙锦簇,龙爪相将,栀子银花赛晓霜。寻淡竹、菖蒲何处?六月雪儿傍。[4]

注 释

[1]《黄莺儿》词见清·沈若湉、沈绩熙《沈氏两代诗存二卷》之《寄感篇》,民国十二年(1923)合肥启新印刷社铅印本。

[2]瀼瀼:① 露浓貌。 ▶《诗·小雅·蓼萧》:"蓼彼萧斯,零露瀼瀼。"② 波涛开合貌。▶《文选·木华〈海赋〉》:"惊浪雷奔,骇水迸集。开合解会,瀼瀼湿湿。"

[3]照眼:犹言耀眼。形容物体明亮或光度强。 ▶唐·杜甫《酬郭十五判官》诗:"才微岁老尚虚名,卧病江湖春复生。药裹关心诗总废,花枝照眼句还成。"

[4]六月雪:茜草科常绿小灌木,高可达90厘米,有臭气。叶革质,柄短。花单生或数朵丛生于小枝顶部或腋生,花冠淡红色或白色,花柱长突出,花期5—7月。可入药。

蒯德模

蒯德模(1816—1877),字子范,亦作子藩,晚号蔗园老人。清安徽合肥东乡(今属安徽省合肥市肥东县)人。幼颖异,少时与李瀚章、李鸿章同窗相谐。咸丰末,太平军兴,遂以诸生治团练,力保家乡,随军攻克定远、庐州,遂加五品,积功而仕起。又克苏州,留为知县。官至诰授中议大夫、三品衔补用道夔州府知府监督夔渝两关税务随带加二级,后病逝于夔州任。赠资政大夫。蒯德模为晚清著名循吏(也是清代合肥唯一循吏),入祀长洲、太仓、夔州名宦祠,《清史稿》有传。

蒯德模谙于政事,勤恤民隐,刚正不阿,所至建树卓然,绩誉远播。一生勤学,为文钩沉缒幽,不规规于风尚,治学深于《易》,又好吟咏,有《带耕堂遗诗》《吴中判牍》《带耕堂四书文》《陆陈二先生诗钞》《蚕桑实济》《验方杂录》等。

送李少荃入都[1]

李生裘马去长安,长安道上风雪寒。[2]

千里河梁一携手,平生知己离别难。[3]

昔时论交君总角,高歌凌云笔摇岳。

超超气概人中龙,矫矫羽翰天半鹤。[4]

圣朝文行重兼优,姓名高揭九天秋。[5]

桂子香飘行待弄,芹池春暖谢同游。[6]

丈夫决意取青紫,安能郁郁久居此。[7]

仙骨苦炼蓟门霜,尘襟倒濯黄河水。[8]

海内文章谁折衷,当朝人物欧阳公。[9]

良金跃冶原非愿,干将莫邪夸宗工。[10]

况复若翁擅都雅,几年春风快走马。[11]

欢承客舍趋鲤庭,日暖风和酒盈斝。[12]

近市屠沽游侠伦,驰名燕赵多佳人。[13]

壮游如此自可乐,君行不行无逡巡。[14]

独怜南军失旗鼓,余子碌碌竞雄武。[15]

拔帜立帜争先登,风骚坛坫孰与主。[16]

注　释

[1]《送李少荃入都》诗见清·蒯德模《带耕堂遗诗》,民国十八年(1929)江宁刻本。

[2] 裘马:轻裘肥马。形容生活豪华。语出《论语·雍也》:"赤之适齐也,乘肥马,衣轻裘。"

[3] 河梁:① 桥梁。▶《列子·说符》:"孔子自卫反鲁,息驾乎河梁而观焉。"② 送别之地。汉·李陵《与苏武》诗之三:"携手上河梁,游子暮何之?……行人难久留,各言长相思。"后因以"河梁"借指送别之地。

[4] 羽翰:① 翅膀。▶南朝·宋·鲍照《咏双燕》之一:"双燕戏云崖,羽翰始差池。"② 飞翔,飞升。▶唐·李绅《华顶》:"浮生未有从师地,空诵仙经想羽翰。"③ 指书信或文章。▶清·姚鼐《送江宁郡丞王石丈运饷入蜀》:"忆昔趋阶序,初欣见羽翰。"

[5] 文行:① 文章与德行。▶《论语·述而》:"子以四教,文行忠信。"② 谓仅有虚文下达。▶《宋书·武帝纪下》:"杖罚虽有旧科……若皆有其实,则体所不堪,文行而已,又非设罚之意。"

高揭:① 犹言高耸。▶唐·袁郊《甘泽谣·红线》:"出魏城西门,将行二百里,见铜台高揭,而漳水东注。"② 高高张贴。▶明·陈所闻《玉包肚·送张颖初北试》曲之一:"黄金台上相逢知己笑相投,高揭文章五凤楼。"

[6] 行待:将要。▶宋·黄庭坚《木兰花令》:"可怜翡翠随鸡走,学绾双鬟年纪小。见来行待恶怜伊,心性娇痴空解笑。"

[7] 青紫:① 本为古时公卿绶带之色,因借指高官显爵。▶《汉书·夏侯胜传》:"胜每讲授,常谓诸生曰:'士病不明经术;经术苟明,其取青紫如俛拾地芥耳。'"② 借指显贵之服。▶《汉书·刘向传》:"今王氏一姓乘朱轮华毂者二十三人,青紫貂蝉充盈幄内,鱼鳞左右。"

[8] 仙骨:① 道教语。谓成仙的资质。▶《太平广记》卷五引晋·葛洪《神仙传》:"于是神人授以素书……告墨子曰:'子有仙骨,又聪明,得此便成,不復须师。'"② 比喻超凡拔俗的气质。▶唐·杜甫《送孔巢父谢病归游江东兼呈李白》:"自是君身有仙骨,世人那得知其故。"③ 喻不同凡响的艺术特质。▶清·沈初《西清笔记·纪文献》:"张南华前辈真天才……今所流传诗画,气韵绝高,自有仙骨。"

尘襟:世俗的胸襟。▶唐·黄滔《寄友人山居》:"茫茫名利内,何以拂尘襟。"

[9] 折衷:亦作"折中"。① 取正,用为判断事物的准则。▶《楚辞·九章·惜诵》:"令五帝以折中兮,戒六神与向服。"② 调节使适中,不偏不倚。▶《尸子》卷上:"听狱折衷者,皋陶也。"③ 指调和不同意见或争执。▶鲁迅《书信集·致曹聚仁》:"设法调解,折中之后,许开

一个窗。"

[10] 良金：① 优质金属。▶《国语·越语下》："王命工以良金写范蠡之状而朝礼之。"② 精良的兵器。▶唐·元稹《梦游春七十韵》："美玉琢文珪,良金填武库。"

宗工：① 犹言尊官。▶《书·酒诰》："越在内服,百僚庶尹,惟亚惟服宗工,越百姓里居,罔敢湎于酒。"② 犹言宗匠,宗师。指文章学术上有重大成就,为众所推崇的人。▶宋·洪迈《容斋三笔·作文字要点检》："作文字不问工拙小大,要之不可不著意点检。若一失事体,虽遣词超卓,亦云未然。前辈宗工,亦有所不免。"

[11] 都雅：美好闲雅。▶《三国志·吴志·孙韶传》："身长八尺,仪貌都雅。"

[12] 鲤庭：《论语·季氏》载,孔鲤"趋而过庭",遇见其父孔子,孔子教训他要学诗、学礼。后因以"鲤庭"谓子受父训之典。▶唐·杨汝士《宴杨仆射新昌里第》："文章旧价留鸾掖,桃李新阴在鲤庭。"

[13] 游侠：① 古称豪爽好结交,轻生重义,勇于排难解纷的人。▶《韩非子·五蠹》："废敬上畏法之民,而养游侠私剑之属。"② 犹言任侠。▶《史记·汲郑列传》："黯为人性倨,少礼……然好学,游侠,任气节,内行修洁,好直谏,数犯主之颜色。"③ 指无赖之徒。▶清·蒲松龄《聊斋志异·促织》："市中游侠儿得佳者笼养之,昂其直,居为奇货。"

[14] 壮游：谓怀抱壮志而远游。▶元·袁桷《送文子方著作受交趾使于武昌二十韵》："壮游诗句豁,古戍角声悲。"

逡巡：① 却行,恭顺的样子。▶《公羊传·宣公六年》："赵盾逡巡北面再拜稽首,趋而出。"② 退避,退让。▶《梁书·王筠传》："王氏过江以来,未有居郎署者,或劝逡巡不就。"③ 从容,不慌忙。▶《庄子·秋水》："东海之鳖,左足未入,而右膝已絷矣,于是逡巡而却。"④ 小心谨慎。▶《后汉书·钟皓传》："逡巡王命,卒岁容与。"⑤ 徘徊不进,滞留。▶汉·王逸《九思·悯上》："逡巡兮圃薮,率彼兮畛陌。"⑥ 拖延,迁延。▶《晋书·刘颂传》："昔魏武帝分离天下,使人役居户,各在一方;既事势所须,且意有曲为,权假一时,以赴所务,非正典也。然逡巡至今,积年未改。"⑦ 迟疑,犹豫。▶《北齐书·神武帝纪下》："帝复录在京文武议意以答神武,使舍人温子昇草敕,子昇逡巡未敢作。"⑧ 顷刻,极短时间。▶唐·张祜《偶作》："遍识青霄路上人,相逢祇是语逡巡。"⑨ 月晕。▶明·杨慎《丹铅总录·吴泉》："月晕,谓之逡巡。"

[15] 余子：① 古代卿大夫嫡长子之外的儿子。▶《左传·昭公二十八年》："谓知徐吾、赵朝、韩固、魏戊,余子之不失职,能守业者也。"② 指百姓家庭中服役正卒以外的子弟。古代军制,家致一人为正卒,余皆为羡卒,称"余子"。▶《周礼·地官·小司徒》："凡国之大事,致民;大故,致余子。"③ 年幼未服役的男子。▶《庄子·秋水》："且子独不闻夫寿陵余子之学行于邯郸与?"成玄英疏："弱龄未壮,谓之余子。"④ 犹言后代。▶唐·李公《南柯太守传》："臣将门余子,素无艺术,狠当大任,必败朝章。"⑤ 官名。▶《左传·宣公二年》："晋于是有公族、余子、公行。"杜预注："皆官名。"⑥ 其余的人。▶元·辛文房《唐才子传·柳宗元》："工诗,语意深切,发纤秾于简古,寄至味于淡泊,非余子所及也。"⑦ 谓劫余之人。▶叶叶《九秋诗·

秋望》:"谁成谁败悲余子,几帝几王付劫灰。"

[16] 先登:① 先于众人而登。▶《左传·隐公十一年》:"颍考叔取郑伯之旗蝥弧以先登。"② 指先锋。▶《后汉书·段颎传》:"追讨南度河,使军吏田晏、夏育募先登。"③ 比喻出众的人才。▶ 唐·柳宗元《送娄图南秀才游淮南将入道序》:"相与称其文……咸推让为先登。"亦比喻优良的物种。

孰与:① 与谁。▶《公羊传·宣公十五年》:"庄王曰'子去我而归,吾孰与处于此?吾亦从子而归尔。'"② 犹言何如。意谓还不如,常用于反诘语气。▶《荀子·天论》:"大天而思之,孰与物畜而制之!从天而颂之,孰与制天命而用之!"③ 比对方怎么样,表示疑问语气。用于比照。▶《墨子·耕柱》:"巫马子谓子墨子曰:'鬼神孰与圣人明智?'"

吊江忠烈公[1]

久传敢战岳家兵,节钺遥临庐子城。[2]

军势全凭坚众志,将才半是出书生。

衣披缚稿人留影,筹唱量沙夜有声。[3]

贼若缓来公早至,安知此难不能平。

闻道援兵万灶多,锦旗未见复如何。

贺兰不灭空留矢,曹豹先降暗倒戈。[4]

半壁城倾惊霹雳,三更星陨动山河。

为寻止水亭千古,一样丹心照碧波。

早知合剿胜分防,规画东南虑最长。[5]

百战余威小诸葛,千秋大节古睢阳。

赤虹剑气埋烟蔓,白骨山阿醑酒浆。[6]

幸有援师来介弟,应教指日复平梁。[7]

江山吴楚本相连,大局须筹一著先。

此后长淮无管钥,即今全皖尽烽烟。[8]

沙场马革归无恙,朝庙龙骧去尚悬。[9]

搔首南天重怅望,才逢戡乱更何年。[10]

注　释

[1]《吊江忠烈公》诗见清·蒯德模《带耕堂遗诗》,民国十八年(1929)江宁刻本。
江忠烈公,指江忠源。

[2] 节钺:符节和斧钺。古代授予将帅,作为加重权力的标志。▶《孔丛子·问军礼》:"天子当阶南面,命授之节钺,大将受,天子乃东面西向而揖之,示弗御也。"

[3] 量沙:《南史·檀道济传》:"道济时与魏军三十余战多捷,军至历城,以资运竭乃还。时人降魏者具说粮食已罄,于是士卒忧惧,莫有固志。道济夜唱筹量沙,以所余少米散其上。及旦,魏军谓资粮有余,故不复追,以降者妄,斩之徇。"后以"量沙"为安定军心,迷惑敌人之典。▶清·李渔《奈何天·助边》:"见边庭乏饷,军士呼庚,主帅量沙,怕的是饥军一溃扰中华。"

[4] 原诗"贺兰不灭空留矢"句后有作者自注:"谓舒制军兴阿。"
原诗"曹豹先降暗倒戈"句后有作者自注:"谓庐州府知府胡元炜。"

[5] 规画:① 筹划,谋划。▶《三国志·蜀志·杨仪传》:"亮数出军,仪常规画分部,筹度粮谷。"② 计划,安排。▶《资治通鉴·后周世宗显德五年》:"欲凿楚州西北鹳水以通其道,遣使行视,还言地形不便,计功甚多。上自往视之,授以规画。"

[6] 原诗"赤虹剑气埋烟蔓,白骨山阿酹酒浆"句后有作者自注:"公灵寄厝余家西偏,时率乡人往奠。"

[7] 介弟:对他人之弟的敬称,或对自己弟弟的爱称。▶《左传·襄公二十六年》:"夫子为王子围,寡君之贵介弟也。"
原诗"幸有援师来介弟,应教指日复平梁"句后有作者自注:"谓公弟达川。"

[8] 管钥:亦作"筦籥"。① 两种乐器名。▶《孟子·梁惠王下》:"管籥之音。"赵岐注:"管,笙;籥,箫。或曰籥若笛,短而有三孔。"② 锁匙。籥,通"钥"。▶《礼记·月令》:"(孟冬之月)修键闭,慎管籥。"③ 指用锁加以锁住。▶《晏子春秋·杂上一》:"管籥其家者纳之公,财在外者斥之市。"④ 比喻事情的关键。▶南朝·宋·颜延之《庭诰文》:"非鄙无因而生,侵侮何从而入? 此亦持德之管籥,尔其谨哉。"

[9] 无忝:不玷辱,不羞愧。▶《书·君牙》:"今命尔予翼,作股肱心膂,缵乃旧服,无忝祖考。"孔传:"无辱累祖考之道。"
朝庙:① 祭奠于宗庙。▶《春秋·文公六年》:"闰月不告月,犹朝于庙。"② 指朝廷与宗庙。▶《东周列国志》第二三回:"桓公乃命三国各具版筑……更为建立朝庙,添设庐舍。"

[10] 戡乱:平定叛乱。▶南朝·梁·刘孝标《辩命论》:"而或者睹汤武之龙跃,谓戡乱在神功;闻孔墨之挺生,谓英睿擅奇响。"

庐城再复[1]

百战雄师捷,重瞻庐子城。

湖山仍故国,鸡犬亦余生。

皖北全军胜,淮南伏莽萌。[2]

中兴诸将士,努力报升平。[3]

乱离催老病,戢影在蓬门。[4]

露刃仇相视,停车客少喧。

亲朋多死别,皮骨仅空存。

重起中宵舞,荒鸡唱远村。[5]

注　释

[1]《庐城再复》诗见清·蒯德模《带耕堂遗诗》,民国十八年(1929)江宁刻本。庐州再复,指清同治元年(1862),清军第二次收复庐州。

[2]伏莽:《易·同人》:"九三,伏戎于莽。"莽,丛生的草木。后以"伏莽"指军队埋伏在草莽中。亦指潜藏的寇盗。▶唐·李德裕《授王元逵平章事制》:"始擒伏莽之戎,遽拔升天之险。"

[3]中兴:① 中途振兴,转衰为盛。▶《诗·大雅·烝民序》:"任贤使能,周室中兴焉。" ② 特指恢复并非由本人失去的帝位。▶宋·陆游《南唐书·萧俨传》:"俨独建言:帝王,已失之,己得之,谓之反正;非己失之,自己复之,谓之中兴。" ③ 偏安的讳称。▶《宋书·谢灵运传论》:"在晋中兴,玄风独善。"

[4]戢影:见"戢景"。匿迹,隐居。▶《初学记》卷三十引晋·傅咸《萤火赋》:"当朝阳而戢景兮,必宵昧而是征。"

[5]中宵舞:中夜起舞。▶宋·辛弃疾《贺新郎·同父见和再用韵答之》词:"我最怜君中宵舞,道男儿、到死心如铁。"

送王紫垣归里[1]

君来才两载,老病渐相侵。

似此多奇气,何人是赏音。[2]

浑身皆侠骨,有句尽仙心。[3]

自古贫交重,临歧思不禁。[4]

王粲依人惯,飘零亦可哀。

鞠穷看晚节,桐爨识良材。[5]

面目依然在,胸怀到处开。

明年春水绿,放棹望重来。

注释

[1]《送王紫垣归里》诗见清·蒯德模《带耕堂遗诗》,民国十八年(1929)江宁刻本。

王紫垣,即王映薇。王映薇,字紫垣。清合肥人。咸丰间诸生,官教谕,曾为周盛波、蒯德模幕僚。工诗词,著有《自怡悦斋诗存》《漱润斋诗余》。

[2]赏音:知音。▶三国·魏·曹植《求自试表》之一:"夫临博而企踪,闻乐而窃抃者,或有赏音而识道也。"

[3]仙心:① 指道家超脱人世的思想。▶南朝·梁·刘勰《文心雕龙·明诗》:"及正始明道,诗杂仙心,何晏之徒,率多浮浅。"② 比喻卓越的文思才情。▶清·朱庭珍《筱园诗话》卷二:"(青丘)所为诗,自汉、魏、六朝及李、杜、高、岑……昌黎、东坡,无所不学,无所不似,妙笔仙心,几于超凡入圣矣。"

[4]贫交:贫贱时交往的朋友。▶《史记·货殖列传》:"陶朱公十九年之中三致千金,再分散与贫交、疏昆弟。"

[5]鞠:此处同"菊"。

桐爨:语本▶《后汉书·蔡邕传》:"吴人有烧桐以爨者,邕闻火烈之声,知其良木,因请而裁为琴,果有美音,而其尾犹焦,故时人名曰'焦尾琴'焉。"后因以"桐爨"喻良材被毁或大材小用。爨,烧火做饭。▶宋·陆游《杂言示子聿》:"福莫大于不材之木,祸莫惨于自跃之金。鹤生于野兮,何有于轩?桐爨则已兮,岂慕为琴?"

郭道清

郭道清,生卒年不详,字笛楼,清末人,号浮槎山人、学种树人,清安徽合肥(今安徽省合肥市)人。咸丰年间诸生,光绪初年官山东掖县知县。有《浮槎山房诗稿》残卷遗世。

秋日述怀[1]

意气元龙百尺楼,宦途珍重莫轻投。[2]

身逢北阙中兴日,涕洒西风五度秋。[3]

生怕红尘埋卞璧,凭谁青眼托吴钩?[4]

男儿空负澄清志,愿破长江万里流。

注 释

[1]《秋日述怀》诗见清·郭道清《浮槎山房诗稿》,清光绪七年(1881)刻本。原诗共十首,此处选其一。

[2]元龙:指陈登。陈登(163—201),字符龙,下邳淮浦(今江苏涟水县)人。东汉末年官员,沛相陈珪之子。为人爽朗,性格沉静,智谋过人,少年时有扶世济民之志,并且博览群书,学识渊博。25岁时,举孝廉,任东阳县令。虽然年轻,但他能够体察民情,抚弱育孤,深得百姓敬重。后来,徐州牧陶谦提拔他为典农校尉,主管一州农业生产。他亲自考察徐州的土壤状况,开发水利,发展农田灌溉,使汉末迭遭破坏的徐州农业得到一定程度的恢复,百姓们安居乐业,"杭稻丰积"。建安初奉使赴许,向曹操献灭吕布之策,被授广陵太守。以灭吕布有功,加伏波将军。又迁东城太守。年三十九卒。其子陈肃,魏文帝时追陈登之功,为郎中。

百尺楼:① 泛指高楼。▶《三国志·魏志·陈登传》:"汜(许汜)曰:'昔遭乱过下邳,见元龙(陈登)。元龙无客主之意,久不相与语,自上大床卧,使客卧下床。'备(刘备)曰:'……君求田问舍,言无可采,是元龙所讳也。何缘当与君语?如小人,欲卧百尺楼上,卧君于地,何但上下床之间邪?'"② 词牌名。即《卜算子》。因秦湛词有"极目烟中百尺楼"句,故名。

[3]北阙:① 古代宫殿北面的门楼。其为臣子等候朝见或上书奏事之处。▶《汉书·高帝纪下》:"萧何治未央宫,立东阙、北阙、前殿、武库、太仓。"颜师古注:"未央宫虽南向,而上书、奏事、谒见之徒皆诣北阙。"② 宫禁或朝廷的别称。▶汉·李陵《答苏武书》:"男儿生以

不成名,死则葬蛮夷中,谁复能屈身稽颡,还向北阙,使刀笔之吏弄其文墨耶?"

[4]卞璧:同"卞和玉"。▶明·王思任《醉中啖鲥鱼歌》:"卞璧不作器,在璞空自辉。"

秋日杂兴[1]

秋雨秋风动地催,萧萧黄叶暮云隈。

霜满巫峡猿啼急,日落淮南雁阵哀。

庾信工愁长作客,杜陵把酒独登台。

抚膺不尽关河感,自古英雄属霸才。[2]

铁锁长江一线开,惊涛拍岸怒喧豗。[3]

中原百道烽烟警,估客千帆夕照来。[4]

谋国已输临渴井,戴天还望出群材。[5]

乘风若遂澄清志,蜃市鲛楼破浪回。[6]

上策苏秦说不行,旧游回首薄微名。[7]

凌云气概消题柱,报国文章误请缨。[8]

一笑容颜非故我,卅年尘梦愧虚生。[9]

闻鸡尚有雄心在,惊醒窗前午夜声。

注 释

[1]《秋日杂兴》诗见清·郭道清《浮槎山房诗稿》,清光绪七年(1881)刻本。

[2]抚膺:抚摩或捶拍胸口。表示惋惜,哀叹,悲愤等。▶《列子·说符》:"昔人言有知不死之道者,燕君使人受之,不捷,而言者死……有齐子亦欲学其道,闻言者之死,乃抚膺而恨。"

霸才:① 有才而霸道专断。亦指有专决之才的人。▶清·李慈铭《越缦堂读书记·续资治通鉴》:"真宗朝贤者,孙宣公一人而已,经儒之效,千载生色。李沆、王曾、杨亿,亦其次也。寇准霸才,蒙正谅士,无多可取。" ② 称雄之才。▶唐·温庭筠《过陈琳墓》:"词客有灵应识我,霸才无主始怜君。"

[3]喧豗:① 形容轰响。▶唐·李白《蜀道难》:"飞湍瀑流争喧豗,砯崖转石万壑雷。" ② 犹言纷纭,纷扰。▶明·宋濂《济公塔铭》:"异言喧豗,而莫之适从矣。"

[4]估客:即行商。 ▶南朝·宋·刘义庆《世说新语·文学》:"闻江渚间估客船上有咏诗声。"

[5]戴天:①立于天地之间。常以否定式或反诘式表示仇恨之深或可耻之甚。▶《礼记·曲礼上》:"父之仇,弗与共戴天。"②谓蒙受天恩。▶宋·王禹偁《拟李靖破颉利可汗露布》:"臣等无任乐圣戴天,抃舞欢呼之至,谨具露布以闻。"

[6]蜃市:海市。滨海和沙漠地区,因折光而形成的奇异幻景。▶明·张煌言《海上观灯》:"香拥虹桥千里外,芒寒蜃市九霄间。"

[7]上策:高明的计策或办法。▶《汉书·沟洫志》:"今行上策,徙冀州之民当水冲者,决黎阳遮害亭,放河使北入海。"

[8]题柱:①"题桥柱"。汉司马相如初离蜀赴长安,曾于成都城北升仙桥题句于桥柱,自述致身通显之志,曰:"不乘赤车驷马,不过汝下也!"事见晋·常璩《华阳国志·蜀志》。《太平御览》卷七十三、《艺文类聚》卷六十三引此,桥名作"升迁"。后以"题桥柱"比喻对功名有所抱负。②相传东汉灵帝时,长陵田凤为尚书郎,仪貌端正。入奏事,"灵帝目送之,因题殿柱曰:'堂堂乎张,京兆田郎。'"见汉·赵岐《三辅决录》卷二。后遂以"题柱"为称美郎官得到皇帝赏识之典。③谓题写楹联。▶清·金埴《不下带编》卷二:"埴先太常一生俭约,始终不渝。于庭前题柱以示后人云:'俭于己,可以不求于人;俭于官,可以不取于民。'"

[9]虚生:①徒然活着,白活。▶唐·王建《宫中调笑》词之三:"愁坐、愁坐,一世虚生虚过。"②凭空生出,无故生出。▶《晋书·刘元海载记》:"左贤王元海姿器绝人,干宇超世。天若不恢崇单于,终不虚生此人也。"

无题[1]

盼断巫山暮复朝,碧天无际水迢迢。

从知北海多清浅,争奈东风易动摇。[2]

绕树南乌方择木,忏情精卫不填潮。[3]

秦家十五罗敷女,坐对银河按玉箫。[4]

珠帘寒重月来迟,花压栏杆梦正痴。

翡翠戏抛红豆子,鸳鸯栖稳碧桃枝。

彩缯细剪随云散,蓬鬓零星有镜知。[5]

怪底春蚕容易老,满怀抽尽总情丝。[6]

注　释

[1]《无题》诗见清·郭道清《浮槎山房诗稿》，清光绪七年(1881)刻本。

[2]争奈：怎奈，无奈。▶唐·顾况《从军行》之一："风寒欲砭肌，争奈裘袄轻？"

[3]择木：① 谓鸟兽选择树木栖息。常用以比喻择主而事。▶《左传·哀公十一年》："(孔子)命驾而行，曰：'鸟则择木，木岂能择鸟？'"② 喻选择官职。▶晋·潘岳《西征赋》："夕获归于都外，宵未中而难作；匪择木以栖集，尟林焚而鸟存。"

精卫：古代神话中鸟名。出自《山海经·北山经》："发鸠之山，其上多柘木。有鸟焉，其状如乌，文首、白喙、赤足，名曰精卫，其鸣自詨。是炎帝之少女名曰女娃，女娃游于东海，溺而不返，故为精卫，常衔西山之木石，以堙于东海。"▶晋·陶潜《读〈山海经〉》诗之十："精卫衔微木，将以填沧海。"

[4]罗敷：古代美女名。▶晋·崔豹《古今注·音乐》："《陌上桑》出秦氏女子。秦氏，邯郸人，有女名罗敷，为邑人千乘王仁妻。王仁后为越王家令，罗敷出采桑于陌上，赵王登台见而悦之，因饮酒欲夺焉。罗敷乃弹筝，乃作《陌上歌》以自明焉。"或谓"罗敷"为女子常用之名，不必实有其人。如《孔雀东南飞》即有"东家有贤女，自名为罗敷"之句。

[5]彩缯：彩色绢帛。▶汉·李陵《录别诗》之一："欲寄一言去，托之笺彩缯。"

[6]蓬鬓：鬓发蓬乱。▶南朝·宋·鲍照《拟行路难》诗之十三："形容憔悴非昔悦，蓬鬓衰颜不复妆。"

怪底：亦作"怪得"。① 惊怪，惊疑。▶唐·杜甫《奉先刘少府新画山水障歌》："堂上不合生枫树，怪底江山起烟雾。"② 难怪。▶唐·曹唐《小游仙诗》之四十四："怪得蓬莱山下水，半成沙土半成尘。"

大水行[1]

白日无光天晦暗，阴云匼匝蔽霄汉。[2]

雷声殷殷起丰隆，白雨横飞走金电。[3]

青天漏罅赤岸通，银河倒泻水晶宫。[4]

川崩山涌日夜吼，魑魅惊骇逃无踪。

匝月淋漓未休息，淼淼河流势迅急。

芦叶青随淫潦沉，蓼花红葬秋潮湿。[5]

汹汹浪涌沟浍盈，一片白练铺晶莹。[6]

玉龙渴吸老蛟舞，碧翁不顾田神惊。[7]

稍停夜半披衣立，仰空隐为农夫泣。

须臾雨黑头上来，又鼓天风腾霹雳。

注　释

[1]《大水行》诗见清·郭道清《浮槎山房诗稿》，清光绪七年(1881)刻本。

[2]匝匼：周匝环绕。▶南朝·宋·鲍照《代白纻舞歌辞》之二："象床瑶席镇犀渠，雕屏匼匝组帷舒。"

[3]丰隆：① 古代神话中的雷神。后多用作雷的代称。▶《楚辞·离骚》："吾令丰隆乘云兮，求宓妃之所在。"② 高大，崇隆。▶《艺文类聚》卷六引南朝·梁·萧子范《建安城门峡赋》："瑰诡丰隆，质状不同，班黄糅采，玄紫潜通。"③ 丰盛隆厚。▶《后汉书·公孙瓒传》："据职高重，享福丰隆。"

白雨：① 暴雨。▶唐·李白《宿虾湖诗》："白雨映寒山　森森似银竹。"② 雹的别名。▶明·王志坚《表异录·象纬》："关中谓雹为白雨。"

[4]赤岸：① 泛指土石呈赤色的崖岸。▶《楚辞·东方朔〈七谏·哀命〉》："哀高丘之赤岸兮，遂没身而不反。"王逸注："楚有高丘之山，其岸峻岭，赤而有光明。"② 传说中的地名。▶《文选·枚乘〈七发〉》："凌赤岸，篲扶桑，横奔似雷行。"李善注："此文势似在远方，非广陵也。"③ 山名。在江苏六合东南。▶《南齐书·高帝纪上》："治新亭城垒未毕，贼前军已至……自新林至赤岸，大破之。"④ 山名。在四川新都南。▶《文选·郭璞〈江赋〉》："(长江)源二分于岷崍，流九派乎浔阳；鼓洪涛于赤岸，沧余波乎柴桑。"⑤ 古水泽名。在陕西大荔西南，今湮。▶北周·庾信《同州还》："赤岸绕新村，青城临绮门。"

[5]淫潦：① 久雨积水为灾。▶《新唐书·崔碣传》："可久陈冤，碣得其情……时淫潦，狱决而霁。"② 指路上积水。▶清·陈贞慧《书·甲申南中事》："随于四月初八日，从淫潦中策蹇至南京。"

[6]沟浍：① 泛指田间水道。浍，田间水渠。▶《孟子·离娄下》："苟为无本，七八月之间雨集，沟浍皆盈；其涸也，可立而待也。"② 借指荒野。▶《大戴礼记·曾子制言中》："昔者，伯夷、叔齐死于沟浍之间，其仁成名于天下。"

[7]碧翁：同"碧翁翁"，犹言天公。▶宋·陶谷《清异录·天文》："晋出帝不善诗，时为俳谐语，咏天诗曰：'高平上监碧翁翁。'"

戴钧衡

戴钧衡(1814—1855),字存庄,号蓉洲,清安徽桐城(今安徽省桐城市)人。清宣宗道光二十九年(1849)己酉科举人。方东树弟子。工古文,著有《味经山馆诗文钞》《公车日记》《杂记》等刊行于世。《清史稿》有传。

答徐懿甫[1]

下笔惊吾党,千钧一叶操。[2]

闲情云在谷,野性鹤鸣皋。

归里生无计,来书意倍豪。

倘能乘兴访,犹可备村醪。[3]

注　释

[1]《答徐懿甫》诗见清·戴钧衡《味经山馆诗文钞》卷六,清道光王祐蕃刻本。

[2] 一叶:① 一片叶子。▶《列子·说符》:"宋人有为其君以玉为楮叶者,三年而成……列子闻之曰:'使天地之生物,三年而成一叶,则物之有叶者寡矣。'" ② 比喻小船。▶ 唐·司空图《自河西归山诗》之一:"一水悠悠一叶危,往来长恨阻归期。"③ 一页。

[3] 乘兴:趁一时高兴,兴会所至。▶ 南朝·宋·刘义庆《世说新语·任诞》:"王子猷居山阴,夜大雪……忽忆戴安道。时戴在剡,即便夜乘小船就之,经宿方至,造门不前而返。人问其故,王曰:'吾本乘兴而行,兴尽而返,何必见戴?'"

村醪:村酒。醪,本指酒酿。引申为浊酒。▶ 唐·司空图《柏东》诗:"免教世路人相忌,逢著村醪亦不憎。"

彭玉麟

彭玉麟(1816—1890),字雪琴,号退省庵主人、吟香外史,祖籍湖南衡州府衡阳县(今衡阳市衡阳县渣江),生于安徽安庆(今安徽省安庆市)。道光末参与镇压李沅发起事。后至耒阳为人经理典当,以典当资募勇虚张声势阻退逼近县境之太平军。复投曾国藩,分统湘军水师。半壁山之役,以知府记名。以后佐陆军下九江、安庆,改提督、兵部右侍郎。同治二年,督水师破九洑洲,进而截断天京粮道。战后,定长江水师营制,每年巡阅长江,名颇著。中法战争时,率部驻虎门,上疏力排和议。官至兵部尚书。卒谥"刚直"。

彭玉麟不治私产、不御姬妾。于军事之暇,作画吟诗,尤以画梅闻名。所绘梅花"老干繁枝,鳞鳞万玉",被曾国藩称为"兵家梅花"。其"诗书皆超俗",诗文作品由友人俞樾整理,分为《彭刚直公奏稿》《彭刚直诗集》。今人辑为《彭玉麟集》。

纪梦[1]

明远台曾幼读书,十年相别入华胥。[2]

绿杨烟所苍松古,红杏风倚翠竹疏。

花落鸟啼春去后,窗开帘卷客来初。

欣逢旧雨殷勤甚,慰问慈亲似昔无。

注 释

[1]《纪梦》诗见蔡麟毓等《蔡氏宗谱裡公支谱》卷三,民国九年(1920)刊本。编者按,彭玉麟之父曾在合肥县梁园巡检司任职,彭玉麟五岁前跟随梁园蔡家磻(蔡璞斋)学习。此诗为彭显赫后所写,载于《蔡氏宗谱裡公支谱》。

[2]华胥:出自《列子·黄帝》:"(黄帝)昼寝,而梦游于华胥氏之国。▶华胥氏之国在弇州之西,台州之北,不知斯齐国几千万里。盖非舟车足力之所及,神游而已。其国无帅长,自然而已;其民无嗜欲,自然而已……黄帝既寤,怡然自得。"后用以指理想的安乐和平之境,或作梦境的代称。

感事[1]

薄宦严君二十年,皖江淝水汲清泉。[2]

空遗旧产三间屋,难起新炊一灶烟。[3]

慈母箱存衣上线,他人囊饱俸余钱。[4]

乌衣巷口斜阳冷,安得王孙痴叔贤。[5]

注 释

[1]《感事》诗见民国·徐世昌《晚晴簃诗汇》卷一百五十一,民国退耕堂刻本。

[2]薄宦:卑微的官职。有时用为谦辞。▶晋·陶潜《尚长禽庆赞》:"尚子昔薄宦,妻孥共早晚。"

严君:① 父母之称。▶《易·家人》:"家人有严君焉,父母之谓也。"② 指父亲。▶晋·潘尼《乘舆箴》:"国事明王,家奉严君。"

"皖江淝水汲清泉"句:本句指彭玉麟之父彭鸣九曾先后在怀宁县三桥镇巡检司(仁宗嘉庆十九年,1814)、合肥县梁园巡检司(宣宗道光元年,1821)任巡检。

[3]新炊:新煮的饭。▶唐·杜甫《赠卫八处士》诗:"夜雨剪春韭,新炊间黄粱。"

[4]原诗"他人囊饱俸余钱"句后有作者自注:"严君俸余为人干没。"

俸余:俸禄所余。▶《新唐书·冯元淑传》:"与奴仆日一食,马日一秣,所至不挈妻子,斥俸余以给贫穷。"

[5]痴叔:西晋王湛兄弟,宗族皆以为痴。武帝(司马炎)每见湛兄子王济,常调之曰:"卿家痴叔死未?"后济渐得湛实,因答曰:"臣叔不痴。"并推其才在山涛以下,魏舒以上。湛于是显名。见《晋书·王湛传》。后用以为典。

阚凤楼

阚凤楼(1821—1886),字仲韩,号六友山人集,晚号因是翁,清安徽合肥东乡(今属安徽省合肥市肥东县)。少聪颖,从黄先瑜游。以诗古文受知于安徽学政罗惇衍。家贫以教授为生,与从弟凤藻、凤池同登庐阳书院,才名远博,并称"阚氏三凤"。

咸丰三年(1853),太平军攻破庐州。石塘桥屡遭兵燹,阚凤楼率死士二十八人夜袭太平军,手刃首领壮天豫。后延入张树声军中,号"树军从事"。以复苏州、太仓功荐保训导、县丞、知县加盐提举事衔,赏戴花翎,官江苏奉贤知县。以子阚保蒙贵,加二品封典。

工书、画、诗文,于星命、堪舆亦有独见。著有《新疆大记》四卷、《徽县略志》一卷、《回回事略》一卷及诗文集《六友山房集》《青村集》《盘谷集》。

和恩竹樵方伯用渔洋秋柳韵秋兰诗[1]

重帘风急度香魂,室冷维摩静掩门。[2]
别有根因迟杜若,早于华省认衿痕。[3]
湘江处士芙蓉陂,芳草王孙橘柚村。
坐久不知情自化,同心言许再追论。[4]

渺渺苍葭欲结霜,迢迢芳影溯寒塘。
箴言契晚迷金谱,法操音迟和玉箱。
纵使随宫场并擅,终应香国殿称王。[5]
薇垣秘省宜君子,恰好重阳历宝坊。[6]

浅淡容华裼橘衣,素娥青女是耶非?[7]
秋风既老清如许,骚客逢君世本稀。
九畹芳联霜气傲,一茎香化墨烟飞。[8]

超超愧许襟怀冷,得植瑶阶愿不违。[9]

百卉东皇记并怜,偏宜禅钵供松烟。[10]

美人迟暮天平旷,帝子中流意涉绵。[11]

纫珮有心经晚节,传芳竟体忆韶年。[12]

苔苍藓蚀辞幽谷,犹曳风枝到槛边。

注 释

[1]《和恩竹樵方伯用渔洋秋柳韵秋兰诗》诗见民国·李家孚《合肥诗话》卷中,民国苏城临顿路毛上珍铅活字本。

恩竹樵方伯:即于库里·恩铭(1845—1907),于库里氏。满洲镶白旗人,锦州驻防。以举人捐纳知县。光绪二十一年(1895)任太原知府,后升按察使。光绪二十六年(1900),署山西按察使,在任积极镇压义和团。二十八年(1902),调直隶口北道防义和团。三十二年(1906),升安徽巡抚,任内推行新政,重视教育,任用严复等人,颇得时誉,但仍残酷镇压红莲会和霍山反洋教斗争。三十三年(1907),被革命党人徐锡麟刺杀。

[2]香魂:美人之魂。▶唐·沈佺期《天官崔侍郎夫人卢氏輓歌》:"偕老何言谬,香魂事永违。"

[3]根因:根源,缘故。▶《元典章·礼部五·医学》:"治过病人讲究受病根因,时月运气,用过药饵是否合宜。"

杜若:香草名。多年生草本,高一二尺。叶广披针形,味辛香。夏日开白花。果实蓝黑色。▶《楚辞·九歌·湘君》:"采芳洲兮杜若,将以遗兮下女。"

华省:指清贵者的官署。▶晋·潘岳《秋兴赋》:"宵耿介而不寐兮,独展转于华省。"

[4]自化:自然化育。语本▶《老子》:"法令滋彰,盗贼多有,故圣人云:我无为而民自化。"▶《庄子·秋水》:"何为乎,何不为乎,夫固将自化。"

[5]香国:①《维摩诘经·香积佛品》曰:上方界佛土有国名众香,佛号香积,其界一切皆以香作楼阁,经行香地苑园皆香,其食香气周流十方无量世界。因以"香国"指佛国。▶南朝·梁·沈约《捨身愿疏》:"虽果谢菴园,饭非香国,而野粒山蔬,可同属餍。"②犹言花国。▶宋·许月卿《木犀》:"分封在香国,簉仕得黄裳。"

[6]秘省:秘书省的省称。▶唐·李嘉祐《奉酬路五郎中院长新除工部员外见简》:"一门同秘省,万里作长城。"

宝坊:对寺院的美称。▶《大集经·璎珞品》:"尔时世尊,至宝坊中昇师子座。"

[7]素娥:①嫦娥的别称。亦用作月的代称。▶《文选·谢庄〈月赋〉》:"引玄兔于帝台,集素娥于后庭。"②白衣美女。指月宫仙女。旧题唐·柳宗元《龙城录·明皇梦游广寒宫》:"见有素娥十余人,皆皓衣,乘白鸾,往来舞笑于广陵大桂树之下。"

[8]九畹:《楚辞·离骚》:"余既滋兰之九畹兮,又树蕙之百亩。"王逸注:"十二亩曰畹。"一说,田三十亩曰畹。见《说文》。后即以"九畹"为兰花的典实。

[9]超超:①谓超然出尘。▶晋·陶潜《扇上画赞》:"超超丈人,日夕在耘。"②高高在上貌。▶唐·司空图《二十四诗品·流动》:"超超神明,返返冥无,来往千载,是之谓乎!"③犹言绰绰。▶明·冯惟敏《僧尼共犯》第三折:"则见他窗儿外超超影影,帘儿前杳杳冥冥。"④超超玄箸之省。超超玄箸,谓言辞高妙,不同凡俗。▶南朝·宋·刘义庆《世说新语·言语》:"我(王衍)与王安丰说延陵、子房,亦超超玄箸。"

瑶阶:①玉砌的台阶。亦用为石阶的美称。▶晋·王嘉《拾遗记·炎帝神农》:"筑圆丘以祀朝日,饰瑶阶以揖夜光。"②指积雪的石阶。▶南朝·宋·谢惠连《雪赋》:"庭列瑶阶,林挺琼树。"

[10]百卉:百草。后亦指百花。▶《诗·小雅·四月》:"秋日凄凄,百卉具腓。"

偏宜:最宜,特别合适。▶前蜀·李珣《浣溪纱》词:"入夏偏宜澹薄妆,越罗衣褪郁金黄。"

[11]美人迟暮:谓流光易逝,盛年难再。语出《楚辞·离骚》:"惟草木之零落兮,恐美人之迟暮。"

帝子:①指娥皇、女英。传说为尧的女儿。▶《楚辞·九歌·湘夫人》:"帝子降兮北渚,目眇眇兮愁予。"②帝王之子。▶唐·王勃《滕王阁》:"阁中帝子今何在,槛外长江空自流。"

[12]传芳:流传美名。▶《晋书·元帝纪论》:"岂武宣余化犹畅于琅邪,文景留仁传芳于南顿。"

竟体:遍体,全身。▶《太平广记》卷三七七引南朝·齐·王琰《冥祥记》:"或针贯其舌,流血竟体。"

韶年:美好的岁月。▶唐德宗《中和节日宴百僚赐诗》:"韶年启仲序,初吉谐良辰。"亦指青年时期。

金缕曲·阅亡女德娴遗草悼吟[1]

我本伤心者,念此身、沉沦悼怆,泪珠盈把。[2]文字缘深天已妒,不合灵通自写。仍隐累、儿曹风雅。息女何知耽翰墨?[3]尽词林学舌邀人骂。[4]还福于,岁年也。[5]遗婴涕此杯卷泻,福异日、零笺剩迹,教同寿鲊。[6]息蕾搀抽蚕便死,血思缠绵泣润。回荀令、香销愁惹。谋为昙花留幻想,步名媛几许辞章下。[7]权德释,与聊且。[8]

注 释

[1]《金缕曲·阅亡女德娴遗草悼吟》词见民国·李国模《合肥词钞四卷补遗一卷》卷三,民国十九年(1930)铅印本。

[2] 悼怆:悲伤。 ▶晋·袁宏《后汉纪·章帝纪下》:"司空第五伦见上悼怆不已,求依东海王故事。"

[3] 息女:亲生女儿。 ▶《史记·高祖本纪》:"臣有息女,愿为季箕帚妾。"

[4] 词林:① 指汇集在一处的文词。 ▶南朝·梁·萧统《答晋安王书》:"殷核坟史,渔猎词林。"② 词坛。 ▶宋·范公偁《过庭录》:"许昌郭挺元杰,从李方叔学,久蒙训导。方叔死,挺有挽诗云:'憔悴词林失俊英,已应精爽在蓬瀛。'"③ 翰林或翰林院的别称。 ▶宋·王应麟《玉海·圣文五·康定赐翰林飞白书》:"至和元年九月,王洙为学士,仁宗尝以涂金龙水牋为飞白'词林'二字赐之。"

[5] 岁年:① 年月,时光。 ▶唐·刘知几《史通·自叙》:"旅游京洛,颇积岁年。"② 一年。指短时间。 ▶清·恽敬《与汤敦甫书》:"春间得复书,儒者之气盎然楮墨,及读其辞,益知先生之所养,非岁年所能至也。"

[6] 遗婴:① 指死了亲人的婴孩。 ▶唐·孟郊《吊元鲁山》:"遗婴尽雏乳,何况骨肉枝。"② 指弃婴。 ▶清·郑燮《逃荒行》:"道旁见遗婴,怜拾置担釜。"

[7] 名媛:有名的美女,亦指名门闺秀。 ▶清·李渔《风筝误·艰配》:"婵娟争觑我,我也觑婵娟,把帝里名媛赶一日批评遍。"

[8] 聊且:姑且。 ▶《后汉书·张衡传》:"留瀛洲而采芝兮,聊且以乎长生。"

陈云章

陈云章,生卒年不详,名赠,字亦昭,清安徽合肥(今安徽省合肥市)人,诸生。咸丰时避乱合肥西乡大潜山,"教授生徒,弦诵不辍"。张树声、张树珊、刘海峰、李联奎、宣紫诏等均出其门。著有《劫灰集》《卧云山馆诗存》)。

避乱龙泉山麓雪中口占[1]

慢携妻子屡流离,雪满山中强自支。

薪桂米珠居不易,龙泉虽好不疗饥。[2]

注 释

[1]《避乱龙泉山麓雪中口占》诗见清·陈云章《劫灰集》,清光绪十三年(1887)遵化州署刻本。

龙泉山:位于安徽省肥东县桥头集镇。海拔281.5米,为大别山余脉。山腰有龙泉寺,寺内有泉,名龙泉,有"天下第十三泉"之誉。

[2]薪桂米珠:形容物价昂贵。典出 ▶《战国策·楚策三》:"楚国之食贵于玉,薪贵于桂,谒者难得见如鬼,王难得见如天帝。" ▶ 宋·苏轼《浣溪沙·再和前韵》词:"空腹有诗衣有结,湿薪如桂米如珠。"

龙泉山寺题壁[1]

山静泉清沉俗尘,翠微高处好藏身。

请看避地流离客,那及空门寂寞人。

修竹万竿能结夏,野花三月正争春。[2]

题诗不望纱笼壁,聊记桃源旧问津。[3]

注　释

[1]《龙泉山寺题壁》诗见清·陈云章《劫灰集》，清光绪十三年(1887)遵化州署刻本。

[2]结夏：佛教僧尼自农历四月十五日起静居寺院九十日，不出门行动，谓之"结夏"。又称结制。▶唐·曹松《送僧入蜀过夏》诗："师言结夏入巴峰，云水迴头几万重。"

[3]纱笼：谓以纱蒙覆贵人、名士壁上题咏的手迹，表示崇敬。后用作诗文出众的赞词。典出▶五代·王定保《唐摭言·起自寒苦》："王播少孤贫，尝客扬州惠昭寺木兰院，随僧斋飧。诸僧厌怠，播至，已饭矣。后二纪，播自重位出镇是邦，向之题已碧纱幕其上。播继以二绝句曰：'……二十年来尘扑面，如今始得碧纱笼。'"▶宋·刘过《沁园春·题黄尚书夫人书壁后》词："记东坡赋就，纱笼素壁，西山句好，帘卷晴珠。"

张 丙

张丙,生卒年不详,原名延郇,字娱存,号渔村,清安徽合肥东乡(今属安徽省合肥市肥东县)人。道光时贡生,喜藏书,工铁笔。与赵席珍、王墫、卢先骆、吴克俊、蔡邦甸、戴鸿恩往来唱酬无间,号为"城东七子"。著有《延青堂诗存》二卷。

泊巢县[1]

曲折溪流缓,山山绕镜中。

去帆划波白,落日浴城红。

蟹籪浮桥水,鸦盘远树风。[2]

全湖天更阔,明发溯冥蒙。[3]

注 释

[1]《泊巢县》诗见清·张丙《延青堂诗存》,民国四年(1915)上海铅印本。

[2]蟹籪[duàn]:插在水里捕鱼蟹用的竹或苇制的栅栏。▶《太平广记》卷三二三引南朝·梁·任昉《述异记》:"宋元嘉初,富阳人姓王,于穷渎中作蟹籪。"

[3]明发:① 黎明,平明。▶《诗·小雅·小宛》:"明发不寐,有怀二人。"② 谓孝思。▶晋·陆机《思亲赋》:"存顾复之遗志,感明发之所怀。"③ 早晨起程。▶晋·陆机《招隐》诗之二:"明发心不夷,振衣聊踯躅。"④ 谓揭发查清。▶《后汉书·循吏传序》:"明发奸伏,吏端禁止。"⑤ 阐明,发明。▶《隋书·律历志上》:"焯皆校定,庶有明发。"⑥ 清代军机处草拟上谕有明发、廷寄之别,有关巡幸、上陵、经筵、蠲赈及内侍郎以上,外臣总兵、知府以上黜陟调补的谕旨,称为明发,经内阁传抄以次交于部科。

早行望梅亭[1]

晓梦驮驴背,荒亭石径深。

山围天界窄,月堕水光沉。

密树交铃语,轻烟出磬音。[2]

莫谈曹魏迹,铜雀杳难寻。[3]

注 释

[1]《早行望梅亭》诗见清·张丙《延青堂诗存》,民国四年(1915)上海铅印本。

望梅亭:亭名。指曹操领军望梅止渴处所建的亭子。全国各地多有。《(嘉庆)合肥县志》载:"在余岘口东,俗传魏武帝望梅止渴处。妄也,未知何时人建。"

[2]铃语:檐铃的声音。语本 ▶《晋书·艺术传·佛图澄》:"又能听铃音以言吉凶,莫不悬验。"

[3]铜雀:即铜雀台。在河北临漳县境内。曹操消灭袁氏兄弟后,夜宿邺城,半夜见到金光由地而起,隔日掘得铜雀一只,认为是吉祥之兆,于是遂建此台。

茶饮望梅亭[1]

一亭当孔道,小憩息尘氛。

百里乡音共,四山晴雨分。

茶边味禅悦,磬外妙声闻。[2]

我欲携家具,呼龙种白云。

注 释

[1]《茶饮望梅亭》诗见清·张丙《延青堂诗存》,民国四年(1915)上海铅印本。

[2]禅悦:佛教语。谓入于禅定,使心神怡悦。▶《维摩诘经·方便品》:"虽服宝饰,而以相好严身;虽复饮食,而以禅悦为味。"

声闻:① 梵文的意译。佛家称闻佛之言教,证四谛之理的得道者。常指罗汉。▶《大乘义章》卷十七:"观察四谛而得道者,悉名声闻。"② 亦作"声问"。音信。▶《国语·越语上》:"寡君勾践乏无所使,使其下臣种,不敢彻声闻于天王。" ③ 亦作"声问"。 名声。 ▶《荀子·大略》:"德至者色泽洽,行尽而声问远。"

柘皋[1]

落日栖鸦背,言寻古橐皋。

地平迤市远,村缺补山牢。

水退沙痕印,年荒酒价高。

不堪添客愁,饥雁正嗷嗷。[2]

注 释

[1]《柘皋》诗见清·张丙《延青堂诗存》,民国四年(1915)上海铅印本。

[2]原诗"不堪添客愁,饥雁正嗷嗷"句后有作者注:"水灾后乞食者甚众。"

尉桥阻雨[1]

山村茆店浅,一雨滞行程。

灯黯檐回溜,溪喧屐合声。

绳床支败壁,土锉俯颓楹。[2]

发白何关尔,明朝对镜生。

注 释

[1]《尉桥阻雨》诗见清·张丙《延青堂诗存》,民国四年(1915)上海铅印本。

尉桥:又名尉子桥,即今安徽省巢湖市夏阁镇尉桥村。位于夏阁东北与含山县仙踪镇姚庙交界、北与八字口交界、西与龙泉交界。宋绍兴三十一年(1161),金军大举南侵,姚兴率三千人抗击,寡不敌众。王权置酒仙宗山上,拥兵自卫,不问姚兴胜败。姚兴冲突阵中,击杀金兵近百人,终以援军不至,父子皆力战而死。

[2]土锉:炊具,今之砂锅。 ▶唐·杜甫《闻斛斯六官未归》:"荆扉深蔓草,土锉冷疏烟。"

慎县道中书所见[1]

策蹇乡关道,征衫不染尘。

磬声僧乞食,帘影店呼人。

古墓灵村鬼,颓祠卧土神。[2]

炊烟聚墟落,瞥见柳枝新。[3]

注 释

[1]《慎县道中书所见》诗见清·张丙《延青堂诗存》,民国四年(1915)上海铅印本。

[2] 村鬼:詈词。犹言丑鬼,恶鬼。

土神:① 五行神之一。▶《礼记·王制》:"天子将出,类乎上帝。"孔颖达疏引庾蔚之曰:"五行各有德,故谓五德之帝。木神仁,金神义,火神礼,水神知,土神信。"② 土地神。▶《礼记·月令》:"(季夏之月)毋发令而待,以妨神农之事也。"汉·郑玄注:"土神称曰神农者,以其主于稼穑。"③ 土怪。▶《尔雅·释天》:"土神谓之羵羊。"

[3] 墟落:① 犹言墟墓。▶晋·夏侯湛《张平子碑》:"于是乃剪其墟落,宠其宗人,使奉其四时,献其粢盛。"② 村落。▶南朝·梁·范云《赠张徐州稷》:"轩盖照墟落,传瑞生光辉。"

题蔡氏亦园[1]

不作朱门客,提筇处处家。

此中辟亭馆,使我恋烟霞。

种石排苍藓,疏泉洗白沙。

巉岩留刻画,老眼认无花。[2]

注 释

[1]《题蔡氏亦园》诗见清·张丙《延青堂诗存》,民国四年(1915)上海铅印本。

[2] 原诗"巉岩留刻画,老眼认无花"句后有作者注:"石上多石瓢丈题名"。

客有丑陋吾乡山水者赋此答之[1]

吾乡富山水,丘壑本自然。

如金未熔铸,如木未雕镌。[2]

浮槎稍得名,其次数龙泉。

朝霞具胜概,万顷湖光妍。[3]

孤姥类金焦,晴雨双婵娟。[4]

湖东更秀冶,列嶂排云烟。[5]

假如富寺观,楼阁相延缘。[6]

岂惟招游屐,百货集殷阗。[7]

似闻湖山语,大化谁司权。[8]

质文有异尚,华朴无两全。[9]

涂泽出姿态,不如完其天。[10]

注 释

[1]《客有丑陋吾乡山水者赋此答之》诗见清·张丙《延青堂诗存》,民国四年(1915)上海铅印本。

[2]雕镌:① 犹言雕琢。亦形容执着于心。▶宋·曾巩《送陈商学士》:"公于万事不雕镌,心意恢恢无坎坷,来从奎璧光铓下,笑倚樽筵成郡课。"② 指刻版。▶鲁迅《〈唐宋传奇集〉序例》:"顾复缘贾人贸利,撮拾雕镌,如《说海》,如《可今逸史》,如《五朝小说》。"

[3]胜概:美景,美好的境界。▶唐·李白《夏日陪司马武公与群贤宴姑熟亭序》:"此亭跨姑熟之水,可称为姑熟亭焉。嘉名胜概,自我作也。"

[4]金焦:金山与焦山的合称。两山都在今江苏省镇江市。金山原名浮玉,因裴头陀江际获金,唐贞元间李骑奏改。焦山因汉焦光隐居此山得名。▶元·萨都刺《题喜寿里客厅雪山壁图》:"大江东去流无声,金焦二山如水晶。"

[5]列嶂:相连的山峰。▶唐·李益《再赴渭北使府留别》:"列嶂高峰举,当峰太白低。"

[6]延缘:① 缓慢移行。▶《庄子·渔父》:"乃刺船而去,延缘苇间。"② 与他物相连。▶宋·范成大《桂海岩洞志》:"桂之千峰皆旁无延缘,悉自平地崛然特立,玉笋瑶簪,森列无际。"

[7]游屐:出游时穿的木屐。亦代指游踪。▶宋·王安石《韩持国从富并州辟》:"何时归

相过,游屐尚可蜡。"

殷填:众盛貌。▶明·陈子龙《送杨扶羲入都授官》:"晨钟初罢散朝归,车马殷填照城郭。"

[8]大化:① 谓化育万物。▶《荀子·天论》:"列星随旋,日月递炤,四时代御,阴阳大化。"② 指宇宙,大自然。▶三国·魏·曹植《九愁赋》诗:"嗟大化之移易,悲性命之攸遭。"③ 谓人生的重要变化。▶《列子·天瑞》:"人自生至终,大化有四:婴孩也,少壮也,老耄也,死亡也。"④ 指广远深入的教化。▶《书·大诰》:"肆予大化诱我友邦君。"⑤ 指生命。▶晋·陶潜《还旧居》:"常恐大化尽,气力不及衰。"⑥ 佛教语。指佛的教化。▶《法华玄义》:"说教之纲格,大化之筌蹄。"

[9]质文:① 谓其资质具有文德。▶《国语·周语下》:"文王质文,故天祚之以天下。"韦昭注:"质文,其质性有文德也。"② 实质内容与外在形式。▶汉·董仲舒《春秋繁露·玉杯》:"文著于质,质不居文,质文两备,然后其礼成。"③ 质朴与华美。▶南朝·梁·刘勰《文心雕龙·通变》:"斯斟酌乎质文之间,而櫽括于雅俗之际,可与言通变矣。"

[10]涂泽:① 修饰容貌。犹言化妆。▶《新唐书·后妃传上·则天武皇后》:"太后虽春秋高,善自涂泽,虽左右不悟其衰。"② 犹言涂饰。▶鲁迅《坟·科学史教篇》:"此其言表,与震旦谋新之士,大号兴学者若同,特中之所指,乃理论科学居其三,非此之重有形应用科学而又其方术者,所可取以自涂泽其说者也。"

湖中望孤姥二山[1]

十幅蒲帆面面开,湖神清晓送人回。[2]

大圆镜里双鬟影,雨抹晴妆饱看来。[3]

注 释

[1]《湖中望孤姥二山》诗见清·张丙《延青堂诗存》,民国四年(1915)上海铅印本。

[2]蒲帆:用蒲草编织的帆。▶唐·李贺《江南弄》:"水风浦云生老竹,渚暝蒲帆如一幅。"

清晓:天刚亮时。▶唐·孟浩然《登鹿门山怀古》:"清晓因兴来,乘流越江岘。"

[3]鬟影:鬟髻的影子。▶南朝·梁·邓铿《奉和夜听妓声诗》:"烛华似明月,鬟影胜飞桥。"

偕诸季展先墓因宿山家[1]

小住山家亦有情,殷勤鸡黍间藜羹。[2]

白云虚我十年约,青嶂邀人一日程。

脱叶鏖风惊夜雨,破窗透月稳秋晴。

老来诸季联壮少,为感松楸话五更。

注　释

[1]《偕诸季展先墓因宿山家》诗见清·张丙《延青堂诗存》,民国四年(1915)上海铅印本。

诸季:众弟。

展先墓:省视先人坟墓。

[2]藜羹:用藜菜作的羹。泛指粗劣的食物。▶《庄子·让王》:"孔子穷于陈蔡之间,七日不火食,藜羹不糁。"

登四顶山朝霞寺[1]

御风相约过仙乡,清磬真听出上方。[2]

三面平湖遮眼白,一天落叶背人黄。[3]

诗篇响绝罗昭谏,丹井泉枯魏伯阳。[4]

闻说金函多焚夹,尽容稽首叩空王。[5]

注　释

[1]《登四顶山朝霞寺》诗见清·张丙《延青堂诗存》,民国四年(1915)上海铅印本。

[2]御风:① 乘风飞行。▶《庄子·逍遥游》:"列子御风而行,泠然善也。"② 借指仙家。▶宋·苏轼《和陶郭主簿》诗之二:"愿因骑鲸李,追此御风列,丈夫贵出世,功名岂人杰。"

[3]遮眼:谓遮人眼目,装模作样。▶宋·苏轼《明日南禅和诗不到故重赋数珠篇以督之》之二:"看经聊尔耳,遮眼初不卷。"

背人:避开别人。▶《红楼梦》第五十八回:"你只回去,背人悄悄问芳官就知道了。"

[4]原诗"诗篇响绝罗昭谏,丹井泉枯魏伯阳"句后有作者注:"山有伯阳丹井,今涸。"

[5]原诗"闻说金函多焚夹"句后有作者注:"寺贮全部藏经。"

空王:佛教语。佛的尊称。佛说世界一切皆空,故称"空王"。▶《旧唐书·刘瞻传》:"伏望陛下尽释系囚,易怒为喜,虔奉空王之教,以资爱主之灵。"

慎县废城[1]

出云古塔废城隈,落日苍茫野烧开。

百战难寻吴楚垒,一鞭空吊霸王才。

唱筹声彻江娘墓,爇饼风生鲍照台。[2]

南北两行官道柳,送人归去复归来。

注　释

[1]《慎县废城》诗见清·张丙《延青堂诗存》,民国四年(1915)上海铅印本。原诗标题后有作者注:"浚遒、白公两城皆废。"

[2]唱筹:① 高声报时。▶南朝·梁·何逊《与沈助教同宿溢口夜别》:"华烛已消半,更人数唱筹。"② 呼叫数码。▶明·何景明《官仓行》:"帐前喧呼朝不休,剪旌分队听唱筹。"

原诗"唱筹声彻江娘墓"句后有作者注:"明末江小娘骂贼自殊,墓在市侧。"

爇[ruò]饼:烧饼。爇,焚烧,点燃。

雨后杂兴[1]

晴天如雪落棠梨,万绿森森叶见齐。

欲访幽居春水隔,白鸥引我渡溪西。

溪面游鱼唼柳花,溪头竹屋住渔家。

夜来新涨添三尺,短尽前滩芦荻芽。

凫鹥拍拍鸂鶒飞,春涨前溪没钓矶。[2]

怪底群蛙宣梵唱,水田幅幅学僧衣。[3]

巾箱花片隔年收,雨甲烟苗种不侔。[4]

更与童孙教莳法,预编黄竹引牵牛。[5]

注　释

[1]《雨后杂兴》诗见清·张丙《延青堂诗存》,民国四年(1915)上海铅印本。

[2] 凫鹥:凫和鸥。泛指水鸟。▶《诗·大雅·凫鹥》:"凫鹥在泾,公尸来燕来宁。"

[3] 怪底:亦作"怪得"。① 惊怪,惊疑。▶唐·杜甫《奉先刘少府新画山水障歌》:"堂上不合生枫树,怪底江山起烟雾。"② 难怪。▶唐·曹唐《小游仙诗》之四四:"怪得蓬莱山下水,半成沙土半成尘。"

[4] 花片:飘落的花瓣。▶唐·元稹《古艳》诗之二:"等闲弄水浮花片,流出门前赚阮郎。"

不侔:不相等,不等同。▶《后汉书·荀彧传》:"海内未喻其状,所受不侔其功。"

[5] 莳[shì]法:指栽培、种植的方法或技术。

黄竹:指竹。亦指毛竹。▶唐·白居易《忆洛中所居》诗:"厌绿栽黄竹,嫌红种白莲。"

牵牛:此处指牵牛花。▶宋·陆游《夜雨》诗:"藩篱处处蔓牵牛,薏苡丛深稗穗抽。"

减字木兰花[1]

珠帘乍卷,倚阑细辨春深浅。[2]柳不知愁,和雨和烟绿上楼。

山山无赖,对人故展新眉黛。埋怨墙东,尽把新词唱懊侬。[3]

注　释

[1]《减字木兰花》词见清·张丙《延青堂诗存》,民国四年(1915)上海铅印本。

[2] 珠帘:珍珠缀成的帘子。▶《西京杂记》卷二:"昭阳殿织珠为帘,风至则鸣,如珩珮之声。"

[3] 墙东:指隐居之地。典出▶《后汉书·逸民传·逢萌》:"君公遭乱独不去,侩牛自隐。时人谓之论曰:'避世墙东王君公。'"▶北周·庾信《和乐仪同苦热》:"寂寥人事屏,还得隐墙东。"

卖花声·人日[1]

晓起怯轻寒,春思无端。茅斋客去减清欢,霜色皑皑风剪剪,酒力偏单。[2]

旧稿手亲删,朱墨重看。檐梅如雪压阑干。元旦已过人日又,赢得身闲。[3]

注释

[1]《卖花声·人日》词见清·张丙《延青堂诗存》,民国四年(1915)上海铅印本。

人日:旧俗以农历正月初七为人日。▶《太平御览》卷九七六引南朝·梁·宗懔《荆楚岁时记》:"正月七日为人日。以七种菜为羹,剪彩为人或镂金箔为人,以贴屏风,亦戴之头鬓。又造华胜以相遗,登高赋诗。"

[2] 清欢:清雅恬适之乐。▶唐·冯贽《云仙杂记·少延清欢》:"陶渊明得太守送酒,多以春秋水杂投之,曰:'少延清欢数日。'"

[3] 朱墨:① 朱笔和墨笔。用于书籍的批点或编撰,以便省览。▶三国·魏·鱼豢《魏略》:"初,遇善治《老子》,为《老子》作训注。又善《左氏传》,更为作朱墨别异。"② 古代官府文书用朱、墨两色,因用作公文的代称。▶《北史·苏绰传》:"绰始制文案程式,朱出墨入,及计账、户籍之法。"③ 用朱砂制成的墨。▶宋·苏轼《和陶贫士》之二:"末路益可羞,朱墨手自研。"

余 榜

余榜,字荆南,清安徽合肥东乡(今属安徽省合肥市肥东县)人,为余阙后裔。清宣宗道光十四年甲午(1834)举人,为合肥"城东七子"之一。著有《牛背吟草》,未梓。

山 居[1]

长夏山居风物清,百花开遍绿荫成。[2]

山遥每送当门色,树老常疑带雨声。[3]

破帽疲驴京国梦,弯弓射虎少年情。[4]

却怜户外蛙鸣闹,不到江湖已半生。

注 释

[1]《山居》诗见清·陈诗《皖雅初集》卷三,民国十八年(1929)上海美艺图书公司印本。

[2]长夏:① 指阴历六月。 ▶《素问·六节藏象论》:"春胜长夏。" ② 指夏日。因其白昼较长,故称。 ▶唐·沈佺期《有所思》诗:"坐看长夏晚,秋月照罗帏。"

[3]当门:① 挡着门。 ▶《左传·昭公二十年》:"使祝蛙寘戈于车薪以当门。" ② 对着门。 ▶宋·陆游《渔翁》诗:"江头渔家结茅庐,青山当门画不如。"

[4]京国:京城,国都。 ▶三国·魏·曹植《王仲宣诔》:"我公实嘉,表扬京国。"

射虎:① 指西汉李广和三国东吴孙权射虎的故事。 ▶《史记·李将军列传》:"广所居郡,闻有虎,尝自射之。及居右北平,射虎,虎腾伤广,广亦竟射杀之。" ▶《三国志·吴志·吴主传》:"(建安)二十三年十月,权将如吴,亲乘马射虎于庱亭。" ② 诗文中常用以形容英雄豪气。 ▶宋·苏轼《江城子·密州出猎》词:"为报倾城随太守,亲射虎,看孙郎。" ③ 猜灯谜。灯谜亦名灯虎,故称。

赵席珍

赵席珍,生卒年不详,字子粤,号响泉,清安徽合肥东乡(今属安徽省合肥市肥东县)人。清仁宗嘉庆十五年(1810)庚午科经魁,官旌德县教谕。与张丙、王埩、卢先骆、吴克俊、蔡邦甸、戴鸿恩等往来唱酬无间,号为"城东七子"。著有《寥天一斋诗集》四卷。

施口[1]

施口生新水,闲心鸥鹭浮。

村墙连树筑,湖稻带青收。

云雁驿孤屿,星河迓早秋。[2]

暮山知我懒,叠翠到船头。

注释

[1]《施口》诗见清·陈诗《庐州诗苑》卷三,民国十五年(1926)铅印本。

[2] 孤屿:孤立的岛屿。▶南朝·宋·谢灵运《登江中孤屿》:"乱流趋正绝,孤屿媚中川。"

赠金庭洞何道士用韦苏州寄全椒道士韵[1]

言访金庭山,偶遇巢居客。[2]

揖我碧峰头,清啸裂云石。[3]

时有孤鹤来,相伴秋岩夕。

千年采药人,认取芒鞋迹。

注释

[1]《赠金庭洞何道士用韦苏州寄全椒道士韵》诗见清·陈诗《庐州诗苑》卷三,民国十五年(1926)铅印本。

[2]巢居:① 谓上古或边远之民于树上筑巢而居。▶《庄子·盗跖》:"古者禽兽多而人民少,于是人皆巢居以避之。" ② 犹言隐居。▶明·刘基《次韵和石末公九日见寄》:"辟难无劳效桓景,巢居随处压崔嵬。"

[3]清啸:清越悠长的啸鸣或鸣叫。▶《晋书·刘琨传》:"琨乃乘月登楼清啸。"

梓山西崦盘石[1]

频来坐盘石,猿鸟不知处。

窄径临断崖,清泉流百步。

前村夕阳明,遥见归人渡。

凉风动翠竹,响入空林去。

无劳访山僧,我自得秋趣。

注 释

[1]《梓山西崦盘石》诗见民国·李家孚《合肥诗话》卷上,民国苏城临顿路毛上珍铅活字本。

梓山:位于江西省赣州市于都县境内。

宿荒村[1]

落日投村店,秋声在古原。

一萤穿破壁,乱叶打柴门。

俗俭依禾稼,民荒念子孙。

羸童将瘦马,竟夕怆羁魂。[2]

注 释

[1]《宿荒村》诗见民国·李家孚《合肥诗话》卷上,民国苏城临顿路毛上珍铅活字本。

[2]竟夕:终夜,通宵。▶《后汉书·第五伦传》:"吾子有疾,虽不省视而竟夕不眠。若是者,岂可谓无私乎?"

题友人横琴图[1]

高士成独坐,故山多隐心。[2]

霁心上林表,芒鞋破苔岑。[3]

素琴犹未弹,谡谡风满林。

长松发天籁,留此太古音。

飞泉答遥响,浮岚生画阴。[4]

秋与孤云在,情共七弦深。

俯仰寄兀傲,萧寥开素襟。[5]

即此从所好,无庸话升沉。[6]

注 释

[1]《题友人横琴图》诗见民国·李家孚《合肥诗话》卷上,民国苏城临顿路毛上珍铅活字本。

[2]隐心:① 审度,忖度。▶《文选·崔瑗〈座右铭〉》:"隐心而后动,谤议庸何伤。"李善注:"刘熙《孟子注》曰:'隐,度也。'《周易》曰:'君子安其身而后动,易其心而后语。'《吕氏春秋》曰:内反于心不惭,然后动也。'"② 昧心。▶《后汉书·皇甫规传》:"臣诚知阿谀有福,深言近祸,岂敢隐心以避诛责乎!"③ 忧心,痛心。▶南朝·梁·刘勰《文心雕龙·哀吊》:"隐心而结文则事惬,观文而属心则体奢。"④ 隐居之意。▶唐·祖咏《苏氏别业》:"别业居幽处,到来生隐心。"

[3]苔岑:指志同道合的朋友。▶晋·郭璞《赠温峤》:"人亦有言,松竹有林。及余(尔)臭味,异苔同岑。"

[4]浮岚:飘动的山林雾气。▶宋·欧阳修《庐山高赠同年刘中允归南康》:"欲令浮岚暖翠千万状,坐卧常对乎轩窗。"

[5]俯仰:亦作"俛卬"。① 低头抬头。▶《墨子·节用中》:"俯仰周游威仪之礼,圣王弗为。"② 指身体的屈伸。▶《史记·扁鹊仓公列传》:"君有病,往四五日,君要胁痛不可俯仰,又不得小溲。"③ 升降。▶《淮南子·原道训》:"是故圣人将养其神,和弱其气,平夷其形,而与道沈浮俯仰。"高诱注:"俯仰犹升降。"④ 形容时间短暂。▶《庄子·在宥》:"其疾俯仰之间而再抚四海之外。"⑤ 俯视和仰望。▶明·归有光《周弦斋寿序》:"俯仰今昔,览时事之变化,人生之难久长如是,是不可不举觞而为之贺也。"⑥ 应付,周旋。▶南朝·宋·刘义庆《世说新语·言语》:"言敢近舍明公远希嵇阮。"南朝·梁·刘孝标注引晋·邓粲《晋纪》:"伯仁

仪容弘伟,善于俛仰应答,精神足以荫映数人。"

兀傲:亦作"兀螯"。① 孤傲不羁。 ▶晋·陶潜《饮酒》诗之十三:"规规一何愚,兀傲差若颖。"② 高亢。 ▶清·钱谦益《题〈怀麓堂诗抄〉》:"弘正间,北地李献吉,临摹老杜为槎牙兀傲之词,以訾謷前人。"

萧寥:① 寂寞冷落。 ▶五代·徐铉《题雷公井》:"揜霭愚公谷,萧寥羽客家。"② 风雨声。 ▶唐·孟郊《溧阳秋霁》诗:"晚雨晓犹在,萧寥激前阶。"

[6]无庸:① 无须,不必。 ▶《左传·隐公元年》:"无庸,将自及。"杜预注:"言无用除之,祸将自及。"② 没有用处。 ▶清·周亮工《书影》卷五:"友人有言秦中一好古家,藏有古弹棋局……然弹棋之法不传,局即存,无庸也。"③ 平庸,无所作为。 ▶《魏书·高崇传》:"臣以无庸,谬宰神邑。"

访夏奇峰栖云山房小坐[1]

门外红尘不过墙,栖云无意出山房。[2]

好花多共园蔬种,新竹初争石笋长。

袖里诗篇浑漫兴,坐中宾主久相忘。

问君何事闲消遣?内子抄诗到晚唐。

注 释

[1]《访夏奇峰栖云山房小坐》诗见民国·李家孚《合肥诗话》卷上,民国苏城临顿路毛上珍铅活字本。

夏奇峰:夏云,字为霖,号奇峰。清代合肥人。嘉庆年间诸生。"诗才俊逸,五言古近体并超妙绝俗。"著有《曾园诗集》。

[2]栖云:① 栖于云雾中。谓生活于高山。 ▶唐·张乔《猿》:"挂月栖云向楚林,取来全是为清音。"② 指隐遁。 ▶《宋史·聂冠卿传》:"公先世饵霞栖云,高尚不仕。"

释啸颠

释啸颠(？—1847)，名龙文，清盐城(今江苏省盐城市)人。中年出家，能文善诗。嘉庆间游合肥，居城中寺数年，尝遇年荒，为文劝赈，名播一时。不阿权贵，独与合肥徐子苓友善，频相唱和。道光十八年(1838)受邀主席冶父山，二十七年(1847)圆寂。

巢湖[1]

驾言游平湖，湖上景独幽。[2]

虚碧隐长天，断虹明中流。[3]

沙鸥接翅飞，渔唱遥相酬。[4]

扁舟独容与，此乐谁与侔。[5]

注　释

[1]《巢湖》诗见清·李恩绶编《巢湖志》卷二"诗"，黄山书社2007年版。

[2]驾言：① 驾，乘车；言，语气助词。语本 ▶《诗·邶风·泉水》："驾言出游，以写我忧。"后用以指代出游，出行。▶ 三国·魏·阮籍《咏怀》之三一："驾言发魏都，南向望吹台。"② 传言，托言。▶ 北魏·郦道元《水经注·谷水》："石经沦缺，存半毁几；驾言永久，谅用忧焉。"

[3]虚碧：① 清澈碧蓝。指天空。▶ 唐·刘禹锡《游桃源一百韵》："沅江清悠悠，连日郁岑寂。回流抱绝巘，皎镜含虚碧。"② 清澈碧蓝。指水。▶ 元·倪瓒《夜泊芙蓉洲走笔寄张炼师》诗："余兹将远适，旅泊犹彷徨。微风动虚碧，初月照石梁。"

[4]相酬：① 唱和，酬对。▶ 唐·韩愈《双鸟》诗："还当三千秋，更起鸣相酬。"② 报答，酬谢。

[5]容与：① 徘徊犹豫，踌躇不前貌。▶《楚辞·离骚》："忽吾行此流沙兮，遵赤水而容与。"② 从容闲舒貌。▶《楚辞·九歌·湘夫人》："时不可兮骤得，聊逍遥兮容与。"③ 随水波起伏动荡貌。▶《楚辞·九章·涉江》："船容与而不进兮，淹回水而凝滞。"④ 放纵，放任。▶《庄子·人间世》："因案人之所感，以求容与其心。"

徐子苓

徐子苓(1812—1876),字叔伟,号毅甫,晚号南阳老人,一号默道人,清安徽合肥东乡(今属安徽省合肥市肥东县)人。清宣宗道光十五年(1835)举人,同治中官和州学正。著有《敦艮吉斋诗文集》。与朱默存、王谦斋同附李瀚岩,时人称为"合肥三怪"。

怀高隐居姥山[1]

高生性谿刻,清苦似桃椎。[2]

迳自将妻去,常闻数米炊。

观严忘反驾,徂岁系相思。[3]

便弄焦门棹,拏舟一门之。[4]

注　释

[1]《怀高隐居姥山》诗见清·李恩绶编《巢湖志》卷二"诗",黄山书社2007年版。

高隐:① 隐居。▶ 唐·皮日休《通玄子栖宾亭记》:"古者有高隐殊逸,未被爵命,敬之者以其德业,号而称之,玄德玄晏是也。"② 结合诗文,此处为双关语,为高姓隐士。

[2]谿刻:苛刻,刻薄。▶ 南朝·宋·刘义庆《世说新语·豪爽》:"桓公读《高士传》,至于陵仲子,便掷去,曰:'谁能作此谿刻自处!'"

[3]徂岁:① 徂年。▶ 南朝·宋·谢灵运《伤己赋》:"眺徂岁之骤经,睹芳春之每始。始芳春而羡物,岁徂而感已。"② 谓光阴流逝。▶ 宋·陆游《道院》诗:"摇落悲徂岁,漂流忆故园。"③ 岁暮。▶《周书·武帝纪上》:"寒暑亟周,奄及徂岁,改元命始,国之典章。"④ 往年。▶ 清·杜岕《〈楝亭集〉序》:"徂岁,荔轩寄《舟中吟》一卷,读之如对謦咳欠伸而握手留连也,盖至今日始得叙曹子之诗。"

[4]一门:① 一道门户。▶《左传·定公十年》:"每出一门,邱人闭之。"② 一条门路,一个途径。▶《商君书·说民》:"塞私通以穷其志,启一门以致其欲。"③ 一族,一家。▶《韩非子·八经》:"下不一门,大臣不拥。"④ 一个来源。▶《淮南子·原道训》:"万物之总,皆阅一孔;百事之根,皆出一门。"⑤ 一类。▶ 晋·张华《游猎篇》:"荣辱浑一门,安知恶与美。"⑥ 一种风格,一个派别。▶《南齐书·刘绘传》:"绘为后进领袖,机悟多能。时张融、周颙并

有言工,融音旨缓韵,颛辞致绮捷,绘之言吐,又顿挫有风气。时人为之语曰:'刘绘贴宅,别开一门。'"⑦一件,一桩。▶金·董解元《西厢记诸宫调》卷三:"一门亲事,十分指望着九。"⑧方言。一直,一个劲儿。

五月六日抵浮槎山馆[1]

归客落春后,庭荒奥草披。[2]

书床留鼠迹,苔锉蜕蛇皮。[3]

汲水村童捷,移尊山鸟窥。

老农感离别,醉起舞花枝。

注 释

[1]《五月六日抵浮槎山馆》诗见清·徐子苓《敦艮吉斋诗存》卷一,光绪丙午(1906)集虚草堂丛书甲集本。

浮槎山馆:作者曾于浮槎山筑屋读书,号浮槎山馆。

[2] 奥草:茂密的荒草。▶《国语·周语中》:"民无悬耜,野无奥草。"

[3] 蛇皮:特指蛇蜕下的蚹。▶北齐·颜之推《颜氏家训·名实》:"夫神灭形消,遗声余价,亦犹蝉壳蛇皮兽迒鸟迹耳,何预于死者,而圣人以为名教乎?"

西山驿[1]

驴倦恋秋草,山桥蝉乱吟。

难蹲桑树矮,犬吠稻花深。

湖气白成雨,炊烟青出林。

客愁浑不觉,日落众峰阴。

注 释

[1]《西山驿》诗见清·徐子苓《敦艮吉斋诗存》卷一,光绪丙午(1906)集虚草堂丛书甲集本。

西山驿:古驿站名。位于今肥东县店埠镇西山驿社区。

梁园[1]

冻林犹雪意，日没鲍照台。

仍是故乡路，谁知独客哀。

依人原虎尾，行地孰龙媒。[2]

三径资无赖，羞吟归去来。

注　释

[1]《梁园》诗见清·徐子苓《敦艮吉斋诗存》卷二，光绪丙午（1906）集虚草堂丛书甲集本。
[2] 虎尾：比喻危险的境地。 ▶《易·履》："履虎尾，不咥人，亨。"
　龙媒：①《汉书·礼乐志》："天马徕龙之媒。"▶颜师古引应劭注曰："言天马者乃神龙之类，今天马已来，此龙必至之效也。"后因称骏马为"龙媒"。② 喻俊才。 ▶唐·杨炯《后周明威将军梁公神道碑》："于是龙媒间出，麟驹挺生。" ③ 指土龙。迷信者用土制成龙状，以为可招诱真龙来降雨。④ 唐朝御马厩六闲之一。 ▶《新唐书·兵志》："又以尚乘掌天子之御。左右六闲：一曰飞黄，二曰吉良，三曰龙媒，四曰騊駼，五曰駃騠，六曰天苑。"

东山田家二首[1]

首夏林塘幽，新秧绿于绮。[2]

长瓢引远风，虾肥鱼更美。

邻翁谭稗官，酒阑头发指。[3]

呹呹辨贞佞，交钩不能已。[4]

请翁听我歌，振古都如此。[5]

前山云未落，后山云又起。

但得杯中趣，万事东流水。

望望东山下，方塘浴黄牛。[6]

野花不知名，红遍东西沟。

村妇学高髻,摘花簪满头。

挥杯问田父,此间颇乐不?

田父仰太息,三岁两不收。

连天打蝻子,租吏频征求。[7]

但愿禾稼登,免做公家囚。

注 释

[1]《东山田家二首》诗见清·徐子苓《敦艮吉斋诗存》卷一,光绪丙午(1906)集虚草堂丛书甲集本。

[2]首夏:始夏,初夏。指农历四月。▶三国·魏·曹丕《槐赋》:"伊暮春之既替,即首夏之初期。"

[3]稗官:小官。小说家出于稗官,后因称野史小说为稗官。▶《汉书·艺文志》:"小说家者流,盖出于稗官。街谈巷语,道听途说者之所造也。"

[4]呶呶:① 多言,喋喋不休。▶唐·柳宗元·《与韦中立书》:"(仆)不喜闹。岂可使呶呶者早暮咈吾耳,骚吾心?"② 喧闹声。▶唐·卢仝《苦雪忆退之》诗:"病妻烟眼泪滴滴,饥婴哭乳声呶呶。"③ 谓撅起嘴巴示意。▶茅盾《速写》:"他的同伴……对金百顺呶呶嘴巴,似乎说:'走罢!何必进去呢!'"

交钩:错杂纠缠。▶宋·欧阳修《送黎生下第还蜀》诗:"遂令学者迷,异说相交钩。"

[5]振古:远古,往昔。▶《诗·周颂·载芟》:"匪今斯今,振古如兹。"

[6]望望:① 瞻望貌,依恋貌。▶《礼记·问丧》:"其往送也,望望然,汲汲然,如有追而弗及也。"② 失望貌,扫兴貌。▶《孟子·公孙丑上》:"推恶恶之心,思与乡人立,其冠不正,望望然去之,若将浼焉。"③ 急切盼望貌。▶唐·杜甫《洗兵马》诗:"田家望望惜雨干,布谷处处催春种。"④ 犹言看看。▶明·汤显祖《紫箫记·就婚》:"俺从不到这楼上,李十郎一时未来,且同郡主楼上望望。"⑤ 指探望。▶《儒林外史》第二二回:"闲着无事,去望望郭铁笔。"

[7]蝻子:蝗虫的若虫。

征求:此处指征收,求索。▶《谷梁传·桓公十五年》:"古者诸侯时献于天子,以其国之所有,故有辞让而无征求。"

施口阻风[1]

巢湖一水耳,三日行犹远。

帆脚恋故乡,万牛不能挽。[2]

春雪而何来，绿杨丝婉婉。

顾闻野哭声，忧来客肠断。

登高望洪涛，白浪自舒卷。

谁欤奠坤维，手掣乖龙返。[3]

浩浩施水流，沈沈姥山晚。

长啸独归来，船头共渔饭。

注　释

[1]《施口阻风》诗见清·李恩绶编《巢湖志》卷二"诗"，黄山书社2007年版。

[2] 帆脚：帆篷的下部。亦借指帆篷。▶清·纪昀《阅微草堂笔记·滦阳消夏录一》："制府李公卫未达时，尝同一道士渡江。适有与舟子争诟者，道士太息曰：'命在须臾，尚较计数文钱耶？'俄其人为帆脚所扫，堕江死。"

[3] 坤维：① 指西南方。《易·坤》有"西南得朋"之语，故以坤指西南。② 指南方。▶唐·王勃《广州宝庄严寺舍利塔碑》："上当星纪，下裂坤维。" ③ 指大地之中央，正中。▶《隋书·礼仪志一》："四方帝各依其方，黄帝居坤维。"

乖龙：传说中的孽龙。▶唐·白居易《偶然》诗之一："乖龙藏在牛领中，雷击龙来牛枉死。"

高塘集翻车让郑甲方乙[1]

远行断六观，仗汝犹骨肉。

使车如使舟，旋转手须熟。

前轩后必轻，同力济乃速。[2]

行路无奇功，安稳即为福。[3]

自我出门来，长途事反覆。

屡怵破脑凶，难免人坎辱。

天时固不臧，人谋岂云毂。[4]

谁知立仗马，竟作偾辕犊。[5]

出险须壮夫，汝曹太碌碌。[6]

注　释

[1]《高塘集翻车让郑甲方乙》诗见清·徐子苓《敦艮吉斋诗存》卷一,光绪丙午(1906)集虚草堂丛书甲集本。

高塘集:地名。旧时合肥东乡、东北乡各有高塘集。东高塘集位于今肥东县牌坊乡,西高塘集位于今长丰县。又,今全椒县亦有高塘集。

[2]同力:① 力量相等。 ▶《书·泰誓上》:"同力度德,同德度义。" ② 同事功。 ▶《吕氏春秋·应同》:"王者同义,霸者同力。" ③ 齐心协力,共同出力。 ▶《管子·重令》:"众寡同力,则战可以必胜,而守可以必固。"

[3]奇功:异常的功劳,功勋。 ▶《汉书·陈汤传》:"汤为人沈勇有大虑,多策谋,喜奇功。"

[4]不臧:① 不善,不良。 ▶《诗·邶风·雄雉》:"不忮不求,何用不臧。" ② 犹言不吉。

[5]立仗马:① 作仪仗的马队。 ② 喻官员之尸位者。 ▶《新唐书·奸臣传上·李林甫》:"林甫居相位凡十九年,固宠市权,蔽欺天子,耳目谏官皆持禄养资,无敢正言者。补阙杜进再上书言政事,斥为下邽令。因以语动其余曰:'明主在上,群臣将顺不暇,亦何所论?君等独不见立仗马乎?终日无声,而饫三品刍豆;一鸣,则黜之矣。后虽欲不鸣,得乎?'"

偾辕:覆车。比喻覆败。 ▶明·沈德符《野获编·兵部·征安南》:"即张永嘉当局,曾议恢复大宁三卫故地。使其说果行,亦必至偾辕取祸矣。"

[6]汝曹:你们。

护城驿早发[1]

东光转夜色,野田白将晓。

忍寒望炊烟,灯火出林小。

蹇驴恋栈豆,行行龁霜草。[2]

海有赴壑水,林有倦栖鸟。

悲哉远游人,作歌问苍昊。[3]

注　释

[1]《护城驿早发》诗见清·徐子苓《敦艮吉斋诗存》卷一,光绪丙午(1906)集虚草堂丛书甲集本。

[2]栈豆:马房豆料。 亦比喻才智短浅的人所顾惜的小利。

霜草：① 衰草，枯草。▶唐·李白《览镜书怀》诗："自笑镜中人，白发如霜草。" ② 相思草的别名。▶南朝·梁·任昉《述异记》卷上："今秦赵间有相思草，状如石竹而节节相续。一名断肠草，又名愁妇草，亦名霜草。"

[3]苍昊：苍天。▶唐·李白《荆州贼乱临洞庭言怀作》诗："长叫天可闻，吾将问苍昊。"

石塘秋雨遣闷二首[1]

秋雨晚无用，频增野老嗟。

稚禾娇长耳，野豆卧生芽。

溜疾蛛翻纲，墙低蚁负花。

薄游无意绪，何日理归单。[2]

秋雨使人困，还如春雨时。

薄寒孤枕觉，幽思小花知。

云气兼山厚，炊痕出屋迟。

嫦娥耐清冷，流影到低枝。

注　释

[1]《石塘秋雨遣闷二首》诗见清·徐子苓《敦艮吉斋诗存》卷一，光绪丙午(1906)集虚草堂丛书甲集本。

[2]薄游：① 为薄禄而宦游于外。有时用为谦辞。▶晋·夏侯湛《东方朔画赞》序："以为浊世不可以富贵也，故薄游以取位。" ② 漫游，随意游览。▶唐·李嘉祐《送王牧往吉州谒王使君叔》诗："细草绿汀洲，王孙耐薄游。"

店埠赠郭处士绍涪[1]

小雅思益工，楚些境弥苦。[2]

恒时诵陈言，怪事今目睹。[3]

重坎饱所经，倾盖见高矩。[4]

好诗比婵娟，修整足眉妩。

琴德静不哗，流哀时激楚。[5]

乱离佳酿稀，佐饮有市脯。

奔波戎马中，嘉会此终古。

富贵无常家，兵火劫殊毒。

可堪覆巢鸟，重轻故人屋。

昨来马粪高，苦雨土花绿。[6]

今来眼乍明，书灯幽可匊。

方伯总度支，兹乡成缟毂。[7]

工商列肆居，燕雀暂蒙福。

世途方荆榛，且尽杯中渌。[8]

注　释

[1]《店埠赠郭处士绍涪》诗见清·徐子苓《敦艮吉斋诗存》卷二，光绪丙午（1906）集虚草堂丛书甲集本。

[2] 楚些：《楚辞·招魂》是沿用楚国民间流行的招魂词的形式而写成的，句尾皆有"些"字。后因以"楚些"指招魂歌，亦泛指楚地的乐调或《楚辞》。

[3] 恒时：平时。▶唐·韩愈《送李翱》诗："揖我出门去，颜色异恒时。"

陈言：①意为陈旧的言词。▶宋·王安石《韩子》诗："力去陈言夸末俗，可怜无补费精神。"②指旧说。▶李广田《论怎样打开一条生路》："假如望文生义，我们试为附会作新的解释，又何取乎古人之陈言。"③陈述的言论，陈述言辞。▶《韩非子·备内》："省同异之言以知朋党之分，偶参伍之验以责陈言之实。"

[4] 重坎：《易·坎》："习坎，重险也。"高亨注："习，重也；坎，险也。"《坎》卦象为二坎相重，后遂以"重坎"喻指艰难险阻之境地。

倾盖：①车上的伞盖靠在一起。▶《史记·鲁仲连邹阳列传》："谚曰：'白头如新，倾盖如故。'何则？知与不知也。"②指初次相逢或订交。▶唐·储光羲《贻袁三拾遗谪作》诗："倾盖洛之滨，依然心事亲。"

高矩：崇高的规范，准则。▶《晋书·贺循传》："餐服玄风，景羡高矩。"

[5] 琴德：谓琴音所表现的雅正之德。▶三国·魏·嵇康《琴赋》："愔愔琴德，不可测也。"

[6] 土花：①即苔藓。▶唐·李贺《金铜仙人辞汉歌》："画栏桂树悬秋香，三十六宫土花碧。"②金属器皿表面长期受泥土剥蚀而留下的痕迹。▶宋·梅尧臣《古鉴》诗："古剑得荒冢，土花全未磨。背凌尖尚在，鼻兽角微讹。"

[7] 方伯：殷周时代一方诸侯之长。后泛称地方长官。汉以来之刺史，唐之采访使、观察使，明清之布政使均称"方伯"。

度支：① 规划计算（开支）。 ▶《礼记·王制》："五谷皆入，然后制国用。"汉·郑玄注："制国用，如今度支经用。"② 指经费开支。 ▶ 清·黄宗羲《明夷待访录·田制一》："汉之武帝，度支不足，至于卖爵、贷假、榷酤、算缗、盐铁之事，无所不举。"③ 官署名。④ 指经商。

绾毂：① 控扼，扼制。 ▶《史记·货殖列传》："然四塞，栈道千里，无所不通，唯褒斜绾毂其口，以所多易所鲜。"② 指交通要冲之地。

[8] 杯中醁：亦作"杯中渌""杯中绿"。指美酒。 ▶ 南朝·梁·王僧孺《在王晋安酒席数韵》："何因送款款，半饮杯中醁。"

撮镇送易明府谒选入都二首[1]

弧矢男儿事，沾衿非我曹。[2]

恐违子高揖，拟赠吕虔刀。[3]

长路纡征辔，残春饯浊醪。[4]

萧条施水上，相对首频搔。

宦海波涛恶，况经血战时。

青萍思得价，白日诀临歧。[5]

吴楚传烽急，幽燕转饷迟。[6]

此行应陛见，披沥说疮痍。[7]

注　释

[1]《撮镇送易明府谒选入都二首》诗见清·徐子苓《敦艮吉斋诗存》卷二，光绪丙午（1906）集虚草堂丛书甲集本。

明府：汉魏以来对郡守牧尹的尊称。又称明府君。

[2] 弧矢：① 弓箭。② 谓武功。 ▶ 明·杨一清《甘凉道中书事感怀》诗："弧矢威天下，雷霆震域中。"

[3] 高揖：双手抱拳高举过头作揖。古代作为辞别时的礼节。

吕虔刀：三国时魏徐州刺史吕虔有佩刀，有个识刀剑的工匠看了后，认为必须身居三公之位的人才可佩带此刀。于是吕虔将刀赠送王祥，王祥后为司空。王祥临死时又将此刀转授其弟王览，并说："吾儿皆凡，汝后必兴，足称此刀，故以相与。"后因以"吕虔刀"比喻赠人的珍贵之物,谓使物得其主。

[4] 长路:远路。 ▶ 三国·魏·曹植《赠白马王彪》诗:"收泪即长路,援笔从此辞。"

征辔:远行之马的缰绳,亦指远行的马。

[5] 青萍:① 古宝剑名。 ▶《文选·陈琳〈答东阿王笺〉》:"君侯体高世之才,秉青萍、干将之器。"吕延济注:"青萍、干将,皆剑名也。"② 又泛指剑。③ 喻指兵柄,军权。④ 水生植物。浮萍的别称。

临岐:亦作"临歧"。本为面临歧路,后亦用为赠别之辞。

[6] 传烽:点燃烽火,逐站相传,以报敌情。 ▶ 宋·苏轼《登州召还议水军状》:"自国朝以来常屯重兵,教习水战,且暮传烽以通警急。"

转饷:运送军粮物资。 ▶《汉书·高帝纪上》:"丁壮苦军旅,老弱罢转饷。"

[7] 陛见:谓臣下谒见皇帝。 ▶《东观汉记·周党传》:"脱衣解履,升于华殿,陛见帝廷。"

披沥:① 竭尽。多谓竭尽忠诚。 ▶ 唐·上官仪《为卢岐州请致仕表》:"披沥丹愚,谅非矫饰。"② 倾吐,显示。 ▶ 明·王廷相《与彭宪长论学书》:"昨奉执事高论……教仆多矣,恐非知仆之心也,乃披沥闻见,再为陈说。"

疮痍:① 创伤。 ▶ 晋·葛洪《抱朴子·自叙》:"弟与我同冒矢石,疮痍周身,伤失右眼,不得尺寸之报;吾乃重金累紫,何心以安?"② 比喻灾害、困苦。 ▶ 汉·桓宽《盐铁论·国疾》:"然其祸累世不复,疮痍至今未息。"③ 指困苦的民众。 ▶ 唐·杜甫《送韦讽上阆州录事参军》诗:"必若救疮痍,先应去蟊贼。"④ 指疮疡。⑤ 伤害,损害。

移家自贺[1]

自我居双山,荏苒六寒暑。[2]

忘形到樵牧,相过共鸡黍。

世乱俗尽偷,壤瘠风尚古。

仄处不嫌陋,爱兹众峰妩。

墙东有废宅,人弃我独取。

敛钱藉素交,助力仗邻圃。[3]

经营始仲春,移家届重午。

因倚置讲堂,约略具环堵。[4]

长物一木床,足断背旁偏。

残编出秦火,斑斓劫痕苦。[5]

无扉暂安帘,有灶足支釜。

篱随山势编,竹待秋来补。

乾坤正反仄,中衢关豸虎。[6]

拟备钓鱼舟,江淮路频阻。

自号赘瘤人,暂作烟霞主。[7]

清晨有客来,晴光动严户。

欢然倒酒尊,梁燕欣对语。

举酒酬飞燕,我生殊羡汝。

秋去春复来,汝身有毛羽。

注　释

[1]《移家自贺》诗见清·徐子苓《敦艮吉斋诗存》卷二,光绪丙午(1906)集虚草堂丛书甲集本。

[2]双山:位于肥东县桥头集镇境内,距县城东南约11千米。

[3]敛钱:自动凑集或募捐钱财。▶《晋书·阮修传》:"修居贫,年四十余未有室,王敦等敛钱为婚,皆名士也,时慕之者求入钱而不得。"

素交:真诚纯洁的友情,旧交。▶《文选·刘孝标〈广绝交论〉》:"斯贤达之素交,历万古而一遇。"

[4]约略:① 粗略,不详尽。▶唐·白居易《答客问杭州》诗:"为我踟蹰停酒盏,与君约略说杭州。"② 大致,大体上。▶唐·元稹《授齐煦等县令制》:"今一邑之长,古一国之君也。刑罚纪纲,约略受制于朝廷。"③ 略微,轻微,不经意。▶宋·梅尧臣《元日》诗:"草率具盘餐,约略施粉黛。"④ 仿佛,依稀。▶唐·李端《长安书事寄薛戴》诗:"笑语且无聊,逢迎多约略。"⑤ 大概,有很大可能性。⑥ 粗计,概算。▶清·唐孙华《早秋杂兴次江位初韵》之一:"较量身世宜中隐,约略生涯倍上农。"

环堵:① 四周环着每面一方丈的土墙。形容狭小、简陋的居室。▶《礼记·儒行》:"儒者有一亩之宫,环堵之室。"② 指贫穷人家。③ 围聚如墙。形容拥挤。

[5]残编:残缺不全的书。▶元·成廷珪《夜思》诗:"青灯细雨三更梦,白首残编万古心。"

秦火:指秦始皇焚书事。▶唐·孟郊《秋怀》诗之十五:"秦火不爇舌,秦火空爇文。"

斑斓:① 色彩错杂灿烂貌。▶晋·王嘉《拾遗记·岱舆山》:"北有玉梁千丈,驾玄流之上……玉梁之侧,有斑斓自然云霞龙凤之状。"② 比喻孝养父母。▶明·朱鼎《玉镜台记·得书》:"违定省,绝温清,把斑斓疏旷也。"

[6]反仄:① 辗转不安。▶《三国志·魏志·陈思王植传》:"僻处西馆,未奉阙廷,踊跃之

怀,瞻望反仄。"② 动荡不定。 ▶《新唐书·郭晞传》:"河中军乱,子仪召首恶诛之,其支党犹反仄。"

[7] 赘瘤:① 犹言赘疣。比喻多余无用之物。 ▶三国·魏·嵇康《答难养生论》:"盖将以名位为赘瘤,资财为尘垢也。"② 喻赘婿。

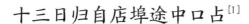

十三日归自店埠途中口占[1]

万事料全错,孤征意悄然。

长星欺夜月,堠火切遥天。[2]

旌节纷儿戏,萍蓬阅岁年。[3]

昨宵汉阳客,犹诵福华编。[4]

注 释

[1]《十三日归自店埠途中口占》诗见清·徐子苓《敦艮吉斋诗存》卷二,光绪丙午(1906)集虚草堂丛书甲集本。

[2] 堠火:烽火。 ▶唐·项斯《边游》诗:"天寒明堠火,日晚裂旗风。"

[3] 旌节:① 古代使者所持的节,以为凭信。 ▶《周礼·地官·掌节》:"货贿用玺节,道路用旌节。"② 借以泛指信符。 ▶萧三《送毛主席飞重庆》诗:"和平、民主、团结,三者都不能一缺——这就是人民付托给毛主席的旌节。"③ 旌与节。唐制,节度使赐双旌双节。旌以专赏,节以专杀。行则建节,树六纛。 ▶唐·岑参《陪狄员外早秋登府西楼》诗:"旌节罗广庭,戈铤凛秋霜。"④ 指军权。 ▶宋·乐史《广卓异记·出入六十年富贵》:"十拥旌节,两登相位,三掌邦计,再领盐铁。"

萍蓬:萍浮蓬飘。喻行踪转徙无定。 ▶唐·杜甫《将别巫峡赠南卿兄瀼西果园四十亩》诗:"苔竹素所好,萍蓬无定居。"

[4] 福华编:南宋权臣贾似道为了标榜所谓的丰功伟绩,指使门客廖莹中、翁应龙等撰写文章,名曰《福华编》,为自己根本不存在的"援鄂之功"歌功颂德。

葛家嘴饮酒即事短述奉贻相公兼别山中旧游二首[1]

葛家嘴为方山支麓。咸丰四年,余避兵家此。八年秋,庐州再陷,山中迭苦贼。去年冬,今相公以两江总督进复安庆,余挈家出游,遂依焉。今年余来山中,濒行,邻人置酒道别,村曲语言猥杂无文要,其述德戒行是可歌也。时同治元年秋九月廿三日夜。

草棚凭长溪,霭霭西日光。

老农闵游子,置酒瓜蔓旁。

邻曲欢笑言,真气溢壶浆。[2]

老妇调鱼羹,老翁趣行觞。[3]

酒阑说相公,举手属穹苍。[4]

自从相公来,皇天屡降祥。

方春拔庐州,既夏甘霖翔。

豵豚亦已肥,鹅鸭皆成行。[5]

信是相公力,秋禾早登场。

君徙皖江来,相门长趋跄。

相公本天人,见说须髯长。

相公饭几何,头发应未苍。

皇天怜我曹,相公长寿康。

庶几长子孙,戮力事耕桑。

饮罢山月高,犬吠喧溪流。

有客负薪来,枣粟欢相投。

移樽就苔矶,咄嗟倒盆殴。[6]

笑指溪上月,今秋胜去秋。

去秋苦贼来,吞声共潜游。[7]

今秋君好归,忆我采樵不。

富贵亦多门，时来便公侯。

君来旋复行，仆仆将焉求。

贞女怀暗冰，老狐思旧丘。[8]

吾衰心力短，衣食殊拙谋。

相公礼数宽，沧海容一鸥。[9]

低迷窃廪禄，内检常自尤。[10]

中原莽犲虎，孤儿泣松楸。[11]

去去勿重陈，归梦东山头。

注　释

[1]《葛家嘴饮酒即事短述奉贻相公兼别山中旧游二首》诗见清·徐子苓《敦艮吉斋诗存》卷二，光绪丙午（1906）集虚草堂丛书甲集本。

葛家嘴：地名，今肥东县桥头集镇葛家嘴自然村，徐子苓在葛家嘴村筑有龙泉精舍，藏古今图书，后于1938年抗战时被日寇烧毁，百年集藏，一焰而尽。

[2]真气：① 天地之精气。▶《素问·上古天真论》："恬惔虚无，真气从之；精神内守，病安从来？" ② 人体的元气，生命活动的原动力。由先天之气和后天之气结合而成。道教谓为"性命双修"所得之气。③ 指刚正之气。▶清·蒋士铨《临川梦·送尉》："英雄欺世，久之毕竟难瞒，胸中既无真气蟠，笔下焉能力量完！" ④ 特指帝王的气象。▶唐·杜甫《送重表侄王砅评事使南海》诗："秦王时在座，真气动户牖。"

[3]行觞：犹言行酒。谓依次敬酒。▶《礼记·投壶》："命酌，曰：'请行觞。'"

[4]穹苍：亦作"穹仓"。① 苍天。▶《诗·大雅·桑柔》："靡有旅力，以念穹苍。" ② 指天帝。▶元·李文蔚《蒋神灵应》第三折："神军驾祥云回奏穹苍。"

[5]豭豚：① 小公猪。后泛指公猪。② 古人佩豭豚形象之物，表示勇敢。▶《史记·仲尼弟子列传》："子路性鄙，好勇力，志伉直，冠雄鸡，佩豭豚，陵暴孔子。"

[6]咄嗟：① 叹息。▶晋·葛洪《抱朴·勤求》："令人怛然心热，不觉咄嗟。" ② 犹言呼吸之间。谓时间仓促，迅速。▶晋·左思《咏史》诗之八："俛仰生荣华，咄嗟复彫枯。" ③ 呵叱，吆喝。▶宋·苏辙《三国论》："咄嗟叱咤，奋其暴怒。"

[7]吞声：① 意为无声地悲泣。▶唐·杜甫《哀江头》诗："少陵野老吞声哭，春日潜行曲江曲。" ② 不出声，不说话。▶汉·马融《长笛赋》："于时也，绵驹吞声，伯牙毁弦。"

[8]贞女：① 贞洁的妇女。▶《诗·召南·行露序》："行露，召伯听讼也。衰乱之俗微，贞信之教兴，强暴之男不能侵凌贞女也。" ② 指修道院的修女。▶清·无名氏《毓贤戕教记》卷二："迫令主教、司铎、修士、贞女等共三十余人，同赴猪头巷，随将堂门封锁，骡马一律牵去。" ③ 石名。▶唐·王维《过崔驸马山池》诗："锦石称贞女，青松学大夫。"

旧丘：故乡，故居。▶《后汉书·蔡邕传论》："但愿北首旧丘，归骸先垄，又可得乎？"

[9] 礼数：① 古代按名位而分的礼仪等级制度。亦指官阶品级。▶《左传·庄公十八年》："王命诸侯，名位不同，礼亦异数。" ② 犹言礼节。▶唐·杜甫《哭韦大夫之晋》诗："丈人叨礼数，文律早周旋。"

[10] 低迷：① 神志模糊，昏昏沉沉。▶三国·魏·嵇康《养生论》："夜分而坐，则低迷思寝；内怀殷忧，则达旦不瞑。" ② 迷离，迷蒙。▶唐·元稹《红芍药》诗："受露色低迷，向人娇婀娜。" ③ 指情感低回凄迷。▶清·龚自珍《浪淘沙·有寄》词："我自低迷思锦瑟，谁怨琵琶？"

廪禄：禄米，俸禄。▶唐·元稹《故金紫光禄大夫赠太保严公行状》："俸秩廪禄一以资军。"

[11] 松楸：① 松树与楸树。墓地多植，因以代称坟墓。▶南朝·齐·谢朓《齐敬皇后哀策文》："陈象设于园寝兮，映舆镺于松楸。" ② 特指父母坟茔。

清明日，泊舟中庙，遂登姥山，访高隐君故居不得。是夕大雨，有赵生名锡恩者饭余，遂宿山中。得诗三首，因赠赵生[1]

回飚驾逆浪，惊舞蛟龙怒。

飘然一叶舟，迳犯中流去。

系缆忽掉头，飞鸟不敢度。

荒崖绝徙倚，疑是鬼工铸。[2]

我有同门友，遗世此中住。

欲问旧隐庐，絮酒酾何处。[3]

孤塔摩层霄，势与浮云抗。[4]

乾坤气相搏，天地亦悲壮。

东风喊如虎，石头怒欲飏。

空洞巨鱼腹，肮脏骨堪葬。

苦乏渔樵资，虚抱山水量。

悄然问归桡，风大不敢放。[5]

湿云蒙蒙来，日色相窥映。

路逢狂道士,呼之不一应。

山人延我饭,朴率有殊敬。[6]

长松翳高柏,瓦渴雨声劲。

春雷蓦涧过,灯昏寒芒净。[7]

宵凉不成寐,转侧动孤咏。

注 释

[1]《清明日,泊舟中庙,遂登姥山,访高隐君故居不得。是夕大雨,有赵生名锡恩者饭余,遂宿山中。得诗三首,因赠赵生》诗见清·李恩绶编《巢湖志》卷二"诗",黄山书社2007年版。

[2] 徙倚:犹言徘徊,逡巡。▶《楚辞·远游》:"步徙倚而遥思兮,怊惝怳而乖怀。"

鬼工:谓事物精妙高超,非人工所能为者。▶唐·李贺《罗浮山人与葛篇》:"博罗老仙时出洞,千岁石床啼鬼工。"

[3] 絮酒:谓祭奠用酒。▶唐·杨炯《为薛令祭刘少监文》:"苍烟漫兮紫苔深,陈絮酒兮涕沾襟。"

[4] 层霄:① 高空。▶晋·庾阐《游仙诗》之三:"层霄映紫芝,潜涧泛丹菊。" ② 指云气。▶宋·苏轼《西江月·顷在黄州》词:"照野弥弥浅浪,横空隐隐层霄。"

[5] 归桡:犹言归舟。▶唐·戴叔伦《戏留顾十一明府》诗:"未可动归桡,前程风浪急。"

[6] 朴率:质朴坦率。▶清·黄景仁《江口阻风宿僧寺》诗:"僧衣三两性朴率,略诘居里邀相留。"

[7] 寒芒:① 使人感到清冷的光芒。常用以指星光月光等。▶宋·苏轼《牛口见月》诗:"新月皎如昼,疏星弄寒芒。" ② 使人胆寒的刀光。▶明·俞国贤《宝刀歌》:"一条明水掌内横,寒芒似积阴山雪。" ③ 喻指树木的嫩芽。▶宋·苏轼《王仲至侍郎见惠稚桧》诗:"谁知积雨后,寒芒晓森森。"

巢湖营次赠无锡汪大苕庭三首[1]

病怀迫风烟,欢笑惜俄顷。[2]

湖天旌旆幽,月落众星炯。[3]

天狼焰正明,烛龙呼不醒。[4]

昏黑万族暗,抱火恣宵寝。

谁知两狂夫,露落荒坟顶。

神剑无钝锋,良璞有奇曜。[5]

虎猛豹能制,鹏击鸥频笑。

久晞海上耕,暂展淮阴钓。

与君结我知,云鹤本同调。

喔喔村鸡鸣,风涛悲悲啸。

束发诵孙吴,心胆万夫壮。

流连淹岁华,耕牧事孤尚。

秋田涝不收,云壑寄疏放。[6]

平生喜结客,黄金挥孟浪。[7]

欲赠无绨袍,临风重惆怅。

注 释

[1]《巢湖营次赠无锡汪大苕庭三首》诗见清·李恩绶编《巢湖志》卷二"诗",黄山书社2007年版。

[2] 俄顷:片刻,一会儿。▶晋·郭璞《江赋》:"倏忽数百,千里俄顷,飞廉无以睎其踪,渠黄不能企其景。"

[3] 旌旆:①旗帜。▶晋·陆机《饮马长城窟行》:"戎车无停轨,旌旆屡徂迁。"②犹言尊驾,大驾。多用于官员。▶唐·贾岛《送周判官元范赴越》诗:"已曾几遍随旌旆,去谒荒郊大禹祠。"③借指军旅。▶《太平广记》卷一九〇引宋·孙光宪《北梦琐言·高骈》:"楼橹蠢然,旌旆竟不行,而骠信耆栗。"

[4] 烛龙:①古代神话中的神名。传说其张目(亦有谓其驾日、衔烛或珠)能照耀天下。▶《山海经·大荒北经》:"西北海之外,赤水之北,有章尾山。有神,人面蛇身而赤,直目正乘,其瞑乃晦,其视乃明,不食不寝不息,风雨是谒。是烛九阴,是谓烛龙。"②借指太阳。▶唐·李邕《日赋》:"烛龙照灼以首事,踆乌奋迅而演成。"

[5] 良璞:未经剖取的美玉,常用以比喻未被选用的贤才。▶《后汉书·文苑传下·赵壹》:"陟明旦大从车骑谒造壹……执其手曰:'良璞不剖,必有泣血以相明者矣!'陟乃与袁逢共称荐之。"

[6] 云壑:云气遮覆的山谷。▶南朝·齐·孔稚珪《北山移文》:"诱我松桂,欺我云壑。"

[7] 孟浪:①疏阔而不精要,荒诞而无边际。▶《庄子·齐物论》:"夫子以为孟浪之言,而我以为妙道之行也。"②指虚无缥缈的事。▶明·许自昌《水浒记·闺晤》:"纵然,有妇糟糠,鸡鸣成梦想,齐眉成孟浪,那曾教夫婿觅封侯,倚门凝望。"③粗率,疏误。▶北魏·郦道元《水经注·濡水》:"庾杲之注《扬都赋》,言卢龙山在平冈城北,殊为孟浪,远失事实。"④鲁

莽,冒昧。 ▶《资治通鉴·后唐明宗长兴二年》:"(朱弘昭)又遗敬瑭书,言:'重诲举措孟浪,若至军前,恐将士疑骇,不战自溃。'" ⑤ 犹言浪迹,浪游。 ▶元·迺贤《巢湖述怀寄四明张子益》诗:"我生胡为自役役,孟浪江湖竟何益?" ⑥ 放浪,放荡。 ▶明·范濂《云间据目抄·记风俗》:"日费千金,且当历年饥馑,而争举孟浪不经,皆予所不解也。"

狮子井寻阉隐居[1]

茅盖枕积土,缭之黄泥墙。

荒城环其西,孤驿临其阳。

上有碨礧木,白云横青苍。[2]

下有幽人庐,翻经坐绳床。

幽人长苦饥,井水清琅琅。

断肘石狻猊,却据眢井旁。[3]

周遑阻良觌,迂回缅阴冈。[4]

朦胧西隙日,槿篱敛残光。[5]

有马带官印,悲吟饮寒塘。

骏足苦羁绊,毛焦神自昂。

志士蟠泥涂,身素名亦藏。

从来瑰逸姿,多在冥冥乡。

注 释

[1]《狮子井寻阉隐居》诗见清·谭献《合肥三家诗钞》卷上《徐子苓西叔敦艮吉斋诗》,光绪丙戌(1886)刻本。

[2] 碨礧:高低不平貌,突起貌。 ▶唐·杜甫《骢马行》:"隅目青荧夹镜悬,肉鬃碨礧连钱动。"

[3] 眢井:① 废井,无水的井。 ▶《左传·宣公十二年》:"目于眢井而拯之。" ② 特指宋亡后郑思肖以《心史》沉苏州承天寺枯井中事,300余年后浚井时始发现。

[4] 周遑:彷徨,犹疑不定。 ▶汉·董仲舒《士不遇赋》:"使彼圣贤其繇周遑兮,矧举世而同迷。"

良觌:良晤。 ▶南朝·宋·谢灵运《南楼中望所迟客》诗:"搔首访行人,引领冀良觌。"

[5]西隤:向西坠落。指夕阳西下。▶ 三国·魏·阮籍《咏怀》之十:"灼灼西隤日,余光照我衣。"

自姥山放舟巢县,晚宿东关,奉怀曾相公因寄其令弟江宁行营[1]

羁心泻怒涛,酒罢风忽便。

宿雨冻欲收,波驶一帆悬。

湖天烽燧消,山村云石茜。[2]

群峰识游客,百战剩孤县。

溃溜自庸医,覆水满淮甸。

阽危近十霜,戎马局几变。[3]

湘乡好弟昆,天挺济时彦。[4]

昨来春水生,破贼手如电。

胜地喜再经,感时恨遥绻。

孤篷信栖鸡,浪迹随沙雁。

自嫌皂帽身,屡荷黄扉眷。[5]

严关峙中流,暝色积天半。

叩舷望新月,宵长路弥漫。

海裔久抱籣,秦中亟传箭。

河洛纷烟尘,川楚烬犹煽。

相公手龙韬,江淮藉清晏。[6]

平生许国心,泪湿朝衫遍。

贱子数趋陪,深忧待群献。

大厦一木难,双旌万人羡。[7]

白眉早著称,青骢欠通面。

悬军虎口下,裹创斗仍健。

谒闻雨花台,胜气切霄汉。

摧锋贵神速,逆徒巧声援。[8]

尚期诸将帅,和衷效长算。

孤云逝安归,故林老徒恋。

挥涕望中兴,津梁敢云倦。

注　释

[1]《自姥山放舟巢县,晚宿东关,奉怀曾相公因寄其令弟江宁行营》诗见清·李恩绶编《巢湖志》卷二"诗",黄山书社2007年版。

[2] 烽燧:① 古代边防报警的信号,白天放烟叫烽,夜间举火叫燧。▶《墨子·号令》:"与城上烽燧相望。"② 指战乱。▶元·周昂《晚望》:"音书云去北,烽燧客愁西。"

[3] 阽危:① 临近危险。▶《汉书·食货志上》:"既闻耳矣,安有为天下阽危者若是而上不惊者!"颜师古注:"阽危,欲坠之意也。"② 危险。▶郁达夫《祝中兴俱乐部两周年纪念》诗:"国祚阽危极此时,中兴大业赖扶持。"

[4] 天挺:谓天生卓越超拔。▶《后汉书·黄琼传》:"光武以圣武天挺,继统兴业。"

[5] 皂帽:亦作"皁帽"。黑色帽子。▶《三国志·魏志·管宁传》:"宁常着皂帽、布襦袴、布裙,随时单复。"

黄扉:① 古代丞相、三公、给事中等高官办事的地方,以黄色涂门上,故称。▶《南史·梁武陵王纪传》:"武帝诸子罕登公位,唯纪以功业显著,先启黄扉。"② 指丞相、三公、给事中等官位。▶宋·黄朝英《靖康缃素杂记》卷一:"给事舍人曰黄扉。"③ 指宫门。▶唐·陈子昂《唐故循州司马申国公高君墓志铭》:"含章丹穴,籍宠黄扉。"

[6] 龙韬:① 太公望兵法《六韬》之一。泛指兵法、战略。▶南朝·梁·江淹《为萧让太傅扬州牧表》:"既乏《龙韬》《金匮》之效,又乏槛间帷中之绩。"② 古宫廷禁卫羽林军的别名。▶《宋史·律历志三》:"日欲暮,鱼钥下,龙韬布。"

清晏:亦作"清宴"。① 清平安宁。▶《三国志·魏志·钟会传》:"拓平西夏,方隅清晏。"② 清净明朗。▶《陈书·高祖纪下》:"先是氛雾,昼夜晦冥,至于是日,景气清晏。"③ 清闲。▶《汉书·诸葛丰传》:"臣窃不胜愤懑,愿赐清宴,唯陛下裁幸。"④ 清雅的宴集。▶唐·孟郊《严河南》:"何必红烛娇,始言清晏阑。"

[7] 双旌:① 唐代节度领刺史者出行时的仪仗。▶《新唐书·百官志四下》:"节度使掌总军旅,颛诛杀。初授,具帑抹兵仗诣兵部辞见,观察使亦如之。辞日,赐双旌双节。"② 泛指高官之仪仗。▶唐·李商隐《为怀州李中丞谢上表》:"赐以竹符之重,遂使霍氏固辞之第,早建双旌。"③ 借指高官。▶清·纪昀《阅微草堂笔记·滦阳消夏录一》:"倘或无知猖獗,突犯双旌,虽手握兵符,征调不及,一时亦无如之何。"

[8] 摧锋:挫败敌军的锐气。▶三国·魏·曹植《封二子为公谢恩章》:"文无升堂庙胜之功,武无摧锋接刃之效。"

后苦雨五首[1]

东城亘长衢,冠盖郁相望。[2]

异事古老惊,市口舟频放。

居民学橧巢,其外垒土障。[3]

青蛙据灶觚,榻畔修鳞漾。

蒙蒙水云中,清兴有渔唱。

东风雨不止,北风雨不止。

信是南风恶,将晴雨又驶。

向晨一妇哭,哀音答流水。

云有七岁儿,愿易数炊米。

于时有陈公,贷钱归其子。

陈公者谁何?屠酤细民耳。[4]

匹夫偶慕义,仁风动乡里。

我歌不忍长,恐增士夫耻。

朝出威武门,戚戚念邱墓。

遥惊东冈涛,已没西陇树。[5]

卷蜺断未消,叠云湿犹絮。

孤邨动将没,旧阡望频误。

浮棺椑渐脱,崩圹穴全露。

迟迴认马鬣,攀枝喜仍故。

凭高一凝睇,东南乱流骛。

侵晨谁道我,鼻窒喷溥溥。[6]

我心俨槁木,涕泗零无端。

元化一气湿,赤子何由干。

我屋亦已破，我力亦已殚。

　　摩姑两幼子，病犬随蹒跚。

　　周顾一室中，长谣摧肺肝。

　　岁歉滋群偷，况我室无壁。

　　老奴贪睡早，放歌柝频击。

　　吴生可怜人，煮酒候檐隙。

　　苍黄风雨交，声援气络绎。

　　怯寒掩裹袂，瞑语立苔石。

　　灌园慕嵇吕，枕戈笑琨逖。[7]

　　积潦愁足涂，空林欣罢滴。

　　暧暧远鸡鸣，西峰雾犹积。[8]

注 释

[1]《后苦雨五首》诗见清·谭献《合肥三家诗钞》卷上《徐子苓西叔敦艮吉斋诗》，光绪丙戌(1886)刻本。

[2] 长衢：大道。▶《古诗十九首·青青陵上柏》："长衢罗夹巷，王侯多第宅。"

[3] 橧巢：聚柴薪造的巢形住处。▶《礼记·礼运》："昔者先王未有宫室，冬则居营窟，夏则居橧巢。"

[4] 原句"陈公者谁何？屠酤细民耳"句后有作者自注："陈名顺。"

　　屠酤：亦作"屠沽"。宰牲和卖酒。亦泛指职业微贱的人。▶《墨子·迎敌祠》："举屠酤者置厨给事，弟之。"

[5] 东冈：向阳的山冈。▶唐·韦应物《射雉》诗："走马上东冈，朝日照野田。"

[6] 溥溥：露多貌。一说为露珠圆貌。▶宋·欧阳修《夜闻风声有感奉呈原父舍人圣俞直讲》诗："清霜忽以飞，零露亦溥溥。"

[7] 嵇吕：三国魏嵇康与吕安的并称。两人相交甚为友善。事见《晋书·嵇康传》。后因以借指挚友。▶清·钱谦益《闽中徐存永陈开仲乱后过访各有诗见赠次韵奉答》："论文嵇吕更谁知，兵燹间关问索居。"

　　枕戈：① 枕着武器。戈，泛指武器。谓杀敌报国，志坚情切。▶唐·杜甫《壮游》诗："枕戈忆勾践，渡浙想秦皇。" ② 枕着武器。戈，泛指武器。谓为父母报仇情殷志切。▶唐·柳宗元《驳复仇议》："而元庆能以戴天为大耻，枕戈为得礼。"

[8] 暧暧：① 昏昧不明貌。▶《楚辞·离骚》："时暧暧其将罢兮，结幽兰而延伫。" ② 迷蒙隐约貌。▶晋·陶潜《归园田居》诗之一："暧暧远人村，依依墟里烟。" ③ 繁茂貌。▶晋·陶潜《祭从弟敬远文》："淙淙悬溜，暧暧荒林。"

白鹤观谒老子像[1]

宇宙日多故,达者珍其生。

遂使山泽间,别有神仙名。

古观薄层霄,钟磬朝百灵。[2]

云荒鹤亦去,晓日松杉青。

真人踞高座,玉色方瞳晶。

犀簪绾素发,参牛横天庭。

依然隐君子,足见古性情。

由来昏浊朝,志士甘沈冥。[3]

官系周柱史,旨约蒙庄经。[4]

矫掌望螭驾,歔噏思飞腾。[5]

婚嫁苦难毕,衣食纷多营。

小蛾甘促景,神龟绵修龄。[6]

行当谢尘事,试炼区中形。

注 释

[1]《白鹤观谒老子像》诗见清·谭献《合肥三家诗钞》卷上《徐子苓西叔敦艮吉斋诗》,光绪丙戌(1886)刻本。

[2]钟磬:① 钟和磬。古代礼乐器。▶《史记·乐书》:"然后钟磬竽瑟以和之,干戚旄狄以舞之。"② 钟和磬。借指礼乐。▶清·欧矩甲《新广东》五:"满清之入关,孰不有汉人为之功狗,以划灭销磨华种,以奉异族之钟磬哉!"③ 钟和磬。佛教法器。▶唐·岑参《上嘉州青衣山中峰题惠净上人幽居寄兵部杨郎中》诗:"猿鸟乐钟磬,松萝泛天香。"

[3]沈冥:亦作"沉冥"。① 谓幽居匿迹。▶《宋书·袁粲传》:"席门常掩,三径裁通,虽扬子寂寞,严叟沈冥,不是过也。"② 指隐居的人。▶南朝·宋·刘义庆《世说新语·栖逸》:"阮光禄在东山,萧然无事,常内足于怀。有人以问王右军,右军曰:'此君近不惊宠辱,虽古之沈冥,何以过此!'"③ 低沉冥寂。▶唐·白居易《东南行一百韵》:"沈冥消意气,穷饿耗肌肤。"④ 昏暗,幽暗。▶清·蒲松龄《聊斋志异·青娥》:"返至山中,日已沉冥,两足跛踦,步不能咫。"⑤ 犹言埋没,沉沦。▶唐·皎然《苕溪草堂简潘丞述汤评事衡四十三韵》:"蹈善嗟沈

冥,履仁伤堙陁。"⑥沉迷。▶清·方苞《书〈儒林传〉后》:"汉之文学虽非古,犹以多诵为通经也;又其变遂滥于词章,终沉冥而不返焉。"⑦佛教语。犹言幽冥。亦指幽冥中人。▶《楞严经》卷四:"引诸沉冥,出于苦海。"

[4]柱史:①"柱下史"的省称。代指老子。▶《后汉书·张衡传》:"庶前训之可钻,聊朝隐乎柱史。"②"柱下史"的省称。指御史。▶唐·严维《剡中赠张卿侍御》诗:"早列月卿位,新参柱史班。"③"柱下史"的省称。亦借指侍郎等朝官。▶唐·刘商《题杨侍郎新亭》诗:"毗陵过柱史,简易在茅茨。"④"柱下史"的省称。星名。

[5]螭驾:传说神仙所乘的螭龙驾的车。▶唐·杨师道《奉和圣制春日望海》:"仙台隐螭驾,水府泛鼍梁。"

[6]促景:短促的光阴。▶南朝·梁·江淹《伤内弟刘常侍》诗:"远心惜近路,促景怨长情。"

区中:人世间。▶《史记·司马相如列传》:"迫区中之隘陕兮,舒节出乎北垠。"

肃公自冶父来旋去赋赠三首[1]

故人山中来,不知人间事。

江南叠岁水,狼烟照海裔。[2]

郁郁斗牛间,君应识奇气。

故人山中来,盛言山中好。

山中有奇葩,其名人不晓。

田家采作薪,奄忽随百草。[3]

故人山中来,又向山中去。

鸡鸣向我别,仆夫戒长路。

惭无裘褐馈,前涂慎霜露。[4]

注 释

[1]《肃公自冶父来旋去赋赠三首》诗见清·谭献《合肥三家诗钞》卷上《徐子苓西叔敦艮吉斋诗》,光绪丙戌(1886)刻本。

[2]海裔:海边。常形容边远之地。▶《淮南子·原道训》:"游于江浔海裔。"

[3]奄忽:①疾速,倏忽。▶《韩诗外传》卷十一:"奄忽龙变,仁义沈浮。"②指死亡。▶《后汉书·赵岐传》:"卧蓐七年,自虑奄忽,乃为遗令敕兄子。"

[4] 裘褐:① 粗陋衣服。 ▶《庄子·天下》:"使后世之墨者,多以裘褐为衣,以跂蹻为服。" ② 泛指御寒衣服。 ▶《晋书·郗超传》:"且北土早寒,三军裘褐者少,恐不可以涉冬。" ③ 借指高人隐士。 ▶金·元好问《弘州赠曹子玉》诗:"丘园旧忆询幽仄,裘褐今闻识姓名。"

雪中坐闲闲园时将赴湖上新居率题壁间[1]

沧海际横流,大劫复焉避。

新买湖上居,耕钓平生志。

柴车指明发,残雪路频滞。[2]

林光向夕佳,万象森初气。

坐爱西轩清,竹柏蕴真契。[3]

嘉赏付后来,揽幽可谁继。

病心役尘鞿,坐久发深省。

西风连夜雪,草堂一镫迥。

冻禽怯危巢,酸嘶若相警。[4]

束发际平世,雅志乐幽屏。

邱樊计未安,兵戈事多梗。[5]

书壁记岁时,人间夜方永。

注 释

[1]《雪中坐闲闲园时将赴湖上新居率题壁间》诗见清·谭献《合肥三家诗钞》卷上《徐子苓西叔敦艮吉斋诗》,光绪丙戌(1886)刻本。原诗标题后有作者自注"癸丑"。

[2] 柴车:简陋无饰的车子。 ▶《韩诗外传》卷十:"疏食恶肉,可得而食也;驽马柴车,可得而乘也。"

[3] 真契:① 知己,意志相合者。 ▶金·王若虚《忆之纯》诗之一:"幼岁求真契,中年得伟人。" ② 谓妙趣,真意。 ▶明·自悦《续兰亭会补任城吕系诗》:"兰苕擢中沚,葩萼媚芳辰,散怀得真契,引觞答熙春。"

[4] 酸嘶:① 酸痛剧烈的样子。 ▶三国·魏·曹植《释愁文》:"临餐困于哽咽,烦冤毒于酸嘶。" ② 哀鸣,悲叹。 ▶《梁书·昭明太子统传》:"骥踶足以酸嘶,挽悽锵而流泫。"

[5]邱樊:园圃,乡村。常指隐者所居。▶唐·王维《同卢拾遗韦给事东山别业二十韵》:"谒帝俱来下,冠盖盈邱樊。"

将赴皖,守风湖干。伯昭书来道,其同新甯公有四川之行,亟图面。遂舍舟而陆,涂间寄怀伯昭兼陈新甯公。时同治元年冬十一月,是夕宿集贤关(五首录一)[1]

庐阳去皖江,三百六十里。

皖江望成都,千山复万水。

我行日兼程,相隔幸尺咫。

大龙横遥空,澄光互清紫。

登高睇长江,英雄都已矣。

羊公儒将姿,叔度天下士。[2]

吾衰失两贤,悲歌向谁是。

低回宿严关,忧来不能已。

长吟辍粥饘,短吟倒坐起。[3]

长吟复短吟,人生感知己。

注 释

[1]《将赴皖,守风湖干。伯昭书来道,其同新甯公有四川之行,亟图面。遂舍舟而陆,涂间寄怀伯昭兼陈新甯公。时同治元年冬十一月,是夕宿集贤关(五首录一)》诗见清·谭献《合肥三家诗钞》卷上《徐子苓西叔敦艮吉斋诗》,光绪丙戌(1886)刻本。

[2]叔度:① 汉黄宪字。叔度品学超群,尤以气量广远著称。▶康有为《赠陈镇南编修兄》:"叔度自远量,曼容(汉邴丹的字)善知足。" ② 汉廉范字。范为名将廉颇的后代。▶唐·刘禹锡《令狐相公自天平移镇太原以诗申贺》:"孔璋旧檄家家有,叔度新歌处处听。"

[3]粥饘:稠粥,粥饭。▶《明史·王遴传》:"继盛论死,遴为资粥饘,且以女字其子应箕。"

会城叹赠汪果[1]

昔者君来时,会城峙皖江。

今者君来时,会城寄庐阳。

庐阳止空城,黄蒿过人长。

皖江久化外,弃掷豺与狼。[2]

我生获再夏,毕逋山谷藏。[3]

与君别廿年,音书隔车航。

昨劳走伻问,沟浍衔末光。[4]

相逢一惊喜,仰视苍天苍。

忆昔全盛日,轩车同颉颃。[5]

维时值孟冬,狐裘君马黄。

置酒登江亭,醉挹天柱光。[6]

熙平富文物,万艘齐帆樯。[7]

节楼列高戟,曲巷罗仙倡。[8]

南金营善州,北珠充后房。

梁鸿方少年,潜行歌慨慷。

繁华一朝尽,铁马荆榛荒。[9]

贼王与贼帅,笑踞中丞堂。

沿门呗耶苏,拘求到红妆。

窃闻初陷时,刲人如猪羊。

所嗟苌宏血,不到清水塘。[10]

肥东稳行台,四阅冰与霜。[11]

丧马求林中,殣骼委道旁。

骠骑素通贵,僚吏工趋跄。[12]

峨冠嵌珊瑚,侍燕惟金张。[13]

逢掖一老儒,袖短衣郎当。[14]

长揖公卿间,旁人笑疏狂。

蹴张诸健儿,谁解师钟王。[15]

君家好山水,白首胡栖皇。

弹剑对尊酒,月落悲茫茫。

注　释

[1]《会城叹赠汪果》诗见清·谭献《合肥三家诗钞》卷上《徐子苓西叔敦艮吉斋诗》,光绪丙戌(1886)刻本。原诗标题后有作者自注:"君浙江嘉兴人,工书。"

[2]化外:指政令教化所达不到的地方。▶《唐律疏义·名例·化外人相犯》:"诸化外人,同类自相犯者,各依本俗法。"

[3]毕逋:①鸟尾摆动的样子。▶宋·梅尧臣《邺中行》:"乌乌声乐台转高,各自毕逋夸翚尾。"②乌鸦的别称。▶唐·顾况《乌夜啼》诗之一:"毕逋发刺月衔城,八九雏飞其母惊。"

[4]走伻:派遣仆从。▶清·蒲松龄《聊斋志异·辛十四娘》:"公子沾沾自喜,走伻来邀生饮。"

沟渎:①犹言沟洫。▶《易·说卦》:"坎为水,为沟渎。"②比喻困厄之境。▶唐·元稹《上门下裴相公书》:"及夫为计不良,困于沟渎者十年矣。"

[5]颉颃:亦作"颉亢"。①鸟飞上下貌。语本《诗·邶风·燕燕》:"燕燕于飞,颉之颃之。"②引申为雀跃貌。▶《骈体文钞》卷二二引《汉故谷城长荡阴令张君表颂》:"迁荡阴令,吏民颉颃,随送如云。"③谓不相上下,相抗衡。▶《晋书·文苑传序》:"潘(潘岳)、夏(夏侯湛)连辉,颉颃名辈。"④引申为较量。▶清·蒲松龄《聊斋志异·王成》:"进退颉颃,相持约一伏时。"⑤刚直不屈貌。▶晋·夏侯湛《东方朔画赞》:"苟出不可以直道也,故颉颃以傲世。"⑥谓傲视。▶《后汉书·吴祐史弼等传论》:"史弼颉颃严吏,终全平原之党。"⑦谓奇怪之辞,游移不定之辞。▶《文选·扬雄〈解嘲〉》:"是故邹衍以颉颃而取世资,孟轲虽连蹇,犹为万乘师。"

[6]天柱:①古代神话中的支天之柱。▶《淮南子·墬形训》:"昔者共工与颛顼争为帝,怒而触不周之山,天柱折,地维绝。"②比喻负重任者。▶田汉《关汉卿》第五场:"可是自从读了文丞相的《正气歌》,才知道现在也还有这样不愧前人的地维、天柱,这就大大增加了我的勇气了。"③耳的别名。▶《太平御览》卷三六六引《长沙耆旧传》:"太尉刘寿少遇相师,相师曰:'耳为天柱,今君耳城郭,必典家邦。'"④山名。在山东平度县北。▶清·顾祖禹《读史方舆纪要·山东七·莱州府》:"天柱山,州(平度州)北五十里,绝顶巉岩,耸立如柱。"⑤山名。又名霍山。在今安徽。⑥山名。在浙江省余杭县北。▶清·顾祖禹《读史方舆纪要·浙江二·杭州府》:"(大涤山)其右为天柱山,高六百六十丈……为第五十七福地。"⑦山名。陕西岐山的别名。▶清·顾祖禹《读史方舆纪要·陕西四·凤翔府》:"岐山亦曰天柱山。"⑧星名。

属于东方七宿中的角宿。 ▶《晋书·天文志上》:"三台六星,两两而居,起文昌,列抵太微。一曰天柱,三公之位也。"

[7] 熙平:兴隆安定。 ▶宋·叶适《代薛瑞明上遗表》:"伏念臣奋身孤远,逢世熙平。"

[8] 仙倡:古代乐舞中扮神仙的艺人。倡,古称歌舞艺人。 ▶《文选·张衡〈西京赋〉》:"总会仙倡,戏豹舞罴。"

[9] 荆榛:① 亦作"荆蓁"。泛指丛生灌木,多用以形容荒芜情景。 ▶三国·魏·曹植《归思赋》:"城邑寂以空虚,草木秽而荆榛。"② 谓没入荒野,指逝世。 ▶明·周履靖《锦笺记·闻讣》:"闺中何意,半道荆榛,情隔云泥。"③ 比喻艰危,困难。 ▶《旧唐书·宦官传·杨复恭》:"吾于荆榛中援立寿王。"④ 比喻恶人。 ▶元·麻革《过陕》诗:"豺狼满地荆榛合,目断中条是故丘。"⑤ 芥蒂,不快。 ▶明·陈汝元《金莲记·射策》:"笑谭之顷,便起荆榛。"

[10] 苌宏:即苌弘。人名。字叔,又称苌叔。周景王、敬王的大臣刘文公所属大夫。刘氏与晋范氏世为婚姻,在晋卿内讧中,由于帮助了范氏,晋卿赵鞅为此声讨,苌弘被周人杀死。传说死后三年,其血化为碧玉。

[11] 行台:① 台省在外者称行台。② 旧时地方大吏的官署与居住之所。 ▶宋·黄庭坚《送顾子敦赴河东》诗之三:"揽辔都城风露秋,行台无妾护衣篝。"③ 客寓,旅馆。 ▶苏曼殊《答柳亚子书》:"桐兄前日抵申,同寓行台,今拟明日同苏台之游。"④ 临时设立的戏台。

[12] 趋跄:① 形容步趋中节。古时朝拜晋谒须依一定的节奏和规则行步。亦指朝拜,进谒。 ▶《诗·齐风·猗嗟》:"巧趋跄兮。"孔颖达疏:"礼有徐趋疾趋,为之有巧有拙,故美其巧趋跄兮。"② 指入朝做官,出仕。 ▶明·汤显祖《阳谷主人饮》诗:"趋跄乃人理,卧托非世资。"③ 奔走侍奉。 ▶宋·苏舜钦《应制科上省使叶道卿书》:"阁下以高文闳才都盛位,而某以吏属,时得趋跄左右。"④ 奉承拍马,阿附。 ▶明·高明《琵琶记·牛氏规奴》:"更羡他知书知礼,是一箇不趋跄的秀才,若论他有德有行,好一位戴冠儿的君子。"⑤ 疾行貌。 ▶明·徐渭《翠乡梦》第二出:"这嘴脸便不像俺的爷,临了那几步趋跄却像得俺爷好。"⑥ 指音乐的板眼节奏。 ▶宋·梅尧臣《依韵和春日见示》:"龙咽嘹喨留行月,凤翼趋跄巧定场。"

[13] 侍宴:亦作"侍燕"。亦作"侍讌"。宴享时陪从或侍候于旁。 ▶汉·王逸《九思·悼乱》:"睯万兮侍宴,周邵兮负斧。"

金张:汉时金日䃅、张安世二人的并称。二氏子孙相继,七世荣显。后用为显宦的代称。 ▶《汉书·盖宽饶传》:"上无许史之属,下无金张之托。"

[14] 逢掖:① 宽大的衣袖。 ▶《礼记·儒行》:"丘少居鲁,衣逢掖之衣;长居宋,冠章甫之冠。"因指儒生所穿之衣。② 指儒生。 ▶唐·柳宗元《答贡士元公瑾论仕进书》:"足下之行,汝南周颖客又先唱之矣,逢掖之列,亦以加慕。"③ 指儒学。 ▶唐·刘禹锡《游桃源一百韵》:"纷吾本孤贱,世业在逢掖。"

郎当:① 衣服宽大不称身。 ▶清·钱谦益《次韵徐叟文虹七十自寿诗》:"棋局何须看朽柯,郎当舞袖自婆娑。"② 颓败,破败。 ▶宋·赵令畤《侯鲭录》卷八:"张文潜戏作《雪狮绝句》云:'六出装来百兽王,日头出处便郎当。'"③ 潦倒,狼狈。 ▶清·黄遵宪《罢美国留学生感赋》诗:"郎当一百人,一一悉遣归。" ④ 疲软无力貌。 ▶明·冯梦龙《挂枝儿·裹脚》:"裹脚儿,自幼被你缠上……一步儿何曾松放!为你身子儿消瘦了,为你行步好郎当。" ⑤ 窝囊,不成器。 ▶《水浒传》第一〇二回:"(王庆老婆)便把王庆脸上打了一掌道:'郎当怪物!却终日在外面,不顾家里。'" ⑥ 银铛。锁系犯人的铁索。 ▶《文明小史》第六回:"黄举人早已是黑索郎当,发长一寸,走上堂来,居中跪下。" ⑦ 器物名。用以洁净梳篦。 ▶宋·龙辅《女红余志》:"郎当,净栉器也。" ⑧ 方言。上下,左右。 ▶丝弦剧《空印盒》第四场:"鸨儿:甭说不用,十八九、二十郎当岁的姑娘,我这有的是呀!" ⑨ 象声词。 ▶清·厉鹗《除夕宿德州》诗:"郎当运铎仍催起,回首东风又一年。"

[15] 蹶张:① 以脚踏强弩,使之张开。谓勇健有力。 ▶《史记·张丞相列传》:"申屠丞相嘉者,梁人,以材官蹶张从高帝击项籍,迁为队率。" ② 借指弩箭。 ▶明·高濂《怀远大将军赵公神道碑铭》:"公巡城至东门,敌发蹶张,中其腰膂,箭深入约六寸,公即拔出之。" ③ 气势汹汹的样子。 ▶清·朱实发《前溪新乐府》:"夺斛不许官平量,少不遂意势蹶张。" ④ 以手足支撑物体。 ▶唐·段成式《酉阳杂俎·盗侠》:"有婢晨治地,见紫衣带垂于寝床下,视之,乃小奴蹶张其床而负焉。" ⑤ 引申为勉力支拄。 ▶清·沈德潜《说诗晬语》卷上:"才大者声色不动,指顾自如。太白五言妙于神行,昌黎不无蹶张矣,取其意规于正,雅道未渐。"

戴学博过宿山居,惠示新诗,因道孙太史勤西来守皖,留滞定远,数辱问。勤西既假归,君避地山中。即事书赠寄怀勤西[1]

山荒木石多,索处断人语。

何风吹君来?长夜剧觊缕。

流离艰一官,飘摇问环堵。[2]

天地犹风尘,吾衰事场圃。

远惭嘉客来,盘餐阙鸡黍。

儿童解刈薪,霜泉净堪煮。

好诗愁眼花,展卷讹帝虎。[3]

凭君抗声歌,侧坐识钩矩。[4]

勿谓知音稀,知音心叟苦。

昔我游京师,交尽一世伟。

每怀车笠言,升沈几人鬼。[5]

孙侯籍金闺,六义见根柢。[6]

苍黎坐涂炭,刀笔陋难洗。

从政得诗流,借以明治体。

尚祈经术彦,略俾疮痍起。

盘错事正殷,埋轮去殊驶。[7]

谁贻舆尸痛,未雪河桥耻。[8]

寂历沧江云,无缘报双鲤。[9]

注　释

[1]《戴学博过宿山居,惠示新诗,因道孙太史勤西来守皖,留滞定远,数辱问。勤西既假归,君避地山中。即事书赠寄怀勤西》诗见清·谭献《合肥三家诗钞》卷上《徐子苓西叔敦艮吉斋诗》,光绪丙戌(1886)刻本。

[2]环堵:① 四周环着每面一方丈的土墙。形容狭小、简陋的居室。▶《礼记·儒行》:"儒者有一亩之宫,环堵之室。"② 指贫人家。▶清·唐甄《潜书·去奴》:"环堵之子,不可以权巨室之宜;草莽之士,不可以妄意宫中之事。"③ 围聚如墙。形容拥挤。▶清·吴炽昌《客窗闲话·明武宗遗事》:"值帝微行,过其肆,见观者环堵,啧啧称羡。"

[3]帝虎:指书中因形近而误刻、误抄的字。▶《太平御览》卷六一八引晋·葛洪《抱朴子·遐览》:"书三写,以鲁为胄,以帝为虎。"因以"帝虎"为文字讹误之典。

[4]钩矩:圆规和曲尺。即规矩。▶宋·司马光《龙图阁直学士李公墓志铭》:"百围之木,钩矩所不能加。"

[5]车笠:《太平御览》卷四〇六引晋·周处《风土记》:"越俗性率朴,意亲好合,即脱头上手巾,解腰间五尺刀以与之为交,拜亲跪妻,初定交有礼……祝曰:'卿虽乘车我戴笠,后日相逢下车揖;我虽步行卿乘马,后日相逢卿当下。'"后以"车笠"喻贵贱贫富不移的深厚友谊。▶清·黄宗羲《祭冯韡卿文》:"升沉虽异,车笠无忘。"

[6]根柢:① 草木的根。柢,即根。▶汉·邹阳《狱中上书自明》:"蟠木根柢,轮囷离奇。"② 比喻事物的根基,基础。▶《后汉书·王充王符传论》:"百家之言政者尚矣,大略归乎宁固根柢,革易时敝也。"

[7]埋轮:① 埋车轮于地,以示坚守。▶《孙子·九地》:"是故方马埋轮,未足恃也。"② 东汉顺帝时,大将军梁冀专权,朝政腐败。汉安元年(142)选派张纲等八人巡视全国,纠察吏治,余人皆受命之部,而纲独埋其车轮于洛阳都亭,曰:"豺狼当路,安问狐狸!"遂上书弹劾梁冀,揭露其罪恶,京都为之震动。事见《后汉书·张纲传》。后以"埋轮"为不畏权贵,直言正谏之典。③ 比喻月落。轮,喻月。▶唐·唐彦谦《七夕》诗:"露白风清夜向晨,小星垂珮月埋轮。"④ 比喻停留。▶明·高启《〈独庵集〉序》:"譬犹行者,埋轮一乡,而欲观九州之大,必无至矣。"

[8]舆尸:以车运尸。▶《易·师》:"师或舆尸,大无功也。"

[9]双鲤:① 两条鲤鱼。▶晋·干宝《搜神记》卷十一:"母常欲生鱼,时天寒,冰冻,祥(王

祥)解衣,将剖冰求之,冰忽自解,双鲤跃出,持之而归。"②一底一盖。把书信夹在里面的鱼形木板,常指代书信。 ▶唐·韩愈《寄卢仝》诗:"先生有意许降临,更遣长须致双鲤。"

汉腊[1]

时庐州又陷,总二年敬展,家祭屈指,先慈之殁四阅月矣。庚申除夜棘人泣志。[2]

汉腊孤邨夜,兵戈尚渺绵。

命悬飞鸟外,心碎莫烽前。

垩室犹吾土,黄巾自纪年。[3]

酸辛一尊酒,和泪荐重泉。

注 释

[1]《汉腊》诗见清·谭献《合肥三家诗钞》卷上《徐子苓西叔敦艮吉斋诗》,光绪丙戌(1886)刻本。

汉腊:汉代祭祀名。各代名称不一,夏曰嘉平,殷曰清祀,周曰大蜡,汉改曰腊,故有此称。 ▶陈去病《初夏越中杂诗》之一:"生无依汉腊,死亦采周薇。"

[2]棘人:《诗·桧风·素冠》:"庶见素冠兮,棘人栾栾兮,劳心慱慱兮。"郑玄笺:"急于哀感之人。"后人居父母丧时,自称"棘人"。 ▶明·孙仁孺《东郭记·遍国中》:"素冠聊拟棘人栾,萧索西风墓木盘。"

[3]垩室:古时居丧者居住的屋子,四壁用白泥粉刷。一说垒坯为室,不涂顶壁。 ▶《礼记·丧大记》:"既练,居垩室,不与人居。"

黄巾:① 东汉末年张角所领导的农民起义军,因头包黄巾而得名。② 借指作乱者,寇盗。 ▶唐·杜甫《遣忧》诗:"纷纷乘白马,攘攘著黄巾。"

同见老坐月有怀龙泉故居[1]

君家门外月,清绝似龙泉。

相对意俱迥,坐来光渐偏。

鸣虫答幽怨，羁鸟怯虚弦。

何事同留滞，烽烟不计年。

注 释

[1]《同见老坐月有怀龙泉故居》诗见清·谭献《合肥三家诗钞》卷上《徐子苓西叔敦艮吉斋诗》，光绪丙戌(1886)刻本。

夜归怀啸长老[1]

冻禽鞍鞯月初升，屐齿颓唐折嫩冰。[2]

闹夜村犬随客吠，笼头絮帽觉寒增。

风威淅沥谯楼鼓，雪影荒寒酒市镫。

倚遍石阑肠几断，十年前此迟南能。[3]

注 释

[1]《夜归怀啸长老》诗见清·谭献《合肥三家诗钞》卷上《徐子苓西叔敦艮吉斋诗》，光绪丙戌(1886)刻本。

[2]屐齿：① 屐底的齿。▶《晋书·王述传》："鸡子圆转不止，便下床以屐齿踏之，又不得。"② 指足迹，游踪。▶宋·张孝祥《水龙吟·过浯溪》词："漫郎宅里，中兴碑下，应留屐齿。"③ 指履声，脚步声。▶明·王世贞《曾太学携酒见访作》诗："花宫寂无事，屐齿破高眠。"

[3]南能：指唐代佛教禅宗南宗创始人慧能。▶唐·雍陶《同贾岛宿无可上人院》诗："还因爱闲客，始得见南能。"

居巢军次赠毕凡[1]

青冥万笏拥居巢，戎幄周旋感二毛。[2]

百战湖山风景改，连营星斗月轮高。

我来共汝谈秋水，醉里看君注楚骚。

饱阅丹烽炼心魄，久应无泪滴征袍。[3]

注 释

[1]《居巢军次赠毕凡》诗见清·李恩绶编《巢湖志》卷二"诗",黄山书社2007年版。

[2]万笏:比喻丛立的群山。笏,封建时代大臣朝见天子时所执的狭长的手板。 ▶ 明·华钥《吴中胜记》:"庙后天平如锦屏。入座,其峰皆立,僧曰:'此万笏朝天也。'"

[3]心魄:气魄,胸怀。 ▶ 唐·李白《赤壁歌送别》:"一一书来报故人,我欲因之壮心魄。"

巢湖阻风小咏古六首[1]

黄叶庵前潮水平,朝霞寺里晓钟鸣。
夜来一鹤云中唳,疑是山人啸月声。[2]

翩翩仙吏阮郎中,吟遍湖山七字工。
杜宇数声人不见,两关三寺雨蒙蒙。[3]

浮邱仙去钓台在,云白山青濡水流。
一年长啸倚石壁,黄鹄为我招浮邱。[4]

元祐规模日再中,二惇两蔡祖荆公。
可怜一曲箜篌引,澧草湘兰感慨同。[5]

浩荡尧阶日月新,耕田凿井寿斯民。
自从三古纷拏后,何地能安饮犊人。[6]

尽道金丹解驻颜,土人今尚说崔仙。
白云杳霭苍波阔,读罢黄庭只醉眠。[7]

注 释

[1]《巢湖阻风小咏古六首》诗见清·李恩绶编《巢湖志》卷二"诗",黄山书社2007年版。

[2]原诗句后有作者自注:"李澹然。"

[3]原诗句后有作者自注:"阮成美。"

[4]原诗句后有作者自注:"浮丘钓台。"

[5]原诗句后有作者自注:"抱书桥。"抱书桥,按《(康熙)巢县志》:"在萧公庙东五里。宋

时吕士元抱书溺此,后人因以名其桥,年久倾坏。今康熙□年,僧人募修重建,并置小庵于其上。邑人杨于芳撰记,载《艺文志》。互见古迹。"

[6]纷挐:亦作"纷拿"。①混乱貌,错杂貌。▶汉·王逸《九思·悼乱》:"嗟嗟兮悲夫,殽乱兮纷挐。"②混战,互相扭扯。▶《史记·卫将军骠骑列传》:"时已昏,汉匈奴相纷挐,杀伤大当。"③繁盛貌。▶唐·韩愈《李花》诗之二:"当春天地争奢华,洛阳园苑尤纷挐"原诗句后有作者自注:"二贤祠。"二贤祠,指巢许二贤祠,祀巢父、许由。按《(康熙)巢县志》:"旧在万家山新开石路下,并造有大士庵,有僧居之。又塑有邑侯夏公崇谦、郎公应麟遗像二尊。今移于山坳,改名甘露庵。而于石路作小憩所,茶寮二厢,以息行者。"

[7]杳霭:①茂盛貌。▶汉·陈琳《柳赋》:"蔚昙昙其杳霭,象翠盖之葳蕤。"②幽深渺茫貌。▶唐·韦应物《西郊游瞩》诗:"烟芳何处寻?杳霭春山曲。"③云雾缥缈貌。▶唐·韩翃《题荐福寺衡岳暕师房》诗:"晚送门人出,钟声杳霭间"原诗句后有作者自注:"崔自然。"崔自然,传说曾在巢湖银屏山仙人洞修炼成仙。

姥山歌[1]

姥山团结湖心耸,霞壁云峰荡汹涌。[2]

长杉翳云澹不流,惊涛搏石险将动。[3]

仙宫道士夜礼星,卧吹铁笛学龙吟。

记曾风雪挐孤艇,系缆悬崖独自听。

姥山风净无纤霾,大帆小帆相对开。

西光入水东光出,骊珠飞向松头来。[4]

野僧看潮矶上坐,老渔被酒舱头卧。[5]

劳劳似我竟何为,早帽蒙头山上过。[6]

姥山二月桃树花,青苔白石曲涧斜。

美人三五戏花下,玉腕摇宕溪中纱。

往年听雨山中宿,蒸藜饷黍渔樵熟。[7]

准辟茅菴缚小亭,压倒辋川笑盘谷。

姥山顶上罗网稀,野鸡粥粥鸤鹒飞。

姥山脚下风日暖,水蛙各各鱼虾肥。

山中儿郎爱行贾,东走句吴南到楚。

笺取天公借石尤,四海八荒断行旅。[8]

姥山宜雨兼宜风,风雨杂沓开心胸。[9]

老蛟跳波擂大鼓,断虹倚天弯长弓。[10]

少时心猛胆气壮,浩歌醉舞崩崖上。[11]

旧日粗豪今渐知,回首云泉发惆怅。[12]

姥山幽阻中厅对,孤塔高高立山臂。[13]

湖前月出凫雁语,湖后雨疾菰蒲碎。

野火横斜秋树远,断筜萧疏晚潮浅。

篷窗徙倚悄吟诗,塔顶星悬三两点。[14]

姥山之阴破草屋,中有隐者颜如玉。

朝掣采绳咒白鸡,暮刈青刍饭黄犊。[15]

吕安已死向秀悲,中郎欠制郭泰碑。[16]

奇文秘籍等粪土,山花野草偏葳蕤。

姥山突兀梦中见,帆底重看两不厌。

窥人鸥鹭故相猜,排空云石都能辨。[17]

万叠青屏天与连,一道白苹香可怜。[18]

自从归棹辞濡口,不到湖心又几年。

注 释

[1]《姥山歌》诗见清·谭献《合肥三家诗钞》卷上《徐子苓西叔敦艮吉斋诗》,光绪丙戌(1886)刻本。

[2] 团结:指分散物聚拢成团。 ▶明·包汝楫《南中纪闻》:"其人色黑似墨,颠毛不及寸,皆团结如螺。"

[3] 翳云:形容高。▶《文选·曹植〈七启〉》:"落翳云之翔鸟,援九渊之灵龟。"

[4] 西光:夕阳。▶南朝·梁·吴均《送柳吴兴竹亭集》诗:"踯躅牛羊下,晦昧崦嵫色。王孙犹未归,且听西光匿。"

骊珠:宝珠,传说出自骊龙颔下。▶《庄子·列御寇》:"夫千金之珠,必在九重之渊,而骊龙颔下。"

[5] 被酒:酒醉。▶《史记·高祖本纪》:"高祖被酒,夜径泽中,令一人行前。"

[6] 劳劳:① 忧愁伤感貌。 ▶《玉台新咏·古诗〈为焦仲卿妻作〉》:"举手长劳劳,二情同依依。" ② 辛劳,忙碌。 ▶唐·元稹《送东川马逢侍御使回》诗:"流年等闲过,人世各劳劳。"

③犹言落落,稀疏貌。▶唐·李贺《夜饮朝眠曲》:"觥酬出座东方高,腰横半解星劳劳。"
④犹言唠唠。▶宋·张耒《莎鸡》诗:"劳劳终夕语,共此檐月光。"⑤遥远。劳,通"辽"。▶元·张翥《潮农叹》诗:"劳劳千里役,泥雨半道途。"

[7] 蒸藜:①煮野菜。②古传孔子弟子曾参因其妻蒸藜不熟而出之。见《孔子家语·七十二弟子解》及汉班固《白虎通·谏诤》。后人用以指代妇人的过失或作出妻的典故时多误"藜"为"梨"。

[8] 笺取:指以符咒施法唤取神灵。

石尤:石尤风,即逆风、顶头风的俗称。

[9] 杂沓:纷杂繁多貌。▶南朝·梁·刘勰《文心雕龙·知音》:"夫篇章杂沓,质文交加,知多偏好,人莫圆该。"

[10] 跳波:翻腾的波浪。▶隋·薛道衡《入郴江》诗:"跳波鸣石碛,溅沫拥沙洲。"

[11] 浩歌:放声高歌,大声歌唱。▶《楚辞·九歌·少司命》:"望美人兮未来,临风怳兮浩歌。"

[12] 粗豪:①粗疏豪放。▶唐·杜甫《少年行》:"不通姓字粗豪甚,指点银瓶索酒尝。"②粗犷豪壮。▶宋·胡仔《苕溪渔隐丛话前集·长短句》:"语虽粗豪,亦气概可喜。"

[13] 幽阻:①奥深险阻。亦指奥深险阻之地。▶汉·傅毅《雅琴赋》:"历嵩岑而将降,睹鸿梧于幽阻。"②幽深偏僻。▶南朝·宋·谢灵运《答范光禄书》:"山涧幽阻,音尘阔绝,忽见诸赞,叹慰良多。"

[14] 徙倚:犹言徘徊,逡巡。▶《楚辞·远游》:"步徙倚而遥思兮,怊惝怳而乖怀。"

[15] 青刍:新鲜的草料。▶唐·杜甫《入奏行赠西山检察使窦侍御》诗:"为君酤酒满眼酤,与奴白饭马青刍。"

[16] 中郎:秦汉时候官职名。汉苏武、蔡邕曾任中郎将,后世均以中郎称之。

[17] 排空:凌空,耸向高空。▶南朝·梁·何逊《赠韦记室黯别》诗:"无因生羽翰,千里暂排空。"

[18] 青屏:青色屏障。喻挺拔的山峰。▶元《胡子坑》诗:"天净森铓列画戟,云开大鄣横青屏。"

巢湖舟中听客谈金庭之胜诗以纪之[1]

过江连日逢顺风,归帆飞落巢湖中。

巢湖森森秋水阔,两岸银涛漾秋月。

孤篷夜泊风泠泠,拥衾听客谈金庭。[2]

金庭山中多黄精，仙人服之毛羽生。[3]

石洞门封万古绿，泉甘远胜康王谷。

星坛阴森聚精怪，雪白神芝比鸦大。[4]

王乔洪崖去不返，会稽道人来独晚。[5]

凫饥鹤羸几千年，紫薇碑记咸康前。

空山长松多结实，山下人家好春色。

客谭未竟邻鸡鸣，微茫湖水摇空青。[6]

推篷一笑白鸥起，万丈明霞掠船尾。

注释

[1]《巢湖舟中听客谈金庭之胜诗以纪之》诗见清·李恩绶编《巢湖志》卷二"诗"，黄山书社2007年版。

[2]拥衾：谓半卧以被裹护身体。▶清·陈田《明诗纪事戊签·皇甫涍》："只字不惬于心，片言无艳于目，蹋壁穷思，拥衾窨索，曾不少休。"

[3]毛羽：① 即鸟类和兽类的毛、羽。▶《左传·隐公五年》："皮革、齿牙、骨角、毛羽，不登于器。" ② 鸟的羽毛。▶《史记·苏秦列传》："毛羽未成，不可以高蜚。" ③ 借指鸟类。▶《淮南子·兵略训》："下至介鳞，上及毛羽。" ④ 指翅膀。▶唐·李朝威《柳毅传》："恨无毛羽，不能奋飞。" ⑤ 鸟羽的一种。散生在眼缘、喙基部和正羽的下面。有护体、感觉等作用。又称线羽、纤羽。

[4]星坛：道士施法之坛。▶唐·牟融《寄羽士》诗："乐道无时忘鹤伴，谈玄何日到星坛。"

[5]王乔、洪崖：古代仙人名。王乔传为周灵王太子，名姬晋，字子乔，后人多称为王子乔。洪崖亦作"洪涯"，是黄帝大臣伶伦的仙号。

[6]空青：指青色的天空。▶唐·杜甫《不离西阁》诗之二："江云飘素练，石壁断空青。"

画松歌送吴引之还巢湖[1]

江北久无画松手，作者昔数留晋江。

盛名早时动海外，晚年流落偏伴狂。

日抱长松换米吃，枯根败鬣愁荒唐。[2]

余技兼能写风雨,到今尺素垂琳琅。[3]

昨见宋家两株树,张在芦帘最深处。

一树拔地生狻猊,一树盘挐蛟龙垂。[4]

波涛飒沓凉风飓,使我坐久看移时。[5]

晋江画松得松骨,此笔韵远将过之。

庐阳城中一尺雪,昨夜吴生几冻杀。

扁舟补被意态雄,归帆笑指巢湖东。

便好相从理钓篷,四顶山前枫叶红。

注 释

[1]《画松歌送吴引之还巢湖》诗见清·李恩绶编《巢湖志》卷二"诗",黄山书社2007年版。

[2] 枯根:干枯的根。▶宋·朱松《度芙蓉岭》诗:"枯根盘翠崖,老作蚯蚓蹙。"

[3] 余技:指无需耗用主要精力的技艺、技能。▶明·陈汝元《金莲记·昼锦》:"函三馆里呈余技。解向词林游戏,曾有太乙真人照杖藜。"

[4] 狻猊[suān ní]:亦作"狻麑"。①是中国古代神话传说中龙生九子之一(一说是第五子,另说是第八子)。形如狮,喜烟好坐,所以形象一般出现在香炉上,随之吞烟吐雾。古书记载是与狮子同类能食虎豹的猛兽,亦是威武百兽率从之意。常出现在中国宫殿建筑,佛教佛像,瓷器香炉上。②指刻镂成狮子状的香炉。

[5] 飒沓:①纷繁貌,众多貌。▶《文选·鲍照〈咏史〉》:"宾御纷飒沓,鞍马光照地。"②盘旋貌。▶南朝·宋·鲍照《舞鹤赋》:"飒沓矜顾,迁延迟暮。"③迅疾貌。▶汉·应玚《西狩赋》:"按辔清途,飒沓风翔。属车镣辖,羽骑腾骧。"④象声词。▶南朝·齐·谢朓《和刘西曹〈望海台〉》:"差池远雁没,飒沓群凫惊。"

移时:经历一段时间。▶《后汉书·吴祐传》:"祐越坛共小史雍丘、黄真欢语移时,与结友而别。"

浮槎画障歌送宋山人归浮槎[1]

山人家在浮槎中,濒行赠我浮槎峰。

浮槎之峰我旧熟,篝灯屡傍山僧宿。[2]

山泉泠泠响空谷,山中神芝白于玉。

别来尘状走鹿鹿,梦魂日绕浮槎麓。[3]

草堂霜紧万木秃,青山无端入我屋。

黛喻蓝霏巧结束,帘角一峰澹尤绿。

画师竞虚名,好手实难得。

国初绩事首烟客,圆照清辉继坛席。[4]

山人本师张少伯,吞讨三王得声画。[5]

过江更事汤将军,踞虎蹯龙壮精魂。[6]

名山芜没形失真,描摩须借磊落人。[7]

画师不是无心学,少陵此语堪书绅。[8]

送君浮槎去,兴因浮槎发道林。[9]

钟磬久莫索,总持墓草经霜白。[10]

长相思,浮槎月。

注　释

[1]《浮槎画障歌送宋山人归浮槎》诗见清·徐子苓《敦艮吉斋诗存》卷一,光绪丙午(1906)集虚草堂丛书甲集本。

[2] 篝灯:谓置灯于笼中。 ▶《宋史·陈彭年传》:"彭年幼好学,母惟一子,爱之,禁其夜读书,彭年篝灯密室,不令母知。"

[3] 鹿鹿:① 平凡。 ▶明·张煌言《祭平夷侯周九苞文》:"鹿鹿如余,列公之盟,亦谬称雁行。" ② 车轮转动声。 引申为奔走于道途。 ▶清·刘献廷《广阳杂记》卷二:"而其书在箧,别来一载有半,质人亦鹿鹿道途,未尝改订一字。" ③ 忙碌。 ▶清·冒襄《影梅庵忆语》:"鹿鹿永夜,无形无声,皆存视听,汤药手口交进。"

[4] 清辉:清光。多指日月的光辉。 ▶晋·葛洪《抱朴子·博喻》:"否终则承之以泰,晦极则清辉晨耀。"

坛席:① 筑坛设座席。 表示礼遇隆重。 ▶《后汉书·方术传上·樊英》:"天子乃为英设坛席,令公车令导,尚书奉引,赐几杖,待以师傅之礼,延问得失。" ② 代指会场座席。

[5] 本师:① 犹言祖师。 ▶《史记·乐毅列传论》:"乐臣公学黄帝、老子,其本师号曰河上丈人,不知其所出。" ② 所从受业的老师。 ▶《后汉书·桓荣传》:"世祖从容问汤本师为谁,汤对曰:'事沛国桓荣。'" ③ 佛教徒对释迦如来的尊称,意为根本的教师。

[6] 精魂:精神魂魄。 ▶汉·王充《论衡·书虚》:"生任筋力,死用精魂……筋力消绝,精魂飞散。"

[7] 芜没:谓淹没于荒草间,湮灭。 ▶南朝·梁·沈约《憨衰草赋》:"园庭渐芜没,霜露日霑衣。"

失真：① 失去本意或本来面目。 ▶《史记·太史公自序》："名家苛察缴绕，使人不得反其意，专决于名而失人情，故曰'使人俭而善失真'。"② 无线电技术中谓输出信号与输入信号不一致。如音质变化、图像变形等都是失真现象，也称畸变。

磊落：① 亦作"磊荦"。众多委积貌。 ▶《后汉书·蔡邕传》："连横者六印磊落，合纵者骈组流离。"② 山高大貌。 ▶《文选·郭璞〈江赋〉》："衡霍磊落以连镇，巫庐嵬崛而比峤。"李周翰注："磊落、嵬崛，皆山高大貌。"③ 壮伟貌，俊伟貌。 ▶《晋书·索靖传》："体磔落而壮丽，姿光润以粲粲。"④ 形容声音宏大。 ▶《文选·马融〈长笛赋〉》："鄙琅磊落，骈田磅唐。"李善注："众声宏大四布之貌。"⑤ 形容胸怀坦荡。 ▶《隶释·汉幽州刺史朱龟碑》："建弘远之议，磔落焕炳。"洪适释："碑以磔落为磊落。"⑥ 明亮貌，错落分明貌。 ▶唐·杜甫《发秦州》诗："磊落星月高，苍茫云雾浮。"⑦ 圆转貌。 ▶南朝·梁·刘勰《文心雕龙·练字》："善酌字者，参伍单复，磊落如珠矣。"⑧ 堆放。

[8] 少陵：① 汉宣帝许后之陵，因规模比宣帝的杜陵小，故名。② 指唐朝大诗人杜甫。杜甫常以"杜陵"表示其祖籍郡望，自号少陵野老，世称杜少陵。

书绅：把要牢记的话写在绅带上，后亦称牢记他人的话为书绅。语本 ▶《论语·卫灵公》："子张书诸绅。"

[9] 道林：寺院名。道林寺又名浮槎寺，在浮槎山上，今不存。

[10] 钟磬：① 钟和磬。古代礼乐器。 ▶《礼记·檀弓上》："是故竹不成用，瓦不成味……有钟磬而无簨虡，其曰明器，神明之也。"② 钟和磬。借指礼乐。③ 钟和磬。佛教法器。

总持：① 佛教语。梵语陀罗尼的意译。谓持善不失，持恶不生，具备众德。亦指咒语。 ▶《维摩经·佛国品》："心常安住，无碍解脱，念定总持，辩才不断。"② 总地掌握。③ 总持大师。《天下名胜志》载，浮槎山有道林寺，寺有碑略曰：梁武帝第五女梦入一山为尼，早晨奏帝。乃取名山图，展观此山，恍如梦境。天监三年(504)勒建。道林寺成，帝女遂入山削发为尼，号总持大师。梁女墓在殿东百余步，塔下有海榴一株，相传为公主亲手所植。

庐阳夜捷行赠江使君达川[1]

使君为中丞介弟，中丞死于庐州之难，其战守大略，余别有记兹者。官军收复郡城，两大帅加封晋爵。于时，使君固请去。余郡人尝在围中抚今追昔，殊不能自已于言。

庐阳夜捷烈炬红，露布连奏甘泉宫。[2]
使君兵声冠诸将，轻裘缓带殊雍容。
记昔曾在围城中，挟策两谒中丞公。[3]

中丞英伟人中龙,使君眉宇春融融,

指麾绰有中丞风。

牙旗深处展高宴,橙香蚁绿霜螯健。[4]

野人喜极悲倒来,晓析杯深泪如霰。

君不见荒城荡荡迹如埽。

纵横瓦砾居民少,髑髅满地生秋草。[5]

君不见壶浆士女泣垂面,爱说中丞旧时战。

张巡死去贺兰生,痛杀潜山庙中奠。

骠骑连宵拜新命,汉廷不惜通侯印。[6]

使君爱逐赤松游,脊令原畔牵归兴。

为君高歌歌断绝,悲笳吹落林闲月。

注 释

[1]《庐阳夜捷行赠江使君达川》诗见民国·徐世昌《晚晴簃诗汇》卷一百三十七,民国退耕堂刻本。

[2]露布:①不缄封的文书。亦谓公布文书。▶《东观汉记·李云传》:"白马令李云素刚,忧国,乃露布上书。"②军旅文书。❶征讨的檄文。▶清·陈梦雷《赠秘书觉道弘五十韵》:"露布降封豕,琱戈扫孽鲸。"❷告捷文书。▶《周书·吕思礼传》:"沙苑之捷,命为露布,食顷便成。"③泛指布告、通告之类。▶三国·魏·曹操《表论田畴功》:"又使部曲持臣露布,出诱胡众。"

[3]挟策:亦作"挟筴"。①手拿书本。喻勤奋读书。▶《庄子·骈拇》:"问臧奚事,则挟筴读书。"②胸怀计谋、建议。▶明·宋濂《〈桂氏家乘〉序》:"周末有季桢者,与其弟眭挟策以干诸侯。"③持鞭,扬鞭。亦以喻奔走,行动。▶宋·曾慥《高斋漫录》:"度支金郎中君卿,年十九时,与其兄君祜郊居,挟策野外,遇田家有醉斗而伤者,仇人尤而执之。"

[4]牙旗:旗杆上饰有象牙的大旗。多为主将主帅所建,亦用作仪仗。▶《文选·张衡〈东京赋〉》:"戈矛若林,牙旗缤纷。"

霜螯:蟹到霜降季节才肥美,故称。螯,蟹螯。▶唐·皮日休《病中有人惠海蟹转寄鲁望》诗:"病中无用霜螯处,寄与夫君左手持。"

[5]髑髅:①头骨。多指死人的头骨。▶《庄子·至乐》:"庄子之楚,见空髑髅。"②指死人的头。▶唐·杜甫《戏作花卿歌》:"子璋髑髅血模糊,手提掷还崔大夫。"

[6]通侯:爵位名。▶五代·齐己《贺行军太傅得白氏东林集》诗:"常闻荆渚通侯论,果遂吴都使者传。"

徐元叔

徐元叔(1838—1856),字亨甫,清安徽合肥东乡(今属安徽省合肥市肥东县)人。徐子苓次子。幼有异禀,嗜学能诗。年十九病卒,士林惜之。徐子苓悲痛不已,裒辑其所为诗文数十篇,名之曰《劫馀小录》,附于己作《敦艮吉斋文存》后。

梦姥山[1]

昔我家湖滨,爱兹青巃嵷。[2]

一塔峙层霄,翠挹湖光浓。[3]

时时倚扉望,目断湖天空。

别来才几何,万事销长烽。

天风吹吟魂,遍历湖上峰。[4]

梦醒一吞声,枕上闻霜鸿。

注释

[1]《梦姥山》诗见清·李恩绶编《巢湖志》卷二"诗",黄山书社2007年版。

[2] 巃嵷[lóng zōng]:亦作"巃嵸"。① 山势高峻貌。▶汉·司马相如《上林赋》:"于是乎崇山矗矗,巃嵷崔巍。"② 云气蒸腾貌。▶《楚辞·淮南小山》:"山气巃嵷兮石嵯峨,溪谷崭岩兮水曾波。"③ 聚集貌。▶《文选·傅毅》:"车骑并狎,巃嵷逼迫。"④ 楂枒貌。▶唐·杜甫《乾元中寓居同谷县作歌》之六:"南有龙兮在山湫,古木巃嵷枝相樛。"⑤ 深沉貌。▶元·朱思本《盗发亚父冢》:"畚锸才深四十尺,乃有石盘青巃嵷。"

[3] 层霄:① 高空。▶晋·庾阐《游仙诗》之三:"层霄映紫芝,潜涧泛丹菊。"② 指云气。▶宋·苏轼《西江月·顷在黄州》词:"照野弥弥浅浪,横空隐隐层霄。"

[4] 吟魂:① 诗人的灵魂。▶五代·齐己《经贾岛旧居》诗:"若有吟魂在,应随夜魄回。"② 指诗人的梦魂。▶元·马臻《旅夜》诗:"睡薄吟魂冷,西风亦屡惊。"③ 诗情,诗思。▶唐·李咸用《雪》诗:"高楼四望吟魂敛,却忆明皇月殿归。"

自闲闲园移居湖干[1]

挈家去故里,为兹风鹤警。[2]

垣墙聊漫涂,茆漏未遑整。[3]

柴扉俯远山,湖光白弥迥。

帆痕互出没,夕阳争诸岭。

探奇屐未著,感时意常耿。[4]

思量旧松菊,佳处付谁领。

注 释

[1]《自闲闲园移居湖干》诗见民国·李家孚《合肥诗话》卷上,民国苏城临顿路毛上珍铅活字本。

[2]挈家:携带家眷。 ▶宋·无名氏《灯下闲谈》卷上:"有商人刘损挈家乘巨船,自江夏至扬州。"

鹤警:谓鹤性机警。语本▶《艺文类聚》卷九十引晋·周处《风土记》:"鸣鹤戒露,此鸟性警,至八月白露降,流于草上,滴滴有声,因即高鸣相警,移徙所宿处。"▶唐·王勃《梓州郪县兜率寺浮图碑》:"宵汀鹤警,乘鼓吹而齐鸣;晓峡猿清,挟霜钟而赴节。"

[3]未遑:没有时间顾及,来不及。 ▶汉·扬雄《羽猎赋》:"立君臣之节,崇贤圣之业。未遑苑囿之丽、游猎之靡也。"

[4]探奇:① 寻找奇景。 ▶唐·王维《蓝田山石门精舍》诗:"探奇不觉远,因以缘源穷。"② 指探问奇事。 ▶《初刻拍案惊奇》卷二四:"小生一时探奇穷异,实出无心。"

雨窗即事[1]

荒年午鸡叫,雨窗清昼永。

檐注声潇潇,湖光白囧囧。[2]

蒙蒙淡霭间,一叶孤帆影。[3]

注　释

[1]《雨窗即事》诗见民国·李家孚《合肥诗话》卷上，民国苏城临顿路毛上珍铅活字本。

[2] 囧囧：光明貌。▶南朝·梁·江淹《杂体诗·效孙绰〈杂述〉》："囧囧秋月明，凭轩咏尧老。"

[3] 淡霭：轻烟薄雾。▶宋·陆游《初夏》诗："淡霭轻飔入夏初，一窗新绿鸟相呼。"

偶成[1]

宿雨淡将尽，斜光明树梢。[2]

游鱼频跳水，归鸟各争巢。

浩荡观元化，低迷任客嘲。[3]

飞仙如可学，吾欲问三茅。[4]

注　释

[1]《偶成》诗见民国·李家孚《合肥诗话》卷上，民国苏城临顿路毛上珍铅活字本。

[2] 宿雨：① 夜雨，经夜的雨水。▶隋·江总《诒孔中丞奂》诗："初晴原野开，宿雨润条枚。"② 久雨，多日连续下雨。▶《二十年目睹之怪现状》第十六回："我同述农走到江边一看，是夜宿雨初晴，一轮明月东方升起，照得那浩荡江波，犹如金蛇万道一般。"

[3] 元化：造化，天地。▶唐·陈子昂《感遇》诗之六："古之得仙道，信与元化并。"

[4] 三茅：① 指三茅脊，指古代供祭祀用的三脊茅草。▶《晋书·礼志上》："武皇帝亦初平寇乱，意先仪范。其吉礼也，则三茅不剪，日观停瑄。"② 指传说中修仙得道的茅君三兄弟。▶唐·许浑《亡题》诗："商岭采芝寻四老，紫阳收术访三茅。"③ 山名。亦称茅山、句曲山。在江苏省句容县东南，相传茅君三兄弟得道于此，故名。▶唐·刘禹锡《重送浙西李相公顷新加旌旄》诗："城下清波含百谷，窗中远岫列三茅。"

枕上作[1]

霜冷风犹剧,孤衾抵铁寒。

猿鹓无远计,履虎敢言难。[2]

邻纺声相答,孤灯烬欲残。

烽烟正凄紧,月黑夜漫漫。[3]

注 释

[1]《枕上作》诗见民国·李家孚《合肥诗话》卷上,民国苏城临顿路毛上珍铅活字本。

[2]履虎:履虎尾的省写。比喻危险的境地。 ▶《易·履》:"履虎尾,不咥人,亨。"王弼注:"履虎尾者,言其危也。"

[3]凄紧:形容寒而急。 ▶《文选·殷仲文〈南州桓公九井作〉诗》:"景气多明远,风物自凄紧。"

晚霁[1]

徙倚双峰清昼长,片云将雨过山堂。

湛湛溪水晕空碧,寂寂篱花绽嫩黄。

避世桃椎双草屩,呕心昌谷一诗囊。[2]

乾坤几处兵戈满,薇蕨凄清又首阳。[3]

注 释

[1]《晚霁》诗见民国·李家孚《合肥诗话》卷上,民国苏城临顿路毛上珍铅活字本。

[2]桃椎:唐时隐者,名朱桃椎。《新唐书·隐逸传·朱桃椎》:"其为屩,草柔细,环结促密,人争蹑之。"

草屩[jué]:草鞋。

呕心昌谷一诗囊:指唐代诗人李贺作诗的典故。 ▶《新唐书·文艺下》:"(李贺)背古锦囊,遇所得,书投囊中。未始先立题然后为诗……及暮归,足成之。非大醉、吊丧日率如此。过亦不甚省。母使婢女探囊中,见所书多,即怒曰:'是儿要呕心乃已耳!'"

[3] 首阳:山名。传为伯夷、叔齐的隐居处。《史记·伯夷列传》:"武王已平殷乱,天下宗周,而伯夷、叔齐耻之,义不食周粟,隐于首阳山,采薇而食之。"

重过教弩台[1]

古寺松长铁佛大,儿时爱向松边坐。

黄巾一炬孤城破,松树全焦佛颓卧。[2]

游子别来悲故乡,旧游尽作荆榛场。

君不见,孝肃祠、杨侯庙,

瓦砾荒荒动残照。[3]

归禽向夕无树栖,断垣时有饥鸦叫。

注 释

[1]《重过教弩台》诗见民国·李家孚《合肥诗话》卷上,民国苏城临顿路毛上珍铅活字本。

[2]黄巾:东汉末年张角所领导的农民起义军,因头包黄巾而得名。此处指太平军。

[3]杨侯庙:指杨将军庙,祀南宋名将杨存忠(又名杨存中、杨沂中)。▶《(嘉庆)合肥县志》载:"杨将军庙,在西城上,祀宋,少保杨存忠,嘉庆七年(1802)知县左辅重修,有碑记载集文。"

欣闻庐郡收复[1]

倒悬倏然解,欢声到岩谷。[2]

寒暑阅三稔,阴消一阳复。

予亦劫烬人,双眉快新熨。[3]

想应杀贼时,阴风万鬼哭。

高门台榭倾,存者仅椽屋。

阶戺竟何人! 俯仰泪盈掬。[4]

注 释

[1]《欣闻庐郡收复》诗见清·徐子苓《敦艮吉斋文存》,清光绪十二年(1886)刻本。

[2] 倒悬:亦作"倒县"。① 指人头脚倒置或物上下倒置地悬挂着。 ▶《孟子·公孙丑上》:"当今之时,万乘之国行仁政,民之悦之,犹解倒悬也。" ② 指把人或物倒挂起来。 ▶清·昭梿《啸亭杂录·诛伍拉纳》:"伍制军拉纳,继福文襄督闽,惟以贪酷用事,至倒悬县令以索贿。" ③ 亦以人之倒挂比喻处境极其困苦或危急,以家庭用具之倒挂比喻极其贫困。 ▶《后汉书·张玄传》:"明公总天下威重,握六师之要,若于中坐酒酣,鸣金鼓,整行阵,召军正执有罪者诛之,引兵还屯都亭,以次剪除中官,解天下之倒县,报海内之怨毒,然后显用隐逸忠正之士,则边章之徒宛转股掌之上矣。" ④ 鸟名。寒号虫的别称。 也叫鹖旦。

[3] 劫烬:劫灰。佛教谓坏劫之末有水、风、火大三灾,劫烬即劫灾后的余灰。 ▶北周·庾信《哀江南赋》:"设重云之讲,开士林之学,谈劫烬之灰飞,辨常星之夜落。"

[4] 阶厉:① 祸害的开端,导致祸害。 ▶明·沈德符《野获编·内监·东厂印》:"然其时貂珰未炽,安得有如许雄峻之称。此必王振用事时另铸,以张角距,迨后直之西厂,瑾之内行厂阶厉于此矣。" ② 指导致祸害的人。 ▶钱基博《辛亥南北议和别纪》:"若连兵不解,作鹬蚌之持,而列强收渔人之利;吾恐四万万神明之胄,将为奴为隶,万劫不复矣!异日追原祸始,谁为阶厉?"

三月中旬闻警有感[1]

我生百无俚,愤极频呼天。[2]

嗟哉颠连世,胡不自我先。[3]

贼兵喜焚掠,所过无人烟。

杀人如乱麻,高积巢湖边。

四野多新冢,阴燐黑夜喧。

髑髅泣春雨,冤气成阴雾。

贼兵日进攻,我军仍醉眠。

英贤甘困顿,邱壑聊自全。

永怀鹿门驾,长啸俯清泉。[4]

注 释

[1]《三月中旬闻警有感》诗见清·徐子苓《敦艮吉斋文存》,清光绪十二年(1886)刻本。

[2] 无俚:亦作"无里"。犹言无聊。▶汉·王符《潜夫论·劝将》:"此亦陪克阘茸,无俚之尔。"

[3] 颠连:① 困顿不堪,困苦。▶宋·张载《西铭》:"凡天下疲癃残疾,惸独鳏寡,皆吾兄弟之颠连而无告者也。" ② 指困顿不堪的人。▶元·王冕《江南民》:"无能与尔扶颠连,老眼迸泪如飞泉。" ③ 连绵不断。▶毛泽东《清平乐·会昌》词:"会昌城外高峰,颠连直接东溟。"

胡不:何不。▶《诗·鄘风·相鼠》:"人而无礼,胡不遄死?"

[4] 鹿门:① 古城门名。▶《左传·襄公二十三年》:"臧纥斩鹿门之关以出,奔邾。"杜预注:"鲁南城东门。" ② 鹿门山之省称。在湖北省襄阳县。后汉庞德公携妻子登鹿门山,采药不返。后指隐士所居之地。

忆昔[1]

忆昔庐阳城,升平习欢娱。[2]

肉食但素餐,尸居无远图。[3]

厝火寝积薪,乱至人心愚。[4]

伟哉江中丞,忠义激懦夫。

万姓共登陴,誓死同欢呼。[5]

外援既尪怯,内讧复龃龉。[6]

守垣卅五日,摧坚百战余。

贼夜穴城根,地雷裂西郛。

于时天大雾,乾坤血糢糊。

甃井溢骈尸,粪厕堆新颅。[7]

岂无缒墙者,人鬼争斯须。[8]

失势竟破脑,投险乃折跌。[9]

枕籍更蹂躏,溃裂无完肤。

朝廷亟命将,筑垒城东隅。[10]

笙歌向夕酣,千金事樗蒲。[11]

城中歌楚些,城外歌吴歈。[12]

婉婉青衿子,负戴泣泥涂。[13]

赤眉腥汉室,黄巢碎唐都。

张陈起草窃,闯献同负嵎。[14]

贼徒师黄巾,惑众传妖书。

其性最残毒,郡邑遭焚屠。

幼儿任拘囚,嬉戏供贼奴。

壮者席锋刃,鞭扑使前驱。

有时竞脔割,饱嚼餍其腴。

释老入中国,淫祠遍寰区。

嗟嗟一炬火,千里成丘墟。

手断金仙头,笑灼泥神须。

眼看金张馆,台厦生青芜。[15]

沈吟旧游地,感叹长欷歔。

注　释

[1]《忆昔》诗见清·徐子苓《敦艮吉斋文存》,清光绪十二年(1886)刻本。

[2] 升平:太平。 ▶晋·袁宏《后汉纪·灵帝纪上》:"今宜改葬蕃武,选其家属诸被禁锢,一宜蠲除,则灾变可消,升平可致也。"

[3] 尸居:① 谓安居而无为。 ▶《庄子·天运》:"然则人固有尸居而龙见,雷声而渊默,发动如天地者乎?"成玄英疏:"言至人其处也若死尸之安居。"② 指居位而不尽职。 ▶宋·欧阳修《送韩子华》:"谏垣尸居职业废,朝事汲汲劳精神。"③ 尸居余气之省。形容人即将死亡。亦以谓人暮气沉沉,无所作为。 ▶《晋书·宣帝纪》:"司马公尸居余气,形神已离,不足虑。"

[4] 厝火:"厝火积薪"的简缩语。喻隐伏的危机。 ▶明·沈钦圻《咏史》:"但识凭江险,而忘厝火危。"

[5] 登陴:登上城墙。引申为守城。 ▶《左传·昭公十八年》:"火之作也,子产授兵登陴。"

[6] 尪怯:怯懦。 ▶《北齐书·孙腾传》:"时西魏遣将寇南充,诏腾为南道行台,率诸将讨之。腾性尪怯,无威略,失利而还。"

[7] 骈尸:堆聚的尸体。 ▶清·曾国藩《金陵楚军水师昭忠祠记》:"陆军进攻,水师和之,一堞未攀,骈尸山积。"

[8] 斯须:须臾,片刻。 ▶《礼记·祭义》:"礼乐不可斯须去身。"

[9] 投险:投赴危险之地。 ▶《北史·孝行传·吴悉达》:"时有齐州人崔承宗,其父于宋世仕汉中,母丧因殡彼。后青徐归魏,遂为隔绝。承宗性至孝,万里投险,偷路负丧还京师。"

[10] 命将:任命将帅,派遣将帅。 ▶《晋书·陆机传》:"自古命将遣师,未有臣凌其君而可以济事者也。"

[11] 樗蒲:亦作"樗蒱"。古代一种博戏,后世亦以指赌博。 ▶汉·马融《樗蒲赋》:"昔玄通先生游于京都,道德既备,好此樗蒲。"

[12] 楚些:《楚辞·招魂》是沿用楚国民间流行的招魂词的形式而写成的,句尾皆有"些"字。后因以"楚些"指招魂歌,亦泛指楚地的乐调或《楚辞》。 ▶唐·牟融《邵公母》:"搔首惊闻楚些歌,拂衣归去泪悬河……伤心独有黄堂客,几度临风咏《蓼莪》。"

吴歈:①春秋吴国的歌。后泛指吴地的歌。 ▶《楚辞·招魂》:"吴歈蔡讴,奏大吕些。"王逸注:"吴蔡,国名也。歈、讴,皆歌也。" ②指昆曲。 ▶清·孔尚任《桃花扇·余韵》:"蛾眉越女才承选,《燕子》吴歈早擅场。"

[13] 负戴:①以背负物,以头顶物。亦谓劳作。 ▶《孟子·梁惠王上》:"谨庠序之教,申之以孝悌之义,颁白者不负戴于道路矣。" ②《列女传·楚接舆妻》:接舆躬耕以为食,楚王使使者持金百镒、车二驷往聘迎之。其妻曰:"义士非礼不动,不为贫而易操,不为贱而改行。妾事先生躬耕以为食,亲织以为衣,食饱衣暖,据义而动,其乐亦自足矣。若受人重禄,乘人坚良,食人肥鲜,而将何以待?不如去之。"于是夫负釜甑,妻戴纴器,变名易姓而远徙,莫知所之。后因以"负戴"指夫妻一起安贫乐道,不慕富贵荣华。 ▶清·钱谦益《后秋兴》诗之一:"负戴相携守故林,翻经问织意萧森。"

[14] 张陈:此处指张耳、陈余的并称。二人初为刎颈交,后又结怨至不两立。 ▶南朝·梁·刘孝标《广绝交论》:"张陈所以凶终,萧朱所以隙末,断焉可知矣。"

草窃:①掠夺;盗窃。 ▶《书·微子》:"殷罔不小大,好草窃奸宄。" ②草寇。 ▶《梁书·昭明太子统传》:"且草窃多伺候民间虚实,若善人从役,则抄盗弥增。" ③犹言窃据。 ▶金·王若虚《〈新唐书〉辨上》:"铣虽草窃一时,而颠沛之际,其言可爱如此,可以为万世法。"

[15] 金张馆:汉显宦金日䃅、张安世的居处。常用以泛指权贵馆舍。 ▶晋·左思《咏史》之四:"朝集金张馆,暮宿许史庐。"

蔡邦甸

蔡邦甸(1817—1899),字仲昀,号篆卿(篆青),又号禹卿,清庐州府合肥县东乡(今属安徽省合肥市肥东县)人。咸丰年间岁贡生,与族人蔡邦绫、蔡邦宁并称"三邦"。资学过人,通经史诸子百家,曾教授李鸿章、张树声。

蔡邦甸工诗,与赵席珍、王埓、卢先骆、吴克俊、张丙、戴鸿恩往来唱酬无间,并称"城东七子"。著有《晚香亭诗钞》,李鸿章、张树声等为作序。

蠹母池[1]

君不见,梁园之东蠹母池。

其地乃傍长河浊,左右方广不数丈。[2]

霆深猪水声渐渐。[3]

传闻蠹母捕潭底,天黑每随妄。

注 释

[1]《蠹母池》诗见清·蔡邦甸《晚香亭诗钞》,清光绪十八年(1892)石印本。

蠹母池:又名龙潭。《舆地纪胜》:"在梁县治后,乃滁水上源,在河流之中,去县治不十步。"《历阳志》载:"滁河水源出梁县厅事之侧,有蠹母居焉,每山水乍溢,有物自江而出,或露头角,群鱼从之。渔者随捕,富于所获。"2016年因梁园河拓宽,此潭已消失。

[2]方广:① 面积,范围。▶《宣和遗事》后集:"又如此行十余日,方至一小城,云是西汀州……其中方广不甚大,有屋数十间,皆颓弊。" ② 佛教语。大乘经典、教义的通称。其言富、其理正,故名。亦借指佛教。▶《文选·王中〈头陀寺碑文〉》:"方广东被,教肆南移。" ③ 指佛寺。▶清·金人瑞《敬生诵经宝林寺访之作》:"不然何今日,含泪访方广。"

[3]猪水:犹言潴水,蓄聚水流。▶《书·禹贡》"大野既猪"。唐·孔颖达疏:"水所停曰猪,往前漫溢,今得猪水为泽也。"

梁园塔[1]

梁园有塔高崔巍,青铜古克辉陆离。

壁锵敬德监造字,乃知创自唐初时。

旁枕大河隈,前临鲍照台。[2]

基肩累级数十丈,登高踞顶何壮哉。

洞牖玲珑四面通,凌空收入浮桂峰。

塔夫飞株山光绿,疑有云气缠琳宫。

自从慎县明代弃,残郭址墟风景异。

天留一柱撑岧峣,不与荒城共兴废。[3]

梁园虽属地一隅,文士长甲东南区。

想是塔高势耸峭,卓笔秀气盘紫纡。[4]

我思金陵古招提,第二塔与云霄齐。[5]

贼来丹碧烬焚毁,南朝梵刹神凄迷。[6]

此塔卓立天中央,白公遗邑增辉光。

劫火有灵不敢袭,阴教神物相扶将。

千秋成毁原有数,浮图独得梵王助。

嵯峨留此镇梁园,空中雷雨长呵护。

注 释

[1]《梁园塔》诗见清·蔡邦甸《晚香亭诗钞》,清光绪十八年(1892)石印本。

梁园塔:即古峣塔。古峣塔曾是梁园镇最著名的古迹,传为梁武帝萧衍所建。共七层,高达九丈余(近30米)。每层之间有莲花托盘式底座,呈六棱形。塔的顶部建造特殊,全部砖石极不规则地斜插其上,如同乱石混杂堆成。但经过千百年雨侵风袭,却无一块砖石坠落。塔内大方砖雕着不同形态的飞禽走兽,栩栩如生,惟肖惟妙。塔的下三层南北均有拱门,中有石级可盘旋上升,至第四层即要从塔的外部向上攀爬,只年轻胆壮者才行。登顶远眺,可看到烟波浩渺的巢湖。抗战时期,被日寇炸毁。

[2]大河:指梁园河。

鲍照台,即明远台,传为南朝宋时参军鲍照(字明远)读书处,为旧时合肥县东乡名胜。

[3]岧峣[tiáo yáo]：高峻，高耸，亦形容绵长。▶三国·魏·曹植《九愁赋》："践蹊隧之危阻，登岧峣之高岑。"

[4]萦纡：盘旋环绕。▶汉·班固《西都赋》："步甬道以萦纡，又杳窱而不见阳。"

[5]"我思金陵古招提，第二塔与云霄齐"指南京大报恩寺琉璃塔，始建于明永乐年间，清咸丰四年(1854)毁于战火。

[6]丹碧：①泛指涂饰在建筑物或器物上的色彩。▶宋·陆游《桃源忆故人·应灵道中》："丹碧未干人去，高栋空留句。"②犹言丹青，指绘画。▶清·王晫《今世说·宠礼》："(史鉴宗)心灵敏，多艺能，能诗善弈，工字学，兼精丹碧。"

慎县怀古[1]

梁园遗迹认分明，此地犹传慎县名。

郭外一湾流水在，我来懒说白公城。[2]

注 释

[1]《慎县怀古》诗见清·蔡邦甸《晚香亭诗钞》，清光绪十八年(1892)石印本。

慎县：晋怀帝时，中原大乱，晋豫州淮北地区被北方石赵夺去，"慎县"属扬州管辖。东晋永和五年(349)收复，仍属豫州汝阴郡。南北朝属宋地，把山西雁门旧县侨置慎地，名为"楼烦令"(按:《宋书》郡县均带官名)，属豫州刺史、西汝阴太守。将"慎县"置于南汝阴郡合肥以东，南宋时避宋孝宗讳改称梁县(今肥东县梁园镇)。

[2]一湾：一条弯曲的河水，此处指梁园河。

樊公坝[1]

公名载扬，为梁园巡检。倡筑修坝，居人至今呼之。

堤决难教一篑完，倡修畚筑障河干。[2]

居人犹说樊公坝，遗爱何须到长官。[3]

注 释

[1]《樊公坝》诗见清·蔡邦甸《晚香亭诗钞》，清光绪十八年(1892)石印本。

[2] 一篑：一筐。篑，盛土的竹器。河干：河边，河岸。▶《诗·魏风·伐檀》："坎坎伐檀兮，置之河之干兮。"

[3] 遗爱：① 谓遗留仁爱于后世。▶《汉书·叙传下》："淑人君子，时同功异。没世遗爱，民有余思。" ② 指留于后世而被人追怀的德行、恩惠、贡献等。▶《后汉书·西南夷传·邛都》："天子以张翕有遗爱，乃拜其子湍为太守。" ③ 指有古人高尚德行、被人敬爱的人。▶《左传·昭公二十年》："及子产卒，仲尼闻之，出涕曰：'古之遗爱也。'" ④ 爱未遍及，偏爱。▶《后汉书·宦者传·张让》："扶风人孟佗，资产饶赡，与奴朋结，倾竭馈问，无所遗爱。奴咸德之。" ⑤ 谓抛弃亲爱之人。▶《宋书·氐胡传·胡大且渠蒙逊》："臣伏寻元嘉以来，实有忠诚于国，弃亲遗爱，诚在可嘉。" ⑥ 指死者遗留下的所爱的人或物。

八斗岭陈思王墓在其下[1]

岭头下马吊斜阳，碑碣全无树墓旁。

千古才名终冷落，行人谁更拜思王。

注　释

[1]《八斗岭陈思王墓在其下》诗见清·蔡邦甸《晚香亭诗钞》，清光绪十八年(1892)石印本。

原诗标题下有作者自注："按本传，王尝登鱼山，临东阿，喟然有终焉之志，遂营为墓。以王未必葬是，其殆后人所假托耶？"

过龙城[1]

四面山光郭外横，崇冈环筑市烟生。

何年留得营屯在，春草青青指故城。

注　释

[1]《过龙城》诗见清·蔡邦甸《晚香亭诗钞》，清光绪十八年(1892)石印本。

龙城，今石塘镇龙城社区。为汉代浚遒县治所在地。龙城遗址现为安徽省级重点文物保护单位。

过明远台有怀家璞斋封翁[1]

墩边流水势潆洄,地属吾家任去来。[2]

今日主人悲不见,六朝松影泣荒台。

注　释

[1]《过明远台有怀家璞斋封翁》诗见清·蔡邦甸《晚香亭诗钞》,清光绪十八年(1892)石印本。

璞斋:即蔡家番,字梁孟,号朴斋、璞斋,兵部尚书彭玉麟业师。

封翁:封建时代因子孙显贵而受封典的人。▶《儒林外史》第八回:"不日高科鼎甲,老先生正好做封翁享福了。"

[2]潆洄:亦作"潆迴"。① 水流回旋貌。▶宋·朱熹《精舍闲居戏作武夷棹歌》之九:"八曲风烟势欲开,鼓楼岩下水潆洄。"② 引申为回旋貌。▶清·黄景仁《游四明山放歌》:"望洋忽勒千里足,怒气倒激成潆洄。"

游梁园北庵[1]

梁园起梵宫,乃在慎城北。

寺僧掘残碑,剔藓留遗迹。

云是明季年,献逆蹂郡邑。

道过白公城,焚毁堆沙砾。

庞眉一老僧,遇贼耻逃匿。[2]

刃颈性勿动,讽经声未歇。

献逆惊神异,待戒有定力。

囊施三百金,助修梵王国。

可知佛力宏,凶焰亦感格。[3]

距今数百年,零落颓瓴甓。[4]

兰若失庄严,菊圃虚拜揖。[5]

我来参善提,剥蚀黄金色。

迦叶如有灵,俯仰伤今昔。

注 释

[1]《游梁园北庵》诗见清·蔡邦甸《晚香亭诗钞》,清光绪十八年(1892)石印本。

[2]庞眉:眉毛黑白杂色。形容人衰老貌。▶唐·钱起《赠柏岩老人》诗:"庞眉忽相见,避世一何久。"

[3]感格:谓感于此而达于彼,感动。▶宋·李纲《应诏条陈七事奏状》:"然臣闻应天以实不以文,天人一道,初无殊致,唯以至诚可相感格。"

[4]瓴甓:砖块。▶《文选·司马相如〈长门赋〉》:"致错石之瓴甓兮,象玳瑁之文章。"

[5]原诗"兰若失庄严,菊圃虚拜揖"句后有诗人自注:"庵有僧,爱菊于花圃,设果茗祭之。"

拜揖:打躬作揖。▶《后汉书·董卓传》:"卓讽朝廷使光禄勋宣璠持节拜卓为太师,位在诸侯王上。乃引还长安,百官迎路拜揖。"

净果庵[1]

此庵甲梁园,胜境供游佚。

入门旧额题,乃是尚书笔。[2]

一亭亘当中,四面景收拾。

遗山扑空翠,飞来入精室。

空廊讽经声,持斋严戒律。[3]

有僧工吟诗,书法亦精密。

客来具果茗,清谈无虚日。

一自贼焚毁,颓垣卧古佛。

仅存屋数楹,户牖虚丹漆。

惜哉两黄杨,交柯势奇崛。[4]

虬枝拟化龙,历代推灵物。[5]

劫火不再留,应为神丁嫉。

我来憩云房,花鸟意悱忧。

诗僧今已亡,白云伴萧瑟。

注 释

[1]《净果庵》诗见清·蔡邦甸《晚香亭诗钞》,清光绪十八年(1892)石印本。

[2]原诗"入门旧额题,乃是尚书笔"句后有诗人自注:"庵为明尚书之藩朱公题额。"

[3]讽经:① 意为念经。▶明·李贽《礼诵药师告文》:"趁此一百二十日期会,讽经拜忏道场。"② 诵读经书。▶清·龚自珍《述思古子议》:"童子但宜讽经,安知说经?是为侮经。"

[4]原诗"惜哉两黄杨,交柯势奇崛"句后有诗人自注"庵有黄杨两株,纠结如龙形。"

奇崛:亦作"奇倔"。① 奇特挺拔。▶南朝·梁·何逊《渡连圻》诗之一:"悬崖抱奇崛,绝壁驾崚嶒。"② 独特不凡。▶唐·陆贽《谢密旨因论所宣事状》:"自揣凡庸之才,又无奇崛之效。"③ 谓笔墨新奇刚健。▶宋·姜夔《续书谱》:"大凡学草书,先当取张芝、皇象、索靖等……然后仿王右军,申之以变化,鼓之以奇崛。"

[5]灵物:① 祥瑞之物。▶《后汉书·光武帝纪下》:"今天下清宁,灵物仍降。"② 珍奇神异之物。▶《后汉书·南蛮西南夷传论》:"若乃藏山隐海之灵物,沈沙栖陆之玮宝,莫不呈表怪丽,雕被宫幄焉。"③ 神灵,神明。▶唐·白居易《刘白唱和集解》:"在在处处,应当有灵物护之。"④ 修仙得道之物。▶清·王韬《淞滨琐话·药娘》:"以我揣之,必是灵物幻化,非鬼即狐。"

城隍庙[1]

梁园旧有城隍庙,其神云为明将军石公明。从太祖征伪汉,尽节鄱阳湖。因封为梁县子,即其地血食焉。及考庐郡志载公事,误以石为后,因据明史正之。

梁园旧属慎县城,城隍庙祀栖神灵。

庙中之神起何代,云是有明将军之石明。[2]

昔随明高皇,西征陈友谅。

鄱阳湖里驱艨艟,险逐蛟鼍乘白涨。[3]

狂风吹卷阵云黑,四面围攻飞驳石。

哭将奋击不得前,战血痕流湖水赤。

韩公代死衣黄袍,真人乘间龙潜逃。[4]

将军横冲力战死,英灵夜泣惊风涛。

乱定褒封梁县子,血食其乡崇像祀。[5]

俎豆煌煌五百年，空旗出没排云里。[6]

我谓聪明正直神，生前况作忠义臣。

保障纵依汤沐邑，是非未必私乡人。[7]

距今披览庐郡志，无识误书神姓字。

我据史策辨其讹，岂为媚神降福多。

不尔摩挲石刻长，诋诃神之来兮怒若何。[8]

注 释

[1]《城隍庙》诗见清·蔡邦甸《晚香亭诗钞》，清光绪十八年(1892)石印本。原诗无标题，此为编者所加。

[2] 有明：指明朝。有，词头。▶清·李斗《扬州画舫录·新城北录下》："仲子乃尽阅有明之文，得其指归，洞彻其底蕴。"

石明：朱元璋克和州渡江，积功授管军上千户，后阵亡。追封武节将军飞骑尉，封梁县子，配享康郎山忠臣庙。见《明史赵德胜传》及《功臣表》。庐州旧志作邱明或后明，皆误。

[3] 艨艟：亦作"艨冲"，古代战船。▶三国·魏·曹操《营缮令》："诸私家不得有艨冲等船。"

[4] 真人：① 道家称存养本性或修真得道的人，亦泛称"成仙"之人。▶《庄子·大宗师》："古之真人，其寝不梦，其觉无忧，其食不甘，其息深深……古之真人，不知说生，不知恶死，其出不欣，其入不距；翛然而往，翛然而来而已矣。"②《史记·秦始皇本纪》："始皇曰：吾慕真人，自谓'真人'，不称朕。"后因指统一天下的所谓真命天子。③ 佛教称证明真理的人，即阿罗汉。▶唐·玄应《一切经音义》卷八："真人，是阿罗汉也。或言阿罗诃。经中或言应真，或作应仪，亦云无著果，皆是一也。"④ 指品行端正的人。▶《汉书·杨恽传》："我不能自保，真人所谓'鼠不容穴，衔窭数'者也。"⑤ 指真诚可靠或知情的人。⑥ 人类学中指从猿进化而来，真正脱离动物界的人。

[5] 血食：① 谓受享祭品。古代杀牲取血以祭，故称。▶《左传·庄公六年》："若不从三臣，抑社稷实不血食，而君焉取余？"② 指用于祭祀的食品。▶《西游记》第六一回："小神居此苟安，拯救这方生民，求些血食，诚为恩便。"③ 谓吃鱼肉之类荤腥食物。▶《梁书·诸夷传·扶南国》："王常楼居，不血食，不事鬼神。"

[6] 俎豆：① 俎和豆。古代祭祀、宴飨时盛食物用的两种礼器。亦泛指各种礼器。▶汉·班固《东都赋》："献酬交错，俎豆莘莘。下舞上歌，蹈德咏仁。"② 谓祭祀，奉祀。▶《论语·卫灵公》："俎豆之事则尝闻之矣，军旅之事未之学也。"③ 引申指崇奉。▶清·沈涛《交翠轩笔记》卷二："真可为俎豆历下者下一针砭。"

[7] 汤沐邑：① 周代供诸侯朝见天子时住宿并沐浴斋戒的封地。▶《礼记·王制》："方伯

为朝天子,皆有汤沐之邑于天子之县内。"郑玄注:"给齐戒自洁清之用。浴用汤,沐用潘。"② 指国君、皇后、公主等收取赋税的私邑。 ▶《战国策·楚策二》:"秦王有爱女而美,又简择宫中佳丽好玩习音者,以欢从之;资之金玉宝器,奉以上庸六县为汤沐邑,欲因张仪内之楚王。"

[8] 诋诃:亦作"诋呵"。诋毁,呵责,指责。 ▶ 三国·魏·曹植《与杨德祖书》:"刘季绪才不能逮于作者,而好诋诃文章,掎摭利病。"

追忆亡友朱默存明经[1]

去年丧徐君,吾乡失文士。[2]

今年君复亡,可传人有几。[3]

君幼负奇才,较胜徐君美。

早岁雄文坛,冠军惊人耳。

学使举优行,英声益鹊起。[4]

朋辈群折节,公卿争倒履。

剑气腾龙文,何难取青紫。[5]

三十淡荣名,屏足省门里。

杜门弃帖括,胠篋读经史。[6]

抗怀希古人,游心探名理。[7]

俗学誓洗除,矜情渐消弭。

天苟假之年,大成势奚止。

今春闻南游,寄君书一纸。

君时抱沉疴,就医来邦水。

数月得君耗,恻怆频出涕。

招魂向东南,执绋羁道里。

夜雨助悲酸,名山虚攻砥。

岁暮思故人,二君今已矣。

他日著墓碑,庶几名不死。[8]

注　释

[1]《追忆亡友朱默存明经》诗见清·蔡邦甸《晚香亭诗钞》，清光绪十八年(1892)石印本。朱默存：朱景昭(1823—1878前后)，字默存，以字行。清末合肥东乡(今肥东县)人，道光年间的优贡生，故居在安徽省肥东县磨店乡的朱衣郢。曾授候选直隶州州同。其著作有《无梦轩遗书九种》《劫余小记》《论文蒭说》《朱景昭批评西厢记》等传世。朱默存与王尚辰、徐子苓并称晚清"庐州三怪"。

[2]徐君：徐子苓(1812—1876)，清末合肥人。字叔伟，一字西叔，号毅甫，晚号龙泉老牧，晚年又自署龙泉老牧，默道人、南阳子，曾被选授和州学正，分修《安徽通志》，后归隐巢湖之滨(肥东县)龙泉山下。著有《敦艮吉斋诗存》等。徐子苓是李鸿章启蒙老师之一。与王尚辰、朱默存并称"庐州三怪"。

[3]可传：① 可以传后，可以传授。▶《礼记·檀弓上》："夫礼，为可传也，为可继也，故哭踊有节。" ② 可以流传。 ▶唐·韩愈《谢自然诗》："皆云神仙事，灼灼信可传。"

[4]学使：即学政。 ▶清·周亮工《书影》卷二："学使谒文庙，一诸生讲《孟子·明堂章》……学使击节曰：'一读语意已明，不必更讲矣！'"

[5]青紫：① 本为古时公卿绶带之色，因借指高官显爵。 ▶《汉书·夏侯胜传》："胜每讲授，常谓诸生曰：'士病不明经术；经术苟明，其取青紫如俛拾地芥耳。'" ② 借指显贵之服。 ▶《汉书·刘向传》："今王氏一姓乘朱轮华毂者二十三人，青紫貂蝉充盈幄内，鱼鳞左右。"

[6]帖括：① 唐制，明经科以帖经试士。把经文贴去若干字，令应试者对答。后考生因帖经难记，乃总括经文编成歌诀，便于记诵应时，称"帖括"。 ▶《新唐书·选举志上》："进士科起于隋大业中，是时犹试策。高宗朝，刘思立加进士杂文，明经填帖，故为进士者皆诵当代之文，而不通经史，明经者但记帖括。" ② 泛指科举应试文章。明清时亦用指八股文。 ▶清·蒲松龄《聊斋志异·金和尚》："金又买异姓儿，私子之。延儒师，教帖括业。" ③ 比喻迂腐不切时用之言。 ▶《明史·熊廷弼传》："疆场事，当听疆场自为之，何用拾帖括语，徒乱人意，一不从，辄怫然怒哉！"

[7]抗怀：谓坚守高尚的情怀。 ▶宋·曾巩《过高士坊》："一亩萧然绝世喧，抗怀那肯就笼樊。"

[8]庶几：① 差不多，近似。 ▶《易·系辞下》："颜氏之子，其殆庶几乎？"高亨注："庶几，近也，古成语，犹今语所谓'差不多'，赞扬之辞。" ② 希望；但愿。 ▶《诗·小雅·车舝》："虽无旨酒，式饮庶几；虽无嘉殽，式食庶几。" ③ 或许，也许。 ▶《史记·秦始皇本纪》："寡人以为善，庶几息兵革。" ④ 有幸。 ▶《汉书·公孙弘传》："朕夙夜庶几获承至尊。" ⑤《易·系辞下》："颜氏之子，其殆庶几乎。"颜氏之子，指颜回。后因以"庶几"借指贤才。

卢先骆

> 卢先骆,生卒年不详,字杰三,号半溪,清安徽合肥东乡(今属安徽省合肥市肥东县)人。清宣宗道光五年(1825)乙酉科举人,十二年(1832)壬辰科进士,任广东龙川知县。合肥诗人"城东七子"(蔡邦甸、赵席珍、王埼、卢先骆、吴立俊、卢先骆、戴宏恩)之一,著有《红楼梦竹枝词》《循兰馆诗存》。

晓行北山口[1]

凉露洗秋星,碧天媚清晓。

水萤湿不飞,余晖隐乱草。

云起远山微,径僻行人少。

纡回陟危巅,俯视层峦小。[2]

村树郁寒烟,苍茫下飞鸟。

注　释

[1]《晓行北山口》诗见民国·李家孚《合肥诗话》卷上,民国苏城临顿路毛上珍铅活字本。北山口:肥东县包公镇岘山中的一天然隘口,古称余岘口、北山口。此处,自古就是合肥通往巢湖、和县、全椒、含山、南京等地的咽喉,属于合肥的东南屏障,既为山之东西两侧商贾千年交通要道,也是自古兵家通关争夺的隘口。

[2]危巅:高山顶峰。▶元·王恽《游青莲寺》诗:"午枕不容诗梦就,天风吹雨下危巅。"

湖干晚眺[1]

暝色延秋望,苍茫水气浑。[2]

云低盘雨脚,湖阔见虹根。[3]

短栅喧归鸭,荒坡放野豚。

牧儿如旧识,沽酒问前村。

注 释

[1]《湖干晚眺》诗见清·舒梦龄《(道光)巢县志》卷十六,清道光八年(1828)刊本。

[2]暝色:暮色,夜色。 ▶南朝·宋·谢灵运《石壁精舍还湖中作》诗:"林壑敛暝色,云霞收夕霏。"

[3]雨脚:① 密集落地的雨点。 ▶北魏·贾思勰《齐民要术·种麻》原注:"截雨脚即种者,地湿,麻生瘦,待白背者,麻生肥。"② 茶名。 ▶宋·苏轼《和钱安道寄惠建茶》:"雪花雨脚何足道,啜过始知真味永。"

斋中晓起[1]

朝阳照积雪,晴光动书幌。[2]

披衣坐前轩,檐楹豁以敞。[3]

林雀冻不飞,游鱼戏冰上。

弥望墟落间,寒烟散丛莽。[4]

古木带流泉,遥山剧昭朗。[5]

俯仰洽幽情,聊以息尘鞅。[6]

注 释

[1]《斋中晓起》诗见民国·李家孚《合肥诗话》卷上,民国苏城临顿路毛上珍铅活字本。

[2]晴光:晴朗的日光或月光。 ▶唐·杜审言《和晋陵陆丞早春游望》:"淑气催黄鸟,晴光转绿苹。"

书幌:书帷。亦指书房。 ▶南朝·梁·刘孝绰《〈昭明太子集〉序》:"犹临书幌而不休,对欹案而忘怠。"

[3]檐楹:屋檐下厅堂前部的梁柱。 ▶唐·韩愈《食曲河驿》诗:"群鸟巢庭树,乳雀飞檐楹。"

[4]弥望:充满视野,满眼。 ▶《汉书·元后传》:"大治第室,起土山渐台,洞门高廊阁道,连属弥望。"

墟落:① 犹墟墓。 ▶晋·夏侯湛《张平子碑》:"于是乃剪其墟落,宠其宗人,使奉其四时,献其粢盛。"② 村落。 ▶南朝·梁·范云《赠张徐州稷》诗:"轩盖照墟落,传瑞生光辉。"

丛莽:丛生杂乱的草木。 ▶唐·柳宗元《永州法华寺新作西亭记》:"丛莽下颓,万类皆出。"

[5] 昭朗:犹言明朗。 ▶唐高宗《册代王宏为皇太子文》:"器业英远,风鉴昭朗。"

[6] 尘鞅:世俗事务的束缚。鞅,套在马颈上的皮带。 ▶唐·牟融《寄羽士》诗:"使我浮生尘鞅脱,相从应得一盘桓。"

家书[1]

乡园一别似天涯,三度楼头见月华。

书畏亲忧常讳疾,室无妇叹倍思家。

行间泪共灯花落,梦里心随斗柄斜。

菽水教儿勤问视,高堂餐饭劝多加。[2]

注 释

[1]《家书》诗见民国·李家孚《合肥诗话》卷上,民国苏城临顿路毛上珍铅活字本。

[2] 菽水:豆与水。指所食唯豆和水,形容生活清苦。后常以"菽水"指晚辈对长辈的供养。语出 ▶《礼记·檀弓下》:"子路曰:'伤哉!贫也!生无以为养,死无以为礼也。'孔子曰:'啜菽饮水尽其欢,斯之谓孝。'"

靳理纯

靳理纯,生卒年不详,字健伯,一字见白,别号小岘山人,清安徽合肥东乡(今属安徽省合肥市肥东县)人。清咸丰同治年间布衣。工书法,行学包世臣,隶学邓石如,精铁笔,酷似完白山人。没后家贫,斥售殆尽,遗稿亦多散佚。

春雪和某君韵三律[1]

又着王恭鹤氅衣,踏来衫袖总依依。[2]

不从岭上寻梅去,且向江南折杏归。

纸帐惊回庄蝶梦,江天战罢玉龙飞。[3]

更看晚景逢初霁,权当梨花映夕晖。[4]

注 释

[1]《春雪和某君韵三律》诗见民国·李家孚《合肥诗话》卷上,民国苏城临顿路毛上珍铅活字本。此诗为三首之一,余二首,不见记载。

[2] 王恭:东晋晋阳(今山西太原西南)人,字孝伯,孝武帝皇后兄。

鹤氅:① 鸟羽制成的裘,用作外套。▶南朝·宋·刘义庆《世说新语·企羡》:"孟昶未达时,家在京口,尝见王恭乘高舆,被鹤氅裘。"② 泛指一般外套。▶宋·陆游《八月九日晚赋》:"薄晚悠然下草堂,纶巾鹤氅弄秋光。"③ 道袍。▶《新五代史·唐臣传·卢程》:"程戴华阳巾,衣鹤氅,据几决事。"

衫袖:衣衫的袖子,亦泛指衣袖。

[3] 蝶梦:① 喻迷离惝恍的梦境。▶《庄子·齐物论》:"昔者庄周梦为胡蝶,栩栩然胡蝶也,自喻适志与!不知周也。俄然觉,则蘧蘧然周也。不知周之梦为胡蝶与,胡蝶之梦为周与?周与胡蝶,则必有分矣。此之谓物化。"② 指超然物外的玄想心境。▶宋·张孝祥《水调歌头·泛湘江》词:"蝉蜕尘埃外,蝶梦水云乡。"

玉龙飞:指下雪。▶《西清诗话》:"华州狂子张元,天圣间坐累终身。每托兴吟咏,如《雪诗》:'战退玉龙三百万,败鳞残甲满空飞。'"

[4] 夕晖:日暮前余晖映照,夕阳的光辉。▶唐·韦应物《送别河南李功曹》诗:"云霞未改色,山川犹夕晖。"

吴毓芬

> 吴毓芬(1821—1891),字公奇,号伯华,清安徽合肥东乡(今属安徽省合肥市肥东县)人。官江苏候补道,加按察使衔,清穆宗同治四年(1865)辞官返乡,筑也是园于巢湖畔,"泉石之胜,为肥冠"。赠太仆侍卿。
>
> 吴毓芬早年习字,师法欧阳询,其题于姥山文峰塔内的"天心水面"匾额,书法工整端庄。著有《也是园诗钞》五卷。

食蟹戏作[1]

虾羹鲈脍久忘情,又喜含黄子细评。[2]

橙菊晚秋饶野味,江湖旧梦醒横行。

笑看解甲凭杯酒,岂为呼卿累鼎烹。

便欲长斋持杀戒,馋涎坐尔佛难成。[3]

注 释

[1]《食蟹戏作》诗见民国·李家孚《合肥诗话》卷中,民国苏城临顿路毛上珍铅活字本。

[2] 鲈脍[kuài]:鲈鱼脍。切得很细很薄的鲈鱼肉。▶唐·元稹《酬翰林白学士代书一百韵》:"芋羹真底可,鲈脍漫劳思。"

[3] 馋涎:因食欲而口中分泌的唾液。▶唐·皮日休《鲁望昨以五百言见贻亦迭和之微旨也》:"将来示时人,猰貐垂馋涎。"

坐:因。

四顶山[1]

古仙不复见,灵迹近吾庐。

丹鼎千年水,参同一卷书。[2]

少游思钓弋，野兴爱樵渔。

可惜朝霞寺，羆兵已作墟。

注 释

[1]《四顶山》诗见清·李恩绶编《巢湖志》卷二"诗"，黄山书社2007年版。
[2] 原诗"丹鼎千年水"句后有注："山有丹鼎，俗谓炼丹池，终古不竭。"

姥山歌[1]

湖山崛起何巃嵸，终古洪流漂不动。[2]

倒影疑为风雨摇，凌虚似有蛟龙捧。[3]

小隔湖天半日程，一年十作山中行。

山灵闻我歌应喜，日日好风来送迎。

春山旖旎花满径，野草无名香不定。[4]

山鸟翩翻水鸟啼，云屏翠障开奇胜。

浮生到此厌尘劳，拟向悬崖自结茅。[5]

溪边学种五株柳，谷口更栽千万桃。

夏山将雨先作态，山脚拔地浑欲飞。

湖云千朵白莲涌，绿荷一叶形倒垂。

消夏江干数浮玉，此亦浮空真面目。

况复当年满壑阴，千章处处森乔木。[6]

秋山了了青琅玕，是谁擘置水精盘。[7]

天风入塔铃铎语，夜深疑有仙往还。[8]

载酒寻幽绝壁底，水光如天月如水。

洞箫在手不敢吹，闻声恐触潜蛟起。

冬山带雪何隐约，冯夷宫中水嬉作。[9]

云鬟新湿不禁寒，天假冰绡张大幕。[10]

朝暾夜月双珠来，晶光炫耀同云开。[11]

望眼花生看不定,隔湖想像金银台。[12]

峰头荦确耕无土,生小波心弄柔橹。[13]

暮婚晨别习故常,十家生计九家贾。

山中少妇新妆红,默向湖神祷便风。[14]

妾心那得风帆喻,止载郎归不载去。

渔翁下网依崖石,网得银鳞长一尺。

卖钱沽酒博醉眠,柳岸阴浓蓑作席。

梦回天地皆清旷,山色湖光争荡漾。

傍晚风微不系船,鹭鹚立在船梢上。

山人使船如使马,撑突波涛双桨打。[15]

跨山横寻避风塘,南塘高高北塘下。

朝挂百帆塘外开,暮挂百帆塘里来。

风帆来去成朝暮,俞廖遗从少客哀。[16]

注 释

[1]《姥山歌》诗见清·吴毓芬《也是园诗钞》,光绪戊戌(1898)三月上巳俞樾署刻本。

[2] 巃嵸[lóng zǒng]:亦作"巄嵷"。嵸,同"嵷[sǒng]"。① 山势高峻貌。▶汉·司马相如《上林赋》:"於是乎崇山矗矗,巃嵸崔巍。"② 云气蒸腾貌。▶《楚辞·淮南小山》:"山气巃嵸兮石嵯峨,溪谷崭巌兮水曾波。"③ 聚集貌。▶《文选·傅毅》:"车骑并狎,巃嵸逼迫。"李善注:"巃嵸,聚貌。"④ 楂枒貌。▶唐·杜甫《乾元中寓居同谷县作歌》之六:"南有龙兮在山湫,古木巃嵸枝相樛。"⑤ 深沉貌。▶元·朱思本《盗发亚父冢》:"畚锸才深四十尺,乃有石盘青巃嵸。"

[3] 凌虚:升于空际。▶三国·魏·曹植《七启》:"华阁缘云,飞陛凌虚,俯眺流星,仰观八隅。"

[4] 旖旎:① 旌旗从风飘扬貌,引申为宛转柔顺貌。▶《文选·甘泉赋》:"夫何旟旐郅偈之旖旎也。"② 温存柔媚。▶金·董解元《西厢记诸宫调》卷一:"一个个旖旎风流济楚,不比其余。"③ 多盛美好貌。▶《楚辞·九辩》:"窃悲夫蕙华之曾敷兮,纷旖旎乎都房。"

[5] 结茅:亦作"结茆"。编茅为屋。谓建造简陋的屋舍。▶南朝·宋·鲍照《观圃人艺植诗》:"抱锸垄上餐,结茅野中宿。"

[6] 千章:① 千株大树。▶《史记·货殖列传》:"水居千石鱼陂,山居千章之材。"② 指大树千株。▶唐·杜甫《陪郑广文游何将军山林》:"百顷风潭上,千章夏木清。"

[7] 青琅玕:① 一种青色似珠玉的美石,是孔雀石的一种。又名绿青。▶唐·杜甫《郑驸马宅宴洞中》诗:"主家阴洞细烟雾,留客夏簟青琅玕。"② 喻竹。▶唐·皮日休《太湖诗·上

真观》:"琪树夹一径,万条青琅玕。"

水精:① 水的精气。 ▶汉·王充《论衡·讲瑞》:"山顶之溪,不通江湖,然而有鱼,水精自为之也。"② 指辰星。 ▶《左传·襄公二十八年》"岁在星纪。"唐·孔颖达疏:"五星者五行之精也。历书称:木精曰岁星,火精曰荧惑,土精曰镇星,金精曰大白,水精曰辰星。"③ 水晶。 ▶《后汉书·西域传·大秦》:"(大秦)宫室皆以水精为柱,食器亦然。"④ 水中精怪。 ▶晋·常璩《华阳国志·蜀志》:"外作石犀五头,以厌水精。"

[8] 铃铎语:檐铃声,风铃声。 ▶元·吴师道《吴礼部诗话》:"陈碧栖(仁玉)〈骚词〉云:'……羌有怀兮曷愬,风虚徐兮檐铎语。'"

[9] 冯夷宫:传说中的水府,水神宫殿。 ▶明·刘基《江行杂诗》之三:"马当之山中江中,其下乃是冯夷宫。"

[10] 天假:上天授与。 ▶北周·庾信《周上柱国齐王宪神道碑铭》:"公之挺生,实惟天假,翠微神降,文昌星下。"

冰绡:薄而洁白的丝绸。 ▶唐·王勃《七夕赋》:"停翠梭兮卷霜縠,引鸳杼兮割冰绡。"

[11] 朝暾:初升的太阳,亦指早晨的阳光。 ▶《隋书·音乐志下》:"扶木上朝暾,嵫山沉暮景。"

[12] 金银台:传说仙人所居的金银筑成的楼台。 ▶《文选·郭璞〈游仙诗〉》:"神仙排云出,但见金银台。"李善注:"《汉书》:齐威宣、燕昭使人入海,求蓬莱、方丈、瀛洲。此三神山者,仙人及不死之药皆在焉,而黄金白银为宫阙。"

[13] 荦确:亦作"荦硞""荦埆""荦峃"。① 怪石嶙峋貌。 ▶唐·韩愈《山石》诗:"山石荦确行径微,黄昏到寺蝙蝠飞。"② 坚硬貌。 ▶明·沈德符《野获编·外国·夷人市瓷器》:"试投之荦确之地,不损破者,始以登车。"③ 象声词。 ▶宋·苏轼《江西》诗:"舟行十里磨九泷,篙声荦确相舂撞。"

生小:犹言自小,幼小。 ▶《玉台新咏·古诗为焦仲卿妻作》:"昔作女儿时,生小出野里。"

柔橹:谓操橹轻摇,亦指船桨轻划之声。

[14] 便风:顺风。 ▶《陈书·华皎传》:"及闻徐度趋湘州,乃率兵自巴、郢因便风下战。"

[15] 撑突:驾船突进。 ▶唐·杜甫《又观打鱼》诗:"能者操舟疾若风,撑突波涛挺叉入。"

[16] 俞廖:元朝末年,俞廷海、俞通海父子和廖永安等人于巢湖结寨自保。

食鱼有感[1]

纤鳞雪色卧银盘,鬻釜新烹鲙未残。[2]

随箸不禁双泪下,天涯望尔寄书难。[3]

注　释

[1]《食鱼有感》诗见民国·李家孚《合肥诗话》卷中,民国苏城临顿路毛上珍铅活字本。

[2] 鬵[xín]:古同"甑"。古代蒸饭菜的一种瓦器。

[3] 寄书:传递书信。 ▶ 北周·庾信《竹杖赋》:"亲友离绝,妻孥流转;玉关寄书,章台留钏。"

刘省三周海舲两军门招游姥山[1]

故人湖上来,寄书情脉脉。

将为姥山游,从游念二客。

既促徐铉棹,遂着谢公屐。[2]

曲径恣幽探,危崖竞登陟。[3]

携手上浮屠,去天才咫尺。

河汉流声闻,繁星信可摘。

万象出其下,平湖顾盼窄。[4]

长啸彻九宵,山灵舌阴咋。

兴发不可收,吊古心更恻。

缅怀胜国初,兹山壮士栅。

桓桓廖与俞,舟师数巨擘。[5]

我家襄烈公,健亦摩天翮。[6]

未占风云从,先落江湖魄。

一旦得真主,蛟龙起大泽。

草昧千余艘,江汉声灵赫。[7]

天堑渡若飞,金陵帝乃宅。

何以缔造勋,磨崖碑不勒。

得毋时多猜,功高畏徽□。

坐使易后□,峰峦少颜色。

圣代中兴年，其数恰五百。[8]

应运申甫生，降神喜接迹。[9]

薄海埃黩清，虎臣协群力。[10]

矫矫越石公，起家执圭璧。[11]

孝侯志节奇，手曾毙白额。

功烈古鲜俦，名大宇宙塞。

事了解甲还，口不言竹帛。

逍遥物外情，子房或仲伯。

山川借以辉，高躅岂易得。[12]

鲰生昔后尘，亦执淮阴戟。[13]

长揖归最先，烟霞成痼癖。[14]

条侯致剧孟，朱勃友新息。[15]

得陪汗漫游，云泥若不隔。[16]

斧柯学观棋，胡床为吹笛。

诗城出偏师，酒战当大敌。

白发华簪前，力小屡辟易。

若非际清时，焉此数晨夕。

以今视昔人，其天何局蹐。[17]

此会匪可多，此乐未有极。

舟人促解缆，聚难散殊迫。[18]

因念开辟来，登临数不亿。[19]

名姓几人留，俯仰泪沾臆。[20]

作诗告来兹，毋令山寂寂。

注释

[1]《刘省三周海舲两军门招游姥山》诗见清·李恩绶编《巢湖志》卷二"诗"，黄山书社2007年版。

刘省三、周海舲：指刘铭传、周盛波。

军门：明代有称总督、巡抚为军门者，清代则为提督或总兵加提督衔者的尊称。

[2] 谢公屐：一种前后齿可装卸的木屐。原为南朝诗人谢灵运游山时所穿，故得名。事见▶《宋书·谢灵运传》："寻山陟岭，必造幽峻，岩嶂十重，莫不备尽。登蹑常著木履，上山则去其前齿，下山去其后齿。"《南史·谢灵运传》引此作"木屐"。

[3] 登陟：① 登上。▶晋·孙绰《游天台山赋》序："举世罕能登陟，王者莫由禋祀，故事绝于常篇，名标于奇纪。"② 升天。指死。

[4] 顾盼：① 向左右或周围看来看去。▶《后汉书·儒林传论》："俯仰顾盼，则天业可移，犹鞠躬昏主之下，狼狈折札之命。"② 照顾，看顾。▶《孔丛子·连丛子下》："公顾盼崔生，欲分禄以周其无，君之惠也。"③ 瞧得起，礼遇。▶唐·李白《猛虎行》："三吴邦伯皆顾盼，四海雄侠两追随。"④ 眷顾，爱慕。▶唐·李白《感时留别从兄徐王延年从弟延陵》诗："君王一顾盼，选色献蛾眉。"⑤ 观望。▶宋·赵与时《宾退录》卷一："盖未击之时，踟蹰顾盼，举动语默，皆是物也。"⑥ 指相貌。▶唐·李德裕《奇才论》："李训因守澄得幸……与天子契若鱼水，北军诸将望其顾盼，与目睹天颜无异。"

[5] 桓桓：① 勇武，威武貌。▶《书·牧誓》："勖哉夫子！尚桓桓。"② 高大貌。▶南朝·陈·徐陵《司空徐州刺史侯安都德政碑》："岩岩天柱，大矣周山之峰；桓桓地轴，壮哉昆仑之阜。"③ 宽广，坦然貌。▶宋·曾巩《朝中祭钱纯老文》："利害之际，人鲜能安。彼为惴惴，公独桓桓。"

巨擘：大拇指。比喻杰出的人物。▶《孟子·滕文公下》："于齐国之士，吾必以仲子为巨擘焉。"

[6] 摩天：迫近蓝天。形容极高。▶汉·王粲《从军》诗之五："寒蝉在树鸣，鹳鹄摩天游。"

[7] 草昧：① 天地初开时的混沌状态，矇昧。▶《易·屯》："天造草昧。"② 犹言创始，草创。▶晋·荀勖《食举乐东西厢歌·时邕》："爰造草昧，应乾顺民。"③ 形容时世混乱黑暗。▶唐·杜甫《重经昭陵》诗："草昧英雄起，讴歌历数归。"④ 草野，民间。▶宋·梅尧臣《读范桐庐述严先生祠堂碑》诗："所遇在草昧，既贵不为起。"

[8] 圣代：旧时对于当代的谀称。▶晋·陆云《晋故豫章内史夏府君诔》："熙光圣代，迈勋九区。"

圣代中兴年：指清末同治三年(1864)至光绪二十年(1894)，在经历了太平天国运动以及第二次鸦片战争之后，清朝国内基本安定，官僚求富求强，"洋务运动"轰轰烈烈，西方技术、资金和人才得以引进，新式海陆军得以编练，一大批近代军工企业、民用企业以及新式学校得以创办，留学生也开始被派遣到海外。这段时间被时人称为"同光中兴"。

[9] 应运：顺应期运，顺应时势。▶汉·荀悦《〈汉纪〉后序》："实天生德，应运建主。"

申甫：① 周代名臣申伯、仲山甫的并称。▶《诗·大雅·崧高》："维申及甫，维周之翰。"② 借指贤能的辅佐之臣。▶《梁书·元帝纪》："大国有蕃，申甫惟翰。"

接迹：足迹前后相接。形容人多。▶唐·赵璘《因话录·征》："铜乳之臭，并肩而立，接迹而趋。"

[10] 薄海：① 到达海边。语本 ▶《书·益稷》："州十有二师，外薄四海，咸建五长。"② 泛指海内外广大地区。 ▶ 宋·陈亮《祭丘宗卿母硕人臧氏文》："闺阃之懿不出于乡闾，而足以起薄海之敬。"

垎黮：混沌不清貌。 ▶ 晋·陆机《汉高祖功臣颂》："芒芒宇宙，上垎下黮。"

虎臣：① 比喻勇武之臣。 ▶《诗·鲁颂·泮水》："矫矫虎臣，在泮献馘。"② 指虎贲氏之官。 ▶《书·顾命》："乃同召太保奭、芮伯、彤伯、毕公、卫侯、毛公、师氏、虎臣、百尹、御事。"

[11] 越石公：指晋朝政治家、文学家、音乐家和军事家刘琨。 ▶《晋书·刘琨传》："琨字越石……在晋阳，尝为胡骑所围数重，城中窘迫无计，琨乃乘月登楼清啸，贼闻之，皆凄然长叹。中夜奏胡笳，贼又流涕歔欷，有怀土之切。向晓复吹之，贼并弃围而走。"

[12] 高躅：① 崇高的品行。 ▶《晋书·隐逸传赞》："确乎群士，超然绝俗，养粹岩阿，销声林曲。激贪止竞，永垂高躅。"② 指有崇高品行的人。 ▶ 宋·苏舜钦《送安素处士高文悦》诗："近臣上荐书，天子渴高躅。"③ 指归隐。 ▶ 唐·卢纶《酬李端长安寓居偶咏见寄》："唯当俟高躅，归止共抽簪。"④ 健步。⑤ 比喻雄健豪迈的艺术风格。 ▶ 唐·窦臮《述书赋》："高躅莫究其涯，雄风于焉已扇。"⑥ 比喻艺术风格雄健豪迈的诗文作品。 ▶ 唐·王铤《登越王楼见乔公诗偶题》诗："谬将蹇步寻高躅，鱼目骊珠岂继明。"

[13] 鲰生：① 浅薄愚陋的人；小人。古代骂人之词。 ▶《史记·项羽本纪》："鲰生说我曰：'距关，毋内诸侯，秦地可尽王也。'"② 犹言小生。多作自称的谦词。 ▶ 唐·刘禹锡《谢中书张相公启》："岂唯鲰生，独受其赐？"

[14] 痼癖：长期养成不易改变的嗜好。 ▶ 元·潘音《反北山嘲》诗："烟霞成痼癖，声价藉巢由。"

[15] 条侯：西汉周亚夫的封号。 ▶《史记·绛侯周勃世家》："文帝择绛侯勃子贤者河内守亚夫，封为条侯，续绛侯后。"

新息：指东汉伏波将军马援。援以战功被封为新息侯。 ▶ 宋·苏轼《伏波将军庙碑》："非新息苦战，则九郡左衽至今矣。"

[16] 云泥：云在天，泥在地。比喻两物相去甚远，差异很大。语出 ▶《后汉书·逸民传·矫慎》："（吴苍）遗书以观其志曰：'仲彦足下，勤处隐约，虽乘云行泥，栖宿不同，每有西风，何尝不叹！'"

[17] 局蹐：亦作"局脊"。① 形容戒慎、畏惧之貌。 ▶《诗·小雅·正月》："谓天盖高，不敢不局。谓地盖厚，不敢不蹐。"② 狭窄局促貌。 ▶ 清·黄遵宪《海行杂感》诗之三："寸天尺地虽局蹐，尽容稊米一微身。"③ 局限，拘束。 ▶ 鲁迅《汉文学史纲要》第四篇："盖一则达观于文章，一乃局蹐于诗教。"

[18] 散殊：各不相类，各有区别。 ▶《礼记·乐记》："天高地下，万物散殊，而礼制行矣。"

[19] 不亿：① 超过亿数，形容其数甚多。 ▶《诗·大雅·文王》："商之孙子，其丽不亿。"② 叵测，不可推测。引申指阴奸。 ▶ 汉·贾谊《新书·淮难》："今陛下将尊不亿之人，与之众，积之财……其策安便哉！"③ 不臆测。亿，通"臆"。 ▶《论语·宪问》："不逆诈，不亿不

信,抑亦先觉者,是贤乎!"

[20]沾臆:谓泪水浸湿胸前。▶南朝·梁·沈约《梦见美人》诗:"那知神伤者,潺湲泪沾臆。"

姥山[1]

名山过不登,山灵嫌我懒。

买物绝流渡,彼岸道非远。[2]

推蓬傍山脚,谽谺入山堰。[3]

窄径抱崖危,荒村剩墙短。

遂上最高峰,真面全在眼。

云影割明晦,片刻互冷暖。[4]

道逢采樵人,见客不通款。[5]

恐是武陵遗,世外恣疏散。

注释

[1]《姥山》诗见清·李恩绶编《巢湖志》卷二"诗",黄山书社2007年版。

[2]绝流:① 横流而渡。▶《尔雅·释水》:"正绝流曰乱。"② 断流。▶《淮南子·氾论训》:"赤地三年,而不绝流,泽及百里而润草木者,唯江河也。"

[3]谽谺[hān xiā]:① 山谷空旷貌。▶唐·卢照邻《五悲·悲昔游》:"当谽谺之洞壑,临决咽之奔泉。"② 山石险峻貌。▶唐·独孤及《招北客文》:"其北则有剑山巉巉,天凿之门,二壁谽谺,高岸嶙峋。"③ 犹言闪烁。▶唐·杜甫《柴门》诗:"长影没窈窕,余光散谽谺。"④ 中空貌。▶清·史夔《弘济寺》诗:"戌削寒侵袂,谽谺树隐门。"

[4]明晦:① 明暗,晴阴。▶南朝·梁武帝《拟明月照高楼》诗:"相去既路迥,明晦亦殊悬。"② 人世与阴间。▶唐·李复言《续玄怪录·卢仆射从史》:"吾已免离,下视汤火……且夫据其生死,明晦未殊,学仙成败,则无所异。吾已得炼形之术也。"

[5]通款:① 谓与敌方通和言好。▶《晋书·阳裕载记》:"愿两追前失,通款如初,使国家有太山之安,苍生蒙息肩之惠。"② 谓互相表达友好之情。▶清·大汕《海外纪事》卷二:"相对难通款,人都无姓名。"

登姥山浮屠[1]

望塔数十载，登临豁双瞳。[2]

梯石躐欲尽，浪浪闻天风。[3]

万象恣俯瞰，斜日淡不红。

想其结构始，恨不与天通。

宏工曾未半，胜国运已终。

截然断虹霓，亘古洪波中。

穴禽乐巢集，黄鹄盘秋空。

破碎留名山，佛力吁已穷。

吾欲问真宰，羽人何日逢。[4]

注 释

[1]《登姥山浮屠》诗见清·李恩绶编《巢湖志》卷二"诗"，黄山书社2007年版。

[2] 双瞳：① 两只眼睛。▶唐·杜甫《天育骠图歌》："毛为绿缥两耳黄，眼有紫焰双瞳方。"② 重瞳，两个眸子。▶晋·王嘉《拾遗记·员峤山》："人皆双瞳，修眉长耳。"

[3] 梯石：垒石铺设磴道。▶唐·杜甫《飞仙阁》诗："栈云阑干峻，梯石结构牢。"

[4] 真宰：① 宇宙的主宰。▶《庄子·齐物论》："若有真宰，而特不得其眹。"② 指自然之性。▶南朝·梁·刘勰《文心雕龙·情采》："有志深轩冕，而泛咏皋壤，心缠几务，而虚述人外：真宰弗存，翩其反矣。"③ 指君主。▶《魏书·段承根传》："徇竞争驰，天机莫践，不有真宰，榛棘谁揃。"

羽人：① 古代官职名。▶《周礼·地官·羽人》："羽人掌以时征羽翮之政于山泽之农，以当邦赋之政令。"② 神话中的飞仙。▶《楚辞·远游》："仍羽人于丹丘兮，留不死之旧乡。"③ 道家学仙，因称道士为羽人。▶唐·钱起《卧疾答刘道士》诗："宝字比仙药，羽人寄柴荆。"

过巢湖[1]

旧袷装绵薄,虚舟涉水轻。[2]

浃旬新霁雨,一剑自登程。[3]

风急鸥无梦,沙寒雁有声。

江乡鲈正美,载酒觅诗情。

注 释

[1]《过巢湖》诗见清·李恩绶编《巢湖志》卷二"诗",黄山书社2007年版。

[2]绵薄:谦称。微劳,微力。常用作自谦之辞。此处指行囊单薄,轻,少。

[3]浃旬:一旬,十天。 ▶《隶释·汉卫尉衡方碑》:"受任浃旬,庵离寝疾,年六十有三。"

巢湖舟中偶成[1]

忽动五湖兴,扁舟风正长。[2]

山云含雨意,水气接天光。

旧迹渺千古,美人怀一方。

中流频太息,戎马尚仓皇。[3]

注 释

[1]《巢湖舟中偶成》诗见清·李恩绶编《巢湖志》卷二"诗",黄山书社2007年版。

[2]五湖兴:泛舟五湖的兴致,意为归隐江湖。

[3]仓皇:亦作"仓惶""仓遑""仓徨""仓黄"。匆忙急迫。 ▶唐·独孤授《运斤赋》:"利器见投,尚仓惶于麾下。"

姥山怀古[1]

一壑居然拓九州,沧桑犹见阵云浮。

公侯上赏归群盗,草昧军容有钓舟。[2]

故里早成磐石势,偏师曾断大江流。[3]

东南王气多年尽,塔影凌虚起暮愁。[4]

注 释

[1]《姥山怀古》诗见清·李恩绶编《巢湖志》卷二"诗",黄山书社2007年版。

[2]上赏:最高的赏赐,重赏。▶《战国策·齐策一》:"(齐威王)乃下令:'群臣吏民,能面刺寡人之过者,受上赏。'"

[3]偏师:指主力军以外的部分军队。▶《左传·宣公十二年》:"韩献子谓桓子曰:'彘子以偏师陷,子罪大矣。'"

[4]王气:旧指象征帝王运数的祥瑞之气。▶《东观汉记·光武帝纪》:"望气者言,舂陵城中有喜气,曰:'美哉王气,郁郁葱葱。'"

凌虚:升于空际。▶三国·魏·曹植《七启》:"华阁缘云,飞陛凌虚,俯眺流星,仰观八隅。"

巢县道中闻笛[1]

笛声何处倚高楼,吹起中宵万种愁。[2]

四野烽烟劳转徙,三年奔走倦遨游。[3]

市人自昔轻韩信,旅客伊谁识马周。[4]

回首依依伤往事,有怀常在陇西头。[5]

注 释

[1]《巢县道中闻笛》诗见清·李恩绶编《巢湖志》卷二"诗",黄山书社2007年版。

[2]中宵:中夜,半夜。▶晋·陆机《赠尚书郎顾彦先》诗之二:"迅雷中宵激,惊电光夜舒。"

[3] 转徙：① 辗转迁移。▶汉·晁错《守边劝农疏》："往来转徙,时至时去,此胡人之生业。"② 变化。▶《庄子·大宗师》："夫尧既已黥汝以仁义,而劓汝以是非矣,汝将何以游夫遥荡恣睢转徙之涂乎？"

[4] 伊谁：谁,何人。▶《诗·小雅·何人斯》："伊谁云从？维暴之云。"

[5] 有怀：犹言有感。▶晋·夏侯湛《东方朔画赞》："观先生之祠宇,慨然有怀,乃作颂焉。"

花塘河阻风[1]

隔岭惊雷逐电鸣,群飞水鸟疾无声。[2]

风翻湖涌连山动,云压天低有塔撑。

注 释

[1]《花塘河阻风》诗见清·李恩绶编《巢湖志》卷二"诗",黄山书社2007年版。

[2] 逐电：追逐闪电。形容迅疾。▶北齐·刘昼《新论·知人》："故孔方諲之相马也,虽未追风逐电,绝尘灭影,而迅足之势固已见矣。"

蝗[1]

秋旱初得雨,蝗飞亘长云。[2]

村农护田稼,击鼓扬红幡。

妇孺辍饮啜,驱捕空晨昏。[3]

东驱西更来,势猛如涛奔。

万顷杂青黄,片刻夷其根。

农稼长已矣,农身何由存。[4]

拭泪自还家,望门声复吞。

问吏何尚来,蝗灾岂未闻。

吏言不为灾,官府有明文。

注　释

[1]《蝗》诗见清·李恩绶编《巢湖志》卷二"诗",黄山书社2007年版。

[2] 长云:连绵不断的云。 ▶南朝·宋·鲍照《芜城赋》:"崒若断岸,矗似长云。"

[3] 饮啜:① 喝,吃喝。 ▶唐·冯贽《云仙杂记》卷二:"池外数步有一小坎,正涵北斗,有虾蟆数十,共来饮啜。"② 特指喝茶。 ▶宋·袁文《瓮牖闲评》卷六:"前古止谓之苦茶,以此知当时全未知饮啜之事,苏东坡所谓茗饮出近世者,不可谓无所本也。"③ 谓饥食渴饮,无他要求。语本 ▶《礼记·檀弓下》:"啜菽饮水尽其欢。" ▶续范亭《饯雁》诗:"饮啜宁教人抱愧,炎凉亦令尔难堪。"

[4] 何由:亦作"何繇"。① 从何处,从什么途径。 ▶《楚辞·天问》:"上下未形,何由考之?"② 怎能。 ▶南朝·宋·谢灵运《石门新营所住四面高山迥溪石濑修竹茂林》诗:"美人游不还,佳期何由敦?"③ 因何。 ▶清·姚衡《寒秀草堂笔记》卷三:"有云太仓王宫詹,藏宋搨《十三行》,一字无损。然与《玉版》对观,无少差,信为《玉版》未损时之拓也。何由落水,以致剥滠?或造物忌之邪?"

湖上杂感[1]

载酒曾看月满湖,当前风景未全殊。

行吟憔悴逢渔父,寄食艰难忆钓徒。[2]

亚父山前云外断,巢侯城入望中芜。[3]

南天柱自归张翰,故里秋风兴更孤。

魏吴龙斗水空流,形胜犹闻说上游。

四越遗踪人吊古,两淮南面近防秋。[4]

莼鲈难向江乡忆,芦雁偏深旅客愁。

零涕为谁随笑憨,明知身世等浮沤。[5]

浮空孤姥翠含烟,两点螺痕落日边。

南岸人家迷黑雾,中流塔势倚青天。

云从龙起怀前事,火累鱼殃感近年。

怅望楼船防遏处,西风怕听鼓声填。[6]

顽鳄何曾受网罗,飞空神剑盼谁磨。[7]

远天烽火朝闻警,近岸笙箫夜唱歌。

朱鹭曲声思洗甲,黄龙军号是凌波。[8]

迩来秋水添如许,半为沿湖洒泪多。[9]

战士何当罢荷戈,躬耕将寿俟清河。

草肥阡陌牛羊少,稻熟乡村鼠雀多。

薄旱幸沾秋雨足,奇荒难忘旧时过。

年年幕燕巢栖惯,安乐谁知更有窠。[10]

注　释

[1]《湖上杂感》诗见清·李恩绶编《巢湖志》卷二"诗",黄山书社2007年版。

[2]寄食:依附别人生活。 ▶《战国策·齐策四》:"齐人有冯谖者,贫乏不能自存,使人属孟尝君,愿寄食门下。"

[3]望中:① 视野之中。 ▶唐·权德舆《酬冯监拜昭陵途中遇雨》诗:"甘谷行初尽,轩台去渐遥;望中犹可辨,耘鸟下山椒。" ② 想望之中。 ▶宋·王安石《江口送道源》诗:"六朝人物草连空,今日无端入望中。"

[4]防秋:古代西北各游牧部落,往往趁秋高马肥时南侵。届时边军特加警卫,调兵防守,称为"防秋"。 ▶《旧唐书·陆贽传》:"又以河陇陷蕃已来,西北边常以重兵守备,谓之防秋。"

[5]浮沤:水面上的泡沫,因其易生易灭,常比喻变化无常的世事和短暂的生命。 ▶唐·姚合《酬任畴协律夏中苦雨见寄》诗:"走童惊掣电,饥鸟啄浮沤。"

[6]防遏:防备遏止。 ▶《后汉书·寇恂传》:"吾今委公以河内,坚守转运,给足军粮,率厉士马,防遏它兵,勿令北度而已。"

[7]飞空:飞入空中。 ▶唐·储光羲《咏山泉》:"映地为天色,飞空作雨声。"

[8]朱鹭曲:乐曲名。汉鼓吹铙歌十八曲的第一曲。传说战国楚威王时曾有朱鹭合沓飞翔而来舞。一说古代在鼓上饰画作鹭形,因以为名。 ▶南朝·梁元帝《鸟名诗》:"复闻《朱鹭曲》,钲管杂迴潮。"

洗甲:洗干净兵器铠甲,以便收藏。意为停止战事。 ▶《宋史·乐志十六》:"覆盂连瀚海,洗甲挽天河。"

[9]迩来:① 从某时以来,从那以来。 ▶晋·王嘉《拾遗记·蜀》:"及春秋时,有子韦、子野、裨灶之徒,权略虽险,未得其门。迩来世代兴亡,不复可记,因以相袭。" ② 犹言近来。 ▶唐·韩愈《寒食日出游》诗:"迩来又见桃与梨,交开红白如争竞。"

[10]幕燕:① 筑巢于幕上的燕,后比喻处境危险之极。典出 ▶《左传·襄公二十九年》:"夫子之在此也,犹燕之巢於幕上。" ▶唐·杜甫《对雨书怀走邀许主簿》诗:"震雷翻幕燕,骤雨落河鱼。"② 漠燕。幕,通"漠"。指朔北之燕。 ▶南朝·梁·萧统《七契》:"幕燕北返,沙雁南征。"

朱景昭

朱景昭(1823—约1878),字默存,号朴葊,以字行,清安徽合肥东乡(今属安徽省合肥市肥东县)人。与王尚辰、徐子苓并称"庐州三怪"。清文宗咸丰二年(1852)优贡,官候选直隶州州同,曾短期为袁甲三、刘铭传幕僚。性聪颖,目数行,下笔为文章,多创论著。著有《无梦轩遗书九种》《劫余小记》《论文刍说》等。

岁暮还家[1]

霜鸡号中夜,寒意警万物。[2]

羁客起旁皇,归踪待明发。[3]

贫中无良图,事至辄伤骨。[4]

优闲鲜所就,况乃在仓卒。[5]

踌躇且还家,长路乘晓月。[6]

注 释

[1]《岁暮还家》诗见民国·陈诗《皖雅初集》,民国十八年(1929)上海美艺图书公司聚珍本。

[2] 中夜:半夜。 ▶《书·囧命》:"怵惕惟厉,中夜以兴,思免厥愆。"

[3] 旁皇:亦作"旁徨"。因内心不安而徘徊不定貌。 ▶宋·王安石《乞退札子》:"实以疾病浸加,恐隳陛下所付职事,上累陛下知人之哲,下违臣不能则止之义,此所以旁遑迫切而不能自止也。"

[4] 良图:① 妥善的谋划。 ▶《左传·昭公二十三年》:"士弥牟谓韩宣子曰:'子弗良图,而以叔孙与其雠,叔孙必死之。"② 远大的谋略。 ▶清·姚鼐《过天门山》诗:"所以豪杰士,竹帛奋良图。"

[5] 优闲:闲逸,安闲。 ▶北齐·颜之推《颜氏家训·涉务》:"故治官则不了,营家则不办,皆优闲之过也。"

况乃:① 恍若,好像。 ▶南朝·宋·谢灵运《游赤石进帆海》诗:"周览倦瀛壖,况乃陵穷发。"② 何况,况且,而且。 ▶《后汉书·王符传》:"以罪犯人,必加诛罚,况乃犯天,得无咎乎?"

[6] 晓月:拂晓的残月。 ▶ 南朝·宋·谢灵运《庐陵王墓下作》诗:"晓月发云阳,落日次朱方。"

蛟斗篇[1]

唐裔通化司训茏,灵德涵溥阳精从。[2]

海若顺导澄玉镜,岂有不若民相逢。[3]

族有败群滥其所,上帝曰吁吾醮汝。[4]

下暨虾龟嬉平陂,万异一同敢凭怒。[5]

支祈脱锁庚辰逋,六丁走诉亡灵符。[6]

老鼍失更朝叫呼,毒鳄徙海来平湖。[7]

侈鳞骄介纷作奴,北孽南孽狂相屠。[8]

蜚廉箕张雨师扰,助以风雨恣牙爪。[9]

喷云蚀星亥至卯,若木老阳闭莹皎。[10]

贝宫瓦飞晶阙倒,大瀛上君不能讨。[11]

蛰品如沙出深窨,濒涯万畴盈荇藻。[12]

跕跕遥天坠征鸟。[13]

吾闻波宅蛟最卑,虫豸之孽非龙支。

窃盗幻妙冯奸威,水国所贱民愬之。

一孽冯陵一孽睨,采人重居志吞噬。[14]

川渎有神湮典祟,奈何太阿失利器。[15]

百灵鳏职帝不闻,呜呼渊薮如沸焚。[16]

注　释

[1]《蛟斗篇》诗见清·陈诗《皖雅初集》卷二十九,民国十八年(1929)上海美艺图书公司印本。原诗标题作《庚申正月闻诸湖民二龙昼斗厥状古异智者蹵然曰是蛟也涝之媒且象寇焉寇激寇兹乃自斗于戏蛟水孽也龙德正中恬彼群孽乌睹斯异哉夫渊育同种放为骇谲民受其波匪道胡谚作蛟斗篇》。

[2] 唐裔:陶唐氏后裔。

通化:开导教化。▶《魏书·乐志》:"莹(祖莹)复议曰:'夫乐所以乘灵通化,舞所以象物昭功。'"

司训:① 明、清时县学教谕的别称。② 指担任司训之职。▶清·方苞《大父马溪府君墓志铭》:"苞生六年,大父司训于芜湖。"

茏:① 草名。即水荭。▶《管子·地员》:"其山之浅,有茏与斥"。② 茂密,茂盛。亦指草木茂密的他方。▶唐·李华《寄赵七侍御》诗:"玄猿啼深茏,白鸟戏葱蒙。"③ 通"笼"。▶《隶释·汉梁相孔耽神祠碑》:"放茏罗之雉,救穷禽之厄。"

灵德:神灵的恩德。▶《文选·班固〈东都赋〉》:"登祖庙兮享圣神,昭灵德兮弥亿年。"

阳精:① 指太阳。▶北齐·颜之推《颜氏家训·归心》:"天为积气,地为积块,日为阳精,月为阴精。"② 指玉。▶《周礼·天官·玉府》:"王齐,则共食玉。"汉·郑玄注:"玉是阳精之纯者,食之以御水气。"③ 指山。▶《公羊传·成公五年》:"为天下记异也。"汉·何休注:"山者,阳精,德泽所由生,君之象。"④ 指传说中的龙。▶《三国志·魏志·管辂传》:"惟以梳为枕耳。"裴松之注引三国·魏·管辰《管辂别传》:"是以龙者阳精,以潜为阴,幽灵上通,和气感神,二物相扶,故能兴云。"⑤ 精液。▶《说郛》卷七四引南朝·齐·褚澄《褚氏遗书·受形》:"男女之合,二精交畅,阴血先至,阳精后冲。"⑥ 指上天之神。▶《说郛》卷七十六引宋·储泳《祛疑说》:"盖天地之间,惟阴阳耳。天地者阴阳之祖也。神者,天之阳精,鬼者,地之阴气。"

[3] 海若:海神。若,传说中的海神名。▶《楚辞·远游》:"使湘灵鼓瑟兮,令海若舞冯夷。"

顺导:顺应事物发展趋势加以引导。▶宋·陈师道《学试策问》之二:"今自小吴之决,失其故道,议者多矣。或谓故道可复,或以谓因其执而顺导之,二者何施可也?"

不若:① 不如,比不上。▶《墨子·亲士》:"归国宝不若献贤而进士。"② 不依顺,不顺遂。▶《书·高宗肜日》:"民有不若德,不听罪。"③ 犹言不祥或不祥的事物。指传说中的魑魅魍魉等害人之物。▶《左传·宣公三年》:"铸鼎象物,百物而为之备,使民知神奸。故民入川泽、山林,不逢不若。"④ 不善,强暴。▶《商君书·慎法》:"外不能战,内不能守,虽尧为主,不能以不臣谐谓所不若之国。"

[4] 败群:危害集体。▶《汉书·卜式传》:"(卜式)布衣草蹻而牧羊。岁余,羊肥息。上过其羊所,善之。"

醢[hǎi]:① 古代用肉、鱼等制成的酱。② 古代一种酷刑。把人杀死后剁成肉酱。

[5] 平陂:平地与倾斜不平之地。▶《易·泰》:"无平不陂,无往不复。"

[6] 支祈,即无支祁。传说中的淮水水怪。据唐代李肇《国史补》《太平广记》卷四六七引唐·李公佐《戎幕闲谈》载,此物"形若猿猴,缩鼻高额,青躯白首,金目雪牙,颈伸百尺,力逾九象,搏击腾踔疾奔,轻利倏忽。"

庚辰:古代传说中的助禹治水之神。禹治水,"三至桐柏山,惊风走雷,石号木鸣。禹怒,召集百灵,获淮涡水神无支祁。授之章律、乌木由不能制。授之庚辰,庚辰以战逐去,颈锁大索,鼻穿金铃,徙淮阴之龟山之足下,俾淮水永安而流注海"。见唐·李公佐《古〈岳渎经〉》。

逋:本意为逃亡,也引申指逃亡在外的人,另引申有拖欠、拖延的意思。

[7] 老鼍[tuó]:即扬子鳄。据《埤雅·释鱼》载,鼍夜鸣与更鼓相应。

失更:指鼍夜鸣未能与更鼓相应。

叫呼:亦作"叫謼"。① 呼喊,呼叫。▶《淮南子·兵略训》:"喜怒而合四时,叫呼而比雷霆。"② 指称呼。▶清·李渔《巧团圆·得妻》:"只为他错投胎,把娘来叫呼。致令我莽报德,借伊来偿补。"③ 指讥笑。▶《后汉书·荀韩钟等传论》:"汉自中世以下,阉竖擅恣,故俗遂以遁身矫絜放言为高。士有不谈此者,则芸夫牧竖已叫呼之矣。"

[8] 侈鳞骄介:泛指有很多鳞和坚硬甲的水生动物。

北孽南孽:泛指各地的妖孽。

[9] 蜚廉:① 人名。夏后启(开)的臣子,铸九鼎于昆吾。▶《墨子·耕柱》:"夏后开使蜚廉采金于山川。"② 人名。商纣的臣子。▶《史记·秦本纪》:"蜚廉生恶来。恶来有力,蜚廉善走,父子俱以材力事殷纣。"《孟子·滕文公下》作"飞廉"。③ 传说中的神禽名。"龙雀也,鸟身鹿头者。"▶《史记·司马相如列传》:"推蜚廉,弄解豸。"④ 传说中的神兽名。▶《淮南子·俶真训》:"骑蜚廉而从敦圄,驰于方外,休乎宇内。"⑤ 传说中的风神。▶《汉书·扬雄传上》:"鸾皇腾而不属兮,岂独蜚廉与云师。"⑥ 宫观名。▶《史记·孝武本纪》:"于是上令长安则作蜚廉桂观,甘泉则作益延寿观。"⑦ 姓。▶明·王鏊《震泽长语·姓氏》:"太史公又曰:秦之先为嬴姓。其后分封,以国为姓,有……蜚廉氏。"

箕张:谓两旁伸张开去如簸箕之形。▶《魏书·尒朱荣传》:"葛荣自邺以北列阵数十里,箕张而进。"

雨师:① 古代传说中司雨的神。▶《周礼·春官·大宗伯》:"以槱燎祀司中、司命、风师、雨师。"② 桎柳的别称。▶三国·吴·陆玑《毛诗草木鸟兽虫鱼疏·其桎其椐》:"桎,河柳,生水旁,皮正赤如绛,一名雨师,枝叶似松。"

[10] 若木:古代神话中的树名。▶《山海经·大荒北经》:"大荒之中,有衡石山、九阴山、泂野之山,上有赤树,青叶,赤华,名曰若木。"

老阳:①《易》四象之一。▶《朱子语类》卷一三七:"《易》中只有阴阳奇耦,便有四象,如春为少阳,夏为老阳,秋为少阴,冬为老阴。"或谓九为老阳。② 方言。太阳。

[11] 贝宫:即贝阙珠宫。即用珍珠宝贝做的宫殿,借指仙境的华丽建筑。▶战国·楚·屈原《九歌·河伯》:"鱼鳞屋兮龙堂,紫贝阙兮朱宫。"

晶阙:水晶做的宫阙。

[12] 深窅:幽深;深邃。▶宋·施岳《解语花》词:"翠丛深窅,无人处,数蕊弄春犹小。"

[13] 跕跕:① 坠落貌。▶《后汉书·马援传》:"当吾在浪泊、西里闲,虏未灭之时,下潦上雾,毒气重蒸,仰视飞鸢跕跕堕水中。"② 象声词。▶明·袁宏道《隆中偶述》诗:"杖声跕跕

冲山鸟,道是鹿门庞德公。"

[14] 冯陵:亦作"冯凌"。① 进迫,侵陵。 ▶《左传·襄公八年》:"焚我郊保,冯陵我城郭。" ② 凌驾,超越。 ▶宋·沈遘《代人奏请更定科场约束状》:"剽薄后进,则冯凌于上。" ③ 意气发扬貌。 ▶唐·杜甫《今夕行》:"冯陵大叫呼五白,袒跣不肯成枭卢。" ④ 犹言凭恃。 ▶《宋书·谢晦传》:"又以陛下富于春秋,始览政事,欲冯陵恩幸,窥望国权。"

重居:谓重视自己田宅,不轻易迁徙。 ▶《商君书·农战》:"壹则少诈而重居,壹则可以赏罚进也。"

[15] 川渎:泛指河流。 ▶汉·董仲舒《春秋繁露·考功名》:"其为天下除害也,若川渎之泻于海也,各顺其势,倾侧而制于南北。"

太阿:又作泰阿。传说的宝剑名。 ▶《史记·李斯列传》:"今陛下致昆山之玉,有随和之宝,垂明月之珠,服太阿之剑。"。

[16] 百灵:此处指各种神灵。 ▶《文选·班固〈东都赋〉》:"礼神祇,怀百灵。"

渊薮[yuān sǒu]:① 比喻人或事物聚集的地方。 ▶《书·武成》:"今商王受无道,暴殄天物,害虐烝民,为天下逋逃主,萃渊薮。" ② 聚集。 ▶《南齐书·王晏传》:"令大息德元渊薮亡命,同恶相济,剑客成群。" ③ 深广。 ▶《隶释·汉荆州刺史度尚碑》:"智含渊薮,仁隆春煖,义高秋云,行絜冰霜。" ④ 根源。 ▶宋·王安石《赠陈君景初》诗:"堂堂颍川士,察脉极渊薮。" ⑤ 深渊。 ▶郭小川《登九山》诗:"妄图把广大贫下中农重新投入黑暗的渊薮。"

周元辅

周元辅,生卒年不详,字远斋,清安徽寿州(今安徽省淮南市寿县)人。府学生。与合肥朱默存、徐子苓为挚友。善鼓琴,工舞剑,又善梅花枪,"刺墙上皆成五出。"书法于汉魏六朝,无不探讨,行书纯似包世臣,山水仿沈周,小景尤佳。工诗善画,著有《意山园诗集》及《续钞》。

十月二十日泊巢湖西口有忆徐毅甫隐处[1]

两岸人家烽火余,问君何处托幽居。

湖山面面真如画,胜我浮槎旧草庐。[2]

水冷霜寒落叶初,十年曾此过巢湖。

黄柑紫蟹犹堪买,不羡张翰江上鲈。[3]

注释

[1]《十月二十日泊巢湖西口有忆徐毅甫隐处》诗见清·李恩绶编《巢湖志》卷二"诗",黄山书社2007年版。

徐毅甫:即徐子苓(1812—1876),清末安徽合肥人。字叔伟,一字西叔,号毅甫,晚年又自署龙泉老牧,默道人、南阳子,曾被选授和州学正,分修《安徽通志》,后归隐巢湖之滨(肥东县)龙泉山下。著有《敦艮吉斋诗存》等。是李鸿章启蒙老师之一。徐子苓与王尚辰、朱景昭并称"庐州三怪"。

[2]原诗"湖山面面真如画,胜我浮槎旧草庐"句后有作者自注:"予曾绘浮槎山煮泉图。"

[3]"不羡张翰江上鲈"句:出自晋代张翰"莼鲈之思"的故事。▶《世说新语·识鉴》:"张季鹰辟齐王东曹掾,在洛,见秋风起,因思吴中菰菜羹、鲈鱼脍,曰:'人生贵得适意尔,何能羁宦数千里以要名爵!'遂命驾便归。俄而齐王败,时人皆谓为见机。""莼鲈之思"即思念故乡的代名词。

廿四日早发姥山抵巢县城下[1]

一出桃源路,中流别有天。[2]

船移峰屡变,岸远水无边。

风逆势尤险,城荒人可怜。[3]

关梁不复设,旅客幸安眠。[4]

注　释

[1]《廿四日早发姥山抵巢县城下》诗见清·李恩绶编《巢湖志》卷二"诗",黄山书社2007年版。

[2]桃源路:① 通往理想境界之路。▶唐·孟浩然《高阳池送朱二》诗:"殷勤为访桃源路,予亦归来松子家。"② 指通往美人住处的路。▶南唐·冯延巳《酒泉子》词:"陇头云,桃源路,两魂销。"

[3]风逆:① 风不顺。▶唐·杜甫《冬晚送长孙渐舍人归州》诗:"云晴鸥更舞,风逆雁无行。"② 指外感风邪所致的疾病。▶唐·韩偓《炀帝开河记》:"叔谋既至宁陵县,患风逆,起坐不得。"

[4]关梁:① 关口和桥梁。泛指水陆交通必经之处。这些地方往往设防戍守或设卡征税。▶《墨子·贵义》:"商人之四方,市贾信徙,虽有关梁之难,盗贼之危,必为之。"② 比喻关键。▶《鹖冠子·道端》:"此君臣之变、治乱之分、兴坏之关梁、国家之阅也。"③ 指对官吏的保举。▶《文选·宋玉〈九辩〉》:"猛犬狺狺而迎吠兮,关梁闭而不通。"。▶吕向注:"闭关,喻塞贤路也。"

李鸿章

  李鸿章(1823—1901),本名章铜,字渐甫或子黻,号少荃(泉),晚年自号仪叟,别号省心。世人多称"李中堂",合肥民间以其行二,又称"李二先生",清安徽合肥东乡(今属安徽省合肥市肥东县)人。晚清军政重臣,淮军创始人,洋务运动的主要倡导者。

  宣宗道光二十七年(1847)丁未科进士,授编修。文宗咸丰三年(1853),回籍筹办团练。咸丰十一年(1861),奉曾国藩命负责招募新兵编练淮军。此后,因军功显赫,历任江苏巡抚、湖广总督,穆宗同治九年(1870)任直隶总督兼北洋通商事务大臣,授文华殿、武英殿大学士。光绪二十七年(1901)病逝,诏赠太傅,晋封一等侯爵,谥号"文忠"。

二十自述[1]

蹉跎往事付东流,弹指光阴二十秋。
青眼时邀名士赏,赤心聊为故人酬。[2]
胸中自命真千古,世外浮沉只一沤。[3]
久愧蓬莱仙岛客,簪花多在少年头。[4]

每到春初酒价赊,惊心老大渐相加。[5]
三十白下增诗债,千载青毡易岁华。[6]
马齿记从今日长,龙头休向昔时夸。[7]
因循最误平生事,枉自辛勤读五车。[8]

丈夫事业正当时,一误流光悔后迟。
壮志不消三尺剑,奇才欲试万言诗。
闻鸡不觉身先舞,对镜方知颊有髭。[9]
昔日儿童今弱冠,浮生碌碌竟何为。

暮鼓晨钟入听来,思前想后自徘徊。[10]

人生惟有青春好,世事须防白首催。

万里请缨终子少,千秋献策贾生推。[11]

愧予两字功名易,小署头衔斐秀才。

注 释

[1]《二十自述》诗见清·李国杰辑《李文忠公遗集》,光绪三十年(1904)合肥李氏刊本。原诗共四首,作于清宣宗道光二十二年(1842)。

[2]青眼:喜爱,器重。魏晋时阮籍能作青白眼。两眼正视为"青眼",以看他尊敬的人;两眼斜视,露出眼白,则为"白眼",以看他不喜欢的人。阮籍母亲去世,其好友嵇康来慰问,阮籍给的就是"青眼";而阮籍看不顺眼的嵇康的哥哥嵇喜来吊唁时,阮籍就给的是"白眼"。

[3]沤:指浮沤。即水面上的泡沫。因其易生易灭,常比喻变化无常的世事和短暂的生命。一本作"区""鸥"。

[4]簪花:指中进士。▶陈康祺《郎潜纪闻》卷三:"新进士释褐於国子监,祭酒、司业皆坐彝伦堂,行拜谒簪花礼。"

[5]赊:增。

[6]白下:南京的别称。

青毡:借指仕宦人家的传世之业。▶《太平御览》卷七零八引晋裴启《语林》:"王子敬在斋中卧,偷人取物,一室之内略尽。子敬卧而不动,偷遂登榻,欲有所觅。子敬因呼曰:'石染青毡是我家旧物,可特置否?'于是群偷置物惊走。"按,《晋书王献之传》也载此事。

[7]马齿:借指年岁。▶《谷梁传·僖公二年》:"荀息牵马操璧而前曰:'璧则犹是也,而马齿加长矣。'"

龙头:借指杰出人物的首领。▶晋·陈寿《三国志·魏志·华歆传》:"议论持平,终不毁伤人。"裴松之注引三国魏鱼豢《魏略》:"歆与北海、俱游学,三人相善,时人号三人为'一龙',歆为龙头,原为龙腹,宁为龙尾。"

[8]五车:形容极多的书籍。▶《庄子·天下》:"惠施多方,其书五车。"

[9]闻鸡不觉身先舞:谓及时奋起。典出《晋书·祖逖传》,祖逖年轻时就很有抱负,每与好友刘琨谈论时局,总是慷慨激昂,满怀义愤。"中夜闻荒鸡鸣,蹴琨觉,曰:'此非恶声也。'因起舞。"

[10]暮鼓晨钟:佛寺晚击鼓、早撞钟,以报时间,劝人精进修持。

[11]请缨终子:请缨,指降服强敌,建功报国。终子,指终军。典出《汉书·终军传》:"南越与汉和亲,乃遣军使南越,说其王,欲令入朝,比内诸侯。军自请:'愿受长缨,必羁南越王而致之阙下。'"

献策贾生:贾生,指贾谊,其曾向汉文帝提出一系列改革建议,如《论积贮疏》《谏铸钱疏》《治安策》(也叫陈政事疏)等。

夜听四弟吹笛[1]

江山如此一登楼,万象无声铁笛幽。[2]

往日家园皆梦里,中年哀乐到心头。

不堪离思天边月,更触豪情塞上秋。

与汝归耕定何处,牧童牛背互吟讴。[3]

注　释

[1]《夜听四弟吹笛》诗见清·李国杰辑《李文忠公遗集》,光绪三十年(1904)合肥李氏刊本。四弟指李鹤章。

[2]万象:宇宙间一切事物或景象。 ▶南朝·宋·谢灵运《从游京口北固应诏》诗:"皇心美阳泽,万象咸光昭。"

[3]归耕:此处指回家耕田。谓辞官回乡。 ▶《吕氏春秋·赞能》:"子何以不归耕乎,吾将为子游。"

入都[1]

丈夫只手把吴钩,意气高于百尺楼。[2]

一万年来谁著史? 八千里外觅封侯。

定将捷足随途骥,那有闲情逐水鸥![3]

笑指卢沟桥畔月,几人从此到瀛洲?

频年伏枥困红尘,悔煞驹光二十春。[4]

马足出群休恋栈,燕辞故垒更图新。[5]

遍交海内知名士,去访京师有道人。

即此可求文字益,胡为抑郁老吾身!

黄河泰岱势连天,俯看中流一点烟。

此地尽能开眼界，远行不为好山川。
陆机入洛才名振，苏轼来游壮志坚。
多谢咿唔穷达士，残年兀坐守遗编。[6]

回头往事竟成尘，我是东西南北身。
白下沉酣三度梦，青山沦落十年人。
穷通有命无须卜，富贵何时乃济贫。[7]
角逐名场今已久，依然一幅旧儒巾。

局促真如虱处裈，思乘春浪到龙门。[8]
许多同辈矜科第，已过年华付水源。
两字功名添热血，半生知己有殊恩。
壮怀枨触闻鸡夜，记取秋风拭泪痕。[9]

桑干河上白云横，惟冀双亲旅舍平。[10]
回首昔曾勤课读，负心今尚未成名。
六年宦海持清节，千里家书促远行。
直到明春花放日，人间乌鸟慰私情。[11]

一枕邯郸梦醒迟，蓬瀛虽远系人思。
出山志在登鳌顶，何日身才入凤池？[12]
诗酒未除名士习，公卿须称少年时。
碧鸡金马寻常事，总要生来福命宜。[13]

一肩行李又吟囊，检点诗书喜欲狂。
帆影波痕淮浦月，马蹄草色蓟门霜。
故人共赠王祥剑，荆女同持陆贾装。
自愧长安居不易，翻教食指累高堂。[14]

一入都门便到家，征人北上日西斜。
槐厅谬赴明经选，桂苑犹虚及第花。[15]

世路恩仇收短剑,人情冷暖验笼纱。

倘无驷马高车日,誓不重回故里车。

骊歌缓缓度离筵,正与亲朋话别天。

此去但教磨铁砚,再来唯望插金莲。

即今馆阁需才日,是我文章报国年。

览镜苍苍犹未改,不应身世久迍邅。[16]

注　释

[1]《入都》诗见清·李国杰辑《李文忠公遗集》,光绪三十年(1904)合肥李氏刊本。原诗共十首,皆作于清宣宗道光二十三年(1843)。

[2] 吴钩:钩,兵器,形似剑而曲。春秋吴人善铸钩,故称。后也泛指利剑。▶晋·左思《吴都赋》:"军容蓄用,器械兼储;吴钩越棘,纯钧湛卢。"

[3] 捷足:① 脚步快。谓行动迅速。▶《前汉书平话》卷中:"秦朝失其天下,天下共逐,高材捷足者先得之。"② 指行动迅速的人。▶清·孔尚任《桃花扇·迎驾》:"一旦神京失守,看中原逐鹿交走。捷足争先,拜相与封侯,凭着这拥立功大权归手。"③ 善于行路的差役。▶《林则徐日记·道光十八年八月二十七日》:"作福州家书一封,编第六号,交邵武捷足带闽。"

[4] 伏枥:① 马伏在槽上,指受人驯养。▶《汉书·李寻传》:"马不伏枥,不可以趋道;士不素养,不可以重国。"② 喻指养育。▶清·纳兰性德《拟古》诗之二六:"但受伏枥恩,何以异驽骀!"③ 指蓄养在厩中的马匹。▶《汉书·梅福传》:"虽有景公之位,伏枥千驷,臣不贪也。"④ 三国·魏·曹操《龟虽寿》:"老骥伏枥,志在千里;烈士暮年,壮心不已。"后用为壮志未酬、蛰居待时的典故。

驹光:指短暂的光阴。▶清·李氏《示儿》诗:"勉矣趁朝暾,驹光不我与。"

[5] 恋栈:劣马贪恋马棚里的饲料,比喻无能的人只贪图安逸,无远大志向。典出▶《晋书·宣帝纪》:"爽(曹爽)与范(桓范)内疏而智不及,驽马恋栈豆,必不能用也。"

[6] 咿唔:象声词。多形容吟诵声。▶清·焦循《忆书》卷六:"曾祖父少懦,日咿唔于书塾中。"

[7] 穷通:① 困厄与显达。▶《庄子·让王》:"古之得道者,穷亦乐,通亦乐,所乐非穷通也;道德于此,则穷通为寒暑风雨之序矣。"② 谓干涸与流通。▶北魏·郦道元《水经注·浪水》:"川渠又东北合浪水,水有穷通,不常津注。"③ 谓阻隔与通畅。▶清·洪仁玕《资政新篇》:"夫事有常变,理有穷通,故事有今不可行而可豫定者,为后之福;有今可行而不可永定者,为后之祸。"

[8] 虱处裈:语出▶《晋书·阮籍传》:"上欲图三公,下不失九州牧。独不见群虱之处裈

中,逃乎深缝,匿乎坏絮,自以为吉宅也。行不敢离缝际,动不敢出裈裆,自以为得绳墨也。然炎丘火流,焦邑灭都,群虱处于裈中而不能出也。君子之处域内,何异夫虱之处裈中乎!"后以"虱处裈"比喻身处浊世,局促难安。

[9]怅触:① 触犯,触动。 ▶金·李纯甫《虞舜卿送橙酒》诗:"何物督邮风味恶,怅触闲愁无处着。"② 感触。 ▶唐·李商隐《戏题枢言草阁三十二韵》:"君时卧怅触,劝客白玉杯。"

[10]桑干:河名。今永定河的上游。相传每年桑椹成熟时河水即干涸,故名。

[11]乌鸟:古称乌鸦反哺,因以喻孝亲之人子。 ▶晋·傅咸《申怀赋》:"尽乌鸟之至情,竭欢敬于膝下。"

[12]凤池:指朝廷。全称凤凰池,原指皇宫禁苑中的池沼。 ▶北宋·柳永《望海潮·东南形胜》:"异日图将好景,归去凤池夸。"

[13]碧鸡金马:即金马、碧鸡,是传说中的神明。 ▶《汉书·郊祀志下》:"或言益州有金马、碧鸡之神,可醮祭而致。"

[14]食指:指家庭或家族人口。 ▶明·钱子正《溪上所见》诗:"家贫食指众,谋生拙于人。"

[15]槐厅:唐宋时学士院中的厅名。 ▶宋·沈括《梦溪笔谈·故事一》:"学士院第三厅学士阁子,当前有一巨槐,素号槐厅。旧传居此阁者,多至入相。"

[16]迍邅:① 难行貌。 ▶汉·蔡邕《述行赋》:"途迍邅其蹇连,潦汙滞而为灾。"② 指迟疑不进。 ▶明·张景《飞丸记·京邸道故》:"但见气吞虹倚天,长剑流光捻;及早定天山,莫自迍邅。"③ 处境不利,困顿。 ▶晋·左思《咏史》之七:"英雄有迍邅,由来自古昔。"

丙辰夏明光镇旅店题壁[1]

四年牛马走风尘,浩劫茫茫剩此身。

杯酒藉浇胸磊块,枕戈试放胆轮囷。[2]

愁弹短铗成何事,力挽狂澜定有人。

绿鬓渐凋旄节落,关河徙倚独伤神。[3]

巢湖看尽又洪湖,乐土东南此一隅。

我是无家失群雁,谁能有屋稳栖乌。[4]

袖携淮海新诗卷,归访烟波旧钓徒。

遍地槁苗待霖雨,闲云欲出又踟蹰。

注 释

[1]《丙辰夏明光镇旅店题壁》诗见清·李国杰辑《李文忠公遗集》,光绪三十年(1904)合肥李氏刊本。本书作于清文宗咸丰六年(1856)夏。

[2] 磊块:即块垒,亦作块礨、块磊,泛指郁积之物。也比喻胸中郁结的愁闷或气愤。▶《世说新语·任诞》:"王孝伯问王大:'阮籍何如司马相如?'王大曰:'阮籍胸中垒块,故需酒浇之'。"▶ 刘弇《莆田杂诗》之十六:"赖足樽中物,时将块磊浇。"

轮囷:① 盘曲貌。▶《文选·邹阳〈狱中上书自明〉》:"蟠木根柢,轮囷离奇。"② 硕大貌。▶《礼记·檀弓下》:"美哉轮囷焉。"

[3] 徙倚:徘徊,逡巡。▶《楚辞·远游》:"步徙倚而遥思兮,怊惝怳而乖怀。"

[4] 栖乌:晚宿的归鸦。▶ 南朝·梁·王筠《和卫尉新渝侯巡城口号诗》:"闾阖暧已昏,钩陈杳将暮。栖乌城上返,晚雀林中度。"

舟夜苦雨[1]

一月天何醉,四山云若痴。

潮添积雨后,春到寒江迟。

梦觉客衾薄,灯昏邻笛悲。[2]

流年孤艇送,不觉鬓丝丝。

注 释

[1]《舟夜苦雨》诗见清·李国杰辑《李文忠公遗集》,光绪三十年(1904)合肥李氏刊本。本诗应作于清文宗咸丰九年(1859)。

[2] 邻笛:原意为邻人吹奏的笛声,后为伤逝怀旧的典实。典出▶ 晋·向秀《思旧赋》序:"余与嵇康、吕安居止接近;其人并有不羁之才,然嵇志远而疏,吕心旷而放。其后各以事见法……余逝将西迈,经其旧庐,于时日薄虞渊,寒冰凄然。邻人有吹笛者,发声寥亮,追思曩昔游宴之好,感音而叹,故作赋云。"

庐垣再陷,重过明光,次韵示吴仲仙[1]

猿鹤虫沙迹已尘,见几悔不早抽身。[2]

破家嫠恤周嫠纬,赠策多惭鲁子困。[3]

蜀岫憨云自终古,梁园咏雪又何人。[4]

愤来快草陈琳檄,擎鼓无声暗怆神。[5]

单衫短剑走江湖,飘泊王孙泣路隅。[6]

大漠风高秋纵马,故山月黑夜啼乌。

治军今有孙吴略,筹饷谁为管葛徒。[7]

闭口莫谈天下事,乡关回首重踟蹰。

注 释

[1]《庐垣再陷,重过明光,次韵示吴仲仙》诗见清·李国杰辑《李文忠公遗集》,光绪三十年(1904)合肥李氏刊本。本书作于清文宗咸丰八年(1858)七月。

庐垣再陷:指清文宗咸丰八年(1858),太平军第二次攻破庐州。

吴仲仙:吴棠(1813—1876),字仲宣,号棣华,谥"勤惠",安徽盱眙(今安徽明光市三界镇)人,官至四川总督、署成都将军。著有《望三益斋诗文钞》《望三益斋存稿》。

[2]猿鹤沙虫:即猿、鹤、沙、虫,意指阵亡的将士或死于战乱的人民。▶《艺文类聚》卷九十五引晋·葛洪《抱朴子》:"周穆王南征,一军皆化,君子为猿为鹤,小人为虫为沙。"

[3]嫠纬:嫠不恤纬的省写。比喻忧国忘家。典出▶《左传·昭公二十四年》:"嫠不恤其纬,而忧宗周之陨,为将及焉。"嫠,寡妇;纬,织物的横纱。谓寡妇不忧其纬少,而恐国亡祸及于己。

赠策:① 谓致送书信或临别赠言。典出▶《左传·文公十三年》载:晋大夫士会奔秦,晋恐士会为秦所用,就派人招他回国。士会离秦时,"绕朝赠之以策,曰:'子无谓秦无人,吾谋适不用也。'"▶清·黄遵宪《将应顺天试仍用前韵呈霭人樵野丈》:"四海同袍征士气,频年赠策故人书。"② 天授其旨意。典出▶《史记·扁鹊仓公列传》载:秦穆公曾七日而寤,寤之日,对公孙支与子舆说,曾见天帝,天帝告以晋国将大乱等事。公孙支书而藏之,是为秦策。▶清·钱谦益《方生行送方尔止还金陵》诗:"赠策每嗤天帝醉,移盘欲共仙人泣。"

[4]终古:① 久远。▶《楚辞·离骚》:"怀朕情而不发兮,余焉能忍而与此终古。"② 往昔,自古以来。▶《楚辞·九章·哀郢》:"去终古之所居兮,今逍遥而来东。"③ 经常。▶《周

礼·考工记·轮人》:"轮已崇,则人不能登也。轮已庳,则于马终古登阤也。"

[5]陈琳檄:原指陈琳为袁绍所草伐曹之檄文,后泛指檄文。典出 ▶三国·魏·鱼豢《典略》:"琳作诸书及檄,草成呈太祖。太祖先苦头风,是日疾发,卧读琳所作,翕然而起曰:'此愈我病。'数加厚赐。"

[6]路隅:路边。▶汉·张衡《西京赋》:"睚眦蛮芥,尸僵路隅。"

[7]管葛:管仲和诸葛亮的并称。两人皆古代名相。▶南朝·宋·刘义庆《世说新语·赏誉》:"殷渊源在墓所几十年,于时朝野以拟管葛。"

再叠前韵赠仲仙[1]

江吕诸公骨作尘,乡邦扶义仗君身。[2]
危疆赤手支三载,饥岁仁思赈百囷。[3]
天子知名淮海吏,苍生属望涧阿人。[4]
眼前成败皆关数,留取丹心质鬼神。

浮生萍梗泛江湖,望断乡园天一隅。[5]
心欲奋飞随塞雁,力难返哺恋慈乌。[6]
河山破碎新军纪,书剑飘零旧酒徒。[7]
国难未除家未复,此身虽去也踟蹰。

注 释

[1]《再叠前韵赠仲仙》诗见清·李国杰辑《李文忠公遗集》,光绪三十年(1904)合肥李氏刊本。

[2]"江吕诸公骨作尘"句指咸丰三年(1853)底,太平军先后攻破舒城、庐州,工部侍郎吕贤基、安徽巡抚江忠源自杀。

[3]"饥岁仁思赈百囷"句后有作者自注:"丙辰大旱,君倡捐赈,活乡人甚多。"

[4]属望:①期望。▶《后汉书·李固传》:"既拔自困殆,龙兴即位,天下喁喁,属望风政。"②注视。▶宋·沈作喆《寓简》卷三:"桓温入洛,属望中原。"

涧阿:山涧弯曲处。▶宋·黄庭坚《筇竹颂》:"郭子遗我,扶余涧阿。"

[5]萍梗:浮萍断梗。因漂泊流徙,故以喻人行止无定。▶唐·许浑《晨自竹径至龙兴寺崇隐上人院》诗:"客路随萍梗,乡园失薜萝。"

[6]慈乌:①乌鸦的一种。相传此鸟能反哺其母,故称。▶晋·王嘉《拾遗记·鲁僖公》:

"仁鸟,俗亦谓乌,白臆者为慈乌,则其类也。"② 指慈母。▶明·汤显祖《南柯记·得翁》:"奴便与系书胡雁,怎教驸马不报慈乌?"

[7]"河山破碎新军纪"句后有作者自注:"翁帅(翁同书)新接抚篆,胜帅(胜保)授钦差大臣,皆庐郡陷后事也。"

万年道中恭值先中宪公忌辰感赋二首寄诸兄弟[1]

浮槎山角阵云堆,郁郁松楸望不开。[2]
历却尚存忠孝情,济时谁识栋梁材。
胸中气概千秋许,身后流离百口哀。
葛帔孤儿惭付托,空将双泪寄泉台。[3]

深思实止负劬劳,日盼之程起凤毛。[4]
早岁虚名动卿相,中年歧路困蓬蒿。
但期涉院波涛稳,敢羡乘风羽翮高。
异地思乡心共碎,寝门寂寞夜猿号。[5]

注 释

[1]《万年道中恭值先中宪公忌辰感赋二首寄诸兄弟》诗见清·李国杰辑《李文忠公遗集》,光绪三十年(1904)合肥李氏刊本。

先中宪公:指李文安。

[2]阵云:① 浓重厚积形似战阵的云。古人以为战争之兆。▶《史记·天官书》:"阵云如立垣。" ② 比喻拥挤的人群。

[3]葛帔:用葛制成的披肩。后为怜恤友人贫困之典。▶《南史·任昉传》:"西华冬月著葛帔练裙,道逢平原刘孝标,泫然矜之,谓曰:'我当为卿作计。'"

[4]劬劳:劳累,劳苦。▶《诗·小雅·蓼莪》:"哀哀父母,生我劬劳。"

[5]寑门:亦作"寝门"。古礼天子五门,诸侯三门,大夫二门。最内之门曰寝门,即路门。后泛指内室之门。▶《仪礼·士丧礼》:"君使人吊,彻帷,主人迎于寝门外,见宾不哭。"

湖上遇雪卧病作[1]

峭风吹冻绿玻璃,浩浩平湖四望迷。

雪压轻舠凉气重,云冲高岭远天低。[2]

菰蒲白战滩声乱,菜麦青埋野色凄。[3]

料得故园花事晚,玉缸春酒为谁携。[4]

注释

[1]《湖上遇雪卧病作》诗见清·李国杰辑《李文忠公遗集》,光绪三十年(1904)合肥李氏刊本。本诗作于清文宗咸丰十年(1860)三月十一日。

[2]轻舠:轻快的小舟。 ▶唐·李白《送当涂赵少府赴长芦》诗:"我来扬都市,送客回轻舠。"

[3]白战:① 空手作战。指作"禁体诗"时禁用某些较常用的字。北宋欧阳修为颍州太守,曾与客会饮,作咏雪诗,禁用玉、月、梨、梅、絮、鹤、鹅、银、舞、白诸字。 ▶明·唐寅《拟瑞雪降群臣贺表》:"白战骚坛,莫效惠连之赋。" ② 泛指互相搏斗。

[4]玉缸:酒瓮的美称。 ▶唐·岑参《韦员外家花树歌》:"朝回花底恒会客,花扑玉缸春酒香。"

笑比河清[1]

正直原留万古名,包公忠义使人倾。

欲求一笑阎罗易,须俟千年德水清。[2]

雅意静涵波万顷,澄怀朗印月三更。[3]

春山霁宇开终古,秋水锋芒露一生。

浊世常逢缄口日,潭心偏有鉴人情。[4]

拈花每到临溪悟,窥竹先知隔涧萌。

温语从天苍乍启,清操自矢水同盟。[5]

香花墩上今犹昔,剩有湖边草色盈。[6]

注 释

[1]《笑比河清》诗见清·李国杰辑《李文忠公遗集》,光绪三十年(1904)合肥李氏刊本。

[2]德水:黄河的别名。 ▶《史记·秦始皇本纪》:"始皇推终始五德之传,以为周得火德,秦代周德,从所不胜。方今水德之始……更名河曰德水,以为水德之始。"

[3]静涵:静心涵泳。 ▶清·莫友芝《〈巢经巢诗钞〉序》:"吾友郑君子尹……乃复遍综洛闽遗言,精研身考,以求此心之安,静涵以天地时物变化之妙,切证诸世态古今升降之故,久之涣然于中,乃有确乎不可拔者。"

澄怀:清心,静心。 ▶《南史·隐逸传上·宗少文》:"老疾俱至,名山恐难遍睹,唯澄怀观道,卧以游之。"

[4]缄口:闭口不言。典出 ▶《孔子家语·观周》:"孔子观周,遂入太祖后稷之庙,庙堂右阶之前,有金人焉,三缄其口,而铭其背曰:'古之慎言人也。'"

鉴人:① 照人。 ▶明·叶小鸾《艳体连珠·发》:"盖闻光可鉴人,谅非兰膏所泽。" ② 知人,察人。 ▶唐·钟辂《前定录·乔琳》:"彦庄客申屠生者,善鉴人。"

[5]清操:高尚的节操。 ▶《后汉书·尹勋传》:"宗族多居贵位者,而勋独持清操,不以地势尚人。"

自矢:犹自誓,立志不移。 ▶明·袁宏道《舒大家志石铭》:"族长者以其秋李恐不当霜雪,家以死自矢。"

[6]剩有:剩有,犹有。 ▶宋·卢祖皋《渔家傲》词:"不用五湖寻小艇,吾庐剩有闲风景。"

李鹤章

李鹤章(1825—1880),字季荃,一字仙侪,号浮槎山,清安徽合肥东乡(今属安徽省合肥市肥东县)人。系李文安之第三子。廪贡生。咸丰初,随父亲在籍办团练,继入曾国藩军幕。讨捻时为留总营务。寻乞假,归居皖城,奉母不出。卒后累赠光禄大夫、云贵总督。著有《浮槎山人文集》《半仙居诗草》《平吴竹枝词》《平吴纪实》《广名将谱注解引证》。

过桐城大关旅邸题壁[1]

昔渡雄关事远征,翩翩戎马一书生。

身经吴楚百千战,手克江淮廿八城。

功狗自怜芳病苦,山猿犹喜去来迎。[2]

骑驴道上今重过,漫说将军故李名。

注　释

[1]《过桐城大关旅邸题壁》诗见民国·李家孚《合肥诗话》卷下,民国苏城临顿路毛上珍铅活字本。

旅邸:犹言旅馆。▶宋·郭彖《睽车志》卷五:"(朱藻)某年南宫奏名,方待廷试,有士人同寓旅邸。"

[2]功狗:比喻杀敌立功的人。▶西汉·司马迁《史记·萧相国世家》:"高帝曰:'夫猎,追杀兽兔者狗也,而发踪指示兽处者人也。今诸君徒能得走兽耳,功狗也。至如萧何,发踪指示,功人也。'"

平吴归皖叠前韵[1]

四方无复羽书征,喜听江流急有声。[2]

山墅围棋怀谢傅,邯郸觉枕问卢生。[3]

重将泥雪留诗句,敢谢凌烟著姓名。[4]

我是浮槎焦姥客,好凭烟水印心清。[5]

注 释

[1]《平吴归皖叠前韵》诗见民国·李家孚《合肥诗话》卷下,民国苏城临顿路毛上珍铅活字本。

[2]羽书:① 即羽檄,插有鸟羽的紧急军事文书。 ▶汉·陆贾《楚汉春秋》:"黥布反,羽书至,上大怒。"② 指书信。

[3]谢傅:"谢太傅"的省写,即指东晋名臣谢安。谢安卒赠太傅,故称。 ▶唐·李白《书情赠蔡舍人雄》诗:"尝高谢太傅,携妓东山门。"

[4]凌烟:此处为"凌烟阁"的省写。 ▶唐·杜甫《丹青引赠曹将军霸》:"凌烟功臣少颜色,将军下笔开生面。"

[5]烟水:雾霭迷蒙的水面。 ▶唐·孟浩然《送袁十岭南寻弟》诗:"苍梧白云远,烟水洞庭深。"

周世宜

周世宜(1837—1888),字淑仪,清庐州府合肥县西乡(今属安徽省合肥市肥西县)人。李鹤章继室,李经羲之母。周世宜"幼秉家训,通经史,旁涉篇咏",于诗独嗜陶渊明、王维,与鹤章时相唱和。著有《常昭城守纪事》《玲珑阁诗稿》各一卷。

和夫子常昭告捷[1]

虞山甫得息鸿征,一月三传捷报声。[2]
昔夺昆仑功并伟,旧游城市感同生。
莫因儿女萦归念,但祝旗常有令名。[3]
薏苡他年休误检,琴书船载举家亲。[4]

注 释

[1]《和夫子常昭告捷》诗见光铁夫《安徽名媛诗词征略》卷三,黄山书社1986年版。

夫子:此处指丈夫。▶《孟子·滕文公下》:"女子之嫁也,母命之,往送之门,戒之曰:'往之女家,必敬必戒,无违夫子!'"

常昭:地名。指清代苏州府下辖的常熟、昭文两县。

[2]虞山:地名。位于常熟市内西北处。

[3]旗常:旂常。王侯的旗帜。▶唐·陈子昂《奉和皇帝上礼抚事述怀》:"云陛旗常满,天廷玉帛陈。"

[4]薏苡:① 植物名。一年生或多年生草本植物,茎直立,叶线状披针形,颖果卵形,淡褐色。子粒(薏苡仁)含淀粉。供食用、酿酒,并入药。茎叶可作造纸原料。▶《后汉书·马援传》:"初,援在交阯,常饵薏苡实,用能轻身省欲,以胜瘴气。"② 指薏苡之谤。典出▶《后汉书》卷二十四《马援列传·马援》。汉伏波将军马援从南方运来的薏米在其死后被进谗的人说成了明珠,结果让自己和妻儿等蒙冤。后遂以"薏苡之谤"比喻被人诬陷,蒙受冤屈。▶宋·苏轼《和王巩并次韵》之五:"巧语屡曾遭薏苡,庾词聊复托芎䓖。"

琴书：① 琴和书籍。多为文人雅士清高生涯常伴之物。▶汉·刘歆《遂初赋》："玩琴书以条畅兮,考性命之变态。"② 弹琴和写字。▶《南史·隐逸传上·宗少文》："少文妙善琴书图画,精于言理。"③ 曲艺的一种。因说唱故事时,主要以扬琴伴奏,故名。有山东琴书、徐州琴书、北京琴书等。

谭 献

谭献(1832—1901),原名廷献,一作献纶,字仲修,号复堂、半厂、仲仪(又署谭仪)、山桑宧、非见斋、化书堂,清浙江仁和(今浙江省杭州市)人。清穆宗同治六年(1867)丁卯科举人,屡试礼部不第,纳赀入官,署秀水县教谕,历署歙县、全椒、合肥、宿松知县。后去官归隐,锐意著述。晚年受张之洞邀请,主讲经心书院,年余辞归。工骈体文,于词学致力尤深,学者奉为圭臬,家藏前人词曲甚富。编清人词为《箧中词》六卷,有《复堂类集》传世,其论词言论由弟子徐珂辑为《复堂词话》。

姥山[1]

中流袖拂烟山青,叶下依稀似洞庭。

湖水湖烟迷处所,九歌无意问湘灵。[2]

注 释

[1]《姥山》诗见清·李恩绶编《巢湖志》卷二"诗",黄山书社2007年版。

[2]湖烟:笼罩于湖面的雾气。诗文中常用以形容水面混茫的景象。

九歌:① 古代乐曲。相传为禹时乐歌。▶《左传·文公七年》:"九功之德,皆可歌也,谓之《九歌》。" ② 泛指各种乐章。▶唐·张说《唐封泰山乐章·豫和三》:"九歌叙,万舞翔。"

湘灵:传说中的湘水之神。▶《楚辞·远游》:"使湘灵鼓瑟兮,令海若舞冯夷。"

施水秋泛[1]

青阳山色到眉间,施水徘徊往复还。

一自风云开甲第,遂令草木隔人寰。[2]

渔歌白日庐中去,秋士青丝镜里斑。[3]

不信巢湖三百里,老夫无耳洗潺湲。

注释

[1]《施水秋泛》诗见清·李恩绶编《巢湖志》卷二"诗",黄山书社2007年版。

[2]人寰:人间,人世。 ▶南朝·宋·鲍照《舞鹤赋》:"去帝乡之岑寂,归人寰之喧卑。"

[3]秋士:迟暮不遇之士。▶《淮南子·缪称训》:"春女思,秋士悲,而知物化矣。"

夜宿中庙[1]

浪华云叶共浮浮,对此泓峥我欲愁。[2]

水底有山如照镜,人家种柳易成秋。

二更月出凉无际,千顷波平翠不收。

巢父曹公同一梦,隐沦战伐两难留。[3]

注 释

[1]《夜宿中庙》诗见清·李恩绶编《巢湖志》卷二"诗",黄山书社2007年版。

[2]云叶:① 犹言云片,云朵。 ▶南朝·陈·张正见《初春赋得池应教》:"春光落云叶,花影发晴枝。"② 浓密的叶子。 ▶宋·辛弃疾《乌夜啼·廓之见和复用前韵》词:"千尺蔓,云叶乱,系长松。却笑一身缠绕、似衰翁。"③ 木名。 ▶明·徐光启《农政全书》卷五四:"云叶,生密县山野中。其树枝叶皆类桑,但其叶如云头,花叉又似木栾树。叶微阔。开细青黄花。其叶味微苦。"

泓峥:喧闹,形容流水声。

[3]隐沦:① 神人等级之一。泛指神仙。 ▶《文选·郭璞〈江赋〉》:"纳隐沦之列真,挺异人乎精魄。"② 隐居。 ▶南朝·宋·谢灵运《入华子冈是麻源第三谷》诗:"既枉隐沦客,亦栖肥遁贤。"③ 指隐者。 ▶唐·杜甫《赠韦左丞丈》诗:"此意竟萧条,行歌非隐沦。"④ 隐没身体不使人见。 ▶《后汉书·方术传下·解奴辜》:"皆能隐沦,出入不由门户。"⑤ 沉沦,埋没。 ▶《晋书·郭璞传》:"严平澄漠于尘肆,梅真隐沦乎市卒。"

瑞鹤仙影[1]

白石客合肥,自度此曲,予用其韵题王五谦斋小辋川图,安得哑筚篥倚之。[2]

越阡度陌。凉云下芜城,一例萧索。[3]故山可隐,名园有主,不闻残角。[4]倾襟未恶。[5]更消受青尊酒薄。[6]试重歌、蓝田辋曲。冷句写寂寞。

回首芳林晚,读书弦诗,少时行乐。剪灯细雨,剩檐花、向人徐落。[7]燕到淮南,者门巷年年记著。弄扁舟,却问野水赋旧约。

注 释

[1]《瑞鹤仙影》词见清·谭献《复堂词》卷二,清同治刻复堂类集本。

[2]哑筚篥:即哑筚篥角、觱篥。古代管乐器之一种,多用于军中。▶《北史·高丽传》:"乐有五弦、琴、筝、筚篥、横吹、箫、鼓之属,吹芦以和曲。"

[3]一例:① 一律,同等。▶《公羊传·僖公元年》:"臣子一例也。"② 一种规则或体制。▶宋·张载《横渠易说·下经》:"王弼于此无咎,又别立一例,只旧例亦可推行。"③ 犹言照例。▶《儿女英雄传》第四十回:"前两天还不过一例儿的叫声戴婶子华太太。"④ 一个例证。▶郑振铎《水浒传的演化》八:"这也许是所谓'师出有名'的一例吧。"

[4]残角:远处隐约的角声。▶唐·刘复《夕次襄邑》诗:"古戍飘残角,疏林振夕风。"

[5]倾襟:亦作"倾衿"。推诚相待。▶南朝·梁·陶弘景《周氏冥通记》卷三:"我昔微游于世,数经诣之,乃能倾襟。"

[6]消受:① 享用,受用。▶元·尚仲贤《气英布》第四折:"也则为荐贤人当上赏,消受的紫绶金章。"② 禁受,忍受。▶元·张氏《青衲袄·偷期》套曲:"四眸相顾,两意相投,此情难消受。"

青尊:盛酒的酒杯。酒别名绿蚁,故称。▶唐·陈翊《宴柏台》诗:"青尊照深夕,绿绮映芳春。"

[7]檐花:靠近屋檐下边开的花。▶唐·李白《赠崔秋浦》诗:"山鸟下听事,檐花落酒中。"

壶中天慢·夏夜访遗园主人不遇[1]

眉痕吐月,倚新凉,罗袂流云栖暝。[2]杨柳知门尘不到,记取羊求三径。[3]

叠石生秋,余花媚晚,何地无幽景。先生舒啸,结庐只在人境。[4]

我是琴赋嵇康,依然病懒,即渐忘龙性。[5]留得广陵弦指在,无复竹林高兴。

裁制荷衣,称量药裹,况味君同领。[6]清辉遥夜,碧天飞上明镜。[7]

注　释

[1]《壶中天慢·夏夜访遗园主人不遇》词见清·谭献《复堂词》卷二,清同治刻复堂类集本。

[2]罗袂:丝罗的衣袖。亦指华丽的衣着。▶汉武帝《落叶哀蝉曲》:"罗袂兮无声,玉墀兮尘生。"

[3]羊求:汉高士羊仲、求仲的并称。▶元·钱惟善《清逸斋》诗:"太白岂惟凌鲍谢,元卿只合友羊求。"

三径:指归隐者的家园。▶晋·赵岐《三辅决录·逃名》:"蒋诩归乡里,荆棘塞门,舍中有三径,不出,唯求仲、羊仲从之游。"

[4]舒啸:犹言长啸。放声歌啸。▶晋·陶潜《归去来兮辞》:"登东皋以舒啸,临清流而赋诗。"

[5]龙性:① 倔强难驯的性格。▶南朝·宋·颜延之《五君咏·嵇中散》:"鸾翮有时铩,龙性谁能驯。"② 指骏马。▶唐·杜甫《天育骠图歌》:"矫矫龙性含变化,卓立天骨森开张。"③ 指变化屈伸貌。▶唐·窦臮《述书赋》:"(齐高)胜草负正,犹力稽牛刀,水展龙性。"

[6]荷衣:① 传说中用荷叶制成的衣裳。亦指高人、隐士之服。▶《楚辞·九歌·少司命》:"荷衣兮蕙带,倏而来兮忽而逝。"② 指旧时中进士后所穿的绿袍。▶明·高明《琵琶记·杏园春宴》:"荷衣新染御香归,引领群仙下翠微。"

药裹:药包,药囊。▶唐·王维《酬黎居士淅川作》诗:"松龛藏药裹,石唇安茶臼。"

[7]遥夜:长夜。▶《楚辞·九辩》:"靓杪秋之遥夜兮,心缭悷而有哀。"

王先谦

王先谦(1842—1917),字益吾,学者称葵园先生,清湖南长沙(今湖南省长沙市)人。清穆宗同治四年乙丑(1865)进士,改庶吉士,曾任国子监祭酒、江苏学政。晚年回长沙曾主讲思贤讲舍,为岳麓书院最后山长。著有《虚受堂诗存》《续皇清经解》《汉书补注》《庄子集解》《荀子集解》等。

自店埠至庐州[1]

五更带月下河梁,禁受西风砭骨凉。[2]
宿鹭惊波翻远翼,流萤穿草递微光。[3]
寒呼奴子添新被,卧听舆夫说战场。[4]
太息庐州垂破日,奇才断送老江郎。[5]

注释

[1]《自店埠至庐州》诗见清·王先谦《虚受堂诗存》卷九,清光绪二十八年(1902)苏氏刻增修本。

[2]砭骨:刺骨。▶清·和邦额《夜谭随录·双髻道人》:"一食顷,足已践地,开眼见白云满衣,罡风砭骨,盖已立五峰绝顶。"

[3]惊波:原指惊险的巨浪,此处指水鸟因水面波动而惊起。

[4]舆夫:车夫或轿夫。▶《新五代史·杂传四·朱瑾》:"(朱瑾)少倜傥,有大志,兖州节度使齐克让爱其为人,以女妻之。"

[5]老江郎:指安徽巡抚江忠源。清文宗咸丰三年十二月(1854年1月),太平军攻破庐州城,时任安徽巡抚江忠源投水自杀。

赵彦伦

赵彦伦,生卒年不详,字云齐,又字云墀、懿士,号云持,清安徽合肥东乡(今属安徽省合肥市肥东县)人。清穆宗同治元年(1862)举孝廉方正。治小学,工诗文。十四岁即能诗,诗句凝练,被赞为"五言长城"。著有《云无心轩诗集》《香径词》。

晚泊施口[1]

滩远抱河曲,平洲柳万株。[2]

波明鱼避网,潮退树生须。

物价增藜藿,天灾接楚吴。[3]

芦根宵系缆,残月望巢湖。

注　释

[1]《晚泊施口》诗见清·陈诗《皖雅初集》卷二十九,民国十八年(1929)上海美艺图书公司印本。

[2] 河曲:① 河流迂曲的地方。▶《列子·黄帝》:"因复指河曲之淫隈曰:'彼中有宝珠,泳可得也。'"② 春秋晋国之地。位于今山西省永济县西蒲州到芮城县西风陵渡一带。黄河自北向南流,至此折向东流成一曲,故名。▶《春秋·文公十二年》:"晋人,秦人战于河曲。"

[3] 藜藿:① 藜,藜草;藿,豆叶。亦泛指粗劣的饭菜。▶《韩非子·五蠹》:"粝粢之食,藜藿之羹。"② 指贫贱的人。▶南朝·梁·江淹《效阮公诗》之十一:"藜藿应见弃,势位乃为亲。"

浮槎寺[1]

琳宫今寂寞,仙鼠戏承尘。[2]

老木拳新耳,荒烟种野磷。[3]

掬泉搜石乳,乞火向山邻。[4]

前辈留诗碣,摩挲一怆神。[5]

注　释

[1]《浮槎寺》诗见清·陈诗《皖雅初集》卷二十九,民国十八年(1929)上海美艺图书公司印本。

[2]琳宫:仙宫。亦为道观、殿堂之美称。此处指寺院。▶《初学记》卷二十三引《空洞灵章经》:"众圣集琳宫,金母命清歌。"

承尘:① 承受尘土。亦以称承接尘土的小帐幕。▶《礼记·檀弓上》:"君于土有赐帟。"汉·郑玄注:"帟,幕之小者,可以承尘。"② 指藻井,天花板。▶《后汉书·独行传·雷义》:"默投金于承尘上,后葺理屋宇,乃得之。"

仙鼠:蝙蝠的别名。▶唐·李白《答族姪僧中孚赠玉泉仙人掌茶》诗序:"余闻荆州玉泉寺近清溪诸山,山洞往往有乳窟,窟中多玉泉交流。其中有白蝙蝠,大如鸦。按《仙经》:蝙蝠一名仙鼠,千岁之后,体白如雪,栖则倒悬,盖饮乳水而长生也。"

[3]新耳:新长出来的菌类。

野磷:磷火,民间俗称为"鬼火"。

[4]乞火:① 求取火种。▶《淮南子·览冥训》:"乞火不若取燧,寄汲不若凿井。"② 指向人说情,推荐。典出▶《汉书·蒯通传》:"里妇夜亡肉,姑以为盗,怒而逐之。妇晨去,过所善诸母,语以事而谢之。里母曰:'女安行? 我今令而家追女矣。'即束缊请火于亡肉家,曰:'昨暮夜,犬得肉,争斗相杀,请火治之。'亡肉家遽追呼其妇。故里母非谈说之士也,束缊乞火非还妇之道也。然物有相感,事有适可。臣请乞火于曹相国。"▶唐·杜牧《酬张祜处士见寄长句四韵》:"荐衡昔日知文举,乞火无人作蒯通。"

[5]原诗"前辈留诗碣,摩挲一怆神"句后有作者自注:"有朱竹君紫牡丹诗石刻。"朱竹君,指清乾隆朝翰林学士朱筠。朱筠曾至浮槎山,作《浮槎山寺观紫牡丹花时清明后十日也》。

诗碣:诗碑。▶清·吴嘉纪《七夕同诸子集禅智寺硕公房再送王阮亭先生》诗:"入户访诗碣,尘埃试拂拭。"

三月望日，王谦斋尚辰招同吴菊坡克俊、方子箴濬颐、唐星斋增炳泛月逍遥津联句[1]

胜地良辰会佳客，主宾陶然忘形迹。

禊事才过三月三，朋簪小聚罗含宅。[2]

雉堞东偏斗鸭池，柳阴跕地绿丝丝。[3]

新蒲出水芦芽短，细麦飞花笋箨迟。[4]

濠流屈曲环如带，茆屋清幽隔埃塕。[5]

湿云低曳凤楼边，暝烟远抱渔庄处。[6]

绕篱野菜蝶来稀，去年燕子今年归。

香生红豆词人梦，酒渍金庭倦客衣。[7]

风流旷代追羲献，玉堂彩笔凌云健。[8]

夜阑剪烛竞飞觞，相思他日诗留卷。

当筵列坐多古怀，招得狂吟范陆侪。[9]

翰墨因缘邀月证，英雄事业半尘埋。

危桥咫尺传飞骑，将台久改招堤寺。[10]

一杵钟声警睡魔，千秋粉怨沈香骴。[11]

已觉尊前感慨多，那堪萍梗逐风波。[12]

偶临春水寻鸥鹭，还拟秋衣制芰荷。[13]

唐衢逃酒飘然去，更索倚楼补题句。[14]

雾散平芜不辨青，月明大地都流素。[15]

渐闻鸡唱起前村，野景苍茫夜色昏。[16]

橘酿瓶中倾剩沥，鸿泥壁上认新痕。[17]

天教占尽清闲福，山水怡情胜丝竹。[18]

为语今宵共醉人，如此佳游须再续。

注 释

[1]《三月望日,王谦斋尚辰招同吴菊坡克俊、方子箴濬颐、唐星斋增炳泛月逍遥津联句》诗见清·陈诗《皖雅初集》卷二十九,民国十八年(1929)上海美艺图书公司印本。

联句:古人作诗方式之一,由两人或多人各成一句或几句,合而成篇。旧传始于西汉汉武帝和诸臣合作的《柏梁诗》。

[2]禊事:禊祭之事。指三月上巳临水洗濯、祓除不祥的祭祀活动。▶《晋书·王羲之传》:"永和九年,岁在癸丑,暮春之初,会于会稽山阴之兰亭,修禊事也。"

朋簪:朋友,朋辈。语本▶《易·豫》:"大有得,勿疑,朋盍簪。"▶唐·戴叔伦《卧病》诗:"沧州诗社散,无梦盍朋簪。"

罗含宅:据《晋书·文苑传·罗含传》记载,晋人罗含累官至廷尉,年老致仕还家,在荆州城西小洲上立茅屋而居,家中阶庭忽然兰菊丛生,时人以为是他的德行所感。后来"罗含宅"常用为退仕后有所托身的典故。

[3]雉堞:又称垛墙,城墙顶部外侧的连续凹凸的齿形的矮墙。

斗鸭池:即合肥逍遥津,古又名"窦池""斗鸭池"。

踠[wǎn]:弯曲不能伸直。

[4]笋箨[tuò]:竹笋外壳。▶北周·庾信《谢滕王赉巾启》:"入彼春林,方夸笋箨。"

[5]埃壒[ài]:犹言尘土。▶《后汉书·班固传上》:"抗仙掌以承露,擢双立之金茎;轶埃壒之混浊,鲜颢气之清英。"

[6]暝烟:傍晚的烟霭。▶唐·戴叔伦《过龙湾五王阁访友不遇》诗:"野桥秋水落,江阁暝烟微。"

[7]红豆:又名相思子,一种生在岭南地区的植物,结出的籽像豌豆而稍扁,呈鲜红色。常为诗人用来写男女相思。▶唐·王维《相思》诗:"红豆生南国,春来发几枝?愿君多采撷,此物最相思。"

[8]羲献:晋代书法家王羲之、王献之父子二人的并称。

玉堂:殿堂的美称。

彩笔:指辞藻富丽的文笔。《南史·江淹传》载,江淹少时,曾梦人授以五色笔,从此文思大进,晚年又梦一个自称郭璞的人索还其笔,自后作诗,再无佳句。

凌云:据《史记·司马相如传》载,汉武帝说读司马相如所作《大人赋》,"飘飘有凌云之气,似游天地之间"。

[9]范陆侪[chái]:借指诗友。范陆,指南朝范晔与陆凯。侪[chái],辈,类。▶南朝·宋·盛弘之《荆州记》:"陆凯与范晔相善,自江南寄梅花一枝,诣长安与晔,并赠花诗曰:'折梅逢驿使,寄与陇头人。江南无所有,聊赠一枝春。'"

[10]"危桥咫尺传飞骑"句:三国孙权攻打合肥,在逍遥津被张辽等打得大败。张辽拆掉了横跨在逍遥津上的唯一一座西津桥,孙权逃到此处,牙将叫孙权将马倒退几步,抓紧马鞍,

遂向马屁股狠抽一鞭,孙权坐骑向前猛跃,飞一般跳过桥,脱离险境。西津桥后遂被称作飞龙桥或飞驹桥。

[11]骴[ci]:骸骨,肉未烂尽的尸骨。

[12]萍梗:借指行止无定,漂泊流徙的人或物。▶唐·许浑《晨自竹径至龙兴寺崇隐上人院》诗:"客路随萍梗,乡园失薜萝。"

[13]秋衣:① 秋日所穿的衣服。▶唐·李白《陪族叔刑部侍郎晔及中书贾舍人至游洞庭》诗之四:"醉客满船歌《白苎》,不知霜露入秋衣。"② 特指征戍军士的寒衣。▶唐·储光羲《临江亭五咏》之二:"城头落暮晖,城外捣秋衣。"

[14]唐衢:唐中叶诗人,屡试不第。所作诗意多伤感。见人诗文有所悲叹者,读后必哭。《旧唐书·唐衢》谓其好哭,"尝客游太原,属戎帅军宴,衢得预会。酒酣言事,抗音而哭,一席不乐,为之罢会"。后以"唐衢痛哭"为伤时失意之典。

逃酒:谓逃避饮酒,离席先去。▶宋·苏轼《虔守霍大夫监郡许朝奉见和此诗复次前韵》:"敢因逃酒去,端为和诗留。"

[15]流素:谓月亮发散出如练的光辉。▶宋·石孝友《水调歌头·上清江李中生辰》词:"七萼余翠,半月流素影徘徊。"

[16]鸡唱:犹言鸡鸣,鸡啼。▶唐·刘禹锡《酬乐天初冬早寒见寄》:"霜凝南屋瓦,鸡唱后园枝。"

[17]鸿泥:即"鸿泥雪爪",比喻往事留下的痕迹。典出▶宋·苏轼《和子由渑池怀旧》诗:"人生到处知何似,应似飞鸿踏雪泥。泥上偶然留指爪,鸿飞那复计东西。"

[18]天教:上天示意,以为教诲。▶《晏子春秋·谏上十八》:"日暮,公西面望,睹彗星。召伯常骞,使禳去之。晏子曰:'不可,此天教也。'"

舟中与蔡静远邦霖联句[1]

矮云起山不上天,盖作峰头一茅屋。

须臾飞尽不可寻,散入山坳万松竹。[2]

好风飒飒西南来,吹上高空露岩谷。

孤峰青堕篷窗前,竟日凭栏看不足。[3]

舟行好结青山缘,朝如同行暮同宿。

山光渐淡云不来,山云上舟纷可掬。[4]

注 释

[1]《舟中与蔡静远邦霖联句》诗见清·陈诗《皖雅初集》卷二十九,民国十八年(1929)上海美艺图书公司印本。

蔡邦霖:字熙万,号静远。合肥人。清嘉庆年间贡生,清宣宗道光元年(1821)举孝廉方正。著有《浴兰斋诗集》。

[2]山坳:山间的平地,两山间的低下处。 ▶宋·文天祥《至扬州》诗:"此去侬家三十里,山坳聊可避风尘。"

[3]篷窗:犹言船窗。 ▶宋·张元干《满江红·自豫章阻风吴城作》词:"倚篷窗无寐,引杯孤酌。"

[4]可掬:可以用手捧住。形容情状明显。 ▶唐·韩愈《春雪》诗:"遍阶怜可掬,满树戏成摇。"

赵彦荃

赵彦荃,生卒年不详,字湘荪,清安徽合肥东乡(今属安徽省合肥市肥东县)人。赵席珍之女。适沙祖授,年二十四而夫亡,矢志抚孤。素嗜吟咏,每一诗出,脍炙人口。著有《红雪轩诗集》。

自题书斋[1]

萧条门巷少行踪,无主飞花满地红。

残卷案头尘土积,遗笺壁上墨痕融。

绿窗同玩三更月,红豆抛残五夜风。[2]

往事已经都是幻,浮生转眼总成空。

注　释

[1]《自题书斋》诗见光铁夫《安徽名媛诗词征略》卷三,黄山书社1986年版。

[2] 绿窗:① 绿色纱窗。指女子居室。 ▶唐·李绅《莺莺歌》:"绿窗娇女字莺莺,金雀娅鬟年十七。" ② 指贫女的居室。与红楼相对,红楼为富家女子居室。 ▶唐·白居易《秦中吟·议婚》:"红楼富家女,金缕绣罗襦……绿窗贫家女,寂寞二十余。"

五夜:① 即五更。 ▶《文选·陆倕〈新刻漏铭〉》:"六日不辨,五夜不分。" ▶李善注引卫宏《汉旧仪》:"昼夜漏起,省中用火,中黄门持五夜。五夜者,甲夜、乙夜、丙夜、丁夜、戊夜也。" ② 指戊夜,即第五更。 ▶唐·崔琮《长至日上公献寿》诗:"五夜钟初动,千门日正融。"

李昭庆

　　李昭庆(1835—1873),字幼荃,清安徽合肥东乡(今属安徽省合肥市肥东县)人。李文安第六子。以员外郎从曾国藩军营。后为淮军统领,积功以盐运使记名简用。辛后赠太常寺卿。著有《补拙轩诗集》。

南阳湖中[1]

湖气如烟淡午曦,莲香作阵引凉飔。[2]

扁舟一叶飘然去,时见儿童拍水嬉。

注　释

[1]《南阳湖中》诗见民国·李家孚《合肥诗话》卷下,民国苏城临顿路毛上珍铅活字本。

南阳湖:即微山湖,在山东省南部。

[2]作阵:排成阵势,亦形容均匀密布。▶宋·梅尧臣《和道损喜雪》诗:"作阵从天落,何功得地均？暂欣供一赏,惜逐马蹄尘。"

凉飔:凉风。▶南朝·齐·谢朓《在郡卧病呈沈尚书》诗:"珍簟清夏室,轻扇动凉飔。"

九日嶅阳道中[1]

客中孤负菊花杯,破帽临风落几回？[2]

放眼齐州满秋色,白云黄叶乱山隈。[3]

注　释

[1]《九日嶅阳道中》诗见民国·李家孚《合肥诗话》卷下,民国苏城临顿路毛上珍铅活字本。

嶅阳:即今岙阳,属山东省泰安市新泰市,清代在此设有驿站。

[2]菊花杯:犹言菊花酒。亦指重阳日酒会。▶唐·张说《湘州九日城北亭子》诗:"宁知

沅水上,复有菊花杯。"

[3]齐州:犹言中州。古时指中国。▶《尔雅·释地》:"岠齐州以南,戴日为丹穴。"

汉南舟中即景[1]

新涨连天嫩绿肥,麦苗风里送春归。

咿呀柔橹一声远,惊起水田白鹭飞。[2]

注 释

[1]《汉南舟中即景》诗见清·陈诗《皖雅初集》卷三十,民国十八年(1929)上海美艺图书公司印本。

[2]咿呀:象声词。▶刘绍棠《瓜棚柳巷》:"船尾,有个人咿呀摇橹。"

李玉娥

李玉娥,生卒年不详,清安徽合肥东乡(今属安徽省合肥市肥东县)人。李文安次女,适同邑知县费日启。幼聪慧,喜读"纲鉴"。文安"官刑部时,闲暇授经义及古文词",意解心会,能得其旨趣。稍长,通群书,娴吟咏。诗清丽处,不减剑南。著有《养心斋诗集》。

夏日初霁[1]

夜雨溪桥新涨宽,桔槔气里语声欢。[2]

拖蓝三面榆阴湿,点素群飞鹭羽干。

杳杳浮岚明日脚,盈盈初月上檐端。[3]

荐盘瓜果逢佳节,莫使当筵酒兴阑。

注 释

[1]《夏日初霁》诗见光铁夫《安徽名媛诗词征略》卷三,黄山书社1986年版。

[2]桔槔:井上汲水的工具,在井旁架上设一杠杆,一端系汲器,一端悬、绑石块等重物,用不大的力量即可将灌满水的汲器提起。▶《庄子·天运》:"且子独不见夫桔槔者乎,引之则俯,舍之则仰。"

[3]浮岚:飘动的山林雾气。▶宋·欧阳修《庐山高赠同年刘中允归南康》诗:"欲令浮岚暖翠千万状,坐卧常对乎轩窗。"

日脚:①太阳穿过云隙射下来的光线。▶唐·岑参《送李司谏归京》诗:"雨过风头黑,云开日脚黄。"②方言。犹言日子,日期、时间。▶《水浒传》第七十四回:"大哥休怪,是要紧的日脚,先说得明白最好。"③方言。犹言日子,生活或生计。▶王西彦《曙》:"你说这日脚是人过的吗?"

李经世

李经世(1851—1891),字伟卿,号丹崖,清安徽合肥东乡(今属安徽省合肥市肥东县)人。李蕴章长子。清德宗光绪六年(1880)庚辰科进士,殿试二甲,朝考一等,改翰林院庶吉士,授职散馆编修。卒年四十一,追赠侍读衔,赐赠荣禄大夫。著有《醉芸馆诗集》《经史选腴》《醉芸馆诗赋》。

题高枕石头眠图[1]

松涛入耳泠泠急,云气蟠胸漠漠凉。[2]

梦到羲皇真境里,不知人间几沧桑。[3]

注　释

[1]《题高枕石头眠图》诗见民国·李家孚《合肥诗话》卷下,民国苏城临顿路毛上珍铅活字本。

[2]蟠胸:①满腹。▶明·杨慎《邓川杨少参两依庄》诗:"空余蟠胸济世策,日对邻叟谈桑麻。"②指广阔的心胸。▶清·姚椿《题杜陆两家诗集》诗:"朝廷尚多难,生理困愁疾;万象入蟠胸,只字歌中律。"

[3]羲皇:即伏羲氏。▶《文选·扬雄〈剧秦美新〉》:"厥有云者,上罔显于羲皇。"

偶访黄柳溪山水小幅玉山舅见而索之并嘱题句[1]

层峦叠翠最宜秋,独木危桥俯碧流。

我爱幽居绝尘世,隔溪山色卷帘收。

夕阳红树好婆娑,挂杖看山逸兴多。

留得闲云将屋补,幽人何必事牵萝。

注 释

[1]《偶访黄柳溪山水小幅玉山舅见而索之并嘱题句》诗见民国·李家孚《合肥诗话》卷下,民国苏城临顿路毛上珍铅活字本。

浪淘沙·夏夜[1]

风急雨飞鸣,暑退凉生。鲛绡一幅象床横,今夜睡乡添好梦,翻觉孤清。[2]

雨过月华明,玉漏无声。回阑寂阒少人行。四壁虫吟凄欲绝,似诉幽情。[3]

注 释

[1]《浪淘沙·夏夜》词见完颜海瑞《合肥诗词》,安徽文艺出版社2011年版。

[2] 鲛绡:传说中鲛人所织的绡。亦借指薄绢、轻纱。 ▶南朝·梁·任昉《述异记》卷上:"南海出鲛绡纱,泉室潜织,一名龙纱。其价百余金,以为服,入水不濡。"

象床:象牙装饰的床。 ▶《战国策·齐策三》:"孟尝君出行国,至楚,献象床。"

[3] 寂阒:寂静无声。 ▶明·杨慎《次韵陈玉泉见过》:"老去衡门饶寂阒,病来尘榻愧过从。"

吴翠云

吴翠云,生卒年、生平不详,清光绪时四川人。李经世侧室。

忆王孙·秋夜独坐[1]

频将罗扇扑流萤,烛烬香残冷画屏,为爱新凉户不扃。[2]

坐中庭,细数天边几点星。

注 释

[1]《忆王孙·秋夜独坐》词见民国·光铁夫《安徽名媛诗词征略》卷三,黄山书社1986年版。

[2] 扃[jiōng]:本义指门闩,此指关闭。

李经邦

李经邦(1852—1910),字达夫,号巽之,又号冰谷,清安徽合肥东乡(今属安徽省合肥市肥东县)人。李蕴章次子。县学优廪生。光绪丙子年(1906)以优贡朝考二等留任教职。光绪六年(1880)任内阁中书。光绪癸巳年(1893),由内阁中书筹饷,以道员分任江苏候补道。宣统二年(1910)卒,享年五十九。经邦生平重力行,不好著作,闲时以书画自娱。著有《皖政刍议》《冰谷小草》。

九华山地藏殿题壁[1]

名山坐镇百千秋,一片慈云护十洲。[2]

为热瓣香来净土,暂离人海悟浮沤。[3]

心如明镜尘时拭,爪印春泥迹偶留。

欲问牟尼何处岸?人间本自有丹邱。[4]

琳宫迢递接云霄,野竹依墙护客寮。

山雨侵窗生昼暝,鸣泉赴壑起春潮。

穿云钟杵回还迥,隔涧禅林指点遥。

着屐偏游留后约,问途应许觅归樵。

注　释

[1]《九华山地藏殿题壁》诗见民国·李家孚《合肥诗话》卷下,民国苏城临顿路毛上珍铅活字本。

[2]十洲:道教称大海中神仙居住的十处名山胜境,亦泛指仙境。▶《海内十洲记》:"汉武帝既闻王母说八方巨海之中有祖洲、瀛洲、玄洲、炎洲、长洲、元洲、流洲、生洲、凤麟洲、聚窟洲。有此十洲,乃人迹所稀绝处。"

[3]瓣香:①佛教语。犹言一瓣香。▶宋·陈若水《沁园春·寿游侍郎》词:"丹心在,尚瓣香岁岁,遥祝尧龄。"②师承,敬仰。▶清·洪亮吉《北江诗话》卷一:"近来浙中诗人,皆瓣香厉鹗《樊榭山房集》。"③喻崇敬的心意。▶郭沫若《参观刘胡兰纪念馆》:"五洲万国佳儿

女,海角天涯献瓣香。"

浮沤:水面上的泡沫。因其易生易灭,常比喻变化无常的世事和短暂的生命。▶唐·姚合《酬任畴协律夏中苦雨见寄》:"走童惊掣电,饥鸟啄浮沤。"

[4] 牟尼:梵语muni的音译。意为寂静。多指释迦牟尼。▶南朝·梁·简文帝《六根忏文》:"牟尼鹫岳之光,弥勒龙华之始。"

丹邱:亦作"丹丘"。传说中神仙所居之地。▶《楚辞·远游》:"仍羽人于丹丘兮,留不死之旧乡。"

阚濬鼎

阚濬鼎,生卒年不详,字新甫,晚清安徽合肥东乡(今属安徽省合肥市肥东县)人。阚凤楼子,阚寿坤兄,阚铎父。

题德妹遗稿[1]

不栉聪明质,才华夙厚期。[2]
岂知中路诀?仅此数篇遗。
风雨长安日,兵戈间道时。
只今思往事,一诵一凄其。[3]

潘岳悼亡后,连年分雁行。[4]
烈方共伯殉,才更左芬伤。[5]
慧绪抽蚕茧,庸医毒虎伥。
摩挲占宅相,聊以慰高堂。[6]

注释

[1]《题德妹遗稿》诗见清·阚寿坤《红韵阁遗稿一卷》,清光绪五年(1879)苏州刻本。德妹,即阚寿坤(1852—1878),字德娴。有《红韵阁遗稿》一卷。

[2]不栉:① 不束发。栉,古代男子束发用的梳篦。▶《礼记·曲礼上》:"父母有疾,冠者不栉,行不翔,言不惰,琴瑟不御。"② "不栉进士"的省称。徐嘉《论诗绝句》之四:"家有左芬夸不栉,栖鸦流水阿男诗。"③ 谓落发为僧。▶宋·苏舜钦《赠释秘演》:"伤哉不栉被佛缚,不尔烜赫为名卿。"

[3]凄其:① 凄凉悲伤。▶南朝·宋·谢灵运《初发石首城》:"钦圣若旦暮,怀贤亦凄其。" ② 寒凉貌。▶元·张养浩《长安孝子》:"退省百无有,满屋风凄其。"

[4]原诗"潘岳悼亡后,连年分雁行"句后有作者自注:"弟养贞暨少文兄"。

[5]原诗"烈方共伯殉"句后有作者自注:"弟妇黄淑人殉节蒙旌表"。

[6]宅相:① 谓住宅风水之相。典出 ▶《晋书·魏舒传》:"(舒)少孤,为外家甯氏所养。甯氏起宅,相宅者云:'当出贵甥。'外祖母以魏氏小而慧,意谓应之。舒曰:'当为外氏成此宅相。'" ▶明·李东阳《兆先赴试三河念之有作》:"古人重宅相,派出蒙泉深。"② 外甥的代称。出于晋代魏舒舅宅出贵甥故事。▶唐·赵元一《奉天录》卷四:"王贲侍郎,即令公之宅相也,志大气雄,酷似其舅。"

周桂清

> 周桂清(1856—1910),字稚娴,晚清歙县(今安徽省歙县)人。周芳三女,合肥诸生阚溶鼎继室,阚铎之母。能诗,有《缥缃馆稿》。

光绪乙亥,铎儿始生。时寓盘门,开窗正对瑞光寺塔,诗以勖之[1]

浮图涌现如文笔,界破青天任尔书。[2]

屋外高林通古寺,座中修竹认吾庐。

清池日涤端溪砚,陋巷时来长者车。

姑藕之无正蒙养,鲤庭方盛祖庭馀。[3]

注　释

[1]《光绪乙亥,铎儿始生。时寓盘门,开窗正对瑞光寺塔,诗以勖之》诗见民国·徐世昌《晚晴簃诗汇》卷一百九十一,民国十八年(1929)退耕堂本。

铎儿:指阚铎。

[2]界破:划破。▶唐·徐凝《庐山瀑布》:"今古长如白练飞,一条界破青山色。"

[3]蒙养:①潜心修养。语本▶《易·蒙》:"蒙以养正,圣功也。"孔颖达疏:"能以蒙昧隐默,自养正道,乃成至圣之功。"②教育童蒙。▶宋·苏辙《题张安道乐全堂》:"晚岁事蒙养,敛退就此堂。"

阚寿坤

阚寿坤(1852—1878),字德娴,清安徽合肥东乡(今属安徽省合肥市肥东县)人。阚凤楼之女,同邑方承霖室。十余岁时习《诗经》,年十五随父寓南京,与父妾云衣君、嫂周桂清从父学诗,又与桂清订姊妹。光绪四年(1878)四月卒于吴门,年甫二十七。著有《红韵阁遗稿》。

看海棠[1]

粉湿胭脂腻,红黏蛱蝶轻。[2]

美人春睡起,高烛晚妆明。

点颊犹余醉,凝眸互有情。

弱丝牵不断,弥觉态横生。

注　释

[1]《看海棠》诗见清·阚寿坤《红韵阁遗稿》,清光绪五年(1879)苏州刻本。

[2]蛱蝶:蝴蝶。▶晋·葛洪《抱朴子·官理》:"髫孺背千金而逐蛱蝶,越人弃八珍而甘蛙黾,即患不赏好,又病不识恶矣。"

采莲曲[1]

水烟破处见吴娃,荷叶田田簇鬓鸦。[2]

双桨如飞扑凉雨,一声欸乃入叶花。

注　释

[1]《采莲曲》诗见清·阚寿坤《红韵阁遗稿》,清光绪五年(1879)苏州刻本。

[2]吴娃:吴地美女。▶《文选·枚乘〈七发〉》:"使先施、征舒、阳文、段干、吴娃、闾娵、傅

予之徒……嬿服而御。"

采香径[1]

叶落呈官霸业论,苎萝人远梦成尘。[2]

采香径没苏台冷,香草依然属美人。[3]

注释

[1]《采香径》诗见清·阚寿坤《红韵阁遗稿》,清光绪五年(1879)苏州刻本。
采香径:亦作"采香迳""采香泾",古迹名。位于江苏省苏州市西南灵岩山前。 ▶唐·刘禹锡《馆娃宫》:"唯余采香径,一带绕山斜。"

[2]苎萝:① 指苎萝山,位于浙江省诸暨市南,相传西施为此山鬻薪者之女。见汉·赵晔《吴越春秋·勾践阴谋外传》。▶清·李渔《玉搔头·微行》:"常笑吴王非好色,不曾亲到苎萝村。"② 西施的代称,或泛称美女。▶宋·贺铸《小重山》词:"正节号清狂。苎萝标韵美,倚新妆。"

[3]苏台:① 即姑苏台,又名胥台。在苏州西南姑苏山上。相传为春秋时吴王阖闾所筑,夫差于台上立春宵宫,作长夜之饮。越国攻吴,吴太子友战败,遂焚其台。▶唐·王勃《乾元殿颂》:"风寒碣馆,露惨苏台。"② 因苏台地处苏州,故亦用以借指苏州。▶宋·吴处厚《青箱杂记》卷八:"苏有姑苏台,故苏州谓之苏台。"

登小楼西面远眺[1]

树冷开元古寺荒,登临凭眺意茫茫。

碧云暮合草长道,红雨春飞花夕阳。

百雉有城欹塔影,数声无笛韵沧浪。[2]

晚樵归去天衔静,虚说姑苏采径香。

注释

[1]《登小楼西面远眺》诗见清·阚寿坤《红韵阁遗稿》,清光绪五年(1879)苏州刻本。

[2]百雉:① 指城墙的长度达300丈,修建百雉是春秋时国君的特权。雉,古代计算城墙

面积的单位。长三丈高一丈为一雉。▶《礼记·坊记》:"都城不过百雉。"郑玄注:"雉,度名也,高一丈,长三丈。"② 指宫城围墙长300丈。▶唐太宗《帝京篇》之一:"绮殿千寻起,离宫百雉余。"③ 借指城墙。▶晋·葛洪《抱朴子·君道》:"云梯乘于百雉之上,皓刃交于象魏之下。"

摸鱼儿·秋夜[1]

问西风,甚时吹紧?催将鸿雁声悄。菊花伴坼重阳蕊,凉夜月圆天小,炉篆袅。[2]晕一缕,仙云不碍飞琼笑。[3]莺烦燕恼,道辜却韶光,传来冷信,逐渐岭梅早。[4]

谁家院,萧韵凄眠度晓。声声心事缠搅。丹凝禅悟寻常耳,还是文园幽妙。[5]闲自料,烟云幻,繁华转眼成秋草。朱颜未老,正力避吴霜,冬余强饭,竹素浣尘抱。[6]

注　释

[1]《摸鱼儿·秋夜》词见清·阚寿坤《红韵阁遗稿》,清光绪五年(1879)苏州刻本。

[2] 炉篆:指香炉中的烟缕,因其缭绕如篆书,故称。▶宋·范成大《签厅夜归用前韵呈子文》:"炉篆无风香雾直,庭柯有月露光寒。"

[3] 飞琼:① 仙女名。后泛指仙女。▶《汉武帝内传》:"王母乃命诸侍女……许飞琼鼓震灵之簧。"② 指飘飞的白色物,如雪、玉兰花等。▶宋·辛弃疾《满江红·和范先之雪》词:"天上飞琼,毕竟向人间情薄。"

[4] 岭梅:指大庾岭上的梅花。大庾岭上梅花,古来有名。因岭南北气候差异,梅花南枝已落,北枝方开。▶唐·杜甫《秋日荆南述怀》:"秋雨漫湘竹,阴风过岭梅。"

[5] 文园:① 即孝文园,汉文帝的陵园。后亦泛指陵园或园林。▶唐·钱起《赴章陵酬李卿赠别》:"芳草文园路,春愁满别心。"② 指汉司马相如。因司马相如曾任文园令。▶唐·刘知几《史通·序传》:"至马迁,又征三闾之故事,放文园之近作,模楷二家,勒成一卷。"③ 借指文人。▶唐·杜牧《为人题》:"文园终病渴,休咏《白头吟》。"

[6] 吴霜:吴地的霜,亦比喻白发。▶唐·李贺《还自会稽歌》:"吴霜点归鬓,身与塘蒲晚。"

强饭:努力加餐,勉强进食。▶《史记·外戚世家》:"行矣,强饭,勉之!即贵,无相忘。"

竹素:犹竹帛,多指史册、书籍。▶《三国志·吴志·陆凯传》:"明王圣主取士以贤,不拘卑贱,故其功德洋溢,名流竹素。"

尘抱:尘襟。▶宋·陆游《自述》:"勃落为衣隐薜萝,扫空尘抱养太和。"

李可权

李可权(1855—1902),原名经权,字芝楣,清安徽合肥东乡(今属安徽省合肥市肥东县)人。廪生,官候选直隶州知州,驻日本神户市领事。光绪二十八年(1902)卒,年四十八。公初不作诗,在日本与郑孝胥相从甚密,始学为诗。

甲午初春,郑苏戡约同出游西京,夜宿浪花楼。大雪。晨起,张盖出门买书偕访日人江马天钦、小野湖山两君而归因纪以诗[1]

春归十日东风里,杨柳含情莺燕喜。

郑子相携作漫游,我年四十游方始。

四条桥畔晚停车,贺茂川南问酒家。

照尽兴衰灯若电,淘残风月浪为花。

三层阁上凭栏立,歌管微闻下方咽。

夜迥天低星斗寒,风尖梦冷衾如铁。

对榻商量春事迟,明朝哪有花盈枝。

雪花一夜大如掌,已恐早梅先赴诗。

银海踢翻光焕放,大地玉山愁堕压。

纸帐惊疑直到明,东山烈烈挂铜钲。[2]

我贪朝吟赏未极,白战再酣天不惜。[3]

踏碎琉璃不肯回,经入螺鬟计亦得。

故人忽忆访戴事,湖山有主良非易。[4]

张益冲寒得得来,入门有酒径须醉。[5]

当歌禁体已有人,自言老大方惜春。[6]

适来满拜琼瑶贶,预识繁华是后尘。[7]

注　释

[1]《甲午初春,郑苏戡约同出游西京,夜宿浪花楼。大雪。晨起,张盖出门买书偕访日人江马天钦、小野湖山两君而归因纪以诗》诗见民国·李家孚《合肥诗话》卷下,民国苏城临顿路毛上珍铅活字本。

郑苏戡:即郑孝胥。郑孝胥(1860—1938),字苏戡,一作苏堪,一字太夷,号海藏,尝取东坡'万人如海一身藏'诗意,额所居曰'海藏楼',世称'郑海藏'。福建闽侯(今福建省闽侯县)人。光绪二十四年(1898)起历任总理各国事务衙门章京、京汉铁路南段总办兼汉口铁路学堂校长、广西边防大臣,安徽、广东按察使。辛亥革命后以遗老自居,1932年投敌任伪满洲国总理大臣兼文教总长。1935年失势,1938年病死,一说为日人毒死。工楷、隶,尤善楷书。工诗,为诗坛"同光体"宣导者之一,着有《海藏楼诗集》。

江马天钦:即江马大江(1825—1901),日本人。本名下坂圣钦,号天江。德川末期勤王诗人。擅长诗、书、画及书画鉴定。日本中国古书画鉴定权威。

小野湖山:小野湖山(1814—1910),名长愿,字士达,号湖山。日本人。明治初期名震诗坛的"三山"之一。著有《湖山楼诗稿》《湖山近稿》《郑绘余意》等。

[2]纸帐:以藤皮茧纸缝制的帐子。据《遵生八笺》卷八记载,其制法为:"用藤皮茧纸缠于木上,以索缠紧,勒作皱纹,不用糊,以线折缝缝之。顶不用纸,以稀布为顶,取其透气。"▶宋·苏轼《自金山放船至焦山》:"困眠得就纸帐暖,饱食未厌山蔬甘。"

[3]白战:① 空手作战。指作"禁体诗"时禁用某些较常用的字。北宋欧阳修为颖州太守,曾与客会饮,作咏雪诗,禁用玉、月、梨、梅、絮、鹤、鹅、银、舞、白诸字。▶明·唐寅《拟瑞雪降群臣贺表》:"白战骚坛,莫效惠连之赋。"② 泛指互相搏斗。▶郭孝成《江苏光复纪事》:"该局通班长警及巡逻队,亦即整械抵敌,始尚徒手白战,旋竟互相开枪。"

[4]访戴:访友。典出▶南朝·宋·刘义庆《世说新语·任诞》:"王子猷居山阴,夜大雪……忽忆戴安道。时戴在剡,即便夜乘小船就之。经宿方至,造门不前而返。人问其故,王曰:'吾本乘兴而行,兴尽而返,何必见戴。'"▶唐·皇甫冉《刘方平西斋对雪》:"自然堪访戴,无复《四愁》诗。"

[5]冲寒:冒着寒冷。▶唐·杜甫《小至》:"岸容待腊将舒柳,山意冲寒欲放梅。"

[6]禁体:亦称"禁字体"。指禁体诗。▶宋·陈傅良《和张孟阜寻梅韵》:"我尝欲拟禁字体,不道雪月冰琼瑰。"

[7]后尘:① 行进时后面扬起的尘土。▶《文选·鲍照〈舞鹤赋〉》:"逸翩后尘,翱翥先路。"李善注:"言飞之疾,尘起居鹤之后。"② 比喻在他人之后。▶晋·张协《七命》:"余虽不敏,请寻后尘。"

游有马[1]

五月苦炎蒸,冒暑山中行。

曲折途虽宽,高低不能平。

舆人各挥汗,恻然动我情。

道旁啜苦茗,暂使心神清。

危坡一就下,骇与奔轮争。

万山摇筼筜,远风相逐迎。

溪壑多流泉,险峻常不盈。

涓滴得少挹,尘梦倏已醒。

渐闻半山间,遥遥作雷砰。

飞瀑一千丈,突怒怪石横。[2]

傍午就逆旅,轩窗临水明。

位置连山边,适意岂所经?

凭栏数苍翠,移家思耦耕。[3]

注 释

[1]《游有马》诗见民国·李家孚《合肥诗话》卷下,民国苏城临顿路毛上珍铅活字本。

[2]突怒:① 盛怒。▶汉·枚乘《七发》:"有似勇壮之卒,突怒而无畏。"② 突起貌。▶唐·柳宗元《钴鉧潭西小丘记》:"其石之突怒偃蹇,负土而出,争为奇状者,殆不可数。"

[3]耦耕:二人并耕。后亦泛指农事或务农。▶《礼记·月令》:"(季冬之月)命农计耦耕事,修耒耜,具田器。"

方 澍

方澍(1856—1930),字六岳,清安徽无为(今安徽省无为县)人。清德宗光绪二十年(1894)举人,任李鸿章幕僚,兼东馆塾师,外放浙江盐政大使。后辞职从教,在肥西紫蓬山坐塾。曾协助李恩绶修《巢湖志》《紫蓬山志》。民国后任中学教员。善能文,尤工诗。著有《濡须诗选》《岭南吟稿》。

巢湖舟中[1]

湖山别我今几年,清梦不离湖上船。

长风瞬息百余里,坐弄湖烟饮湖水。

泛泛渔舟三与五,菰蒲滩上霁残雨。

去来行乐谁可招,青山与我为宾主。

碧霞仙子云中居,红楼帘影人有无。

相从诸娣踏歌出,玉冠金辂群龙趋。

绿笺细谱迎送曲,新词石帚邀神巫。

迩来野色黯淮甸,哀鸿四集墙上乌。

崇祠瑰丽列将帅,穷年奋筑劳千夫。[2]

将毋湖神笑汝拙,岂伊明德流声誉。

鸥鹭翩翻喜新浴,秋空寒潦浸天绿。

朝采湖莼暮采菱,缚茅只在湖一曲。[3]

醉拈铁笛当晚吹,独拥明月湖心宿。

中流容与不逢人,手濯十年衣上尘。[4]

故乡信美足栖隐,何用镜湖乞此身。

钓竿一拂入烟雾,寻我湖山最佳处。

注 释

[1]《巢湖舟中》诗见清·李恩绶编《巢湖志》卷二"诗",黄山书社2007年版。

[2]畚筑:盛土和捣土的工具。 ▶《左传·宣公十一年》:"令尹艿艾猎城沂,使封人虑事,以授司徒。量功命日,分财用,平板干,称畚筑……事三旬而成,不愆于素。"

[3]缚茅:修造简陋的房屋。 茅,谓茅屋。 ▶明·宋濂《宝盖山实际禅居记》:"非有绝念之深功,不能超出死生而入常寂之场,子盍缚茅于重山密林而究明之乎?"

[4]容与:① 徘徊犹豫,踌躇不前貌。 ▶《楚辞·离骚》:"忽吾行此流沙兮,遵赤水而容与。"② 从容闲适的样子。 ▶《楚辞·九歌·湘夫人》:"时不可兮骤得,聊逍遥兮容与。"③ 随水波起伏动荡的样子。 ▶《楚辞·九章·涉江》:"船容与而不进兮,淹回水而凝滞。"④ 放纵,放任。 ▶《庄子·人间世》:"因案人之所感,以求容与其心。"

金缕曲·舟过中庙[1]

风涌涛声壮。溯空明鱼龙未醒,扁舟西放。晓日晴蒸霞绚烂,红晕波光下上。更雨洗遥天清旷。山额半堆晨雾白,渐蜿蜒透出青无恙。老姥近,阁铃响。

迎神曲付篙师唱。[2]倚新声红楼帘影,尧章何往。沼荇溪毛秋水洁,翠羽明珰来飨。[3]助我江湖平荡。三岛十洲游历遍,挈樵青,身世收鱼网。[4]鸥鹭梦,结遐想。

注 释

[1]《金缕曲·舟过中庙》诗见清·李恩绶编《巢湖志》卷二"诗",黄山书社2007年版。

[2]篙师:撑船的熟手。 ▶唐·杜甫《水会渡》诗:"篙师暗理楫,歌笑轻波澜。"

[3]溪毛:溪边野菜。语出 ▶《左传·隐公三年》:"苟有明信,涧溪沼沚之毛……可荐于鬼神,可羞于王公。" ▶宋·辛弃疾《鹧鸪天·睡起即事》词:"呼玉友,荐溪毛,殷勤野老苦相邀。"

翠羽明珰:又作"翠羽明珠",泛指珍贵的饰物。 ▶宋·张孝祥《二郎神·七夕》词:"聚翠羽明珠三市满,楼观涌、参差金碧。"

来飨:① 谓鬼神前来接受祭祀,歆享供品。 ▶《诗·商颂·烈祖》:"来假来飨,降福无疆。"② 谓远方诸侯前来进献贡物。 ▶《诗·商颂·殷武》:"莫不敢来飨,莫不敢来王。"

[4]十洲:道教称大海中神仙居住的十处名山胜境。亦泛指仙境。 ▶《海内十洲记》:"汉武帝既闻王母说八方巨海之中有祖洲、瀛洲、玄洲、炎洲、长洲、元洲、流洲、生洲、凤麟洲、聚窟洲。有此十洲,乃人迹所稀绝处。"

樵青:指女婢。典出 ▶唐·颜真卿《浪迹先生玄真子张志和碑》:"肃宗尝锡奴婢各一,玄真配为夫妻,名夫曰渔僮,妻曰樵青。"▶宋·陆游《幽居即事》诗:"炊烹付樵青,锄灌赖阿对。"

水龙吟·巢湖阻风[1]

扁舟待与春归,西行日为东风困。塔尖雪霁,钟声霜晓,客怀孤另。[2]万顷长湖,数行野鹜,掠开明镜。正斜阳满眼,渔榔寻遍来往处,烟波稳。

不道濡须路近,望故园,计程无定。倚门白发,扶床黄口,御冬未省。[3]木瘦猿清,水凹山凸,怆然游兴。乞碧霞仙子,怜我愁吟,送轻帆影。

注 释

[1]《水龙吟·巢湖阻风》词见清·李恩绶编《巢湖志》卷二"诗",黄山书社2007年版。

[2] 孤另:孤单,孤独。▶宋·刘克庄《水调歌头·十三夜》词:"嫦娥老去孤另,离别匹如闲。"

[3] 黄口:① 雏鸟的嘴。借指雏鸟。▶汉·刘向《说苑·敬慎》:"孔子见罗者,其所得者皆黄口也。" ② 指幼儿。▶《淮南子·氾论训》:"古之伐国,不杀黄口,不获二毛。"

未省:未曾,没有。▶唐·白居易《寻春题诸家园林》诗:"平生身得所,未省似而今。"

应天长·泊姥山[1]

逆风回棹,炙日行天,孤舟当午如烧。樵斧渔榔牧笛,声声出烟草。[2]湖田远,野屋少,看一片红莲香稻。歇篷处,长昼无人,青山怨啼鸟。

归梦隔居巢,骇浪惊波,眼前望难到。沙村沽酒,衔觞劝农老。[3]荒滩路,石径小。看不定,塔尖残照。三更后,纤月如眉,飞上林杪。[4]

注 释

[1]《应天长·泊姥山》词见清·李恩绶编《巢湖志》卷二"诗",黄山书社2007年版。

[2] 樵斧:柴斧,代指樵夫。▶宋·陈与义《出山》诗之二:"山空樵斧响,隔岭有人家。"

[3] 衔觞:谓饮酒。▶明·文征明《九日游双塔院》诗:"衔觞辄忘世,何似栗里陶。"

"沙村沽酒,衔觞劝农老"似有缺字。

[4]林杪:树梢,林外。 ▶晋·陆机《感时赋》:"猿长啸于林杪,鸟高鸣于云端。"

水龙吟·湖干阻雨[1]

人如不系虚舟,萍根偶为西风住。[2]水天一色,苍茫顾影,黾蛙同堵。落叶新黄,丛山冷碧,旧曾来去。正客心摇荡,又谁听得,打篷背,潇潇雨。

心曲何人堪诉。浪玎璁,菰蒲私语。[3]愁如中酒,夜如积岁,者番情绪。[4]桑户鸡啼,霜程雁警,数声凄楚。记腥烟苦蓼、秋阴浅泊,是孤吟处。

注 释

[1]《水龙吟·湖干阻雨》词见清·李恩绶编《巢湖志》卷二"诗",黄山书社2007年版。

[2]虚舟:① 无人驾驭的船只。语本 ▶《庄子·山木》:"方舟而济于河,有虚船来触舟,虽有偏心之人不怒。"② 比喻胸怀恬淡旷达。 ▶唐·骆宾王《秋日于益州李长史宅宴序》:"长史公玄牝凝神,虚舟应物。"③ 谓任其漂流的舟楫,常比喻人事飘忽,播迁无定。 ▶唐·高适《同薛司直诸公秋霁曲江俯见南山作》诗:"片云对渔父,独鸟随虚舟。"④ 轻捷之舟。 ▶《文选·谢灵运〈游赤石进帆海〉诗》:"溟涨无端倪,虚舟有超越。"

[3]玎璁:象声词。 ▶唐·刘禹锡《牛相公见示新什依韵抒情》:"玉柱玎璁韵,金觥靃凸稜。"

[4]者番:这番,这次。 ▶宋·晏几道《少年游》词之三:"细想从来,断肠多处,不与者番同。"

蒯光典

蒯光典(1857—1911),字礼卿,号季逑,又自号金粟道人、斤竹山民、蔗园老人子,晚清安徽合肥东乡(今属安徽省合肥市肥东县)人。蒯德模第四子。少年聪颖,八岁能诗,先后问业于冯桂芬、俞樾、刘熙载、汪士铎等硕贤,清德宗光绪九年(1883)癸未科进士,官至诰授资政大夫、二品衔候补四品京堂、学部丞参上行走、京师督学局局长。为学笃实,为政主张经世致用,积极鼓吹宪政,谋求政治改革,时以康(有为)、蒯并称。

天性伉爽,尚气节,诨号"蒯疯子"。交游广博,与名流贤达多有往来。其学兼新旧,文章、诗词频佳,藏书丰富。又通训诂、目录之学,著有《文学蒙求广义》四卷、《金粟斋遗集》八卷等。

宣统二年(1910),受命赴江宁(今江苏省南京市)筹办南洋劝业会,事毕,于本年十二月九日(1911年1月9日)病卒于任。《清史稿》有传。

答朝鲜贡使尹惺斋即以志别兼柬沈兰沼[1]

朝天有客远来临,乍会翻离感不禁。[2]

草草题襟风雨晦,迢迢归路海山深。[3]

传来菊秀兰衰句,写出桃投李报心。

笑我诗篇浑漫与,几时声价在鸡林。[4]

鸟鹅将鸣草不芳,感时极目暮云黄。

东藩自昔称文物,南内于今有上皇。[5]

罗刹狡谋犹未已,冲绳遗恨极难忘。[6]

诸君努力匡时略,守御由来在四荒。[7]

注 释

[1]《答朝鲜贡使尹惺斋即以志别兼柬沈兰沼》诗见清·蒯光典《金粟斋遗诗》,民国十八年(1929)江宁刻本。

[2]朝天:① 朝见天子。▶唐·王维《闻逆贼凝碧池作乐》:"万户伤心生野烟,百僚何日

再朝天。"② 朝见天帝。 ▶唐·吕岩《七言》诗之四三:"还丹功满未朝天,且向人间度有缘。"③ 向上,向天空方向。

乍会:初次见面。 ▶《警世通言·杜十娘怒沉百宝箱》:"小弟乍会之间,交浅言深,诚恐见怪。"

[3] 题襟:抒写胸怀。唐时温庭筠、段成式、余知古常题诗唱和,有《汉上题襟集》十卷。见《新唐书·艺文志四》《唐诗纪事·段成式》。后遂以"题襟"谓诗文唱和抒怀。 ▶清·钱谦益《和东坡西台诗韵》之二:"肝肠迸裂题襟友,血泪模糊织锦妻。"

[4] 浑漫:混漫,杂乱。 ▶晋·葛洪《抱朴子·杂应》:"余究而观之,殊多不备,诸急病其尚未尽,又浑漫杂错,无其条贯,有所寻按,不即可得。"

声价:名誉身价。 ▶汉·应劭《风俗通·十反·聘士彭城姜肱》:"吾以虚获实,蕴藉声价。盛明之际,尚不委质,况今政在家哉!"

鸡林:① 指佛寺。 ▶唐·王勃《晚秋游武担山寺序》:"鸡林俊赏,萧萧鹫岭之居。"② 古国名,即新罗国。东汉永平八年(65),新罗王夜闻金城西始林间有鸡声,遂更名鸡林。 ▶唐·杨夔《送日东僧游天台》:"迥首鸡林道,唯应梦想通。"③ 指新罗附近的国家和地区。 ▶五代·齐己《送僧归日本》:"却忆鸡林本师寺,欲归还待海风吹。"④ 指鸡林贾。 ▶宋·姜夔《白石诗话》:"一家之语,自有一家之风味……模仿者语虽似之,韵亦无矣。鸡林其可欺哉!"

[5] 东藩:① 东方的藩国。 ▶《史记·郦生陆贾列传》:"臣请得奉明诏说齐王,使为汉而称东藩。"② 东方州郡的泛称。 ▶唐·杜甫《陪李北海宴历下亭》:"东藩驻皂盖,北渚凌清河。"

南内:① 唐代长安的兴庆宫。原系玄宗为藩王时故宅,后为宫,位于大明宫(东内)之南,故名。 ▶唐·白居易《长恨歌》:"西宫南内多秋草,落叶满阶红不扫。"② 南宋皇帝居住的地方。 ▶《宋史·舆服志六》:"中兴,服御惟务简省,宫殿尤朴。皇帝之居曰殿,总曰大内,又曰南内,本杭州治也。绍兴初,创为之。" ▶宋·周密《武林旧事·乾淳奉亲》:"官家恭请太上、太后来日就南内排当。"③ 明代皇城中的小南城。 ▶清·吴长元《宸垣识略·皇城一》:"缎疋库库神庙,在内东华门外小南城,名里新库,即明英宗所居之南内。永乐中所谓东苑也。" ▶清·孔尚任《桃花扇·余韵》:"南内汤池仍蔓草,东陵辇路又斜阳。"

[6] 未已:不止,未毕。 ▶《诗·秦风·蒹葭》:"蒹葭采采,白露未已。"

[7] 匡时:匡正时世,挽救时局。 ▶《后汉书·荀淑传论》:"平运则弘道以求志,陵夷则濡迹以匡时。"

四荒:① 四方荒远之地。 ▶《楚辞·离骚》:"忽反顾以游目兮,将往观乎四荒。"② 指四种荒诞的嗜酒行为。 ▶唐·陆龟蒙《添酒中六咏》诗序:"昔人之于酒,有注为池而饮之者,象为龙而吐之者,亲盗瓮间而卧者,将实舟中而浮者,可为四荒矣。徐景山有酒鎗,嵇叔夜有酒杯,皆传于后代,可谓二高矣。四荒不得不刺,二高不得不颂。"

为李新吾题陈伯阳《四玉清芬》手卷二首[1]

吴中看竹未嫌狂,彭泽餐英亦信芳。[2]

终古骚人同一例,林逋配食水仙王。[3]

携来《四玉清芬》卷,读向晴窗一笑成。[4]

若为画家添韵事,沉香兼刻李今生。[5]

注 释

[1]《为李新吾题陈伯阳〈四玉清芬〉手卷二首》诗见清·蒯光典《金粟斋遗诗》,民国十八年(1929)江宁刻本。

李新吾:即李经畬(1858—1935),字伯雄,号新吾、希吕。晚清民国合肥(今安徽省合肥市)人。李瀚章长子。清德宗光绪十六年(1890)庚寅恩科进士,曾任翰林院编修、侍讲,实录馆提调,兵部武选司员外郎。二品顶戴,光禄大夫。善书法、篆刻,识音律,懂戏曲,为民国北京最大的票友组织"春阳友社"的董事长。晚年坚决抵制日伪诱惑,保持了民族气节。

陈伯阳:陈淳(1484—1543),字道复,号伯阳,又号白阳山人。明江南苏州(今江苏省苏州市)人。诸生。工花卉,亦画山水,书法工行草。著有《白阳集》。

[2]看竹:咏竹的典故。典出 ▶《世说新语》:"王子猷尝行过吴中,见一士大夫家,极有好竹。主已知子猷当往,乃洒埽施设,在听事坐相待。王肩舆径造竹下,讽啸良久。主已失望,犹冀还当通,遂直欲出门。主人大不堪,便令左右闭门不听出。王更以此赏主人,乃留坐,尽欢而去。" ▶ 唐·李白《题金陵王处士水亭》:"好鹅寻道士,爱竹啸名园。"

餐英:典出 ▶《楚辞·离骚》:"朝饮木兰之坠露兮,夕餐秋菊之落英。"后世咏菊时遂用"餐英"为典故,隐寓高洁之意。

[3]配食:祔祭,配享。▶《汉书·外戚传上·孝武李夫人》:"武帝崩,大将军霍光缘上雅意,以李夫人配食,追上尊号曰孝武皇后。"

水仙王:宋代西湖旁有水仙王庙,祀钱塘龙君,故称钱塘龙君为水仙王。▶ 宋·苏轼《书〈林逋诗〉后》:"不然配食水仙王,一盏寒泉荐秋菊。"

[4]晴窗:明亮的窗户。▶ 唐·杜牧《闺情》:"暗砌匀檀粉,晴窗画夹衣。"

[5]今生:此生。谓这一辈子。▶ 唐·白居易《和杨六尚书〈喜两弟汉公转吴兴鲁士赐章服命宾开宴用庆恩荣〉赋长句见示》:"感羡料应知我意,今生此事不如君。"

青玉案三阕[1]

王孙芳草生无数,渐绿遍、长干路。[2]春色匆匆愁里度,几番风雨、几番晴霁,又早遥山暮。[3]

青鞋不怕春泥污,红药重教曲阑护。[4]细数落花成独步,自缘山野,不堪廊庙,不是文章误。[5]

莺声留我看山久,临去也、重回首。虽是春光随处有,暖风轻雾、淡烟疏雨,都在江边柳。

自知不是经纶手,无意封侯印如斗。[6]行乐何须金谷友,只消寻个,典衣伴侣,同醉金陵酒。[7]

五更风雨花如霰,问春在、谁庭院。报道春光浮水面,一双鸂鶒、数茎芹藻,无数桃花片。[8]

武陵溪上东风怨,空趁渔郎再寻便。抛弃已同秋后燕,那知别后,飘飘荡荡,这里重相见。

注 释

[1]《青玉案三阕》词见清·蒯光典《金粟斋遗诗》,民国十八年(1929)江宁刻本。

[2]长干:① 古建康里巷名。故址在今江苏省南京市南。▶《文选·左思〈吴都赋〉》:"长干延属,飞甍舛互。"刘逵注:"江东谓山冈间为'干'。建邺之南有山,其间平地,吏民居之,故号为'干'。中有大长干、小长干,皆相属。"② 借指南京。▶清·戴名世《道墟图诗序》:"今年夏,余读书长干。"

[3]晴霁:晴朗。霁,雨止。▶《北史·孝行传·皇甫遐》:"复于墓南作一禅窟,阴雨则穿窟,晴霁则营墓,晓夕勤力,未尝暂停。"

[4]青鞋:① 指草鞋。▶唐·杜甫《发刘郎浦》:"白头厌伴渔人宿,黄帽青鞋归去来。"② 借指笔套。▶宋·黄庭坚《戏咏猩猩毛笔》:"明窗脱帽见蒙茸,醉着青鞋在眼中。"
红药:芍药花。▶南朝·齐·谢朓《直中书省》:"红药当阶翻,苍苔依砌上。"

[5]廊庙:殿下屋和太庙。指朝廷。▶《国语·越语下》:"谋之廊庙,失之中原,其可乎?王姑勿许也。"

[6]经纶手:治国的良才。▶宋·辛弃疾《水龙吟·甲辰岁寿韩南涧尚书》词:"渡江天马

南来,几人真是经纶手?"

[7] 金谷友:金谷二十四友之省。指晋惠帝时以文才而屈节出入于秘书监贾谧之门的石崇、欧阳建、陆机、陆云、刘琨、左思、潘岳等二十四人。后以指富有才华之至友。▶唐·李玖《四丈夫同赋》:"珍重昔年金谷友,共来泉际话幽魂。"

典衣:① 典当质押衣服。▶唐·杜甫《曲江》诗之二:"朝回日日典春衣,每日江头尽醉归。"② 指饮酒。▶清·曹寅《读朱赤霞寄后陶诗漫和》:"衙罢典衣违例禁,病余丸药避章纠。"

[8] 芹藻:① 比喻贡士或才学之士。语本▶《诗·鲁颂·泮水》:"思乐泮水,薄采其芹……思乐泮水,薄采其藻。"▶南朝·梁·江淹《奏记诣南徐州新安王》:"淹幼乏乡曲之誉,长匮芹藻之德。"② 水芹和水藻。▶明·徐渭《送兰公子》:"耶溪芹藻色,相伴秋荷老。"

南浦[1]

黦絮堕花天,怅离筵、无限伤心怀抱。[2]长卷压归装,早题遍、词客诗人多少。袁丝赠语,劝君长保容颜好。[3]谁识披图留淡墨,渠已血凝芳草。[4]

思量日暮轻阴,莽天涯、回首修门梦绕。[5]生怕倚危栏,斜阳外、闲里江南秋老。春灯迹扫,那堪更吊朝廷小。知我行吟心事否?[6]凄绝芷兰枯槁。[7]

注 释

[1]《南浦》词见清·蒯光典《金粟斋遗诗》,民国十八年(1929)江宁刻本。

[2] 黦[yuè]:① 黄黑色。▶后蜀·毛熙震《后庭花》:"自从陵谷追游歇,画梁尘黦。"② 玷污。▶晋·周处《风土记》:"梅雨沾衣服败黦。"

[3] 袁丝赠语:代指临行时友人的赠语。袁丝,即袁盎(约前200—前150),字丝,汉初楚国人。曾任中郎将、陇西都尉、太常等。个性刚直,为人敢言直谏。《史记·袁盎晁错列传》载,袁盎即将担任吴相,临行前,他的侄子对他说:"吴王骄日久,国多奸。今苟欲劾治,彼不上书告君,即利剑刺君矣。南方卑湿,君能日饮,毋何,时说王曰毋反而已。如此幸得脱。"袁盎按照侄子的建议去办,得到吴王的厚待。

[4] 披图:展阅图籍、图画等。▶《后汉书·卢植传》:"今同宗相后,披图案牒,以次建之,何勋之有?"

[5] 轻阴:① 淡云,薄云。▶唐·刘禹锡《秋江早发》:"轻阴迎晓日,霞霁秋江明。"② 疏淡的树荫。▶南朝·梁·柳恽《长门怨》:"秋风动桂树,流月摇轻阴。"③ 微阴的天色。▶唐·张旭《山中留客》:"山光物态弄春晖,莫为轻阴便拟归。"

修门:楚国郢都的城门。后泛指京都城门。▶《楚辞·招魂》:"魂兮归来!入修门些。"

[6] 行吟:边走边吟咏。▶《楚辞·渔父》:"屈原既放,游于江潭,行吟泽畔。"

[7] 凄绝:谓极度凄凉或伤心。▶《东周列国志》第八十回:"工人思归,皆有怨望之心,乃歌《木客之吟》曰:'……木客何辜兮,受此劳酷?'每深夜长歌,闻者凄绝。"

芷兰:芷和兰。皆香草名。▶《荀子·宥坐》:"且夫芷兰生于深林,非以无人而不芳。"

枯槁:① 草木枯萎。▶《老子·七十六章》:"人之生也柔弱,其死也坚强。草木之生也柔脆,其死也枯槁。故坚强者死之徒,柔弱者生之徒。是以兵强则不胜,木强则折。故强大处下,柔弱处上。"② 干涸。▶唐·李白《自汉阳病酒归寄王明府》诗:"去岁左迁夜郎道,琉璃砚水长枯槁。"③ 憔悴,瘦瘠。▶汉·司马相如《长门赋》:"夫何一佳人兮,步逍遥以自虞;魂逾佚而不反兮,形枯槁而独居?"④ 困苦,贫困。▶《庄子·天下》:"墨子真天下之好也……虽枯槁不舍也。"

江云龙

江云龙(1858—1904),字潜之,号润生,清安徽合肥东乡(今属安徽省合肥市肥东县)人。清德宗光绪十六年(1890)庚寅科进士,改庶吉士,授编修,改江苏候补知府。著有《师二明斋遗稿》。

由皖回里毛耀南赠美人画轴戏占二十八字道谢[1]

买笑惭无十斛珠,毛君慨赠美人图。[2]

归舟权当西施载,一叶轻帆过五湖。[3]

注 释

[1]《由皖回里毛耀南赠美人画轴戏占二十八字道谢》诗见民国·徐世昌《晚晴簃诗汇》卷一百七十七,民国退耕堂刻本。

[2]买笑:① 意为狎妓游冶。▶唐·刘禹锡《泰娘歌》诗:"自言买笑掷黄金,月堕云中从此始。" ② 蔷薇花的别名。▶清·厉荃《事物异名录·花卉·蔷薇》:"《贾氏说林》:汉武与丽娟看花,蔷薇始开,态若含笑。帝曰:'此花绝胜佳人笑也。'"

[3]原诗"一叶轻帆过五湖"句后有注:"巢湖或指为五湖之一,归路经此。"

渡巢湖书内子所作梅花便面[1]

眼前指认小山孤,和靖风流古所无。[2]

抱得梅花高骨格,人间何地不西湖。[3]

注 释

[1]《渡巢湖书内子所作梅花便面》诗见民国·徐世昌《晚晴簃诗汇》卷一百七十七,民国退耕堂刻本。

便面:古代用以遮面的扇状物,后泛指扇子。▶《汉书·张敞传》:"时罢朝会,过走马章台街,使御吏驱,自以便面拊马。"颜师古注云:"面所以障面,盖扇之类,不欲见人,以此自障面,则得其便,故曰便面。"

[2]原诗"眼前指认小山孤"句后有注:"湖中有孤山。"

[3]骨格:① 人或动物的骨头架子。亦指人的体格、身材。▶《醒世恒言·李玉英狱中讼冤》:"那玉英虽经了许多磨折,到底骨格犹存。将息数日,面容顿改。" ② 比喻诗文或其他事物的骨架或主体。▶唐·元稹《唐故工部员外郎杜君墓系铭序》:"律切则骨格不存,闲暇则纤秾莫备。" ③ 骨气,品格。▶唐·吴融《赴阙次留献荆南成相公三十韵》:"骨格凌秋耸,心源见底空。" ④ 气质,仪态。▶元·郑光祖《伊尹耕莘》第一折:"此子生的形容端正,骨格清奇,非等闲之人也。"

二女篇赠李仲仙布政[1]

巢湖如洗镜,孤山如点黛。[2]

就中生二女,容颜婉娈对。[3]

年纪颇相若,幼者弱一岁。

闾里既相接,性情复相爱。

初七及下九,出入每连袂。

同守不字贞,各抱知希贵。[4]

毕竟幼者美,光华难久闷。

空谷发幽香,清飔飘兰蕙。

朝扫峨眉月,夕解湘江佩。

飞云撮其履,紫霓承其盖。

来去倏如风,游戏天人界。[5]

老女坐湖山,日抱泉石睡。

梦醒堕京华,王侯高甲第。

其中多美女,艳妆争妖异。

冠髻峨以高,眉腰曲而细。

自惭步屦非,欲进仍却退。[6]

幼女翩然来,光艳照满地。

邻妪啧称羡，室婢惊走避。

老女出迎将，掩扬增丑态。[7]

绨衣黯不光，荆钗理复坠。[8]

怜我女贞木，惨淡无泽气。

分我玳瑁簪，系我香罗带。

饰我百琲珠，一一生光怪。[9]

携手上香车，流轸衔飞辔。[10]

大道易扬尘，长风飘轻旆。

牛惧一点污，芳兰竟体败。[11]

每念旧湖山，结庐今仍在。

野菊灿晚花，修竹洒晴翠。[12]

自冷二女踪，庭宇生萧艾。

绩女挑镫叹，田妇倚锄待。[13]

会当联袂归，岁寒保松桧。[14]

注 释

[1]《二女篇赠李仲仙布政》诗见民国·徐世昌《晚晴簃诗汇》卷一百七十七，民国退耕堂刻本。

李仲仙布政：指李经羲。李经羲(1860—1925)，字仲山，又字仲仙，号悔庵，又有仲宣、仲轩、宓生等称，晚号蜕叟。安徽合肥人。晚年在苏州筑宅，室名蜕庐。晚清末年至民国时期官员，太傅李鸿章之侄，光禄大夫李鹤章第三子。李经羲于清德宗光绪五年(1879)以优贡捐奖道员，历任四川永宁道，后任湖南盐粮道、按察使、福建布政使、云南布政使、广西巡抚、云南巡抚、贵州巡抚、广西巡抚、云贵总督等职。民国建立后，曾任国务总理兼财政总长，但因张勋复辟，任职一周即去职，人称"短命总理"。1925年9月18日病逝于上海，享年65岁。

[2]点黛：① 指用毛笔书写。▶三国·魏·繁钦《砚赞》："方如地象，圆似天常，班彩散色，沤染毫芒，点黛文字，曜明典章。" ② 古时妇女用黑青色颜料画眉，称"点黛"。▶南朝·梁·王叔英妇《赠答》诗："妆铅点黛拂轻红，鸣环动佩出房栊。" ③ 代指用黑青色颜色画的眉毛。▶北魏·郦道元《水经注·济水二》："青崖翠发，望同点黛。"

[3]就中：① 其中。▶唐·杜甫《丽人行》："就中云幕椒房亲，赐名大国虢与秦。" ② 居中，从中。▶《红楼梦》第四十六回："须得我就中俭省，方可偿补。"

婉娈：亦作"婉恋"。① 美貌。▶《诗·齐风·甫田》："婉兮娈兮，总角丱兮。" ② 借指美女。▶清·钮琇《觚賸·粟儿》:"而一遇婉娈,其倾倒缱绻如此。"③ 柔顺,柔媚。▶汉·蔡邕《太傅安乐侯胡公夫人灵表》:"契阔中馈,婉恋供养。"④ 缠绵,缱绻。▶晋·陆机《于承明作与士龙》诗:"婉娈居人思,纡郁游子情。"⑤ 依恋貌。▶晋·陆机《汉高祖功臣颂》:"卢绾自微,婉娈我皇。"⑥ 委婉,含蓄。▶唐·殷璠《河岳英灵集·崔国辅》:"国辅诗,婉娈清楚,深宜调味。"

[4] 不字:① 未能生育。字,妊育。▶《易·屯》:"女子贞不字,十年乃字。"参阅清·王引之《经义述闻·周易上·女子贞不字》。② 谓不嫁人。▶清·钮琇《觚賸续编·妙霓》:"情忘衿裯,道悦苾刍,坚守不字之贞,妙解无生之谛。"

知希:《老子》:"知我者希,则我者贵。"后用"知希"表示知己难得。▶清·蒲松龄《聊斋志异·连城》:"此知希之贵,贤豪所以感结而不能自已也。"

[5] 天人:① 指洞悉宇宙人生本原的人。▶《庄子·天下》:"不离于宗,谓之天人。"② 天和人。▶《后汉书·班彪传下》:"往者王莽作逆,汉祚中缺,天人致诛,六合相灭。"③ 指仙人、神人。▶晋·葛洪《神仙传·张道陵》:"忽有天人下,千乘万骑,金车羽盖。"④ 特指天子。▶《晋书·应贞传》:"顺时贡职,入觐天人。"

[6] 步屐:① 脚步。▶唐·皇甫冉《宿淮阴南楼酬常伯能》诗:"独立宵分远来客,烦君步屐忽相求。"② 闲行,散步。▶宋·周邦彦《红林檎近》词:"步屐晴正好,宴席晚方欢。"

[7] 迎将:① 犹言迎接。▶《庄子·寓言》:"其往也,舍者迎将,其家公执席,妻执巾栉,舍者避席,炀者避灶。"② 犹言迎送。语出▶《淮南子·诠言训》:"圣人无思虑,无设储,来者弗迎,去者弗将。"▶宋·朱熹《次刘彦集木樨韵》之二:"定观极知先透彻,通心岂是故迎将。"

[8] 絺衣:① 细葛布衣。▶《史记·五帝本纪》:"尧乃赐舜絺衣,与琴,为筑仓廪,予牛羊。"② 周代五冕服之一。饰以刺绣的贵族礼服。▶清·凤韶《凤氏经说·终南》:"孤卿三章者曰絺衣。絺,紩以为绣也。三章者,衣绣粉米,裳绣黼黻,衣裳皆绣,故曰絺衣。"

[9] 百琲:极言珍珠之多。▶晋·王嘉《拾遗记·晋时事》:"(石崇)又屑沉水之香,如尘末,布象床上,使所爱者践之,无迹者赐以真珠百琲。"

[10] 飞辔:① 飞动的马辔。亦指奔驰的马。▶晋·陆机《拟青青陵上柏》诗:"方驾振飞辔,远游入长安。"② 策马疾驰。▶南朝·梁·简文帝《临秋赋》:"览时兴而自得,聊飞辔而娱情。"③ 太阳。▶《文选·陆机〈演连珠〉之三三》:"飞辔西顿,则离朱与朦瞍收察。"

[11] 芳兰竟体:遍体芳香。谓人品高雅绝俗。▶《南史·谢览传》:"览意气闲雅,视瞻聪明。武帝目送良久,谓徐勉曰:'觉此生芳兰竟体。'"

[12] 晴翠:草木在阳光照耀下映射出的一片碧绿色。▶唐·白居易《赋得古草原送别》:"远芳侵古道,晴翠接荒城。"

[13] 绩女:缉麻之女。▶宋·陆游《秋晚闲步邻曲以予近尝卧病皆欣然迎劳》诗:"放翁病起出门行,绩女窥篱牧竖迎。"

[14] 会当:该当,当须。含有将然的语气。▶《艺文类聚》卷五十四引三国·魏·丁仪《刑礼论》:"会当先别男女,定夫妇,分土地,班食物,此先以礼也。"

喜张子开至京赋赠[1]

小隐金门独寂歌,早应心地不风波。[2]

天机自走盘珠活,世事空将砖镜磨。

静嗅瓶梅知味少,不除窗草得春多。

柴门寂寂无车马,难得先生杖履过。

注　释

[1]《喜张子开至京赋赠》诗见清·陈诗《皖雅初集》卷三十,民国十八年(1929)上海美艺图书公司印本。

[2] 心地:① 佛教语。指心,即思想、意念等。佛教认为三界唯心,心如滋生万物的大地,能随缘生一切诸法,故称。语本▶《心地观经》卷八:"众生之心,犹如大地,五谷五果从大地生……以是因缘,三界唯心,心名为地。"▶《坛经·疑问品》:"使君心地但无不善,西方去此不遥。"② 宋后儒家用以称心性存养。▶《朱子语类》卷六七:"盖其心地虚明,所以推得天地万物之理。"③ 居心,用心。▶明·叶盛《水东日记·陈古庵经纪梁氏》:"朋游中,惟邻居同年陈汝同心地好,且有家法,孤子女可托也。"④ 器量,胸襟。▶《水浒传》第十七回:"王伦那厮,心地褊窄,安不得人。"⑤ 心情,心境。▶唐·司空图《偶诗》之五:"甘得寂寥能到老,一生心地亦应平。"

梦湘过我以淮北面制饼啖之三迭前韵[1]

春深齐盼麦秋晴,雪糁飞来客眼惊。[2]

细磨华山银屑出,重罗瀛海玉尘生。[3]

相臣闲却调羹手,名士虚传画饼声。[4]

记否曲江同与宴,莫欺卢叟赋诗平。

注　释

[1]《梦湘过我以淮北面制饼啖之三迭前韵》诗见民国·李家孚《合肥诗话》卷上,民国苏城临顿路毛上珍铅活字本。

[2] 雪糁：雪珠。▶明·刘基《雪晴偶兴因以成篇》诗："玄云四垂天黯黮，大野苍茫飞雪糁。"

[3] 重罗：① 重重罗网。▶唐·司空图《喜山鹊初归》诗之一："翠衿红觜便知机，久避重罗稳处飞。"② 器具名。即细罗筛。▶宋·陈造《谢韩干送丝糕》诗："国家厨妇一百技，三春九淅付重罗。"春，疑作"舂"。

[4] 相臣：宰相。亦泛指大臣。▶宋·梅尧臣《送张待制知越州》诗："沧海东边会稽郡，朱轮远下相臣家。"

送吴彦复归里[1]

一疏辞天阙，群言吾道非。[2]

从容理归棹，黯淡典朝衣。

瓠落樽无济，秋深蕨正肥。[3]

愿持圣明日，岁岁报春晖。

注　释

[1]《送吴彦复归里》诗见清·陈诗《皖雅初集》卷三十，民国十八年（1929）上海美艺图书公司印本。原诗标题后有注："丁酉"。

吴彦复：即吴保初。吴保初（1869—1913），字彦复，号君遂，晚号瘿公，庐江县沙湖山人，与陈三立、谭嗣同、丁惠康赞同维新，时人称为"清末四公子"。其为淮军将领、广东水师提督吴长庆之子。光绪二十三年（1897）鉴于甲午战败，保初乃上《陈时事疏》，直"以亡国之说，告之于皇上"。冀其"怵危亡"而"谋富强"，被刑部尚书刚毅压下未报，乃愤然引疾南归。其人善书法，其诗襟怀高旷，沉思渊旨，有王安石之风，熔铸古今，不拘一体，著有《北山楼诗词文集》。

[2] 吾道：我的学说或主张。▶《论语·里仁》："子曰：'参乎！吾道一以贯之。'"

[3] 瓠落：① 大貌，空廓貌。▶《庄子·逍遥游》："魏王贻我大瓠之种，我树之成而实五石，以盛水浆，其坚不能自举也。剖之以为瓢，则瓠落无所容。"② 潦倒失意貌。犹言落拓。▶明·归有光《祭方御史文》："公孙蝼屈于南宫之试，予亦瓠落于东海之滨。"

无济：① 无所补益。▶宋·王谠《唐语林·识鉴》："瀑布可以图画，而无济于人。"② 不可救治。▶《清史稿·允礽传》："允礽病笃，上谕曰：'允礽病无济，区区稚子，有何关系……宜割爱就道。'因启跸。"

题李树人栖竹图[1]

歌声朗朗出金石,快读人间有用书。

我愿化身万竿竹,画中日日伴君居。

注　释

[1]《题李树人栖竹图》诗见清·陈诗《皖雅初集》卷三十,民国十八年(1929)上海美艺图书公司印本。原诗标题"李树人"后有注:"丙荣"。

李丙荣:李丙荣(1867—1938),字树人。江苏丹徒(今江苏省镇江市)人。清末民初藏书家。知名学者李恩绶之子,清附贡生,曾以五品衔官安徽候补知县。其以藏书享誉镇江,重视地方文献的收藏。继后,参编《大观亭志》,校勘其父李恩绶纂修的当涂《采石志》。著《绣春馆词抄》《京江诗抄》等。

李经羲

　　李经羲(1859—1925),字仲山,又字仲仙,号悔庵,又有仲宣、仲轩、宓生等称,晚号蜕叟,晚清安徽合肥东乡(今属安徽省合肥市肥东县)人。李鹤章第三子。光绪五年(1879)优贡生,历任按察使、福建布政使、云南布政使、广西巡抚、云南巡抚、贵州巡抚。宣统元年(1909)2月,升任云贵总督。辛亥革命时,被蔡锷礼送出境,与王芝祥、于右任等在北京组织国事维持会。民国初,先后出任政治会议议长、参政院参政、审计院院长。袁世凯称帝时,封其与徐世昌、赵尔巽、张謇为"嵩山四友"。袁死后,避居天津。

　　民国六年(1917)夏,受命出任国务总理兼财政总长。后因张勋复辟,就任不足一周即去职,故有"短命总理"之称。1925年9月18日在上海病逝,年65岁。

　　李经羲长于公牍文字,下笔万言。诗才丰赡,雅近东坡。晚年感忧实事,多以吟咏自娱。

将去香港留别陈君省三[1]

霜雪横侵入鬓丝,岁寒心事白苹知。[2]

飘零淮帜挥刀晚,痛绝湘兰抱石迟。[3]

三鸟吾将从舜水,无湖公亦老鸥夷。[4]

重逢莫话兴亡事,万变沧桑未有期。

注　释

[1]《将去香港留别陈君省三》诗见民国·李家孚《合肥诗话》卷下,民国苏城临顿路毛上珍铅活字本。

[2]白苹:亦作"白萍"。水中浮草。▶南朝·宋·鲍照《送别王宣城》:"既逢青春献,复值白苹生。"

[3]抱石:①怀抱石头。谓投水或投水而死。▶《韩诗外传》卷一:"申徒狄非其世……遂抱石而自沉于河。"②犹言抱璞。▶唐·李白《赠丹阳横山周处士惟长》:"抱石耻献玉,沉泉笑探珠。"

[4]三鸟:古代神话中西王母身边的三只青鸟,亦为使者的泛称。▶《山海经·大荒西经》:"有三青鸟,赤首黑目,一名曰大鵹,一名少鵹,一名曰青鸟。"

五十三岁生日感怀四首之一[1]

碧霄万里断飞鸢,细柳关前二月天。

酒归妇人公不死,黄金丹诀世无仙。[2]

淮南卧阁诚知罪,塞北弯弓只自怜。[3]

燕颔虎头非骨相,青门荒却种瓜田。[4]

注　释

[1]《五十三岁生日感怀四首之一》诗见民国·李家孚《合肥诗话》卷下,民国苏城临顿路毛上珍铅活字本。

[2]丹诀:炼丹术。▶晋·干宝《搜神记》卷一:"有人入焦山七年,老君与之木钻,使穿一盘石……四十年,石穿,遂得神仙丹诀。"

[3]淮南卧阁:引汉汲黯淮南卧典。典出▶《史记》卷一百二十《汲郑列传》:"黯隐于田园。居数年,会更五铢钱,民多盗铸钱,楚地尤甚。上以为淮阳,楚地之郊,乃召拜黯为淮阳太守。黯伏谢不受印,诏数强予,然后奉诏。诏召见黯,黯为上泣曰:'臣自以为填沟壑,不复见陛下,不意陛下复收用之。臣常有狗马病,力不能任郡事,臣愿为中郎,出入禁闼,补过拾遗,臣之愿也。'上曰:'君薄淮阳邪?吾今召君矣。顾淮阳吏民不相得,吾徒得君之重,卧而治之。'黯既辞行,过大行李息,曰:'黯弃居郡,不得与朝廷议也。然御史大夫张汤智足以拒谏,诈足以饰非,务巧佞之语,辩数之辞,非肯正为天下言,专阿主意。主意所不欲,因而毁之;主意所欲,因而誉之。好兴事,舞文法,内怀诈以御主心,外挟贼吏以为威重。公列九卿,不早言之,公与之俱受其僇矣。'息畏汤,终不敢言。黯居郡如故治,淮阳政清。后张汤果败,上闻黯与息言,抵息罪。令黯以诸侯相秩居淮阳。七岁而卒。"后以喻指官吏治理有方或声望高,能做到无为而治。

[4]燕颔虎头:①形容相貌威武。▶《东观汉记·班超传》:"超问其状。相者曰:'生燕颔虎头,飞而食肉,此万里侯相也。'"②借指武将、勇士。▶宋·孙光宪《北梦琐言》卷十四:"唐自大中已来,以兵为戏者久矣。廊庙之上,耻言韬略……一旦宇内尘惊,闽左飙起,遽以褒衣博带,令押燕颔虎头,适足以取笑耳。"

青门荒却种瓜田:谓未得隐退,又引青门瓜典。青门瓜:汉初,故秦东陵侯召平种瓜于长安城东青门。瓜美,世称"东陵瓜",又名"青门瓜"。见《三辅黄图》卷一。▶南朝·梁·何逊《南还道中送赠刘谘议别》:"目想平陵柏,心忆青门瓜。"

次韵答刘逊甫[1]

沙鸥对结水云居,尘外秋心味转腴。[2]

惊听雷声抽籗笋,误疑风力扫枝梧。[3]

羽亡一鹬资渔利,钵咒双龙笑拂愚。

闲煞豆棚供夜话,不愁羁梦入歧途。

注 释

[1]《次韵答刘逊甫》诗见民国·李家孚《合肥诗话》卷下,民国苏城临顿路毛上珍铅活字本。

刘逊甫:刘慎诒,安徽贵池人,著有《龙慧堂诗》。

[2]秋心:秋日的心绪。多指因秋来而引起的悲愁心情。▶唐·鲍溶《怨诗》:"秋心还遗爱,春貌无归妍。"

[3]籗笋:竹笋。▶《宣和画谱·亲王頵》:"以墨写竹,其茂梢劲节,吟风泻露,拂云筛月之态,无不曲尽其妙……今御府所藏籗笋荣竹图二,籗笋小景图一。"

庚戌孟秋僚友出城行水登大观楼感赋四首之一[1]

梦断觚棱拥秃旄,哓音瘏口夜空号。[2]

玺书岂不优勤切,井络徒为界画劳。[3]

九府泉流归海去,千衙笔退比山高。[4]

玉关未分生还想,三世櫜刀敢自挠。[5]

注 释

[1]《庚戌孟秋僚友出城行水登大观楼感赋四首之一》诗见民国·李家孚《合肥诗话》卷下,民国苏城临顿路毛上珍铅活字本。

大观楼:全国各地多有,此处所指疑为云南昆城西的近华楼。

行水:① 行于水上。▶《周礼·考工记序》:"作车以行陆,作舟以行水。" ② 流动的水,水流。▶《素问·五常政大论》:"地裂冰坚,少腹痛,时害於食,乘金则止水增,味迺咸,行水减也。"王冰注："行水,河渠流注者也。"③使水流通,治水。 ▶《孟子·离娄下》："禹之行水也,行其所无事也。"④谓用水洁身以祈佛。 ▶《南史·齐竟陵王子良传》："数于邸园营斋戒,大集朝臣众僧,至赋食行水,或躬亲其事。"⑤方言,指水路口的过路费、买路钱,亦指正当的税收、养路费。 ▶黄谷柳《虾球传·渡船》："他不是鹤山人,他斗胆来设卡收行水。"⑥巡视水势。 ▶《国语·晋语九》："三年而知氏亡。"三国·吴·韦昭注："知伯与韩魏伐赵襄子,围晋阳而灌之,城不浸者三版。知伯行水,魏桓子御,韩康子骖乘。"

[2]瓰棱:亦作"瓰棱"。①宫阙上转角处的瓦脊呈方角棱瓣之形,亦借指宫阙。 ▶《文选·班固〈西都赋〉》："设璧门之凤阙,上瓰棱而栖金爵。"②借指京城。 ▶宋·秦观《赴杭倅至汴上作》："俯仰瓰棱十载间,扁舟江海得身闲。"③借指故国。 ▶梁启超《游箱根浴温泉作》："忽起瓰棱思,乡心到玉关。"④棱角。 ▶清·纪昀《阅微草堂笔记·滦阳消夏录五》："时河冰方结,瓰棱如锋刃。"⑤比喻言行方正刚烈。 ▶清·方文《喜左又錞见访即送其归里》诗之一："时危明且晦,未可太瓰棱。"

哓音瘏口:犹言舌敝唇焦。形容说话之多,费尽口舌。 ▶梁启超《本馆第一百册祝辞》第一："《清议报》,事业之至小者也,其责任止在于文字……虽然,菲葑不弃,敝帚自珍,哓音瘏口,亦已三年,言念前劳,不欲泯没。"

[3]勤切:殷切的关怀。 ▶宋·范仲淹《与韩魏公书》："某启,递中捧台诲,至荷勤切。"

井络:①井宿区域。 ▶晋·左思《蜀都赋》："岷山之精,上为井络。"②井宿的分野。专指岷山。 ▶唐·李商隐《井络》诗："井络天彭一掌中,漫夸天设剑为峰。"③泛指蜀地。 ▶《宋书·袁豹传》："清江源于滥觞,澄氛浸于井络。"④犹言井里、街道。 ▶明·李东阳《送王公济归武昌歌》："武昌何雄哉？高藩巨镇天为开……翚飞井络周沓乎其间,不独帆樯往来者。"

[4]九府:①周代掌管财币的机构。后泛指国库。 ▶《史记·货殖列传》："其后齐中衰,管子修之,设轻重九府。"张守节正义："周有大府、玉府、内府、外府、泉府、天府、职内、职金、职币,皆掌财币之官,故云九府也。"②指各方的宝藏和特产。 ▶《尔雅·释地》："九府:东方之美者,有医无闾之珣玗琪焉；东南之美者,有会稽之竹箭焉；南方之美者,有梁山之犀象焉；西南之美者,有华山之金石焉；西方之美者,有霍山之多珠玉焉；西北之美者,有昆仑虚之璆琳琅玕焉；北方之美者,有幽都之筋角焉；东北之美者,有斥山之文皮焉；中有岱岳,与其五谷鱼盐生焉。"③南齐设置的九个官署,犹汉之九寺。 ▶《资治通鉴·齐明帝建武三年》："于是郡县及六署、九府常行职事。"胡三省注："九府:太常、光禄勋、卫尉、廷尉、大司农、少府、将作大匠、太仆、大鸿胪九卿府也。"④犹言脏腑。 ▶前蜀·杜光庭《皇后本命醮词》："医方所诊,脏气未调,荣卫未和,正气衰薄,六脉未复,九府犹虚。"

[5]玉关:①即玉门关。 ▶北周·庾信《竹杖赋》："玉关寄书,章台留钏。"②门闩的美称。 ▶晋·挚虞《思游赋》："跨烈缺兮窥乾坤,挥玉关兮出天门。"③借指宫门。 ▶唐·许玫《题雁塔》："宝轮金地压人寰,独坐苍冥启玉关。"

虔刀:《晋书·王祥传》等载,刺史吕虔有佩刀,工相之,以为必登三公,可服此刀。吕谓"苟非其人,刀或为害",乃赠时为别驾之王祥。王佩之,后果为三公。后因以"虔刀"比喻赠人的珍贵之物,谓使物得其主。

李经述

李经述(1864—1902),字仲彭,号澹园,清安徽合肥东乡(今属安徽省合肥市肥东县)人。为李鸿章过继的嫡子。传说李鸿章去世后,李经述悲痛过甚,吞金而死,归葬合肥东乡茅冈(今二十埠河附近),时人感其孝行,在其墓旁建牌坊以表纪念,俗称"孝子坊"。坊今不存,部分残存构件现收藏于大兴镇李鸿章享堂中。

光绪十五年正月举行归政典礼,懿旨赏家大人用紫缰,异数也。献诗恭贺,即用簧斋先生原韵[1]

据鞍矍铄气犹雄,曾见垂鞭紫禁中。[2]
令典敢希宗胄制,中兴还念老臣功。
诏承丹凤恩荣被,辔勒青骢德望崇。
惟祝圣朝长偃武,衮衣坐镇拨皇风。[3]

注　释

[1]《光绪十五年正月举行归政典礼,懿旨赏家大人用紫缰,异数也。献诗恭贺,即用簧斋先生原韵》诗见清·李国杰辑《合肥李氏三世遗集〈李袭侯遗集〉》卷七,光绪三十年(1904)合肥李氏刊本。

懿旨:古用以称皇后、皇太后或皇妃、公主等的命令。亦用为贵显人家长辈妇人命令的敬称。▶金·董解元《西厢记诸宫调》卷三:"妾奉夫人懿旨,送先生归馆。"

紫缰:紫色的马缰绳。清代对皇室近支和有功的高级官员特许乘马用紫缰,以示恩宠。▶清·洪昇《长生殿·合围》:"双手把紫缰轻挽,骗上马,将盔缨低按。"

[2]据鞍:跨着马鞍。亦借指行军作战。▶《后汉书·马援传》:"援自请曰:'臣尚能被甲上马。'帝令试之。援据鞍顾眄,以示可用。"

[3]偃武:停息武备。▶《晚清文学丛钞·说唱文学卷上·学生相和歌》:"世无文弱国,今非偃武时。"

皇风:皇帝的教化。▶汉·班固《东都赋》:"觐明堂,临辟雍;扬缉熙,宣皇风。"

夏日即事[1]

云卷奇峰叠叠奇,空庭早已怯炎曦。[2]
筠帘似隔一重雾,薤簟横生八尺漪。[3]
最好微凉延北牖,顿思清宴到南皮。[4]
开轩自觉多闲敞,眺远居高此亦宜。[5]

燕语莺啼为底忙,春来忽忽去堂堂。[6]
多情欲哭残花落,作态生憎脱絮狂。
为辟尘埃频洒扫,爱看图书足徜徉。
盆池几叶芙蕖出,引我幽怀到碧湘。

阅尽人情真赏希,疏佣合饱故园薇。[7]
陈编尽有益师友,俗论原无真是非。[8]
性僻拼遭河曲笑,心闲久忌汉阴机。[9]
呼童抱瓮浇花径,一角西檐落晚晖。

翛然不觉久离群,寂处心情澹似云。
竹院焚香风易度,薰窗倚枕雨先闻。
病多本草翻都熟,暑渴清茶饮亦醺。[10]
自笑日长消底事,诗魔却与睡魔分。[11]

瞥见新篁尽放梢,绿阴一片压檐茅。[12]
爪牙当路憎蛛网,门户依人陋燕巢。
老病死难先事料,琴书酒肯暂时抛。
夜深凉月犹当户,此是生平耐久交。

顾此头颅百念灰,又看日影过庭槐。
倦凭木榻学僧定,静掩蓬门为客开。

兰有幽香时一至,蝶无宿约忽双来。[13]

眼前逸趣何曾少,不待山中更剪莱。

沈湎休浮河朔樽,号呶转使寸心烦。[14]

遣愁良法惟开卷,却热奇方是闭门。

百尺梧桐堪作幄,四围薜荔自成垣。

幕天席地吾方适,寄语诸君漫入裈。[15]

接屋疑牵岸上舟,此中偃仰百无忧。[16]

人生原自多磨蝎,野处何妨学饭牛。[17]

苍白惯看片云幻,输赢又报一秤收。

冰丸风鲊无庸设,胸次萧然本似秋。[18]

注 释

[1]《夏日即事》诗见清·李国杰辑《合肥李氏三世遗集〈李袭侯遗集〉》卷七,光绪三十年(1904)合肥李氏刊本。

[2]炎曦:① 指炽烈的日光。▶唐·韩愈《郑群赠簟》诗:"倒身甘寝百疾愈,却愿天日恒炎曦。"② 比喻高热。▶明·高启《驱疟》诗:"俄顷水火争,寒冰继炎曦。"③ 比喻君恩。▶清·翁志琦《反班婕妤〈怨歌行〉》:"薄俗区故新,君子秉贞节,炎曦会有时,谁云恩义绝?"

[3]筠帘:竹帘。▶清·体胥《晏清都》词:"怅春归,啼鸟都稀。筠帘昼长人静。"

[4]北牖:① 在北墙上开窗户。▶《礼记·郊特牲》:"薄社北牖,使阴明也。"② 指朝北的窗。▶唐·王榮《凉风至赋》:"北牖闲眠,西园夜宴。"

南皮:县名。秦置。今属河北省。汉末建安中,魏文帝曹丕为五官中郎将,与友人吴质等文酒射雉,欢聚于此,传为佳话。后成为称述朋友间雅集宴游的典故。▶《文选·曹丕〈与朝歌令吴质书〉》:"每念昔日南皮之游,诚不可忘。"

[5]闲敞:阔大空旷。▶汉·张衡《南都赋》:"体爽垲以闲敞,纷郁郁其难详。"

[6]为底:① 治足茧。▶《山海经·南山经》:"(玄龟)佩之不聋,可以为底。"② 为什么。▶唐·唐彦谦《越城待旦》诗:"为底朱颜成老色,看人青史上新名。"

[7]真赏:① 确能赏识。也指真能赏识的人。▶《南史·王昙首传》:"知音者希,真赏殆绝。"② 会心地欣赏。▶宋·范仲淹《与谏院郭舍人书》:"又嘉江山满前,风月有旧,真赏之际,使人愉然。"③ 指值得欣赏的景物。▶唐·蔡文恭《奉和夏日游山应制》:"悠然动睿思,息驾寻真赏。"

[8]陈编:指古籍、古书。▶唐·韩愈《进学解》:"踵常途之促促,窥陈编以盗窃。"

[9] 河曲笑：指河曲智叟对愚公移山行为的嘲笑。典出 ▶《愚公移山》："……河曲智叟笑而止之曰：'甚矣,汝之不惠。以残年余力,曾不能毁山之一毛,其如土石何？'北山愚公长息曰：'汝心之固,固不可彻,曾不若孀妻弱子。虽我之死,有子存焉；子又生孙,孙又生子；子又有子,子又有孙；子子孙孙无穷匮也,而山不加增,何苦而不平？'河曲智叟亡以应。"

[10] 本草：《神农本草经》的省称,古代著名药书。因所记各药以草类为多,故称《本草》。亦泛指医书。

[11] 诗魔：① 犹如入魔一般的强烈的诗兴。▶ 唐·白居易《醉吟》之二："酒狂又引诗魔发,日午悲吟到日西。"② 指酷爱做诗好像着了魔一般的人。▶ 唐·刘禹锡《春日书怀寄东洛白二十二杨八二庶子》诗："心知洛下闲才子,不作诗魔即酒颠。"③ 指诗文的怪异格调。▶ 宋·严羽《沧浪诗话·诗辩》："夫学诗者以识为主,入门须正,立志须高；以汉、魏、晋、盛唐为师,不作开元、天宝以下人物。若自退屈,即有下劣诗魔入其肺腑之间。"

睡魔：谓使人昏睡的魔力。比喻强烈的睡意。▶ 唐·吕岩《大云寺茶诗》："断送睡魔离几席,增添清气入肌肤。"

[12] 新篁：新竹,新竹林。

[13] 宿约：事先或旧时的约言。▶ 唐·姚合《谢秦校书与无可上人见访》诗："道同无宿约,三伏自从容。"

[14] 河朔樽：即河朔饮,指夏日避暑之饮或酣饮。典出 ▶ 三国·魏·曹丕《典论》："大驾都许,使光禄大夫刘松北镇袁绍军,与绍子弟日共宴饮,常以三伏之际,昼夜酣饮,极醉,至于无知。云以避一时之暑,故河朔有避暑饮。"▶ 南朝·梁·何逊《苦热》诗："实无河朔饮,空有临淄汗。"

号呶：喧嚣叫嚷。典出 ▶《诗·小雅·宾之初筵》："宾既醉止,载号载呶。"

[15] 入裈：钻入裤裆。典出 ▶《世说新语·任诞篇》："刘伶恒纵酒放达,或脱衣裸形在屋中。人见讥之。伶曰：'我以天地为栋宇,屋室为裈衣,诸君何为入我裈中？'"

[16] 接屋：屋子连着屋子。形容屋子或居人众多。▶ 北齐·刘昼《新论·从化》："尧舜之人,可比屋而封；桀纣之人,可接屋而诛。"

偃仰：① 安居,游乐。▶《诗·小雅·北山》："或栖迟偃仰,或王事鞅掌。"② 谓随世俗应付。▶《荀子·非相》："与时迁徙,与世偃仰。"③ 俯仰。▶《后汉书·李固传》："固独胡粉饰貌,搔头弄姿,槃旋偃仰,从容冶步,曾无惨怛伤悴之心。"④ 骄傲。▶《文选·陆机〈豪士赋序〉》："众心日陊,危机将发,而方偃仰瞪眄,谓足以夸世。"

[17] 磨蝎：星宿名。"磨蝎宫"的省称。古人迷信星象者,谓生平行事常遭挫折者为遭逢磨蝎。▶ 宋·苏轼《东坡志林·退之平生多得谤誉》："退之诗云：'我生之辰,月宿南斗。'乃知退之磨蝎为身宫,而仆乃以磨蝎为命,平生多得谤誉,殆是同病也。"

饭牛：① 喂牛,饲养牛。▶《庄子·让王》："鲁君闻颜阖得道之人也,使人以币先焉。颜阖守陋闾,苴布之衣,而自饭牛。"② 寓不慕爵禄,过劳动自适的生活之意。▶ 宋·刘克庄《沁园春·平章生日丁卯》词序："短衣饭牛而至旦,业已归耕；掊笭笼鸽以放生,末由旅贺。"

③ 比喻贤才屈身于卑贱之事。语本 ▶《管子·小问》:"百里傒,秦国之饭牛者也,穆公举而相之,遂霸诸侯。"

[18] 胸次:胸间,亦指胸怀。 ▶《庄子·田子方》:"行小变而不失其大常也,喜怒哀乐不入于胸次。"

昆虫十咏[1]

蝶

暖日蒸花气,矜春逞艳妆。

横金偏妩媚,傅粉自清狂。[2]

昼永酣寻梦,风微软趋香。[3]

翩翩浊不定,端为惜流光。[4]

蜂

大义君臣重,辛勤日两衙。

积香成世界,工酿度韶华。

假子春分粟,真王晓课花。[5]

专房竟腰细,岂独楚宫夸。[6]

蚁

百万骁腾众,丸泥托奥区。[7]

资生劳负戴,立国构征诛。[8]

应雨阴阳协,旋天日月趋。

胡为慕膻味,也效世人愚。[9]

蜗牛

负性甘卑湿,游踪每避喧。[10]

频纡云母肉,乱织水精痕。

破壁苔纹古,残碑雨气昏。

居然身左右,蛮触自乾坤。[11]

萤

微火初秋见,辉辉喜夜晴。

疏帘能出入,小草亦光明。

暗度流虚白,高飞点太清。[12]

自从隋苑散,长趁读书声。

蠹鱼

谁复知鱼乐,游行此大观。

以书为性命,于古得波澜。

粗涉千篇易,遥传尺素难。

丛残殊厌饫,枵腹笑儒冠。[13]

蚯蚓

薄暮空阶寂,孤行喜就阴。

屈身虽有迹,出处本无心。

侯应金风肃,生资土德深。[14]

当前求易足,乐性且长吟。

蚊

入幕骄乌喙,晴雷彻夕闻。[15]

殉贪生为口,成市气如云。

幻界容巢睫,香魂怨露筋。[16]

夜来询小字,羞杀薛灵芸。[17]

蝉

岂惟尸解异,辟谷亦仙流。[18]

振羽金波夜,耽吟白露秋。

祇堪同当笑,何事共貂愁。

沆瀣清霄满,红林足冶游。[19]

蟋蟀

壁立谁为侣,凄凄夜未央。[20]

浮生三徙宅,暮岁一登堂。

气盛常思斗,音清自中商。

最怜风露冷,少妇急流黄。[21]

注　释

[1]《昆虫十咏》诗见清·李国杰辑《合肥李氏三世遗集〈李袭侯遗集〉》卷七,光绪三十年(1904)合肥李氏刊本。本诗共十首,分别咏蝶、蜂、蚁、蜗牛、萤、蠹鱼、蚯蚓、蚊、蝉、蟋蟀等十种昆虫。

[2]横金:宋代标识官阶高低的一种佩戴。▶宋·王之道《醉蓬莱·代人上高御带》词:"恩厚随龙,官崇御带,二十横金,玉阶寸地。"

[3]昼永:白昼漫长。▶宋·洪迈《容斋三笔·李元亮诗启》:"元亮亦工诗,如'人闲知昼永,花落见春深'。"

[4]流光:①谓福泽流传至后世。▶《谷梁传·僖公十五年》:"德厚者流光,德薄者流卑。"②流动、闪烁的光彩。▶汉·司马相如《上林赋》:"应骅声,击流光,野尽山穷,囊括其雌雄。"③特指如水般流泻的月光。▶三国·魏·曹植《七哀》诗:"明月照高楼,流光正徘徊。"④指如流水般逝去的时光。▶唐·鲍防《人日陪宣州范中丞传正与范侍御传真宴东峰亭》诗:"流光易去欢难得,莫厌频频上此台。"

[5]假子:①夫的前妻之子或妻的前夫之子。▶《汉书·王尊传》:"美阳女子告假子不孝。"②养子,义子。▶《旧唐书·辅公祏传》:"初,(杜)伏威养壮士三十余人为假子,分领兵马。"

[6]专房:①犹言专夜,专宠。▶《后汉书·皇后纪下·安思阎皇后》:"后专房妒忌,帝幸宫人李氏,生皇子保,遂鸩杀李氏。"②指实际上作妾的婢女。▶元·无名氏《连环计》第三折:"我好快活也。专房,抬上果桌来。"

[7]骁腾:谓骏马奔驰飞腾。▶南朝·宋·颜延之《赭马白赋》:"临广望,坐百层,料武艺,品骁腾。"

丸泥：① 一粒泥丸。 ▶晋·葛洪《抱朴子·备阙》："弹鸟则千金不及丸泥之用,缝缉则长剑不及数分之针。" ② 归隐。 ▶汉·刘向《列仙传·方回》："方回者,尧时隐人也……为人所劫,闭之室中,从求道,回化而得去,更以方印掩封其户。时人言,得回一丸泥涂门户,终不可开。" ③ 守险拒敌。 ▶《后汉书·隗嚣传》："汉王元说隗嚣以兵守函谷关东拒刘秀：'今天水完富,士马最强……元请以一丸泥为大王东封函谷关,此万世一时也。'" ④ 揉泥,团泥。 ▶《江表传》："粮食乏尽,妇女或丸泥而吞之。"

奥区：① 腹地。 ▶《后汉书·班固传上》："防御之阻,则天下之奥区焉。" ② 深奥之处。 ▶南朝·梁·刘勰《文心雕龙·宗经》："洞性灵之奥区,极文章之骨髓者也。"

[8]资生：① 赖以生长；赖以为生。 ▶《易·坤》："至哉坤元,万物资生。" ② 谓有助于国计民生。 ▶章炳麟《驳中国用万国新语说》："纵令先民典记非资生之急务,契券簿录为今人所必用者,亦可瞀然不解乎？" ③ 指经济。 ▶梁启超《论学日本文之益》："吾中国之治西学者固微矣,其译出各书,偏重于兵学、艺学,而政治、资生等本原之学,几无一书焉。"

负戴：① 以背负物,以头顶物。亦谓劳作。 ▶《孟子·梁惠王上》："谨庠序之教,申之以孝悌之义,颁白者不负戴于道路矣。" ② 指夫妻一起安贫乐道,不慕富贵荣华。典出 ▶汉·刘向《列女传·楚接舆妻》：接舆躬耕以为食,楚王使使者持金百镒、车二驷往聘迎之。其妻曰："义士非礼不动,不为贪而易操,不为贱而改行。妾事先生躬耕以为食,亲织以为衣,食饱衣暖,据义而动,其乐亦自足矣。若受人重禄,乘人坚良,食人肥鲜,而将何以待之？不如去之。"于是夫负釜甑,妻戴纴器,变名易姓而远徙,莫知所之。

[9]慕膻：比喻因爱嗜而争相附集。典出 ▶《庄子·徐无鬼》："羊肉不慕蚁,蚁慕羊肉。羊肉,膻也。舜有膻行,百姓悦之。故三徙成都,至邓之虚,而十有万家。"

[10]负性：① 禀性。 ▶清·吴伟业《临江参军》诗："临江髯参军,负性何贞烈。" ② 具有个性。 ▶《儿女英雄传》第二五回："人生在世,含情负性,岂同草木无知？"

[11]蛮触：以喻指为小事而争斗者。典出 ▶《庄子·则阳》："有国于蜗之左角者,曰触氏；有国于蜗之右角者,曰蛮氏。时相与争地而战,伏尸数万,逐北,旬有五日而后反。" ▶唐·白居易《禽虫》诗之七："蟭螟杀敌蚊巢上,蛮触交争蜗角中。"

[12]暗度：① 不知不觉地过去。 ▶唐·杜甫《舟中夜雪有怀》诗："暗度南楼月,寒深北渚云。" ② 暗中转换。 ▶郭沫若《断断集·〈资本论〉中的王茂荫》："由这样,把不兑现的'官票宝钞'便暗度到兑现的钱庄钞票。"

[13]丛残：琐碎,零乱。亦指琐碎零乱的事物。 ▶汉·牟融《理惑论》："众道丛残,凡有九十六种。"

厌饫：① 吃饱,吃腻。 ▶汉·严忌《哀时命》："时厌饫而不用兮,且隐伏而远身。" ② 满足。 ▶清·恽敬《〈香石诗钞〉序》："即如粤中白沙、甘泉之诗,世所谓不为道学所掩者,而于近今诗人之意已不能厌饫,况其他哉！"

枵[xiāo]腹：① 空腹。谓饥饿。 ▶唐·康骈《剧谈录·严士则》："士则具陈奔驰陟历,资粮已绝,迫於枵腹,请以饮馔救之。" ② 指饥饿的人。 ▶周咏《感怀》诗之四："驱将枵腹填沟壑,鞭尽无衣泣露霜。"③ 比喻空疏无学或空疏无学的人。 ▶清·陈康祺《燕下乡脞录》卷十二:"泛览健忘,致成枵腹。"④ 比喻内中空虚无物。 ▶宋·范成大《除夜感怀》诗:"饱瓜谩枵腹,蒲柳无真姿。"

[14]土德:① 五德之一。古以五行相生相克附会王朝命运,谓土胜者为得土德。 ▶《史记·五帝本纪》:"(轩辕)有土德之瑞,故号黄帝。"② 大地的功德。 ▶清·金农《客来自覃怀见饷地黄奉酬十韵》:"灵品彰土德,流膏蕴精腴。"③ 指称帝后的功德。 ▶明·徐渭《五色鹦鹉黄鹦鹉并是圣母所驯》诗之三:"饮啄定应歌帝力,生成何幸禀中央。千秋万岁欢无极,土德坤舆本肇祥。"

[15]乌喙:① 形容人之嘴尖。 ▶汉·赵晔《吴越春秋·勾践伐吴外传》:"夫越王为人长颈乌喙、鹰视狼步,可以共患难而不可共处乐。"一本作"鸟喙"。② 因史载越王勾践乌喙,后世遂以乌喙指代勾践。 ▶闽·徐夤《勾践进西施赋》:"乌喙年年,誓啄夫差之肉;稽山日日,拜听范蠡之言。"③ 中药附子的别称。以其块茎形似得名。 ▶《墨子·杂守》:"常令边县豫种畜芫、芸、乌喙,袾叶。"

[16]露筋:① 肌肉消尽,血管突出貌。 ▶宋·米芾《露筋之碑》:"则泽国之女,嚼肤露筋,不就有帏之子。"② 地名。在江苏省高邮县南15千米。

[17]薛灵芸:指三国魏文帝所爱美人薛灵芸。灵芸容貌绝世,被选入宫,至升车就路之时,以玉唾壶承泪。及至京师,壶中泪凝如血。 ▶宋·吴聿《观林诗话》:"张敏叔云:'但令陶令长为主,莫遣灵芸错认伊。'"

[18]尸解:谓道徒遗其形骸而仙去。 ▶汉·王充《论衡·道虚》:"所谓尸解者,何等也?谓身死精神去乎,谓身不死得免去皮肤也……如谓不死免去皮肤乎,诸学道死者骨肉俱在,与恒死之尸无以异也。"

辟谷:不食五谷。道教的一种修炼术。辟谷时,仍食药物,并接受导引等。后泛指不吃饭。 ▶《史记·留侯世家》:"乃学辟谷,道引轻身。"

[19]沆瀣:① 夜间的水气,露水。旧谓仙人所饮。 ▶《楚辞·远游》:"餐六气而饮沆瀣兮,漱正阳而含朝霞。"② 引申指珍贵的饮料。 ▶唐·杨巨源《春日奉献圣寿无疆词》之八:"乐报《箫韶》发,杯看沆瀣生。"③ 谓彼此契合,意气相投。 ▶清·冯桂芬《重建张忠敏公祠记》:"盖有瓣香之诚,沆瀣之契焉。"④ 同"沆溉",意为流动缓慢的水。 ▶《史记·司马相如列传》:"澎濞沆瀣。"司马贞索隐:"滂濞沆溉。溉,亦作'瀣'。"

[20]壁立:① 像墙壁一样耸立,形容山崖石壁的陡峭。 ▶《三国志·吴志·贺齐传》:"林历山四面壁立,高数十丈。"② 室中空无所有,惟余四壁。比喻贫困。 ▶《南史·循吏传·范述曾》:"述曾生平所得奉禄,皆以分施,及老,遂壁立无资。"

[21]流黄:① 褐黄色。 ▶《文选·江淹〈别赋〉》:"惭幽闺之琴瑟,晦高台之流黄。"② 褐黄色的物品。特指绢。 ▶《乐府诗集·相和歌辞九·相逢行》:"大妇织绮罗,中妇织流黄。"③ 玉名。 ▶《淮南子·本经训》:"甘露下,竹实满,流黄出而朱草生。"④ 香名。 ▶《太平御览》卷九八二引三国·吴·康泰《吴时外国传》:"流黄香出都昆国,在扶南南三千余里。"⑤ 即

硫黄。 ▶《文选·张衡〈南都赋〉》:"赭垩流黄。"李善注引《本草经》:"石流黄生东海牧阳山谷中。"

淝水怀古[1]

教弩台[2]

隔河待架千钧弩,演阵先登百尺台。[3]

不羡穿池教水战,直思捍海射潮回。

将军老去雕弓瘗,铁佛迎归宝刹开。[4]

日暮秋风吹败草,萧萧尚带箭声来。

青阳山房[5]

养亲筑屋傍山隅,辍耒观书意自娱。[6]

未作忠臣先孝子,岂知野老即道儒。[7]

南阳亦有躬耕士,危素宜充守庙夫。[8]

夙愿他年虚讲学,数椽无恙鸟相呼。[9]

飞骑桥[10]

上津桥已断长虹,突出重围仓卒中。

他日龙蟠绵国运,今朝骏足是元功。[11]

垂堂竟昧千金戒,跃马俱称一世雄。[12]

英主能邀天默佑,可怜骓不逝重瞳。

香花墩[13]

名贤遗址竟停车,一角荒墩几树花。

祠庙难忘留像处,子孙仍是读书家。[14]

忠诚始信池鱼格,清洁堪同雪藕夸。[15]

地下阎罗属公否?夜深疑听鬼排衙。

别虞桥[16]

汉军歌罢骊歌起,茫茫千秋桥尚存。[17]

银烛双行将进酒,红妆一剑解酬恩。[18]

离筵难忍虞兮泪,芳草如招楚些魂。[19]

幽恨惟余一溪水,至今呜咽向黄昏。[20]

筝笛浦[21]

歌弦舞袖昔沉沦,寂寂芳魂问水滨。

夜静玉龙犹有韵,春归铜雀已无人。[22]

分香羞丐奸雄宠。鼓瑟难随帝女尘。

铁笛银筝何处觅,绿波南浦自粼粼。[23]

注 释

[1]《淝水怀古》诗见清·李国杰辑《合肥李氏三世遗集〈李袭侯遗集〉》卷七,光绪三十年(1904)合肥李氏刊本。本诗共六首,分别咏教弩台、青阳山房、飞骑桥、香花墩、别虞桥、筝笛浦等古迹。

[2]原诗《教弩台》标题后有作者自注:"在合肥怀德坊明教寺,魏武于此教强弩五百以御孙权棹船。"

[3]演阵:练习战斗队列。▶清·李渔《蜃中楼·献寿》:"镇日价操戈演阵,待学那陶侃运甓扰闲身。"

先登:①先于众人而登。▶《韩非子·内储说上》:"明日且攻亭,有能先登者,仕之国大夫,赐之上田上宅。"②指先锋。▶《后汉书·段颎传》:"追讨南度河,使军吏田晏、夏育募先登。"③比喻出众的人才,亦比喻优良的物种。▶唐·柳宗元《送娄图南秀才游淮南将入道序》:"相与称其文……咸推让为先登。"

[4]瘗[yì]:①掩埋,埋葬。②埋物祭地。▶《吕氏春秋》:"有年瘗土,无年瘗土。"

原诗"将军老去雕弓瘗,铁佛迎归宝刹开"句后有作者自注:"唐大历间,得铁佛,刺史裴绢奏请为寺。"

[5]原诗《青阳山房》标题后有作者自注:"在合肥东南,余忠宣于此躬耕养亲,即田舍置经史,释耒即读。"

青阳山房:遗址在今肥东县长临河青阳山山麓,为元末余阙读书之处。

[6]辍耒:停止劳作。

[7]野老:村野老人。▶南朝·梁·丘迟《旦发渔浦潭》诗:"村童忽相聚,野老时一望。"

[8] 危素宜充守庙夫：此句指明朝建立后，原为元朝大臣的危素立即出仕新政权，后经谗被贬，令守余阙庙。

[9] 原诗"凤愿他年虚讲学"句后有作者自注："公出仕后，不忘其初。乃加葺其屋，储书于中。冀宦成之后，与里中子弟朋友讲学于此，始有青阳山房之名。"

[10] 原诗《飞骑桥》标题后有作者自注："在合肥明教寺东，孙权为张辽所袭，跃骏马得免。"

[11] 元功：① 大功，首功。▶《史记·太史公自序》："维高祖元功，辅臣股肱，剖符而爵，泽流苗裔，忘其昭穆，或杀身陨国。" ② 功臣。▶《汉书·景武昭宣元成功臣表序》："辑而序之，续元功次云。"

[12] 垂堂：靠近堂屋檐下。因檐瓦坠落可能伤人，故以喻危险的境地。▶《汉书·爰盎传》："千金之子不垂堂，百金之子不骑衡。"

[13] 原诗《香花墩》标题后有作者自注："在合肥南城外，包孝肃读书处，今为祠。"

[14] 原诗"祠庙难忘留像处"句后有作者自注："祠中藏公画像。"

原诗"子孙仍是读书家"句后有作者自注："明弘治间，宋太守鉴改城南梵宇为包公书院，命公二十四世孙大章读书其中，对岸则公之后裔家焉。"

[15] 原诗"忠诚始信池鱼格"句后有作者自注："祠前有池产鲫尤美，非包姓渔之不能得。"

原诗"清洁堪同雪藕夸"句后有作者自注："池中又生藕，洁白胜于他处。"

[16] 原诗《别虞桥》标题后有作者自注："在合肥城东，相传为项王别虞姬处。"

别虞桥：传说项羽兵败，在此桥与虞姬分别。《嘉庆合肥县志》载："别虞桥，在唐杨桥东北十五里。"今桥已不存，原址现改为滚水坝，位于梁园镇新河村境内。周边还有虞姬墓（位于石塘镇，距别虞桥十余里）、嗟虞墩（位于定远县二龙乡）等相关遗迹。

[17] 骊歌：告别的歌。▶南朝·梁·刘孝绰《陪徐仆射晚宴》诗："洛城虽半掩，爱客待骊歌。"

[18] 酬恩：谓报答恩德。▶唐·罗隐《青山庙》诗："市箫声咽迹崎岖，雪耻酬恩此丈夫。"

[19] 楚些：《楚辞·招魂》是沿用楚国民间流行的招魂词的形式而写成，句尾皆有"些"字。后因以"楚些"指招魂歌，亦泛指楚地的乐调或《楚辞》。▶唐·牟融《邵公母》诗："搔首惊闻楚些歌，拂衣归去泪悬河……伤心独有黄堂客，几度临风咏《蓼莪》。"

[20] 幽恨：深藏于心中的怨恨。▶唐·元稹《楚歌》之十："各自埋幽恨，江流终宛然。"

[21] 原诗《筝笛浦》标题后有作者自注："在合肥后土庙侧，魏武载妓船覆于此。渔人宿此犹闻筝笛之声。"

[22] 玉龙：① 龙形的玉雕。▶唐·段成式《酉阳杂俎·物异》："梁大同八年，戍主杨光欣获玉龙一枚，长一尺二寸，高五寸，雕镂精妙，不似人作。" ② 传说中的神龙。▶宋·刘克庄《清平乐·五月十五夜玩月》词："醉跨玉龙游八极，历历天青海碧。" ③ 指龙形的漏壶。▶宋·张孝祥《菩萨蛮》词："玉龙细点三更月。庭花影下余残雪。" ④ 喻剑。▶唐·李贺《雁门太守

行》:"报君黄金台上意,提携玉龙为君死。"⑤喻笛。▶宋·林逋《霜天晓月·题梅》词:"甚处玉龙三弄,声摇动,枝头月。"⑥喻雪。▶唐·吕岩《剑画此诗于襄阳雪中》:"岘山一夜玉龙寒,凤林千树梨花老。"⑦喻泉水、瀑布。▶宋·梅尧臣《同永叔子聪游嵩山赋十二题·天门泉》诗:"静若仙鑑开,寒疑玉龙蛰。"⑧喻桥。▶元·盍西村《小桃红·市桥月色》曲:"玉龙高卧一天秋。宝镜青光透。星斗阑干雨晴后。"

[23]南浦:南面的水边。后常用来称送别之地。▶《楚辞·九歌·河伯》:"子交手兮东行,送美人兮南浦。"

题张楚宝江南第一峰图[1]

云气拂拂从空来,六朝灵秀兹胚胎。[2]

天生神物讵久弃,崛起不受泥沙埋。

此峰瘦皱有奇气,俯视诸峰岸然异。[3]

劫后沉沦三十年,谁订石交托深契。[4]

张子风尘善物色,剔藓挑苔辨深刻。

果然名下固无虚,袍笏从容为君屈。

我披此图感喟频,人生遇合皆前因。[5]

不然空守介石介,空山风雨无居邻。

注 释

[1]《题张楚宝江南第一峰图》诗见清·李国杰辑《合肥李氏三世遗集〈李袭侯遗集〉》卷七,光绪三十年(1904)合肥李氏刊本。

张楚宝:即张士珩(约1857—1918),字楚宝,晚年自号因觉生,安徽合肥人,是李鸿章的外甥。其早年曾主持北洋军械局,甲午战争后,以玩视防务被革职,一度隐居南京。光绪末年,曾在周馥奏请下,主办山东武备学堂以及江南制造局。辛亥后,遁居青岛。以诗画自娱。1915年,袁世凯任命张士珩为造币总厂监督,数月后因病去职。

[2]拂拂:①风吹动貌。▶唐·李贺《舞曲歌辞·章和二年中》:"云萧索,风拂拂,麦芒如篲黍如粟。"②颤动貌。▶元·张国宾《罗李郎》第二折:"不由我不峨峨的身摇,拂拂的心跳,烘烘的气倒。"③闪烁貌。▶《隋书·天文志中》:"客星者,周伯、老子、王蓬絮、国皇、温星,凡五星,皆客星也……王蓬絮,状如粉絮,拂拂然。"④散布貌。▶唐·白居易《红线毯》诗:"彩丝茸茸香拂拂,线软花虚不胜物。"⑤茂盛貌。▶《大戴礼记·夏小正》:"拂桐芭……

或曰,言桐芭始生,貌拂拂然也。"

[3]岸然:严正或高傲貌。 ▶宋·罗大经《鹤林玉露》卷十四:"佗胄未信,谒忠定以探其意,忠定岸然不交一谈。"

[4]深契:深厚的交情。 ▶唐·王绩《薛记室收过庄见寻率题古意以赠》诗:"故人有深契,过我蓬蒿庐。"

[5]感喟:感慨叹息。 ▶清·刘大櫆《程孺人传》:"吴君终困诸生,或时感喟。"

遇合:①谓相遇而彼此投合。 ▶《吕氏春秋·遇合》:"凡遇合也时,时不合,必待合而后行。"②犹碰到。 ▶萧军《五月的矿山》第二章:"前边两个人转过了身子去,加快了脚步,似乎要逃脱出这个不愉快的遇合。"

九九消寒图[1]

待到轻寒日,应逢九九消。

彩图开半幅,粉本画连朝。[2]

染翰翻新样,围炉忆昨宵。[3]

万千春欲透,八一数重描。

算仿齐东野,畴分禹北条。[4]

笔参天造化,斗转律和调。[5]

冷意从头认,韶光屈指饶。[6]

番风来廿四,淑气循晴霄。[7]

注 释

[1]《九九消寒图》诗见清·李国杰辑《合肥李氏三世遗集〈李袭侯遗集〉》卷七,光绪三十年(1904)合肥李氏刊本。

[2]连朝:犹连日。 ▶唐·杜甫《奉赠卢参谋》诗:"说诗能累夜,醉酒或连朝。"

[3]染翰:①以笔蘸墨。翰:笔。 ▶晋·潘岳《〈秋兴赋〉序》:"于是染翰操纸,慨然而赋。"②指作诗文、绘画等。 ▶南朝·宋·谢惠连《秋怀》诗:"宾至可命觞,朋来当染翰。"③写字。 ▶唐·王维《戏赠张五弟諲》诗:"染翰过草圣,赋诗轻《子虚》。"④书写的墨迹。 ▶唐·无名氏《玉泉子》:"(郑绹)为御史,西巡荆部商山歇马亭……欲题诗,顾见一绝,染翰尚湿。纲大讶其佳绝。"

[4]齐东野:即齐东野语,比喻道听途说、不足为凭之言。典出 ▶《孟子·万章上》:"咸丘

[5]和调：①调和。▶《管子·度地》："天地和调，日有长久。"②调味。▶宋·司马光《辞左仆射第三札子》："多盐则太咸，多梅则太酸，和调适宜，最为难事。"③和睦，使和睦。▶《墨子·兼爱中》："兄弟不相爱，则不和调。"

[6]韶光：①美好的时光，常指春光。▶南朝·梁·简文帝《与慧琰法师书》："五翳消空，韶光表节。"②泛指光阴。▶《武王伐纣平话》卷上："韶光似箭，日月如梭。"③比喻青少年时期。▶元·王子一《误入桃源》第二折："只恐韶光易零落，何时重得会刘郎？"

[7]番风来廿四：指二十四番花信风。▶宋·周煇《清波杂志》卷九："江南自初春至首夏有二十四番风信，梅花风最先，楝花风居后。"

淑气：①温和之气。▶晋·陆机《悲哉行》："蕙草饶淑气，时鸟多好音。"②指天地间神灵之气。▶《旧唐书·音乐志四》："祥符淑气，庆集柔明。"

帘外花开二月风[1]

开窗花竞放，番信又春风。

消息重帘外，光阴二月中。

鸟窥雕槛北，燕睇画楼东。

钩影微皴玉，幡痕碎戛铜。

四围铃索静，一样剪刀工。[2]

桁角摇深绿，枝头颤浅红。

断纹波欲活，养盐驯无功。[3]

多少怀人意，诗成付短僮。

注　释

[1]《帘外花开二月风》诗见清·李国杰辑《合肥李氏三世遗集〈李袭侯遗集〉》卷七，光绪三十年(1904)合肥李氏刊本。

[2]铃索：①系铃的绳索。唐朝制度，翰林院禁署严密，内外不得随意出入，须掣铃索打铃以传呼或通报。▶唐·韩偓《雨后月中玉堂闲坐》诗："夜久忽闻铃索动，玉堂西畔响丁东。"②引申指警报、边警。▶元·胡助《溧阳十咏》之十："身遇太平铃索静，题名篆毕又

南还。"

[3]断纹:亦作"断文"。裂纹,多指古琴的裂纹。 ▶宋·赵希鹄《洞天清禄集·古琴辨》:"凡漆器无断纹,而琴独有之者,盖他器用布漆,琴则不用,他器安闲,而琴日夜为弦所激。"

明月梅花共一窗[1]

独拥寒衾坐,萧然其未降。

有梅斜傍阁,与月共临窗。

桥外频窥鹤,笼边隐吠龙。[2]

锄挥根种一,纱薄影添双。[3]

笛想高楼倚,钟凭此夜撞。

香遥来纸帐,光欲暗银釭。[4]

皎洁侵虚牖,迷离上画幢。

调羹逢圣世,丈笔鼎能扛。[5]

注 释

[1]《明月梅花共一窗》诗见清·李国杰辑《合肥李氏三世遗集〈李袭侯遗集〉》卷七,光绪三十年(1904)合肥李氏刊本。

[2]吠龙:亦作"吠厖"。吠叫的狗。语本 ▶《诗·召南·野有死麕》:"舒而脱脱兮,无感我帨兮,无使尨也吠。"

[3]根种:①植物的根茎。 ▶《魏书·崔光传》:"有物出于太极之西序,敕以示臣,臣按其形,即《庄子》所谓'蒸成菌'者也……皆指言蒸气郁长,非有根种,柔脆之质,凋殒速易,不延旬月,无拟斧斤。"②泛指根本。 ▶康有为《大同书》辛部第四章:"所取既未必公,即公亦出大争,坏人心术,侵入根种,此大不可。"

[4]银釭:银白色的灯盏、烛台。 ▶南朝·梁元帝《草名》诗:"金钱买含笑,银釭影梳头。"

[5]调羹:①喻治理国家政事。典出 ▶《书·说命下》:"若作和羹,尔惟盐梅。"②指宰相。 ▶清·昭梿《啸亭杂录·本朝状元宰相》:"今七卿中,有潘芝轩世恩、胡希庐长龄、茹总宪芬、王司空以衔、姚阁学文田凡五人,皆有调羹之望焉。"③调和羹汤。 ▶《新唐书·文艺传中·李白》:"帝赐食,亲为调羹。"后多用作皇帝赏识臣下之典。④泛指烹调。 ▶宋·蔡绦《铁围山丛谈》卷一:"一旦命皇族之同行者食,御手亲将调羹,呼左右俾出市茴香。"⑤喻指夫妇和谐的日常生活。 ▶《警世通言·王娇鸾百年长恨》:"游仙阁内占离合,拜月亭前问死

生;此去愿君心自省,同来与妾共调羹。"⑥ 汤匙,舀汤的小勺。 ▶ 清·吴振臣《宁古塔纪略》:"大小人家做黄齑汤,每饭用调羹,不用箸。调羹曰差非,又曰匙子。"

榆青缀古钱[1]

最爱新榆荚,居然点缀圆。

白非天上树,青似古时钱。

体制雌雄辨,功夫子母权。

数来枌社外,选到柘村前。[2]

鸠抢行三两,蚨飞个万千。

铸疑钻燧久,散宛叠荷鲜。[3]

雨溜苍逾老,风磨绿不全。

何如游圣世,泉府裕绵绵。[4]

注 释

[1]《榆青缀古钱》诗见清·李国杰辑《合肥李氏三世遗集〈李袭侯遗集〉》卷七,光绪三十年(1904)合肥李氏刊本。

[2] 枌社:① 新丰枌榆社的省称,指汉高祖刘邦的故里。 ▶《文选·江淹〈杂体诗·效袁淑"从驾"〉》:"枌邑道严玄。"唐·张铣注:"汉丰邑有枌社。"② 泛指家乡、故里。 ▶ 宋·陆游《绍熙辛亥九月四日雨后白龙挂西北方复雨三日》诗:"皇天生民岂不爱,龙亦何心败吾稼?父老相看出无策,揽涕顿颡号枌社。"

[3] 钻燧:① 钻燧取火。原始的取火法。燧为取火的工具,有金燧(阳燧)、木燧两种。 ▶《管子·轻重戊》"黄帝作钻燧生火,以熟荤臊。" ② 指年岁。 ▶《隋书·柳彧传》:"君明钻燧虽改,在文无变,忽劬劳之痛,成嬿尔之亲;冒此苴缞,命彼褕翟。"

[4] 泉府:① 官名。 在《周礼》为司徒的属官,掌管国家税收、收购市上的滞销物资等。 ▶《周礼·地官·泉府》:"泉府掌以市之征布、敛市之不售、货之滞于民用者。"② 指储备钱财的府库。 ▶《魏书·高谦之传》:"是以古之帝王,乘天地之饶,御海内之富,莫不腐红粟于太仓,藏朽贯于泉府。"

李经璹

李经璹(1866—1912),字菊耦(一作菊藕、鞠耦),别号兰骈馆主,清安徽合肥东乡(今属安徽省合肥市肥东县)人。李鸿章长女,张佩纶继室,张爱玲祖母。李慈铭《越缦堂日记》载:菊耦"敏而能诗,合肥爱之"。著有诗集《绿窗绣草》,不传。

兰斋联句用昌黎会合韵[1]

江湖归梦清,伉俪深情重。(幼)

差甘提瓮贫,岂慕佩刀勇?(慧)[2]

羁寄凤鸣随,氄氄鹤立耸。(幼)[3]

镜心如水止,养气不山涌。(慧)

绝徼方劳休,邃闑任谗壅。(幼)[4]

赠侨交旧联,馌缺迹新踵。(慧)[5]

破匏初同牢,赠剑若挂垄。(幼)[6]

家声恨中坠,世网蓄余恐。(幼)

酒开北海樽,瓜觅东陵种。(慧)[7]

豸冠进触邪,蠹简退删冗。(慧)[8]

大隐肯巢山,小儒徒发冢。(幼)[9]

鹰隼空猜惊,麒麟顾矜宠。(慧)[10]

申椒辞胜帙,散木畏梁栱。(幼)[11]

志士瞿百忧,党人集群恟。(慧)

同舟倏易观,别馆仍叨奉。(幼)[12]

且谋山中醉,无哭天下踵。(慧)

谁工三窟营?却羡八驺拥。(幼)[13]

钗无曜首华,案学低眉捧。(慧)

忘机信海沤,应候殊秒蛰。(幼)[14]

脾苏念苦辛,足倦息微燻。(慧)[15]

军符倚临淮,甲仗班阙巩。(幼)[16]

丝竹夙矜严,沐薰翻劣辱。(幼)

但期两芙并,已致四夷悚。(幼)

冰玉相莹澈,芷蘅益莑茸。(慧)[17]

真契磁引针,潜辉璞留琪。(幼)[18]

败名亦安齐,知足矧得陇。(幼)[19]

卫戟云依依,浮家水溶溶。(慧)

外物何瑕疣,吾真勿桎拲。(慧)[20]

人心险山川,道脉寄適冢。(幼)[21]

鹏息笑蜩鸠,龙藏化蚕蛹。(幼)[22]

亲戚洽话言,交游谢贯踊。(慧)

清辨麈毛纷,深栖鹣翼蘣。(幼)

传经责儿曹,织薄约臧甬。(幼)

并作理闲琴,谡起松涛汹。(慧)

注释

[1]《兰斋联句用昌黎会合韵》诗见民国·李家孚《合肥诗话》卷下,民国苏城临顿路毛上珍铅活字本。此诗为张佩纶(幼)、李经璹(慧)夫妇联句。

[2]提瓮:《后汉书·列女传·鲍宣妻》载:"勃海鲍宣妻者,桓氏之女也,字少君。宣尝就少君父学,父奇其清苦,故以女妻之,装送资贿甚盛。宣不悦……妻乃悉归侍御服饰,更着短布裳,与宣共挽鹿车归乡里。拜姑礼毕,提瓮出汲,修行妇道,乡邦称之。"后遂用为修行妇道、甘于贫苦的典故。

[3]凤鸣:① 凤凰鸣唱。比喻优美的乐声。▶汉·刘向《列仙传·萧史》:"萧史者,秦穆公时人也。善吹箫……日教弄玉作凤鸣。居数年,吹似凤声。"② 凤凰鸣唱。比喻夫妻感情和洽。▶宋·吴坰《五总志》:"白屋同愁,已失凤鸣之侣;朱门自乐,难容乌合之人。"

氄氄:毛松散貌。▶清·钱谦益《十五夜不见月》:"栖鹤氄氄思北岭,啼螀亲切近南楼。"

[4]绝徼:极远的边塞之地。▶唐·韩愈《湘中酬张十一功曹》:"休垂绝徼千行泪,共泛清湘一叶舟。"

[5]交旧:旧友,老朋友。▶《后汉书·张奂传》:"(张奂)既被锢,凡诸交旧莫敢为言。"

[6]同牢:古代婚礼中,新夫妇共食一牲的仪式。 ▶《汉书·王莽传下》:"进所征天下淑女杜陵史氏为皇后……莽亲迎于前殿两阶间,成同牢之礼于上西堂。"

[7]北海樽:即北海尊。汉末孔融为北海相,时称孔北海。融性宽容少忌,好士,喜诱益后进。及退闲职,宾客日盈其门。常叹曰:"坐上客恒满,尊中酒不空,吾无忧矣。"见《后汉书·孔融传》。后常用作典实,以喻主人之好客。

[8]豸冠:① 古代御史所戴的獬豸冠。▶《旧唐书·肃宗纪》:"御史台欲弹事,不须进状,仍服豸冠。" ② 借指纠察、执法的官员。

触邪:① 谓辨触奸邪。古代传说中有神羊,名獬豸,能辨邪触不正者。 ▶《晋书·束皙传》:"朝养触邪之兽,庭有指佞之草。"② 即触邪冠。 ▶唐·苏颋《同饯阳将军兼源州都督御史中丞》诗:"旗合无邀正,冠危有触邪。"

[9]大隐:① 指身居朝市而志在玄远的人。▶晋·王康琚《反招隐诗》:"小隐隐陵薮,大隐隐朝市;伯夷窜首阳,老聃伏柱史。"② 指真正的隐士。 ▶清·黄鷟来《题毛暗斋采芝图》:"大隐不忘世,葆璞天地间。 美哉绮与角,采芝于商山。"

小儒:① 指勉力矫性而有得的儒者。 ▶《荀子·儒效》:"志忍私然后能公,行忍情性然后能修,知而好问然后能才,公、修而才,可谓小儒矣。"② 浅陋的儒者。 ▶《汉书·夏侯胜传》:"建所谓章句小儒,破碎大道。"③ 旧时文人谦称自己。 ▶宋·陆游《凄凄行》:"小儒虽微陋,一饭亦忧国。"

发冢:发掘坟墓。 ▶《庄子·外物》:"儒以诗礼发冢。"

[10]猜惊:猜疑惊骇。 ▶《后汉书·西羌传·滇良》:"吴祉等乃多赐迷唐金帛,令籴谷市畜,促使出塞,种人更怀猜惊。"

矜宠:① 炫耀所受的宠爱。 ▶唐·杜甫《骢马行》:"雄姿逸态何崷崒,顾影骄嘶自矜宠。"② 犹言宠爱。 ▶清·赵翼《虎丘寺玉兰树歌》:"我来摩挲特矜宠,扪笔题诗少人和。"

[11]申椒:香木名。即大椒。 ▶《汉书·扬雄传上》:"棍申椒与菌桂兮,赴江湖而沤之。"

散木:原指因无用而享天年的树木。后多喻天才之人或全真养性、不为世用之人。▶《庄子·人间世》:"匠石之齐,至于曲辕,见栎社树……曰:'已矣,勿言之矣! 散木也,以为舟则沈,以为棺椁则速腐,以为器则速毁,以为门户则液樠,以为柱则蠹。是不材之木也,无所可用,故能若是之寿。'"

[12]倏易:急速变化。 ▶《二刻拍案惊奇》卷四:"岂知世事浮云,倏易不定。"

[13]八驺:古代贵官出行,有八卒骑马前导,称"八驺"。▶《南齐书·王融传》:"车前无八驺卒,何得称为丈夫!"

[14]海沤:谓海中水泡。▶《楞严经》卷六:"空生大觉中,如海一沤发。"佛教用水泡比喻生命的空幻。后以"海沤"比喻事物起灭无常。

应候:① 顺应时令节候。 ▶晋·陆云《寒蝉赋》序:"处不巢居,则其俭也;应候守节,则其信也。"② 应接侍候。 ▶《红楼梦》第七十二回:"这是奶奶日间操心,惦记应候宫里的事。"

[15]微瘣:小腿生湿疮,脚浮肿。▶《诗·小雅·巧言》"既微且瘣,尔勇伊何。"《毛传》:

"骭疡为微,肿足为尰。"

[16]阙巩：① 春秋时国名。▶《左传·昭公十五年》："阙巩之甲,武所以克商也。"杜预注："阙巩国所出铠。" ② 指阙巩国所产的铠甲。▶《左传·定公四年》："分唐叔以大路、密须之鼓、阙巩、沽洗,怀姓九宗,职官五正。"

[17]菶茸：茂密貌。▶《文选·潘岳〈射雉赋〉》："秭薂藂糅,翳荟菶茸。"徐爰注："翳荟菶茸,深概貌。"

[18]真契：① 知己,意志相合者。▶金·王若虚《忆之纯》诗之一："幼岁求真契,中年得伟人。" ② 谓妙趣、真意。▶明·自悦《续兰亭会补任城吕系诗》："兰苕擢中沚,苝萼媚芳辰,散怀得真契,引觞答熙春。"

引针：亦作"引针"。① 拔针。▶《素问·离合真邪论》："候呼引针,呼尽乃去。"王冰注："引,引出也。" ② 穿线过针孔。指干针线活。

潜辉：谓掩藏才智。▶汉·刘向《列仙传·陆通》："接舆乐道,养性潜辉。"

[19]败名：败坏名声。▶《左传·僖公二十三年》："姜曰：'行也！怀与安,实败名。'"

[20]桎拲：谓刑具。拲,两手被铐。▶唐·皮日休《移元征君书》："得丧不可摇其心,荣辱不能动其志,桎拲冠冕,泥滓禄位。"

[21]道脉：道统。▶元·戴良《哭汪遯斋二十四韵》："儒言存道脉,野趣任天真。"

[22]鹏息：《庄子·逍遥游》："鹏之徙于南冥也,水击三千里,抟扶摇而上者九万里,去以六月息者也。"后以"鹏息"比喻仕途受阻。▶唐·刘禹锡《酬李相公喜归乡国自巩县夜泛洛水见寄》诗："鹏息风还起,凤归林正秋。"亦谓远游后暂时歇息。

黄昌炜

　　黄昌炜,生卒年不详,号彤甫,字翊生,又字康伯,清安徽合肥东乡(今属安徽省合肥市肥东县)人。黄先瑜从子。清德宗光绪中官刑部奉天司主事。"少好侠,广交游,好谈兵。"曾撰名联"率五属舒庐无巢合,进一位公侯伯子男"。著有《醒世粹言初编》《醒世粹言续编》。

残菊[1]

昊天雨露本无私,百二韶华万卉滋。[2]

自是秋心甘淡薄,春风吹不到疏篱。[3]

注　释

[1]《残菊》诗见民国·李家孚《合肥诗话》卷上,民国苏城临顿路毛上珍铅活字本。

[2]昊天:① 苍天。昊,元气博大貌。▶《书·尧典》:"乃命羲和,钦若昊天,历象日月星辰,敬授人时。" ② 指一定季节的天空。▶《尔雅·释天》:"夏为昊天。" ③ 指一定方位的天。▶《淮南子·天文训》:"西方曰昊天。"

百二韶华:指短暂的春光。百二,百分之二。指数量甚少。

[3]秋心:秋日的心绪,多指因秋来而引起的悲愁心情。▶唐·鲍溶《怨诗》:"秋心还遗爱,春貌无归妍。"

黄家彝

黄家彝,生卒年不详,字调生,清安徽合肥东乡(今属安徽省合肥市肥东县)人。光绪间布衣。广西提督黄桂兰之子。

暮春客感[1]

酒醒危楼夜,寒灯独可亲。[2]

无知关塞月,偏照别离人。

往事随流水,新愁寄暮春。

有情应有恨,此恨恨无垠。

注　释

[1]《暮春客感》诗见清·陈诗《皖雅初集》卷二十九,民国十八年(1929)上海美艺图书公司印本。

[2]寒灯:寒夜里的孤灯。多以形容孤寂、凄凉的环境。▶南朝·齐·谢朓《冬绪羁怀示萧谘议虞田曹刘江二常侍》诗:"寒灯耿宵梦,清镜悲晓发。"

南巢晚泊[1]

轻航千里碧波通,薄暮南巢滞短篷。[2]

城郭迷离斜照里,帆樯出没乱流中。

湖光似镜涵新月,雁阵惊寒下朔风。

遥指无城应不远,明朝挂席大江东。[3]

注 释

[1]《南巢晚泊》诗见清·陈诗《皖雅初集》卷二十九,民国十八年(1929)上海美艺图书公司印本。

南巢:① 古地名。在今安徽省巢湖市西南。因位于古代华夏族活动地区的南方,故名。▶《书·仲虺之诰》:"成汤放桀于南巢,惟有惭德。"② 南方远国名。▶《楚辞·远游》:"顺凯风以从游兮,至南巢而壹息。"

[2]轻航:轻舟,小船。▶三国·魏·曹植《离友》诗之一:"涉浮济兮泛轻航,迄魏都兮息兰房。展宴好兮惟乐康。"

[3]无城:无为县城。因城中有芝山胜地,又名芝城。民国后简称无城。

挂席:犹言挂帆。▶《文选·谢灵运〈游赤石进帆海〉》诗:"扬帆采石华,挂席拾海月。"

周家颐

周家颐,生卒年不详,字叔观,晚清安徽合肥西乡(今属安徽省合肥市肥西县)人。为淮军名将周盛波第四子。

赋得四顶朝霞[1]

瞥见朝霞彩,临湖四顶山。

晓钟才觉动,孤鹜未飞还。

近日晴辉散,凌霄列岫环。

尘寰蒸客梦,佛火隐禅关。[2]

面面疑堆髻,年年可驻颜。

迥殊青嶂外,如到赤城间。[3]

掩映风帆白,依稀夕照殷。

至今丹鼎在,空际露烟鬟。[4]

注 释

[1]《赋得四顶朝霞》诗见清·李恩绶编《巢湖志》卷二"诗",黄山书社2007年版。

[2]佛火:指供佛的油灯香烛之火。 ▶唐·孟郊《溧阳唐兴寺观蔷薇花》诗:"忽惊红琉璃,千艳万艳开。佛火不烧物,净香空徘徊。"

[3]迥殊:迥别,迥异。 ▶明·瞿式耜《请优贤王之封疏》:"臣伏察藩封体统,一字与二字迥殊。"

赤城:①指帝王宫城,因城墙红色,故称。 ▶唐·王勃《临高台》诗:"赤城映朝日,绿树摇春风。"②山名。多以称土石色赤而状如城堞的山。在浙江省天台县北,为天台山南门。 ▶《文选·孙绰〈游天台山赋〉》:"赤城霞举而建标。"③传说中的仙境。 ▶北周·庾信《奉答赐酒》诗:"仙童下赤城,仙酒饷王平。"

[4]烟鬟:①指妇女的鬟发。亦形容鬟发美丽。 ▶唐·韩愈《题炭谷湫祠堂》诗:"祠堂像侔真,擢玉纤烟鬟。"②喻云雾缭绕的峰峦。 ▶宋·苏轼《凌虚台》诗:"落日衔翠壁,暮云点烟鬟。"

巢湖棹歌截句十二首[1]

春水方生动溯洄,船头风起浪声催。
孙曹战迹今安在,剩有沙鸥去复来。

港汊支流四处通,烟云入妙画难工。[2]
有人小艇收罾立,风卷芦花雪一篷。

玻璃远映翠芙蓉,仿佛君山对面逢。
遥望南塘一孤屿,楼台缥缈碧云封。[3]

更有鞋山像小姑,不妨点缀此灵湖。[4]
芦矶嘴竟讹卢杞,值得通人一笑无。[5]

四鼎山兼梅子山,神仙灵迹峙湖湾。[6]
可能分我团焦住,缭绕白云时掩关。[7]

五牛三龟事浪传,行人听见也齤然。[8]
箧讹搜佚巢湖志,谁信人间有谪仙。[9]

先公昔日惨骑箕,有客维舟施口时。[10]
惊见大星光堕水,我谈往事尚歔欷。[11]

果真中庙称忠庙,新建淮军血食祠。[12]
闻说汝南旌斾好,湖干妇孺姓名知。[13]

巢人岁岁说湖清,我愿年年乐太平。
安得包阎罗出世,廉明心事福寰瀛。[14]

重涂金碧凤凰台,湖上频年气象开。
只怕湖心水清浅,有人引入火轮来。[15]

游遍湖山直达江,一帆风送木兰艎。[16]

桃花红涨春波暖,算到鸳鸯总是双。

龙泉老牧杳山阿,东湖西湖双镜磨。[17]

我向莫愁湖上去,酒边且续姥山歌。[18]

注 释

[1]《巢湖棹歌截句十二首》诗见清·李恩绶编《巢湖志》卷二"诗",黄山书社2007年版。

[2] 港汊:河汊,分支的小河。巢湖水系发达,自古有"三百六十汊"之说。▶《宋史·赵范传》:"然有淮则有江,无淮则长江以北港汊芦苇之处,敌人皆可潜师以济。"

[3] 孤屿:原指孤立的岛屿。此处特指巢湖孤山。

[4] 小姑:此处指小姑山,即小孤山,位于安徽省宿松县城东南六十千米的长江之中。孤峰独耸,屹立江心,海拔78米。

[5] 芦矶嘴:即巢湖芦溪嘴,为巢湖"九头十八嘴"之一,民间讹音为"卢杞嘴",并附会有唐代奸相卢杞在此出生的传说。今为芦溪湿地公园。

通人:学识渊博通达的人。▶《庄子·秋水》:"当桀纣而天下无通人,非知失也。"

[6] 原诗"四鼎山兼梅子山"句后有作者自注:"梅子山距四鼎相近。"

[7] 团焦:圆形草屋。▶《北齐书·神武帝纪上》:"后从荣(尔朱荣)徙据并州,抵扬州邑人庞苍鹰,止团焦中。"

[8] 原诗"五牛三龟事浪传"句后有作者自注:"巢人谚也。"

齾然:笑而见齿的样子。▶《淮南子·道应训》:"若士者,齾然而笑曰:'嘻!子中州之民,宁肯而远至此。'"

[9] 笺讹搜佚:搜集、整理散佚的典籍,并标注、修正其中的错讹。

原诗"谁信人间有谪仙"句后有作者自注:"谓吾师亚白(即李恩绶)先生。"

[10] 原诗"先公"后有作者自注:"先刚敏公。"即指周盛波。周盛波(1830—1888)字海舲,安徽合肥人,淮军将领。李鸿章组建淮军时,任周盛波为"盛字营"主将,周盛传为副。盛波骁勇善战,屡建军功;盛传足智多谋,文武兼备。后官至湖南提督,驻防天津。卒,诏优恤,建专祠,谥"刚敏"。

原诗"有客"后有作者自注:"谓张蔼卿观察。"张蔼卿,即淮军名将张树声之子张华奎。

骑箕:亦作"骑箕尾""骑箕翼"。① 指游仙。典出▶《庄子·大宗师》:"傅说得之,以相武丁,奄有天下,乘东维,骑箕尾,而比于列星。"傅说一星,在箕星尾星之间,相传为傅说死后升天而化。▶前蜀·杜光庭《山居百韵》:"驭景必能趋日域,骑箕终拟蹑星躔。"② 指仙家。▶《花月痕》第十四回:"我就不做韩熙载,也要做个醇酒妇人的信陵君,那敢高比骑箕星宿,下镜风流哩!"③ 谓青云直上,高升。▶宋·周紫芝《小重山·方元相生日》词:"一笑且踟蹰,会骑箕尾去,上云衢。"④ 指去世。 ▶《宋史·赵鼎传》:"书铭旌云:'身骑箕尾归上天,气作山河壮本朝。'"

[11] 原诗"惊见大星光堕水"句后有作者自注:"先刚敏厌世,闻吾乡张霭卿观察十月初一夜泊巢湖。见大星如斗,从东南向西北容与而下。绵亘天际,邻舟皆惊,即公归神之夕也。观察有联云:'台斗郁精灵,回思前夜江淮,万目惊传大星落。海门余壁垒,会见一家英卫,并驱能作怒潮看。'附志于此。"

[12] 原诗"果真中庙称忠庙"句后有作者自注:"国初邑人王纲诗集,中庙作忠庙,必有所本。谦斋丈语吾亚白师曰:'此近建淮军昭忠祠之谶也。'"

[13] 旌旆:① 旗帜。 ▶晋·陆机《饮马长城窟行》:"戎车无停轨,旌旆屡徂迁。"② 犹言尊驾,大驾。多用于官员。 ▶唐·贾岛《送周判官元范赴越》诗:"已曾几遍随旌旆,去谒荒郊大禹祠。"③ 借指军旅。 ▶《太平广记》卷一九〇引宋·孙光宪《北梦琐言·高骈》:"楼橹矗然,旌旆竟不行,而骠信眘栗。"

原诗"湖干妇孺姓名知"句后有作者自注:"先公与先叔武壮栗主入殿中正龛,故云。"先叔武壮公:指周盛传。周盛传(1833—1885),字薪如,晚号北海老农,安徽省合肥人,周盛波之弟,排行第五。后官至湖南提督,驻防天津。卒,诏优恤,建专祠,谥"武壮"。

[14] 寰瀛:① 天下,全世界。 ▶晋·《晋朝飨乐章·三举酒》:"朝野无事,寰瀛大康。"② 指疆域。 ▶唐·司马札《古边卒思归》诗:"汉武在深殿,唯思廓寰瀛。"③ 犹言尘世。 ▶唐·白居易《江州赴忠州至江陵以来舟中示舍弟五十韵》:"无妨隐朝市,不必谢寰瀛。"

[15] 火轮:火轮船,即汽轮。

[16] 木兰艭[shuāng]:木兰舟。典出 ▶南朝·梁·任昉《述异记》卷下:"木兰洲在浔阳江中,多木兰树。昔吴王阖闾植木兰于此,用构宫殿也。七里洲中,有鲁般刻木兰为舟,舟至今在洲中。诗家云木兰舟,出于此。"后常用为船的美称,并非实指木兰木所制。 ▶唐·罗隐《秋晓寄友人》诗:"更见南来钓翁说,醉吟还上木兰舟。"

[17] 原诗"龙泉老牧杳山阿"句后有作者自注:"徐毅甫(即徐子苓)自号龙泉老牧。"

[18] 原诗"酒边且续姥山歌"句后有作者自注:"毅老《姥山歌》八章,见《合肥三家诗》中,先生为'合肥三怪'之一。"

吴鼎云

吴鼎云(1867—1922),字曾圊,晚清安徽合肥西乡(今安徽省肥西县)人。著有《萝月轩诗钞》。

辛卯秋与李亚白岁贡、赵啸湖进士、刘兰谷观察、余德香副贡、童润轩上舍,赵颂周、刘沅苧、李润之三茂才同赴金陵,巢湖舟中和啸湖口占原韵[1]

顺流一棹渡淝河,无限青山眼底过。
塔势矗空笔卓立,湖光无际镜新磨。[2]
天清鹭振腾云起,风利船飞破浪多。
计日秣陵秋色好,相期共作月中歌。[3]

注 释

[1]《辛卯秋与李亚白岁贡、赵啸湖进士、刘兰谷观察、余德香副贡、童润轩上舍,赵颂周、刘沅苧、李润之三茂才同赴金陵,巢湖舟中和啸湖口占原韵》诗见清·李恩绶编《巢湖志》卷二"诗",黄山书社2007年版。

[2]卓立:① 特立,耸立。 ▶南朝·梁·刘勰《文心雕龙·诔碑》:"清词转而不穷,巧义出而卓立。" ② 独立,自立。 ▶明·邵璨《香囊记·逼试》:"勉以诗书,教育二子,如今幸得他卓立成人,但不知前程之事如何。"

[3]计日:① 计算日数。 ▶《佛说长阿含经》卷十一:"尔时善宿闻佛语已,屈指计日,至七日已。" ② 形容短暂,为时不远。 ▶唐·岑参《送羽林长孙将军赴歙州》诗:"剖竹向江濆,能名计日闻;隼旗新刺史,虎剑旧将军。"

余忠宣故宅[1]

臣节从堪对帝天,大元豪士属忠宣。[2]

睢阳慷慨捐躯日,崖海从容殉国年。[3]

无定古今惟世事,原难成败论英贤。

却来故宅空凭吊,浩气千秋尚凛然。

注 释

[1]《余忠宣故宅》诗见清·李恩绶编《巢湖志》卷二"诗",黄山书社2007年版。

余忠宣故宅:指元末余阙故宅,位于今肥东县长临河镇青阳山下,遗址已不存。

[2]臣节:人臣的节操。▶《孔子家语·致思》:"长事齐君,君骄奢失士,臣节不遂,是二失也。"

帝天:上天。▶清·蒲松龄《聊斋志异·王六郎》:"前一念恻隐,果达帝天。"

[3]"睢阳慷慨捐躯日,崖海从容殉国年"指唐张巡死守睢阳三年,后城破被杀一事以及南宋末年崖山海战,宋军大败,丞相陆秀夫抱帝昺蹈海殉国一事。

中庙远眺[1]

古庙峥嵘起半空,层楼杰阁势称雄。[2]

帘开远挹朝霞烂,树老偏教暮霭融。[3]

隔岸山光明灭际,冲波帆影有无中。[4]

携樽遍览湖天胜,检点诗筒又钓筒。[5]

注 释

[1]《中庙远眺》诗见清·李恩绶编《巢湖志》卷二"诗",黄山书社2007年版。

[2]杰阁:高阁。▶唐·韩愈《记梦》诗:"隆楼杰阁磊嵬高,天风飘飘吹我过。"

[3]暮霭:傍晚的云雾。▶南朝·宋·颜延之《陶征士诔》:"晨烟暮霭,春煦秋阴,陈尽辍卷,置酒弦琴。"

[4]冲波:① 激浪,大波。▶晋·陆机《演连珠》之三九:"臣闻冲波安流,则龙舟不能以

漂;震风洞发,则夏屋有时而倾。"② 冲破波浪。 ▶《三国志·蜀志·谯周传》:"若乃奇变纵横,出入无间,冲波截辙,超谷越山,不由舟楫而济盟津者,我愚子也,实所不及。"

[5] 钓筒:插在水里捕鱼的竹器。此处代指钓鱼的渔具。 ▶唐·崔道融《溪夜》诗:"渔人抛得钓筒尽,却放轻舟下急滩。"

龙泉山凭眺[1]

崱屴龙泉莫与齐,振衣绝顶任攀跻。[2]

千村烟霭当窗见,四面云山入望低。

树色葱茏青翡翠,波光潋滟白玻璃。

晚来处处渔歌起,湖月湖风双桨携。

注 释

[1]《龙泉山凭眺》诗见清·李恩绶编《巢湖志》卷二"诗",黄山书社2007年版。

[2] 崱屴[zè lì]:① 高大峻险貌。 ▶清·朱彝尊《望摘星陀》诗:"蜿蜒众山伏,崱屴一峰挺。"② 挺拔貌。 ▶明·刘基《题赵文敏公画松》诗:"交加各轩矗,崱屴相倚立。"

施口阻风[1]

莽莽东风湖上生,怒涛十丈湱然惊。[2]

一钩新月忽吹落,半夜残灯渐失明。

篷角咿嗝声转疾,客心惶恐梦难成。

天涯何处无波浪,忠信由来仗远行。

注 释

[1]《施口阻风》诗见清·李恩绶编《巢湖志》卷二"诗",黄山书社2007年版。

[2] 湱[huò]:波涛冲击声。

湖行[1]

春水绿潺湲,平湖波浪掀。

远峰笼宿雾,孤塔闪朝暾。[2]

鸥浴冲波起,渔歌隔浦喧。

西风午更急,龟岭望中存。[3]

注　释

[1]《湖行》诗见清·李恩绶编《巢湖志》卷二"诗",黄山书社2007年版。

[2]朝暾:初升的太阳。亦指早晨的阳光。▶《隋书·音乐志下》:"扶木上朝暾,嵫山沉暮景。"

[3]望中:① 视野之中。▶唐·权德舆《酬冯监拜昭陵途中遇雨》诗:"甘谷行初尽,轩台去渐遥;望中犹可辨,耘鸟下山椒。"② 想望之中。▶宋·王安石《江口送道源》诗:"六朝人物草连空,今日无端入望中。"

环翠山吊葛征君[1]

湖上田每每,一阜隆然起。

浓翠回环中,古有隐君子。

不采首阳薇,不洗颍川耳。[2]

山色与湖光,幽栖称高履。[3]

笃孝范人伦,树德训乡里。[4]

至今湖上民,仁让俗纯美。[5]

岩岩湖上山,浩浩湖中水。[6]

山高复水长,闻风共兴起。[7]

注　释

[1]《环翠山吊葛征君》诗见清·李恩绶编《巢湖志》卷二"诗",黄山书社2007年版。

葛征君:指元末合肥人葛闻孙。葛闻孙(1285—1345),字景元,庐州合肥(今合肥)人,元代学者。葛闻孙早年丧父,事母以孝闻于乡里。读书勤奋,每日能记数千言,且终身不忘。曾因家境贫寒出仕颍州文学之吏。既而认为自己志向并不在此,乃返回家乡,以耕稼奉养母亲。又在庐州城郊南湖之西,建环翠山房从事讲学。每天与弟子探讨经史,怡然自乐,门下诸生众多。城内外士民,钦佩其品行,皆称为"隐君子"。乡邻纠纷以及官府疑难狱讼,往往邀请其裁决。朝廷召为翰林院编修,推辞不赴。卒年六十一,友人余阙撰写墓志铭。著作有《环翠山房集》。

[2]"不采首阳薇,不洗颍川耳"指伯夷、叔齐不食周粟,采薇首阳山以及许由拒绝尧的传位,在颍水洗耳的典故。

[3]高履:即高齿履。 ▶北齐·颜之推《颜氏家训·涉务》:"梁世士大夫皆尚褒衣博带、大冠高履。"

[4]笃孝:十分孝顺。 ▶《韩诗外传》卷九:"是以君子入则笃孝,出则友贤,何为其无孝子之名。"

树德:施行德政,立德。 ▶汉·刘向《说苑·至公》:"孔子闻之曰:'善为吏者树德,不善为吏者树怨。'"

[5]仁让:仁爱谦让。 ▶《后汉书·儒林传·孙期》:"远人从其学者,皆执经垄畔以追之,里落化其仁让。"

[6]岩岩:① 高貌。 ▶《文选·张衡〈西京赋〉》:"干云雾而上达,状亭亭以岩岩。"② 引申为高超。 ▶晋·陶潜《扇上画赞》:"岩岩丙公,望崖辄归。"

[7]兴起:① 因感动而奋起。 ▶《孟子·尽心下》:"奋乎百世之上,百世之下,闻者莫不兴起也。非圣人而能若是乎?"② 犹言兴建。 ▶晋·袁宏《后汉纪·章帝纪上》:"俗不欲无故缮修丘墓。有所兴起,考之古法,则乖礼典;稽之时宜,则违民欲;求之吉凶,未见其福。"③ 起来。 ▶汉·桓宽《盐铁论·讼贤》:"夫公族不正则法令不行,股肱不正则奸邪兴起。"④ 起立。 ▶唐·李德裕《次柳氏旧闻》:"玄宗初即位,礼貌大臣,宾礼故老,注意于姚崇、宋璟,引见便殿,皆为之兴起,去辄临轩以送。"

青阳山吊余忠宣[1]

我游青阳山,山高湖更阔。

闲气钟英灵,笃生古贤达。[2]

天地不虚生,宇宙皆吾事。[3]

空山讲学年,已怀报国志。

丞相蹈崖海,督师沉邗江。[4]

古今忠烈臣,热血同一腔。

山云护灵墟,湖水澹幽居。[5]

浩气不可灭,万古延休誉。[6]

注 释

[1]《青阳山吊余忠宣》诗见清·李恩绶编《巢湖志》卷二"诗",黄山书社2007年版。

[2] 笃生:谓生而得天独厚。▶《诗·大雅·大明》:"笃生武王,保右命尔。"

[3] 虚生:① 徒然活着,白活。▶唐·王建《宫中调笑》词之三:"愁坐、愁坐,一世虚生虚过。"② 凭空生出,无故生出。▶《晋书·刘元海载记》:"左贤王元海姿器绝人,干宇超世。天若不恢崇单于,终不虚生此人也。"

[4] 督师:① 官名。统率指挥军队的大将。明时置。▶清·顾炎武《楚僧元瑛谈湖南三十年来事作》诗之三:"督师公子竟头陀,诗笔峥嵘浩气多。"② 监军,统兵作战。▶明·夏完淳《幸存录》卷下:"上遣阁臣李建泰督师,躬送之出城,待以殊礼。"

[5] 灵墟:洞天福地。▶《古微书·河图纬》:"北上包山入灵墟,乃造洞庭窃禹书。"

[6] 延休:长久的荫庇。▶唐·李邕《贺感梦圣祖表》:"知亿年之永托,沐万代之延休。"

渡巢湖[1]

雪后朔风劲,湖行向晚天。[2]

好山遥对酒,骇浪怒捶船。

僧磬沉寒日,渔舟破远烟。

不愁行役苦,江海自年年。[3]

注 释

[1]《渡巢湖》诗见清·李恩绶编《巢湖志》卷二"诗",黄山书社2007年版。

[2] 向晚:傍晚。▶唐·李颀《送魏万之京》诗:"关城曙色催寒近,御苑砧声向晚多。"

[3] 行役:① 旧指因服兵役、劳役或公务而出外跋涉。▶《诗·魏风·陟岵》:"嗟!予子行役,夙夜无已。"② 泛称行旅,出行。▶南朝·梁·柳恽《捣衣诗》:"行役滞风波,游人淹不归。"

夜坐舟中[1]

月朗风清夜气幽,呕哑不断橹声柔。[2]

为多白米红盐累,赢得青山绿水游。[3]

朝发巢湖百余里,夕眠龟岭十分愁。

一杯浊酒船头坐,万事都从醉里休。

注 释

[1]《夜坐舟中》诗见清·李恩绶编《巢湖志》卷二"诗",黄山书社2007年版。

[2]呕哑:形容声音嘈杂。 ▶唐·杜牧《阿房宫赋》:"呕哑嘲哳难为听。"

[3]红盐:① 红色粉末。 ▶唐·皮日休《奉和鲁望秋日遣怀次韵》:"药囊除紫蠹,丹灶拂红盐。"② 食盐的一种。 ▶宋·苏轼《橄榄》诗:"纷纷青子落红盐,正味森森苦且严。"

散兵湾怀古[1]

八千子弟起江东,猿鹤虫沙一霎空。[2]

试过湖滨寻故垒,涛声犹带楚歌雄。[3]

注 释

[1]《散兵湾怀古》诗见清·李恩绶编《巢湖志》卷二"诗",黄山书社2007年版。原诗标题后有注:"地在巢湖滨,相传韩信追项羽至此,羽兵溃散处。"

[2]虫沙:比喻战死的兵卒。亦泛指死于战乱者。 ▶唐·黄滔《周以龙兴赋》:"子蛮貊而虫沙附,甲忠信而鬐鬣张。"

[3]故垒:古代的堡垒,旧堡垒。 ▶《晋书·李矩传》:"刘聪遣从弟畅步骑三万讨矩,屯于韩王故垒。"

巢湖舟中步周子昂观察韵[1]

饥驱江海十余年,赢得游踪类马迁。[2]

酒券诗篇留敝箧,湖光山色引归船。[3]

撑天一塔晴霄外,破浪孤舟落照边。[4]

莫问升沉人世事,千秋无恙此洪川。

注 释

[1]《巢湖舟中步周子昂观察韵》诗见清·李恩绶编《巢湖志》卷二"诗",黄山书社2007年版。

[2]饥驱:指为衣食而奔忙。语本 ▶晋·陶潜《饮酒》诗之十:"此行谁使然?似为饥所驱。"

[3]敝箧:破旧的竹箱、竹篓。

[4]落照:夕阳的余晖。 ▶南朝·梁·简文帝《和徐录事见内人作卧具》:"密房寒日晚,落照度窗边。"

和周子昂观察四月二日游紫蓬山感怀原韵[1]

四顾茫茫何所之,登临且纵酒盈卮。[2]

遥看湖上波腾际,正是峰头日堕时。

绕树群鸦争善处,归山孤鹤闭奇姿。

老僧学得婆罗咒,好向池边一钵持。[3]

注 释

[1]《和周子昂观察四月二日游紫蓬山感怀原韵》诗见清·李恩绶编《紫蓬山志》,白化文、张志《中国佛寺志丛刊》,江苏古籍出版社2011年版。

[2]所之:所去的地方。 ▶《晋书·隐逸传·孟陋》:"时或弋钓,孤兴独归,虽家人亦不知其所之也。"

[3]婆罗咒:指《般若波罗蜜多心经》,即《心经》,泛指各种佛经。

吴兆棨

吴兆棨(？—1922)，字次符，晚清安徽合肥东乡(今属安徽省合肥市肥东县)人。吴毓芬第三子。清德宗光绪十一年(1885)拔贡。官候选知县。著《寓生居诗存》二卷。

庚申元日书闷[1]

拚弃人间世，吾生敢厌贫。

太空原漠漠，小劫自陈陈。[2]

此日黄封酒，谁家墨网巾。[3]

老怀无可语，惆怅对良辰。[4]

注　释

[1]《庚申元日书闷》诗见清·陈诗《皖雅初集》卷二十九，民国十八年(1929)上海美艺图书公司印本。

庚申：为民国九年(1920)，农历庚申年。

[2]漠漠：① 寂静无声貌。▶《荀子·解蔽》："掩耳而听者，听漠漠而以为哅哅。"② 密布貌，布列貌。▶《西京杂记》卷四引汉·枚乘《柳赋》："阶草漠漠，白日迟迟。"③ 迷蒙貌。▶汉·王逸《九思·疾世》："时昢昢兮旦旦，尘漠漠兮未晞。"④ 广阔貌。▶唐·罗隐《省试秋风生桂枝》诗："漠漠看无际，萧萧别有声。"⑤ 冷淡，不关心。▶清·蒲松龄《聊斋志异·柳生》："柳让周曰：'千金不能买此友，何乃视之漠漠？'"⑥ 茂盛貌，浓郁貌。▶宋·王安石《驾自启圣还内》诗："纷纷瑞气随云汉，漠漠荣光上日旗。"

[3]黄封酒：宋代官酿之酒，因用黄罗帕或黄纸封口，故名。▶宋·苏轼《杜介送鱼》诗："新年已赐黄封酒，旧老仍分赪尾鱼。"

[4]老怀：老年人的心怀。▶宋·杨万里《和萧伯和韵》："桃李何忙开又零，老怀易感扫还生。"

闭关[1]

闭关无一事,睡起日高舂。[2]

看剑心犹壮,摊书意转慵。[3]

竹疏宁免俗,松老讵因封。

西岭云霞外,时时独倚筇。

注 释

[1]《闭关》诗见民国·李家孚《合肥诗话》卷中,民国苏城临顿路毛上珍铅活字本。

[2]高舂:日影西斜近黄昏时。▶《淮南子·天文训》:"日至于渊虞,是谓高舂;至于连石,是谓下舂。"

[3]摊书:摊开书本,谓读书。▶唐·杜甫《又示宗武》诗:"觅句知新律,摊书解满床。"

冬夜独坐[1]

孤灯照寒壁,默坐意迟迟。[2]

世事方多难,吾生幸有涯。[3]

旧游归象罔,小隐托鸥夷。[4]

一夜山窗雪,沉吟拈素髭。

注 释

[1]《冬夜独坐》诗见民国·李家孚《合肥诗话》卷中,民国苏城临顿路毛上珍铅活字本。

[2]默坐:① 指无所建言,尸位不视事。▶清·王充《论衡·量知》:"默坐朝廷,不能言事,与尸无异。"② 无言静坐。▶唐·韩愈《送侯参谋赴河中幕》诗:"默坐念语笑,痴如遇寒蝇。"

[3]有涯:有边际,有限。▶《庄子·养生主》:"吾生也有涯,而知也无涯。"

[4]象罔:① 亦作"象网"。为《庄子》寓言中的人物。含无心、无形迹之意。▶《庄子·天地》:"黄帝游乎赤水之北,登乎昆仑之丘而南望,还归,遗其玄珠。使知索之而不得,使离朱索之而不得,使喫诟索之而不得也。乃使象罔,象罔得之。"一本作"罔象"。② 不真切,模糊不清。▶宋·朱熹《感兴诗》之一:"浑然一理贯,昭晰非象罔。"

鸱夷:① 革囊,皮口袋。▶《战国策·燕策二》:"昔者伍子胥说听乎阖闾,故吴王远迹至于郢。夫差弗是也,赐之鸱夷而浮之江。"② 借指春秋伍子胥。▶ 明·高启《行路难》诗之二:"钩弋死云阳,鸱夷弃江沙。"③ 指盛酒器。▶《艺文类聚》卷七二引汉·扬雄《酒赋》:"鸱夷滑稽,腹如大壶,尽日盛酒,人复藉酤。"④ 即鸱夷子皮。▶唐·杜牧《杜秋娘诗》:"西子下姑苏,一舸逐鸱夷。"⑤ 拇指。行酒令的手势。

山庄晚眺[1]

雨后青山隔岸斜,夕阳到处杏初花。

数椽茅屋谁添得? 不是诗家也画家。

注 释

[1]《山庄晚眺》诗见民国·李家孚《合肥诗话》卷中,民国苏城临顿路毛上珍铅活字本。

巢湖舟中作[1]

风日放新晴,平湖雨棹轻。[2]

涛声飞不断,山色走相迎。

抱膝逢微疴,支颐寄远情。[3]

夕阳明灭处,东望古巢城。

舵转趋山阙,摇摇晚更东。

榜人些许外,画史刹那中。[4]

远岸留耕犊,长空入旅鸿。

我行殊未已,飘渺似征蓬。[5]

注 释

[1]《巢湖舟中作》诗见民国·吴兆榮《寓生居诗存》,民国排印本。

[2] 雨棹:指雨中的行船。▶ 宋·王安礼《潇湘忆故人慢》词:"疏帘广厦,寄潇洒,一枕南柯。引多少,梦中归绪,洞庭雨棹烟簑。"▶ 宋·许月卿《次韵程愿》:"二李歌行醉里歌,君溪

雨棹我烟篝。"

[3] 支颐：以手托下巴。 ▶唐·白居易《除夜》诗："薄晚支颐坐，中宵枕臂眠。"

[4] 榜人：船夫，舟子。▶《文选·司马相如〈子虚赋〉》："榜人歌，声流喝，水虫骇，波鸿沸。"郭璞注引张揖曰："榜，船也。"

[5] 未已：不止，未毕。▶《诗·秦风·蒹葭》："蒹葭采采，白露未已。"▶唐·韩愈《天星送杨凝郎中贺正》诗："正当穷冬寒未已，借问君子行安之？"

周行原

周行原,生卒年不详,字颂胪,号石泉,晚清安徽合肥西乡(今属安徽省合肥市肥西县)人。周盛波长孙。清德宗光绪十九年(1893)癸巳科举人。民国建立后,曾出任中华民国第二届国会众议院议员。周行原为淮军名将周盛波长孙,师从丹徒李恩绶,参与编纂《巢湖志》《紫蓬山志》《冬心草堂诗选》。著有《芗生馆诗稿》。

赋得雨后焦湖春水高[1]

一雨经宵霁,焦湖画不真。

船才高过水,诗更淡於春。

云脚虹收彩,波心日浴轮。[2]

发痕施派接,眉黛姥峰皱。

湿到渔翁梦,翻来燕子鳞。[3]

烟涵天上棹,翠漾镜中人。

两岸潮添阔,三篙浪泼新。

葡萄醅可酿,即此赛祠神。[4]

注 释

[1]《赋得雨后焦湖春水高》诗见清·李恩绶编《巢湖志》卷二"诗",黄山书社2007年版。

[2]云脚:① 远处暗云垂下的雨幕。▶唐·李贺《崇义里滞雨》诗:"家山远千里,云脚天东头。"② 低垂的云。▶唐·白居易《钱塘湖春行》:"孤山寺北贾亭西,水面初平云脚低。"③ 茶的别称。▶宋·梅尧臣《宋著作寄凤茶》诗:"云脚俗所珍,鸟嘴夸仍众。"

[3]燕子鳞:指巢湖水产燕子鱼。《巢湖志》:"燕子鱼,以形似名。宋黄绍蹋有诗。"▶宋·黄绍蹋《巢湖燕子鱼》:"桃花浪里若翻飞,紫燕生雏尔正肥。腻过青郎脂似玉,年年虚待季鹰归。"

[4]即此:就此,只此。▶唐·韩愈《秋怀诗》之五:"庶几遗悔尤,即此是幽屏。"

晚渡巢湖[1]

遥天绳雁起前汀,红蓼花疏秋梦醒。[2]

柔橹数声残月堕,姥峰烟点瘦逾青。

注　释

[1]《晚渡巢湖》诗见清·李恩绶编《巢湖志》卷二"诗",黄山书社2007年版。
[2]绳雁:此处指大雁南飞,雁群行列如绳(一字状)。

巢湖打鱼诗[1]

果真远近白汪洋,不藉鸣舷与扣榔。[2]

时有网船三五只,一帆剪入水中央。

尘世何如傍钓矶,轻蓑软笠认依稀。

自从三月桃花浪,始信鳞翻燕子肥。[3]

望湖楼下是侬家,阅尽风波两鬓华。

换酒归来私自喜,老妻炊火隔芦花。[4]

打鱼不复计春秋,东湖西湖任我游。

忽见鸬鹚双晒翅,夕阳明灭姥峰头。

注　释

[1]《巢湖打鱼诗》诗见清·李恩绶编《巢湖志》卷二"诗",黄山书社2007年版。
[2]原诗"果真远近白汪洋"后有作者自注:"古言鄱红巢白。"

不藉:① 不凭藉,不依靠。▶清·王韬《淞隐漫录·三怪》:"济南李大,业负贩。捷足善走,自南诣北,往往不藉舟车。" ② 不顾惜。▶唐·布燮《听妓洞云歌》:"嵇叔夜鼓琴饮酒无闲暇;若使当时闻此歌,抛掷《广陵》都不藉。"

鸣舷:犹言叩舷。古人叩船舷以为歌咏的节拍。▶明·张居正《舟泊汉江望黄鹤楼》

诗:"无限沧洲渔父意,夜深高咏独鸣舷。"

[3]桃花浪:① 犹言桃花汛。▶唐·杜甫《春水》诗:"三月桃花浪,江流复旧痕。"② 比喻春闱。辛氏《三秦记》载,传说河津桃花浪起,江海之鱼集聚龙门下,跃过龙门的化为龙,否则点额暴腮。▶宋·辛弃疾《鹧鸪天·送廓之秋试》词:"禹门已准桃花浪,月殿先收桂子香。"

燕子:此处指巢湖水产燕子鱼。《巢湖志》:"燕子鱼,以形似名。宋黄绍躅有诗。"▶宋·黄绍躅《巢湖燕子鱼》:"桃花浪里若翻飞,紫燕生雏尔正肥。腻过青郎脂似玉,年年虚待季鹰归。"

[4]炊火:① 烧饭的烟火。比喻子嗣或人烟。▶《汉书·燕刺王刘旦传》:"其后尉陀入南夷,陈涉呼楚泽,近狴作乱,内外俱发,赵氏无炊火焉。"② 烧火。▶宋·方夔《邑郭旅中》诗:"出猎将军夜打围,剑头炊火割鲜肥。"

周行藻

周行藻,生卒年不详,字侣萍,晚清安徽合肥西乡(今属安徽省合肥市肥西县)人。民国初年,曾任湖北省阳新县、公安县知事。

同友人赴省试晚泊姥山[1]

姥山四面湖波阔,卖酒屡偏曲港通。

时事几惊篝火畔,乡心多碎橹声中。

渔人网举捞明月,估客帆收迟好风。

此去木樨香正满,嫦娥应许叩蟾宫。[2]

注 释

[1]《同友人赴省试晚泊姥山》诗见清·李恩绶编《巢湖志》卷二"诗",黄山书社2007年版。

[2]蟾宫:① 月宫,月亮。 ▶唐·许昼《中秋月》诗:"应是蟾宫别有情,每逢秋半倍澄清。" ② 唐以来称科举及第为蟾宫折桂,因以指科举考试。 ▶南唐·李中《送黄秀才》诗:"蟾宫须展志,渔艇莫牵心。"

舟泊中庙[1]

湖畔亭台接太虚,湖中芦荻气萧疏。

听禅欲上凤凰阁,佐酒新烹燕子鱼。

昭谏诗名留古刹,邢峦战迹隐孤墟。[2]

何堪夜雨鸣篷背,客枕凄凉梦醒初。

注 释

[1]《舟泊中庙》诗见清·李恩绶编《巢湖志》卷二"诗",黄山书社2007年版。

[2]昭谏:指晚唐诗人罗隐,其曾作《姥山诗》(又名《登巢湖圣姥庙》):"临塘古庙一神仙,绣幌花容色俨然。为逐朝云来此地,因随暮雨不归天。眉分初月湖中鉴,香散余风竹上烟。借问邑人沈水事,已经秦汉几千年。"

邢峦:南北朝时期北魏名将。邢峦(464—514),字洪宾,河间鄚(今任丘)人。延昌三年(514),邢峦得暴病死,年仅51岁,宣武帝念其生前战功卓著,下诏书赐给布400匹,朝服一袭,办理丧事。并追赠车骑大将军,瀛州刺史,谥"文定"。

李丙荣

李丙荣（1867—1938），字树人，清末江苏丹徒（今江苏省镇江市）人。清末民初藏书家。知名学者李恩绶之子，清附贡生，曾以五品衔官安徽候补知县。以藏书享誉镇江，重视地方文献的收藏。参编《大观亭志》，校勘其父李恩绶纂修的当涂《采石志》。著有《绣春馆词抄》《京江诗抄》等。

戊戌就馆寿春顺风过巢湖写望[1]

此处曾经记旧游，於今八载又深秋。

波摇孤塔影疑动，山到巢湖势若浮。

离思遥望云际树，行踪聊狎水边鸥。[2]

得蒙焦姥英灵庇，一席天风送客舟。[3]

注　释

[1]《戊戌就馆寿春顺风过巢湖写望》诗见清·李恩绶编《巢湖志》卷二"诗"，黄山书社2007年版。

就馆：① 临产时移住侧室分娩，引申指生子。▶《汉书·外戚传下·孝成赵皇后》："故废后宫就馆之渐，绝微嗣祸乱之根，乃欲致位陛下以安宗庙。" ② 谓赴宫廷治事之所。▶ 北周·庾信《周大将军墓志》："始弘就馆之礼，即授登坛之策。"后用以称到主人家授徒或充幕僚。

写望：纵目远望。▶ 唐·郑世翼《登北邙还望京洛》诗："步登北邙坂，踟蹰聊写望。"

[2] 离思：离别后的思绪。▶ 三国·魏·曹植《九愁赋》："嗟离思之难忘，心惨毒而含哀。"

[3] 天风：风。风行天空，故称。▶ 汉·蔡邕《饮马长城窟行》："枯桑知天风，海水知天寒。"

己亥仲春渡湖晚泊中庙作[1]

小别逡逴郡，一帆风正悬。[2]

潮枯施口外，塔耸姥峰巅。[3]

社鼓喧斜日,渔榔隔暮烟。[4]

白鸥旧相识,两次泊归船。[5]

注释

[1]《己亥仲春渡湖晚泊中庙作》诗见清·李恩绶编《巢湖志》卷二"诗",黄山书社2007年版。

[2]逡遒:即浚遒县,西汉初置,属九江郡。汉献帝兴平三年(196),改九江郡为淮南郡,浚遒县属之。西晋初,撤浚遒县,并入合肥县,晋武帝太康元年(280),复浚遒县,改"浚"为"逡",属扬州淮南郡。太康十年十一月甲申,逡遒县改属淮南郡。惠帝永泰元年(300)八月,逡遒县属淮南郡。逡遒县在东晋乱后荒废,故治今安徽肥东县石塘镇龙城社区。后因将浚遒作为旧合肥县东乡(今肥东县)的代称之一。

[3]原诗"潮枯施口外"句后有作者自注:"时施口水涸阻船,出入以牛拖行。"

社鼓:①旧时社日祭神所鸣奏的鼓乐。▶宋·陆游《秋社》诗:"雨余残日照庭槐,社鼓冬冬赛庙回。"②指社庙内敲的鼓。▶清·方文《元宵月邢氏诸子观灯月下》诗:"星灯原上聚,社鼓月中鸣。"

渔榔:①渔人捕鱼时用以敲船舷、惊鱼入网的长木。▶清·赵翼《冯泾道中》诗:"村火有时闪,渔榔何处敲。"②指渔船。▶清·鲁超《卖花声》词:"咿轧弄渔榔,摇漾云光,隔溪蓉柳学新妆。"

[4]原诗"社鼓喧斜日"句后有作者自注:"是日湖上诸祠皆报赛。"

[5]原诗"白鸥旧相识,两次泊归船"句后有作者自注:"余渡湖来往约四次。"

登姥山塔[1]

孟婆今日浪作剧,吹转东风午更急。[2]

白波浸天天欲湿,欺我孤客阻归楫。[3]

焦姥山巅何岌岌,上有石塔撑七级。

遥想阊阖呼通吸,我将虚空学鹤立。

舟人导我相挈提,脚底梯云云作梯。[4]

睥睨同行步争捷,回看下客如醯鸡。[5]

合舒庐巢山百幅,到此恍觉群峰低。

俯仰天地间,凭栏忽东顾,闽海夷氛逼淞沪。[6]

安得俞家父子劲水师,出为朝廷御强侮。[7]

科名仰赖窣堵波,可笑将军不好武,徒事乞灵向焦姥。[8]

游兴已阑返孤篷,重烧神福祈好风。[9]

狮岩云树瞻葱茏,言辞焦姥寻焦公。[10]

注 释

[1]《登姥山塔》诗见清·李恩绶编《巢湖志》卷二"诗",黄山书社2007年版。

[2]孟婆:传说中的风神。 ▶宋·宋徽宗赵佶《月上海棠》词:"孟婆且与我,做些方便。"

[3]归楫:指归舟。 ▶唐·杜甫《八哀诗·故司徒李公光弼》:"吾思哭孤冢,南纪阻归楫。"

[4]原诗"脚底梯云云作梯"句后有作者自注"塔门榜曰'梯云'。"

挈提[qiè tí]:① 提携,扶植。 ▶元·祝尧《手植桧赋》:"嗟七十子而承挈提,各抱材而有施。"② 携带,带领。 ▶清·曹寅《题〈柳村送别图〉》诗:"终手囊襆挈提轻,舟马长艰一日晴。"

[5]原诗"睥睨同行步争捷,回看下客如醯鸡"句后有作者自注"时阻风者多登山。"

[6]夷氛:① 谓平定叛乱。 ▶《陈书·高祖纪上》:"震部夷氛,稽山罢祲……歼厥凶徒,馨无遗种。"② 指外族入侵的战祸。 ▶清·陆嵩《赠龚蓝生大令》诗:"昨年京口腾夷氛,兵刃未接军先奔。"

[7]俞家父子劲水师:指元末俞廷玉和俞通海、俞通渊父子(以及廖永安兄弟)在巢湖编练水军,结寨自保,后率水军投奔朱元璋,战功赫赫,父子皆封显爵。

[8]科名:① 科举考试制度所设的类别名目。 ▶宋·王谠《唐语林·企羡》:"宣宗爱羡进士,每对朝臣,问:'登第否?'有以科名对者,必有喜,便问所赋诗赋题并主司姓名。"② 科举功名。 ▶唐·韩愈《答陈生书》:"子之汲汲于科名,以不得进为亲之羞者,惑也。"

窣堵波:亦作"窣堵坡"。为梵语stūpa的音译,即佛塔。 ▶唐·玄奘《大唐西域记·呾蜜国》:"诸窣堵波及佛尊像,多神异,有灵鉴。"

[9]孤篷:① 孤舟的篷。 ▶宋·朱熹《水口行舟》诗:"昨夜扁舟雨一蓑,满江风浪夜如何。今朝试卷孤篷看,依旧青山绿水多。"② 常用以指孤舟。 ▶唐·皮日休《鲁望以轮钩相示缅怀高致因作》诗:"孤篷半夜无余事,应被严滩舐酒醒。"

[10]原诗"狮岩"后有作者自注"即焦山"。

水调歌头·巢湖月夜闻邻舟歌声[1]

夜静悄无语,偏解笛吹愁。不知多少逸调,散落在寒流。[2]我每闻歌增感,竟尔旧欢若梦,一曲碎心头。[3]故里渺难即,身世又扁舟。

推篷望,银汉转,挂蟾钩。[4]湖光留我久住,冷笑妒闲鸥。难道琵琶清泪,又使青衫湿透,再个白江洲。[5]暖醅且孤酌,万事醉时休。[6]

注释

[1]《水调歌头·巢湖月夜闻邻舟歌声》词见清·李恩绶编《巢湖志》卷二"诗",黄山书社2007年版。

[2]逸调:① 失传的曲调、乐调。▶南朝·梁·陶弘景《华阳颂·才英》:"子弦有逸调,空谈无与言。"② 超脱世俗的曲调。▶唐·骆宾王《上郭赞府启》:"倘使陈留逸调,下探柯亭之篠;会稽阴德,傍眷余溪之蔡。则迥眸之报,不独著于前龟;清亮之音,谁专称于往笛?"③ 超脱世俗的格调。▶唐·卢纶《畅博士当感怀前踪有五十韵见寄辄有所酬以申悲旧》诗:"拾遗兴难偕,逸调旷无程。"

寒流:① 清冷的小河或小溪。▶南朝·齐·谢朓《始出尚书省》诗:"邑里向疏芜,寒流自清泚。"② 指出身寒微的人。▶《梁书·武帝纪中》:"夏四月丁巳,革选尚书五都令史用寒流。"③ 喻指白光。▶宋·秦观《梦中得此》诗:"缟带横秋匣,寒流炯暮堂。"④ 指寒潮。▶毛泽东《冬云》诗:"高天滚滚寒流急,大地微微暖气吹。"⑤ 水温低于所流经海区的海流。通常从较高纬度流向较低纬度。

[3]竟尔:犹言竟然。

[4]蟾钩:① 月牙。② 喻女子的弓鞋。▶唐·夏侯审《咏被中绣鞋》:"云里蟾钩落凤窝,玉郎沉醉也摩挲。"

[5]原诗"难道琵琶清泪,又使青衫湿透,再个白江洲"句化自白居易《琵琶行》:"座中泣下谁最多,江州司马青衫湿。"说明作者李丙荣亦有失意文人之叹。

[6]暖醅:指温热的酒水或将酒水温热。▶唐·许浑《陪少师李相国崔宾客宴居守狄仆射池亭》(节选):"云聚(一作定)歌初转,风回舞欲翔。暖(一作新)醅松叶嫩,寒粥杏花香。"

李经钰

李经钰(1867—1922),原名经适,字连之,号庚余,别号逸农,清末安徽合肥东乡(今属安徽省合肥市肥东县)人。李蕴章第四子。清德宗光绪十九年(1893)举人,官河南候补道,加二品衔。辛亥革命起,杜门不出,后卒于上海私寓,年五十六。著有《友古堂诗集》二卷。

题课农别墅[1]

石径纵横绕树斜,疏篱新缉未全遮。

潇潇一夜西风雨,催放空庭百合花。

注　释

[1]《题课农别墅》诗见清·李经钰《友古堂诗集》,民国十二年(1923)铅印本。
课农别墅:位于合肥东15.5千米,老长冈村近市山庄东南水中央。数椽茅茨扶疏,设红桥可达,岸具小艇,可绕村植奇花异果,风景清幽,中有白莲池、樱桃圃、芍药栏、玉兰坞、芙蓉馆、梧桐院、木槿篱、棕榈亭、柿园、栗林诸胜,乡人称为花墩。近市山庄为经钰、经达兄弟故宅,课农别墅即其读书处也。

留别皖中诸友[1]

梅雨潇潇二月天,挂帆远破隔溪烟。

归程又负鲥鱼上,客邸频惊兔魄圆。[2]

故态疏狂聊复尔,旧时情事两茫然。[3]

扁舟欲去重回首,浪迹江城二十年。[4]

注　释

[1]《留别皖中诸友》诗见清·李经钰《友古堂诗集》,民国十二年(1923)铅印本。

[2]兔魄:月亮的别称。▶《参同契》卷上:"蟾蜍与兔魄,日月无双明。"

[3]聊复尔:聊复尔耳。姑且如此而已。▶宋·辛弃疾《永遇乐·检校停云新种杉松戏作》:"停云高处,谁知老子,万事不关心眼。梦觉东窗,聊复尔耳,起欲题书简。"亦作"聊复尔尔"。

[4]江城:临江之城市、城郭。此处指安庆城。▶唐·崔湜《襄阳早秋寄岑侍郎》:"江城秋气早,旭旦坐南闱。"

口占赠子恒[1]

携家远泛巢湖月,话旧重来白下城。

世事消磨一樽酒,生涯寥落十年耕。

腾霄鹰翮当秋健,韬匣龙泉入夜鸣。

同忆飞鸿江上去,孤檠今夕不胜情。

注 释

[1]《口占赠子恒》诗见清·李经钰《友古堂诗集》,民国十二年(1923)铅印本。

寄吴子恒庐江即用其翠微亭韵[1]

才得相逢便送归,离程杳杳暮云飞。

悬知射虎身将隐,苦学屠龙技总非。[2]

月黑荒城寒柝急,烟开山市远峰微。[3]

一联轻甲休尘积,回首东瀛正铁衣。

注 释

[1]《寄吴子恒庐江即用其翠微亭韵》诗见清·李经钰《友古堂诗集》,民国十二年(1923)铅印本。

吴子恒:即吴保德。吴保德(1863—1915),字念祖,号子恒。庐江人。职贡生,袭云骑尉,兼三等轻车都尉,世袭恩骑尉,一品难荫生,分省候补道,刑部主事。吴长庆次子、福建巡抚吴赞诚之婿。

[2]悬知:料想,预知。 ▶北周·庾信《和赵王看伎》:"悬知曲不误,无事畏周郎。"

射虎:①指汉·李广和三国·吴·孙权射虎的故事。▶《史记·李将军列传》:"广所居郡,闻有虎,尝自射之。及居右北平,射虎,虎腾伤广,广亦竟射杀之。"▶《三国志·吴志·吴主传》:"(建安)二十三年十月,权将如吴,亲乘马射虎于庱亭。马为虎所伤,权投以双戟,虎郤废,常从张世击以戈,获之。"宋·陆游亦有射虎事。见《剑南诗稿》卷三《畏虎》《书事》《宿武连县驿》《三月十七日夜醉中作》等诗。②诗文中常用以形容英雄豪气。▶宋·苏轼《江城子·密州出猎》词:"为报倾城随太守,亲射虎,看孙郎。"③猜灯谜。灯谜亦名灯虎,故称。

屠龙:①《庄子·列御寇》:"朱泙漫学屠龙于支离益,单千金之家,三年技成,而无所用其巧。"后因以指高超的技艺或高超而无用的技艺。▶唐·卢照邻《释疾文》:"既而屠龙适就,刻鹄初成。"②比喻跟强敌作英勇斗争。▶柳亚子《有怀章太炎邹威丹两先生狱中》诗:"泣麟悲凤伴狂客,搏虎屠龙革命军。"

[3]寒柝:寒夜打更的木梆声。▶唐·顾云《投西边节度使启》:"夷落无喧,干戈尽偃,边烽息焰,寒柝沉声。"

拟边城秋夜[1]

关山无树势峻嶒,吹笛中宵朔气凝。[2]

沙漠风高驱壮马,平原霜冷下饥鹰。

九蕃部落秋窥塞,八校旌旗夜守冰。[3]

横剑营门一徙倚,鹧鸪泉畔月华澄。[4]

注 释

[1]《拟边城秋夜》诗见清·李经钰《友古堂诗集》,民国十二年(1923)铅印本。

[2]峻嶒:陡峭不平貌。▶明·徐弘祖《徐霞客游记·粤西游日记三》:"忽壁右渐裂一隙,攀隙而登,石骨峻嶒,是曰大峡。"

朔气:①北方之寒气。▶《乐府诗集·横吹曲辞五·木兰诗》:"朔气传金柝,寒光照铁衣。"②节气。▶《周礼·春官·太史》"正岁年以序事"唐·贾公彦疏:"一年之内有二十四气……皆节气在前,中气在后。节气,一名朔气。朔气在晦,则后月闰;中气在朔,则前月闰。"③北朝的气势。▶《宋书·恩幸传·徐爰》:"中兴造创,资储未积,是以齐斧徘徊,朔气稽扫。"④指北方人的气质。▶陈衍《元诗纪事·嘲许敬仁》:"盖敬仁颇尚朔气,习国语,乘怒必先以阿剌花剌等叱人。"

[3]窥塞:窥伺边境。▶宋·曾巩《本朝政要策·契丹》:"当此之时,疆境泰然,无北顾之

忧,间有窥塞之谋,虏骑六万,太祖命田钦祚以三千人破之。"

八校:汉所置八种校尉的合称。▶《汉书·百官公卿表上》:"中垒校尉掌北军垒门内,外掌西域。屯骑校尉掌骑士。步兵校尉掌上林苑门屯兵。越骑校尉掌越骑。长水校尉掌长水宣曲胡骑。又有胡骑校尉,掌池阳胡骑,不常置。射声校尉掌待诏射声士。虎贲校尉掌轻车。凡八校尉,皆武帝初置。自司隶至虎贲校尉,秩皆二千石。"东汉灵帝又置西园八校尉。后通称将佐为八校。

[4]鹈鹕泉:唐代丰州有九十九泉,在西受降城北三百里的鹈鹕泉号称最大。唐宪宗元和初,回鹘曾以骑兵进犯,与镇武节度使驻兵在此交战。

李经达

李经达(1868—1902),原名经良,字郊云,别号拙农,亦号肥遁庐,清末安徽合肥东乡(今属安徽省合肥市肥东县)人。李蕴章第五子。诸生,官刑部郎中,改道员,任江西候补道,诰授资政大夫。著有《滋树室诗文集》《滋树室词》。

题洄溪别墅[1]

绿云深护宛山家,消夏园林景物奢。

雨后雷抽三径笋,昼长风落一溪花。

结邻应许招巢父,寄钓何妨拟若耶?[2]

有客隔溪曾立马,芰荷香拂锦鞭斜。

注 释

[1]《题洄溪别墅》诗见清·李经达《滋树室诗集》,民国十二年(1923)上海刻本。

洄溪别墅:为李经达私人别墅。

[2]若耶:亦作"若邪"。山名,位于浙江省绍兴市南;又作溪名,出若耶山,北流入运河。溪旁旧有浣纱石古迹,相传西施浣纱于此,故一名浣纱溪。▶《史记·东越列传》:"越侯为戈船、下濑将军,出若邪、白沙。"

赠张次卿[1]

书卷曾携剑阁游,岭梅春信送归舟。[2]

未忘故里青山约,忆逐名场白下秋。

绿鬓天涯共寥阔,江皋云物自清流。[3]

十年征逐惭裙屐,浊酒何曾遣百忧?[4]

注 释

[1]《赠张次卿》诗见清·李经达《滋树室诗集》,民国十二年(1923)上海刻本。

[2] 春信:春天的信息。 ▶唐·郑谷《梅》:"江国正寒春信稳,岭头枝上雪飘飘。"

[3] 江皋:① 指江中。 ▶明·徐复祚《投梭记·出守》:"泛江皋,片帆冲千层怒涛。"② 江岸,江边地。 ▶《楚辞·九歌·湘夫人》:"朝驰余马兮江皋,夕济兮西澨。"

[4] 裙屐:① 裙,下裳;屐,木底鞋。原指六朝贵游子弟的衣着。后泛指富家子弟的时髦装束。 ▶清·唐孙华《送同年范国雯出守延平》:"让齿肩随赖有君,少俊风流羡裙屐。"② 借指衣着时髦的富家子弟。 ▶清·赵翼《陪松崖漕使宴集九峰园并为湖舫之游作歌》:"绮寮砥室交掩映,最玲珑处集裙屐。"

花朝沪上偕三兄送家相使节出洋夜游申浦[1]

轺车初驾海云空,返棹申江坐晚风。[2]

新月向人犹杳霭,通衢展綀自葱珑。[3]

珠光已入鲛人室,玉节谁怜上相功?[4]

莫问澄清少时志,聊从春市醉郫筒。[5]

注 释

[1]《花朝沪上偕三兄送家相使节出洋夜游申浦》诗见清·李经达《滋树室诗集》,民国十二年(1923)上海刻本。

花朝:指花朝节。

家相使节出洋:指李鸿章出访欧美事。

[2] 轺车：① 一马驾之轻便车。 ▶《史记·季布栾布列传》："朱家遂乘轺车之洛阳，见汝阴侯滕公。" ② 奉使者和朝廷急命宣召者所乘的车。亦指代使者。 ▶ 唐·王昌龄《送郑判官》诗："东楚吴山驿树微，轺车衔命奉恩辉。"

[3] 杳霭：亦作"杳蔼"。① 茂盛貌。 ▶ 汉·陈琳《柳赋》："蔚県県其杳蔼，象翠盖之葳蕤。" ② 幽深渺茫貌。 ▶ 唐·韦应物《西郊游瞩》："烟芳何处寻？杳蔼春山曲。" ③ 云雾飘缈貌。 ▶ 唐·韩翃《题荐福寺衡岳暕师房》："晚送门人出，钟声杳蔼间。"

[4] 鲛人：① 神话传说中的人鱼。 ▶ 明·杨慎《升庵诗话·子书传记语似诗者》引《韩诗外传》："荆山不贵玉，鲛人不贵珠。" ② 捕鱼者，渔夫。 ▶ 唐·杜甫《阌乡姜七少府设鲙戏赠长歌》："饔人受鱼鲛人手，洗鱼磨刀鱼眼红。"

上相：此处指对宰相的尊称。 ▶ 西汉·司马迁《史记·郦生陆贾列传》："足下位为上相，食三万户侯，可谓极富贵无欲矣。"

[5] 郫筒：① 竹制盛酒具。郫人截大竹二尺以上，留一节为底，刻其外为花纹，或朱或黑或不漆，用以盛酒。 ▶ 唐·李商隐《因书》："海石分棋子，郫筒当酒缸。" ② 酒名。相传晋山涛为郫令，用竹筒酿酒，兼旬方开，香闻百步，俗称"郫筒酒"。 ▶ 唐·杜甫《将赴成都草堂途中有作先寄严郑公》诗之一："鱼知丙穴由来美，酒忆郫筒不用沽。"

踏莎行·深夜踏雪[1]

刻漏无声，夜街人悄，平山门外饶登眺。羊裘珠满不知寒，琼楼玉树疑仙岛。[2]

城郭漫漫，江山了了，琼辉不让冰轮照。乾坤清气得来难，重帏有梦惊寒早。

注 释

[1]《踏莎行·深夜踏雪》词见清·李经达《滋树室诗集》，民国十二年（1923）上海刻本。

[2] 羊裘：① 羊皮做的衣服。② 汉严光少有高名，与刘秀同游学，后刘秀即帝位，光变名隐身，披羊裘钓泽中。见《后汉书·逸民传·严光》。后因以"羊裘"指隐者或隐居生活。 ▶ 宋·陆游《寓叹》："人怪羊裘忘富贵，我从牛侩得贤豪。"

离亭燕·喜雪[1]

蝶粉轻盈林表,处处晚楼玉照。江上遥峰青不见,一任祥霙笼罩。清绝不知寒,蓑笠老渔孤钓。

镇日朔风吹峭,昨夜寒梅开早。[2]绿蚁红炉新暖酒,待集高人谈笑。[3]为惜玉阶痕,莫唤雏鬟轻扫。[4]

注 释

[1]《离亭燕·喜雪》词见清·李经达《滋树室诗集》,民国十二年(1923)上海刻本。

[2]镇日:整天,从早到晚。▶宋·朱熹《邵武道中》:"不惜容鬓凋,镇日长空饥。"

[3]绿蚁:酒面上浮起的绿色泡沫,亦借指酒。▶《文选·谢朓〈在郡卧病呈沈尚书诗〉》:"嘉鲂聊可荐,绿蚁方独持。"张铣注:"绿蚁,酒也。"▶唐·白居易《问刘十九》:"绿蚁新醅酒,红泥小火炉。"

[4]雏鬟:指年轻女子。▶清·龚自珍《点绛唇·补记四月之游》词:"窗三面,推开扇,故使雏鬟见。"

满庭芳·春雨[1]

帘幕晨垂,韶光将半,雨风时近花朝。新泥门巷,闲煞卖饧箫。几日离亭,弱柳逗生意,初展眉梢。[2]秦淮土,浓春烟景,相忆路迢迢。

旧时留恋处,云生翠黛,酒暖金貂。更销魂,门外送别长桥,惆怅萍因絮果,多事欲说无聊。悄相对灯花吐艳,消受可怜宵。[3]

注 释

[1]《满庭芳·春雨》词见清·李经达《滋树室诗集》,民国十二年(1923)上海刻本。

[2]离亭:古代建于离城稍远的道旁供人歇息的亭子。古人往往于此送别。▶南朝·陈阴铿《江津送刘光录不及》:"泊处空余鸟,离亭已散人。"

[3]可怜宵:可爱的夜晚。▶宋·李昉《太平广记》卷三二六引唐·无名氏《异闻录·沈警》:"徘徊花上月,虚度可怜宵。"

李经筵

李经筵,生卒年不详,字仲平,清末安徽合肥东乡(今属安徽省合肥市肥东县)人。李鸿章族侄。历官江西、安徽税局局长。善交游,喜聚书。工诗词,手稿散佚。

春阴[1]

直待春阴始出城,一天细雨扑帘旌。[2]

云封野水无人渡,麦秀郊原有雉声。

小草在山空弄色,好花当路不知名。[3]

流年已付匆匆过,乞得身闲赋此行。

注 释

[1]《春阴》诗见民国·李家孚《合肥诗话》卷下,民国苏城临顿路毛上珍铅活字本。

[2]帘旌:帘端所缀之布帛。亦泛指帘幕。▶唐·白居易《旧房》:"床帷半故帘旌断,仍是初寒欲夜时。"

[3]弄色:显现美色。▶宋·苏轼《宿望湖楼再和》:"新月如佳人,出海初弄色。"

风入松[1]

扁舟一叶水云乡,宛转泊垂杨。儿时捉絮攀条处,一回头、一自凄凉。门外晚蝉高唱,依稀课罢时光。

别来忽忽隔星霜,旧事几沧桑。故园零落何随感?有荒台、留对斜阳。寂寞荆花分后,蛛丝锁闭空堂。

注 释

[1]《风入松》词见民国·李国模《合肥词钞》卷四,民国十九年(1930)铅印本。

张宗瀛

张宗瀛,生卒年不详,字伯荣,清末安徽合肥东乡(今属安徽省合肥市肥东县)人。张士珩从子。清德宗光绪十九年(1893)癸巳科举人。工制艺,亦能诗。

挽郊云公[1]

夜月凄凉穗帐前,昌黎忆昨泪潸然。

书窗灯火红如许,荏苒流光廿八年。

岁岁秋风闭户居,西华葛帔孰怜予?[2]

何图蒋径荒凉日?犹幸曾停长者车。[3]

注　释

[1]《挽郊云公》诗见民国·李家孚《合肥诗话》卷中,民国苏城临顿路毛上珍铅活字本。

郊云公:即李经达。李经达(1868—1902),原名经良,字郊云,别号拙农,亦号肥遁庐。清末合肥人。李蕴章第五子。诸生,官刑部郎中,改道员,任江西候补道,诰授资政大夫。著有《滋树室诗文集》《滋树室词》。

[2]西华:道教仙宫名。对东华而言。东华为男仙所居,以东王公领;西华为女仙所居,以西王母领。故女仙名籍称《西华仙箓》。▶《云笈七签》卷七:"《八素经》云:西华宫有琅简蕊书,当为真人者,乃得此文。"

葛帔:用葛制成的披肩。▶《南史·任昉传》:"西华冬月著葛帔练裙,道逢平原刘孝标,泫然矜之,谓曰:'我当为卿作计。'"后因以"葛帔"为怜恤友人贫困之典。

[3]蒋径:典同三径。▶晋·赵岐《三辅决录·逃名》:"蒋诩归乡里,荆棘塞门,舍中有三径,不出,唯求仲、羊仲从之游。"后因以"三径"指归隐者的家园。▶晋·陶潜《归去来辞》:"三径就荒,松竹犹存。"

长者车:典同长者辙。常用为称颂来访者之典实。▶唐·李峤《宅》:"屡逢长者辙,时引故人车。"

李道清

李道清(1871—1900),名国香,字味兰,清末安徽合肥(今安徽省合肥市)人。邮传部侍郎李经方女,常熟举人杨圻室。著有《饮露词》一卷。

浣溪沙[1]

小阁红箫韵未休,碧烟狼藉百花洲,春阴暗暗梦悠悠。[2]

蝴蝶路迷芳草远,黄鹂声住水东流,古来谁得倩春留。

注 释

[1]《浣溪沙》词见清·李道清《饮露词》,清光绪间徐乃昌校刊本。
[2]碧烟:青色的烟雾。 ▶唐·韦应物《贵游行》:"轻裾含碧烟,窈窕似云浮。"

浣溪沙[1]

促织凄鸣月亦秋,兰桡轻泊藕花洲,碧梧梢影小楼头。[2]

阶下绿芜留别梦,陌头杨柳系离愁,金风时动玉帘钩。[3]

注 释

[1]《浣溪沙》词见清·李道清《饮露词》,清光绪间徐乃昌校刊本。
[2]促织:蟋蟀。 ▶《古诗十九首·明月皎夜光》:"明月皎夜光,促织鸣东壁。"
兰桡:小舟的美称。 ▶唐太宗《帝京篇》之六:"飞盖去芳园,兰桡游翠渚。"
[3]绿芜:丛生的绿草。 ▶唐·韩偓《船头》:"两岸绿芜齐似剪,掩映云山相向晚。"
金风:秋风。 ▶《文选·张协〈杂诗〉》:"金风扇素节,丹霞启阴期。"李善注:"西方为秋而主金,故秋风曰金风也。"

少年游[1]

遥波无际,片帆不动,烟雨绕江楼。洞房春晓,珠帘半卷,人在柳梢头。

桃花浪,涨春愁远,此意倩谁留?诉与春庭,落花知道,又恐落花愁。

注 释

[1]《少年游》词见清·李道清《饮露词》,清光绪间徐乃昌校刊本。

临江仙·丁酉之秋云史赴金陵填临江仙一阕寄示率和之[1]

一寸离愁千里梦,近来梦也无踪。清秋凉意入房栊,片云来月地,疏雨落晴空。[2]

云鬟清凉花气澹,夜深独倚梧桐。下帘声在雨声中,一腔离别意,料得与君同。

注 释

[1]《临江仙·丁酉之秋云史赴金陵填临江仙一阕寄示率和之》词见清·李道清《饮露词》,清光绪间徐乃昌校刊本。

云史:即杨圻,李道清之夫。杨圻(1875—1941),初名朝庆,更名鉴莹,又名圻,字云史,号野王。江苏常熟人。御史杨崇伊子,李鸿章孙婿。年21,以秀才为詹事府主簿,年27为户部郎中。光绪二十八年(1902)举人,官邮传部郎中,出任驻英属新加坡总领事。入民国,任吴佩孚秘书长,亦曾经商。抗日战争爆发,居香港,病卒。工诗词,著有《江山万里楼诗钞》。

[2]房栊:亦作"房笼"。① 窗棂。▶北魏·贾思勰《齐民要术·园篱》:"数年成长,共相蹙迫,交柯错叶,特似房笼。"缪启愉校释:"笼……明清刻本及辑要引作'栊'"。黄麓森校记:"栊、笼古通。"▶南朝·宋·谢惠连《七月七日夜咏牛女》:"落日隐檐楹,升月照房栊。" ② 泛指房屋。▶《文选·张协〈杂诗〉之一》:"房栊无行迹,庭草萋以绿。"李周翰注:"栊亦房之通称。"

临江仙[1]

锦帐香微云鬓揾,春肌沁暖瑶簪。残宵有梦待重寻。人归还有恨,春去未关心。

休说从前多少事,从前怎及如今。小桥流水暗沉沉,月明人弄笛,青琐杏花深。[2]

注　释

[1]《临江仙》词见民国·李国模《合肥词钞》卷四,民国十九年(1930)铅印本。

[2] 青琐:亦作"青锁"。① 装饰皇宫门窗的青色连环花纹。▶《汉书·元后传》:"曲阳侯根骄奢僭上,赤墀青琐。"颜师古注:"孟康曰:'以青画户边镂中,天子之制也。'……孟说是。青琐者,刻为连环文,而青涂之也。"后华贵的宅第、寺院等门窗亦用此种装饰。② 借指宫廷。▶《晋书·夏侯湛传》:"出草苗,起林薮,御青琐,入金墉者,无日不有。"③ 泛指豪华富丽的房屋建筑。▶南朝·梁·沈约《八咏诗·登台望秋月》:"散朱庭之奕奕,入青琐而玲珑。"④ 刻镂成格的窗户。▶南朝·宋·刘义庆《世说新语·惑溺》:"韩寿美姿容,贾充辟以为掾。充每聚会,贾女于青琐中看,见寿,说之。"喻指篱笆。

张彦修

张彦修,生卒年、籍贯与生平不详,清人。

四顶山[1]

翠峦齐耸压平湖,晚绿朝红画不如。

寄语商山贤四皓,好来各占一峰居。[2]

注 释

[1]《四顶山》诗见清·左辅纂修《(嘉庆)合肥县志》卷三十一,清嘉庆八年(1803)修,民国九年(1920)重印本。编者按,作者张彦修,《(嘉庆)庐州府志》《(光绪)续修庐州府志》均作唐人。

[2]商山贤四皓:即商山四皓。指秦末隐居商山的东园公、甪里先生(甪,一作角)、绮里季、夏黄公。四人须眉皆白,故称商山四皓。汉高祖召,不应。后高祖欲废太子,吕后用张良计,迎四皓,使辅太子,高祖以太子羽翼已成,乃消除改立太子之意。事见《史记·留侯世家》《汉书·张良传》。▶汉·扬雄《解嘲》:"蔺生收功于章台,四皓采荣于南山。"

张培槚

张培槚,生卒年、籍贯与生平不详,清人。

四鼎山[1]

闻说仙人宅,飘然试一登。

平分峰四角,俯瞰浪千层。

灶冷埋灵药,梯危揽寿藤。[2]

趋庭聊纵目,何暇慕飞升。[3]

注 释

[1]《四鼎山》诗见清·张祥云《(嘉庆)庐州府志》卷二,清嘉庆八年(1803)刻本。

四鼎山:即四顶山。

[2]寿藤:生长年岁长久之藤。▶唐·元结《送谭山人归云阳序》:"近峻公有泉石老树,寿藤萦垂。"

[3]趋庭:亦作"趍庭"。本谓子承父教,此处当指承受师长教诲。典出▶《论语·季氏》:"孔子尝独立,鲤趋而过庭,曰:'学诗乎?'对曰:'未也。''不学诗,无以言。'鲤退而学诗。他日,又独立,鲤趋而过庭。曰:'学礼乎?'对曰:'未也。''不学礼,无以立。'鲤退而学礼。"鲤即孔鲤,字伯鱼,孔子之子。

纵目:放眼远望。

飞升:亦作"飞昇"。谓羽化而升仙。

程玉山

程玉山,生卒年不详,名昆,先世休宁(今安徽省休宁县)人,后至竹里(今属浙江省杭州市淳安县)住西圩刘家滨。茅屋一椽,授经终老。写花卉清迥潇洒,无尘坌染其笔端。[1]

无题[2]

丹山彩凤脱尘埃,飞向巢西接水隈。

浪卷云横烟作罩,风窝月窟石成胎。[3]

回环帆影侵棋局,断续渔歌入酒杯。

不识此中居起客,金樽相赏追孰陪。[4]

注　释

[1]李恩绶编《巢湖志》中并未记载作者程玉山的生卒年份以及生平事迹。经查,清人张廷济《桂馨堂集》(清道光刻本)载有程玉山的简单信息,然此程玉山似为画家。未知孰是,姑且存录,有待来者释疑。

[2]《无题》诗见清·李恩绶编《巢湖志》卷二"诗",黄山书社2007年版。原诗无标题,此为编者后加。

[3]月窟:① 传说月的归宿处。▶《汉武帝内传》:"仰上升绛庭,下游月窟阿。"② 泛指边远之地。▶唐·李白《苏武》诗:"渴饮月窟水,饥餐天上雪。"③ 月宫,月亮。▶晋·挚虞《思游赋》:"观玄鸟之参趾兮,会根壹之神筹;扰夒兔于月窟兮,诘姮娥于蓐收。"

[4]居起:犹言起居。▶明·李东阳《与顾天锡书》:"比时萧进士所附书,备悉居起。"

程之鵕

程之鵕,生卒年不详,字羽宸,又字采山,清江南歙县(今安徽省歙县)人。贡生。著有《练江诗钞》。

望浮槎山[1]

仙槎山色似,海上说浮来。

八月银河里,张骞恐泛回。[2]

注 释

[1]《望浮槎山》诗见清·程之鵕《练江诗钞》卷八"近体诗",清乾隆十八年(1753)王鸣刻本。

浮槎：▶晋·张华《博物志》："旧说云：天河与海通。近世有人居海渚者,年年八月有浮槎去来,不失期。人有奇志,立飞阁于槎上,多赍粮,乘槎而去。二余日中犹观星月日辰,自后芒芒忽忽,亦不觉昼夜。去十余日,奄至一处,有城郭状,屋舍甚严,遥望宫中多织妇。见一丈夫牵牛渚次饮之。牵牛人乃惊问曰：'何由至此？'此人具说来意,并问此是何处。答曰：'君还至蜀郡,访严君平则知之。'竟不上岸,因还如期。后至蜀问君平,平曰：'某年月日有客星犯牵牛宿。'计年月,正是此人到天河时也。"后以乘槎喻指游仙。

[2]"张骞恐泛回"句：化自"张骞乘槎"或"张骞泛槎"的故事。晋人张华在志怪笔记小说《博物志》中记载了仙人乘槎的故事。到了南北朝初期,汉代出使西域的张骞开始被树立为乘槎的主人公,形成了传说与史实杂糅的仙话典故。此后,"张骞泛槎"的故事开始广泛运用在文学创作中,到了明清时期,"张骞泛槎"图成为吉祥图案之一。▶南朝·梁·宗懔《荆楚岁时记》："汉武帝令张骞使大夏,寻河源。乘槎经月,而至一处,见城郭如州府,室内有一女织,又见一丈夫牵牛饮河。骞问曰：'此是何处？'答曰：'可问严君平。'织女取支机石与骞俱还。后至蜀,问君平,君平曰：'某年某月客星犯牛女。'支机石为东方朔所识。"

释达修

释达修(1876—1940),字赞泉,俗姓李,后姓姚,原籍安徽滁州西陲将军集(今属安徽省合肥市肥东县)。弟兄五人,行二。因家境贫寒,五岁时替他人名,在准提庵剃度为僧。达修学习用功,谙熟四书五经,十八岁受戒,后为准提庵住持。清光绪三十年(1904)滁州知州熊祖诒怜其才,邀至琅琊山住持开化律寺(琅琊寺)。是时,琅琊山寺院因屡遭兵燹,遍地瓦砾,寺内仅存茅屋数间。寺外除遗留有无梁殿与三天门两处外,其余古迹均遭破坏。达修为了重建寺院,游说于军阀显贵与富商豪门,奔走方里,募集巨金,经三十余年之努力,重建开化律寺。先后复建了大雄宝殿、韦驮殿、明月观、藏经楼等殿宇亭榭近百间,并建造驰道、磴道多处,使开化律寺得以复兴。民国十七年(1928),同滁人章心培编纂《琅琊山志》,为研究琅琊山之历史和文化留下了珍贵史料。

夏日送友人陈竣峰赴鸠江[1]

临别凭谁语?黯然念使君。

遍求一字友,踏破万山云。

古木环峰抱,钟鸣隔水闻。

阳关三叠后,尤怅炎风薰。[2]

琅琊不肯住,汽笛送轻舟。

落日添行色,薰风动旅愁。

帆随芳踪去,江挟众星流。

他日重来此,同吟君记否?

注释

[1]《夏日送友人陈竣峰赴鸠江》诗见陈章明《历代肥东诗词选》,黄山书社2020年版。鸠江:指芜湖。

[2]炎风:①指东北风。▶《吕氏春秋·有始》:"东北曰炎风。"高诱注:"炎风,艮气所生,一曰融风。"②热风。▶南朝·梁·萧统《锦带书十二月启·蕤宾五月》:"炎风以扇户,暑

气于是盈楼。"

送别友人感怀自述[1]

酣性辞家事世尊,琅琊寂寞共谁论?[2]

悬崖鸟道无人迹,扑面风尘掩泪痕。[3]

万劫死生原痛哭,百年迅速等朝昏。

不堪幻化都成梦,来学愚僧到佛门。

富贵荣华几度开,百千年后岂重来?

浮生过眼成朝露,名利何人念劫灰?

沧海白云时变化,清风明月共徘徊。

送君更作须臾事,且尽山僧酒一杯。

注 释

[1]《送别友人感怀自述》诗见陈章明《历代肥东诗词选》,黄山书社2020年版。

[2]世尊:佛陀的尊称。 ▶《四十二章经》:"尔时世尊既成道已,作是思维。"

[3]鸟道:险峻狭窄的山路。 ▶南朝·梁·沈约《愍涂赋》:"依云边以知国,极鸟道以瞻家。"

沈德芬

沈德芬(1872—1939),字蕊香,晚清民国安徽合肥(今安徽省合肥市)人。光绪间绪生。沈若湉曾孙,沈绩熙之孙。著《梦梅庐诗集》,见于《沈氏两代诗存》附刻。

红叶[1]

十里霜风石径斜,高低化作赤城霞。

天台刘阮重来日,疑是夭桃万树花。[2]

注 释

[1]《红叶》诗见民国·李家孚《合肥诗话》卷上,民国苏城临顿路毛上珍铅活字本。

[2] 天台刘阮:南朝·宋·刘义庆《幽明录》载:"汉代刘晨、阮肇于永平年间同入天台山,迷不得返。饥馁殆死。见一桃树有桃,遂攀缘藤葛,得桃数枚而啖。后下山而遇二女子,留居半年辞归,及还乡,子孙已历七世。后又离乡,不知所终。"

蒯寿枢

> 蒯寿枢(1877—1944),早名先楹,后改寿枢。字若木,佛号圆顿,晚号圆叟、桑翁,清末民国安徽合肥人。蒯光典从子。早年留学日本,在日参加同盟会,为同盟会最早会员之一,后为安徽同盟会支部长。民国初年任宁夏镇守使,又任国民政府驻日学务总裁。民国十三年(1924)退隐,潜心佛学,曾为金陵刻经处流通处主任。工书画,富收藏,精鉴赏,为著名收藏家。

次勋老韵游大佛寺诗[1]

原无来去去还来,不滞山隈与水隈。

过眼浮云皆有漏,自心明镜本非台。[2]

何愁白业重重峻,闻说玄关处处开。[3]

旷达劫成生死事,莫教容易再徘徊。

注 释

[1]《次勋老韵游大佛寺诗》诗见安徽博物院编《许承尧未刊稿整理研究》,安徽美术出版社2017年版。原诗前有序:"无明业海,自起波涛。罪性本空,放下即是,人身难得,正法难闻。因用前韵,赋赠勋老。登山临水,未始非助道因缘也。"

勋老:指张广建。张广建(1864—1938),字勋伯,安徽合肥人。早年入淮军聂士成部为军佐。因功受到巡抚袁世凯的赏识,逐渐成为袁世凯心腹,辛亥革命期间,任山东布政使、署理山东巡抚。民国成立后,调为顺天府府尹,民国二年(1913)12月加陆军上将军衔。民国三年(1914)出任甘肃都督兼民政长,督理甘肃军政大权。民国四年(1915)12月被授予一等子爵。民国十年(1921)被驱,回京赋闲。民国十三年(1924)授陆军上将军衔。民国二十六年(1937)回乡闲居。次年日寇占领合肥,拒绝通敌,在逃难途中病故。

[2]有漏:佛教语。指世间一切有烦恼的事物。漏,或译为烦恼。▶《百喻经·毗舍阇鬼喻》:"诸魔外道净箧者,喻于有漏中强求果报,空无所得。"

[3]玄关:① 佛教称入道的法门。▶《文选·王巾〈头陀寺碑文〉》:"于是玄关幽键,感而遂通。"李善注:"玄关幽键,喻法藏也。"② 泛指门户。▶唐·岑参《丘中春卧寄王子》:"田中开白室,林下闭玄关。"

李国松

李国松(1877—1950),初名国桢,榜名松寿,字健父(甫),号木公,一号槃斋,清末安徽合肥东乡(今属安徽省合肥市肥东县)人。李经羲长子。清德宗光绪二十三年(1897)丁酉科举人,度支部郎中,特赏四品卿衔。曾为庐州中学捐资数万,延聘名师,广购书籍,由此被推为合肥教育学会总理,升安徽咨议局局长。辛亥革命前,任合肥商会会长,掌握地方绅权,仇视革命。武昌起义后,遁往苏州。后卒于沪邸。辑有《集虚草堂丛书》甲集十种二十四册。

赋得雪销巢县青山出[1]

瞥见遥青出,山山尽豁㝎。[2]
雪才销北陆,县试认南巢。[3]
寒色凝晴郭,岚光落近郊。
金庭浑可辨,玉岫漫相淆。[4]
积黛形如画,群峰势越巢。
霁痕分大蜀,翠影现居巢。
岭岂芙蓉失,林非柳絮抛。
濡须堪四望,酹处酒盈匏。[5]

注 释

[1]《赋得雪销巢县青山出》诗见清·李恩绶编《巢湖志》卷二"诗",黄山书社2007年版。

[2]遥青:远处的青山。▶唐·孟郊《生生亭》诗:"置亭嵲嶫头,开窗纳遥青;遥青新画出,三十六扇屏。"

豁㝎:深邃高峻貌。▶清·黄景仁《涂山禹庙》诗:"宫殿相望同豁㝎,承尘玉座垂蟏蛸。"

[3]北陆:① 北方之地。▶北周·庾信《枯树赋》:"东海有白木之庙,西河有枯桑之社,北陆以杨叶为关,南陵以梅根作冶。"② 即虚宿。位在北方,为二十八宿之一。▶《左传·昭公

四年》:"古者日在北陆而藏冰。"③指夏历十二月或冬天。 ▶唐·刘禹锡《上门下裴相公启》:"授钺于西颢之半,策勋于北陆之初。"

[4]玉岫:山峰的美称。 ▶南朝·梁·简文帝《行雨山铭》:"玉岫开华,紫水迴斜。"

[5]酌处:酌情处理。 ▶明·沈德符《野获编·科场二·有司分考》:"即使果尔,亦宜另为酌处,不可遽及有司。"

李国筠

李国筠(1878—1929),初名国鋆,榜名筠寿,字斐君,号浩存,清末安徽合肥东乡(今属安徽省合肥市肥东县)人。李经羲次子。清德宗光绪二十八年壬寅(1902)补行庚子辛丑恩正并科举人。赏戴花翎,保应经济特科候选知府,分省补用道。加三品衔、二品顶戴。任合肥县教育会会长,庐州商会经理。历官安徽咨议局副议长、安徽财政司司长、安徽国税厅筹备处处长、广东巡按使、广西巡按使、政府参政院参政、大总统顾问、特派经济调查局总裁等。

清明扫墓过临河集题壁[1]

一宿何年事已忘,晨曦犹照旧村庄。

山存太古几希气,野是劳人沐浴场。[2]

蓑雾濛濛驱犊过,纸烟拂拂趁鸟扬。

流光不听徐销用,独有豳风岁月长。[3]

注 释

[1]《清明扫墓过临河集题壁》诗见民国·李家孚《合肥诗话》卷下,民国苏城临顿路毛上珍铅活字本。

临河集:旧集镇名,今废。位于今安徽省肥东县长临河镇与撮镇之间。

[2]太古:远古,上古。▶《荀子·正论》:"太古薄葬,故不扣也。"

几希:相差甚微,极少。▶《孟子·离娄下》:"人之所以异于禽兽者几希。"

[3]销用:开支,使用。▶《元典章·户部二·祗应》:"至元二十八年祗应钞已经二次,就于各路课程内放支中统钞一万一百锭,俵散各处销用。"

豳风:《诗经》的十五《国风》之一。共计七篇二十七章,都是西周时代的诗歌。▶清·张英《拟古田家诗》之二:"昔爱诵《豳风》,亦常歌《小雅》。"

庚戌元日口号[1]

闭置城闉似箧中,今朝乘喜出郊东。[2]

市声不动香烟满,春气将归草木通。[3]

民物阜凋觇负贩,岁时点染赖儿童。[4]

争喧令甲年年异,惟见桃符户户同。[5]

注 释

[1]《庚戌元日口号》诗见民国·李家孚《合肥诗话》卷下,民国苏城临顿路毛上珍铅活字本。原诗后有作者自注:"时政府正筹立宪。"

[2] 城闉:城内重门。亦泛指城郭。 ▶《魏书·崔光传》:"诚宜远开阙里,清彼孔堂,而使近在城闉,面接宫庙。"

[3] 市声:街市或市场的喧闹声。 ▶宋·苏舜元、苏舜钦《地动联句》:"坐骇市声死,立怖人足踦。"

春气:① 春季的疠疫之气。 ▶《礼记·月令》:"(季春之月)命国难,九门磔攘,以毕春气。"② 春季的阳和之气。 ▶《庄子·庚桑楚》:"夫春气发而百草生,正得秋而万宝成。"③ 春天的气象。 ▶唐·杜甫《宿白沙驿》诗:"万象皆春气,孤槎自客星。"

[4] 阜凋:物产丰盛或困顿。

负贩:① 担货贩卖。 ▶《礼记·曲礼上》:"夫礼者,自卑而尊人,虽负贩者,必有尊也,而况富贵乎?"② 小商贩。 ▶南朝·梁·刘勰《文心雕龙·书记》:"上古纯质,结绳执契,今羌胡征数,负贩记缗,其遗风欤!"

[5] 令甲:第一道诏令,法令的第一篇。后用为法令的通称。 ▶《汉书·宣帝纪》:"令甲,死者不可生,刑者不可息。"

为刘访渠题沈石翁临禊序书谱合册[1]

国朝书法吾皖宗,惜抱宕逸怀宁雄。[2]

安吴设坛傲百世,一鹗侧目横秋空。[3]

门墙闻者十余子,朴卓无如沈石翁。[4]

三十从游八十悟,行年九十意逾共。[5]

殚心师说绝佗好,到死曾无一笔慵。[6]

吾友传翁旧衣钵,出示墨迹惊蛇龙。

行则禊序草书谱,体势标分意趣同。[7]

两本临过百遍外,神明运彻规矩中。

使臂使指皆血脉,一点一画无偏锋。[8]

有如老将阅兵马,魄力沉毅神从客。

又如人师训弟子,义峻辞严道气冲。[9]

翁之得天固独厚,反以鲁钝彰人功。[10]

鹿裘带索市皆笑,退笔凝尘家已封。[11]

岁月不居名字贱,常人到此心先穷。[12]

优游片艺犹多障,寂寞千秋孰与从。

掩卷还君三叹息,古来大匠多拙工。[13]

注释

[1]《为刘访渠题沈石翁临禊序书谱合册》诗见民国·李家孚《合肥诗话》卷下,民国苏城临顿路毛上珍铅活字本。

刘访渠:刘泽源(1862—1923),册名士端,字访渠。书室名"诵抑轩",故又号诵抑,别署懿翁,淮南布衣。合肥人,清太学士、翰林院侍诏,合肥李经懿府总管。幼年书师事沈用熙,以布衣遨游公卿间,获观旧拓碑帖与名家墨迹甚广,所收藏亦富。民国时被国务院段祺瑞、龚心湛聘任为国务院高等顾问,又被安徽省长聂宪藩、许世英聘任为省公署高等顾问。

沈石翁(1810—1899),清安徽合肥人。字薪甫,一字石矸,80岁后号石翁。学书于包世臣,一生精研,晚年能超脱古人之法。禊序:即晋王羲之的《兰亭序》,因此序记述的是"修禊事也",故名。

[2]惜抱:姚鼐(1731—1815),清代安徽桐城人,室名惜抱轩,世称惜抱先生。清代著名散文家,与方苞、刘大魁并称为"桐城三祖"。其书法师承董其昌,晚年又学王献之,从而形成了自己独特的风格。翰墨为世所重。清代著名书法评论家包曾在《题惜抱跋法帖后》一文所言,姚(鼐)老之书,"深于北魏,略参河南少师之法,宋、元恶习,无所沾染,直当与玄宰抗颜","充悦如是,而洞达之神奕奕可当奇观"。其中尤以小行书见长,墨迹跌宕恣肆,柔中寓刚,飘逸秀姿中蕴藏儒雅文士气息。现代书法理论家马宗霍评价为,疏迹之处有得自倪云林之风。

怀宁:指安徽怀宁人邓石如。邓石如(1739—1805),字顽伯,号完白山人。少好刻石,仿汉人印篆甚工。尝客江宁梅镠家,得纵观秦、汉以来金石善本,每种临摹各百本。包世臣推其篆书为神品,所著《艺舟双楫》称"邓山人、刘文清及先生(姚鼐)为国朝第一"。

[3]安吴设坛:指包世臣设下教坛教书法。安吴,指沈石翁老师包世臣(1775—1853)。包世臣,字慎伯,晚号倦翁、小倦游阁外史。安徽泾县人。泾县于东汉时曾分置安吴,所以学者称他为安吴先生。

傲百世:包世臣28岁师从邓石如学篆隶,谓自己"中年书从颜、欧入手,转及苏、董,后肆力北魏,晚习二王,遂成绝业",并自拟为"右军第一人",十分自负。

一鹗:比喻出类拔萃的人。▶典出《汉书·邹阳传》:"臣闻鸷鸟累百,不如一鹗。"

[4]门墙:师门。▶典出《论语·子张》:"夫子之墙数仞,不得其门而入,不见宗庙之美,百官之富。得其门者或寡矣。"

[5]共:通"恭"。

[6]师说:老师传授的说法。▶晋·陈寿《三国志·吴志·士燮传》:"官事小阕,辄玩习书传,《春秋左氏传》尤简练精微,吾数以咨问传中诸疑,皆有师说,意思甚密。"

[7]禊序:王羲之《兰亭序》的别称。▶宋·周密《齐东野语·〈禊序〉不入选帖》:"逸少《禊序》,高妙千古,而不入选。"

[8]使指:① 本意为使用手指。后比喻天子、朝廷的指挥调度。▶汉·贾谊《治安策》:"令海内之势,如身之使臂,臂之使指,莫不制从。"此处取本意。② 谓天子、朝廷的意旨命令。▶西汉·司马迁《史记·司马相如列传》:"相如欲谏,业已建之,不敢,乃著书,籍以蜀父老为辞,而己诘难之,以风天子,且因宣其使指,令百姓知天子之意。"

[9]道气:超凡脱俗的气质。▶南朝·陈·徐陵《天台山馆徐则法师碑》:"法师萧然道气,卓矣仙才。"

[10]鲁钝:粗率,迟钝。▶唐·张鷟《朝野佥载》卷四:"言词鲁钝,智不逾俗,才不出凡。"

[11]鹿裘带索:指隐逸者的简陋服饰。▶《列子·天瑞》:"孔子游於太山,见荣启期行乎郕之野,鹿裘带索,鼓琴而歌。"

[12]岁月不居:指时光流逝。居,停留。

[13]大匠:① 技艺高超的木工。▶《老子》:"夫代司杀者杀,是谓代大匠斫。夫代大匠斫者,希有不伤其手矣。" ② 称学艺上有大成就而为众人所崇敬的人。▶唐·封演《封氏闻见记·矜尚》:"萧诣邕云:'有右军真迹,宝之已久,欲呈大匠。'" ③ "将作大匠""将作监"的别称。▶宋·洪迈《容斋四笔·官称别名》:"唐人好以它名标榜官称……将作监为大匠,少监为少将。"

李国栋

李国栋(1878—1914),字子干,号薇香,清末安徽合肥东乡(今属安徽省合肥市肥东县)人。李昭庆裔孙,李经羲仲子。清德宗光绪壬寅年(1893)补行庚子辛丑恩正并科举人。官江西候补知府,调任出使奥地利大臣二等参赞,江西候补道。赏戴花翎,加盐运使衔。诰授中宪大夫。民国时为第一届国会参议院议员。著有《薇香馆诗钞》《说腴手谈随录》,译著《奥国自治章程沿革历史》《奥国财政窥豹集》《洪荒鸟兽记》《奥国武学》《奥国马队规则》等。

莫愁湖[1]

斜阳衰柳带层城,雪后遥天一雁轻。[2]

龙虎旧传天子气,湖山翻藉美人名。

千秋事业归棋局,万里烟波动客情。

多少英雄无片土,南朝遗恨总难平。

注释

[1]《莫愁湖》诗见民国·李家孚《合肥诗话》卷下,民国苏城临顿路毛上珍铅活字本。

[2] 层城:① 古代神话中昆仑山上的高城。▶《文选·张衡〈思玄赋〉》:"登阆风之层城兮,构不死而为床。"② 泛指仙乡。▶宋·苏轼《仙都山鹿》:"仙人已去鹿无家,孤栖怅望层城霞。"③ 指京师,王宫。▶晋·陆机《赠尚书郎顾彦先》:"朝游游层城,夕息旋直庐。"④ 重城,高城。▶南朝·宋·刘义庆《世说新语·言语》:"遥望层城,丹楼如霞。"⑤ 指高山之巅。▶宋·文同《盘云坞》:"几曲上层城,盘盘次文石。"

李国棪

> 李国棪(1879—1944),字伯唐,号鄂楼,别号一隐、鲟庐,清末安徽合肥东乡(今属安徽省合肥市肥东县)人。李经邦长子。府学生,光绪壬寅举人。光绪癸卯年(1903)会试,考送日本政法大学政治经济科,毕业后分省补用知府,加三品衔。保升候补道,分发湖北补用,任湖北候补道、湖北善技场总办、湖北官立法政学堂监督,又任安徽司法司长。喜收藏,工绘事。"中岁弃官归,卜居吴门,构别业于南园"。

题《问淞诗存》[1]

吞声一别人天隔,碎玉摧兰事可伤。[2]

到死春蚕犹作茧,惊寒断雁不成行。

空留吴市移家约,难觅金篦刮膜方。[3]

为署遗编珍片羽,墨花和泪堕巾箱。[4]

注 释

[1]《题〈问淞诗存〉》诗见清·李国枢《问淞诗存》,民国十五年(1926)苏州李氏铅印本。

[2]吞声:① 无声悲泣。▶唐·杜甫《哀江头》:"少陵野老吞声哭,春日潜行曲江曲。"② 不出声,不说话。▶汉·马融《长笛赋》:"于时也,绵驹吞声,伯牙毁弦。"

[3]家约:用以约束家人的规矩。▶《史记·货殖列传》:"任公家约,非田畜所出弗衣食,公事不毕则身不得饮酒食肉。以此为闾里率,故富而主上重之。"

金篦:① 同"金鎞"。又作"金钅"。古代治眼病的工具。形如箭头,用来刮眼膜。据说可使盲者复明。▶《涅槃经》卷八:"如目盲人为治目故,造诣良医,是时良医即以金钅决其眼膜。"② 精美的锄土工具。▶宋·龚鼎臣《东原录》:"偃师县有先朝上陵日,民献松二株,上以金篦亲栽于驿舍两庑之前,因号曰双松驿。"

刮膜:① 刷除蒙在表面的一层薄膜。▶唐·皮日休《鲁望读〈襄阳耆旧传〉见赠五百言〈耆旧传〉所未载者予次而赞之因而寄答次韵》:"日似新刮膜,天如重熨绚。"② 中医医术,指治疗肓膜之病。肓膜在腹脏之间,药力难及,治愈不易。▶唐·韩偓《访明公大德》:"刮膜且扬三毒论,摄心徐指二宗禅。"

[4]片羽:传说中神马吉光的小片毛。喻指残存的少量珍贵品。▶《史通·古今正史》:

"十六国春秋。"清·浦起龙通释:"世徒以国史为正,然频书幸留片羽,孝标亦在唐前,讵不足当互证之资耶?"

和问淞《秋日偕晓耘兄游先农坛》[1]

曲径鸣蜩又一乡,翩然游骑趁斜阳。[2]

流黄废瓦空成迹,积翠寒松自作行。[3]

坐对危亭足潇洒,剩留词客写荒凉。

眼中人物看君去,海上何因得共藏?[4]

注 释

[1]《和问淞〈秋日偕晓耘兄游先农坛〉》诗见清·李国枢《问淞诗存》,民国十五年(1926)苏州李氏铅印本。

[2]鸣蜩:蝉的一种,亦称秋蝉。体黑色,长一寸余(约0.03米),翅色赭褐,脉黄色,胸腹部下被白粉,鸣器小而成卵圆形,秋间日没时常长鸣不已。亦谓蝉鸣叫。▶《诗·豳风·七月》:"四季秀葽,五月鸣蜩。"

[3]流黄:① 褐黄色。▶《文选·江淹〈别赋〉》:"惭幽闺之琴瑟,晦高台之流黄。"② 褐黄色的物品,特指绢。▶《乐府诗集·相和歌辞九·相逢行》:"大妇织绮罗,中妇织流黄。"③ 玉名。▶《淮南子·本经训》:"甘露下,竹实满,流黄出而朱草生。"高诱注:"流黄,玉也。"④ 香名。▶《太平御览》卷九八二引三国·吴·康泰《吴时外国传》:"流黄香出都昆国,在扶南南三千余里。"⑤ 即硫黄。▶《文选·张衡〈南都赋〉》:"赭垩流黄。"李善注引《本草经》:"石流黄生东海牧阳山谷中。"

[4]原诗"眼中人物看君去"句后有作者自注:"君时将归沪"。

题画寿伯琦四十生寿辰[1]

香海春风到素纨,聊凭驿使报平安。[2]

绮窗乡梦无消息,共抱丹心守岁寒。[3]

姑射仙人萼绿华,却来嶰谷养丹砂。[4]

驻颜自有长生术,酒面争看艳芬霞。

注 释

[1]《题画寿伯琦四十生寿辰》诗见民国·李家孚《合肥诗话》卷下,民国苏城临顿路毛上珍铅活字本。

伯琦:李国璟(1887—1958),字伯琦,以字行,人多称之李伯琦,号漱苏(一作敕苏),别号瘦生,晚号嚣嚣子。清末合肥人。李经钰长子,李家孚之父。国学生出身,分部主事,曾在津任造币总厂总收支主任,后任南京造币厂会办、苏州安徽同乡会会长、安徽公学校长。古文根底渊深,能诗善画,在历史掌故方面与郑逸梅齐名。其作品多散佚在当时之刊物中(如《学风》《永安月刊》等)。著有《中国金币考》《中国纪念币考》,是研究近代机制币的重要参考文献。

[2]香海:① 佛经指须弥山周围的海。▶唐·刘禹锡《毗卢遮那佛华藏世界图赞》:"清净不染花中莲,捧持世界百亿千。涌出香海浩无边,风轮负之昼夜旋。"② 借指佛门。▶清·姚鼐《惠照寺或言古木兰院也见禹卿于此写〈维摩诘经〉》:"出世了无香海界,置身休在碧纱笼。"③ 指香港。▶清·王韬《送日本八户宏光游金陵序》:"(八户宏光)乘槎东还,始识余于香海。"

[3]乡梦:思乡之梦。▶唐·宋之问《别之望后独宿蓝田山庄》:"愁至愿甘寝,其如乡梦何?"

[4]姑射:① 山名。位于山西省临汾县西,即古石孔山,九孔相通。▶《山海经·东山经》:"卢其之山……又南三百八十里,曰姑射之山,无草木,多水。"②《庄子·逍遥游》:"藐姑射之山,有神人居焉,肌肤若冰雪,淖约若处子。"后诗文中以"姑射"为神仙或美人代称。▶五代·王周《大石岭驿梅花》诗:"仙中姑射接瑶姬,成阵清香拥路岐。"

萼绿华:① 传说中女仙名。自言是九嶷山中得道女子罗郁。晋穆帝时,夜降羊权家,赠权诗一篇,火浣手巾一方,金玉条脱各一枚。见南朝·梁·陶弘景《真诰·运象》。▶唐·李商隐《重过圣女祠》:"萼绿华来无定所,杜兰香去未移时。"亦省称"萼绿"。② 指绿萼梅花。▶宋·范成大《范村梅谱》:"绿萼梅:凡梅花跗蒂皆绛紫色,惟此纯绿,枝梗亦青,特为清高,好事者比之九嶷仙人萼绿华。京师艮岳有萼绿华堂,其下专植此本。"

嶰谷:昆仑山北谷名。▶汉·应劭《风俗通·声音序》:"昔黄帝使伶伦自大夏之西,昆仑之阴,取竹于嶰谷,生其窍厚均者,断两节而吹之,以为黄钟之管。"刘良注:"嶰谷,山名,生美竹。"

李淑琴

李淑琴(1880—1894),清末安徽合肥东乡(今属安徽省合肥市肥东县)人。李经世之女。光绪二十年五月,以喉症卒,年十五岁。

浪淘沙·新秋乍凉[1]

微雨晚来晴,暑退凉生,湘妃竹榻玉阶横,今夜人家贪睡早,景色凄清。

云吐月华明,冷露无声,梧桐院落草虫鸣,偏是扰侬眠不得,街鼓三更。[2]

注　释

[1]《浪淘沙·新秋乍凉》词见光铁夫《安徽名媛诗词征略》卷三,黄山书社1986年版。

[2]街鼓:设置在京城街道的警夜鼓。宵禁开始和终止时击鼓通报。始于唐,宋以后亦泛指"更鼓"。▶唐·刘肃《大唐新语·厘革》:"旧制,京城内金吾晓暝传呼,以戒行者。"

李国杰

  李国杰(1881—1939),字伟侯,号元直,清末安徽合肥东乡(今属安徽省合肥市肥东县)人。李鸿章长孙,李经述长子,承袭了李鸿章一等侯爵的爵位。清末曾任散轶大臣、农工商部左丞、驻比利时国公使、广州副都统、镶黄旗蒙古副都统等职,民国时历任参政院参政、安福国会参议院议员,后退职回上海。民国十九年(1930),任轮船招商局董事长,任内因负债累累,主持出卖招商局码头给美商公司。民国二十二年(1933)上海地方法院以擅自出卖国家土地罪判处八年徒刑(监外执行),剥夺公权十年。民国二十八年(1939)大年初一遭军统暗杀身亡。著有诗集《蠖楼吟草》一卷,为辑有《合肥李氏二世遗集》二十四卷。

秋燕[1]

关情王谢欲相依,风景江南举目非。[2]

寂寞雕梁新雨少,高寒玉宇晓霜肥。

一春如梦今方觉,四海为家岂必归?

垂老羽毛犹自惜,不堪回首是乌衣。

注 释

[1]《秋燕》诗见清·李国杰《蠖楼吟草》,民国二十六年(1937)铅印本。

[2] 关情:① 掩饰感情。▶唐·张鷟《游仙窟》:"琵琶入手,未弹中间,仆乃咏曰:'心虚不可测,眼细强关情;回身已入抱,不见有娇声。'"② 动心,牵动情怀。▶唐·陆龟蒙《又酬袭美次韵》:"酒香偏入梦,花落又关情。"③ 谓对人或事物注意、重视。▶唐·崔峒《送苏修游上饶》:"世事关情少,渔家寄宿多。"

王谢:① 六朝望族王氏、谢氏的并称。▶《南史·侯景传》:"景请娶于王谢,帝曰:'王谢门高非偶,可于朱张以下访之。'"后以"王谢"为高门世族的代称。② 指晋王坦之与谢安。▶南朝·宋·刘义庆《世说新语·雅量》:"桓公伏甲设馔,广延朝士,因此欲诛谢安、王坦之……王之恐状,转见于色。谢之宽容,愈表于貌。望阶趋席,方作洛生咏,讽'浩浩洪流'。桓惮其旷远,乃趣解兵。王谢旧齐名,于此始判优劣。"

秋雁[1]

飞到衡阳万里秋,身如一叶泛虚舟。

也会迢递传书到,孰为哀嗷借箸谋?[2]

闺梦可怜萦北塞,乡心无限度南楼。

天空人字行中断,怅触江湖失侣愁。[3]

注 释

[1]《秋雁》诗见清·李国杰《蠖楼吟草》,民国二十六年(1937)铅印本。

[2]借箸:箸,筷子。指为人谋划。典出 ▶《史记·留侯世家》:"食其未行,张良从外来谒。汉王方食,曰:'子房前!客有为我计桡楚权者。'具以郦生语告,曰:'于子房何如?'良曰:'谁为陛下画此计者?陛下事去矣。'汉王曰:'何哉?'张良对曰:'臣请藉前箸为大王筹之。'"藉,《汉书·张良传》作"借"。 ▶ 唐·杜牧《河湟》:"元载相公曾借箸,宪宗皇帝亦留神。"

[3]怅触:① 触犯,触动。 ▶《新唐书·儒学传下·褚无量》:"庐墓左,鹿犯所植松柏,无量号诉曰:'山林不乏,忍犯吾茔树邪?'自是群鹿驯扰,不复怅触。" ② 感触。 ▶ 唐·李商隐《戏题枢言草阁三十二韵》:"君时卧怅触,劝客白玉杯。"

秋鹰[1]

一自威名尚父扬,金眸顾盼露锋芒。[2]

九霄曾攫雏鹏去,三窟堪怜狡兔忙。

末路依人成底事,中原逐鹿正开场。[3]

秋风奋起冲天翼,直把苍穹算故乡。

注 释

[1]《秋鹰》诗见清·李国杰《蠖楼吟草》,民国二十六年(1937)铅印本。

[2]尚父:亦作"尚甫"。① 指周吕望。意为可尊敬的父辈。 ▶《诗·大雅·大明》:"维师尚父,时维鹰扬。" ② 后世用以尊礼大臣的称号。 ▶《三国志·魏志·董卓传》:"卓至西京,为太师,号曰尚父。"

[3]底事:① 何事。▶唐·刘肃《大唐新语·酷忍》:"天子富有四海,立皇后有何不可,关汝诸人底事,而生异议!" ② 此事。▶宋·林希逸《题达摩渡芦图》:"若将底事比渠侬,老胡暗中定羞杀。"

秋草[1]

憔悴王孙两鬓霜,前途荆棘感茫茫。

池塘入暝含烟碧,天地无情落日黄。

一任骄嘶金谷骑,偶然妆点晋公羊。[2]

伤心隋苑荒芜甚,惟见流萤照夜光。

注释

[1]《秋草》诗见清·李国杰《蜷楼吟草》,民国二十六年(1937)铅印本。

[2]公羊:①《公羊传》的简称。▶晋·杜预《春秋经传集解序》:"于丘明之传,有所不通,皆没而不说,而更肤引《公羊》《谷梁》,适足自乱。" ② 复姓。战国齐人有公羊高,为《春秋公羊传》作者。

杨慧卿

杨慧卿(1885—1935),清末江苏常熟(今江苏省常熟市)人。翰林院编修、三品头衔、浙江候补道杨崇伊之女。李国杰继配。诰封一品侯夫人。民国二十四年(1935),卒于上海。

乙亥春日感怀[1]

每恨轮回作女身,陌头柳色又新春。

黄金市骏嗤凡骨,绿绮求凰证宿因。[2]

地陷天倾凭力补,海枯石烂显情真。

生平酷慕梁红玉,桴鼓功名迥绝伦。[3]

此乡怕听说温柔,脂粉生涯觉可羞。

南海杨枝能普度,北堂萱草未忘忧。[4]

残山剩水犹如画,秋月春花易惹愁。

借酒同浇胸块垒,檀郎醉典鹔鹴裘。[5]

注 释

[1]《乙亥春日感怀》诗见清·李国杰《蝶楼吟草》,民国二十六年(1937)铅印本。

乙亥:指民国二十四年,即1935年,作者于是年病卒。

[2]市骏:指燕昭王用千金购千里马骨以求贤的故事。▶南朝·梁·萧统《答东湘王求文集诗苑书》:"爱贤之情,与时而笃,冀同市骏,庶匪畏龙。"

凡骨:凡人或指凡人的躯体、气质。▶唐·曲龙山《玩月诗》:"曲龙桥顶玩瀛洲,凡骨空陪汗漫游。"

绿绮:① 古琴名。▶晋·傅玄《琴赋》序:"齐桓公有鸣琴曰号钟,楚庄有鸣琴曰绕梁,中世司马相如有绿绮,蔡邕有焦尾,皆名器也。"② 泛指琴。▶唐·李白《听蜀僧濬弹琴》诗:"蜀僧抱绿绮,西下峨眉峰。"③ 绿色的丝绸。▶唐·杜甫《大历三年春白帝城放船出瞿塘峡》:"落霞沈绿绮,残月坏金枢。"

求凰：亦作"求皇"。汉司马相如《琴歌》之一："凤兮凤兮归故乡，遨游四海求其凰。"相传相如以此歌向卓文君求爱。后因称男子求偶为"求凰"。

[3] 桴鼓：① 鼓槌与鼓。比喻相应迅速。▶宋·罗泌《路史·后纪三·炎帝》："教化兴行，应如桴鼓。"② 指战鼓。▶《史记·田叔列传》："田仁对曰：'提桴鼓立军门，使士大夫乐死战斗，仁不及任安。'"③ 指警鼓。用于报警告急。▶汉·荀悦《汉纪·宣帝纪三》："由此桴鼓希鸣，世无偷盗。"④ 乐鼓的一种。▶《文献通考·乐考九》："桴鼓，唐燕乐有之，今太常铙吹前部用之。"

[4] 北堂萱：① 指萱草。语本▶《诗·卫风·伯兮》："焉得谖草，言树之背。"毛传："谖草令人忘忧。背，北堂也。"谖草，即萱草，俗名忘忧草。▶南朝·梁·吴均《酬别江主簿屯骑》诗："何用赠分首，自有北堂萱。"② 借指母亲。▶宋·王楙《野客丛书·萱堂桑梓》："今人称母为北堂萱，盖祖《毛诗·伯兮》诗：'焉得谖草，言树之背。'……其意谓君子为王前驱，过时不反，家人思念之切，安得谖草种于北堂，以忘其忧，盖北堂幽阴之地，可以种萱。初未尝言母也，不知何以遂相承为母事。"

[5] 檀郎：《晋书·潘岳传》《世说新语·容止》载："晋潘岳美姿容，尝乘车出洛阳道，路上妇女慕其丰仪，手挽手围之，掷果盈车。"岳小字檀奴，后因以"檀郎"为妇女对夫婿或所爱慕的男子的美称。▶唐·温庭筠《苏小小歌》："吴宫女儿腰似束，家在钱唐小江曲，一自檀郎逐便风，门前春水年年绿。"

鹔鹴裘[sù shuāng qiú]：① 相传为汉司马相如所着的裘衣，由鹔鹴鸟的皮制成。一说用鹔鹴飞鼠之皮制成。② 曲调名。

李国模

> 李国模(1884—1930),字方儒,号筱崖,别号吟梅,清末安徽合肥东乡(今属安徽省合肥市肥东县)人。李经世次子。国学生,山东候补道。赏戴花翎,加二品顶戴。诰授资政大夫。著有《合肥词钞》《吟梅馆诗草》《瘦蝶词》。

清平乐·咏砚[1]

传家端砚,匣底摩挲遍。竹叶纷披蝌蚪现,历尽精金百炼。

羊肝色嫩脂凝,池坳蟾镜初升,镕化丹心碧血,磨穿黄卷青灯。[2]

注　释

[1]《点绛唇·听雨不寐》词见完颜海瑞《合肥诗词》,安徽文艺出版社2011年版。

[2] 蟾镜:喻指圆月。▶明·陈子龙《长安夜归曲》:"鸾篦蟾镜晓留人,御沟一夜冰纹白。"

黄卷青灯:灯光映照着书籍。借写深夜苦读的孤寂生活。黄卷,古代书籍用黄纸缮写,因指书籍;青灯,油灯发青色的灯光,指油灯。▶宋代陆游《剑南诗篇·客愁》:"苍颜白发入衰境,黄卷青灯空苦心。"

城头月·长江咏古[1]

委蛇东下七千里,源自岷山起。跋浪狂鲸,奔涛怒马,入海真观止。

险居天堑何能恃,铁锁沉江底,《燕子》《春灯》,《后庭玉树》,一部兴亡史。[2]

注　释

[1]《城头月·长江咏古》词见完颜海瑞《合肥诗词》,安徽文艺出版社2011年版。

[2]《燕子》《春灯》:指明代阮大铖所写的曲本《十错认春灯谜记》《燕子笺》。

《后庭玉树》:即南朝·陈·陈叔宝所作《玉树后庭花》。

南乡子·大雪概括唐人诗意[1]

风雪满江干,只有渔翁不畏寒。一笠一蓑舟一叶,垂竿。独钓芦花浅水滩。

树白半枯残,山径崎岖路未干。依约空枝巢冻羽,飞难。[2]道上行人绝往还。

注释

[1]《南乡子·大雪概括唐人诗意》词见完颜海瑞《合肥诗词》,安徽文艺出版社2011年版。

[2]冻羽:因寒冷蜷缩不飞的鸟。

醉太平·秋宵不寐[1]

荒鸡乍鸣,征鸿有声。扰人清梦难成,听谯楼四更。[2]

凉蟾入楹,寒灯在檠,银潢耿耿低横,看东方未明。[3]

注释

[1]《醉太平·秋宵不寐》词见完颜海瑞《合肥诗词》,安徽文艺出版社2011年版。

[2]谯楼:古代城门上建造的用以高望的楼。▶《三国志·吴志·吴主传》:"诏诸郡县治城郭,起谯楼,穿堑发渠,以备盗贼。"

[3]凉蟾:指秋月。▶唐·李商隐《燕台诗·秋》:"月浪衡天天宇湿,凉蟾落尽疏星入。"

银潢:天河,银河。▶《旧唐书·彭王仅传》:"银潢毓庆,璇萼分辉。"

点绛唇·咏梅[1]

冷丰幽芳,几生修到梅花主。含苞欲吐,倩影离魂女。[2]

翠竹苍松,二友天寒数。惟吾汝孤标鹤处,羽作翩跹舞。[3]

注 释

[1]《点绛唇·咏梅》词见完颜海瑞《合肥诗词》,安徽文艺出版社2011年版。

[2]倩影离魂女:唐代陈玄祐《离魂记》故事:衡阳郡张镒的女儿倩娘,爱上表哥王宙。张镒忘记承诺而将倩娘另嫁。王宙痛苦地离开衡阳,夜晚倩娘追他而去,到四川成都成家。十几年后回衡阳,才知与自己在一起的只是倩娘的灵魂。郑光祖的《迷青琐倩女离魂》据此改编。后以"离魂倩女"喻指痴情美女。

[3]孤标鹤处:突出,超凡。鹤处,犹"鹤处鸡群"。

点绛唇·听雨不寐[1]

窗外芭蕉,雨声滴得柔肠碎。银釭斜对,拥着鲛绡被。[2]

好梦惺忪,合眼何曾睡,天明未落红如醉,化作相思泪。

注 释

[1]《点绛唇·听雨不寐》词见完颜海瑞《合肥诗词》,安徽文艺出版社2011年版。

[2]鲛绡:传说中鲛人所织的绡。① 泛指精美的薄纱、薄丝。▶ 南朝·梁·任昉《述异记》卷上:"南海出鲛绡纱,泉室潜织,一名龙纱。其价百余金,以为服,入水不濡。"② 指毛帕、丝巾。▶ 宋·陆游《钗头凤》词:"春如旧,人空瘦,泪痕红浥鲛绡透。"

李正学

李正学(1885—?),字崇甫,清末江苏丹徒(今江苏省镇江市)人。李恩绶之孙。优附贡生,湖北候补府经历。

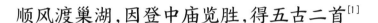

顺风渡巢湖,因登中庙览胜,得五古二首[1]

纵目湖上山,长风送轻棹。

隐隐有钟声,知是圣妃庙。

遂涉凤凰台,飞楼倚天峭。

风帆与沙鸟,触境皆诗料。[2]

我携巢志来,一一领其妙。[3]

我父亦喜游,题诗句克肖。[4]

我无登高才,吐气且长啸。

行觅千丈绳,或可巨鳌钓。

圆灵一镜中,波心敛烟雾。[5]

姥峰在中流,与我新把晤。[6]

仿佛浮玉巅,狮岩在前路。[7]

又疑泊洞庭,君山一相遇。

千顷蹙翠澜,斜阳炫云树。

远忆石帚词,近诵复堂句。[8]

带水知非遥,一苇或可渡。

我欲登浮图,再续祖庭赋。[9]

注　释

[1]《顺风渡巢湖,因登中庙览胜,得五古二首》诗见清·李恩绶编《巢湖志》卷二"诗",黄

山书社2007年版。

[2]诗料：做诗的材料。▶宋·范成大《中秋卧病呈同社》诗："卧病窘诗料，坐贫羞酒钱。"

[3]原诗"我携巢志来"句后有注："家祖辑《巢志》二卷将付梓。"

[4]原诗"我父亦喜游"句后有注："前一月家父登此。"

[5]圆灵：天。▶《文选·谢庄〈月赋〉》："柔祗雪凝，圆灵水镜。"

[6]把晤：握手晤面。▶清·袁枚《随园诗话》卷十三："后余官白下，而烛亭亦就幕江南，常得把晤。"

[7]原诗"狮岩在前路"句后有注："即吾乡焦山。"

[8]原诗"远忆石帚词，近诵复堂句"句后有注："复堂太世丈《姥山诗》有'叶下依稀似洞庭'之句。"

[9]原诗"我欲登浮图，再续祖庭赋"句后有注："家祖集中有《登姥山塔赋》一篇。"

完义煌

> 完义煌(1885—1947),字炳星,完颜氏,满族,晚清安徽合肥东乡(今属安徽省合肥市肥东县)人。京师大学堂毕业,后于民国政府任文职。20世纪20年代回肥创办合肥会文学社,教授国文、外语、数学等。抗战胜利后,任合肥县参议员。有《芝秀山房集》《会文学社》遗世。

秋阴感怀[1]

客邸衣单早识秋,凄风冷雨倍增愁。

效颦那得如人愿,作嫁何堪问自由?[2]

升斗愧从腰折得,铢锱羞与市营求。[3]

而今既觉非私是,胡不归修未芜畴。

注 释

[1]《秋阴感怀》诗见陈章明《历代肥东诗词选》,黄山书社2020年版。

[2]效颦:即效矉。典出 ▶《庄子·天运》:"故西施病心而矉其里,其里之丑人见之而美之,归亦捧心而矉其里。其里之富人见之,坚闭门而不出,贫人见之,挈妻子而走。彼知矉美,而不知矉之所以美"。后以"效矉"为不善摹仿,弄巧成拙的典故。 ▶ 唐·李白《古风》诗之三五:"丑女来效颦,还家惊四邻。"

[3]腰折:折腰。谓屈身事人。 ▶ 唐·元稹《送友封》诗之二:"若见中丞忽相问,为言腰折气冲天。"

雨后早由店埠返里[1]

东方既白即当途,快马归兮亦乐乎。

新雨才过泥活泼,闲云犹护树模糊。

水盈漠漠千重亩,草顶圆圆万颗珠。

瞻到候门稚子立,一轮红日正东隅。

注释

[1]《雨后早由店埠返里》诗见陈章明《历代肥东诗词选》,黄山书社2020年版。

乙卯重游京兆适值洪宪醞酿阴雨有感[1]

重游依旧旧时车,闻达由来念已差。

十亩桑麻荒故里,一天风雨扰京华。

昙花毕竟悲民命,荆棘前途问国家。[2]

人事沧桑翻幻景,浪潮声里托生涯。

注释

[1]《乙卯重游京兆适值洪宪醞酿阴雨有感》诗见陈章明《历代肥东诗词选》,黄山书社2020年版。

洪宪:袁世凯自谋称帝时定的年号。从1916年1月1日始至3月23日废止,为时仅两个多月。

[2]民命:①民众的生命,人命。▶《六韬·王翼》:"总揽计谋,保全民命。"②民众的意旨。▶《书·盘庚下》:"朕及笃敬,恭承民命,用永地于新邑。"③指主宰民命之君。▶《书·多士》:"今我曷敢多诰,我惟大降尔四国民命。"④人民的生活,生计。▶《三国志·魏志·辛毗传》:"(方今二袁)朝不谋夕,民命靡继,而不绥之,欲待他年……失所以用兵之要矣。"

李国楷

> 李国楷（1886—1953），字荣青，号少崖，别号餐霞，清末安徽合肥东乡（今属安徽省合肥市肥东县）人。李经世第三子。国学生，江西候补道。赏戴花翎，加二品顶戴。署理江西南、饶、九、广兵备道兼九江监督。诰授资政大夫。辛亥革命后为安徽省议员。著有《餐霞仙馆诗集》三卷。

秋日杂诗[1]

章江秋讯早，七月鸣鹈鴂。[2]

我与西风期，庭叶忽吹落。

小窗足幽景，花木间丛蒨。[3]

客来胡为乎，不言对以臆。

注　释

[1]《秋日杂诗》见民国·李家孚《合肥诗话》卷下，民国苏城临顿路毛上珍铅活字本。

[2] 章江：又名章水，即赣江、赣水，为赣江的古称。"章江晓渡"为豫章十景之一。

鹈鴂[tí jué]：即杜鹃鸟。

[3] 蒨[qiàn]：古同"茜"，形容草之茂盛。

浣溪沙·题渔樵耕读山水册页四首[1]

猎猎蒲帆小小舟，烟蓑雨笠白苹洲，忘机闲似水中鸥。[2]

高唱渔歌彭蠡晚，狂吟诗句洞庭秋。卖鱼市散酒家楼。[3]

残照西街谷口遥，芒鞋竹担一肩挑。丹枫乌桕晚萧萧。[4]

山室观棋忘甲子，石门逐鹿遇蓝超。古今闽越两名樵。[5]

有鸟提壶叫伐柯,农忙节候重清和,偷闲时少作工多。[6]

里巷才闻蚕上箔,郊原又见梦盈罋,桔槔声里插秧歌。[7]

束发双孤忆母慈,趋庭亲授国风诗,和丸画荻训兼师。[8]

草阁机声寒柝警,芸窗书味夜灯知,哪堪回首似儿时。[9]

注 释

[1]《浣溪沙·题渔樵耕读山水册页四首》词见完颜海瑞《合肥诗词》,安徽文艺出版社2011年版。

[2] 白蘋洲:位于浙江湖州北部,太湖南端的沙洲。也泛指白色蘋花的沙洲。白蘋,水中浮草。

[3] 彭蠡:即彭蠡湖,一说为鄱阳湖古称。鄱阳湖在古代有过彭蠡湖、彭蠡泽、彭泽、彭湖、扬澜、宫亭湖等多种称谓,还有认为是星子县东南鄱阳湖的一部分。

[4] 谷口:西汉高士郑朴隐居处。郑朴,字子真。曲出 ▶汉·扬雄《法言·问神》:"谷口郑子真,不屈其志而耕乎岩石之下,名震于京师。"

[5] 石门逐鹿遇蓝超:据《福州市地名志·鼓山镇》引蒋文怿《闽中实录》载:唐永泰年间,蓝超砍柴遇鹿,追逐,渡水入石门,始窄,后见人家。主人说:"吾避秦人也,留卿可乎?"蓝答:"欲与亲旧诀,乃来。"

[6] 提壶:亦作"提壶芦"。"提壶芦"亦作"提胡芦"。鸟名,即鹈鹕。 ▶唐·刘禹锡《和苏郎中寻丰安里旧居寄主客张郎中》:"池看科斗成文字,鸟听提壶忆献酬。"

伐柯:① 砍伐草木枝茎。②《诗·豳风·伐柯》:"伐柯伐柯,其则不远。" ▶郑玄笺:"则,法也。伐柯者必用柯,其大小长短,近取法于柯,所谓不远求也。"后因以"伐柯"为取法于人的典故。③《诗·豳风·伐柯》:"伐柯如何?匪斧不克。娶妻如何?匪媒不得。"后因以"伐柯"谓作媒。 ▶《今古奇观·卖油郎独占花魁》:"这几件东西,奉与姨娘为伐柯之敬。"

[7] 蚕上箔:蚕爬上竹箔。箔,平底的竹编器具。

桔槔:亦作"桔皋"。井上汲水的工具。在井旁架上设一杠杆,一端系汲器,一端悬、绑石块等重物,用不大的力量即可将灌满水的汲器提起。 ▶《庄子·天运》:"且子独不见夫桔槔者乎,引之则俯,舍之则仰。"

[8] 和丸:比喻母亲教子勤学。唐柳仲郢幼嗜学,母韩氏用熊胆和制丸子,使其夜咀咽以提神醒脑。 ▶明·汪廷讷《狮吼记·抚儿》:"他和丸不厌朝和暮,你反哺休忘桑与榆。"

画荻:宋欧阳修幼时,母郑氏以荻画地教子读书。后以"画荻"为称颂母教之典。 ▶宋·刘克庄《挽刘母王宜人》诗:"分灯照邻女,画荻训贤郎。"

[9] 寒柝:寒夜打更的木梆声。 ▶唐·顾云《投西边节度使启》:"夷落无喧,干戈尽偃,边烽息焰,寒柝沉声。"

芸窗:指书房,书斋。 ▶唐·萧项《赠翁承赞漆林书堂诗》:"却对芸窗勤苦处,举头全是锦为衣。"

陈秉淑

陈秉淑(1886—约1945),字蓉娟,清安徽怀宁(今属安徽省安庆市)人。陈同礼女,李国楷室。著有《翠枫阁诗词》。

鹧鸪天·广陵怀古吊隋炀帝[1]

宫殿荒凉销断霞,行人遥指玉钩斜。[2]忍抛秦陇兴王地,欲取芜城作帝家。[3]

迷楼筑,锦帆遮,蕃厘御观宴琼花。[4]只今一带垂杨柳,剩有飞萤逐暮鸦。

注 释

[1]《鹧鸪天·广陵怀古吊隋炀帝》词见民国·李国模《合肥词钞》卷四,民国十九年(1930)铅印本。

[2]断霞:片段的云霞。▶南朝·梁·简文帝《舞赋》:"似断霞之照彩,若飞鸾之相及。"

玉钩斜:亦作"玉勾斜"。①古代著名游宴地。在今江苏铜山县南。▶《太平广记》卷二〇四引《桂苑丛谈》:"咸通中,丞相李尉拜端揆日,自大梁移镇淮海……一旦,命于戏马亭西,连玉钩斜道,开刜池沼,构茸亭台。挥斤既毕,号曰'赏心'。"②古代著名游宴地。在江苏江都县境,相传为隋炀帝葬宫人处。后泛指葬宫人处。▶宋·陈师道《后山诗话》:"广陵亦有戏马台,其下有路,号玉钩斜。"

[3]芜城:古城名。即广陵城,故址在今江苏省江都县境。西汉吴王刘濞建都于此,筑广陵城。南朝宋竟陵王刘诞据广陵反,兵败死焉,城遂荒芜,鲍照作《芜城赋》以讽之,因得名。▶唐·李商隐《隋宫》:"紫泉宫殿锁烟霞,欲取芜城作帝家。"

[4]迷楼:①隋炀帝所建楼名。故址在今江苏省扬州市西北郊。▶唐·冯贽《南部烟花记·迷楼》:"迷楼凡役夫数万,经岁而成。楼阁高下,轩窗掩映,幽房曲室,玉栏朱楯,互相连属。帝大喜顾左右曰:'使真仙游其中,亦当自迷也。'故云。"▶宋·贺铸《思越人》词:"红尘十里扬州过,更上迷楼一借山。"②指妓院。▶《白雪遗音·岭儿调·独坐黄昏》:"想当初,何等样的花魁女,接了些王孙贵客,车马迎门。后遇着卖油郎,他说:'茫茫苦海,即早回头,跳出这迷楼。'"

蕃厘御观：旧称"蕃厘观"，因宋时观内有一株天下无双的琼花，故又称"琼花观"，位于江苏扬州城东琼花观街，为扬州市著名旅游景点之一。蕃厘观建于西汉时，原为供奉主管万物生长的后土祠。"蕃厘"典出 ▶《汉书·礼乐志》："惟泰元尊，媪神蕃厘"，蕃指多、大，厘代表福气，蕃厘即洪福、大福。

翠 风

翠风,生卒年、籍贯与生平不详,李国楷室。

见怀[1]

尺书遥寄晚凉天,知否慈闱远恋牵?[2]

永夜鸡瘖霜信冷,空阶虫语月华圆。[3]

承颜代舞庭前彩,礼佛聊参世外禅。[4]

记取濒行还有约,茱萸时节展归鞭。

注 释

[1]《见怀》诗见民国·李国楷《餐霞仙馆诗集》,民国十八年(1929)铅印本。

[2] 尺书:① 指书籍。古代简牍的长度有一定规定,官书等长二尺四寸,书非经律者,短于官书,称为短书。▶汉·王充《论衡·书解》:"秦虽无道,不燔诸子,诸子尺书,文篇具在。" ② 指书信。▶汉·赵晔《吴越春秋·勾践归国外传》:"越王悦兮忘罪除,吴王欢兮飞尺书。" ③ 指诏书。▶《汉魏南北朝墓志集释·北魏〈僧令法师墓志铭〉》:"见重高帝,尺书屡发。"

慈闱:亦作"慈帏""慈帷"。① 旧时母亲的代称。▶宋·张孝祥《减字木兰花·黄坚叟母夫人》词:"慈闱生日,见说今年年九十。" ② 封建时代以皇后母仪天下,故亦以称皇后。▶宋·梁焘《立皇后孟氏制》:"明扬德阀之懿,简在慈闱之公。"

[3] 霜信:① 霜期来临的消息。▶宋·沈括《梦溪笔谈·杂志一》:"北方有白雁,似雁而小,色白,秋深则来。白雁至则霜降,河北人谓之'霜信',杜甫诗云:'故国霜前白雁来',即此也。" ② 霜期。▶元·萨都剌《三益堂芙蓉》:"只恐淮南霜信早,绛纱笼烛夜深看。"

[4] 承颜:顺承尊长的颜色。谓侍奉尊长。▶《汉书·隽不疑传》:"闻暴公子威名旧矣,今乃承颜接辞。"

代舞:更迭起舞。▶《楚辞·九歌·礼魂》:"成礼兮会鼓,传芭兮代舞,姱女倡兮容与。春兰兮秋菊,长无绝兮终古。"

和国楷《携内游芝城西门刘氏园》[1]

婆娑树影上东墙,结伴来游趁夕阳。

省识名园风景好,枣花未落稻花香。[2]

九曲栏杆六角亭,最宜月白与风清。

沿溪一带蘅芜影,暮霭迷离望不明。[3]

藻萍浮水柳垂堤,斗草寻芳踏软泥。[4]

欲拾残红逢客至,笑携女伴避桥西。

青青桐树几经秋,近水楼台晚更幽。

羡煞归巢双燕子,呢喃飞上玳梁头。[5]

矮架蔷薇带露开,送春节候已黄梅。

叮咛欲共池荷语,待汝开时定再来。

注 释

[1]《和国楷〈携内游芝城西门刘氏园〉》诗见民国·李国楷《餐霞仙馆诗集》,民国十八年(1929)铅印本。

[2]省识:犹言认识。 ▶唐·韩愈《赴江陵途中寄赠王二十补阙李十一拾遗李二十六员外翰林三学士》:"汗漫不省识,悦如乘桴浮。"

[3]蘅芜:香名。 ▶晋·王嘉《拾遗记·前汉上》:"帝息于延凉室,卧梦李夫人授帝蘅芜之香。帝惊起,而香气犹着衣枕,历月不歇。"

[4]斗草:又名斗百草。一种古代游戏。竞采花草,比赛多寡优劣,常于端午行之。 ▶南朝·梁·宗懔《荆楚岁时记》:"五月五日,四民并蹋百草,又有斗百草之戏。"

[5]玳梁:即玳瑁梁。 ▶唐·宋之问《宴安乐公主宅》:"玳梁翻贺燕,金埒倚晴虹。"

黄 裳

> 黄裳,生卒年不详,清末安徽合肥东乡(今属安徽省合肥市肥东县)人。黄先瑜孙女,适庐江吴保初。喜吟咏,著有《紫蓬山房诗集》。

庚午长至有感时寓秣陵二十八年矣[1]

风雨洒帘钩,烟波无限愁。

秣陵生白发,静夜拥棉裘。

注 释

[1]《庚午长至有感时寓秣陵二十八年矣》诗见民国·陈诗《尊瓠室诗话》,民国二十九年(1940)铅印本。

杨德炯

杨德炯,生卒年不详,字唤霆,一字熙载,清末安徽合肥东乡(今属安徽省合肥市肥东县)人。少应童子试,不第,拂衣走通州,肄业师范学校。旋纳粟为县丞,司淮北盐政会计。民国建立后,隐居里门。与李国瓒交情深厚,后聘为西席,教授李家孚九年。

《合肥诗话》题词[1]

声律淮南事久颓,百年月旦继袁枚。[2]

爬罗剔抉三冬苦,云物湖山众妙赅。[3]

自古风诗见文献,漫云骚雅作穷媒。[4]

摩挲断墨无穷感,后起茫茫惜此才。

注 释

[1]《〈合肥诗话〉题词》诗见民国·李家孚《合肥诗话》卷上,民国苏城临顿路毛上珍铅活字本。

[2]月旦:即"月旦评",指品评人物或诗文字画等。语出 ▶《后汉书·许劭传》:"劭与靖俱有高名,好共核论乡党人物,每月辄更其品题,故汝南俗有'月旦评'焉。"

袁枚:清代诗人、散文家。晚年自号仓山居士、随园主人、随园老人。著有《随园诗话》。

[3]爬罗剔抉:搜罗发掘,挑拣选择。▶唐·韩愈《进学解》:"占小善者率以录,名一艺者无不庸。爬罗剔抉,刮垢磨光。盖有幸而获选,孰云多而不扬?"

赅:同"賅"。完备。

[4]穷媒:自嘲语。指贫穷的原因。语出 ▶宋·陆游《拥炉不出辄终日自嘲》:"书坐藏多为饱祟,诗缘吟苦作穷媒。"

东山口阻雨[1]

櫜笔遨游别故关,萧然行李出东山。[2]

一天雷雨征衣湿,深谷崎岖客路艰。

野店解装聊纵酒,农家得岁尽欢颜。[3]

穷乡频歉今方慰,云自孤飞意自闲。

注 释

[1]《东山口阻雨》诗见民国·李家孚《合肥诗话》卷中,民国苏城临顿路毛上珍铅活字本。

[2] 櫜笔:古代书史小吏,手持櫜橐,簪笔于头,侍立于帝王大臣左右,以备随时记事,称作持櫜簪笔,简称"櫜笔"。语本 ▶《汉书·赵充国传》:"卬家将军以为安世本持櫜簪笔事孝武帝数十年。" ▶元·马祖常《奏对兴圣殿后》诗:"侍臣櫜笔皆鹓凤,御士櫜弓尽虎罴。"

[3] 纵酒:① 酗酒,任意狂饮。 ▶《史记·范雎蔡泽列传》:"且夫三代所以亡国者,君专授政,纵酒驰骋弋猎,不听政事。" ② 开怀畅饮。 ▶《史记·高祖本纪》:"置酒沛宫,悉召故人父老子弟纵酒。"

李国璟

　　李国璟(1887—1958),字伯琦,以字行,人多称之李伯琦,号漱苏(一作敕苏),别号瘦生,晚号嚣嚣子,清末安徽合肥东乡(今属安徽省合肥市肥东县)人。李经钰长子,李家孚之父。国学生出身,分部主事,曾在津任造币总厂总收支主任,后任南京造币厂会办、苏州安徽同乡会会长、安徽公学校长。古文根底渊深,能诗善画,在历史掌故方面与郑逸梅齐名。其作品多散佚在当时之刊物中(如《学风》《永安月刊》等)。著有《中国金币考》《中国纪念币考》,是研究近代机制币的重要参考文献。

题《问淞诗存》[1]

汝生夙敏慧,高堂最爱怜。

汝兄困尘网,读书冀汝贤。

羁栖甫弱龄,双眸夺于天。[2]

浪迹走湖海,寻医疾未瘳。

洪柯感摇落,薄俗惊推迁。[3]

相依三载中,境苦学弥坚。

哦诗得家法,神遇无牛全。[4]

伤哉天道酷,终复靳厥年。

遗编坐销蚀,岁月如奔川。

怆怀付梨枣,庶免蟫蠹穿。[5]

注　释

[1]《题〈问淞诗存〉》诗见清·李国枢《问淞诗存》,民国十五年(1926)苏州李氏铅印本。《问淞诗存》:李国璟胞弟李国枢所著诗集。

[2] 羁栖:淹留他乡。 ▶唐·杜甫《熟食日示宗文宗武》:"消渴游江汉,羁栖尚甲兵。"

[3] 洪柯:大树。 ▶晋·陶潜《读〈山海经〉》诗之六:"洪柯百万寻,森散覆旸谷。"

[4] 无牛全:典同无全牛。谓眼里没有完整的牛。比喻技艺精纯的境界,或谓专注于某

一事物达到极点。▶《庄子·养生主》:"庖丁为文惠君解牛,手之所触,肩之所倚,足之所履,膝之所踦,砉然向然,奏刀騞然,莫不中音。合于《桑林》之舞,乃中《经首》之会。文惠君曰:'嘻,善哉!技盖至此乎?'庖丁释刀对曰:'臣之所好者,道也,进乎技矣。始臣之解牛之时,所见无非牛者。三年之后,未尝见全牛也。'"此处有存在缺憾,不完满之意。

[5]梨枣:① 梨子和枣子。▶北齐·颜之推《颜氏家训·名实》:"凡遣兵役,握手送离,或赍梨枣饼饵,人人赠别。"② 旧时刻版印书多用梨木或枣木,故以"梨枣"为书版的代称。▶清·方文《赠毛卓人学博》:"虞山汲古阁,梨枣灿春云。"③ 指交梨火枣。道家所说的仙果。▶宋·苏轼《次韵子由病酒肺疾发》:"真源结梨枣,世味等糠莝。"

蟫蠹:蟫鱼。▶明·杨慎《群公四六序》:"绝蟫蠹之缺,故藏书亦可久焉。"

重过白门有感[1]

天使无言欲下时,彩航呕哑趁风迟。[2]

眼中楼阁迎山色,水上琵琶送客悲。

红粉对歌声妙曼,绿杨终古影参差。

重来门巷都非旧,燕子飞飞却向谁?

注　释

[1]《重过白门有感》诗见民国·李家孚《合肥诗话》卷下,民国苏城临顿路毛上珍铅活字本。

[2]呕哑:① 象声词。小儿说话声。▶唐·白居易《念金銮子》诗之一:"况念夭化时,呕哑初学语。"② 象声词。管弦声。▶唐·白居易《琵琶行》:"岂无山歌与村笛?呕哑嘲哳难为听。"③ 象声词。鸟兽声。▶宋·欧阳修《赠无为军李道士》诗之二:"李师一弹凤凰声,空山百鸟停呕哑。"④ 象声词。舟车声。▶唐·李咸用《江行》:"潇湘无事后,征棹复呕哑。"⑤ 象声词。水车车水声。▶宋·王安石《山田久欲坼》:"龙骨已呕哑,田家真作苦。"

题《吟梅馆诗集》[1]

世载光阴付隐沦,甘抛心力作词人。

哀时每发牢骚语,感赋频伤老大身。[2]

红豆才情工记曲,乌衣风度自寻春。

不须格律矜唐宋,敝帚怜君早自珍。

注 释

[1]《题〈吟梅馆诗集〉》诗见清·李国模《吟梅馆诗集》,民国二十一年(1932)铅印本。《吟梅馆诗集》:李国璱从兄李国模所著诗集。

[2]哀时:伤悼时势。▶唐·杜甫《咏怀古迹》之一:"羯胡事主终无赖,词客哀时且未还。"

吴壬卿

> 吴壬卿(1887—1964),字琼华,字以行,清末安徽合肥东乡(今属安徽省合肥市肥东县)人。司马吴鼎椿女,幼时过继给伯父直隶补用道吴鼎业,适南京造币厂会办李国璟。李家孚之母。

乙卯春送夫子入都[1]

有鸟在空谷,三年不飞鸣。

一朝乘风去,翼殿垂天云。

夫子抱荆璞,此璧价连城。[2]

终当供庙堂,焉能委荆榛?

二月春雷动,征车指燕京。[3]

漫道长征苦,男儿志请缨。

敢作儿女态,阻君万里程。

高堂虽白发,妇职必不勤。[4]

勉哉振风翮,扶摇击苍冥。[5]

注 释

[1]《乙卯春送夫子入都》诗见民国·李家孚《合肥诗话》卷下,民国苏城临顿路毛上珍铅活字本。

[2]荆璞:① 指楚人卞和从荆山得的未经雕琢的璞玉。 ▶晋·傅玄《傅子·阙题》:"必得崑山之玉而后宝,则荆璞无夜光之美;必须南国之珠而后珍,则随侯无明月之称。"② 比喻具有美好资质的人才。 ▶晋·卢谌《赠刘琨》:"承侔卞和,质非荆璞。"

[3]征车:远行人乘的车。 ▶唐·韩愈《送侯参谋赴河中幕》:"别袖拂洛水,征车转崤陵。"

[4]妇职:犹言妇功。 ▶《周礼·天官·内宰》:"以妇职之法教九御。"郑玄注:"妇职,谓职纴、组䌴、缝线之事。"

[5]苍冥：苍天。 ▶北周·庾信《贺平邺都表》："然后命东后，诏苍冥。"

江村岁暮[1]

猎猎寒风冷翠微，天涯霜雪未能归。

荒村寂寂帆来少，时见饥禽向日飞。

注 释

[1]《江村岁暮》诗见民国·李家孚《合肥诗话》卷下，民国苏城临顿路毛上珍铅活字本。

式微歌[1]

式微式微胡不归？月华和雾冷璇玑。[2]

水晶帘卷迎宵爽，明灭流萤入户飞。[3]

注 释

[1]《式微歌》诗见民国·李家孚《合肥诗话》卷下，民国苏城临顿路毛上珍铅活字本。

[2]式微式微胡不归：《诗·邶风·式微》首句，表示思归之意。《式微》诗序说，黎侯流亡于卫，随行的臣子劝他归国。后以赋《式微》表示思归之意。 ▶《左传·襄公二十九年》："荣城伯赋《式微》乃归。"

[3]迎宵：向晚，傍晚。 ▶唐·韩愈《奉和虢州刘给事三堂新题·西山》："新月迎宵挂，晴云到晚留。"

长相思·送舜如回肥[1]

楚江清,吴山青,楚尾吴头路几程,劳劳客未停。

短长亭,送君行,三叠阳关笛一声,临歧无限情。

注 释

[1]《长相思·送舜如回肥》词见民国·李国模《合肥词钞》卷四,民国十九年(1930)铅印本。

李靖国

李靖国(1887—1924),初名国权,字仲衡,号可亭,清末安徽合肥东乡(今属安徽省合肥市肥东县)人。李经邦第五子。太学生,官江苏补用候选知府。赏戴花翎,分省补用道。邮传部路政司行走。诰授朝议大夫。民国建立后任第一届国会参议院议员。著有《宜春馆诗集》。

大观亭[1]

十里垂杨拂钓矶,采春江上踏芳菲。[2]

孤臣有恨冬青茂,细草无边屐齿肥。[3]

照水群花随意好,临风轻燕向人飞。

扁舟载得繁华去,游兴真同倦鸟归。

注释

[1]《大观亭》诗见民国·李家孚《合肥诗话》卷下,民国苏城临顿路毛上珍铅活字本。

[2] 钓矶:钓鱼时坐的岩石。 ▶北周·明帝《贻韦居士诗》:"坐石窥仙洞,乘槎下钓矶。"

[3] 孤臣:① 孤立无助或不受重用的远臣。 ▶南朝·梁·江淹《恨赋》:"或有孤臣危涕,孽子坠心,迁客海上,流戍陇阴。"② 孤陋无知的臣子。 ▶《文选·张衡〈东京赋〉》:"由介以西戎孤臣,而悝穆公于宫室。"薛综注:"孤臣,孤陋之臣也。"

屐齿:① 屐底的齿。 ▶《晋书·王述传》:"鸡子圆转不止,便下床以屐齿踏之,又不得。"② 指足迹,游踪。 ▶宋·张孝祥《水龙吟·过浯溪》:"漫郎宅里,中兴碑下,应留屐齿。"③ 指屐声,脚步声。 ▶明·王世贞《曾太学携酒见访作》:"花宫寂无事,屐齿破高眠。"

题《餐霞仙馆诗集》[1]

隽笔真摹小杜魂,忽惊哀艳似梅村。[2]

中唐以后灵光杳,诗格新推近体尊。

天宝风流久寂然,江湖胜迹渺秋烟。[3]

开编顿触兴亡感,愁绝沧桑换盛年。[4]

注 释

[1]《题〈餐霞仙馆诗集〉》诗见民国·李国楷《餐霞仙馆诗集》,民国十八年(1929)铅印本。

[2]小杜:此处指唐代杜牧。▶《新唐书·杜牧传》:"牧于诗,情致豪迈,人号为'小杜',以别杜甫云。"

哀艳:① 谓文词悽恻绮丽。▶唐·柳冕《与徐给事论文书》:"自屈宋已降,为文者本于哀艳,务于恢诞,亡于比兴,失古义矣。" ② 谓情致哀婉缠绵。▶清·沈起凤《谐铎·南部》:"如金德辉之《寻梦》、孙柏龄之《别祠》,仿佛江采苹楼东独步,冷淡处别饶一种哀艳。"

[3]秋烟:① 秋日的烟霭。▶唐·卢照邻《宴梓州南亭》:"长薄秋烟起,飞梁古蔓垂。" ② 比喻易于消失的事物。▶炉魂《对于张之洞死后之湖南人》:"区区电禀,徒为恶障狂浪所销磨,百数十日间,孤诚热血,悉化秋烟。"

[4]开编:打开书本。▶宋·王安石《送石赓归宁》:"开编喜有得,一读瘳沉痾。"

绿意·应京著浧吟社第十课征题分咏绿杨[1]

吹残玉笛。又丝丝弄影,低傍离席。[2]大好江山,多少楼台,无情有恨谁识?遥知少妇凝妆处,恰又到、伤心时节。[3]问何如、移植龙池,饱看雨中春色。[4]

堪叹长条跪地,暮鸦已占断,眠起无力。[5]旧日鞭丝,约过隋堤,影事流莺能忆。[6]依然尽日无人管,休再问、灵和消息。[7]更那堪、吹梦扬州,认取高低城堞。

注 释

[1]《绿意·应京著浧吟社第十课征题分咏绿杨》词见民国·李国模《合肥词钞》卷四,民国十九年(1930)铅印本。

[2]离席:① 离开席位。▶《汉书·霍光传》:"田延年前,离席按剑。" ② 饯别的宴席。▶南朝·齐·谢朓《送江水曹还远馆》:"日暮有重城,何由尽离席。"

[3]凝妆:盛装,华丽的装饰。▶唐·谢偃《新曲》:"青楼绮阁已含春,凝妆艳粉复如神。"

[4]龙池:① 琴底的二孔眼之一,上孔口龙池,下孔曰凤沼。▶宋·赵希鹄《洞天清录·古琴辩》:"雷张制槽腹有妙诀,于琴底悉注,微令如仰瓦,盖谓于龙池凤沼之弦,微令有脣,余处悉注之。" ② 池名。所名之池非一。其一在唐长安隆庆坊玄宗未即位时所居的旧邸旁,中宗

曾泛舟其中。玄宗即位后于隆庆坊建兴庆宫,龙池被包容于内。在今陕西西安兴庆公园内。▶唐·沈佺期《龙池篇》:"龙池跃龙龙已飞,龙德先天天不违。"③犹言凤池,指中书省。▶唐·陈子昂《为陈舍人让官表》:"司言风綍,挥翰龙池。"④借指内阁。▶《上海小刀会起义史料汇编·上海小刀会起事本末》:"宝山蒋敦复作《沪城纪事》诗八首:'海水群飞日,东南又不支,龙池机早代,燕省处方危。'"

[5] 长条:①长的枝条。▶晋·左思《蜀都赋》:"擢修干,竦长条,扇飞云,拂轻霄。"②特指柳枝。▶南朝·梁元帝《绿柳》:"长条垂拂地,轻花上逐风。"

占断:全部占有,占尽。▶唐·吴融《杏花》:"粉薄红轻掩敛羞,花中占断得风流。"

[6] 鞭丝:马鞭。借指出游。▶宋·陆游《乍晴出游》:"本借微风欹帽影,却乘新暖弄鞭丝。"

影事:①佛教语,谓尘世间一切事皆虚幻如影。▶《楞严经》卷五:"纵灭一切见闻觉知,内守幽闲,犹为法尘分别影事。"②泛指往事。▶邹韬奋《在香港的经历·波动》:"如今追想前尘影事,虽觉不免辛酸,但事后说来,也颇有趣。"

[7] 灵和:①指柔和恬淡清心寡欲的修养。▶《文选·郭璞〈江赋〉》:"保不亏而永固,禀元气于灵和。"②指祥和的政治气氛。▶三国·魏·钟会《孔雀赋》:"有炎方之伟鸟,感灵和而来仪。"③引申为和谐,协调。▶《宋书·乐志一》:"哥倡既设,休戚已征,清浊是均,山琴自应。斯乃天地之灵和,升降之明节。"④古代善琴者。▶《文献通考·乐十》:"自古善琴者八十余家,一十八样,究之雅度,不过伏牺、大舜、夫子、灵开、灵和五等而已。余皆求意新状奇,终乖古制,君子不贵也。"⑤殿名。▶宋·徐铉《柳枝·座中应制》词之一:"君恩还似东风意,先入灵和蜀柳枝。"⑥指柳。

李国焘

李国焘(1889—1962),字子厚,又字厚甫,号意康,清末安徽合肥东乡(今属安徽省合肥市肥东县)人。李经方之子,李鸿章之孙。光绪丙午年至宣统庚戌年(1906—1910)留学英伦,获剑桥大学经济科学士学位。民国时任上海邮政局局长、海军部海道测量局秘书。新中国建立后,在沪建盖控江中学,兼任董事长。又译著《尼赫鲁传》及《西厢记》英文本未成,书稿尽毁。1962年卒于上海。

伦敦杂咏[1]

娉娉顾影惜芳辰,三岛花丛第一人。[2]

金谷半生伶薄命,武陵千古恨迷津。[3]

渪丝河畔檀车暖,解带园中舞袖轻。[4]

钿盒金钗细收拾,斫船时节到江滨。[5]

注 释

[1]《伦敦杂咏》诗见民国·李家孚《合肥诗话》卷下,民国苏城临顿路毛上珍铅活字本。

[2] 三岛:即"英伦三岛"。中国人对"英国"或"大不列颠"的别称。

[3] 金谷:即金谷园,遗址在今洛阳老城东北的金谷洞内,是西晋大富翁石崇与爱妾绿珠所居住的别墅。永康元年,淮南王司马允政变失败,因石崇旧与赵王司马伦心腹孙秀有隙,被诬为司马允同党而遭族诛。

武陵:晋代陶潜《桃花源记》说武陵郡有个打鱼人误入世外桃源,离开时,处处做了标记,但再寻找时,"不复得路","后遂无问津者"。

[4] 檀车:① 古代车子多用檀木为之,故称。常用以指役车,兵车。 ▶《诗·小雅·杕杜》:"檀车幝幝,四牡痯痯。" ② 泛指一般车辆。 ▶清·沈涛《琴榭丛谈》卷上:"檀车簸两轮,行如轹釜响。"

[5] 钿盒金钗:唐玄宗与杨贵妃定情之物,泛指情人之间的信物。 ▶唐·白居易《长恨歌》:"唯将旧物表深情,钿盒金钗寄将去。"

李国玲

李国玲,生卒年不详,字秀玉,清末安徽合肥东乡(今属安徽省合肥市肥东县)人。李纬堂第五女,适邑人蔡庆湘。

乱后野眺[1]

黯淡风沙里,饥鹰下大荒。

野烟萦败垒,白骨冷斜阳。[2]

浩劫天何醉,长吟我欲狂。

尘寰无净土,合去白云乡。[3]

注　释

[1]《乱后野眺》诗见民国·李家孚《合肥诗话》卷下,民国苏城临顿路毛上珍铅活字本。

[2] 野烟:指荒僻处的霭霭雾气。▶唐·王维《菩提寺禁裴迪来相看说逆贼等凝碧池上作音乐供奉人等举声便一时泪下私成口号诵示裴迪》:"万户伤心生野烟,百官何日再朝天。"

[3] 白云乡:仙乡,借指理想中的地方。典出▶《庄子·天地》:"乘彼白云,游于帝乡。"▶唐·李群玉《自澧浦东游江表途出巴丘投员外从公虞》:"何由首西路,目断白云乡。"

秋夜[1]

每到秋时百感生,那堪风雨满荒城。

湘帘半卷灯摇影,一枕清愁梦不成。[2]

注　释

[1]《秋夜》诗见民国·李家孚《合肥诗话》卷下,民国苏城临顿路毛上珍铅活字本。

[2] 湘帘:用湘妃竹做的帘子。▶宋·范成大《夜宴曲》:"明琼翠带湘帘斑,风帏绣浪千飞鸾。"

李从衍

李从衍(1889—1966),原名国荣,字公峻,号蒁季,别号借园,清末安徽合肥东乡(今属安徽省合肥市肥东县)人。李经达第五子。国学生,北京大学法律系毕业生,分部主事,加五品衔,诰授奉政大夫。从衍曾在上海收徒补习中文,1966年病卒。

春声[1]

弄风高柳万丝齐,更著流莺百啭迷。[2]

唱彻春声无与和,邻儿谁解白铜鞮?[3]

注释

[1]《春声》诗见民国·李家孚《合肥诗话》卷下,民国苏城临顿路毛上珍铅活字本。

[2]百啭:鸣声婉转多样。▶南朝·梁·刘孝绰《咏百舌》:"孤鸣若无时,百啭似群吟。"

[3]白铜鞮:亦作"白铜蹄"。南朝梁歌谣名。▶《隋书·音乐志上》:"初,武帝之在雍镇,有童谣云:'襄阳白铜蹄,反缚扬州儿。'识者言,白铜蹄谓马也;白,金色也。及义师之兴,实以铁骑,扬州之士皆面缚,果如谣言。故即位之后更造新声,帝自为之词三曲。"

春尽[1]

小院无花不惜春,雨余苔色日青匀。

东风吹醒窥帘目,犹是天涯独起人。

注释

[1]《春尽》诗见民国·李家孚《合肥诗话》卷下,民国苏城临顿路毛上珍铅活字本。

送国枢兄之析津[1]

高楼倦倚独徬徨,月皎星稀是异乡。

此夕覆杯各分手,中年引镜久回肠。[2]

静看林影依檐曲,乍听风声入坐凉。

兄弟东西更南北,危舻江海对茫茫。

注　释

[1]《送国枢兄之析津》诗见民国·李国枢《问淞诗存》,民国十五年(1926)铅印本。

国枢:即李国枢。李国枢(1900—1925),字仲璇,号问淞。李蕴章之孙,李经钰次子。国学生。自幼天资聪颖,犹善诗文,与庐江陈诗友善。国枢体弱多病,于民国十四年(1925)因染时疫,卒,年仅26岁。其为人忠厚,朋友有困难,捐金无所吝惜。著有《问淞诗存》。

[2]覆杯:① 倒置酒杯。形容尽饮。▶南朝·宋·鲍照《三日》诗:"解衿欣景预,临流竞覆杯。"② 倒置酒杯。表示戒酒。▶宋·钱惟演《金坡遗事·御笔戒酒》:"苏易简嗜酒。御笔戒之云:'卿若覆杯,朕有何虑!'易简承诏断酒,已不复饮。"③ 倒置酒杯。比喻事极易办成。▶明·沈鲸《双珠记·协谋诬讼》:"吾刀笔山可颓,倾人家命如覆杯。"

引镜:持镜。▶《后汉书·朱浮传》:"引镜窥影。"

正月二日雨中二绝[1]

乍拂东风布被轻,静中诗思忽抽萌。[2]

闲抛车马泥城路,爱向瓶梅数落英。

白酒朱颜醉易成,街灯斜照小楼明。

敝裘坐觉春寒浅,听彻萧萧暮雨声。[3]

注　释

[1]《正月二日雨中二绝》诗见民国·李国枢《问淞诗存》,民国十五年(1926)铅印本。

[2]布被:布制的被子。多以状生活清苦。▶汉·刘向《列女传·鲁黔娄妻》:"曾子吊之,上堂见先生之尸在牖下,枕墼席稿,缊袍不表,覆以布被,首足不尽敛,覆头则足见,覆足则头见。"

[3]敝裘:破旧的皮衣。▶唐·岑参《闻宇文判官西使还》:"白发悲明镜,青春换敝裘。"

陈秀珠

> 陈秀珠(1893—1911),字宛如,清末安徽定远(今安徽省定远县)人。李国模侧室。辛亥(1911)七月晦日病卒。

浣溪沙·宫词[1]

静锁深宫日抵年,双蛾懒画入时妍。[2]昭阳从未得君怜。[3]

春草长门人不见,秋风团扇影终捐。他生勿再堕情天。

注　释

[1]《浣溪沙·宫词》词见民国·李国模《合肥词钞》卷四,民国十九年(1930)铅印本。

[2]双蛾:① 指美女的两眉。蛾,蛾眉。▶南朝·梁·沈约《昭君辞》:"朝发披香殿,夕济汾阴河,于兹怀九逝,自此敛双蛾。"② 借指美女。▶唐·陈子昂《感遇》诗之十二:"瑶台倾巧笑,玉杯殒双蛾。"

[3]昭阳:① 汉宫殿名。后泛指后妃所住的宫殿。▶《三辅黄图·未央宫》:"武帝时,后宫八区,有昭阳……殿。"② 岁时名。十干中癸的别称,用于纪年。▶《尔雅·释天》:"太岁在癸曰昭阳。"

李敬婉

　　李敬婉(1894—1984),字季琼,清末安徽合肥东乡(今属安徽省合肥市肥东县)人。李鸿章四弟李蕴章孙女。美国工科大学博士,太湖赵恩廊室。

眼儿媚·三题咏秋小草[1]

　　钩心团泪做成诗,展卷意为痴。数行残墨,十分幽怨,一半相思。
　　女儿生受聪明误,平白被愁欺。芜城恨事,鸠江梦影,同入新词。

注　释

[1]《眼儿媚·三题咏秋小草》词见光铁夫《安徽名媛诗词征略》卷三,黄山书社1986年版。

虚生和尚

虚生和尚,生卒年不详,俗姓李,清末安徽合肥东乡(今属安徽省合肥市肥东县)人。幼皈依佛门,民国初年为苏州龙兴寺住持,工诗善弈。

和佛师述怀[1]

秋风阵阵动禅林,梵宇遥传钟磬音。

万虑皆清方入定,一尘不染到如今。[2]

明知色相成空相,敢说人心即佛心。[3]

小住龙兴刚十载,慈悲菩萨面如金。

注　释

[1]《和佛师述怀》诗见民国·李家孚《合肥诗话》卷下,民国苏城临顿路毛上珍铅活字本。

[2] 万虑:① 反复思考。▶南朝·梁·刘勰《文心雕龙·诏策》:"魏文下诏,辞义多伟,至于'作威作福',其万虑之一蔽乎!"② 思绪万端。▶唐·韩愈《感春》诗之四:"数杯浇肠虽暂醉,皎皎万虑醒还新。"

[3] 空相:① 佛教语。假象,幻象。▶《思益经·菩萨无二品》:"若有所尽,不名漏尽,知诸漏空相,随如是知,名为漏尽。"② 指真空的本体。▶《心经》:"舍利子,是诸法空相,不生不灭,不垢不净,不增不减。"

李国柱

　　李国柱(1896—1954),原名国榛,字晓耘,号遂庵,清末安徽合肥东乡(今属安徽省合肥市肥东县)人。李经达第三子。北京中华大学毕业,分部主事,五品衔。曾任安徽省政府秘书。抗战起,留寓皖、鄂、湘、浙、赣。后居沪,以卖文、授课为生,著有《遂庵诗话》《遂庵随笔》,多载于郑逸梅主编的报刊。抗战胜利后,由章士钊推荐任上海财政局秘书。

　　国柱好古诗,常与陈诗、庄吕尘、郑逸梅唱和。其诗五古淡逸,七古雄健,近体多脍炙人口,著有《遂庵集》。

题《滋树室诗》[1]

历历同光事,勋华莫更论。

尚留遗泽在,应共典型存。

簪绂依郎省,风尘黯帝阍。[2]

十年忧国泪,寂寞赋招魂。

嗜酒真无敌,耽吟只自知。

传家惟孝友,敦薄见歌诗。

久绝穷黎望,犹萦故旧悲。[3]

髫年嗟陟岵,空忆鲤庭时。[4]

注　释

[1]《题〈滋树室诗〉》诗见清·李经达《滋树室诗集》,民国十二年(1923)上海刻本。

[2] 簪绂:冠簪和缨带。古代官员服饰。亦用以喻显贵,仕宦。▶唐·李颀《裴尹东溪别业》:"始知物外情,簪绂同刍狗。"

　　帝阍:①古人想象中掌管天门的人。▶《楚辞·离骚》:"吾令帝阍开关兮,倚阊阖而望予。"②天门,天帝的宫门。▶《文选·扬雄〈甘泉赋〉》:"选巫咸兮叫帝阍,开天庭兮延群神。"③宫门,禁门。▶前蜀·韦庄《夏初与侯补阙有约遽闻捐馆成长句四韵吊之》:"本约同来谒帝阍,忽随川浪去东奔。"

[3] 穷黎:贫苦百姓。 ▶清·梁章巨《归田琐记·楹联剩语》:"满眼尽穷黎,奚忍多用一夫,误他举家生活。"

[4] 陟岵:① 思念父亲。典出 ▶《诗·魏风·陟岵》:"陟彼岵兮,瞻望父兮。"② 借指父亲。▶元·刘壎《隐居通议·文章四》:"某自罹陟岵之忧,庐深山莫与往来。"③ 借指父亲谢世。

鲤庭:《论语·季氏》载,孔鲤"趋而过庭",遇见其父孔子,孔子教训他要学诗、学礼。后因以"鲤庭"谓子受父训之典。▶唐·杨汝士《宴杨仆射新昌里第》:"文章旧价留鸾掖,桃李新阴在鲤庭。"

题《问淞诗存》[1]

癸亥过雩坛,清游同京师。[2]

祀事闷先农,园林具遗规。[3]

废典此何世?金碧徒参差。[4]

长松逾百年,夭矫无妍姿。[5]

科头林下坐,泼茗临前墀。[6]

夏夜酷炎蒸,月皎星犹稀。

以吾久索居,得此良复宜。

君性亦落落,竭欢能共为。

夜阑游骑散,石路逶以迤。

枝条荡回飚,疑有魑魅窥。

即今滞江湖,述往诵君诗。

君诗诚吉光,揽笔缀以辞。[7]

兵尘暗远郊,载戢知何时?

九原不可作,俛仰蓄余悲。

注释

[1]《题〈问淞诗存〉》诗见民国·李国枢《问淞诗存》,民国十五年(1926)铅印本。

[2] 雩坛:古时祈雨所设的高台。 ▶北魏·郦道元《水经注·泗水》:"门南隔水,有雩坛,坛高三丈,曾点所欲风舞处也。"

[3] 先农:古代传说中最先教民耕种的农神。或谓神农,或谓后稷。 ▶汉·王充《论衡·

谢短》:"社稷、先农,灵星何祠?"

[4]废典:① 废坏礼法。 ▶明·刘基《及晋处父盟公孙敖会宋公》:"灭纪废典,以干先王之法度,其何罪如之!"② 指废而不行的礼仪制度。 ▶《后汉书·明帝纪赞》:"永怀废典,下身遵道。"

[5]夭矫:① 屈伸貌。 ▶《淮南子·修务训》:"木熙者,举梧槚,据句枉,猿自纵,好茂叶,龙夭矫。"② 纵恣貌。 ▶《文选·张衡〈思玄赋〉》:"偃蹇夭矫,娩以连卷兮。"李善注:"夭矫,自纵恣貌也。"③ 木枝屈曲貌。 ▶《汉书·扬雄传上》:"踔夭蟜,娭涧门。"

妍姿:美好的姿容。 ▶三国·魏·曹丕《善哉行》:"妍姿巧笑,和媚心肠。"

[6]科头:① 谓不戴冠帽,裸露头髻。 ▶晋·葛洪《抱朴子·刺骄》:"或乱项科头,或裸袒蹲夷……此盖左衽之所为,非诸夏之快事也。"② 古代教坊歌乐分部分科,其头目称为"科头"。亦以称歌伎乐工。 ▶五代·王定保《唐摭言·散序》:"其日,状元与同年相见后,便请一人为录事,其余主宴、主酒、主乐、探花、主茶之类,咸以其日辟之。主乐两人,一人主饮妓。发榜后,大科头两人(第一部),常诘旦至期集院,常宴则小科头主张,大宴则大科头,纵无宴席,科头亦逐日请给茶钱。"

[7]吉光:古代传说中的神兽名。一说神马名。 ▶《海内十洲记·凤麟洲》:"吉光毛裘,黄色,盖神马之类也。裘入水数日不沉,入火不燋。"

奉答鹤柴先生次赠韵[1]

湖山著诗翁,花柳出新意。

十年鸿爪迹,更喜幽人至。

老怀甘伏枥,畏人说骐骥。[2]

缓步入通衢,何似驭六辔?[3]

割鸡具盘餐,折简招予季。[4]

眼中好诗句,落笔苦不易。

放言及涪皤,逸响谁能嗣?[5]

况复百忧侵,沧海身如寄。[6]

久矣同鹓雏,腐鼠不知味。[7]

但观蛮触争,岂虑尹邢避?[8]

杜门谢宾客,寂寞了中岁。

坐念翁白发，情亲托文字。

平生笃耆旧，辛苦皖雅继。

曲肱卧环堵，述作圣贤事。[9]

曷来睠乡间？独纂名山志。[10]

探囊发珠玉，罗胸布经纬。

贻我幼妇篇，伐木自求类。[11]

谁从尘课中，识此真富贵。

道衰叹横流，一苇思共济。

诗情在茗盏，行踪记纤滞。

寒林翳秋江，晴山吐遥翠。

翁归已浃旬，寄书聊告慰。[12]

注　释

[1]《奉答鹤柴先生次赠韵》诗见清·陈诗《陈诗诗集》，黄山书社2010年版。

[2] 骐骥：① 骏马。▶《楚辞·离骚》："乘骐骥以驰骋兮，来吾道夫先路。"② 喻贤才。▶《晋书·冯素弗载记》："吾远求骐骥，不知近在东邻，何识子之晚也！"

[3] 六辔：辔，缰绳。古一车四马，马各二辔，其两边骖马之内辔系于轼前，谓之䩭，御者只执六辔。▶《诗·秦风·小戎》："四牡孔阜，六辔在手。"孔颖达疏："四马八辔，而经传皆言六辔，明有二辔当系之。马之有辔者，所以制马之左右，令之随逐人意。骖马欲入，则偪于胁驱，内辔不须牵挽，故知纳者，纳骖内辔系于轼前，其系之处以白金为䩭也。"后以指称车马或驾驭车马。

[4] 割鸡：① 杀鸡。▶《礼记·杂记下》："其间皆于屋下，割鸡，门，当门。"② 常以比喻处理小事。▶晋·袁宏《后汉纪·顺帝纪二》："贤本西方斗筲之子，虽有割鸡之效，然齿以老矣。"③ 子游为武城宰，提倡礼乐，孔子笑曰"割鸡焉用牛刀"。后因以"割鸡"指县令之职。▶唐·吴筠《酬叶县刘明府避地庐山言怀诒郑录事昆季苟尊师兼见赠之》："从此罢飞凫，投簪辞割鸡。"

[5] 涪翁：北宋黄庭坚之号。▶宋·黄庭坚《筇竹杖颂》："亲尔畏友，予琢予磨，百世以俟圣人而不惑，则涪翁不负筇竹；危而不扶，颠而不持，惟筇竹之负涪翁。"

逸响：① 意为奔放的乐音。▶《古诗十九首·今日良宴会》："弹筝奋逸响，新声妙入神。"② 指雄浑奔放的诗文。▶《文选·沈约〈宋书谢灵运传论〉》："缀平台之逸响，采南皮之高韵。"李善注："逸响，谓司马相如之文。"

[6] 如寄：好像暂时寄居。比喻时间短促。▶《古诗十九首·驱车上东门》："人生忽如

寄,寿无金石固。"

[7]鹓雏:①传说中与鸾凤同类的鸟。▶《庄子·秋水》:"夫鹓雏,发于南海而飞于北海,非梧桐不止,非练实不食,非醴泉不饮。"②凤雏。比喻有才望的年轻人。▶《旧唐书·薛收传》:"元敬,隋选部郎迈之子,与收及族兄德音齐名,世称'河东三凤'"。

[8]尹邢:汉武帝宠妃尹夫人与邢夫人的并称。因同时被宠幸,汉武帝有诏二人不得相见。事见《史记·外戚世家》。后即以尹、邢之事作彼此不相谋面的典故。▶清·赵翼《子才过访草堂》诗:"尹邢不避面,翻欲同罗帱。"

[9]曲肱:典出▶《论语·述而》:"饭疏食饮水,曲肱而枕之,乐在其中矣。"谓弯着胳膊作枕头。后以"曲肱"比喻清贫而闲适的生活。▶晋·陶潜《五月旦作和戴主簿》:"居常待其尽,曲肱岂伤冲。"

环堵:①四周环着每面一方丈的土墙。形容狭小、简陋的居室。▶《礼记·儒行》:"儒者有一亩之宫,环堵之室。"郑玄注:"环堵,面一堵也。五版为堵,五堵为雉。"②指贫穷人家。▶清·唐甄《潜书·去奴》:"环堵之子,不可以权巨室之宜;草莽之士,不可以妄意宫中之事。"③围聚如墙。形容拥挤。▶清·吴炽昌《客窗闲话·明武宗遗事》:"值帝微行,过其肆,见观者环堵,啧啧称羡。"

[10]乡闾:①古以二十五家为闾,一万二千五百家为乡,因以"乡闾"泛指民众聚居之处。▶《管子·幼官》:"闲男女之畜,修乡闾之什伍。"②家乡,故里。▶三国·魏·阮籍《大人先生传》:"少称乡闾,长闻邦国。"③乡亲,同乡。▶《后汉书·朱俊传》:"俊以孝致名,为县门下书佐,好义轻财,乡闾敬之。"

[11]幼妇:少女。借指"妙"字。▶南朝·宋·刘义庆《世说新语·捷悟》:"幼妇,少女也,于字为妙。"

伐木:①砍伐木材。▶《国语·晋语一》:"伐木不自其本,必复生。"②《诗·小雅》篇名。其诗云:"伐木丁丁,鸟鸣嘤嘤……嘤其鸣矣,求其友声。"后因以"伐木"为表达朋友间深情厚谊。▶唐·骆宾王《初秋于窦六郎宅宴得风字诗序》:"诸君情谐伐木,仰登龙以缔欢。"③《诗经·小雅》篇名。其诗云:"相彼鸟矣,犹求友声;矧伊人矣,不求友生。"后因以"伐木"为讥刺不善交友。▶晋·葛洪《抱朴子·交际》:"善交狎而不慢,和而不同……不面从而背憎,不疾人之胜己。护其短而引其长,隐其失而宣其得。外无计数之净,内遗心竞之累。夫然后《鹿鸣》之好全,而《伐木》之刺息。"

[12]浃旬:一旬,十天。▶《隶释·汉卫尉衡方碑》:"受任浃旬,庵离寝疾,年六十有三。"

夏夜读韦苏州集示莼季弟[1]

芳时难驻易成悲,更为羁愁赋别离。

寂寞回塘泛轻舸,五年前已读韦诗。[2]

细味诗清夜亦清,无声弦指足移情。

短檠独对浑无事,起看虚檐北斗横。[3]

注　释

[1]《夏夜读韦苏州集示莼季弟》诗见民国·李家孚《合肥诗话》卷下,民国苏城临顿路毛上珍铅活字本。

[2] 回塘:环曲的水池。▶宋·王安石《蔷薇》诗之三:"北山输绿涨横陂,直堑回塘滟滟时。"

[3] 短檠:矮灯架。借指小灯。▶唐·韩愈《短灯檠歌》:"一朝富贵还自恣,长檠焰高照珠翠;吁嗟世事无不然,墙角君看短檠弃。"

虚檐:凌空的房檐。▶南朝·齐·王融《三月三日曲水诗序》:"飞观神行,虚檐云构。"

李国檀

李国檀(1898—1971),字彦舆,号偶园,清末安徽合肥东乡(今属安徽省合肥市肥东县)人。李经达第四子。国学生,分部主事,五品衔,诰封奉政大夫。素善理财,能诗。

题滋树室诗[1]

昔年滋树室,犹傍旧村居。

路转清溪尽,窗摇绿荫初。

遗编终阒寂,世运久乘除。[2]

自是名山业,乡间著永誉。[3]

注　释

[1]《题滋树室诗》诗见清·李经达《滋树室诗集》,民国十二年(1923)上海刻本。

[2]阒寂:① 静寂,宁静。▶南朝·梁·江淹《泣赋》:"阒寂以思,情绪留连。"② 断绝,寂灭。▶《南齐书·豫章文献王嶷传》:"若夫日用阒寂,虽无取于锱铢,岁功宏达,谅有寄于衡石。"

乘除:此处比喻人事的消长盛衰。▶宋·陆游《遣兴》:"寄语莺花休入梦,世间万事有乘除。"

[3]名山:① 著名的大山。古多指五岳。▶《礼记·礼器》:"是故因天事天,因地事地,因名山升中于天,因吉土以飨帝于郊。"② 指可以传之不朽的藏书之所。▶《史记·太史公自序》:"以拾遗补艺,成一家之言……藏之名山,副在京师,俟后世圣人君子。"③ 借指著书立说。▶清·谭嗣同《夜成》:"斗酒纵横天下事,名山风雨百年心。"

哭璿弟[1]

参差人事总靡常,同客天涯各一方。[2]

忽报罡风摧玉树,忍看落月照空梁。[3]

孝标伤命天何意,王勃无年世所伤。[4]

昨岁沧洲成永别,不堪春草咏池塘。

注　释

[1]《哭璿弟》诗见民国·李国枢《问淞诗存》,民国十五年(1926)铅印本。

[2] 靡常:无常,没有一定的规律。 ▶《书·咸有一德》:"天难谌,命靡常。"

[3] 罡风:① 道教谓高空之风。后亦泛指劲风。 ▶ 明·屠隆《彩毫记·游玩月宫》:"虚空来往罡风里,大地山河一掌轮。" ② 喻恶势力。 ▶ 清·李渔《意中缘·拒妁》:"曾经回首顾前身,是个惯惹罡风的造孽人。"

[4] 孝标:指刘峻。刘峻(463—521),字孝标,本名法武,平原(今属山东德州平原县)人。南朝·梁学者兼文学家。以注释刘义庆等编撰的《世说新语》而著闻于世,其《世说新语注》引证丰富,为当时人所重视。而其文章亦擅美当时。《隋书·经籍志》著录其诗文集六卷,惜今所传为数有限。刘峻才识过人,著述甚丰,所作诗文颇有发明。其《世说新语注》征引繁博,考定精审,被视为后世注书之圭臬,至今流传。据《隋志》所载,刘峻另有《汉书注》140卷,还编撰《类苑》120卷,惜两书均已亡佚。

吴克明

吴克明(1898—1957),字孝英,清末安徽合肥(今安徽省合肥市)人。两淮候补盐运判吴作梅长女,适李国檀。能吟咏。

田家[1]

矮屋临溪石径斜,疏篱半缉未全遮。

东风昨夜吹新雨,开遍满田油菜花。

注释

[1]《田家》诗见民国·光铁夫《安徽名媛诗词征略》卷三,黄山书社1986年版。

李国枢

李国枢(1900—1925),字仲璇,号问淞,清末安徽合肥东乡(今属安徽省合肥市肥东县)人。李蕴章之孙,李经钰次子。国学生。自幼天资聪颖,犹善诗文,与庐江陈诗友善。国枢体弱多病,于民国十四年(1925)因染时疫,卒,年仅二十六岁。其为人忠厚,朋友有困难,捐金无所吝惜。著有《问淞诗存》。

赠杨韵芝[1]

肥上清风雅,杨郎字韵芝。

长贫徒有壁,独处肯耽诗。

近体多奇趣,酣吟耐苦思。[2]

允推勤学者,好惜存阴移。

注 释

[1]《赠杨韵芝》诗见民国·李国枢《问淞诗存》,民国十五年(1926)铅印本。原诗后附杨开森答诗:"江上忽传戎马动,战云极目倍心惊。凄凉暮雨逢秋老,萧瑟遥空听燕鸣。劫里虫沙频入梦,天涯师友动关情。深愁道梗书难达,忍对黄花忆旧盟。"

[2]近体:此处指近体诗。 ▶宋·朱翌《猗觉寮杂记》卷上:"李峤、沈、宋之流,方为律诗,谓之近体。"

腊八日简熙载巢湖舟中[1]

岁晚寒深强自支,薄冰枯藓冱前墀。

箧书重理心神适,盆菊初凋雨雪迟。

闲里围炉怀故友,兴来磨墨写新诗。

遥知今夜巢湖舸,定忆东斋抵足时。

注　释

[1]《腊八日简熙载巢湖舟中》诗见民国·李国枢《问淞诗存》，民国十五年(1926)铅印本。

雪夜怀熙载庐州途中[1]

深宵枯坐悄无欢，雪满江头岁欲阑。

笑我微吟消日月，羡君妙语有波澜。[2]

乍看庭院纷纷白，便忆关山历历寒。

落拓青毡垂五十，独怜精力未衰残。[3]

注　释

[1]《雪夜怀熙载庐州途中》诗见民国·李国枢《问淞诗存》，民国十五年(1926)铅印本。

[2]微吟：小声吟咏。▶《汉书·中山靖王刘胜传》："雍门子台微吟，孟尝君为之于邑。"

[3]青毡：喻先祖遗物，或喻旧业。▶唐·卢纶《寄郑七纲》："他日吴公如记问，愿将黄绶比青毡。"

杨开森

杨开森(1901—?),字韵芝,晚清安徽合肥东乡(今属安徽省合肥市肥东县)人,杨德炯长子。"少年苦学,搜求乡贤遗著尤不惮勤萃。"同李家孚为挚友。李家孚殁后,续编《合肥诗话》,后为安徽通史馆采访员。编有《合肥诗话》《合肥名胜百咏》《合肥县采访概要(舆地、教育)》等。

金缕曲·过史半楼太学浮槎山馆故址[1]

荒径堆残瓦,是前朝、风流胜地,诗人遗榭。

一自壶觞消沉后,无复吟坛酒社。[2]

顾景物、依然潇洒,残绿余红犹炫眼,怪繁花、烂漫谁栽者。

人未赏,自开谢。

春光撩乱悲难写,眺高峰、残阳返照、彩云如画。[3]

惆怅名贤栖隐处,尽付樵童闲话。[4]

算只有、青山无价,我欲结庐岩上住,问禅师,肯把烟萝假。[5]

聊一笑,倚崖下。

注 释

[1]《金缕曲·过史半楼太学浮槎山馆故址》词见民国·李家孚《合肥诗话》卷中,民国苏城临顿路毛上珍铅活字本。

史半楼:史台懋,字甸循,号半楼,合肥人。著有《浮槎山馆诗集》。

[2] 一自:犹言自从。▶唐·杜甫《复愁》诗之五:"一自风尘起,犹嗟行路难。"

吟坛:诗坛,诗人聚会之处。▶唐·牟融《过蠡湖》诗:"几度篝帘相对处,无边诗思到吟坛。"

[3] 撩乱:①纷乱,杂乱。▶唐·韦应物《答重阳》诗:"坐使惊霜鬓,撩乱已如蓬。"②缤纷。▶宋·王安石《渔家傲》词之一:"灯火已收正月半,山南山北花撩乱。"③搅乱,扰乱。▶冰心《寄小读者》六:"我今日心厌凄恋的言词,再不说什么话来撩乱你们简单的意绪。"

[4] 樵童：打柴的童子，童仆。▶唐·杜甫《遣闷奉呈严公二十韵》："藩篱生野径，斤斧任樵童。"

[5] 烟萝：① 草树茂密，烟聚萝缠，谓之"烟萝"。▶唐·李端《寄庐山真上人》诗："更说谢公南座好，烟萝到地几重阴。" ② 借指幽居或修真之处。▶唐·裴铏《传奇·文箫》："一斑与两斑，引入越王山。世数今逃尽，烟萝得再还。"

小岘山[1]

岚光缥缈寒侵骨，涧水潺湲泻可听。

欲问韦侯酣战处，惟余突兀故山青。[2]

注 释

[1]《小岘山》诗见民国·李家孚《合肥诗话》卷中，民国苏城临顿路毛上珍铅活字本。

小岘山：位于安徽省肥东县包公镇，海拔144米，古为合肥通往巢县、芜湖、南京之咽喉。梁天监四年(505)，南梁大将韦睿督军伐北魏，就在岘山攻克关卡，进军合肥，并引淝水灌城，大破魏兵，斩俘万余人。

[2] 酣战：激战。▶《韩非子·十过》："酣战之时，司马子反渴而求饮，竖谷阳操觞酒而进之。"

姥山秋望[1]

水势欲浮孤塔去，山谷磐礴峙中流。[2]

崩涛鼓浪秋风里，芦荻吞声易白头。

注 释

[1]《姥山秋望》诗见民国·李家孚《合肥诗话》卷中，民国苏城临顿路毛上珍铅活字本。

[2] 磐礴：雄壮，宏伟。▶晋·郭璞《江赋》："虎牙嵥竖以屹崒，荆门阙竦而磐礴。"

过江忠烈公殉难处[1]

丹心烈烈气如虹,誓死睢阳自古同。

百战雄风人共说,一池春水恨无穷。

丰碑郁穆松荫处,古堞巍峨庙祀隆。[2]

凭吊不堪寻往迹,鸟啼花落夕阳中。[3]

注 释

[1]《过江忠烈公殉难处》诗见民国·李家孚《合肥诗话》卷中,民国苏城临顿路毛上珍铅活字本。

江忠烈公:指江忠源(1812—1854),字岷樵,湖南新宁(今属邵阳)人,晚清名将。清文宗咸丰三年(1854)12月,太平军破庐州,时任安徽巡抚的江忠源投水自杀,后追赠总督,谥"忠烈"。

[2]郁穆:① 和美貌。▶《文选·刘琨〈答卢谌〉诗》:"郁穆旧姻,嬿婉新婚。"② 此处指庄重,肃穆。

[3]往迹:① 人或车马行进所留下的踪迹。▶晋·陶潜《桃花源诗》:"往迹浸复湮,来径遂芜废。"② 前人或过去的事迹。▶唐·孟郊《自商行谒复州卢使君虔》诗:"仲宣荆州客,今余竟陵宾。往迹虽不同,托意皆有因。"

过蔡月樵太学依绿园故址[1]

斗鸭池边路,荒园长蕨薇。[2]

残春同寂寞,名句想依稀。

沾溉惟花雨,沉吟傍竹扉。[3]

不逢风雅主,空自吊斜晖。[4]

注 释

[1]《过蔡月樵太学依绿园故址》诗见民国·李家孚《合肥诗话》卷中,民国苏城临顿路毛上珍铅活字本。

[2] 斗鸭池:逍遥津曾名斗鸭池。

蕨薇:蕨与薇,均为山菜。此借指野草。▶《诗·小雅·四月》:"山有蕨薇,隰有杞桋。"

[3] 沾溉:①浸润浇灌。▶元·柳贯《送刘叔说赴潮州韩山山长》诗:"泛除蛮风清,沾溉时雨足。"②比喻使人受益。▶《金史·完颜涛传》:"上慰之曰:'南渡后,国家比承平时有何奉养,然叔父亦未尝沾溉。无事则置之冷地,无所顾藉,缓急则置于不测,叔父尽忠固可,天下其谓朕何?叔父休矣。'"

[4] 空自:徒然,白白地。▶南朝·梁·何逊《哭吴兴柳恽》诗:"樽酒谁为满,灵衣空自披。"

斜晖:亦作"斜辉",指傍晚西斜的阳光。▶南朝·梁·简文帝《序愁赋》:"玩飞花之入户,看斜晖之度寮。"

秋日游浮槎山[1]

杂树拥秋山,掩映互苍翠。

西风飒飒来,千林尽如醉。

我偶山中行,反觉秋容媚。

黄花映短篱,密竹藏深寺。

钟声下夕阳,洒然动诗思。[2]

注　释

[1]《秋日游浮槎山》诗见民国·李家孚《合肥诗话》卷中,民国苏城临顿路毛上珍铅活字本。

[2] 洒然:此处指洒脱,畅快貌。▶《新唐书·文艺传上·袁朗》:"后主闻其才,诏为《月赋》一篇,洒然无留思。"

王政谦

王政谦,生卒年不详,字季和,清末安徽合肥东乡(今属安徽省合肥市肥东县)人。王懋宽之季子。家居力学,喜韵事。著有《虎丘百咏》《虚舟诗草》。

浮槎山乳泉歌[1]

信步趋浮槎,浮槎白云里。

空谷阒无人,长松一徙倚。[2]

言访隐者居,废榭生荆杞。

异代不同时,高风空仰企。[3]

漠漠岩云生,淅淅凉风起。

上有怪石峥嵘接霄汉,

下有飞泉急泻奔涧底。

更有巢湖横其前,

惊涛澎湃无涯涘。[4]

状态万千不可名,

吾恐李成画笔亦未能写此。[5]

忽听流泉声,步逐流泉止。

泉声穿古寺,龙泉未独美。[6]

披襟坐泉边,我心若止水。

合泉泉水清,巢泉泉水浊。[7]

一石重五斤,清浊难为匹。[8]

斯名第七泉,庐陵昔所录。[9]

泉清濯我缨,泉浊濯我足。[10]

倏然太古心，那复知荣辱。[11]

晚钟催客归，欲去还踯躅。

笑谢山中人，今秋复来瞩。

注 释

[1]《浮槎山乳泉歌》诗见民国·李家孚《合肥诗话》卷中，民国苏城临顿路毛上珍铅活字本。

[2] 阒[qù]：寂静，空虚。

徙倚：犹言徘徊，逡巡。 ▶《楚辞·远游》："步徙倚而遥思兮，怊惝怳而乖怀。"

[3] 仰企：仰慕企望。 ▶唐·孟郊《贫女词寄从叔先辈简》诗："仰企碧霞仙，高控沧海云。"

[4] 涯涘：① 水边，岸。 ▶《庄子·秋水》："今尔出于涯涘，观于大海。" ② 边际，界限。 ▶南朝·齐·谢朓《辞随王笺》："荣立府庭，恩加颜色。沐发晞阳，未测涯涘。" ③ 引申为尽头。 ▶唐·颜真卿《〈干禄字书〉序》："绠短汲深，诚未达于涯涘。" ④ 限量，穷尽。 ▶《朱子全书》卷四："吾辈不用有忿世疾恶之意，当常自体此心，宽明无系累，则日充日明岂可涯涘耶！"

[5] 李成：宋初著名山水画家。

[6] 原诗"泉声穿古寺，龙泉未独美"句后有注："龙泉山在浮槎西二十余里，上有泉名龙泉，自佛寺后绕殿，径达僧厨。欧阳修品为第十三泉。"

龙泉：位于肥东桥头集境内龙泉山上。《古今图书集成·庐州山川》载：山腰寺内有"龙泉"。唐·张又新《煮茶水记》谓龙泉水为庐州第一水。宋·欧阳修把龙泉列为"天下第十三泉"。

[7] 合泉，巢泉：浮槎山齐都峰顶有二泉池。北池方，水深而清，为"合泉"。南池圆，水浅而浊，名"巢泉"。合泉自池东北角石缝中流出，经一尺多宽石堤后即变成白色，进入巢泉。巢泉水位高出合泉时，也不倒流。二泉水位常年稳定。宋·欧阳修《浮槎山水记》誉之为"天下第七泉"。

[8] 原诗"一石重五斤，清浊难为匹"句后有注："山中道林寺有合、巢二泉，合泉清，巢泉浊，二泉相较，一石重五斤。"

[9] 庐陵：指宋·欧阳修，江西吉安永丰人。永丰古属庐陵，所以欧阳修自称"庐陵"。

[10] 泉清濯我缨，泉浊濯我足。语出 ▶《孟子·离娄上》："有孺子歌曰：'沧浪之水清兮，可以濯我缨；沧浪之水浊兮，可以濯我足。'孔子曰：'小子听之，清斯濯缨，浊斯濯足，自取之也。'"

[11] 倏然：无拘无束，自在的样子。 ▶《庄子·大宗师》："倏然而往，倏然而来而已矣。"成玄英疏："倏然，无系貌也。"

李国福

李国福,生卒年不详,字碧梧,清末安徽合肥东乡(今属安徽省合肥市肥东县)人。李经达之女,嫁武进刘文揆。娴吟咏,工花卉。

秋海棠[1]

小院秋深玉露寒,半勾斜月挂阑干。

幽花别有轻盈态,莫作春风醉里看。

注 释

[1]《秋海棠》诗见民国·李家孚《合肥诗话》卷下,民国苏城临顿路毛上珍铅活字本。

李国华

李国华,生卒年不详,字舜如,清末安徽合肥东乡(今属安徽省合肥市肥东县)人。李瀚章孙女,李经楚次女,适汉军旗毕文秉。闺中时多与吴壬卿有诗唱和,既嫁而废吟咏。

春日杂咏步琼花从嫂韵[1]

古寺苍凉迹久迷,长堤十里草萋萋。

春光三月江南好,万树垂杨莺乱啼。

注 释

[1]《春日杂咏步琼花从嫂韵》诗见民国·李家孚《合肥诗话》卷下,民国苏城临顿路毛上珍铅活字本。

从嫂:从兄之妻。▶《晋书·王彪之传》:"今上年出十岁,垂婚冠,反令从嫂临朝,示人君幼弱,岂是翼戴赞扬立德之谓乎!"

李家煌

> 李家煌(1898—1963),字元晖,一字饮光,号骏孙、弥龛,清末安徽合肥东乡(今属安徽省合肥市肥东县)人。李国松长子。诸生,肄业于上海复旦大学。笃信佛教,以诗鸣世。著有《始奏集》《佛日楼诗》。

立夏日,侍家大人携酒过周梅泉丈巢园,邀陈散原、朱疆村、郑海藏、吴鉴泉、徐随庵、夏映厂、袁伯夔、李拔可、江孝潜诸老及梅丈看杜鹃。海藏明日将北行,因次梅丈赏樱原韵,赠别兼呈诸老[1]

纳海襟期拥万葩,园开丘壑稳虫沙。[2]

移尊槃礴忘宾主,秉烛须眉影鬓花。[3]

袖手能豪神所劳,危冠可溺道非夸。[4]

诗翁明发随春去,莫惜流霞促夜笳。

注 释

[1]《立夏日,侍家大人携酒过周梅泉丈巢园,邀陈散原、朱疆村、郑海藏、吴鉴泉、徐随庵、夏映厂、袁伯夔、李拔可、江孝潜诸老及梅丈看杜鹃。海藏明日将北行,因次梅丈赏樱原韵,赠别兼呈诸老》诗见民国·李家孚《合肥诗话》卷上,民国苏城临顿路毛上珍铅活字本。

周梅泉:即周今觉。周今觉(1878—1949),名达,字美权、梅泉。笔名今觉、寄闲。安徽建德(今东至)人,清两广总督周馥之孙。中国集邮家、邮学家,中国"邮王",中国最早的国际邮展证判员和评审员。1925年任中华邮票会会长,1935年任中国数学会董事。著有《华邮图鉴》《八卦邮票戳与地名之关系》《圆寿庐邮话》《邮学刍言》等。

陈散原:即陈三立。陈三立(1853—1937),字伯严,号散原,江西义宁(今修水)人,近代同光体诗派重要代表人物。陈三立出身名门世家,为晚清维新派名臣陈宝箴长子,国学大师、历史学家陈寅恪、著名画家陈衡恪之父。与谭延闿、谭嗣同并称"湖湘三公子";与谭嗣同、徐仁铸、陶菊存并称"维新四公子",有"中国最后一位传统诗人"之誉。陈三立生前曾刊行《散原精舍诗》及其《续集》《别集》,世后有《散原精舍文集》17卷出版。

朱疆村:即朱祖谋。朱祖谋(1857—1931),原名朱孝臧,字藿生,一字古微,一作古薇,号沤尹,又号疆村,浙江吴兴人。光绪九年(1883)进士,官至礼部右侍郎,因病假归作上海寓公。工倚声,为晚清四大词家之一,著作丰富。书法合颜、柳于一炉;写人物、梅花多饶逸趣。卒年75岁。著有《疆村词》。

郑海藏:即郑孝胥。郑孝胥(1860—1938),中国近代政治人物、书法家。福建省闽侯人。清德宗光绪八年(1882)举人,曾历任广西边防大臣,安徽广东按察使,湖南布政使等。辛亥革命后以遗老自居。1932年任伪满洲国总理大臣兼文教总长。善楷书,取径欧阳询及苏轼,得力于北魏碑。所作苍劲朴茂。为诗坛"同光体"倡导者之一。

吴鉴泉:(1870—1942),本名乌佳哈拉·爱绅,满族,河北大兴人。中华民国成立后改姓"吴"。1927年,吴鉴泉由北京迁居上海,1928年他被上海精武会和国术馆聘为教授。1933年起,创设鉴泉太极拳社,为"吴氏太极"创始人。

徐随庵:即徐乃昌。徐乃昌(1869—1943),字积余,晚号随庵老人,南陵工山汤村人。近代著名的藏书家、学者。徐乃昌自幼熟读经史。清德宗光绪十九年(1893)举人,历任淮安知府,特授江南盐巡道。后受命考察日本学务,回国后提调江南中、小学堂事务,总办江南高等学堂,督办三江师范学堂(南京大学前身)。清亡后,隐居著述和校刊古籍。民国时,主编《南陵县志》《安徽通志》《安徽丛书》《上海通志》。

夏映厂:即夏敬观。夏敬观(1875—1953),近代江西派词人,画家。字剑丞,一作鉴丞,又字盥人、缄斋,晚号映庵,别署玄修、牛邻叟,江西新建人。生于长沙,晚寓上海。光绪二十年(1894)举人,以诗词名播南北。曾任江苏提学使兼上海复旦、中国公学等校监督等职。晚年专心从事绘画与著述。著有《忍古楼诗集》《映庵词》《忍古楼词话》《词调溯源》等。

袁伯夔:即袁思亮。袁思亮(1879—1939),字伯夔、一字伯葵,号蘉庵、莽安,别署袁伯子。湖南湘潭县人,民国藏书家、学者。藏书处曰"雪松书屋""刚伐邑斋"等,藏书印有"刚伐邑斋秘籍""湘潭袁伯子藏书之印""壶公室珍藏印"等。著《蘉庵文集》《蘉庵词集》《蘉庵诗集》等。

李拔可:即李宣龚。李宣龚(1876—1953),字拔可,号墨巢,清光绪二十年(1894)举人,能诗,工书法,著有《顾果亭诗》《墨巢词》。民国时期,入商务印书馆,与张元济、鲍咸昌、高凤歧等合称"商务四老"。

江孝潜:即江藻。安徽合肥人。江云龙之子。光绪时诸生,官候选训导。清末宣统初,为直隶总督杨士骧幕宾。民国时,居家奉母,训徒讲学。

[2]襟期:① 襟怀,志趣。 ▶北齐·高澄《与侯景书》:"缱绻襟期,绸缪素分。"② 犹言心期。指人与人之间的相互期许。 ▶元·袁易《寄吴中诸友·冯景说》诗:"早托襟期合,能容礼法疏。"

[3]槃礴:亦作"槃薄"。① 箕踞而坐。▶《庄子·田子方》:"宋元君将画图……有一史后至者,儃儃然不趋,受揖不立,因之舍。公使人视之,则解衣槃礴,裸。君曰:'可矣,是真画者也。'"成玄英疏:"解衣箕坐,裸露赤身,曾无惧惮。"② 引申为傲视。 ▶元·辛文房《唐才子传·项斯》:"槃礴宇宙,戴菊花冠,披鹤氅,就松阴,枕白石,饮清泉,长吟细酌,凡如此三十余年。"③ 盘踞地上。 ▶《晋书·五行志中》:"洛阳宫西宜秋里石生地中,始高三尺,如香炉形,后如伛人,槃薄不可掘。"④ 犹言磅礴。高大貌。 ▶晋·郭璞《江赋》:"虎牙嵥竖以屹崒,荆门阙竦而槃礴。"

鬘花:亦作"鬘华"。① 即茉莉花。▶《翻译名义集·百花篇》:"末利,又名鬘华。"② 曼陀罗花。▶明·袁宏道《浴佛日游高梁桥》诗:"妖童歌串乱,天女鬘花随。"

[4]危冠:古时的高冠。▶《庄子·盗跖》:"使子路去其危冠,解其长剑,而受教于子。"

五古·渡巢湖[1]

一百里巢湖,无风三尺浪。

廿年来去踪,知者姥姑嶂。

二月看将残,春水迟未涨。

江舠逗东口,泛浅不能上。

遥瞰玻璃盂,搔首空惆怅。

微明追顺风,谢装换篾舫。[2]

帆饱潮不来,寸尺争撑抗。

亭午欣入湖,天复祕晴扬。

泛泛从所之,莽莽与低仰。

横流粟一身,翻羡局外望。

魂为水所移,水与天相漾。

不有一发青,湄涯真迷忘。

望望芦溪嘴,吼听风来壮。

船掀波渐怒,篙舵力难挡。

欲止人莫主,更进舟益荡。

刹那飙愈急,生死度外放。

菅腾一昼夜,滩近始得傍。[3]

魂定稍回首,万骇刻心脏。

感我怀从祖,此地儿眷葬。[4]

冤灵不可呼,对水余凄怆。

今我逃劫险,无乃鬼幽相。

当时昧欧法,机轮殊未尚。

况又潮落候,船大口隘障。
犯险飞小艇,鱼腹命轻丧。
迩来逢冬春,酷祸仍年酿。
商旅群色变,裹足鉴前创。
吁此水此水,吾邑之喉吭。[5]
万姓坐资是,以吞纳货饷。
谁令扼其喉,致市易不畅。
荒鸡戒中宵,绳牵过滩荡。[6]
西口又在前,十五里而强。[7]
驾船如驾车,步步牛力仗。
一牛曳不行,半日牵来两。
一人鞭其后,裸涉跌以踢。
三人驱前引,努背嘶直颃。
竟辰绝烟火,肚缩断粒粮。
饼饵啖亦空,发瓿倾酸醠。[8]
掬水黄泥汁,闭眼啜自诳。
深夜呈樯镫,飐闪远村亮。[9]
心开知渐陆,等获无尽藏。
口狭流更浅,黏淖若荠酱。

吸滞船屡陷,人蓄痛难张。[10]
久之乃及岸,眉扬气忽王。
父老纷沓来,执讯慰无恙。
环听所经过,蜀道眼前状。
我闻洪杨乱,安庆被寇掠。
江公守吾郡,地利重高亢。
不以水程艰,省会早迁让。
万变到今朝,觇进仍无长。

二口关一湖,要冲付之宕。

一乡长久利,不治待谁贶。

废兴委诸天,人事太无创。

谁为敛金钱,疏浚劳机榜。[11]

一日开一亩,一年两口广。

招游氓助之,游氓习为匠。

工举匠亦活,岁万人可养。

从此工毋辍,远利斯难量。

翻手成富邑,百业通转旺。

一举群生饶,吾策或非妄。

经国基里间,谁和我先唱。[12]

注 释

[1]《五古·渡巢湖》诗见民国·李家孚《合肥诗话》卷上,民国苏城临顿路毛上珍铅活字本。

[2] 篷舫:即黄篷舫。一种轻便的小船。

[3] 蕾腾:形容模模糊糊,神志不清。▶唐·韩偓《马上见》诗:"和裙穿玉镫,隔袖把金鞭。去带蕾腾醉,归成困顿眠。"一本作"懵腾"。

[4] 原诗"感我怀从祖,此地儿眷葬"后有注:"先从祖郊云公元配刘夫人及诸从父昔覆舟卢溪嘴溺焉。"

[5] 喉吭:犹言咽喉,喻指交通要道。▶明·沈周《题长江万里图》诗:"真州阔州列两厢,金焦蟛蟚当喉吭;直吞天脉纳海口,有若万邦来会王。"

[6] 荒鸡:指三更前啼叫的鸡。旧以其鸣为恶声,主不祥。▶《晋书·祖逖传》:"(祖逖)与司空刘琨俱为司州主簿,情好绸缪,共被同寝。中夜闻荒鸡鸣,蹴琨觉曰:'此非恶声也。'因起舞。"

[7] 西口:此处指施口。

[8] 酸醑:发酸的酒。

[9] 飐闪:飘动闪忽。▶唐·元稹《酬乐天〈待漏入阁见赠〉》诗:"飐闪才人袖,呕哑软举镮。"

[10] 痡:① 音[pū],意为疲劳致病。② 音[pū],意为危害。③ 音[pù],意为痞症。

[11] 原诗"谁为敛金钱,疏浚劳机榜"句后有注:"浚河机。"

[12] 经国基里间:谓治理国家基于地方治理。经国,治理国家。里间,里巷,乡里。

李家炜

李家炜(1904—?),字亚晖,一字洪载,号榴孙,又号宇龛,清末安徽合肥东乡(今属安徽省合肥市肥东县)人。李国松第三子。诸生。著有《拈华词》。

忆秦娥·听杜鹃[1]

春去矣,蘼芜绿遍苔痕紫,苔痕紫,暗叶啼风,老红泣雨。[2]

燕解人愁已不语,杜鹃犹在寒烟里,寒烟里,道不如归,何时归去。

注 释

[1]《忆秦娥·听杜鹃》词见完颜海瑞《合肥诗词》,安徽文艺出版社2011年版。

[2] 蘼芜:草名。芎藭的苗,叶有香气。▶《山海经·西山经》:"(浮山)有草焉,名曰薰草,麻叶而方茎,赤华而黑实,臭如蘼芜,佩之可以已疠。"

蝶恋花[1]

谁道春风吹似剪,未蔚陈愁,更把新愁展,和雨和烟浑不辨,染来碧柳眉深浅。

燕子莫嗟花落遍,依旧年年,花发还如霰,珍惜余芳重缱绻,残红回舞深深院。[2]

注 释

[1]《蝶恋花》词见完颜海瑞《合肥诗词》,安徽文艺出版社2011年版。

[2] 霰[xiàn]:空中降落的白色不透明的小冰粒,常呈球形或圆锥形。多在下雪前或下雪时出现。有的地区叫雪子、雪糁。

李家蕃

李家蕃,生卒年不详,字椒甫,清末安徽合肥东乡(今属安徽省合肥市肥东县)人。李家孚族兄。官甘肃武都县知事。

九日南郭寺登高步沈推官其杰韵[1]

游子怀归日,茱萸遍插时。[2]

白云千里舍,红叶一村诗。

剪羽看翔鸟,持躬惕染丝。[3]

出门搔短鬓,应为路多歧。

注 释

[1]《九日南郭寺登高步沈推官其杰韵》诗见民国·李家孚《合肥诗话》卷下,民国苏城临顿路毛上珍铅活字本。

[2] 怀归:思归故里。 ▶《诗·小雅·小明》:"岂不怀归,畏此罪罟。"

[3] 染丝:将丝染色。喻受人熏陶感化。 ▶ 南朝·梁·刘勰《文心雕龙·体性》:"夫才有天资,学慎始习,斫梓染丝,功在初化。器定彩成,难可翻移。"

李家骎

李家骎,生卒年不详,字子驹,清末安徽合肥东乡(今属安徽省合肥市肥东县)人。李家孚族兄。

偶成[1]

满地莺花归不得,江南春草绿如茵。

翠楼惊断辽西梦,应悔封侯误杀人。[2]

注 释

[1]《偶成》诗见民国·李家孚《合肥诗话》卷上,民国苏城临顿路毛上珍铅活字本。

[2] 翠楼:① 外表涂饰绿漆的高楼。▶汉·李尤《平乐观赋》:"大厦累而鳞次,承岩峣之翠楼。"② 特指妇女居处。▶唐·王昌龄《闺怨》:"闺中少妇不曾愁,春日凝妆上翠楼。"③ 指妓院。▶《剪灯余话·江庙泥神记》:"凝妆谩羡翠楼娟,荐枕徒闻红拂妓。"④ 酒楼。▶唐·皎然《长安少年行》:"翠楼春酒虾蟆陵,长安少年皆共矜。"

谭韵卿

谭韵卿,生卒年不详,字声琴,民国安徽合肥东乡(今属安徽省合肥市肥东县)人。谭家巽女,同邑李家骁室。凤膺家学,能咏事。

春夜寄外[1]

风急月黄昏,愁来独掩门。
蛙声四五里,犬吠两三村。
心事功名薄,饥寒岁月奔。
遥怜一灯影,谁与话温存。

注　释

[1]《春夜寄外》诗见民国·光铁夫《安徽名媛诗词征略》卷三,黄山书社1986年版。

宋静吾

宋静吾,生卒年不详,民国安徽合肥东乡(今属安徽省合肥市肥东县)人。民国十年(1921),夫范石溪卒于京师,遂赁庑肥城,以教授为生。

夜坐感作[1]

针线拈残百感交,愁丝恨缕几时抛。

数椽茅屋谋移徙,不及庭柯鹊有巢。[2]

注　释

[1]《夜坐感作》诗见民国·光铁夫《安徽名媛诗词征略》卷三,黄山书社1986年版。

[2]移徙:① 搬动住处,迁移。▶《史记·匈奴列传》:"而单于之庭直代、云中:各有分地,逐水草移徙。" ② 犹言移动。▶《汉书·霍光传》:"(张敖)谓竟曰:移徙陛下,在太后耳。"

庭柯:庭园中的树木。▶晋·陶潜《停云》:"翩翩飞鸟,息我庭柯。"

落花[1]

谁怜春去太匆匆,月夜鹃啼泪染红。[2]

漂泊只余身世感,芳心应悔嫁东风。

注　释

[1]《落花》诗见民国·光铁夫《安徽名媛诗词征略》卷三,黄山书社1986年版。

[2]鹃啼:相传杜鹃啼声凄苦,因多用以形容人的思念之苦或悲怨之深。▶元·虞集《送王君实御史》:"莺满辋川君定到,鹃啼剑阁我思归。"

李家恒

李家恒,生卒年不详,字孝琼,民国安徽合肥东乡(今属安徽省合肥市肥东县)人。李国瑰长女。精绘事,工诗、古文、词。著有《闺秀诗话》《绣月轩集》《陆联语》。

咏菊[1]

徙倚东篱下,秋深菊有华。[2]

幽姿耐寒寂,疏影任欹斜。[3]

堪对羁人酒,偏宜处士家。[4]

傲霜留晚节,凡卉漫相夸。[5]

秋意渐萧索,繁英灿满枝。[6]

清标霜气敛,冷艳露香滋。[7]

荒径孤松伴,深丛乱石支。

无言淡相对,帘卷日斜时。

注 释

[1]《咏菊》诗见民国·李家孚《合肥诗话》卷下,民国苏城临顿路毛上珍铅活字本。

[2]徙倚:犹言徘徊,逡巡。 ▶《楚辞·远游》:"步徙倚而遥思兮,怊惝怳而乖怀。" ▶王逸注:"彷徨东西,意愁愤也。"

[3]欹斜:歪斜不正。 ▶汉·陆贾《新语·怀虑》:"管仲相桓公,诎节事君,专心一意,身无境外之交,心无欹斜之虑,正其国如制天下。"

[4]羁人:旅客。 ▶南朝·宋·鲍照《代悲哉行》:"羁人感淑景,缘感欲回辙。"

偏宜:最宜,特别合适。 ▶前蜀·李珣《浣溪纱》词:"入夏偏宜澹薄妆,越罗衣褪郁金黄。"

[5]凡卉:普通花草。亦用以喻平庸的人。 ▶唐·柳宗元《戏题阶前芍药》:"凡卉与时谢,妍华丽兹晨。"

[6]繁英:繁盛的花。 ▶晋·刘琨《重赠卢谌》:"朱实陨劲风,繁英落素秋。"

[7]清标:① 俊逸。 ▶《世说新语·容止》:"此神仙中人。"刘孝标注引南朝·宋·刘义庆《江左名士传》:"杜弘治清标令上,为后来之美。"② 谓清美出众。 ▶元·武汉臣《生金阁》第三折:"草刷儿向墙头挑,醉八仙壁上描,盖造的潇洒清标。"③ 借指明月。 ▶宋·范成大《次诸葛伯山瞻军赠别韵》:"清标照人寒,玉笋森积雪。"

春闺杂咏[1]

绣阁雪诗兴未赊,珠帘四卷月钩斜。[2]

东风一夜瞒人至,开遍春梅万树花。

注　释

[1]《春闺杂咏》诗见民国·李家孚《合肥诗话》卷下,民国苏城临顿路毛上珍铅活字本。

[2]绣阁:犹言绣房。古代女子的居室装饰华丽如绣,故称。 ▶后蜀·欧阳炯《菩萨蛮》词之四:"画屏绣阁三秋雨,香唇腻脸偎人语。"

题龙眠吴婉君女士遗诗[1]

一树昙华影,千秋咏絮才。[2]

赏心频入手,历劫未成灰。[3]

漫以多为贵,须求妙足该。

绿窗闲讽处,抚卷重低回。[4]

注　释

[1]《题龙眠吴婉君女士遗诗》诗见光铁夫《安徽名媛诗词征略》卷三,黄山书社1986年版。

龙眠:龙眠山,位于安徽桐城西北,与舒城、六安接界。借指舒州。

[2]昙华:昙花。"华""花"古通用。昙花因开放时间很短,常喻很快就消逝的美好事物。

咏絮:典出 ▶《世说新语·言语》:"谢太傅寒雪日内集,与儿女讲论文义。俄而雪骤,公欣然曰:'白雪纷纷何所似?'兄子胡儿曰:'撒盐空中差可拟。'兄女(谢道韫)曰:'未若柳絮因风起。'"后因以为女子有诗才之典。 ▶南唐·张泌《碧户》:"咏絮知难敌,伤春不易裁。"

[3] 历劫:佛教语。谓宇宙在时间上一成一毁叫"劫"。经历宇宙的成毁为"历劫"。后统谓经历各种灾难。▶南朝·梁·沈约《为文惠太子礼佛愿疏》:"历劫多幸,夙世善缘。"

[4] 绿窗:① 绿色纱窗。指女子居室。▶唐·李绅《莺莺歌》:"绿窗娇女字莺莺,金雀娅鬟年十七。"② 指贫女的居室。与红楼相对,红楼为富家女子居室。▶唐·白居易《秦中吟·议婚》:"红楼富家女,金缕绣罗襦……绿窗贫家女,寂寞二十余。"

点绛唇·对月闻歌有感而作[1]

冷露空阶,画阑闲倚诗怀渺。素蟾辉皎,何处歌声绕。[2]

玉笛无情,吹彻秋光老,忧心捣,甲兵遮道,回首乡园杳。[3]

注 释

[1]《点绛唇·对月闻歌有感而作》词见民国·李国模《合肥词钞》卷四,民国十九年(1930)铅印本。

[2] 冷露:清凉的露水。▶唐·王建《十五夜望月寄杜郎中》:"中庭地白树栖鸦,冷露无声湿桂花。"

诗怀:① 作诗怀念。▶唐·陆龟蒙《送浙东德师侍御罢府西归》:"诗怀白阁僧吟苦,俸买青田鹤价偏。"② 谓祝寿。▶宋·王应麟《困学纪闻·评诗》:"鹤山云:礼于生子曰诗负,于祝嘏曰诗怀。"③ 诗人的胸怀。▶五代·齐己《新秋雨后》:"夜雨洗河汉,诗怀觉有灵。"

素蟾:月亮的别称。古代传说月中有蟾蜍,故称。▶唐·黄滔《捲帘》:"绿鬟侍女手纤纤,新捧嫦娥出素蟾。"

[3] 遮道:犹言拦路。▶《史记·陈涉世家》:"其故人尝与庸耕者闻之,之陈……陈王出,遮道而呼涉。"

踏莎行·月夜书怀[1]

小阁凉生,空阶人悄,阑干徒倚愁肠绕。故园何处梦难成,羊灯欲烬烟尤袅。[2]

刻漏沉沉,繁星皎皎,银河倒挂天将晓。邻鸡喔喔动荒村,朦胧曙色明林表。[3]

注 释

[1]《踏莎行·月夜书怀》词见民国·李国模《合肥词钞》卷四,民国十九年(1930)铅印本。

[2] 羊灯：用竹丝扎成外糊以纸的羊形灯。民间常在灯节悬挂。▶北周·庾信《七夕赋》："兔月先上，羊灯次安。"

[3] 林表：① 林梢，林外。▶《文选·谢朓〈休沐重还丹阳道中〉》："云端楚山见，林表吴岫微。"② 汉代宫中女官名。▶《汉书·叙传上》："时长信庭林表适使来，闻见之。"

李家孚

　　李家孚(1909—1927),字子渊,清末安徽合肥东乡(今属安徽省合肥市肥东县)人。高祖李文安,曾祖李瀚章,伯曾祖李鸿章。祖父李经钰,清德宗光绪十九年(1893)举人,官河南侯补道。父李国璟,曾任南京造币厂会办、苏州安徽同乡会会长、安徽公学校长,著有《中国纪念币考》。

　　李家孚于1927年10月10日殁于苏州,归葬合肥三十埠,今墓碑尚存。著有《一粟楼遗稿》二卷、《合肥诗话》三卷。

寄王季和[1]

陋巷无人过,天涯节序更。

春深花门锦,风暖鸟呼晴。

往事愁兵革,新诗问友生。[2]

何由寄怀抱,惟动故乡情。

注　释

[1]《寄王季和》诗见民国·李家孚《合肥诗话》卷上,民国苏城临顿路毛上珍铅活字本。

王季和:即王政谦。

[2] 友生:① 朋友。▶《诗·小雅·常棣》:"虽有兄弟,不如友生。"② 师长对门生自称的谦词。▶明·朱国祯《涌幢小品·名帖》:"余乙卯年三月,过故鄞姚氏,乃大京兆画溪公之孙,出公座主王槐野先生单名帖,称友生字,仅蝇头细书。"

秣陵杂咏[1]

龙虎江山剧战争,郁葱王气石头城。[2]

可怜辛苦营家计,一夜金川渡北兵。

昨向华林废苑游，苍茫荆棘晚烟愁。

不堪更上钟山望，石马嘶风无尽秋。

离离禾黍晚霞天，眺尽平芜见断烟。

只有后湖泉一脉，年年呜咽故宫前。

群鸟空呼帝奈何，琵琶人去怨明驼。

胭脂井畔清泠水，不为君王葬绮罗。

注　释

[1]《秣陵杂咏》诗见民国·李家孚《合肥诗话》卷上，民国苏城临顿路毛上珍铅活字本。

[2] 石头城：古城名。又名石首城。故址在今江苏省南京市清凉山。本楚国金陵城，汉建安十七年孙权重筑改名。城负山面江，南临秦淮河口，当交通要冲，六朝时为建康军事重镇。唐以后，城废。

登天平山[1]

闲携酒榼泛扁舟，夹岸蓼花枫叶秋。[2]

万石严巉森立笏，一盂泉冷鉴游鲦。[3]

平畴香稻黄如许，古墓寒松翠更稠。

勒石纪游宸翰在，龙蟠凤舞峙山陬。[4]

注　释

[1]《登天平山》诗见民国·李家孚《合肥诗话》卷上，民国苏城临顿路毛上珍铅活字本。

[2] 酒榼：① 古代的贮酒器，可提挈。▶唐·岑参《早秋与诸子登虢州西亭观眺》："酒榼缘青壁，瓜田傍绿溪。"② 代指酒席。▶《初刻拍案惊奇》卷二七："高公大喜，延入内书房中，即治酒榼相待。"

[3] 鲦[tiáo]：白鲦鱼。

[4] 宸翰：帝王的墨迹。▶唐·沈佺期《立春日内出彩花应制》："花迎宸翰发，叶待御筵披。"

游寒山寺[1]

出郭寻幽趁晚晴,横塘七里写秋清。

傍桥艇集渔歌起,入寺香温佛火明。

老树自怡幽鸟性,斜阳不听古钟声。

墙阴剩有残碑在,小立回廊子细评。[2]

注释

[1]《游寒山寺》诗见民国·李家孚《合肥诗话》卷上,民国苏城临顿路毛上珍铅活字本。

[2] 子细:① 认真,细致;细心。▶《魏书·源怀传》:"怀性宽容简约,不好烦碎,恒语人曰:'为贵人,理世务当举纲维,何必须太子细也。譬如为屋,但外望高显,楹栋平正,基壁完牢,风雨不入,足矣。斧斤不平,斫削不密,非屋之病也。'"② 小心,留神。▶宋·罗大经《鹤林玉露》卷十:"相公且子细,秀才子口头言语,岂可便信?"③ 清晰,分明。▶唐·杜甫《观李固请司马弟山水图》诗之三:"高浪垂翻屋,崩崖欲压床;野桥分子细,沙岸绕微茫。"④ 详情,底细。▶宋·欧阳修《论讨蛮贼任人不一札子》:"臣曾谪官荆楚,备知土丁子细。"

李家颐

李家颐(1910—?),字韵琼,清末安徽合肥东乡(今属安徽省合肥市肥东县)人。李国瓌第三女。毕业于苏州美术专科学校,执教于芜湖广益女中、赭山中学、华东纺织子弟学校。1966年退休居沪。工画能诗。

题杨甓渔柳堤垂钓图[1]

蓑笠翛然不染埃,波光云影日幽哉。

柳堤更比严滩好,不畏征车到草莱。[2]

注 释

[1]《题杨甓渔柳堤垂钓图》诗见民国·光铁夫《安徽名媛诗词征略》卷三,黄山书社1986年版。

[2] 严滩:即严陵滩。 ▶唐·黄滔《祭先外舅》:"实期归钓严滩,终栖郑谷。"

草莱:① 犹言草莽。杂生的草。▶《南史·孔珪传》:"门庭之内,草莱不剪。"② 指荒芜之地。▶《管子·七臣七主》:"主好本,则民好垦草莱。"③ 犹言草野。乡野,民间。▶《汉书·蔡义传》:"臣山东草莱之人,行能亡所比,容貌不及众。"④ 布衣,平民。▶《文选·王融〈三月三日曲水诗序〉》:"草莱乐业,守屏称事。"

题亡妹嘉荮哀挽录[1]

黄土无情唤奈何,哀词读罢泪痕多。

清才绮思今安在?只供他人人咏歌。

愁绝吾家数太奇,兄归泉路汝相随。

哭兄哭汝襟犹湿,又痛荆花萎一枝。[2]

注 释

[1]《题亡妹嘉茀哀挽录》诗见民国·光铁夫《安徽名媛诗词征略》卷三,黄山书社 1986 年版。

嘉茀:即李家复。李家复(1915—1931),字嘉弗,别署苍莨馆主。李国璨第四女。苏州振华女子中学学生。性慧而勤,精绘事、音律、刺绣及摄影之术,复善辞令。民国二十年(1931),旅苏安徽同乡会第三届改选,被推为监察委员。时皖中洪灾,家复邀同学多人奔走募捐。旋患盲肠炎病卒,年十七。

[2]哭兄哭汝:指李家孚、李家复先后夭亡。

荆花:① 即紫荆花。观赏植物,春天开花,花紫红色,布满全枝,连成一片,烂漫如朝霞。▶ 唐·白居易《晚春重到集贤院》:"满砌荆花铺紫毯,隔墙榆荚撒青钱。"② 比喻兄弟昆仲同枝并茂。▶ 前蜀·贯休《杜侯行》:"雁影参差入瑞烟,荆花烂熳开仙囿。我闻大中咸通真令主,相惟大杜兼小杜。"

李家复

李家复(1915—1931),字嘉弗,别署苍茛馆主,民国安徽合肥东乡(今属安徽省合肥市肥东县)人。李国璨第四女。苏州振华女子中学学生。性慧而勤,精绘事、音律、刺绣及摄影之术,复善辞令。民国二十年(1931),旅苏安徽同乡会第三届改选,被推为监察委员。时皖中洪灾,家复邀同学多人奔走募捐。旋患盲肠炎病卒,年十七。

题杨罴渔明府柳堤垂钓图[1]

云水沉沉此隐沦,钓川钓国具经纶。[2]

周文白骨萦荒草,谁识滋泉溪上人?[3]

注 释

[1]《题杨罴渔明府柳堤垂钓图》诗见民国·光铁夫《安徽名媛诗词征略》卷三,黄山书社1986年版。

[2]钓川:钓于河上。比喻以利禄吸引人才。▶《太平御览》卷八三四引《六韬》:"吕尚坐苄以渔,文王劳而问焉。吕尚曰:'鱼求于饵,乃牵其缗;人食于禄,乃服于君。故以饵取鱼,鱼可杀;以禄取人,人可竭。以小钓钓川,而擒其鱼;中钓钓国,而擒其万国诸侯。'"后用为典故。

[3]滋泉:即兹泉。泉名。相传为姜太公遇周文王时的钓鱼处。▶北魏·郦道元《水经注·渭水上》:"渭水之右,磻溪水注之。水出南山兹谷,乘高激流,注于溪中。溪中有泉,谓之兹泉……即《吕氏春秋》所谓太公钓兹泉也。"《太平御览》卷八三四引《吕氏春秋》亦作兹泉。今本《吕氏春秋·谨听》作"滋泉"。

李家懿

> 李家懿,生卒年不详,字镜华,号亚铃,民国安徽合肥东乡(今属安徽省合肥市肥东县)人。李国模之女,上海约翰大学毕业,潘家驷室。

如梦令·吴门春望[1]

郭外山明水秀,陌上绿肥红瘦。燕语又莺啼,大好春光如昼。依旧,依旧,正是伤春时候。

注 释

[1]《如梦令·吴门春望》词见民国·李国模《合肥词钞》卷四,民国十九年(1930)铅印本。

清平乐·七夕[1]

针楼悄步,乞巧因何故。乌鹊填桥今夕渡,静候双星会晤。纤云纹薄于罗,银河清浅无波。天上良缘已践,人间好事多磨。[2]

注 释

[1]《清平乐·七夕》词见民国·李国模《合肥词钞》卷四,民国十九年(1930)铅印本。
[2]针楼:《西京杂记》卷一:"汉彩女常以七月七日穿七孔针于开襟楼,俱以习之。"▶《太平御览》卷八三〇引南朝·梁·顾野王《舆地志》:"齐武起曾城观,七月七日宫人登之穿针,世谓穿针楼。"后以"针楼"谓妇女所居之楼。
乌鹊填桥:俗传农历七月初七,清晨乌鹊飞鸣较迟,谓之填桥去。比喻撮合男女婚事。
▶清·李渔《蜃中楼·训女》:"你休得要怨波涛,却不道时来自有鹊填桥。"

北一半儿·海上公园[1]

碧天星火灿繁楼,仕女如云逐队游。浪蝶狂蜂扰不休。莫回头,一半儿穿花一半儿柳。

注　释

[1]《北一半儿·海上公园》词见民国·李国模《合肥词钞》卷四,民国十九年(1930)铅印本。

清平乐·赠月娥女史[1]

蘼芜庭院,初识芙蕖面。粉泽脂香都染遍,输汝柔情一片。碧天如水迢迢,倚兰软语深宵。已届银河乞巧,佳期莫误今朝。[2]

注　释

[1]《清平乐·赠月娥女史》词见民国·李国模《吟梅馆诗集》,民国二十一年(1932)铅印本。

[2] 粉泽:① 粉黛脂泽,均为化妆用品。引申为装饰。▶唐·上官仪《劝封禅表》:"发神化之丹青,敷礼义之粉泽。"② 修饰,润色。▶《新唐书·员半千传》:"半千不颛任吏,常以文雅粉泽,故所至礼化大行。"③ 特指文词上刻意雕饰。▶唐·柳宗元《报崔黯秀才书》:"今世贵辞而矜书,粉泽以为工,遒密以为能,不亦外乎!"

王泽慧

> 王泽慧,生卒年不详,字瞻远,民国安徽合肥东乡(今属安徽省合肥市肥东县)人。合肥女子中学毕业生,杨开森(韵芝)弟子。与王泽隆(钰芝)、王泽敏(弢文)为姊妹。

过巢县[1]

柔橹声中雨霁初,槿篱茅舍见村墟。[2]

风光知近居巢境,两岸垂柳唤卖鱼。

注　释

[1]《过巢县》诗见民国·李家孚《合肥诗话》卷上,民国苏城临顿路毛上珍铅活字本。
[2]槿篱:木槿篱笆。▶南朝·梁·沈约《宿东园》诗:"槿篱疏复密,荆扉新且故。"

王泽敏

王泽敏,生卒年不详,字弢文,民国安徽合肥东乡(今属安徽省合肥市肥东县)人。与王泽隆(钰芝)、王泽慧(瞻远)为姊妹。

淝津即景[1]

依依杨柳飏晴晖,临水渔家半掩扉。

一片春云筛雨过,桃花稀处见莺飞。

注释

[1]《淝津即景》诗见民国·李家孚《合肥诗话》卷上,民国苏城临顿路毛上珍铅活字本。

送春[1]

闻道春归便怅然,敲诗饯别最堪怜。[2]

东风也是无情者,吹放柳花飞满天。

注释

[1]《送春》诗见完颜海瑞《合肥诗词》,安徽文艺出版社2011年版。

[2]敲诗:推敲诗句。 ▶ 元·张可久《小桃红·忆疏斋学士郊行》曲:"飞梅和雪洒林梢,花落春颠倒,驴背敲诗暮寒峭。"

吴 溥

　　吴溥,生卒年不详,字季鸿,民国安徽合肥东乡(今属安徽省合肥市肥东县)人。为吴毓芬、吴毓兰家族后裔。"天资聪颖,赋性猖狂,为文章援笔立就",民国建立后,因"兄弟相继凋谢,家道日落,悲伤愤郁益不自胜,囚首垢面,日溺醉乡,人皆目为狂"。

登姥山塔有怀从弟诚斋[1]

怀古重登百尺台,惊寒雁阵入云哀。

天空蜀岭遥遥出,日落巢湖浩浩来。

故国琴樽黄菊误,江南音讯早梅开。

茱萸已负秋山约,况复相思对酒杯。[2]

注 释

　　[1]《登姥山塔有怀从弟诚斋》诗见民国·李家孚《合肥诗话》卷中,民国苏城临顿路毛上珍铅活字本。

　　姥山塔:又称文峰塔、望湖塔,位于巢湖湖心的姥山山巅。此塔始建于明崇祯四年(1631),至崇祯十一年(1638)建成4层。清光绪四年(1878),由李鸿章倡导,委任江苏补用道吴毓芬续建,完成7层。塔身由条石垒砌而成,八角飞檐,内有135级石阶可登,砖雕佛像共802尊。

　　[2]茱萸:中国古人在九月九日重阳登高,臂上佩戴插着茱萸的布袋,以示对亲朋好友的怀念。▶ 王维《九月九日忆山东兄弟》:"独在异乡为异客,每逢佳节倍思亲。遥知兄弟登高处,遍插茱萸少一人。"

李国凤

李国凤,生卒年不详,字少川,民国安徽合肥东乡(今属安徽省合肥市肥东县)人。李继川长子。少川幼侍父居于安庆,即与革命党人往来。民国建立,历任皖省局长顾问、谘议等职。能诗,为南社成员。

过武胜关[1]

谁凭天险凿雄关?故垒犹留乱石顽。

容我驱车谈笑过,一窗青拥万重山。

注　释

[1]《过武胜关》诗见民国·李家孚《合肥诗话》卷下,民国苏城临顿路毛上珍铅活字本。

武胜关,位于河南信阳市与湖北广水市的交界处,其中湖北省广水市的武胜关镇因此关而得名。北屏中原,南锁鄂州,扼控南北交通咽喉,是古义阳三关之一,中国古代大别山脉与桐柏山脉之间重要隘口。春秋时期称直辕、澧山,秦统一中国后改为武阳关,南宋时期易名武胜关。

郭道鑫

郭道鑫,生卒年不详,字鉴明,民国安徽合肥东乡(今属安徽省合肥市肥东县)人。少将郭铭卿孙女。母吴氏,庐江吴保初从妹。道鑫早慧,嗜吟咏,师从杨开森。

和韵芝师运知轩题壁诗[1]

畸士忍教逸调沉,裁诗独肖八叉吟。[2]

凿窗坐挹浮槎景,对客欣弹焦尾琴。[3]

阮籍咏怀常慨古,希文济世每伤今。[4]

争荣桃李惭余拙,绠短岂堪汲井深。[5]

注 释

[1]《和韵芝师运知轩题壁诗》诗见民国·光铁夫《安徽名媛诗词征略》卷三,黄山书社1986年版。

韵芝师:即杨开森。杨开森,字韵芝,一作运知。民国时合肥人,杨德炯长子。"少年苦学,搜求乡贤遗著尤不惮勤萃。"同李家孚为挚友,李家孚殁后,续编《合肥诗话》,后为安徽通史馆采访员。著有《合肥诗话续编》《合肥名胜百咏》《合肥县采访概要(舆地、教育)》等。

运知轩:杨开森书斋名。

[2]畸士:犹言畸人。独行拔俗之人。▶宋·周密《〈癸辛杂识〉序》:"余卧病荒间,来者率野人畸士,放言善噱,醉谈笑语,靡所不有。"

逸调:① 失传的曲调、乐调。▶南朝·梁·陶弘景《华阳颂·才英》:"孑弦有逸调,空谈无与言。"② 超脱世俗的格调。▶唐·卢纶《畅博士当感怀前踪有五十韵见寄辄有所酬以申悲旧》:"拾遗兴难俦,逸调旷无程。"③ 超脱世俗的曲调。▶唐·骆宾王《上郭赞府启》:"倘使陈留逸调,下探柯亭之篠;会稽阴德,傍眷余溪之蔡。则迴眸之报,不独著于前龟;清亮之音,谁专称于往笛?"

八叉:两手相拱为叉。唐温庭筠才思敏捷,每入试,叉手构思,凡八叉手而成八韵,时号"温八叉"。后以"八叉"喻才思敏捷。▶宋·孙光宪《北梦琐言》卷四:"(温庭筠)工于小赋,每入试,押官韵作赋,凡八叉手而八韵成。"

[3]浮槎:即浮槎山。

焦尾琴:① 古琴名。▶《后汉书·蔡邕传》:"吴人有烧桐以爨者,邕闻火烈之声,知其良木,因请而裁为琴,果有美音,而其尾犹焦,故时人名曰'焦尾琴'焉。"② 泛指好琴。▶元·石子章《竹坞听琴》第一折:"夜深了也,取下我这焦尾琴来,抚一曲遣我的心闷咱。"

[4]阮籍咏怀:阮籍《咏怀》诗现存82首,是其平生诗作的总题。由于生活在政治黑暗的魏末晋初时代,常虑祸患,诗作大多隐晦曲折。

希文济世:北宋政治家、文学家、军事家范仲淹,字希文。其《岳阳楼记》有"先天下之忧而忧,后天下之乐而乐"之语。

[5]余拙:谦词。无用的愚拙的人。▶清·罗万象《宿文殊庵值雨》:"世道留余拙,尘心悟昨非。"

绠短汲深:用短绳系器汲取深井的水。比喻浅学不足以悟深理。▶《庄子·至乐》:"昔者管子有言……褚小者不可以怀大,绠短者不可以汲深。"后多以"绠短汲深"为力小任重、不能胜任的谦词。

文赋

鲍 照

　　鲍照(约415—466),字明远,祖籍东海(治所在今山东郯城西南,辖区包括今江苏涟水),久居建康(今南京)。南朝宋文学家,与颜延之、谢灵运合称"元嘉三大家"。家世贫贱,临海王刘子顼镇荆州时,任前军参军。刘子顼作乱,照为乱兵所杀。他长于乐府诗,其七言诗对唐代诗歌的发展起了很重要的作用。著有《鲍参军集》。

　　鲍照曾侨居慎县(今肥东梁园镇)读书,遗有读书台,后世称之为"鲍照读书台"或"明远台"。《(乾隆)江南通志》记载:"明远台,回环皆水,中有一洲。"明远台为古代肥东著名文化遗迹。梁园镇鲍氏尊鲍照为本支始祖。

芜城赋[1]

　　泲迤平原,南驰苍梧涨海,北走紫塞雁门。柂以漕渠,轴以昆岗。重关复江之隩,四会五达之庄。当昔全盛之时,车挂轊,人驾肩。廛闬扑地,歌吹沸天。孳货盐田,铲利铜山,才力雄富,士马精妍。故能侈秦法,佚周令,划崇墉,刳濬洫,图修世以休命。是以板筑雉堞之殷,井干烽橹之勤,格高五岳,袤广三坟,崒若断岸,矗似长云。制磁石以御冲,糊赪壤以飞文。观基扃之固护,将万祀而一君。出入三代,五百余载,竟瓜剖而豆分。泽葵依井,荒葛罥涂。坛罗虺蜮,阶斗麏鼯。木魅山鬼,野鼠城狐,风嗥雨啸,昏见晨趋。饥鹰厉吻,寒鸱吓雏。伏暴藏虎,乳血飧肤。崩榛塞路,峥嵘古馗。白杨早落,寒草前衰。棱棱霜气,蔌蔌风威。孤蓬自振,惊沙坐飞。灌莽杳而无际,丛薄纷其相依。通池既已夷,峻隅又以颓。直视千里外,唯见起黄埃。凝思寂听,心伤已摧。若夫藻扃黼帐,歌堂舞阁之基;璇渊碧树,弋林钓渚之馆;吴蔡齐秦之声,鱼龙爵马之玩;皆薰歇烬灭,光沉响绝。东都妙姬,南国佳人,蕙心纨质,玉貌绛唇,莫不埋魂幽石,委骨穷尘。岂忆同辇之愉乐,离宫之苦辛哉?天道如何,吞恨者多。抽琴命操,为芜城之歌。歌曰:"边风急兮城上寒,井径灭兮丘陇残。千龄兮万代,共尽兮何言。"

注　释

[1]《芜城赋》见南朝·宋·鲍照《鲍氏集》卷一，民国八年（1919）上海商务印书馆四部丛刊景毛斧季校宋刻本。

舞鹤赋[1]

散幽经以验物，伟胎化之仙禽。钟浮旷之藻质，抱清迥之明心。指蓬壶而翻翰，望昆阆而扬音。涒日域以回骛，穷天步而高寻。践神区其既远，积灵祀而方多。精含丹而星曜，顶凝紫而烟华。引员吭之纤婉，顿修趾之洪姱。叠霜毛而弄影，振玉羽而临霞。朝戏于芝田，夕饮乎瑶池。厌江海而游泽，掩云罗而见羁。去帝乡之岑寂，归人寰之喧卑。岁峥嵘而愁暮，心恼怅而哀离。

于是穷阴杀节，急景凋年。骫沙振野，箕风动天。严严苦雾，皎皎悲泉。冰塞长河，雪满群山。既而氛昏夜歇，景物澄廓。星翻汉回，晓月将落。感寒鸡之早晨，怜霜雁之违漠。临惊风之萧条，对流光之照灼。唳清响于丹墀，舞飞容于金阁。始连轩以凤跄，终宛转而龙跃。踯躅徘徊，振迅腾摧。惊身蓬集，矫翅雪飞。离纲别赴，合绪相依。将兴中止，若往而归。飒沓矜顾，迁延迟暮。逸翮后尘，翱翥先路。指会规翔，临岐矩步。态有遗妍，貌无停趣。奔机逗节，角睐分形。长扬缓骛，并翼连声。轻迹凌乱，浮影交横。众变繁姿，参差洊密。烟交雾凝，若无毛质。风去雨还，不可谈悉。既散魂而荡目，迷不知其所之。忽星离而云罢，整神容而自持。仰天居之崇绝，更恼怅以惊思。

当是时也，燕姬色沮，巴童心耻。巾拂两停，丸剑双止。虽邯郸其敢伦，岂阳阿之能拟。入卫国而乘轩，出吴都而倾市。守驯养于千龄，结长悲于万里。

注　释

[1]《舞鹤赋》见南朝·宋·鲍照《鲍氏集》卷一，民国八年（1919）上海商务印书馆四部丛刊景毛斧季校宋刻本．

曹 植

> 曹植(192—232),字子建,沛国谯(今安徽省亳州市)人。三国曹魏著名文学家,建安文学代表人物。魏武帝曹操之子,魏文帝曹丕之弟,生前曾为陈王,去世后谥号"思",因此又称陈思王。后人因他文学上的造诣而将他与曹操、曹丕合称为"三曹",南朝宋文学家谢灵运更有"天下才有一石,曹子建独占八斗"的评价。王士禛尝论汉魏以来两千年间诗家堪称"仙才"者,曹植、李白、苏轼三人耳。
>
> 肥东民间传说,曹植渴死于八斗岭,民感其德将其安葬。现八斗镇有曹植衣冠冢、砚台田、笔架山和一步二眼井等相关遗迹。

赠白马王彪·并序[1]

黄初四年五月,白马王、任城王与余俱朝京师、会节气。到洛阳,任城王薨。至七月,与白马王还国。后有司以二王归藩,道路宜异宿止,意毒恨之。盖以大别在数日,是用自剖,与王辞焉,愤而成篇。

谒帝承明庐,逝将归旧疆。清晨发皇邑,日夕过首阳。伊洛广且深,欲济川无梁。泛舟越洪涛,怨彼东路长。顾瞻恋城阙,引领情内伤。

太谷何寥廓,山树郁苍苍。霖雨泥我涂,流潦浩纵横。中逵绝无轨,改辙登高岗。修坂造云日,我马玄以黄。

玄黄犹能进,我思郁以纡。郁纡将何念,亲爱在离居。本图相与偕,中更不克俱。鸱枭鸣衡轭,豺狼当路衢。苍蝇间白黑,谗巧令亲疏。欲还绝无蹊,揽辔止踟蹰。

踟蹰亦何留?相思无终极。秋风发微凉,寒蝉鸣我侧。原野何萧条,白日忽西匿。归鸟赴乔林,翩翩厉羽翼。孤兽走索群,衔草不遑食。感物伤我怀,抚心长太息。

太息将何为,天命与我违。奈何念同生,一往形不归。孤魂翔故域,灵柩寄京师。存者忽复过,亡殁身自衰。人生处一世,去若朝露晞。年在桑榆间,影响不能追。自顾非金石,咄唶令心悲。

心悲动我神,弃置莫复陈。丈夫志四海,万里犹比邻。恩爱苟不亏,在远分日亲。何必同衾帱,然后展殷懃。忧思成疾疢,无乃儿女仁。仓卒骨肉情,能不怀苦辛?

苦辛何虑思,天命信可疑。虚无求列仙,松子久吾欺。变故在斯须,百年谁能持?离别永无会,执手将何时?王其爱玉体,俱享黄髪期。收泪即长路,援笔从此辞。

注释

[1]《赠白马王彪·并序》见魏·曹植《曹子建集》民国八年(1919)上海商务印书馆四部丛刊景明活字本。

洛神赋[1]

黄初三年,余朝京师,还济洛川。古人有言:斯水之神,名曰宓妃。感宋玉对楚王神女之事,遂作斯赋。其词曰:

余从京域,言归东藩,背伊阙,越轘辕,经通谷,陵景山。日既西倾,车殆马烦。尔乃税驾乎蘅皋,秣驷乎芝田,容与乎阳林,流眄乎洛川。于是精移神骇,忽焉思散。俯则未察,仰以殊观。睹一丽人,于岩之畔。乃援御者而告之曰:"尔有觌于彼者乎?彼何人斯,若此之艳也!"御者对曰:"臣闻河洛之神,名曰宓妃。然则君王之所见,无乃是乎!其状若何?臣愿闻之。"

余告之曰:其形也,翩若惊鸿,婉若游龙。荣曜秋菊,华茂春松。仿佛兮若轻云之蔽月,飘飖兮若流风之回雪。远而望之,皎若太阳升朝霞;迫而察之,灼若芙蕖出渌波。秾纤得衷,修短合度。肩若削成,腰如约素。延颈秀项,皓质呈露。芳泽无加,铅华弗御。云髻峨峨,修眉联娟。丹唇外朗,皓齿内鲜。明眸善睐,靥辅承权。瓌姿艳逸,仪静体闲。柔情绰态,媚于语言。奇服旷世,骨像应图。披罗衣之璀粲兮,珥瑶碧之华琚。戴金翠之首饰,缀明珠以耀躯。践远游之文履,曳雾绡之轻裾。微幽兰之芳蔼兮,步踟蹰于山隅。于是忽焉纵体,以遨以嬉。左倚采旄,右荫桂旗。攘皓腕于神浒兮,采湍濑之玄芝。

余情悦其淑美兮,心振荡而不怡。无良媒以接欢兮,托微波而通辞。愿诚素之先达兮,解玉佩以要之。嗟佳人之信修,羌习礼而明诗。抗琼珶以和予兮,指潜渊而为期。执眷眷之款实兮,惧斯灵之我欺。感交甫之弃言兮,怅犹豫而狐疑。收和颜而静志兮,申礼防以自持。

于是洛灵感焉,徙倚彷徨。神光离合,乍阴乍阳。竦轻躯以鹤立,若将飞而未翔。践椒途之郁烈,步蘅薄而流芳。超长吟以永慕兮,声哀厉而弥长。尔乃众灵杂沓,命俦啸侣。或戏清流,或翔神渚,或采明珠,或拾翠羽。从南湘之二妃,携汉滨之游女。叹匏瓜之无匹兮,咏牵牛之独处。扬轻袿之猗靡兮,翳修袖以延伫。体迅飞凫,飘忽若神。凌波微步,罗袜生尘。动无常则,若危若安;进止难期,若往若还。转眄流精,光润玉颜。含辞未吐,气若幽兰。华容婀娜,令我忘餐。

于是屏翳收风,川后静波。冯夷鸣鼓,女娲清歌。腾文鱼以警乘,鸣玉鸾以偕逝。六龙俨其齐首,载云车之容裔。鲸鲵踊而夹毂,水禽翔而为卫。于是越北沚,过南冈,纡素领,回清扬。动朱唇以徐言,陈交接之大纲。恨人神之道殊兮,怨盛年之莫当。抗罗袂以掩涕兮,泪流襟之浪浪。悼良会之永绝兮,哀一逝而异乡。无微情以效爱兮,献江南之明珰。虽潜处于太阴,长寄心于君王。忽不悟其所舍,怅神宵而蔽光。

于是背下陵高,足往神留。遗情想像,顾望怀愁。冀灵体之复形,御轻舟而上溯。浮长川而忘反,思绵绵而增慕。夜耿耿而不寐,沾繁霜而至曙。命仆夫而就驾,吾将归乎东路。揽騑辔以抗策,怅盘桓而不能去。

注　释

[1]《洛神赋》见魏·曹植《曹子建集》民国八年(1919)上海商务印书馆四部丛刊景明活字本。

卢思道

卢思道(535—586),字子行,小字释奴,北朝范阳涿县(今河北省涿州市)人。北齐时,为给事黄门侍郎。北周间,官至仪同三司,迁武阳太守。入隋后,历官武阳太守、散骑侍郎。

卢思道早岁师从邢邵,北齐时已有文名,人号以"八米卢郎"。其诗长于七言,善于用典,对仗工整,气势充沛,语言流畅,开初唐七言歌行先声,在北朝后期和隋初地位较高。代表作有《听鸣蝉篇》《从军行》。文以《劳生论》最有名。被誉为北朝文压卷之作。又有《北齐兴亡论》《北周兴亡论》等史论。有集三十卷,已佚。今传《卢武阳集》一卷。《先秦汉魏晋南北朝诗》存其诗二十七首,《全隋文》存其文十余篇。

祭巢湖文[1]

维开皇元年十二月朔甲子,具位姓名,遣某官以清酌庶馐之馈,敬祭巢湖之灵曰:泱漭澄湖,南服之纪。斜通海甸,旁带江汜。深过百仞,涧逾九里。彭蠡莫俦,具区非拟。扬越不庭,多历年纪。王师薄伐,六年[2]戾止。戒期指日,马首欲东。常阴作沴,霖雨其濛。水气朝合,天云夜同。中[3]之若[4]雾,继以严风。涂泥已甚,轨躅不通。有稽天罚,川阻元戎。惟夫百神受职,水灵为大。皇王御宇,率土无外,当使日月争明,天地交泰。雨师止其淋沥,云将卷其蔚荟。东渡戈船,南耸鹏舳。收尉佗之黄屋,纳孙皓之青盖。然后革车旋轸,戍卒凯歌。楚俘雾集,骥足[5]星罗。无德不报,有酒如河。神之听之,斯言匪蹉。

注　释

[1]《祭巢湖文》见清·李恩绶编《巢湖志》卷一"艺文",黄山书社2007年版。

[2]"六年":《初学记》卷七"地部下"引作"六军"。

[3]"中":《初学记》卷七"地部下"作"申"。

[4]"若":《初学记》卷七"地部下"作"苦"。

[5]"骥足":《初学记》卷七"地部下"作"冀马"。

殷文圭

殷文圭（？—920），字表儒，小字桂郎，一说又名举，唐末池州青阳（今属安徽省青阳县）人。初居九华，刻苦于学，所用墨池，底为之穿。与杜荀鹤、顾云友善。

唐末，词场请托公行，殷文圭与游恭独步场屋。携梁王表荐登乾宁五年（898）进士，为裴枢宣谕判官、记室参军。后来朱全忠、钱镠交辟，皆不应。田颛置田宅迎其母，以上客待之，故文圭为尽力。颛败，事杨行密。历官掌书记、翰林学士，终左千牛卫将军。

殷文圭能诗，著述甚富。著有《登龙集》《冥搜集》《从军稿》等，惜多散逸。子殷崇义，仕南唐，亦以诗文名世。

后唐张崇修庐州外罗城记[1]

禹贡别九州之广，扬鼎居先。淮夷控七郡之雄，卢邦最大。真四塞山河之国，乃一方礼乐之乡。地势壮而金斗高，人心刚而风土劲。洎皇唐光宅四海，奄有八纮。穷日月之照临，皆臻仁寿。混车书于华夏，咸属文明。视赤子以如伤，播洪钧而不比。眷惟刺史之任，独曰亲人之官。凡当出牧是邦，必选良二各石矣。昔故相歇马之所，今通侯隼之区。

太守清河张公，乾象降灵，人龙命世。一剑跃而蛟断，六钧挽而猿号。忠自孝基，勇由义立。爰从稚齿，便奋雄心。庚子岁，巢寇陷秦关，僖宗幸蜀部。王纲弛坏，国制抢攘。瞻乌载飞，走鹿争逐。救疲民之焚溺，资间代之英雄。先吴忠武王虎步江南，鹰扬肥上。汪汪伟量，涵一万顷之澄波。落落洪襟，包九百里之梦泽。是以多士之归也，如百川赴海。群材之用也，若众腋成裘。勤求卓荦之伦，肇建庞洪之业。下痊民瘼，上报国恩。以太守张公英俊不群，乡关素友，隶职帐下，责效军前。入委腹心，出舒羽翼。由余之拓十二国，多赖宏规。耿弇之屠三百城，略方殊绩。以至溃赵相国铛七万之众，先拔句溪。破孙司徒儒五倍之师，次收淮甸。不独身先百战，抑亦谋赞六奇。故得擢自偏裨，升于列校。亟更职任，累拜专城。天祐三年，承制检校司徒守常州刺史，而毗陵杭越接境，梁汴连衡。公才驻熊车，潜施龟画，早曾修城筑堑，杜渐防萌。寒暑未迁，金汤遽设。功用未毕，王泽迭加。以绩效转官俭校太保，授庐州刺史兼本州团练使。天祐四年八月到任，公自临锦里，即建罗城。谋虽贮心，言未出口。盖以先王卧龙之地，谨合缮修。君子变豹之风，讵宜卑陋。况西连襄汉，北接梁徐。秣马训兵，靡忘寝食。劝农习战，誓静氛埃。今吴太师嗣茅土全封，绍彤旂重寄。旌贤宠善，念旧策勋。虽承制以褒酬，迭进秩于保傅。淮南行军司内外都军使镇海宁国等军节度使检校太尉兼侍中东海徐公，首辅大政，力启霸图。逊德推功，先人后己。纤粟之劳必录，锡予之美无偏。公执玉而归觐王庭，锵金而入陪相阁。语家国之至计，属西北以介怀。遂咨禀庙谋，增修战垒。铺舒妙见，商较远图。且曰："居安虑危，闻于圣哲。为主制客，宜赖城隍。"乃知恃陋弗修，莒子蹈危亡之运。一日必葺，叔孙留忠恕之机。懿彼肥川，旧有罗郭。自咸通十年卢谏议出牧此州，值彭门用军，邻封多警，累拜表章之请，遂兴版筑之功。绵岁月以滋深，致缔建之匪固。渐成崩溃，难御奔冲。况今稼穑丰登，烟尘贴息。宜当农隙，潜募子来。嘉言上沃于王心，成算允谐于台画。繇是量材度费，揆力兴工。设窑灶于四郊，烧砖砾于亿万。蒸沙似铁，运甓如山。千畚云翻，万杵雷动。役五丁而神速，甃百雉以天横。粉堞既全，汤池是浚。潴长壕于四面，斟巨浪于长江。其城周回二十六里一百七十步，壕面阔七十丈至六十丈，深八丈，城身用瓦砌高三丈，置窑灶五十五所。其砖每口长一尺三寸、阔六寸。建造罗城门十三所，及大弩楼都共四十四所。公旦暮检辖，躬亲指挥。以馈以餗，且酣且饮。致劳勇兼集，公私允谐。

天祐六年十二月终，版筑向圆，开凿始半，汴贼寇彦卿将领马走徒党五万余人，乘修励未办之间，恣仓卒奔冲之计。夜驱群孽，直渡城隍。搭长梯于女墙，攒霜矛于鹊垛。人皆凶惧，公独晏如。遂开庐江，潜桥两门。亲领马步锐师，当处杀败逋逆。或麋惊而涂地，或狼狈以投壕。死溺如麻，生擒若市。押背粘袭，远过独山。弃甲联翩，高齐峻岳。诸郡收夺枪甲不少，招降人马甚多。仍值积雪连天，阴风刮地，寒僵饿殍，仅满平川。疋马只轮，偶漏元恶。天祐十年孟冬月，汴将贺坏与王彦章，复驱甲骑四万，直抵罗城西独山门，排列至瓦步门，延亘数里。此际坚墉渐备，浚洫已周。巨堞屹而山横，大弩发而雷吼。虽群偷飘至，暴客狂冲，万骑鸡连，千戈蚁溃，但昂头而叹息，咸破胆以遁逃。寻属淮海行军侍中东海公亲统大军，径追寇。纵七擒于淮岸，破十寨于戎河。非杨府之大幕雄军，不足以平欺敌国。非肥水之深壕高垒，不足以外挫贼锋。致我师竟愿北驱，彼众不敢南牧。立中流千年柱石，壮吴部一面山河。昔司马宣王统晋国车徒，览诸葛武侯渭川营垒，而叹曰："真天下之奇士。"今清河公，良可匹矣。高燕公顷筑西川罗城，皆破上供钱米。当其无事，尚以为能。清河公今缮理重垣，疏导百谷，广通商而贸易，咸竭产以经营。上下无私,方圆有术。不蠹府庭之尺素斗粟,无妨黎庶之易耨力耕。从容莅事,则首尾一年。周旋僝工,则歌谣五邑。永贺覆盂之固,免虞拾渖之讥。或听讼之余,或训戒之暇,凭高送目,选胜延宾。三重之雉堞延登,四望之秋毫必见。西风猎猎,撒豹骑于平芜。冬日融融,竞牛耕于旷野。此外水蠢蒙冲之舰,陆轰霹雳之车。十年之储蓄有余,千弩之金缯足用。且独山秀而峭,肥水清而灵。宜有异才,同正霸业。大则仗戎节驾廉车,次则剖竹符参莲幕。其间燕赵多奇士,丰沛皆故人。千载风云,一时会合。而公志惟尊主,务切经邦。摧阵敌若私仇,视玉帛无停蓄。尚季布之然诺,笃仲由之信诚。吴汉之不离公门,袁安之每念王室。凡诸廨宇,久历星霜,多至摧颓,咸新剖劂。荀郎中湘,五十年前常典兹郡,建东水闸门,虹梁朽而。

乙亥岁孟夏月,画图入觐,告厥成功。相府佥谐,王纶赏重。承制就加都团练观察处置等使守刺史,余勋阶如旧。至天祐十四年四月二十七日,蒙恩转授武宁平难军节度滁宿等州观察处置等使,依前权淮南行军副使知庐州都团练观察处置等使。余官勋如故,褒勤荩也。且兵书所尚,地利居先。霸国图安,人和是最。兼兹二者,不其久乎?一品之秩自才升,万锺之禄由勋进。安于固晋阳之险,墨翟拒宋国之围。楚兴燧象之师,齐奋火牛之阵。设奇应变,以逸待劳。何代无人,有备谁患。文圭墨徒摩楯,笔鬼如禄。近驾轺车,曾趋戟牖。目击连云之巨垒,神惊截海之深壕。聊得直书,无非实录。雕镂琬琰,敢期人字之褒称。易变桑田,幸记千年之城郭。同部辖都头节级寮吏名衔,并勒碑云耳。天祐十四载岁次丁丑七月戊申朔二十六日癸酉建立,淮南节度掌书记殷文圭文。

注　释

[1]《后唐张崇修庐州外罗城记》见清·董诰《全唐文》,中华书局1983年版。

李 从

李从,生卒年不详,北宋时人,宋仁宗天圣间任文林郎、试秘书省校书郎、守主簿。

天圣梁县新建常平仓记[1]

盖闻在天成象,娄南六星主仓谷之所藏。大时不齐,洪范八庶察旸燠之失序。谅匪储备,曷御赫炎,况乎公刘之厚民也,"廼积廼仓";后稷之配天也,"维秬维秠"。管子衍轻重之说,抑其豪强;李悝评贵贱之宜,肇兹平粜。是知有国家者,必贵五谷而轻金玉,使菽粟而如水火。既齐人之粒易得也,即礼节兴而狱讼息矣。皇宋重业熙昌,浃宇嘉靖,懿纲概举,醲化广被。五风十雨,载扬壤歌,千仓万厢,铺昭年瑞。京坻之咏,逾乎周公。□于汉,犹每岁诏大司农恪治藏之任,益(神宗嫌名)。存救之术。上自邦畿,下及郡邑,咸听细密之礼。用分盱昊□鸿惠之钦恤,而下户之欣赖也。长淮之滨,合肥之壤,大小之山邻其境,上下之驿达其路,有属县曰浚遒,实楚白公□侯之疏,封占数之泯一万三千户,给公之谷五万六千斛。邑既巨矣,务则纷然。操刀学制,治之者罕得其中。食桑怀音□□其弊。天圣八年夏,今神牧秘阁中山公辍蓬观之清秩,莅价藩之剧任,同判官赞东平公以博望苑之良□刺史之重委。二公接踵而徕,同谋而治。撤帷视事,被心惠民,无淹不振,有冤必雪。首询兹邑,号曰难治,会今茂宰延平刘君,绍纳驷之闳,被简铜之命,从获佐焉。及之职,二公并言:"昔子路为蒲大夫,孔子曰:'蒲多壮士,又难治,唯恭与敬,可以执勇;宽与正,可以比众;恭工以静,可以报上。''此邑之难治也,用是道足以保民。'"是岁六月,宰君与从同日而莅局,协力究心,亡李冠之忌;拾遗兴滞,弥秕稗之政。历季孟而事稍济,盖禀二公之成训也。宰君一日顾从曰:"朝家屡降天旨,以常平仓为急务。吾邑之廪,或附于客馆,或顿于县第,或托于佛刹,深贻燥湿之忧,岂善陈因之计。盍构广庑,用藏嘉谷。"从对曰:"仁者之言,其利博哉。然则鸠工力役,必有明据,治材胥宇,安得虚发!"请按国语以制之:"一曰其所不夺稿地。二曰其所不匮财用。三曰其事不烦官业。四曰其日不费时务。四者备矣,然后图之!"宰君曰:"善。"初仓之建也,得县牙西南一隙地,前抵达衢,后界曲渚。灌木森已不刊,庶草郁而不剪,公田而薄赋,人用而土堉,故筑以基之。其所不夺稼地,一也。当抡材也,或出于邑吏,或纳于里胥,欣欣而子来,熙熙而日用,何尝诛求于齿徒,竭耗于泉府。为其不匮财用,二也。选总领以监之,列簿书以绳之,程其工以督之,悦其民以使之。鞅掌之际,敢堕厥职?委蛇之余,乃抚其众。其事不烦官业,三也。百种之工,千夫之役,伺农之隙,计日而更。执斫者忘劳,运甓者任力。罔堕于四业,允洽于众心。其日不费时务,四也。掠前之美,不劳而成,悉由郡政之洪荫,而县尹之矢陈也。东西敖屋前楹各六,北敖屋三,虚其中以容官守出纳之位。凿其池以蓄水,备火灾也。耸其亭以来风,逃暑气也。南设双扉,司启闭也。周制缭垣,御寇盗也。今年夏五月,厥工告毕,缦饰皆完。宰君曰:"是仓也,但以常平目之。"亭曰"锦漪"。又曰:"子之文,常誉于荐绅间,宜笔其事,以垂不朽。"从闻命,怵惕避席,谯让不获已而述之。若以勒翠琰琉丽藻,固无取焉耳。时天圣九祀,龙集辛未,秋七月,十有九日记。文林郎、试秘书省校书郎、守主簿李从撰文。宣德郎、行大理评事、知县事刘宗孟书并篆额,右班殿直、监在县茶盐酒税张雅,承务郎、行县尉裴继周,东头供奉官、兵马监押兼在城巡检冯文聪,节度推官、朝奉郎、试大理评事韩汜,将仕郎、试秘书省校书郎、权节度掌书记施元长,节度判官、朝散大夫、试大理司直兼侍御史李惟,宣德郎、守太子宫右赞大夫、同判军州兼管内劝农事、骑都尉、借绯吕长吉,朝奉郎、尚书祠部员外郎、秘书校理、知军州兼管内提举庐寿军兵甲巡检公事、轻重都尉、赐绯鱼袋、借紫刘爽,皇兄、保信军节度观察留守后、乐安郡公立石。

注 释

[1]《天圣梁县新建常平仓记》见马蓉《永乐大典方志辑佚》第一册,中华书局2004年版。

欧阳修

　　欧阳修(1007—1072),字永叔,号醉翁、六一居士,北宋吉州永丰(今江西省吉安市永丰县)人,生于绵州(今四川省绵阳市)。宋仁宗天圣八年(1030)以进士及第,历仕仁宗、英宗、神宗三朝,官至翰林学士、枢密副使、参知政事。卒后累赠太师、楚国公,谥"文忠",故世称欧阳文忠公。

　　欧阳修继承并发展了唐代韩愈的古文理论,领导了北宋诗文革新运动。他的散文创作的高度成就与其正确的古文理论相辅相成,从而开创并引领了一代文风。一生著述繁富,成绩斐然。曾主修《新唐书》,并独撰《新五代史》,又编《集古录》,有《欧阳文忠集》传世。

　　欧阳修与韩愈、柳宗元、苏轼、苏洵、苏辙、王安石、曾巩合称"唐宋八大家",并与韩愈、柳宗元、苏轼被后人合称"千古文章四大家"。

浮槎山水记[1]

　　浮槎山,在慎县南三十五里,或曰浮巢山,或曰浮巢二山,其事出于浮图、老子之徒荒怪诞幻之说。其上有泉,自前世论水者皆弗道。

　　余尝读《茶经》,爱陆羽善言水。后得张又新《水记》,载刘伯刍、李季卿所列水次第,以为得之于羽,然以《茶经》考之,皆不合。又新妄狂险谲之士,其言难信,颇疑非羽之说。及得浮槎山水,然后益以羽为知水者。浮槎与龙池山,皆在庐州界中,较其水味,不及浮槎远甚。而又新所记,以龙池为第十,浮槎之水,弃而不录,以此知其所失多矣。羽则不然,其论曰:"山水上,江次之,井为下。山水,乳泉、石池漫流者上。"其言虽简,而于论水尽矣。

　　浮槎之水,发自李侯。嘉祐二年,李侯以镇东军留后出守庐州,因游金陵,登蒋山,饮其水。既又登浮槎,至其山,上有石池,涓涓可爱,盖羽所谓乳泉、石池漫流者也。饮之而甘,乃考图记,问于故老,得其事迹,因以其水遗余于京师。余报之曰:李侯可谓贤矣。

　　夫穷天下之物无不得其欲者,富贵者之乐也。至于荫长松,藉丰草,听山流之潺湲,饮石泉之滴沥,此山林者之乐也。而山林之士视天下之乐,不一动其心。或有欲于心,顾力不可得而止者,乃能退而获乐于斯。彼富贵者之能致物矣,而其不可兼者,惟山林之乐尔。惟富贵者而不可得兼,然后贫贱之士有以自足而高世。其不能两得,亦其理与势之然欤。今李侯生长富贵,厌于耳目,又知山林之乐,至于攀缘上下,幽隐穷绝,人所不及者皆能得之,其兼取于物者可谓多矣。

李侯折节好学,喜交贤士,敏于为政,所至有能名。凡物不能自见而待人以彰者,有矣;凡物未必可贵而因人以重者,亦有矣。故余为志其事,俾世知斯泉发自李侯始也。

三年二月二十有四日,庐陵欧阳修记。

注　释

[1]《浮槎山水记》见宋·欧阳修《欧阳文忠公集》之《居士集卷》四十,四部丛刊景元本。

余　阙

余阙(1303—1358),字廷心,一字天心,生于庐州(今安徽省合肥市)。元末官吏,先世为唐兀人。元惠宗元统元年(1333)进士及第,授同知泗州(安徽泗县)事。元顺帝至正十二年(1352),余阙代理淮西宣慰副使、都元帅府金事,分兵守安庆。此后五六年间,余阙率兵与红巾军激战百余次。至正十八年(1358)春,红巾军再攻安庆,城破,余阙拔刀自刎,自沉于安庆西门外清水塘中,时年五十六。元廷赠官河南平章,追封豳国公,谥"忠宣"。

余阙留意经术,五经皆有传注,文章气魄深厚,篆隶亦古雅。著有《青阳集》(《青阳先生集》)传于世。

余阙与北宋包拯、明代周玺,并称"庐阳三贤"。今肥东县青阳山上遗有余阙早年读书处——青阳山房遗址以及牯牛石一块。

送归彦温赴河西防使序[1]

河西,本匈奴昆耶休屠王之地。三代之时,不通于中国,汉始取而有之,置五郡其间。自李唐以来,拓跋氏乃王其地,号为西夏。至于辽、宋,日事战伐,故其民多武勇而少文理。然以予观之:予家合淝,合淝之戍,一军皆夏人。人面多黎墨,善骑射,有长身至八九尺者。其性大抵质直而尚义,平居相与,虽异姓如亲姻。凡有所得,虽箪食豆羹,不以自私,必召其朋友。朋友之间,有无相共。有余,即以与人;无,即以取诸人,亦不少以属意。百斛之粟,数千百缗之钱,可一语而致具也。岁时往来,以相劳问,少长相坐,以齿不以爵。献寿拜舞,上下之情,怡然相欢,醉即相与道,其乡邻亲戚,各相持涕泣,以为常。予初以为此异乡相亲乃尔?及以问夏人,凡国中之俗,莫不皆然。其异姓之人,乃如此则其亲姻可知矣。宜其民皆亲上死长,而以弹丸黑子之地抗二大国,传世五六百年而后亡,非偶然也。自数十年来,吾夏人之居合淝者,老者皆已亡,少者皆已长。其习日以异,其俗日不同,少贵长贱,则少傲其长。兄强弟弱,则兄弃其弟。临小利害,不翅毫发,则亲戚相贼害如仇雠。予犹疑江淮之土薄而人之生长于此者亦因以变,及以问夏人,凡国中之俗,今亦莫不皆然。其于亲姻如此,则异姓之人可知也。夫夏小国也,际时分裂而用武，必不能笃于所教。区区遐方教之，亦未必合于先王之法。及国家受天命，一海内，收其兵甲而摩以仁柔，养之以学校，而诱之以利禄，今百余年。于兹弦诵之声，内自京师，达于海徼。其教亦云至矣。而俗乃日降如此，吾不知其何说也？我祖宗之置肃政廉访司于天下，大要以风俗为先。而其职以学校为重，故世谓之风宪是得先王为治之意也。故尝选任尊官，非道德、爵位出乎庶僚者不得与。是选，所以为民表也。今皇帝用冕名公为御史大夫。公乃历选朝著，尽拔诸名臣为廉访使。而吾归君彦温，以枢密院判官而为河西。君少擢科目，能古文辞，有大节，由国子博士五转而迁是官。今为廉使，于夏必能兴学施教，以泽吾夏人。吾夏人闻朝廷以儒臣为尊官以莅己，必能劝于学以服君之化，风俗必当丕变，以复于古，其异姓相与，如亲姻，如国初时，如余所云者矣。故道，吾夏之俗，以望吾归君焉。

注释

[1]《送归彦温赴河西廉使序》见元·余阙《余忠宣公文集》卷二，洪涛山房藏版乾隆十八年（1753）刊本。

合淝修城记[1]

至正十一年，寇起淮南，自浙西、江东西、湖南北以及闽、蜀之地，凡城所不完者皆陷。合淝之城久圮且夷，仓卒为木栅以守。栅成，贼大至，民赖栅以完。其后金宪马君至，顾而曰："以栅完民，幸也，非所以固。"乃白皇孙宣让王及其宪使高昌公，议修其城。遂发公私钱十万贯，召富人之为千夫长、百夫长者佣小民，相故所圮夷尽筑之。富人得官发钱，无甚费，咸喜助所不足。小民方饥，得佣钱，奔来执事，鼛鼓不设，鞭扑不施，捧柴荷畚，麋至竞作。自十三年二月朔戒事，九月毕。城四千七百有六尺，六门环为睥睨，设周庐，庐具饰器，门皆起楼橹，相盗所必攻者甓之。计用木若干，甓四百四十八万，用人之力七十七万八千。城成，而盗不至者今期月矣！余生长合淝，知其俗之美与夫所不从乱而可与守者有三焉：其民质直而无二心，其俗勤生而无外慕之好，其材强悍而无孱弱可乘之气。当王师之取江南，所至诸郡望风降附，独合淝终始为其主守，至国亡，乃出降。天下既定，南人争出仕，而少不达，则怨议其上而不可止。吾合淝之民，布衣蔬食，秀者治诗书，朴者服农贾，婚丧社饮，合坐数百人无一显者，无愠怒不平之色。驱牛秉耒,鸡鸣而耕朝而息,日昃而耕莫而息,不合耦而终十亩,负二石之米,日中趋百里而无德容。惟其质直而无二心,故盗不能欺。勤生而无外慕之好,故利不能诱。强悍而无孱弱可乘之气,故兵不能誅。昔者木栅犹足以力战御寇而无肯失身于不义者,今而得贤使君修其垣墉,救其疾苦,携持抚摩,以与民守之,而民之与君,又歌舞爱戴,与君守如子弟之于父兄、手足之于头目然。自今至于后日,是惟无盗,有亦不足忧也。君前为庸田佥事,城姑苏。今宪淮南,又城合淝,一人之身,而二郡之民赖之以有无穷之固,儒者之利不其博哉?君名世德,字元臣,也里可温国人,由进士第,历官应举翰林文字、枢密都事、中书检校,庸田佥事为今官。与余前后为史氏,城又余之所志而未成者也,义为纪之。其敦事与凡供役之人则载之碑阴。

注　释

[1]《合淝修城记》见元·余阙《余忠宣公文集》卷三,洪涛山房藏版乾隆十八年(1753)刊本。

程 文

程文,生卒年、生平不详,元末新安(今属安徽省黄山市)人。

青阳山房记[1]

青阳山房在今庐州东南六十里巢湖之上,因山以为名,武威余公读书之处也。余公之未第也,躬耕山中,以养其亲,即田舍置经史百家之书,释耒则却坐而读之,以求古圣贤之学。是时未有青阳山房之名也。及其出而仕也,不忘其初,乃辟其屋之隘陋而加葺焉,益储书其中,冀休官需次之暇,以与里中子弟朋友讲学于此,于是始有青阳山房之名,然而未有记也。文客京师,谒公于翰林,辱不鄙而与之论学,因及青阳山房之事,而属以记。固辞不获,退而思之。余公世家武威,而居淮西。武威之俗,以驰马试剑为雄。淮西在宋时为极边,其民操干戈、持弓矢、习战斗。赖国家承平,偃武修文,未百年间,余公以儒自奋,文章政事,卓然为时所宗,而名声遂流闻于天下。是虽,风俗与时移易。之后不知学问,其天资才智自足以取富贵,不过富贵之人,将以号于天下曰"儒者"。则未也。所贵于儒者,以其能学先王之道也。故虽穷为匹夫,其言行犹足以化民而成俗,流风余韵亦足以起人仰慕于无穷,而况于有位者乎?夫青阳山房以余公而得名,不然,一田舍尔。故地不自胜,因人而胜;人不自贤,以学而贤。甚矣,人之不可以不学也。余公之有是山房也,非以自私也,欲使学者读书于此也。里之子弟被余公之教,皆曰:"青阳山房多书,吾其游焉。"读书而有成,郡邑之人闻余公之义,又将曰:"青阳山房多书,学之者众,吾其游焉。"读书而有成,四方之士闻余公之风,莫不曰:"青阳山房多书,学之者皆有成,吾其游焉。"后来继今,闻风而兴起者又若是,将见贤才济济,出为邦家之光,青阳山房传之不朽矣。岂不盛哉?!此记所为作也。若夫湖山之胜,深者涵云天,高者薄霄汉,蛟龙之所蟠,虎豹之所蹲,怒而为风,喜而为雨,声色动植之物,阴晴明晦之变,古人之所争,今人之所赏,遗墟奥壤,可喜可传,则又青阳山房之奇观也,当有名公显人妙能文辞者游而赋之,记不备录。余公名阙,字廷心,至顺癸酉进士及第,初命泗州同知,擢翰林应奉,迁刑部主事,复入翰林为修撰,拜监察御史,转礼部员外郎,出为湖广行省郎中,征入集贤,为经历,寻改翰林待制,今为浙东廉访佥事云。新安程文记。

注　释

[1]《青阳山房记》见元·余阙《余忠宣公文集》,洪涛山房藏版乾隆十八年(1753)刊本。

宋　濂

宋濂(1310—1381)字景濂,号潜溪,别号玄真子、玄真道士、玄真遁叟,祖籍金华潜溪(今浙江省义乌市),后迁居金华浦江(今浙江省浦江县)。元末明初文学家,曾被明太祖朱元璋誉为"开国文臣之首",学者称太史公。宋濂与高启、刘基并称为"明初诗文三大家"。后因长孙宋慎牵连胡惟庸党案而被流放茂州,途中病死于夔州。代表作品有《送东阳马生序》《朱元璋奉天讨元北伐檄文》等。

元史·余阙传[1]

余阙,字廷心,一字天心,唐兀氏。世居武威。父沙剌藏卜官合肥,遂为合肥人。母尹氏,梦异人至生阙,阙生而发尽白。嗜欲澹甚,不知有肉味,惟甘六艺,学若饴蜜,岁环攻之。与京兆张亨游。亨,临川吴澄弟子,善谈文理,阙之学因绝出。擢元统癸酉进士第,授同知泗州事。泗濒淮,民豪弗驯,官稍钳之,多以诬去。阙绳尤无良者数十,帖帖不哗。泗无麦,民以乏故,事不敢闻。阙上之中书,定为令,凡无麦者得减赋代还。长老争进金为寿,阙谢去。后阙往桐城,道逢故民,皆罗拜马首,相随弗忍离,信宿而别。俄召入,应奉翰林文字,转中书刑部主事。三月之间,疏涤冤滞狱五百。上官忌其才,议寝不合。阙上宰相书言状,又不报,拂衣竟归。居无何,复召修宋、辽、金三史,拜监察御史。上疏言:"守令最近民,欲万国治,责守令,反是政庞,宜用殿最法,力行之便。"上从之。藩王府诸校白昼夺人金,势如狼,阙遣卒捕之。上思治切,议遣巡察郡国。阙言:"向奉使无状,所至处食饮供张,如事至尊,不能宣上忧恤元元之意,宜亟罢之。"不听。后阙补外,会奉使者亦至,执阙臂曰:"诚如君言。"阙忠亮不加怨。

阙在位知无不言,言峭直无忌。人劝阙少避祸,阙曰:"吾纵昏,岂不知批逆鳞为危?顾委身事君,虽杀弗悔也。"改中书礼部员外郎,阙议复古礼乐,其言精凿有征,闻者斥为迂阔,弗用。安西郭氏女,受聘未行,会夫卒,郭为行服终身不嫁,有司请旌其门。阙以过于中庸,不可以训,檄不下。出为湖广行省左右司郎中。广西多峻山,负粟输官者厄于道险,费恒倍,阙命以为布帛代输。右丞沙班怙权自用,多录其私人,阙辄抗辞沮之。

会有徭蛮反,当帅师,又止不行,无敢让之者。阙扬言于庭曰:"右丞当往。受天子命为方岳重臣,不思执弓剑讨贼,乃欲自逸耶? 右丞当往!"沙班曰:"郎中语固是,如刍饷不足何?"阙曰:"右丞受天子命,为方岳重臣,不思执弓箭讨虏,乃欲自逸耶? 右丞当往!"沙班曰:"郎中语,固如是。苟饷不足何?"阙曰:"右丞第往,不难致也。"下令趣之,三日皆集,右丞行。湖南章宁慰以婆律香赟阙,阙觉重,辞之,香中果贻黄金。章叹曰:"余赟达官无弗受,洁如冰壶者,唯余公一人耳。"

后以集贤经历召入,预修本朝后妃功臣传。迁翰林待制,出佥浙东廉访司事。发奸摘伏,聪察若神。州县闻阙至,贪墨吏多解印绶去。婺定赋无艺,役小大各违度,阙遴官履亩实之,徭赋平。衢士无养,以没入田分隶学官。郡长燕只告台肆毒残衢民,阙鞫治之。狱上行御史台,台臣与其有连,反以事劾阙,阙归青阳山。丁尹氏忧。阙性至孝,昼夜号恸不绝,闻者至洒泣。

至正壬辰,天下兵动,平章政事脱忽儿不花,统戎淮南,承制起阙权淮西宣慰副使。阙对使者曰:"为臣死忠,正在今日。阙何敢辞。"即之官,分治安庆。安庆距城皆盗栅也。阙从间道入,推赤心置人腹中,复转粟以哺饿夫,民翕然归。贼殊死战,阙不胜,退。复收散卒誓曰:"死则死此尔,何生为?"一鼓而进,大破之。诸砦畏威,次第降。阙益缮城浚濠,修矛戈,分屯耕郊外田。民惧不能者,遣军士护之耕,贼来辄与战。一日,贼四合,旌旗蔽野,鼓噪之声震天地。阙纵枭骑数十,大喊而出,贼势披靡。遣兵乘之,斩首数千级。当是时,淮东西皆陷,唯安庆岿然独存。贼来战,又数败却之。伪作尺牍,通城中诸大姓,约期日反,冀阙捕戮之。阙曰:"我民安有是?"命悉焚去。贼计穷,复令阙故人以甘言说降。阙命牵出,以铁椎击碎齿颊,斩于东门。潜山有虎伤人,阙造文檄山神,使驱虎,虎出境,不伤人。功上,朝廷俾为真,升同知淮西宣慰副使都元帅,赐以上尊及黄金束带。江西诸官军,动号数万,掠玉帛,杀婴儿置戟上以戏,沿江州郡患苦之,独不敢近城下。即近,出师搏退之。咸服其义,至有来降愿充将校者。溪峒猫獠兵屯浔阳,命使者帅百辈,腰刀直入,胁阙使供亿。阙叱左右收缚付狱,且上疏言:"猫獠素不被王化,其人与禽兽等,不宜使入中国,他日为祸将不细。"后竟如阙言。

转淮南行省参知政事,寻改左丞,赐二品服。阙益自奋,誓以死报国。立旌忠祠以厉将佐,时集祠下,大声谓曰:"男儿生则为韦孝宽,死则为张巡、许远,不可为不义屈。"意气慷慨甚。丁酉冬,寇大集诸部围城,战舰蔽江而下。樵饷路绝,兵出数失利。戊戌正月七日城陷,阙犹帅众巷战。贼呼曰:"余将军何在? 吾将官之。"阙手执戟骂曰:"余恨不得嚼碎汝肉，吐喂乌鸢，宁复受汝官邪！"贼怒，举长枪欲刺阙。阙遂自刭沉水死，年五十六。其妻蒋氏闻之，亦率其子德臣、女安安[2]赴水死。诸将卒恸曰："余将军不负国，我等何负余将军邪？"从而死者千余人。朝廷知其忠，赠阙淮南行省平章，谥曰文忠公。阙为人刚简有智，无职不宜为，为即有赫赫名。所至荐贤旌孝义惟恐后。每解政，闭门授徒，萧然如寒士。《五经》悉为之传注，多新意。诗文篆隶，皆精致可传。

赞曰：於戏，阙其人豪也哉！独守孤城逾六年，小大二百余战，战必胜。其所用者，不过民间兵数千，初非有熊虎十万之师，直激之以忠义，故甘心效死而不可夺也。后虽不幸粮绝城陷以死，而其忠精之气炯炯，上贯霄汉，必灿为列星，流为风霆，散为卿云，凝为瑞露。阙虽死，而其不死者固自若也。然而阙死于君，而能使妻死于夫、子死于父，忠孝贞节，萃于一门，较之晋卞壸家，又似过之矣。於戏！阙果人豪也哉！余来江左，见其门生故吏，言阙事多至泣下者。因想见战守处，江流有声，而断云落日，凄迷于莽苍间，犹足以风动人悲思。因撮其行事成传，以示为人臣者。金华宋濂景濂撰。

注　释

[1]《余阙传》见元·余阙《余忠宣公文集》卷二，洪涛山房藏版乾隆十八年（1753）刊本。

[2]原文"其妻蒋氏闻之，亦率其子德臣、女安安"句后有注："原传载女福童，今查公女名安安，福童系公甥。故改正之。"

蔡 悉

蔡悉(1536—1615)，字士备，一字士皆，号肖谦，谥"文毅"，明江南庐州合肥(今安徽省合肥市)人。理学家，淮西大儒。明世宗嘉靖三十八年(1559)己未科进士。神宗万历三年(1575)，任泉州府通判。历世宗、穆宗、神宗三朝，为官五十年，累在湖广、直隶、河南、福建等地为官，官至南京尚宝司卿、国子监祭酒。蔡悉刚直坚毅，曾请早立太子，以安国本；不避权贵，极论矿税之害，时称"包老复出"。

蔡悉生平著书七十余种，有《孔子年谱》《大学注》《书畴彝训》等传世。

重建梁县社学碑记[1]

国治，两京建太学，天下郡、州、邑建儒学，以储才也。又以求成人，当养其正于未然，必先资于家塾。后世风颓，家塾久废。乃拓古制，里建一社，群里之诸蒙，延儒者教之，以俟遴选；自两京达天下无不然。

合肥计里六十有四，社亦如之。梁古之慎县也，衢市犹存。民之丛而居者家三四百，群蒙独多于他里，司教乏人。侍御斗南佘公令吾肥，时甚念之。试邑诸生得陈愚衷。衷父瀛倅东兖，有廉洁声。衷其遗孤也。爰命教于梁，俾之得食给。第社历久颓废。隆庆壬申岁二月，父母龙汇胡公，以省俗过梁，见摧桷欹户，徒四壁立，风雨不蔽，而愚衷生徒依依诵习其下。公悯之，大捐俸金，命役董其事，而重建焉。里镇耆庶感公之意，忻相谓曰："吾侯之举，淑吾子弟也。"遂竞相捐资，易料募工。建厅六楹，露厦两楹，为往来使者驻节所；书室六楹，居室四楹，门一间。咸以是月落成。传习有籍，不惟愚衷、群蒙感庇，而耆庶荷乐育子弟之仁，佥谓公之功不可泯也。乃□□等二百有七民，借愚衷来征予言，勒石昭诸永久。

余复之曰：若等居梁，达邑七十里，知公之贤能悉矣，受公之惠止此乎？众逊谢愿闻。予曰：公之德政不特一社之建也。肥之市衡过重，屠售膺，交易不以钱，积百余年。屡经禁令，卒莫能革。公下车开谕迷俗。平衡杜膺，出帑转钱，散给乡市。遽之通行，不藉趋迫，向风逾年矣。肥之民素质愿，今颇竞讼，捃摭连逮，羁费不堪。公颁式，止许控一事及数人。剖决片言,细事叱遣,豪伪吐舌,讼庭清暇矣。燕坐琴台,左右尽屏,遇事独断,情法允惬,公明两兼矣。旧弊,卒人事鞭笞,出索刑者贿;公事已笼卒,罔或轻重其刑也。勾摄入村间,诛求及鸡犬;公俾讼者自唤,罔有执扰之之害也。捕者获盗,延枝无辜,拘释视贿之有无;公深惩其弊,凡鞫盗,必据显迹,稍可疑者悉宥之,则迫胁莫施,良民安堵也。均赋平徭,法拟一定。征役视等之上下,公务核其实。凡第等不因里胥登之籍者,悉验之,则欺隐不行,公道可希也。一蔬之微,必先授钱而后易于民;亲识之过,不阅投刺而预杜其渐。此非出于修社之外者乎?

若公廉靖之操,勤敏之才,卓荦之誉,则有郡大夫之评,诸台端之奖,不待予之赘者。至如政余集士,讲论勤恳;期会考文,讨详周尽;不靳珠玑,捐之镂刻;使四海之内,万世之下,举获奉读取则,此视建社之功,其盛又何如也!行将大起掌握文衡,何止广厦万间,大庇寒士致天下欢,又岂愚衷暨诸蒙、耄庶一社之感而已邪!众唯唯曰:野人何幸,而被贤父母之德泽也。请书诸石。公讳时化,别号龙汇,举辛未进士第,浙江余姚人。

注 释

[1]《重建梁县社学碑记》见清·左辅纂修《(嘉庆)合肥县志》卷三十四,清嘉庆八年(1803)修,民国九年(1920)重印本。

黄道日

> 黄道日,生卒年不详,字荆卿,明江南庐州合肥(今安徽省合肥市)人。黄道年、黄道月之弟。明南直隶庐州府合肥县(今合肥市)人。举于乡,以诸生入国子监读书,为一时名流推赏。世宗嘉靖四十四年(1565)乙丑科武进士,任江西湖东守备。
>
> 黄道日工翰墨行草,俱为世所珍,时多赝笔,真迹端凝雅重,识者能辨之。精意独注于书,草法出入二王行书。笔法学黄山谷,得其神髓,片纸尺幅皆神品。

范增断[1]

黄荆卿曰:人但知张良始终为韩,于成功后从赤松子可见。余亦谓范增始终为楚,于不归汉而死可见。夫增,楚人也。生平好奇,始终欲亡秦,不下于良,唯不徒浪为误中。故七十从项以起,时项独强,沛公未露头角,增亦几成伯佐。入关后,一见沛公,非复曩山东故习,即劝羽急击勿失。至已成五采龙文,尤劝不置,此岂愦愦天命者?则汉兴楚不利,非其本心也。或谓其若属皆为所并一言不谬,讥其生平所好非奇,此大谬耳。沛公之敌羽不止一人,羽固一增止矣。百计离间汉君臣,岂为一人欤也。苏长公云:增不去,羽不亡,似为得之。然未白其衷,增犹然衔冤九原。盖为汉灭羽者,韩信、陈平、九江、大梁,孰非曩事羽者也。一不得志便皆仗剑以去,自竖于汉。增岂独暗于是,乃竟至汉不可遏,楚不可兴,栖迟勉强,不得已碎玉斗以去,果怀二心者埒欤。或又谓,行至彭城发背死,以奇不得售。呜呼,是何没增忠至此也。诸人皆亡,吾独存,郁极而死,愤汉之兴,伤楚之亡,负己之素,一死以明为楚。韩彭诸人有惭德矣。故羽围江上,面吕马童曰:若非吾故人乎。此时增何在?固若默佐羽发斯喟也。成则为良之辟谷,败则为增之发背。一成一败,生死存焉。何独优良而劣增也。况归汉者俎醢,固不如终于楚者,免锋刃。则又卓然蚤见已。

注　释

[1]《范增断》见清·陆龙腾《(康熙)巢县志》卷十八,清康熙十二年(1673)刊本。

胡时化

> 胡时化,生卒年不详,原名权,字龙汇,明浙江余姚(今浙江省余姚市)人,隆庆五年(1571)辛未科进士,并来知合肥。在任主持修纂《(万历)合肥县志》二卷。另辑有《文世名宗》。

浮槎山灵雨记[1]

国朝洪武初,革梁县以益合肥,乃庐附邑也。县东北二舍有山,曰浮槎。传昔萧梁布黄金于此。山泉清冽。宋嘉佑中,郡李公谨饮而甘,以遗欧阳文忠公。文忠记之,以李为知泉者。乳泉漫流,涓涓可爱,人知泉之胜矣,亦知山之灵乎?惟山葎萃。唐端平二年始建庙,祠白龙神。赫赫厥灵,振古如兹。凡祷雨必应,应必速。往不暇论,即余所亲承事者,隆庆壬申夏,旱魃为虐,甚患之。设坛南郭之冈,拜迎龙神以捍患也。神倏变动,驱前旋后,众莫能留。余亦随行,百姓遮道,匪灵也而曷以哉?时则主祀惟虔,郡伯嘉禾张公春宇也已。乃癸酉雨旸时若,神工敛寂。惟兹夏畴乏雨,禾虞槁瘁,车斥而灌者罔少息。民情疚亟,郡伯元城豫齐吴公先民之忧,乃率同寅诸属戒行坛,礼如初。越三日,命余诣山祈神,余行将暴身。遥望山岭,云阴布护,顷摄衣而上,吁神降山麓,则雨零零而下也,下数里,雷震击,大雨滂霈。朝曳履而行,暮鞭筏以渡,匪灵也而曷以哉?又一日,护城民有言其地未沾足者。余为文祷曰:"护城即近地也,民望应祷,今犹昨也。神惠无私,而忽靳施邪。"是夕,复沾霢霂,田畴充给,物情欢邑。歌神之庥,匪灵也而又曷以哉?先儒谓祈祷有雨,非灵验为适。然余窃疑之。夫气蒸而为雨,是也。必吾气流通浃洽,斯能感召。不然,何其无所祷而不应邪?又何祷之不诚而应之至不至邪?祷而遂应,灵贶所昭,不可尽谓之适然矣。余有感,作《灵雨记》。雨以"灵"名,示速也,亦以志喜也。后吏兹土者,有为民之心,其知敬神永永无致。

注 释

[1]《浮槎山灵雨记》见清·左辅纂修《(嘉庆)合肥县志》卷三十一,清嘉庆八年(1803)修,民国九年(1920)重印本。

熊文举

　　熊文举(1595—1668),字公远,号雪堂。明南昌新建(今属江西省南昌市)人。明崇祯四年(1631)进士,授合肥县令,为政廉平。公余,喜与诸生谈诗论文,一时文风大振。抵御张献忠薄城有功,擢吏部主事。黄道周、李汝灿、傅朝佑等人因谏言得罪,即上疏力救之,一时称为直臣。明亡后降清,授右通政,两任吏部左右侍郎。因病致休,起补吏部左侍郎兼兵部右侍郎,卒于官,赐葬。

　　一生勤学,尤耽著述,工诗、文、词。清初驰名文坛,极享盛誉。著有《荀香剩》《守城记》《墨盾草》《使秦杂吟》《耻庐集》《雪堂全集》。

姥山记[1]

　　焦湖旷渺,相传一百八十里。有山如螺,浮于其中,字之曰姥,盖历阳之故事也。山之上近建浮屠,本形家言,增庐郡人文之胜。吏其土者,实主之。余以老秋溯洄登涉,盖综覈庀材伐石之事焉。夫山卓立湖心,孤矣。近揽之,又复逶迤蜿蜒,风气阻蓄,乃宅百家。诸文学利其幽僻,选社结盟,藜火荧荧,上冲霄汉。余饮龙生草堂,生告余,是村跬步之外皆水,非筏不通。居人淳庞,外户可以不闭。余语龙生,是何必问津武陵,若使春水一棹经过,桑麻楚楚,四面桃花,水天一色,正不辨山之为姥也。少顷渡湖,夜宿中庙。庙在湖滨,楼阁峭起。凭栏怅望,湖耶,水耶,岚光耶,英英白云耶。是出没者凫鸥耶,隐现者叶舟耶,渔灯个个耶。立而端详,所谓姥山者,是耶,非耶,有耶,无耶。余不能言其际矣。

注　释

[1]《姥山记》见清·李恩绶编《巢湖志》卷一"艺文",黄山书社2007年版。

李天馥

李天馥(1635—1699),清代合肥人,字湘北,号容斋,清江南合肥(今安徽省合肥市)人。清世祖顺治戊戌(1658)进士,仕至吏部尚书、武英殿大学士。卒谥"文定"。著有《容斋集》《容斋诗余》。

募修中庙疏[1]

茫茫彼岸,渺渺浮崖。道蕴津梁,辟红尘而证果;光含日月,仰紫府以如存。名山尊泰岱之高,神水发圣湖之秀。创建则经营殊苦,趾接则修举无难。若乃庐子国中,浮槎山外,地经东郭之偏,水自巢湖而下,中有一区,旧名中庙。郁盘天地气,既控湖而带淮;翕聚乎星精,亦连牛而跨斗。肇基自赤乌之祀,鼎新于洪武之年。继踵已历屡朝,相沿迄于昭代。宗伯碑文之丽藻,缅怀前辈风流;枢曹募疏之雄奇,追想高贤旷达。风轩云栋,煌煌丹腴之居;兰榭梅梁,寂寂黄冠之地。惟琼台之挺峙,斯灵迹之堪迎。宝相光辉,殿庭肃穆,碧霞尊号,名胜久传。洒慧雨于湖中,蔼法云于天上。恍潮音之盈耳,碧水萦纡;俨珠火之在眉,霞光灿烂。幽香雾积,烟飘翡翠以浮沉;法鼓雷鸣,声震灵鼍而出没。八邑回环乎檐下,咸仰神威;一水弥漫于庭前,共瞻窟宅。而且商贾要津,往来孔道。寄五湖之兴,驾舟击楫而来;等众海之归,戴笠携瓢而至。芦花秋落,风卷银涛。柏树春回,雪飞铜斗。背蜀山之崒崔,势似凌霄;面湖水之鸿溶,形如浮海。桃花雨涨,春来波撼支矶;瓠子时飘,秋至槎疑贯月。若夫雨生沈黑,风起卉腾,不闻舟子招招,恐被浪花吞啮。徒叹洪流活活,不殊蜃气迷离。阵马风樯,邀威灵之福庇;潮回浪息,藉神力之护持。无祷不灵,有求必应。每至彩霞散地,珠露零时。吞吐不常,仿佛鲛宫蜃影;漾流靡定,依稀雁潋鸥沙。理桂棹之依依,折柳枝之濯濯,虽称泽国,无异江乡。宫阙接凫洲,远引征帆渔笛;幢幡临鹤渚,近看蓼月荻风。况筑绀宇于中流,原便游人之小憩。施既有茗,不苦夏日冬冰;息更有提,堪避烈风雷雨。听钟声之远近,逝矣流波;睹帆影之高低,邈焉云树。遥临百雉,散若化城。近集千航,恍同宝筏。此香火固一郡之镇,而真灵宝万界之瞻也。然历岁时之悠远,恒恐倾颓;仰庙宇之森严,宜加轮奂。羽士辈虑科栱之颠零,募檀那之福慧。鼠吟古瓦,瓣香怆绿简之残;燕落空梁,清尘暗朱旗之色。所望同心种果,以福为田。不能丰凶,无分多寡。飞甍绣桷,聿光玳瑁之宫;暮鼓晨钟,快展琳琅之卷。千年圣迹,瑶阙常新。百里巢湖,慈航永济。庶舟如杯渡,庆水势之安澜;庙以中名,巩皇图于磐石矣。谨疏。康熙壬戌年桂月吉旦。

注 释

[1]《募修中庙疏》见清·李恩绶编《巢湖志》卷一"艺文",黄山书社2007年版。

许裔蘅

许裔蘅(1619—?),字杜邻,清江南合肥(今安徽省合肥市)人。许如兰之子,许孙荃之父。清世祖顺治十一年(1654)贡生,奉母不仕,以孝行被地方称颂。后以子贵,初封征士郎、翰林院庶吉士,累封奉政大夫。工诗,著有《二楼诗集》。

募修中庙完工疏[1]

儒者读孔孟书,在二氏家言,概置勿道。即一切征怪之说,语涉机祥,犹斤斤慎言之。谓君子正谊而不谋利,道固然也。至如民风淳泊,士气诚信,事有系于形胜,相传而假神道以设教者,又未尝不馈缕,而前以多为忞悤,亦曰利在民社,其志公而不私,凡学士大夫与有责焉尔。吾郡星分斗杓,野画徐扬,北控幽燕,西连宛雒,东通吴越,南达荆襄,实中原一钜镇也。即其间二蜀嵯峨,四顶巚嵝,浮槎泛其右,小岘峙其左,抑亦一方奥区。独是巢东,一河如带,达于洪湖,又达于长江天堑,其气泻衍而不收。昔用形家意指,谓当建刹于湖之北岸,而竖塔姥山之巅,用以葆韬光彩灵异,此中庙之创,爰始于吴之赤乌也。自是人烟辐辏,维岳降神,如包孝肃、周忠愍诸公,其大节显名,皆足照耀今古。续以居者不戒,殿阁遂灾,户口稍稍流移,即达官亦不甚显。今上御历之初年,有黄冠张清诫者,猛发愿力,呼吁檀那,纠工庀材,辛苦营建,两越岁,而巍然杰阁,顿复旧观。迩年以来,间阎多起色,而立朝诸君子声迹彰闻,与前贤相辉映。说者以为立庙之左验。数与理会,固其所也。独是塔建于刺史吴公,而未及合尖。庙建于黄冠,而未赋落成之什,实为吾郡中未了公案。至阁之栋宇参天,孤立于千顷波涛之上,而垣缭弗固,枨壁弗周,雨震风凌,惟压覆是惧。致前人一片苦心,复委于荒烟蔓草,有心者能毋痛诸。幸今有徒,志切堂构,累欷而乞疏于予。予念一羽士者流,尚思终前人谋,为一郡补阙遗,培风气,黾勉卒业,垂于无穷,矧为学士大夫者乎。于是不避固陋,代为不斐之词,上告宰官,下告于十方善士,生欢喜心,作无边功德,则邓林槎蘖,总是菩提。将从而神灵庇阴一郡,实式凭之,正不独湖干尺土已也。至浮图圆满,更有因缘。予惟东望和尚,以待狮象尊者。康熙乙丑季夏之吉。

注 释

[1]《募修中庙完工疏》见清·李恩绶编《巢湖志》卷一"艺文",黄山书社2007年版。

汪应遽

汪应遽,生卒年、生平不详,清江南巢县(今安徽省巢湖市)人。

募修巢湖中庙疏[1]

庐郡界合巢之中,有赤碛焉。层楼叠阁,上御天仙圣像,有求必应,远近之获邀佑庇者,指不胜屈。而庙峙湖畔,呵护之灵,于舟楫为尤甚。盖长湖之险,倍于江涛,江有洲渚,计程可泊,湖则东西百里,南北相望亦数十里,浩浩汤汤,横无际涯,而顷须问渡之象,以及烟外渔榔、雨中钓艇,溯洄狎习,不啻如赤子之依膝下,固无足异。至若石尤肆虐,沴气阴霾,汹涌澎湃中,山岳潜行,鱼龙战斗,惊心骇目,不可久视。而吾郡称形胜名区,且土膏之产,甲于他境,以故士夫揽胜,商贾通赢,明知湖波险绝,而游涉亦所必及。每遇兼天浪涌之势,呼吁一殷,须臾间潮平帆正,自在中流,此感应之机,由庙基创建以来有如一日。所谓呵护之灵,于舟楫尤甚者,信不诬也。但历年久远,风雨鸟鼠,不无朽蠹之虞。夫神能庇万众而不能自庇一宇,有是理耶。顾欲葺而新之,奈工程最巨,资费不充。黄冠谢鹤驭,不惮险远之劳,募化越数百里,今执简乞疏于余。余故以不斐之词,遍告于名公游士信商大贾,及舟长好施诸善士,伏望福田广种,力赞厥成。庶翚飞鸟革,庆瑶阙以常新;风静浪恬,乐慈航之永济。至若势雄飞凤之奇,形挹洄澜之秀,水光山色,潋滟空濛,夜月朝霞,迷离掩映,则前人之述备矣,兹固不暇复赘云。岁乾隆十五年清和月榖旦。

注　释

[1]《募修巢湖中庙疏》见清·李恩绶编《巢湖志》卷一"艺文",黄山书社2007年版。

王裒

王裒,生卒年不详,字石仓,号雨溟,清江南合肥(今安徽省合肥市)人。王丝之孙。清圣祖康熙二十九年(1690)庚午科举人,康熙三十年(1691)辛未科连捷进士。任山东商河知县。邑故多盗,王裒持法严恕,四境肃然。以终养归里,事母至情至孝。王裒性嗜古,居尝诵读不辍,诗文清丽脱俗,有《氷翠堂诗集》行于世。

朝霞山赋[1]

肥之东南七十里,有山曰朝霞,故名四鼎。俯瞰巢湖,烟云四际,一郡胜境也。某与之乡里,乃绊尘海,不能住足灵峰,虽陇不移文,而心常内愧。甲戌春,诸同人偶存其胜,各命赋焉。抽藻抒怀,将毋山灵谓我唐突否。其词曰:

粤灵区之缥渺兮,蔽合州之东南。伊神明之扶持兮,欲太虚而结岚。荫珠斗之焕烂兮,垒入淮肥之广覃。远揖潜霍,近拱金庭,斜挈施口,俯嚼湖湄。宛清淑之毕萃,乃体合而枝分。虽四峰之偕矗,实一气之轮囷。离立兮左颔而右颉,肩随兮同气之相亲。玩嵯峨之俦侣,仿兄弟与友生。若乃万窍怒号,风涛旁涌,若大人初钓鳌背,连起于海滨也。风止涛息,寂然无响,则踏歌神娥,联臂而登屏也。至于芳春淡冶,草木蒙密,似西施、郑旦双黛之对匀也。草枯木落,童童突兀,则阿罗削发,结半而未行也。四序倏呻,诡以变态兮,烟起雾落,乍析而乍并,踛踱柴虒,蔽虧不常兮。纠蓼冲芡,纷拿而氤氲,是皆远而相之其形状焉。若夫著不借,振金策、度赪碕,穿岭胁,探鹦鹉之石,踏蠛螺之凸,仰身若颠,举趾辄歇,后侣猿攀,前徒鸟灭。贪险倖危,东西遍蹶,或骈衍之可席兮,或暂立而悚惧。既两岬如鞍起兮,亦中高而困闭。猈豸列浮肺之窍兮,削成断冈两之舌。金铃狖猎以散芳兮,银杏茏葱而垂越。阳冈曜不死之草兮,阴崖停不冶之雪。风万里其袭裾兮,烟四眺而蠓蠛。吊洗耳于居巢兮,嗟肥滨之告捷。江气飞而抒经兮,淮气摇裔于匹帛。龟何年而朱眥兮,陷湖波之潎冽。泊杳渺其无地兮,浸倒影于卫嵥。鸟拍拍其欲堕兮,帆转飞而明灭。俯仰块圠,倏忽生悲兮,蒙茏旷荡,感之而又悦。一日之内而生肃殊候兮,指顾之间而兴怀各别。羌登临之足美兮,游盘桓而忘归。留信宿以夷犹兮,见朝霞之淡奇。澄沆瀣之半沈兮,眈觌觚之将晞。掩乌目以越岸兮,甘渊浴而腾辉。黄人抱轮而仰嘘兮,鹓狄登枝而霍挥。初勃窣以外埏兮,若仙家烧烂石于岛湄。断龠艳以广煤兮,似万电笑海而并驰。璘榅驳参差激射兮,又疑贝宫宝焰、珠碧珊瑚杂起而陆离。条条扰扰炫耀恍惚兮,又疑蛟人贡绡赤黄锦绘五色之争披。熊熊浑浑冲霄直直上兮,又疑太乙炼炉、童子失守、元气迸出而淋漓。方攘照烂举不一状兮,闪烁熛瞥众形之互移。目眴泯而不定兮,倚山椒而意迷。思一杯以入咀兮,却兴讹之三尸。倘蕊渊之可即兮,折若木而攀六螭。庶长生以久视兮,伫松乔之幽姿。怅曈昽之寥绝兮,叹此游之未期。步徙倚以览古兮,访伯阳之旧踪。觌丹池之瀔溁兮,神长拥护于虎龙。苟一勺而上升兮,余又何惜乎相从。昔邹生之倜傥兮,栖幽襟于此峰。虽英声之蜚腾兮,亦未竟免于尘容。洵仙骨之不易兮,知大药之难逢。矧余生之侘傺兮,性懵董以屯蒙。朝餐湖之菇米兮,夕阴岑嗸之长松。期世味之干澳兮,养清浊于予胸。纵一游之怡志兮,终惜别乎龙逵。怅徘徊以彷徨兮,忽乎吾之转蓬。彼三壶匿影于重溟兮,层城弱水之难通。信美而非吾土兮,曾末由以披穷。兹福庭之伊迩兮,奚不获旦旦而支筇。回余驾于城市兮,魂犹容与于空濛。咤世途之险昧兮,羡山灵之冲融。趑步起而辄踬兮,白昼揶揄于鬼雄。欲毁冠而裂带兮,恨期劫之未终。草衣芒屦未卜何日兮,长偕逸侣逍遥于四鼎之崇隆。

注 释

[1]《朝霞山赋》见清·李恩绶编《巢湖志》卷一"艺文",黄山书社2007年版。

无名氏

黄生存义捐置秋试田碑记[1]

乾隆二十有六年，辛巳季夏，合肥明经黄生存义愿以千金买上产，税其租以济邑中士子之应秋试者。具牒郡守，请委职官司会计，俾垂永久。余嘉其勇于义，而力赞其成也。明年壬午秋，举宾兴之典。生以田产经理未备，解囊金百二十余两，属余按名酌给，邑人德之。又三年乙酉，县令山左张君括亭，初债莅任即为督趣。于是田租有约，租课有额，饬府县学博分董其事。积岁所入，计二百八十余金。详核举子之贫富，给以卷资赆仪。厚薄有差，经理毕备。而生已溘然长逝矣。其弟存信，述兄遗命，不欲上闻宪府，以蒙旌赏。丐予言勒石，用示来者，非所谓富而好礼，不矜声誉而阴行其德者与？尝慨封殖之家，缄縢扃鐍，虽亲故毛发缓急，恒袖手不一顾。间有一二好名之士，知任恤大义，然箪食豆羹之惠，沾沾有德色，比比然也。若生者捐千金而不私其有，赡多士而不伐其功，庶乎其可风也已。予忝守郡，不敢以衰老无文，重违其请。既援笔志之，复系以铭曰：

肥津蜀峦，凤翥蛟蟠。科名接踵，半出单寒。室无储蓄，资斧奚足？愁对槐黄，青衫局缩。石塘有贤，橐金是蠲。谋置膏腴，种此福田。岁纳租数，校师封贮。三载棘闱，量力施与。或给卷资，或馈赆仪。秣陵竞赴，济济祁祁。惠周乡党，人归泉壤。难弟述兄，遗言在往。生不求名，死不邀旌。专索芜笔，勒石乡黉。芳风遐扇，仁里殆遍。企彼嗣音，后来之彦。

注　释

[1]《黄生存义捐置秋试田碑记》见清·左辅纂修《（嘉庆）合肥县志》卷三十三，清嘉庆八年（1803）修，民国九年（1920）重印本。

朱 弦

朱弦,生卒年与籍贯不详,清康熙时庐州府学正,在任纂修《(康熙)庐州府志》,撰有《庐阳八景说》。

四顶朝霞记[1]

山去城七十里,四髻螺立,望同点黛。三面瞰水,而尻高顶下,正如吴牛之饮于溪。又云魏伯阳曾炼丹于此,故称四鼎。因思何地无山,何山无朝,何朝无霞,而独标四顶者,是必有故。选诗曰:余霞散成绮,言暮也;落霞与孤鹜齐飞,亦言暮也,而此独言朝霞者,亦必有故。询之故老,乃言古人修炼于此,炉灶已空,丹气常在,或瘗有丹砂于石罅中,故时而光彩烛天也,正犹佛门塔顶之舍利光然。予闻之,而颇疑其说。后读书山中,一日晨起,徘徊于螺髻之侧。适当初晴露旦,草木含滋,旭日东生,奇光四射,俯眺四五里许,恍乎涵五色琉璃中。予始悟所谓朝霞者,学士能言之而不常见,山僧常见之而不能言,故世多罔闻焉。丹砂舍利之说,何其陋哉。请证言之,安宁之地,杪秋初冬,天将晴霁,是必大雾千里,一白如银。色界日出,霞彩晖焕,正此类也。但彼以秋冬,此以春夏,皆奇观也。

注 释

[1]《四顶朝霞记》见清·李恩绶编《巢湖志》卷一"艺文",黄山书社2007年版。

巢湖夜月记[1]

月何所不宜哉。宜曲房,宜舞榭,宜深闺思妇,宜茅店行旅,梨花院落,宜春冷露无声,宜秋而娟娟瑟瑟,又宜霜夜。何者?气味澹泊凄清,欢者见之而欢,愁者见之而愁,足以感人故也。然宜春、宜秋、宜霜夜,总不敌宜水,以其无障无碍也。巢湖去郡城东南六十里,约略可万余顷。当其微风不生,流光接天,静影沉碧,羁人当此而神开,劳者对此而机息,恍乎置身于广寒世界也。回思曹公驻军赤壁时,朗月在天,横槊酾酒,有乌鹊南飞之句,至今传为雄谭。此湖北隅红矶一片,炎炎陡削,正不让江干赤壁。吴人来争合肥时,孟德亦御之于此,何至寂寂无闻耶?湖南数峰,青插云表。焦姥一拳,仿佛君山,但少湘灵鼓瑟耳。何至无狂士买酒云边之事,于今弥望烟波,但有渔灯数处,估客数艘,点缀苍凉而已。虽然,江山不改,明月常来,安知千古而下,不有如东坡老子、青莲居士者重来,击空明,赊月色,一开此湖生面也。

注 释

[1]《巢湖夜月记》见清·李恩绶编《巢湖志》卷一"艺文",黄山书社2007年版。

徐子苓

徐子苓(1812—1876),字叔伟,号毅甫,晚号南阳老人,一号默道人,清安徽合肥东乡(今属安徽省合肥市肥东县)人。清宣宗道光十五年(1835)举人,同治中官和州学正。著有《敦艮吉斋诗文集》。与朱默存、王谦斋同附李瀹岩,时人称为"合肥三怪"。

遁泉井铭[1]

咸丰癸丑二月,余避地巢湖之阳,得泉焉,名之曰遁泉。初余来此,病几殆。饮水而甘。既小愈,询之族老,曰:循屋西不数十步,有井焉,不知其始。沿湖水多浑浊,独是清美于他水,大旱未尝乏竭。昨余被于泉上,旁壤榛塞,甃石不完,泉坎然介于众田之间,光莹彻心骨。日将夕,倚树坐,湖光返照,清旷奇丽,视听大适。夫泉以日新为德,井之功上出而不穷。兹泉乌在其以遁名哉?盖其窜于穷乡,其泽不能大被于人人,是有遁之义;而又不幸辱于余也,是有遁之时,故名之曰遁泉。而铭之曰:

穷湖之裔,壤瘠弗治。百井混混,味涩而滓。神瀵天出,其生也独。旁甃下土,制陋而质。处幽弥洁,在险不郁。瓮弊伊何,汲则受福。我家泉旁,以祓以啜。爱不忍唾,心莹于默。泉曰遁泉,翁曰遁翁,一瓢一壶,相乐以终。金玉满堂,莫之能守。九鼎谁重,或负而走。于万斯龄,泉则翁有。

注　释

[1]《遁泉井铭》见清·李恩绶编《巢湖志》卷一"艺文",黄山书社2007年版。

李鸿章

> 李鸿章(1823—1901),本名章铜,字渐甫或子黻,号少荃(泉),晚年自号仪叟,别号省心。世人多称"李中堂",合肥民间以其行二,又称"李二先生",清安徽合肥东乡(今属安徽省合肥市肥东县)人。晚清军政重臣,淮军创始人,洋务运动的主要倡导者。
>
> 宣宗道光二十七年(1847)丁未科进士,授编修。文宗咸丰三年(1853),回籍筹办团练。咸丰十一年(1861),奉曾国藩命负责招募新兵编练淮军。此后,因军功显赫,历任江苏巡抚、湖广总督,穆宗同治九年(1870)任直隶总督兼北洋通商事务大臣,授文华殿、武英殿大学士。光绪二十七年(1901)病逝,诏赠太傅,晋封一等侯爵,谥号"文忠"。

姥山塔碑记[1]

吾郡滨巢湖西北隅,泛湖指东南,行七十余里,有山曰姥。山凡九峰,三峰特斗峻。山曷以姥名?按《寰宇记》:巢湖将陷,有巫妪前知,南走得免。后人神之,立庙以祀,今湖中姥山庙尚存。《方舆胜览》所记略同。《一统志》:姥山在巢湖中,界合肥、巢、庐江三邑,一名圣女山。考诸舆图,距吾邑最近,西南距庐江差远,东北距巢又加远焉。盖天设之险,全皖之险为湖,全湖之险为山,犹天门之屹立于长江,天堑也。顾山名不见史策,唯唐罗隐有姥山诗,首云临塘古庙,傥即今南塘北塘者,非耶?庙祀者为姥,而继引朝云莫雨,申之以眉月香风云云,或肖像幼艾,抑微词以讥淫祀耶?湖陷时代不可征,而落句曰:借问邑人沈水事,已经秦汉几千年。岂昭谏亦无从确指而为是疑词耶?要无足深论,特斯土为伊古中原用武地。三国时,吴魏相持数搆兵,吾郡与豫相近,故魏得置守。逍遥津之役,仲谋几不免,而曹操四越巢湖不成,则吴长水战,阻湖为国,度亦且踞山为固,虽书缺有间,可臆断而知。元末俞廷玉父子与廖永安、吴良等,以舟师屯巢湖,始建山寨。时明太祖驻和阳,廷玉率千余艘归之,史称太祖亲至巢湖,率其军出黄墩。当时或驻跸此山。舟师既去,营垒亦废,惟两塘为草昧,断碑残碣无复存者。想诸勋臣中,文学之士素少,洪武末年,猜忌特甚,故开国谋猷,摩崖不纪其事与。以云形胜,固千古为昭也。因湖山天设之险,而助以人力,升高望远,譬犹高屋之上建瓴水。塔之设也,谁曰不宜。怀宗朝太守严尔珪创建塔议,熊雪堂文举方尹吾邑,来山相度,经始于崇祯四年辛未,迨十一年戊寅,因乱辍工。工未及半,碑文记董役官十七员、搢绅数人而已。明季百为废坠,吁可慨已。予眷怀故乡,尝殷然思竟厥事,简书役役,旷隔数千里,幸邦人士同志者多愿赞成,吴伯华观察毓芬其尤也。今即故址增修之,为七级,高十五丈三尺,远见百里外,严熊二公地下有知,当可大慰也。伯华征文于予,不揣固陋,书颠末以树之碑,且为铭曰:

维窣堵波,创自西域。流入东土,龙象增色。曰藏舍利,缁流侈焉。曰宜科名,形家言然。煽愚崇髡,干禄导士。君子劳民,何取乎尔。我违桑梓,寒暑几更。岂不怀归,官事有程。遭逢升平,修文偃武。士女昌丰,衢巷歌舞。念我乡人,以遨以游。徘徊瞻瞩,觞咏句留,沐日浴月,宝气孕育。呿鲸掷鳌,祕怪帖伏。塔势涌出,山光荡摩。飞碍高鸟,影摇澄波。白云亲舍,南望耿耿。退休初服,骤未敢请。圣皇文德,干羽格苗。寰海镜清,梯航毕朝。威加四裔,乞骸庶遂。奉太夫人,优游养志。乌鸟反哺,区区寸私。山灵无晗,更公言之。备豫不虞,古之善教。占替戾冈,此焉登眺。董役醵资,肇造乞今。名氏年月,例书碑阴。

光绪六年岁次上章执徐且月丁酉朔越八日甲辰。

注 释

[1]《募修中庙完工疏姥山塔碑记》见清·李恩绶编《巢湖志》卷一"艺文",黄山书社2007年版。

徐 乾

徐乾,生卒年、籍贯与生平不详。

朝霞山赋[1]

昆仑之区,有水五色。赤水之光,浣漾上塞。蔚为晴霞,弥漫八极。睠惟兹山,亦著其华。渥彩散绮,巢湖之涯。粤稽遗迹,始自伯阳。丹气燎爥,超腾炜煌。洪纷相错,灿烂成章。青霄烟霭,翠幕云张。红采陆离,紫气宛延。悠悠浮空,霏霏流天。恍丹邱之路近,俨赤城之峰连。当夫金枢沈景,扶桑飞晖,掩映晴麓,爓煜水湄,沙汭敷文,缛组流晖。落潮波以互照,映云翼而孤飞。惝恍绮疏,斐亹林坰,阳崖漾采,阴渠涵青。琪树濯露而垂珠,岚光拨雾而耀精。其为状也,菲菲郁郁,纷纶高张,炯熿无端,昫涣靡方,轻若鸿起,华若鸾翔。天宇晃朗而弥峻,日气的烁而益扬。转移锦布,凝曜金铺,璀璨的烁,岩壑象殊,变幻离散,乾奥坤区,何有何无,归于太虚。

注　释

[1]《朝霞山赋》见清·李恩绶编《巢湖志》卷一"艺文",黄山书社2007年版。

陈 潜

陈潜,生卒年、籍贯与生平不详。

鹦鹉石赋[1]

淮甸名区,汝阴胜地。岫吐芙蓉,黛凝翡翠。石泉之小影横陈,鹦鹉之嘉名曾记。翅锁白羊冈外,湖面临三;翎排丹井栏前,山峰削四。尔其水映重泉,山依四顶。羽化雏翎,草埋香莛。较鹊尾而光莹,比螺矶而秀挺。头原可点,看双筍兮玲珑;言即未能,爱半弓之高迥。想夫云封细细,苔点斑斑,鹿起则形殊远岫,鸡鸣则声应遥山。寺射朝霞,宛飞腾于蓼水;禾香晚稻,恍饮啄于松关。居然鹗峙鸿停,巉岩可拜。纵少翠衿红嘴,磊落非顽。森森鹤瘦,霭霭云酣,银瓶山右,金斗河南。可从陇树飞来,阴凝碧嶂;也似秦楼放出,秀削晴岚。不到瑶轩,玉锁之机缄恍得;未来禅院,金经之诵习疑谙。乃知润无可比,坚莫与偕。藤缠古岭,花现幽崖。问清明兮孰洗,知圆滑兮谁揩。翠柏林端,仿佛珊钩一曲;白云堆里,依稀玉翅双排。则有诗客携宾,词人载酒,转过云封,寻来烟柳。话峻岭之非遥,记灵山之妙有。流连素筍,疑玉雪兮迷离;仔细红丝,认桃花兮是否。亦有弋人戾止,猎者临斯。数番延望,几度寻思。举月弓而欲射,挟星矢而将驰。想像前身,玉槛唤茶之日;关心旧梦,金笼调舌之时。是盖景彼遗形,瞻伊幻迹。只认群鹦,谁云削石。望中之海眼千寻,空际之云根一尺。岁岁槐花落处,奚分陇砥之纯黄;年年芳草生时,可解洲波之凝碧。

注 释

[1]《鹦鹉石赋》见清·李恩绶编《巢湖志》卷一"艺文",黄山书社2007年版。原文标题下有注:"以四顶山南崖有斯石为韵。"